Wat het hart verwoest

John Boyne bij Meulenhoff Boekerij:

www.meulenhoff.nl

John Boyne

Wat het hart verwoest

ROMAN

Vertaald door Reintje Ghoos
en Jan Pieter van der Sterre

MEULENHOFF

ISBN 978-90-290-9232-6
ISBN 978-94-023-0977-5 (e-book)
NUR 302

Oorspronkelijke titel: *The Heart's Invisible Furies*
Omslagontwerp: DPS Design & Prepress Studio, Amsterdam
Omslagbeeld: © Mark Owen | Trevillion Images
Zetwerk: Mat-Zet bv, Soest

Voor John Irving

Inhoud

'Ben ik de enige die vindt dat de wereld met de dag weerzinwekkender wordt?' vroeg Marigold, en ze wierp over de ontbijttafel een blik op haar man, Christopher.

'Eerlijk gezegd,' antwoordde hij, 'heb ik het idee dat er...'

'Het was een retorische vraag,' zei Marigold terwijl ze een sigaret opstak, haar zesde van die dag. 'Doe alsjeblieft niet de moeite een mening te geven.'

Maude Avery, *Gelijk de leeuwerik*
(De Vico Press, 1950)

DEEL I

SCHANDE

1945

De koekoek in het nest

Goed volk in Goleen

Lang voordat we ontdekten dat hij twee kinderen had verwekt bij twee verschillende vrouwen, een in Drimoleague en een in Clonakilty, stond pater James Monroe voor het altaar van de Onze-Lieve-Vrouwe Sterre der Zee in de parochie Goleen, West-Cork, en maakte mijn moeder uit voor hoer.

Het gezin zat bij elkaar in de tweede kerkbank. Mijn grootvader, aan het middenpad, poetste met zijn zakdoek de bronzen plaquette die was vastgespijkerd aan de achterkant van het houtwerk voor hem; er stond een tekst in gegraveerd ter nagedachtenis aan zijn ouders. Hij droeg zijn zondagse pak, dat de avond tevoren was geperst door mijn grootmoeder, die nu haar rozenkrans van jaspis over haar verkrampte vingers draaide en zachtjes haar lippen bewoog totdat hij zijn hand boven op de hare legde en haar zei stil te zijn. Mijn zes ooms, wier donkere haar glansde van naar rozen geurende haarlak, zaten naast haar in volgorde van oplopende leeftijd en domheid. Elke broer was drie centimeter groter dan de vorige en dat verschil was van achteren goed te zien. De jongens hadden die ochtend moeite wakker te blijven; de avond tevoren was er een dansfeest geweest in Skull en ze waren brak van de drank thuisgekomen en hadden maar een paar uur geslapen voordat ze door hun vader waren opgetrommeld voor de mis.

Aan het eind van de rij, onder het houten beeld van de tiende kruiswegstatie, zat mijn moeder. Haar maag trilde van angst voor wat er zou komen. Ze durfde amper op te kijken.

De mis begon op de kenmerkende manier, vertelde ze me, de priester die met vermoeide stem de inleidende riten volvoerde, daarna het valse zingen van het kyrie door de gemeente. William Finney, een buurman van mijn moeder uit Ballydevlin, liep plechtstatig naar de preekstoel voor de eerste en tweede schriftlezing, schraapte pal in de microfoon zijn keel en sprak daarna ieder woord met zo'n dramatische intensiteit uit alsof hij acteerde op het podium van het Abbey Theatre. Pater Monroe, die zichtbaar transpireerde onder het gewicht van zijn gewaden en de hevigheid van zijn woede, vervolgde met de acclamatie en het evangelie, voordat hij iedereen vroeg te gaan zitten. De drie misdienaren met hun rode wangen schoten naar hun bank opzij en wisselden opgewonden blikken uit. Misschien hadden ze van tevoren de aantekeningen van de priester in de sacristie gelezen of hem zijn woorden horen repeteren terwijl hij de soutane over zijn hoofd trok. Of misschien wisten ze hoe hard de man kon zijn en waren ze blij dat zij bij die gelegenheid daar geen slachtoffer van waren.

'Mijn gehele familie komt uit Goleen, zo ver de archieven teruggaan,' begon hij, uitkijkend over de honderdvijftig geheven hoofden en een enkel gebogen hoofd. 'Ooit kwam mij een vreselijk gerucht ter ore over mijn overgrootvader, die familie zou hebben gehad in Bantry, maar daar heb ik nooit enig bewijs van gezien.' De congregatie lachte waarderend, een beetje plaatselijke kwezelarij deed nooit iemand kwaad. 'Mijn moeder,' vervolgde hij, 'een goede vrouw, hield van deze parochie. Ze ging haar graf in zonder ooit een paar vierkante kilometer buiten West-Cork te komen, en heeft daar nooit een moment spijt van gehad. "Er woont hier goed volk," zei ze altijd. "Goeie, eerlijke, katholieken." En weet u, ik heb nooit reden gehad om aan haar mening te twijfelen. Tot vandaag.'

Er ging een golf door de kerk.

'Tot vandaag,' herhaalde pater Monroe langzaam, en hij schudde bedroefd zijn hoofd. 'Is Catherine Goggin vanmorgen aanwezig?' Hij keek rond alsof hij geen idee had waar hij haar kon vinden, ook al had ze de afgelopen zestien jaar elke zondagochtend in dezelfde bank gezeten. Op hetzelfde moment draaide de hoofden van alle aanwezige mannen, vrouwen en kinderen in haar richting. Dat wil zeggen elk hoofd met uitzondering van dat van mijn grootvader en zes ooms, die resoluut voor zich uit bleven kijken, en van mijn grootmoeder, die haar hoofd boog terwijl mijn moeder dat van haar ophief; zo beeldden ze samen een wipbeweging van schaamte uit.

'Daar ben je, Catherine Goggin,' zei de priester, en hij wenkte haar glimlachend naar voren. 'Wees een braaf meisje en kom hier bij mij.'

Mijn moeder stond langzaam op en liep naar het altaar, een plek waar ze maar eenmaal eerder was geweest: bij haar communie. Haar gezicht was niet vuurrood, zou ze me jaren later vertellen, maar bleek. Het was die dag warm in de kerk, warm door de klamheid van de zomer en de adem van opgewonden gemeenteleden, en ze voelde zich onvast op haar voeten, bang dat ze flauw zou vallen en achtergelaten worden op de marmeren vloer, waar ze zou verdorren en wegrotten als een schrikbeeld voor andere meisjes van haar leeftijd. Ze keek zenuwachtig naar pater Monroe en toen ze zijn haatdragende ogen zag, keek ze meteen een andere kant op.

'De onschuld zelve,' zei pater Monroe, uitkijkend over zijn kudde en zuinig glimlachend. 'Hoe oud ben je nu, Catherine?' vroeg hij.

'Zestien, eerwaarde,' zei mijn moeder.

'Zeg het luider. Zodat het goede volk achter in de kerk je ook kan horen.'

'Zestien, eerwaarde.'

'Zestien. Kijk nu op en zie je buren aan. Je moeder en vader, die fatsoenlijk, christelijk hebben geleefd en een sieraad zijn geweest voor de ouders die hun voorgingen. Je broers, die wij allen kennen als fijne, eerlijke jongemannen, noeste werkers, die geen meisje het verkeerde pad op hebben geholpen. Zie je ze, Catherine Goggin?'

'Ja, eerwaarde.'

'Als ik je nog een keer moet zeggen luider te spreken, geef ik je over dit altaar heen een draai om je oren en er is geen ziel hier in de kerk die het me kwalijk zou nemen.'

'Ja, eerwaarde,' herhaalde ze, luider nu.

'"Ja." Dat is en blijft de enige keer dat jij dat woord ooit uitspreekt in een kerk, besef je dat, meisje? Jij zal nooit je huwelijksdag beleven. Je handen gaan naar je dikke buik, zie ik. Verberg je soms een geheim?'

In de kerkbanken werd naar adem gehapt. Dat was wat de gemeente uiteraard had vermoed – wat kon het anders zijn geweest? – maar ze hadden gewacht op bevestiging. Ogen schoten heen en weer tussen vrienden evengoed als tussen vijanden, gesprekken werden al voorbereid in hun hoofd. 'De Goggins,' zouden ze zeggen. 'Van die familie had ik niets anders verwacht. Hij kan amper zijn naam schrijven en zij is een speciaal geval.'

'Ik weet het niet, eerwaarde,' zei mijn moeder.

'Je weet het niet. Natuurlijk weet je het niet. Ja, ben je niet gewoon een dom sletje met evenveel verstand als een konijn in een hok? En moreel even dom, zou ik eraan willen toevoegen. Jullie, meisjes,' zei hij nu, met stemverheffing. Hij draaide zich om, keek en wees naar het volk van Goleen, dat stilzat in de banken. 'Jullie, meisjes, kijk naar Catherine Goggin hier en onthoud wat er met meisjes gebeurt die het niet zo nauw nemen met hun deugdzaamheid. Ze hebben ineens een kind in hun buik en geen man om voor hen te zorgen.'

Er ging een geroezemoes door de kerk. Een jaar eerder was er op Sherkin Island een meisje geweest dat zwanger was geworden. Een prachtig schandaal. Hetzelfde was twee jaar geleden met kerst gebeurd in Skibbereen. Zou Goleen hetzelfde stigma verdienen? Zo ja, dan zou het nieuws met theetijd heel West-Cork rond zijn gegaan.

'Nu, Catherine Goggin,' vervolgde pater Monroe. Hij legde een hand op haar schouder en kneep hard in het bot. 'Ten overstaan van God, je familie en alle goede mensen van deze parochie moet je de naam noemen van de onverlaat die bij jou heeft gelegen. Je moet zijn naam nu noemen, zodat hij kan worden gedwongen te biechten en vergeving kan krijgen in de ogen van de Heer. En daarna dien jij je uit deze kerk en deze parochie te verwijderen en de naam Goleen niet meer te bezoedelen, hoor je me?'

Ze keek op en draaide zich naar mijn grootvader, die met een gezicht strak als graniet naar het standbeeld van de gekruisigde Jezus keek dat achter het altaar hing.

'Jouw arme vader kan je nu niet helpen,' zei de priester, die de richting van haar blik volgde. 'Ja, hij wil vast niets meer met jou te maken hebben. Hij vertelde me dat gisteravond zelf toen hij het schandelijke nieuws bij de pastorie kwam melden. En laat niemand het Bosco Goggin kwalijk nemen, want hij heeft zijn kinderen goed opgevoed, hij voedde ze op naar katholieke waarden en hoe kan hij verantwoordelijk worden geacht voor één rotte appel in een mand met goede? Geef me hier en nu de naam van de onverlaat, Catherine Goggin, geef me zijn naam zodat we je uit dit huis kunnen gooien en niet meer hoeven te kijken naar je schunnige gezicht. Of weet je zijn naam niet, is dat het soms? Waren er te veel om het zeker te weten?'

Nu klonk er een zacht, ontevreden gemurmel in de kerkbanken. Zelfs midden in dit roddelverhaal vond de gemeente dat misschien een stap te ver gaan, want op deze manier werden al hun zonen in de immoraliteit betrokken. Pater Monroe, die in de loop van twintig jaar honderden preken in die kerk had gehouden en de emoties van een publiek aanvoelde, bond enigszins in.

'Nee,' zei hij. 'Nee, zo veel fatsoen is er nog wel in jou, dat weet ik; er was maar één jongen. Maar jij gaat mij nu zijn naam zeggen, Catherine Goggin, of ik zal de reden weten.'

'Ik zeg het niet,' zei mijn moeder, en ze schudde haar hoofd.

'Wat hoor ik?'

'Ik zeg het niet,' zei ze nogmaals.

'Je wilt het niet zeggen? Voor schroom is de tijd al ruimschoots verstreken; besef je dat niet? De naam, meisje, of ik zweer bij het kruis dat ik je de schande aandoe om uit dit huis van God te worden geranseld.'

Ze keek nu op en liet haar blik door de kerk glijden. Het leek een film, zou ze me later vertellen, al die mensen die hun adem inhielden terwijl ze zich afvroegen op wie ze een beschuldigende vinger zou richten, terwijl elke moeder bad dat het haar zoon niet was. Of erger nog, haar man.

Ze deed haar mond open en leek bijna te antwoorden, maar veranderde van gedachten en schudde haar hoofd.

'Ik zeg het niet,' herhaalde ze zacht.

'Scheer je weg dan,' zei pater Monroe, terwijl hij achter haar ging staan en haar een enorme schop gaf, waardoor ze van de altaartreden struikelde, met haar handen voor zich uitgestrekt, want zelfs in dat vroege stadium van mijn ontwikkeling was ze bereid mij ten koste van alles te beschermen. 'Weg, hiervandaan, jij sloerie, weg uit Goleen, en draag je schande naar een andere plek. Er zijn huizen in Londen die zijn gebouwd voor vrouwen als jij, met bedden waar je op je rug kunt gaan liggen en je benen spreiden voor Jan en alleman om je losbandige behoeften te bevredigen.'

Bij deze woorden hapte de gemeente in gruwelijke verrukking naar lucht, de tienerjongens werden opgewonden bij zulke gedachten, en terwijl mijn moeder opkrabbelde stapte de priester weer naar voren en sleepte haar aan haar arm door het schip van de kerk. Speeksel sijpelde over zijn lippen en zijn kin, zijn gezicht was rood van verontwaardiging en misschien was zijn opwinding zelfs te zien voor wie wist waar hij die moest zoeken. Mijn grootmoeder keek om, maar mijn grootvader gaf haar een tik op haar arm en ze keek weer voor zich. Mijn oom Eddie, de jongste van de zes, die in leeftijd het dichtst bij mijn moeder stond, kwam overeind en schreeuwde: 'Kom op zeg, zo is het wel genoeg.' Bij die woorden stond ook mijn grootvader op en sloeg zijn zoon tegen de vlakte met een stomp tegen de kaak. Mijn moeder zag daarna niets meer omdat pater Monroe haar neersmeet op de begraafplaats buiten en haar zei dat ze het dorp binnen een uur moest verlaten en dat vanaf die dag de naam Catherine Goggin in de parochie van Goleen niet meer zou worden gehoord of uitgesproken.

Ze lag een paar minuten op de grond, vertelde ze, en wist dat de mis nog ruim een half uur duurde. Toen krabbelde ze op en liep in de richting van het huis, waar naar ze vermoedde bij de voordeur een volgepakte tas voor haar klaar zou staan.

'Kitty.'

Ze draaide zich om bij het horen van een stem en zag tot haar verbazing mijn vader nerveus in haar richting lopen. Ze had hem natuurlijk op de achterste rij zien zitten toen de priester haar naar de deur sleepte. Er had een schaamtevolle blik op zijn gezicht gestaan, wat voor hem pleitte.

'Heb je nog niet genoeg gedaan?' vroeg ze. Ze legde een hand op haar mond en trok hem weer weg om het bloed te zien dat onder haar onverzorgde nagels was gesijpeld.

'Dit was absoluut niet wat ik wilde,' zei hij. 'Ik vind het echt heel erg, de narigheid waarin je zit.'

'Waarin ík zit?' vroeg ze. 'In een andere wereld zouden wíj in die narigheid zitten.'

'Kom, Kitty,' zei hij – die naam had hij voor haar gebruikt vanaf het moment dat ze een kind was. 'Doe niet zo. Hier zijn een paar pond,' voegde hij eraan toe, en hij gaf haar twee groene briefjes van een Iers pond. 'Dit moet je helpen ergens anders opnieuw te beginnen.'

Ze keek even naar de briefjes voordat ze ze in de lucht stak en langzaam middendoor scheurde.

'Ach, Kitty, je hoeft niet...'

'Wat die man daarbinnen ook zegt, ik ben geen hoer,' zei ze. Ze frommelde de stukken samen tot een prop en gooide hem die toe. 'Hier is je geld. Met een beetje plakband kun je ze wel weer aan elkaar krijgen en koop dan maar een leuk jurkje voor mijn tante Jean als verjaarscadeau.'

'Jezus, Kitty, wil je in godsnaam een beetje zachter praten?'

'Je zult me helemaal niet meer horen,' zei ze. Toen keerde ze zich om, op weg naar huis en daarna naar de middagbus richting Dublin. 'Veel geluk jij.'

En daarmee nam ze afscheid van haar geboorteplaats Goleen, die ze pas zestig jaar later weer terug zou zien, toen ze met mij op datzelfde kerkhof stond en tussen de grafstenen zocht naar de restanten van de familie die haar had verstoten.

Een enkeltje

Natuurlijk had ze haar spaargeld: een paar pond, die ze de afgelopen jaren had gehamsterd in een sok in een la van haar kast. Een al wat oudere tante, drie jaar voor mijn moeders schande overleden, had haar af en toe een paar penny's toegestopt als ze boodschappen voor haar had gedaan; die had ze in de loop van de tijd opgepot. En er was nog iets over van haar communiegeld en een beetje meer van haar vormsel. Mijn moeder was nooit erg verkwistend geweest. Ze had niet veel nodig en van de dingen die ze misschien had willen hebben, wist ze zelfs niet dat ze bestonden.

Toen ze thuiskwam stond zoals verwacht de tas netjes gepakt tegen de muur naast de voordeur op haar te wachten, met haar jas en hoed erbovenop gegooid. Die legde ze opzij, op de armleuning van de bank, want het waren afdankertjes en ze had het idee dat de zondagse kleren die ze droeg haar in Dublin meer van nut zouden zijn. Ze maakte de tas open en controleerde of de geldkous er was – en daar was hij, met zijn geheim dat even zorgvuldig verborgen was als haar eigen geheim tot de vorige avond, toen haar moeder zonder kloppen haar slaapkamer was binnengekomen en haar voor de spiegel had zien staan, met haar blouse open. Eén hand streek met een mengeling van angst en fascinatie over haar bolle buik.

De oude hond keek naar haar op vanaf zijn plek voor de haard en geeuwde lang, maar kwam niet kwispelend op haar toe lopen, zoals hij meestal deed, hopend op een klopje of een lief woordje.

Ze liep naar haar slaapkamer en keek een laatste keer om zich heen of ze nog iets zou willen meenemen. Er waren natuurlijk boeken, maar die had ze allemaal gelezen en aan het andere eind van haar reis zouden er ook boeken zijn. Er stond een porseleinen beeldje van Sint-Bernadette op haar nachtkastje en dat zette ze met het gezicht naar de muur, om geen enkele andere praktische reden dan om haar ouders te irriteren. Er stond ook een speeldoosje, dat ooit van haar moeder was geweest, waar ze haar souvenirs en schatten in bewaarde; terwijl ze daartussen begon te zoeken, draaide de ballerina rondjes en klonk de melodie uit Pugni's *La Esmeralda*. Toen besloot ze dat die dingen tot een ander leven behoorden en deed het potdicht, de danseres boog zich voorover vanuit de taille voordat ze volledig uit het zicht verdween.

Mooi zo, dacht ze toen ze voor het laatst de deur uit stapte alvorens langs de weg naar het postkantoor te lopen, waar ze op het droge gras ging zitten totdat er een bus aankwam. Ze zocht een plaats achterin bij een open raampje, ademde zolang de reis duurde gelijkmatig om te voorkomen dat ze misselijk werd omdat ze over rotsachtig terrein naar Ballydehob en vlak voor kasteel Leap reden, en verder naar Bandon en Innishannon voordat de bus naar het noorden draaide en de stad Cork zelf binnenreed, die ze nog nooit had bezocht maar waarvan haar vader altijd had gezegd dat hij vol was met gokkers, protestanten en dronkenlappen.

Voor twee penny dronk ze een kom tomatensoep en een kop thee in een café aan Lavitt's Quay en toen liep ze langs de oever van de Lee naar Parnell Place, waar ze een kaartje naar Dublin kocht.

'Wil je niet een retourtje?' vroeg de chauffeur, schuddend met zijn tas, waarin hij naar wisselgeld wroette. 'Je spaart geld uit als je ook weer terug-komt.'

'Ik kom niet terug,' antwoordde ze, en ze nam het kaartje uit zijn hand en borg het voorzichtig op in haar portemonnee, want ze had het gevoel dat dit wel eens een voorwerp kon zijn dat het waard was te bewaren als een aandenken op papier, met de datum van het begin van haar nieuwe leven in vette, zwarte inkt erop gestempeld.

Uit de buurt van Ballincollig

Een minder sterke persoon zou zich misschien bang of overstuur hebben gevoeld toen de bus bij de kaden vertrok en zijn reis naar het noorden be-gon, maar mijn moeder niet. Ze had de stellige overtuiging dat de zestien jaar waarin ze in Goleen was gekleineerd, genegeerd of behandeld als min-der belangrijk dan een van haar zes broers, haar naar dit moment van on-afhankelijkheid hadden geleid. Zo jong als ze was, had ze al een ongemak-kelijke vrede gesloten met haar toestand, die ze, zoals ze me later vertelde, voor het eerst had ontdekt in de kruidenierswinkel van Davy Talbot aan de hoofdstraat, toen ze staand naast tien op elkaar gestapelde kisten verse sinaasappelen mijn vormeloze voet een schopje voelde geven tegen haar blaas, niet meer dan een vervelend krampje dat van alles had kunnen zijn maar waarvan ze wist dat uiteindelijk ik het zou zijn. Zwangerschapsonderbreking in een achterkamertje overwoog ze niet, ook al roddelden een paar meisjes in het dorp over een weduwvrouw in Tralee die vreselijke dingen deed met epsomzout, rubber vacuümzakken en een tang. Voor zes shilling, zeiden ze, ging je haar huis binnen en vertrok je een paar uur later weer, een paar pond lichter. Nee, ze wist precies wat ze zou doen als ik geboren werd. Ze moest simpelweg wachten totdat ik er was om haar superplan ten uitvoer te brengen.

Het was druk in de bus naar Dublin en bij de eerste halte stapte er een jongeman in met een oude bruine koffer in zijn hand. Hij liet zijn blik over de weinige overgebleven lege stoelen glijden. Toen hij even naast mijn moeder bleef staan voelde ze hoe zijn ogen zich in haar brandden maar ze durfde niet op te kijken want hij kon een bekende van haar familie zijn die het nieuws van haar schande al had gehoord en alleen haar gezicht maar hoefde te zien om een venijnige opmerking te maken. Maar er klonk geen stem en algauw liep hij door. Pas toen de bus een kleine tien kilometer had gereden kwam hij naar haar teruglopen en wees naar de lege plek naast haar.

'Mag ik?' vroeg hij.

'Heb je geen zitplaats achterin?' vroeg ze, met een blik naar de achterkant van de bus.

'De man naast me zit brood met ei te eten en de geur daarvan maakt me misselijk.'

Ze haalde haar schouders op en schoof haar jas opzij om plaats te maken, waarbij ze hem een snelle blik toewierp. Hij droeg een pak van tweed met een loszittende das en een pet die hij afnam en in zijn handen hield. Een paar jaar ouder dan zij, besloot ze, achttien of negentien misschien, en ook al was mijn moeder wat in die dagen 'een stoot' werd genoemd, de combinatie van haar zwangerschap en de dramatische gebeurtenissen van die ochtend hadden haar niet in de stemming gebracht om te flirten. Jongens in het dorp hadden natuurlijk vaak geprobeerd iets met haar te beginnen, maar ze had nooit interesse getoond en een reputatie van deugdzaamheid gekregen, die nu aan diggelen lag. Er waren een paar meisjes van wie werd gezegd dat ze maar een klein beetje aanmoediging nodig hadden om iets te doen, iets te ontbloten of iets te kussen, maar daar had Catherine Goggin nooit bij gehoord. Het zou voor die jongens als een schok komen, besefte ze, als ze over haar schande hoorden, en een paar van hen zouden het betreuren dat ze niet iets meer moeite hadden gedaan om haar te verleiden. Nu ze weg was, zouden ze zeggen dat ze altijd al een sletje was geweest, en dat trok mijn moeder zich erg aan, want ze had weinig gemeen met de persoon die ze in hun armzalige verbeelding zouden creëren – op de naam na.

'Wel een mooi weertje,' zei de jongen naast haar.

'Wat zeg je?' vroeg ze, en ze wierp een zijdelingse blik op hem.

'Ik zei dat het een mooi weertje was,' zei hij nogmaals. 'Niet slecht voor de tijd van het jaar.'

'O ja?'

'Gisteren regende het en vanmorgen was de lucht vol zware regenwolken. Maar kijk, er is geen druppeltje gevallen. Het is puik buiten.'

'Je bent nogal geïnteresseerd in het weer, hè?' vroeg ze. Ze hoorde het sarcastische toontje in haar stem maar dat kon haar niet schelen.

'Ik ben opgegroeid op een boerderij,' vertelde hij. 'Het is een tweede natuur geworden.'

'Ik ook,' zei ze. 'Mijn vader heeft de helft van zijn leven naar de hemel getuurd of aan het eind van de middag de lucht opgesnoven om te speuren naar wat er de volgende dag zou kunnen komen. Ze zeggen dat het altijd regent in Dublin. Geloof jij dat?'

'Daar komen we gauw genoeg achter, neem ik aan. Doe jij het vaak?'

'Wat doe ik vaak?'

Zijn gezicht werd knalrood, van onder in zijn hals tot de punten van zijn oren, en de snelheid van die transformatie fascineerde haar. 'Neem je vaak de bus naar Dublin?' vroeg hij snel. 'Ga je trouwens helemaal mee tot daar of stap je uit op een eerdere halte?'

'Wil je soms mijn plaatsje bij het raam? Is dat het?' vroeg ze. 'Want je kunt het krijgen als je wilt. Mij best.'

'Nee hoor, helemaal niet,' zei hij. 'Ik vroeg het gewoon. Ik zit hier prima. Behalve als jij ook aan boterhammen met ei begint.'

'Ik heb helemaal geen eten bij me,' zei ze. 'Helaas.'

'Ik heb een halve gebraden ham in mijn koffer,' zei hij. 'Ik zou een plak voor je kunnen afsnijden als je daar iets aan hebt.'

'Eten in een bus kan ik niet. Dan word ik misselijk.'

'Mag ik vragen hoe je heet?' vroeg de jongen, en mijn moeder aarzelde.

'Is er een reden waarom je dat wilt weten?'

'Dan kan ik je bij je naam noemen,' zei hij.

Ze keek in zijn gezicht en zag toen pas hoe knap hij was. Een meisjesgezicht, vertelde ze me achteraf. Gave huid die nog nooit kennis had gemaakt met een scheermes. Lange wimpers. Blonde haren die over zijn voorhoofd en in zijn ogen tuimelden, hoe hard hij ook probeerde ze te temmen. Iets in zijn manier van doen gaf haar het idee dat hij geen enkele bedreiging voor haar vormde en dus zwichtte ze en liet haar waakzaamheid eindelijk varen.

'Catherine,' zei ze. 'Catherine Goggin.'

'Aangenaam kennis te maken,' antwoordde hij. 'Ik ben Seán MacIntyre.'

'Kom je uit de stad, Seán?'

'Nee, ik kom uit de buurt van Ballincollig. Ken je het daar?'

'Ik heb erover gehoord, maar ben er nooit geweest. Ik ben eigenlijk nergens ooit geweest.'

'Nou, je gaat nu ergens heen,' zei hij. 'Naar de grote stad.'

'Dat klopt, ja,' zei ze. Ze keek nu uit het raam naar de akkers waar ze langs reden en naar de kinderen die werkten in de hooibergen. Ze sprongen op en neer en wuifden naar hen toen ze de bus over de weg in hun richting zagen komen.

'Ga je vaak op en neer?' vroeg Seán even later.

'Wat ga ik?' vroeg ze fronsend.

'Naar Dublin,' zei hij, en hij bracht een hand naar zijn gezicht. Misschien vroeg hij zich af waarom alles wat hij zei verkeerd leek over te komen. 'Ga je vaak via deze weg op en neer? Heb je misschien familie daar?'

'Ik ken geen mens buiten West-Cork,' zei ze. 'Dublin zal een mysterie voor me zijn. En jij?'

'Ik ben er nooit geweest, maar een vriend van mij is er ruim een maand geleden heen gegaan en kreeg razendsnel een baan bij de Guinness-brouwerij. Hij zei dat er ook een op mij ligt te wachten als ik wil.'

'Drinken die jongens niet constant de winst op?' vroeg ze.

'O nee, natuurlijk zullen er regels zijn, ja. Bazen, en zo. Kerels die rondlopen om ervoor te zorgen dat niemand een slokje neemt van dat donker bier. Maar mijn vriend vertelt dat je bijna wild wordt van de geur daar. De hop en gerst en de gist en wat nog allemaal. Hij zegt dat je het op straat overal kunt ruiken en dat de mensen die vlakbij wonen de hele dag rondlopen met een bête uitdrukking op hun gezicht.'

'Waarschijnlijk allemaal dronken,' zei mijn moeder. 'En het heeft ze geen cent gekost.'

'Volgens mijn vriend heeft een nieuwe werknemer een paar dagen nodig om te wennen aan de geur die er hangt en tot dat moment kun je je nogal misselijk voelen.'

'Mijn vader drinkt graag een Guinness,' zei mijn moeder, en ze dacht terug aan de bittere smaak uit de flessen met hun gele etiket die mijn grootvader soms meebracht naar huis en die ze een keer had geproefd toen hij zich omdraaide. 'Hij gaat met de regelmaat van de klok elke woensdag- en vrijdagavond naar de pub. Op woensdag beperkt hij zich tot drie pinten met zijn makkers en komt op een respectabele tijd terug, maar vrijdagsavonds wordt hij topzwaar. Hij komt vaak om twee uur in de ochtend thuis en dan haalt hij mijn moeder uit bed om een bord met worstjes en bloedworst voor hem klaar te maken, en als ze nee zegt, dan krijgt ze zijn vuisten te zien.'

'Bij mijn vader was het elke avond vrijdagavond,' zei Seán.

'Is dat de reden waarom je weg wilt?'

Hij haalde zijn schouders op. 'Gedeeltelijk,' zei hij na een lange pauze. 'We hadden een beetje bonje thuis, als ik eerlijk ben. Het was het beste voor mij om weg te gaan.'

Daarover wilde ze meer weten. 'Wat voor bonje?' vroeg ze.

'Weet je, ik geloof dat ik het liever allemaal achter me laat als het jou niets uitmaakt.'

'Natuurlijk,' zei ze. 'Het zijn toch ook mijn zaken niet.'

'Zo bedoelde ik het niet.'

'Weet ik. Al goed.'

Hij deed zijn mond open om nog iets te zeggen maar hun aandacht werd afgeleid door een jongetje dat op en neer holde door het gangpad. Hij droeg de hoofdtooi van een indiaan en maakte bijpassende geluiden, een verschrikkelijk gekrijs waar zelfs een dove hoofdpijn van zou krijgen. De buschauffeur slaakte een enorme kreet en zei dat als niemand dat kind in toom zou houden, hij de bus zou keren en iedereen weer naar het centrum van Cork zou rijden; en geld terug was er niet bij.

'En jij, Catherine?' vroeg Seán toen de vrede was hersteld. 'Wat brengt je naar de hoofdstad?'

'Als ik het je vertel,' zei mijn moeder, die ergens al voelde dat ze die vreemdeling kon vertrouwen, 'beloof je dan dat je niets gemeens tegen me zegt? Ik heb al een heleboel onvriendelijke woorden te horen gekregen vandaag en eerlijk gezegd heb ik niet de kracht voor meer.'

'Ik probeer nooit onvriendelijke woorden te zeggen,' antwoordde Seán.

'Ik krijg een kindje,' zei mijn moeder. Ze keek hem recht en zonder een spoor van schaamte aan. 'Ik krijg een kindje en ik heb geen man om me te helpen het groot te brengen. Daar is een oorlog over uitgebroken, dat hoef ik je niet te vertellen. Mijn moeder en vader hebben me het huis uit gegooid en de priester heeft gezegd dat ik Goleen moest verlaten en er nooit meer een voet mag zetten.'

Seán knikte maar deze keer bloosde hij niet, ondanks het indiscrete onderwerp. 'Ja, die dingen gebeuren, neem ik aan,' zei hij. 'We zijn geen van allen perfect.'

'Deze wel,' zei mijn moeder, wijzend naar haar buik. 'Voorlopig, welteverstaan.'

Seán grijnsde en keek voor zich. Daarna zeiden ze een hele tijd niets tegen elkaar, en misschien dommelden ze allebei wel in of misschien deed een van hen de ogen dicht om die indruk te wekken, zodat ze alleen konden zijn met hun gedachten. Hoe dan ook, meer dan een uur later was mijn moeder weer wakker, keek naar haar metgezel en raakte zachtjes zijn onderarm aan.

'Weet jij iets over Dublin?' vroeg ze. Wellicht was het eindelijk tot haar doorgedrongen dat ze geen idee had wat ze zou doen of waar ze heen zou gaan als ze aankwamen.

'Ik weet dat daar de Dáil Éireann is, het Lagerhuis, dat de Liffey dwars door het hart van de stad stroomt en dat het warenhuis Clerys aan een grote, lange straat staat die is vernoemd naar Daniel O'Connell.'

'Nou, zo een heb je in elk graafschap van Ierland.'

'Dat klopt. Net zoals er overal een Marktplein is. En een Hoofdstraat.'

'En een Brugstraat.'

'En een Kerkstraat.'

'God beware ons voor de Kerkstraten,' zei mijn moeder lachend en Seán lachte ook – een paar kinderen die giechelden over hun oneerbiedigheid. 'Daarvoor ga ik naar de hel,' voegde zij eraan toe toen ze uitgelachen waren.

'Ja, we gaan allemaal naar de hel,' zei Seán. 'Ik nog als eerste.'

'Waarom jij als eerste?'

'Ik ben een slechte jongen,' zei hij met een knipoog en ze lachte weer. Toen voelde ze dat ze naar het toilet moest en ze vroeg zich af hoe lang het nog zou duren voordat ze ergens stopten. Achteraf vertelde ze me dat dit het enige moment was in de tijd dat ze elkaar kenden waarop ze een soort aantrekkingskracht voor Seán voelde. Er ging een korte fantasie door haar hoofd waarin ze de bus zouden verlaten als geliefden, binnen een maand trouwden en mij grootbrachten als hun kind. Een mooie droom, lijkt me, maar hij zou nooit uitkomen.

'Je lijkt me helemaal niet slecht,' zei ze.

'O, nou, je zou me eens moeten zien als ik op gang kom.'

'Dat zal ik onthouden. Dus vertel eens over die vriend van je. Hoe lang zei je dat hij al in Dublin zit?'

'Ruim een maand nu,' zei Seán.

'En ken je hem goed?'

'Jazeker. We leerden elkaar een paar jaar geleden kennen toen zijn vader de boerderij naast de onze kocht, en sindsdien zijn we geweldig goeie vrienden.'

'Dat moet wel als hij jou een baan bezorgt. De meeste mensen zorgen alleen voor hun eigen hachje.'

Hij knikte, keek naar de vloer, toen naar zijn nagels, toen uit het raam. Ze reden langs een bord. 'Portlaoise,' zei hij. 'We komen in elk geval dichterbij.'

'Heb je broers of zussen die jou zullen missen?' vroeg ze.

'Nee,' zei Seán. 'Ik was alleen. Na mijn geboorte kon mijn moeder geen kinderen meer krijgen en mijn vader heeft haar dat nooit vergeven. Vandaar dat hij buiten de pot piest. Heeft verschillende minnaressen en niemand zegt daar ooit iets van omdat een man volgens de priester een huis vol kinderen verwacht van zijn vrouw. Een dorre akker veelt geen aanplant.'

'Wat een lieverdjes, hè?' vroeg mijn moeder, en nu fronste Seán. Hij mocht nog zo verdorven zijn, aan spotten met geestelijken was hij niet gewend. 'Ik heb zes broers,' zei ze na een tijdje. 'Vijf van hen hebben stro in hun hoofd waar hun hersenen zouden moeten zitten. De enige aan wie ik geen hekel heb, mijn jongste broer Eddie, wil zelf priester worden.'

'Hoe oud is hij?'

'Een jaar ouder dan ik. Zeventien. Hij gaat in september naar het semi-narie. Ik denk niet dat hij gelukkig zal zijn want ik weet zeker dat hij gek op de meiden is. Maar hij is nu eenmaal de jongste en de boerderij is al verka-veld voor de eerste twee, de volgende twee moeten onderwijzer worden en de vijfde kan niet werken omdat hij niet goed bij zijn hoofd is, dus dan blijft Eddie over, dus die moet priester worden. Daar verheugen ze zich natuurlijk hevig op. Dat mis ik nu allemaal, neem ik aan,' voegde ze er met een zucht aan toe. 'De bezoeken, de kleren en de wijding door de bisschop. Denk je dat ze gevallen vrouwen brieven laten schrijven aan hun broers in het seminarie?'

'Ik weet niets van dat leven,' zei Seán, en hij schudde zijn hoofd. 'Mag ik je een vraag stellen, Catherine, en zeg maar gerust dat ik moet opvliegen als je hem niet wilt beantwoorden.'

'Ga je gang.'

'Wil de vader geen verantwoordelijkheid nemen voor... je weet wel... voor de baby?'

'Hij kijkt wel beter uit,' zei mijn moeder. 'Hij is ongetwijfeld dolblij dat ik daar weg ben. Ze zouden hem vermoorden als iemand erachter kwam wie hij was.'

'En maak je je geen zorgen?'

'Waarover?'

'Over hoe je het gaat redden?'

Ze glimlachte. Hij was argeloos, vriendelijk en misschien een beetje naïef, en er was ook een deel van haar dat zich afvroeg of een grote stad als Dublin wel de juiste plek was voor een knul zoals hij. 'Natuurlijk maak ik me zorgen,' zei ze. 'Ik maak me idioot veel zorgen. Maar ik ben ook dolblij. Wonen in Goleen vond ik vreselijk. Het is goed voor mij om weg te gaan.'

'Ik ken dat gevoel. West-Cork doet rare dingen met je als je er te lang blijft hangen.'

'Hoe heet je vriend trouwens? Die van bij Guinness?'

'Jack Smoot.'

'Smoot?'

'Ja.'

'Dat is een geweldig rare naam.'

'Er zijn Nederlanders in zijn familie, geloof ik. Ooit, weet je wel.'

'Denk je dat hij voor mij ook een baantje zou kunnen vinden? Ik zou misschien in het kantoor kunnen werken.'

Seán keek langs haar heen en beet op zijn lip. 'Ik weet het niet,' zei hij langzaam. 'Ik zeg je eerlijk dat ik het liever niet wil vragen omdat hij zich al heeft uitgesloofd om in een mum van tijd woonruimte te vinden voor mij en hem.'

'Natuurlijk,' zei mijn moeder. 'Ik had het niet moeten vragen. Ik kan natuurlijk op een dag een wandelingetje gaan maken als er niets anders opduikt. Dan laat ik een bordje maken, dat ik om mijn hals draag. EERLIJK MEISJE ZOEKT WERK. MOET OVER PAKWEG VIER MAANDEN ENIGE TIJD VRIJ NEMEN. Niet iets om grapjes over te maken, hè?'

'Je hebt niets te verliezen, neem ik aan.'

'Denk je dat er veel baantjes te vinden zijn in Dublin?'

'Volgens mij hoef jij hoe dan ook niet te lang te zoeken. Je bent een... weet je wel... je bent een...'

'Ik ben een wat?'

'Je bent knap,' zei Seán en hij haalde zijn schouders op. 'En werkgevers hebben dat toch graag? Je zou altijd winkelmeisje kunnen zijn.'

'Winkelmeisje,' zei mijn moeder, terwijl ze langzaam knikte en erover nadacht.

'Ja, winkelmeisje.'

'Ja, dat zou wel kunnen.'

Drie eendjes

Volgens mijn moeder verschilden Jack Smoot en Seán MacIntyre als dag en nacht, dus het verbaasde haar dat ze zulke goede vrienden waren. Terwijl Seán op het naïeve af extravert en vriendelijk was, was Smoot een duisterder, terughoudender figuur, met neigingen tot langere perioden van gepieker en introspectie, die soms overgingen in wanhoop.

'De wereld is een vreselijke plek,' zou hij tegen haar zeggen toen ze elkaar een paar weken kenden, 'en we hebben pech dat we er geboren zijn.'

'En toch schijnt de zon,' antwoordde ze met een glimlach. 'Dat is in elk geval meegenomen.'

Toen de bus Dublin binnenreed werd Seán, in de stoel naast haar, steeds enthousiaster terwijl hij uit het raam keek. Met grote ogen keek hij naar de onbekende straten en gebouwen waaraan te zien was dat ze de stad naderden, en die groter waren en dichter opeen stonden dan in Ballincollig. Toen de bus stopte aan Aston Quay was hij de eerste die zijn koffer uit het rek boven hun hoofd haalde en hij leek geïrriteerd toen hij moest wachten tot de passagiers voor hem hun bezittingen hadden vergaard. Toen hij ten slotte uitstapte, keek hij ongeduldig rond totdat hij een blik naar de overkant van de kade wierp en een man op hem toe zag komen uit de richting van de kleine wachtruimte naast het warenhuis van McBirney. Prompt verscheen er een opgeluchte glimlach op zijn gezicht.

'Jack!' brulde hij met een stem die bijna stikte van geluk, toen de man, een jaar of twee ouder dan hij, naar hem toe liep. Ze stonden even tegenover elkaar te grijnzen, voordat ze elkaar hartelijk de hand schudden en Smoot in een zeldzame opwelling van speelsheid Seáns pet van zijn hoofd trok en triomfantelijk de lucht in gooide.

'Dus het is gelukt,' zei hij.

'Twijfelde je aan me?'

'Ik wist het niet zeker. Ik dacht dat ik misschien hier zou blijven staan wachten als de ezel van O'Donovan.

Mijn moeder liep naar hen toe, dolgelukkig dat ze weer in de frisse lucht stond. Smoot wist natuurlijk niet dat er ergens tussen Newbridge en Rathcoole een plannetje was gesmeed. Hij besteedde geen aandacht aan haar en concentreerde zich volledig op zijn vriend. 'En je vader?' vroeg hij. 'Heb je...'

'Jack, dit is Catherine Goggin,' zei Seán toen ze naast hem bleef staan. Ze deed haar best niet op te vallen. Smoot keek naar haar en vroeg zich af waarom ze aan hem werd voorgesteld.

'Hallo,' zei hij na een korte stilte.

'We hebben elkaar ontmoet in de bus,' zei Seán. 'We zaten naast elkaar.'

'O ja?' vroeg Smoot. 'Kom je op familiebezoek?'

'Niet precies,' zei mijn moeder.

'Catherine zit een beetje in de problemen,' legde Seán uit. 'Haar moeder en vader hebben haar het huis uit gegooid en willen haar niet terug, vandaar dat ze naar Dublin is gekomen om haar geluk te beproeven.'

Smoot knikte, zijn tong bolde zijn wang op terwijl hij dit overdacht. Hij had donker haar, even donker als Seán blond was, en zijn wangen werden ontsierd door kleine littekens. Zijn brede schouders riepen bij mijn moeder direct het beeld op van de houten vaten met Guinness die hij over het voorplein van de brouwerij droeg, wankelend door de luchtvervuiling van de hop- en gerststank. 'Er zijn er veel die dat proberen,' zei hij uiteindelijk. 'Er doen zich uiteraard mogelijkheden voor. Sommigen redden het niet, die nemen de boot naar de overkant.'

'Sinds mijn kindertijd droom ik geregeld dat ik op een boot stap die zinkt en dan verdrink ik,' zei mijn moeder. Dat onzinverhaaltje verzon ze ter plekke, want ze had nog nooit zoiets gedroomd en zei het nu alleen om het plannetje dat zij en Seán in de bus hadden uitgebroed te laten slagen. Ze was niet eerder bang geweest, vertelde ze me, maar toen ze eenmaal in de stad stond sloeg de schrik haar om het hart bij het idee alleen achtergelaten te worden.

Smoot had daar geen antwoord op en keek uit de hoogte naar haar voordat hij zijn vriend weer aansprak.

'Goed, zullen we dan maar gaan?' vroeg hij. Hij stak zijn handen in zijn jaszakken en knikte ten afscheid naar mijn moeder. 'We gaan naar ons logies en dan een hapje eten. Ik heb de hele dag alleen maar een broodje gehad en zou een kleine protestant kunnen verslinden als iemand een beetje jus over zijn hoofd giet.'

'Geweldig,' zei Seán, en toen Smoot zich omdraaide om de weg te wijzen, liep Seán twee stappen achter hem aan met zijn koffer in één hand, terwijl Catherine een paar meter achterbleef. Smoot keek om, fronste zijn voorhoofd; de andere twee bleven staan en zetten hun bagage op de grond. Hij keek naar hen alsof ze allebei gek waren en liep toen door, waarna zij opnieuw allebei op afstand volgden. Ten slotte draaide hij zich naar het tweetal om en zette verbijsterd zijn handen op zijn heupen.

'Is hier iets gaande wat ik niet begrijp?' vroeg hij.

'Luister, Jack,' zei Seán. 'Die arme Catherine is hier helemaal alleen op de wereld. Ze heeft geen werk en niet veel geld om dat te vinden. Ik heb gezegd dat ze misschien een paar dagen bij ons kon blijven, totdat ze haar zaakjes op orde heeft. Dat vind je toch niet erg?'

Smoot bleef even zwijgen en mijn moeder herkende het mengsel van teleurstelling en verbolgenheid op zijn gezicht. Ze vroeg zich af of ze simpelweg zou zeggen dat het niet erg was, dat ze geen van beiden tot last wilde zijn en dat ze hen met rust liet, maar anderzijds was Seán in de bus zo vriendelijk voor haar geweest, en als ze niet met hem meeging, waar moest ze dan heen?

'Kennen jullie elkaar van thuis, is dat het?' vroeg Smoot. 'Spelen jullie een spelletje met me?'

'Nee, Jack, we zijn elkaar net tegengekomen, dat zweer ik je.'

'Wacht eens even,' zei Smoot. Hij kneep zijn ogen tot spleetjes toen hij naar mijn moeders buik keek, die rond begon te worden, want ik was inmiddels vijf maanden met mijn ontwikkeling bezig. 'Ben jij...? Is dat...?'

Mijn moeder rolde met haar ogen. 'Ik zou bijna een advertentie in de krant kunnen zetten,' zei ze, 'voor alle belangstelling die mijn buik vandaag wekt.'

'Hé daar,' zei Smoot, wiens gezicht almaar donkerder stond. 'Seán, heeft dit iets met jou te maken? Breng jij dit probleem naar mijn deur?'

'Natuurlijk niet,' zei Seán. 'Ik zeg je toch, we hebben net kennis met elkaar gemaakt. We zaten naast elkaar in de bus, meer niet.'

'En ja, ik was tegen die tijd al vijf maanden ver,' vulde mijn moeder aan.

'Als dat het geval is,' zei Smoot, 'waarom wordt ze dan ons pakkie-an? Je hebt geen ring aan je vinger, zie ik,' voegde hij eraan toe, knikkend naar mijn moeders linkerhand.

'Nee,' zei mijn moeder. 'En weinig kans er nu een te krijgen.'

'Zit je soms achter Seán aan?'

Mijn moeders mond viel open, half lacherig, half beledigd. 'Nee,' zei ze. 'Hoeveel keer moeten we je vertellen dat we elkaar net ontmoet hebben? Ik ga toch zeker niet proberen iemand aan de haak te slaan na één busreis?'

'Nee, maar je vraagt hem wel een gunst.'

'Jack, ze is alleen,' zei Seán zacht. 'We weten allebei toch wat dat is? Ik dacht dat een beetje christelijke naastenliefde geen kwaad kon.'

'Jij en je verdomde God,' zei Smoot hoofdschuddend, en mijn moeder was wel een sterke vrouw, maar ze verschoot van kleur vanwege die godslastering, want zulke woorden gebruikten de mensen in Goleen over het algemeen niet.

'Een paar dagen maar, niet meer,' herhaalde Seán. 'Totdat ze haar weg heeft gevonden.'

'Maar er is erg weinig ruimte,' zei Smoot verslagen. 'Het was maar bedoeld voor ons twee.' Er viel een lange stilte en ten slotte haalde hij zijn schouders op en zwichtte. 'Kom dan maar mee,' zei hij. 'Het lijkt erop dat ik geen stem in het kapittel heb, dus ik zal er het beste maar van maken. Een paar dagen, zeg je?'

'Een paar dagen,' beaamde mijn moeder.

'Totdat je je zaakjes op orde hebt?'

'Tot dan en niet langer.'

'Hmm,' zei hij en hij liep met grote stappen verder, gevolgd door Seán en mijn moeder.

De etage aan Chatham Street

Toen ze bij de brug kwamen, keek mijn moeder over de leuning naar de Liffey, een vuile, groenbruine vastberadenheid die met spoed haar weg zocht naar de Ierse Zee alsof ze zo snel mogelijk uit de stad wilde zijn en priesters, pubs en politiek ver achter zich wilde laten. Ze ademde in, vertrok haar gezicht en verklaarde dat het water in West-Cork een heel stuk schoner was.

'Je kunt daar je haar in de beekjes wassen,' verklaarde ze. 'En dat wordt uiteraard veel gedaan. Mijn broers gaan elke zaterdagmorgen naar een beekje achter onze boerderij om zich allemaal te wassen met een stuk Lifebuoy-zeep, en als ze terugkomen glanzen ze als de zon op een zomerdag. Op een keer werd Maisie Hartwell betrapt toen ze stond toe te kijken; haar vader gaf haar een pak slaag, die viespeuk. Zij was nieuwsgierig naar hun jongeheer.'

'De bussen,' verklaarde Smoot, terwijl hij zich omkeerde en de peuk uit zijn mond plukte en onder zijn zware schoen fijntrapte, 'gaan beide kanten op.'

'O, Jack,' zei Seán, en de teleurstelling in zijn stem was zo aandoenlijk dat mijn moeder zich meteen gelukkig prees dat niet zij op een dergelijke toon werd getrakteerd.

'Zoiets heet een grap,' zei Smoot, stil na die bestraffende toon.

'Aha,' antwoordde mijn moeder, 'aha.'

Smoot schudde zijn hoofd en liep door, en ze had gelegenheid om te kijken naar de stad, waarover ze al heel haar leven had horen vertellen dat hij vol hoeren en atheïsten zou zitten, maar die erg op thuis leek, alleen met meer auto's, grotere gebouwen en betere kleren. In Goleen zag je alleen de werkman, zijn vrouw en hun kinderen. Niemand was rijk, niemand was arm, en de wereld bleef stabiel doordat dezelfde paar honderd pond regelmatig heen en weer kon schuiven van bedrijf naar bedrijf, van boerderij naar kruidenier en van loonzakje naar café. Maar hier zag ze heren in donkere krijtstreeppakken en met zorgvuldig geboetseerde snorren, opgedirkte dames, havenarbeiders en binnenschippers, winkelmeisjes en spoorwegarbeiders. Er liep een rechtskundig adviseur langs, in pontificaal op weg naar Four Courts, het gerechtsgebouw; zijn zwarte toga van popeline bolde achter hem op als een cape, zijn korte, krullende witte pruik dreigde weg te waaien. Van de andere kant kwamen een paar jonge seminaristen waggelend van de drank over het trottoir op hen toe, gevolgd door een kleine jongen met een gezicht dat zwart zag van de steenkool en een man verkleed als vrouw – zo'n schepsel had ze nooit eerder gezien. O, nu een camera! dacht ze. Dan zingen ze wel een toontje lager in West-Cork! Toen ze bij het kruispunt kwamen, keek ze opzij de lange O'Connell Street af en zag halverwege de hoge Dorische zuil, met het standbeeld dat trots op zijn sokkel stond, zijn neus in de lucht, zodat hij de stank niet hoefde in te ademen van de mensen over wie hij de baas speelde.

'Is dat de zuil van Nelson?' vroeg ze, die kant op wijzend. Smoot en Seán keken allebei om.

'Klopt,' zei Smoot. 'Hoe wist je dat?'

'Mijn school had echte onderwijzers,' zei ze. 'Ik kan zelfs mijn eigen naam spellen. En tot tien tellen. Niet gek, hè?'

'Het is een lading ouwe stenen, op elkaar gestapeld toen de Britten weer eens een veldslag hadden gewonnen,' zei Smoot, zonder aandacht voor haar sarcasme. 'Als je het mij vraagt moeten ze de smeerlap terugsturen naar waar hij vandaan kwam. Meer dan twintig jaar geleden zijn we onafhankelijk geworden en nog steeds staat daar een dooie uit Norfolk over ons uit te kijken en elke beweging van ons in de gaten te houden.'

'Het ziet er met hem wel fraaier uit zo,' zei ze, meer om hem te irriteren dan iets anders.

'Je meent het?'

'Ja.'

'Nou veel geluk dan.'

Maar deze keer zou ze niet dichter bij Horatio Nelson komen want ze liepen de andere kant op, over Westmoreland Street en langs de vooringang van Trinity College, waar mijn moeder aandachtig keek naar de knappe jongemannen die in nette pakken onder de poort bij elkaar stonden, en ze voelde diep in haar maag de jaloezie knagen. Welk recht hebben zij op zo'n mooie plek, vroeg ze zich af, terwijl haar die eeuwig zou worden ontzegd?

'Volgens mij is het een bekakt zootje,' zei Seán, die haar blik volgde. 'En uiteraard allemaal protestanten. Jack, ken jij eigenlijk een van de studenten daarbinnen?'

'O, ik ken ze stuk voor stuk,' zei Smoot. 'Ja, we gaan elke avond samen uit dineren en dan brengen we een toost uit op de koning en zeggen wat een geweldige vent Churchill is.'

Mijn moeder voelde dat de irritatie in haar opvlamde. Het was niet haar idee geweest om een paar nachten bij hen door te brengen, maar Seáns idee, en bovendien een daad van naastenliefde van zijn kant, maar nu het plan was gemaakt begreep ze niet waarom die Smoot er zo onbeschoft om moest worden. Hoe dan ook, ze liepen een eind over Grafton Street voordat ze rechtsaf Chatham Street insloegen en ten slotte bleven stilstaan voor een kleine rode deur naast een café, waar Smoot een koperen sleutel uit zijn zak haalde, zich omdraaide en hen aankeek.

'Er is geen eigenaar in het pand, goddank,' zei hij. 'Meneer Hogan komt op zaterdagochtend langs voor de huur, ik ontmoet hem buiten en het enige waar hij ooit over praat is die verdomde oorlog. Hij is voor de Duitsers. Wil dat het een gelijkspel wordt. Die maffe klojo zou het helegans rechtvaardig vinden als de Britten werden afgedroogd, maar wat zou er dan gebeuren vraag ik hem: "Welk land komt daarna? Wij." We zouden allemaal de Hitlergroet brengen met kerst en in paradepas door Henry Street lopen met onze arm in de lucht. Niet dat het zo ver komt hoor, die verdomde oorlog is bijna voorbij. Hoe dan ook, ik betaal hier een huur van drie shilling per week,' voegde hij eraan toe, met een blik op Catherine, ze begreep wat hij bedoelde en accepteerde het zwijgend. Zeven dagen per week, dat betekende vijf penny per dag. Twee of drie dagen: vijftien penny. Volstrekt redelijk, besloot ze.

'Foto's voor een penny!' riep een jongen die de straat af liep met een camera om zijn hals. 'Foto's voor een penny!'

'Seán!' riep mijn moeder, en ze trok aan zijn arm. 'Kijk nou eens. Een vriend van mijn vader in Goleen had een camera. Heb je ooit je foto laten nemen?'

'Nee,' zei hij.

'Waarom laten we er nu geen maken,' zei ze enthousiast. 'Om onze eerste dag in Dublin te vieren.'

'Zonde van de penny,' zei Smoot.

'Volgens mij zou het een mooie herinnering zijn,' zei Seán. Hij wenkte de jongen en gaf hem een penny. 'Kom op, Jack. Jij moet er ook op.'

Mijn moeder ging naast Seán staan maar toen Smoot erbij kwam duwde hij haar met zijn elleboog opzij en de sluiter klikte net toen ze hem geïrriteerd aankeek.

'U krijgt hem over drie dagen,' zei de jongen. 'Wat is het adres?'

'Precies hier,' zei Smoot. 'Je kunt hem in de brievenbus gooien.'

'Krijgen we er maar één?' vroeg mijn moeder.

'Ze kosten een penny per stuk,' zei de jongen. 'Als u een tweede wilt, betaalt u meer.'

'Eentje is mooi,' zei ze, en ze draaide zich om, terwijl Smoot de sleutel gebruikte om de deur open te maken.

De trap was smal, waardoor er maar één persoon tegelijk naar boven kon lopen, het behang was geel en bladderde aan beide muren af. Er was geen leuning en toen mijn moeder haar hand uitstak naar haar tas, pakte Seán die en liet haar voorgaan na Smoot.

'Jij tussen ons in,' zei hij. 'We moeten voorkomen dat je valt en de baby verwondt.'

Ze wierp hem een dankbare glimlach toe en toen ze bovenkwam liep ze een kleine kamer binnen met een wasbak, een tinnen badkuip in een hoek, en langs de achtermuur de kolossaalste bank die mijn moeder ooit in haar leven had gezien. Hoe iemand hem in 's hemelsnaam de trap op had gekregen was haar een raadsel. Hij zag er zo ruim en comfortabel uit dat ze moeite had niet meteen in de omarming neer te vallen en net te doen alsof al haar avonturen van de afgelopen vierentwintig uur nooit hadden plaatsgevonden.

'Nou, dit is het dan,' zei Smoot, rondkijkend met een mengsel van trots en gêne. 'De gootsteen werkt als hij er zin in heeft, maar het water is koud en het is rottig om de emmer te vullen en hem bij elke wasbeurt naar de badkuip te zeulen. Als je naar het toilet moet, kun je een van de cafés in de buurt gebruiken. Alleen moet je een gezicht trekken alsof je er een afspraak hebt met iemand, anders wijzen ze je de deur.'

'Krijgen we de hele tijd "verdomd" en "klojo" en "rottig" te horen, meneer Smoot?' vroeg mijn moeder glimlachend. 'Begrijp me goed, ik vind het niet echt erg, maar ik weet graag waar ik aan toe ben.'

Smoot staarde haar aan. 'Staat mijn taal je niet aan, Kitty?' vroeg hij, en haar glimlach smolt als sneeuw voor de zon.

'Noem me niet zo,' zei ze. 'Denk erom, de naam is Catherine.'

'Nou, ik zal proberen me meer als een heer te gedragen met jou in de buurt, als je dat zo aanstootgevend vindt, Kitty. Ik zal op mijn verdomde woorden letten nu we een...' – hij stopte en knikte bedachtzaam naar mijn moeders buik – '... een dame in huis hebben.'

Ze slikte, stond klaar voor de aanval, maar wat kon ze doen? Dankzij hem had ze een dak boven het hoofd.

'Het is hier geweldig,' zei Seán ten slotte om de spanning te breken. 'Heel gezellig.'

'Inderdaad,' zei Smoot, naar hem glimlachend, en mijn moeder vroeg zich af of er iets was wat ze kon doen om zijn vriendschap te verdienen op de manier waarop Seán dat blijkbaar kon, maar er kwam niets bij haar op.

'Misschien,' zei ze uiteindelijk, met een blik naar een halfopen deur in de hoek, waardoorheen ze een eenpersoonsbed zag in de aangrenzende kamer, 'misschien was het allemaal een vergissing. Er is toch geen ruimte voor ons drieën hier? Meneer Smoot heeft zijn slaapkamer en ik vermoed dat de bank voor jou bestemd was, Seán. Het zou niet eerlijk zijn als ik die inpikte.'

Seán keek naar de vloer en zei niets.

'Jij en ik kunnen kop aan staart liggen,' zei Smoot met een blik op Seán, die een rood hoofd had gekregen van gêne. 'Kitty hier kan de bank nemen.'

De sfeer in de kamer werd zo ongemakkelijk dat mijn moeder niet wist wat ze ervan moest denken. Ze stonden daar midden in de kamer met z'n drieën een hele tijd te zwijgen, vertelde ze me.

'Goed dan,' zei ze ten slotte, opgelucht nu ze een zin had gevonden die zich ergens in haar achterhoofd aandiende. 'Heeft er iemand honger? Ik denk dat ik drie maaltijden ga betalen om jullie te bedanken.'

Journalist misschien

Twee weken later, op de dag dat het nieuws Dublin bereikte dat Adolf Hitler zich een kogel door de kop had gejaagd, wandelde mijn moeder een goedkope juwelierszaak aan Coppinger Row binnen en kocht een trouwring voor zichzelf, een smal gouden bandje met een piepklein edelsteentje als versiering. Ze was nog niet verhuisd uit de etage aan Chatham Street maar had een discrete verstandhouding opgebouwd met Jack Smoot, die zich verzoende met haar aanwezigheid door die zelden op te merken. Om zich nuttig te maken hield ze de kamers schoon en gebruikte het kleine beetje geld dat ze had om een maaltijd op tafel te krijgen als ze thuiskwamen van hun werk, want Seán had uiteindelijk een baantje gevonden bij Guinness, hoewel hij dat niet bijster leuk vond.

'Ik draag de halve dag zakken hop door het gebouw,' vertelde hij terwijl hij op een avond in het bad lag om zijn spieren te ontspannen. Mijn moeder zat in de kamer ernaast op het bed, met haar rug naar hem toe maar de deur halfopen zodat ze konden praten. Het was een eigenaardige kamer, vond ze. Niets aan de muren, behalve een Sint-Brigidakruis en een foto van paus Pius xii. Daarnaast hing de foto die was genomen op de dag dat ze in Dublin waren aangekomen. De jongen had slecht werk geleverd, want hoewel Seán glimlachte en Smoot half menselijk leek, werd haar lichaam aan de rand middendoor gesneden, met haar hoofd naar rechts gedraaid vol ergernis over de manier waarop Smoot haar had geduwd. Er stond één kast tegen een wand, waarin de kleren van beide jongemannen door elkaar lagen alsof het niet uitmaakte wie wat bezat. En het bed zelf was nauwelijks groot genoeg voor één persoon, laat staan voor hen beiden als ze hoofd aan voeten sliepen. Geen wonder, zei ze tegen zichzelf dat ze 's nachts de vreemdste geluiden uit de slaapkamer hoorde komen. Die arme jongens moesten vast vreselijk veel moeite doen om in slaap te vallen.

'Mijn schouders zijn beurs,' vervolgde Seán, 'mijn rug doet zeer en ik heb vreselijke hoofdpijn door de geur van de brouwerij. Misschien ga ik binnenkort uitkijken naar iets anders, want ik weet niet hoe lang ik het daar volhoud.'

'Jack lijkt het daar toch wel leuk te vinden,' zei mijn moeder.

'Hij is steviger gebouwd dan ik.'

'Wat zou je anders willen doen?'

Seán dacht lang na over een antwoord en ze hoorde hem rondspartelen in de badkuip. Ik vraag me af of er een deel van haar was dat zich op dat moment wilde omdraaien en haar ogen wilde laten rusten op het lichaam van de jonge jongen in bad, of ze ooit had overwogen erheen te lopen zonder een greintje schaamte en aan te bieden het met hem te delen? Hij was vriendelijk voor haar geweest en een knappe vent, dat vertelde ze me althans. Ze zou moeilijk hebben kunnen voorkomen dat ze zich aan hem ging hechten.

'Ik weet het niet,' zei hij uiteindelijk.

'Er is iets in je stem wat me zegt dat je het wel weet.'

'Ik heb één idee,' zei hij, met een zekere gêne in zijn stem. 'Maar ik weet niet of het wat voor mij zou zijn.'

'Vertel op.'

'Ga je niet lachen?'

'Misschien,' zei ze. 'Ik vind lachen trouwens heel geen slecht idee.'

'Nou, je hebt kranten, hè,' zei hij na een korte pauze. 'De *Irish Times* natuurlijk, en de *Irish Press*. Ik heb het idee dat ik dingen voor hen zou kunnen schrijven.'

'Wat voor dingen?'

'Stukjes nieuws, weet je wel. Ik heb een beetje geschreven, thuis in Ballincollig. Verhalen en wat dies meer zij. Een paar gedichten. Niet goed, de meeste, maar alles welbeschouwd... Ik denk dat ik beter zou kunnen worden als ik een kans kreeg.'

'Je bedoelt journalist?' vroeg ze.

'Ik denk het wel, ja. Ben ik gek?'

'Wat is gek? Iemand moet het toch doen?'

'Jack vindt het geen goed idee.'

'En wat doet dat er nu toe? Hij is toch niet je vrouw? Je kunt je eigen beslissingen nemen.'

'Ik weet niet of ze me zelfs maar zouden aannemen. Maar Jack wil ook niet altijd bij Guinness blijven. Hij heeft zijn zinnen gezet op een eigen pub.'

'Dat is precies wat Dublin nodig heeft. Nog een pub.'

'Niet hier. In Amsterdam.'

'Wat?' vroeg mijn moeder, die verrast haar stem verhief. 'Waarom zou hij daarnaartoe willen gaan?'

'Ik neem aan dat het zijn Nederlandse kant is,' zei Seán. 'Hij is er nooit geweest maar hij heeft er fantastische dingen over gehoord.'

'Wat voor dingen?'

'Dat het verschilt van Ierland.'

'Nou, dat kan toch nauwelijks een enorme openbaring zijn. Je hebt daar grachten en zo, toch?'

'Op andere manieren verschillend.'

Hij zei niets meer en mijn moeder begon zich bezorgd af te vragen of hij in slaap was gevallen en onder water was gegleden.

'Ik heb zelf ook een beetje nieuws,' zei ze, in de hoop dat hij snel zou antwoorden, anders had ze geen keus dan zich omdraaien.

'Ga door.'

'Ik heb morgenochtend een gesprek voor een baan.'

'Je meent het!'

'Jawel,' zei ze terwijl hij weer rondspartelde en het stukje zeep gebruikte dat ze een paar dagen eerder had meegenomen van een stalletje op de markt en aan Smoot had aangeboden, deels als cadeautje om nog te mogen blijven, deels als aanmoediging voor hem om zich eens te wassen.

'Bravo,' zei Seán. 'Waar is het trouwens?'

'De Dáil.'

'De wat?'

'De Dáil. Aan Kildare Street. Je weet wel, het parlementsgebouw.'

'Ik weet wat de Dáil is,' antwoordde Seán lachend. 'Ik ben alleen maar verrast, meer niet. Wat voor baan is het? Word je Lagerhuislid? Krijgen we onze eerste vrouwelijke minister-president? "Mevrouw de Taoiseach"?'

'Serveerster in de tearoom. Ik heb om elf uur een kennismakingsgesprek met een zekere mevrouw Hennessy.'

'Nou, dat is in elk geval goed nieuws. Denk je dat je...'

Een sleutel schoof in het slot, haperde even, werd eruit gehaald, er weer in gestoken, en toen mijn moeder Smoot de andere kamer hoorde binnenkomen verschoof ze een stukje op bed, zodat hij haar niet zou zien zitten. Haar ogen rustten op de scheur in de muur die leek op de loop van de Shannon door de Midlands.

'Aha, ben je daar,' zei hij, met een gevoelige stem die ze nog nooit van hem had gehoord. 'Een fraai tafereel om bij thuis te komen.'

'Jack,' zei Seán meteen, ook op een andere toon, om hem snel de mond te snoeren. 'Catherine is hier ook.'

Mijn moeder draaide zich om en keek vanaf het bed naar de andere kamer. Op hetzelfde moment keek Smoot naar haar, en haar blik, vertelde ze me achteraf, werd heen en weer geslingerd tussen de mooie blote, gespierde, haarloze borst van Seán, zoals hij in het vuile water lag, en het gezicht van Smoot, waarop de irritatie gestaag toenam. In verwarring vroeg ze zich af wat ze precies fout had gedaan en draaide zich weer terug, blij dat ze haar blozende gezicht kon verbergen.

'Hallo, Jack,' riep ze vrolijk.

'Kitty.'

'Afgebeuld?'

Hij zei niets en er viel een lange stilte in de woonkamer. Mijn moeder wilde zich omdraaien en zien wat er gebeurde. De twee jongemannen praatten niet hardop maar zelfs in de stilte merkte ze dat er een zeker conversatie tussen hen aan de gang was, al was het maar door de manier waarop ze naar elkaar keken. Ten slotte zei Seán: 'Catherine vertelde me net dat ze morgenochtend een sollicitatiegesprek heeft. In de tearoom van de Dáil, geloof het of niet.'

'Ik geloof alles wat ze me vertelt,' zei Smoot. 'Is het waar, Kitty? Ga je eindelijk op in de gelederen van de werkende vrouwen? Jezus christus, komt er misschien toch nog een verenigd Ierland van.'

'Als ik mezelf goed verkoop,' zei Catherine, doof voor zijn sarcasme. 'Als ik indruk maak op de beheerster, dan zal ik de baan hopelijk krijgen.'

'Catherine,' zei Seán met stemverheffing. 'Ik kom nu uit bad, dus draai je niet om.'

'Goed, ik zal de deur dichtdoen zodat je je kunt afdrogen. Heb je schone kleren nodig?'

'Ik pak ze wel,' zei Smoot. Hij liep de slaapkamer binnen, pakte Seáns broek van de rug van een stoel en een schoon overhemd, ondergoed en sokken uit de la van de kast, die hij een poosje in zijn handen hield terwijl hij neerkeek op Catherine en haar uitdaagde naar hem op te kijken, wat ze uiteindelijk deed.

'Gaan ze niet moeilijk doen, denk je?' vroeg hij. 'De jongens van de Dáil?'

'Waarover?' vroeg ze, terwijl ze zag hoe hij Seáns kleren beschermend in zijn armen hield, de onderkleding van de jongen bovenop alsof hij haar ermee wilde intimideren.

'Daarmee,' zei hij, wijzend naar mijn moeders buik.

'Ik heb een ring gekocht,' zei ze. Ze stak haar linkerhand uit en liet hem zien.

'Mensen met geld komen overal mee weg. En als het kind is geboren?'

'Daar heb ik een superplan voor,' zei ze.

'Dat zeg je steeds. Ga je ons ooit vertellen wat het inhoudt of moeten we raden?'

Mijn moeder zei niets en Smoot liep weg.

'Ik hoop dat ze je nemen,' mompelde hij terwijl hij langs haar liep, zo zacht dat alleen zij beiden het konden horen. 'Ik hoop dat je die verdomde baan krijgt, dan kan je hier ophoepelen en ons met rust laten.'

Een sollicitatiegesprek in de Dáil Éireann

Toen mijn moeder de volgende ochtend bij de Dáil kwam, was de trouw-ring duidelijk zichtbaar aan de vierde vinger van haar linkerhand. Ze noemde haar naam tegenover de Garda die op wacht stond bij de voor-deur, een stoer uitziend manspersoon op wiens gezicht duidelijk te lezen stond dat er honderd plaatsen waren waar hij liever zou zijn dan daar, en hij keek op een klembord met daarop de bezoekers van die dag voordat hij zijn hoofd schudde en verklaarde dat ze niet op de lijst stond.

'Toch wel,' zei mijn moeder. Ze boog zich voorover en wees naar een naam naast '11.00 uur: voor Mevrouw C. Hennessy.'

'Daar staat Gogan,' zei de Garda. 'Catherine Gogan.'

'Nou, dat is gewoon een vergissing,' zei mijn moeder. 'Mijn naam is Goggin, niet Gogan.'

'Als je geen afspraak hebt, kan ik je niet binnenlaten.'

'Garda,' zei mijn moeder met een lief glimlachje. 'Ik verzeker u dat ik de Catherine Gogan ben die mevrouw Hennessy verwacht. Iemand heeft mijn naam gewoon verkeerd opgeschreven.'

'En hoe moet ik dat weten?'

'Goed, stel ik wacht hier en er komt geen Catherine Gogan opdagen, kunt u mij dan binnenlaten in plaats van haar? Dan heeft die Gogan haar kans verspeeld en heb ik misschien geluk en krijg ik het baantje in haar plaats.'

De Garda zuchtte. 'O nee, hè,' zei hij. 'Ik krijg hier thuis meer dan genoeg van.'

'Genoeg waarvan?'

'Ik kom naar mijn werk om geen last te hebben van dit soort gedoe,' zei hij.

'Wat voor gedoe?'

'Ga naar binnen en sta me niet te ergeren,' zei hij, waarna hij haar zowat door de deuren duwde. 'De wachtkamer is daar links. Haal het niet in je hoofd ergens anders heen te gaan of ik kom sneller achter je aan dan groen gras door een gans gaat.'

'Pfff,' zei mijn moeder, terwijl ze langs hem glipte en naar de kamer wandelde die hij had aangewezen. Ze stapte er binnen, ging zitten, keek naar de pracht en praal om zich heen en merkte dat haar hart bonkte in haar borst.

Een paar minuten later ging de deur open en kwam er een vrouw van rond de vijftig binnen, slank als een wilg, met pikzwart gemillimeterd haar.

'Juffrouw Goggin?' vroeg ze, en ze stapte naar voren. 'Ik ben Charlotte Hennessy.'

'Mevrouw Goggin, om precies te zijn,' zei mijn moeder snel en ze stond op. De vriendelijkheid op het gezicht van de oudere dame maakte plaats voor consternatie.

'O,' zei ze, toen ze mijn moeders buik zag. 'O hemel.'

'Prettig u te ontmoeten,' zei mijn moeder. 'Fijn dat u tijd hebt gevonden. Ik hoop dat de betrekking nog beschikbaar is?'

De mond van mevrouw Hennessy ging enkele malen open en dicht als bij een vis die heen en weer springt op het dek van een boot totdat het leven eruit is weggestroomd. 'Mevrouw Goggin,' zei ze, haar glimlach kwam terug terwijl ze aangaf dat ze beiden moesten gaan zitten. 'Die is nog beschikbaar, ja, maar ik ben bang dat er sprake is van een misverstand.'

'O?' zei mijn moeder.

'Ik was op zoek naar een meisje voor de tearoom, begrijp je? Geen getrouwde vrouw met een kind op komst. We kunnen hier in de Dáil Éireann geen getrouwde vrouwen gebruiken. Een getrouwde vrouw moet thuis zijn bij haar echtgenoot. Werkt je echtgenoot niet?'

'Mijn man werkte,' zei mijn moeder. Ze keek mevrouw Hennessy recht aan en liet haar onderlip lichtjes beven, een prestatie waar ze de hele ochtend op had geoefend voor de badkamerspiegel.

'En hij is zijn baan kwijt? Het spijt me, maar ik kan nog steeds niets voor je doen. Al onze meisjes zijn ongetrouwd. Uiteraard jonge meisjes zoals jij, maar ongehuwd. Dat hebben de afgevaardigden het liefst.'

'Hij heeft niet zijn baan verloren, mevrouw Hennessy,' zei mijn moeder, terwijl ze haar zakdoek uit haar zak haalde en haar ogen depte. 'Hij heeft het leven verloren.'

'O, hemel, het spijt me,' zei mevrouw Hennessy, geschrokken en met een hand op haar keel. 'De arme man. Wat is hem overkomen, als je het niet erg vindt dat ik het vraag?'

'De oorlog is hem overkomen, mevrouw Hennessy.'

'De oorlog?'

'De oorlog. Hij is gaan vechten, net als zijn vader vóór hem had gevochten en zijn grootvader nog weer voor hem. De Duitsers hebben hem te pakken gekregen. Minder dan een maand geleden. Door een granaat aan flarden geschoten. Het enige wat ik nog van hem heb is zijn polshorloge. En zijn valse tanden, het onderste gebit.'

Dat was het verhaal dat ze had bedacht en ze wist zelf dat het riskant was, want er waren mensen, van wie er velen daar in dat gebouw werkten, die geen hoge dunk hadden van Ieren die voor de Britten gingen vechten. Maar het verhaal klonk heldhaftig en om de een of andere reden had ze besloten die weg te volgen.

'Arme, ongelukkige vrouw,' zei mevrouw Hennessy, en toen ze haar hand uitstak om mijn moeders hand te drukken, wist die laatste dat ze de buit half binnen had. 'En dan in verwachting. Dat is tragisch.'

'Als ik tijd had om aan tragedies te denken, zou het tragisch zijn,' zei mijn moeder. 'Maar ik kan me dat nu eenmaal niet veroorloven. Ik moet aan dit kleintje denken,' voegde ze eraan toe, terwijl ze een beschermende hand op haar buik legde.

'Je zult het niet geloven,' zei mevrouw Hennessy, 'maar hetzelfde is tijdens de Eerste Wereldoorlog mijn tante Jocelyn overkomen. Ze was nog maar een jaar getrouwd met mijn oom Albert en toen tekende hij bij de Britten en sneuvelde in Passendale. De dag dat ze het nieuws hoorde ontdekte ze ook dat ze een kindje zou krijgen.'

'Het spijt me dat ik het vraag, mevrouw Hennessy,' vroeg mijn moeder en ze boog zich naar haar over, 'hoe heeft uw tante Jocelyn het gered? Kwam alles uiteindelijk in orde?'

'O voor haar geen probleem,' verklaarde mevrouw Hennessy. 'Zo'n positieve vrouw als zij heb je nog nooit ontmoet. Ze ging gewoon door met haar leven. Per slot was dat wat de mensen in die dagen deden. Geweldige vrouwen, stuk voor stuk.'

'Fantastische vrouwen, mevrouw Hennessy. Ik zou waarschijnlijk nog wel het een en ander kunnen leren van uw tante Jocelyn.'

De oudere vrouw straalde van genoegen maar daarna ebde iets van haar glimlach weg. 'Toch,' zei ze, 'weet ik niet of dit zou kunnen. Mag ik vragen hoe lang je nog hebt te gaan?'

'Drie maanden,' zei mijn moeder.

'Drie maanden. Het is een fulltime betrekking. Ik denk dat je weg zult moeten als de baby geboren is?'

Mijn moeder knikte. Natuurlijk had ze haar superplan, dus ze wist dat het niet zo zou gebeuren, maar dit was haar moment en ze was vastbesloten het te grijpen.

'Mevrouw Hennessy,' zei ze. 'U komt op me over als een vriendelijke vrouw. U doet me denken aan wijlen mijn moeder, die elke dag van haar leven voor me zorgde totdat ze vorig jaar bezweek aan kanker...'

'O, hemel, wat een beproevingen!'

'U hebt dezelfde vriendelijkheid in uw gezicht, mevrouw Hennessy. Nu zet ik alle waardigheid opzij en doe ik een beroep op uw goede hart. Ik heb een voorstel. Ik heb een betrekking nodig, mevrouw Hennessy, ik heb hard een betrekking nodig zodat ik geld apart kan leggen voor het kind als hij of zij zich aandient, op dit moment heb ik bijna niets. Als u het over uw hart kunt verkrijgen om me voor de volgende drie maanden aan te nemen, dan zal ik voor u werken als een karrenpaard en u geen reden geven om uw beslissing te betreuren, en als mijn tijd komt, kunt u misschien opnieuw een advertentie plaatsen en een jong meisje vinden dat op dat moment net zo veel behoefte heeft aan een kans als ik nu.'

Mevrouw Hennessy ging achteroverzitten, met tranen in haar ogen. Nu ik eraan denk vraag ik me af waarom mijn moeder eigenlijk solliciteerde naar een betrekking in de Dáil terwijl ze aan de overkant van de Liffey had moeten zijn om auditie te doen voor Ernest Blythe, de directeur van het Abby Theatre.

'Je gezondheid,' vroeg mevrouw Hennessy eindelijk. 'Mag ik je vragen hoe het in het algemeen gesteld is met je gezondheid?'

'Prima,' zei mijn moeder. 'Ik ben mijn hele leven nog geen dag ziek geweest. Zelfs de laatste zes maanden niet.'

Mevrouw Hennessy zuchtte en keek naar de muren om zich heen, alsof alle mannen die daar afgebeeld in vergulde lijsten hingen, haar advies konden geven. Een portret van W.T. Cosgrave hing boven haar schouder; hij leek boos naar mijn moeder te kijken alsof hij al haar leugens doorzag en haar met een stok het gebouw uit zou jagen als hij zich maar kon losrukken van dat schilderslinnen.

'En de oorlog is bijna voorbij,' zei mijn moeder even later, een beetje irrelevant gezien het gesprek dat ze hadden. 'Hebt u gehoord dat Hitler zojuist zelfmoord heeft gepleegd? De toekomst ziet er voor ons allen rooskleurig uit.'

Mevrouw Hennessy knikte. 'Dat hoorde ik, ja,' zei ze en ze haalde haar schouders op. 'Opgeruimd staat netjes, als God me vergeeft dat ik het zeg. We hebben allemaal betere tijden in het vooruitzicht, hoop ik.'

Langer blijven

'Dus het is aan jullie twee,' zei mijn moeder die avond tegen Seán en Smoot toen ze in The Brazen Head een lekkere stoofpot in een aardewerken terrine deelden. 'Ik kan volgende week vertrekken als ik mijn eerste weekloon betaald krijg en ik kan in het appartement aan Chatham Street blijven tot de baby is geboren en jullie in de tussentijd een derde geven van wat ik verdien bij wijze van huur. Ik zou graag blijven, want het is comfortabel en jullie zijn de enige twee mensen die ik ken in Dublin, maar jullie zijn erg goed voor me geweest sinds ik hier kwam en ik wil niet langer blijven dan ik welkom ben.'

'Ik vind het niet erg,' zei Seán, naar haar glimlachend. 'Ik ben blij met de situatie. Maar uiteraard is het Jacks huis, dus hij moet het zeggen.'

Smoot nam een stukje brood van een bord dat midden op tafel stond en veegde ermee langs de rand van zijn kom, om geen hapje van de stoofpot verloren te laten gaan. Hij stak het brood in zijn mond en kauwde het zorgvuldig fijn voordat hij het doorslikte; daarna pakte hij zijn glas bier om het weg te spoelen.

'Ja, we hebben het al die tijd met je uitgehouden, Kitty,' zei hij. 'Een paar maanden meer zal niet veel verschil maken, neem ik aan.'

De tearoom

Het werk in de tearoom van de Dáil was veel moeilijker dan mijn moeder had verwacht. Dat was gezien de ambiance misschien logisch; elk meisje moest leren diplomatiek om te gaan met de leden van het Lagerhuis, officieel Teachtaí Dála en in de volksmond TD's genoemd. De hele dag lang liepen de TD's gehuld in een walm van lijflucht en sigarettenrook de tearoom in en uit, ze bestelden een slagroompunt of een eclair bij hun kop koffie en lieten zelden merken iets van omgangsvormen te weten. Sommigen flirtten met de meisjes, maar zonder de bedoeling iets te bereiken met hun gefleem; anderen hoopten dat wel en konden zelfs agressief worden als ze hun zin niet kregen. Er waren verhalen van meisjes die waren verleid en vervolgens ontslagen als de man genoeg van haar kreeg; verhalen van andere meisjes die een oneerbaar voorstel hadden afgewezen en ook daarom waren ontslagen. Zodra je de aandacht trok van een TD, leek dat maar tot één ding te kunnen leiden, namelijk in rij staan bij de bedeling. Er waren op dat moment maar vier vrouwen lid van de Dáil; mijn moeder noemde ze de MayBe's: Mary Reynolds uit Sligo-Leitrim en Mary Ryan uit Tipperary, Bridget Redmond uit Waterford en Bridget Rice uit Monaghan. Die vier waren nog het ergst van allemaal, zei ze, want ze wilden niet in gesprek gezien worden met de serveersters voor het geval een van de mannen hun kwam vragen om heet water bij te schenken in hun theepot of een knoop vast te naaien aan hun overhemdsmouw.

Minister-president De Valera kwam niet zo vaak, vertelde ze me, want hij kreeg meestal de thee in zijn werkkamer gebracht door mevrouw Hennessy zelf, maar van tijd tot tijd stak hij zijn hoofd door het deurgat als hij iemand zocht, en dan ging hij even zitten bij een paar gewone leden om de stemming in de partij te peilen. Hij was een lange, benige man, oogde een beetje duf, was steevast beleefd en berispte eenmaal een staatssecretaris omdat hij met zijn vingers naar haar klikte, een handeling waarmee hij de eeuwige dankbaarheid van mijn moeder verdiende.

De meisjes met wie ze werkte waren zeer begaan met mijn moeders lot. Vanwege haar leeftijd (inmiddels zeventien jaar), haar fictieve man, gesneuveld in een eindelijk afgelopen oorlog, en het maar al te werkelijke kind dat klaarlag om zich een weg te banen naar de wereld, bejegenden ze haar met een mengsel van fascinatie en medegevoel.

'En je arme moeder is ook overleden, hoorde ik?' vroeg de al oudere Lizzie toen ze op een middag aan de gootsteen borden stonden af te wassen.

'Ja,' zei mijn moeder. 'Een vreselijk ongeluk.'

'Ik hoorde dat het kanker was.'

'O ja,' zei zij. 'Ik bedoel een vreselijke ramp. Dat ze kanker kreeg.'

'Ze zeggen dat het erfelijk is,' zei Lizzie, die waarschijnlijk altijd overal de gangmaker was. 'Ben je niet bang dat je het zelf op een dag krijgt?'

'Nou, daar had ik nog niet over nagedacht,' zei mijn moeder. Ze stopte met wat ze aan het doen was en dacht erover na. 'Maar nu je het hebt gezegd zal ik nergens anders meer over denken.' Even vroeg ze zich af, vertelde ze me, of ze inderdaad geen gevaar liep die ziekte te krijgen, totdat ze zich herinnerde dat haar moeder, mijn grootmoeder, nog springlevend was en driehonderdzeventig kilometer verderop in Goleen, West-Cork, leefde naast haar man en zes kalfskoppen van zonen. Daarna kon ze zich weer ontspannen.

Het superplan

Medio augustus riep mevrouw Hennessy haar bij zich in haar kantoor en zei dat volgens haar voor mijn moeder de tijd gekomen was om te vertrekken.

'Omdat ik vanmorgen te laat was?' vroeg mijn moeder. 'Het is de eerste keer dat me dat ooit is overkomen. Maar er stond een man voor mijn deur toen ik vertrok, met een blik op zijn gezicht alsof hij zin had me te vermoorden. Ik wilde niet naar buiten zolang hij er nog was. Ik ben naar boven gegaan, heb uit het raam gekeken; het duurde twintig minuten voordat hij omkeerde en wegliep door Grafton Street.'

'Nee, niet omdat je te laat was,' zei mevrouw Hennessy hoofdschuddend. 'Je bent altijd netjes op tijd geweest, Catherine, in tegenstelling tot sommige anderen. Nee, ik denk alleen maar dat het moment is aangebroken, dat is alles.'

'Maar ik heb het geld nog nodig,' protesteerde ze. 'Ik moet aan mijn huur denken en aan het kind...'

'Ik weet het, ik voel met je mee, maar kijk eens naar jezelf, Je hebt een enorme buik. Je kunt niet meer dan een paar dagen te gaan hebben. Voel je niet iets bewegen?'

'Nee,' zei ze. 'Nog niet.'

'Het probleem is,' zei mevrouw Hennessy. 'Ik heb... Ga alsjeblieft zitten, Catherine, in godsnaam, niet blijven staan. Je moet sowieso niet staan in jouw positie. Het probleem is: ik heb klachten gekregen van een paar TD's.'

'Over mij?'

'Over jou.'

'Maar ik ben toch zeker altijd beleefd? Behalve tegenover die sjacheraar uit Donegal die zich elke keer dat hij langskomt tegen me aan drukt en me zijn kussentje noemt.'

'O, beleefdheid is geen probleem,' zei mevrouw Hennessy. 'Ik heb je deze laatste drie maanden toch bezig gezien? Je zou hier een betrekking voor het leven hebben gehad als je niet, tja, binnenkort andere verantwoordelijkheden kreeg. Je bent wat mij betreft geknipt als serveerster. Geboren voor die rol.'

Mijn moeder glimlachte, was vastbesloten dit op te vatten als een compliment, ook al wist ze niet helemaal zeker of het dat ook was.

'Nee, ze klagen niet over je omgangsvormen. Maar over je toestand. Ze zeggen dat een vrouw met een zo vergevorderde zwangerschap hun de zin in pudding beneemt.'

'U neemt me in de maling.'

'Dat hebben ze me gezegd.'

Mijn moeder lachte en schudde haar hoofd. 'Wie heeft dat gezegd?' vroeg ze. 'Wilt u namen noemen, mevrouw Hennessy?'

'Nee, nee.'

'Was het een van de MayBe's?'

'Ik zal het niet zeggen. Catherine.'

'Een zusterpartij dan?'

'Een beetje van allebei. Iets meer uit de hoek van de Fianna Fáil, als ik eerlijk ben. Maar je weet hoe ze zijn. De Blueshirts lijken het er niet zo moeilijk mee te hebben.'

'Is het die kleine gluiperd die zich voorstelt als minister van...'

'Catherine, ik treed niet in bijzonderheden,' zei mevrouw Hennessy nadrukkelijk, met een hand in de lucht om haar tot zwijgen te brengen. 'Het is een feit dat je nog maar een paar dagen hebt, een week hooguit, en het is van het allergrootste belang dat je niet staat. Wil je me alsjeblieft een genoegen doen en er zonder problemen een punt achter zetten? Je hebt het geweldig gedaan, echt waar, en...'

'Natuurlijk,' zei mijn moeder, beseffend dat ze beter af was als ze niet bedelde om meer tijd. 'U bent erg aardig voor me geweest, mevrouw Hennessy. U hebt me een baantje gegeven toen ik dat nodig had en ik weet dat het voor u niet de makkelijkste beslissing is geweest. Ik maak deze dag af en vertrek met in mijn hart een speciaal plekje voor u.'

Mevrouw Hennessy slaakte een zucht van verlichting en leunde achterover. 'Dank je wel,' zei ze. 'Je bent een goed meisje, Catherine. Je zult een fantastische moeder zijn, weet je. En als je ooit iets nodig hebt...'

'Nou, er is inderdaad iets,' zei ze. 'Zou ik na de bevalling terug kunnen komen, denkt u?'

'Waar terugkomen? Hier terugkomen in de Dáil? O nee, dat zou niet kunnen. Wie zou er om te beginnen voor de baby moeten zorgen?'

Mijn moeder wierp een blik uit het raam en haalde diep adem. Dit zou de eerste keer zijn dat ze hardop haar superplan aanroerde. 'Zijn moeder zal voor hem zorgen,' zei ze. 'Of voor haar. Een van de twee.'

'Zijn moeder?' vroeg mevrouw Hennessy verbluft. 'Maar...'

'Ik houd de baby niet, mevrouw Hennessy,' zei mijn moeder. 'Het is allemaal geregeld. Na de bevalling komt er een kleine, gebochelde non van de redemptoristen naar het ziekenhuis om het kind mee te nemen. Een echtpaar aan Dartmouth Square gaat het adopteren.'

'Goeie genade!' zei mevrouw Hennessy. 'En wanneer werd dat allemaal besloten, als ik vragen mag?'

'Ik heb het besloten op de dag dat ik ontdekte dat ik zwanger was. Ik ben te jong, ik heb geen geld en er is geen kans dat ik voor het kind kan zorgen. Ik ben geen harteloos mens, dat kan ik u verzekeren, maar het kindje is beter af als ik het overdraag aan een familie die het werkelijk een goed thuis kan bezorgen.'

'Tja,' antwoordde mevrouw Hennessy nadenkend. 'Ik neem aan dat die dingen gebeuren. Maar weet je zeker dat je zult kunnen leven met je besluit?'

'Nee, maar ik denk dat het toch het beste is. Het kind krijgt bij hen een betere kans dan bij mij. Ze hebben geld, mevrouw Hennessy. En ik heb geen rooie cent.'

'En je echtgenoot? Zou hij dat gewild hebben?'

Mijn moeder kon het niet over haar hart verkrijgen nog meer te liegen tegenover deze goede vrouw en misschien was de schaamte van haar gezicht af te lezen.

'Heb ik gelijk als ik denk dat er geen meneer Goggin was?' vroeg mevrouw Hennessy ten slotte.

'Inderdaad,' zei mijn moeder zachtjes.

'En de trouwring?'

'Zelf gekocht. In een winkel aan Coppinger Row.'

'Dat dacht ik al. Geen man zou ooit iets zo elegants hebben gekozen.'

Mijn moeder keek op, glimlachte flauwtjes en zag tot haar verbazing dat mevrouw Hennessy was begonnen te huilen. Ze haalde een zakdoek uit haar zak en gaf die aan haar.

'Voelt u zich wel goed?' vroeg ze, verbaasd over die onverwachte gevoelsontlading.

'Ik voel me prima,' zei mevrouw Hennessy. 'Niets mis met mij.'

'Maar u huilt.'

'Een beetje maar.'

'Is het om iets wat ik zei?'

Mevrouw Hennessy keek op en slikte hoorbaar. 'Kunnen we deze kamer als een pendant van de biechtstoel beschouwen?' vroeg ze. 'Zodat wat we hier zeggen onder ons blijft?'

'Natuurlijk,' zei mijn moeder. 'U bent erg aardig voor me geweest. En u weet hopelijk dat ik u erg graag mag en veel respect voor u koester.'

'Lief dat je dat zegt. Maar ik heb altijd wel gedacht dat het verhaal dat je me vertelde niet helemaal waar was en ik wilde je het medegevoel betonen dat ik nooit ondervonden heb toen ik in jouw positie verkeerde. Misschien zul je niet verbaasd opkijken als ik zeg dat er ook nooit een meneer Hennessy is geweest.' Ze stak haar linkerhand uit en ze keken beiden naar haar trouwring. 'Voor vier shilling gekocht in een winkel aan Henry Street in 1913,' zei ze. 'Ik heb hem sindsdien geen enkele keer van mijn vinger gedaan.'

'Hebt u ook een kind gekregen?' vroeg mijn moeder. 'Hebt u het alleen moeten grootbrengen?'

'Niet helemaal,' zei mevrouw Hennessy aarzelend. 'Ik kom uit Westmeath, wist je dat, Catherine?'

'Inderdaad. Dat hebt u me eens verteld.'

'Ik heb daar nooit meer een voet gezet sinds ik wegging. Maar ik kwam niet naar Dublin om mijn kind te baren. Ik kreeg het thuis. In de slaapkamer waar ik tot dan toe elke nacht van mijn leven had geslapen, dezelfde kamer waar het arme kind werd verwekt.'

'En wat gebeurde er met hem?' vroeg mijn moeder. 'Was het een hij?'

'Nee, het was een zij. Een klein meisje. Een prachtig baby'tje. Ze heeft het niet lang gemaakt. Moeder knipte de navelstreng door zodra ze uit me was en vader nam haar mee naar de achtertuin, waar een emmer water klaarstond, en hield haar een minuut of twee onder water, lang genoeg om haar te verdrinken. Toen wierp hij haar in een grafje dat hij al een paar dagen eerder had gedolven, gooide er aarde over en dat was het dan. Niemand heeft het ooit geweten. De buren niet, de priester niet, de Gardaí niet.'

'Jezusmina,' zei mijn moeder, en ze leunde vol afschuw achterover.

'Ik heb zelfs nooit de kans gekregen haar vast te houden,' zei mevrouw Hennessy. 'Moeder veegde me schoon en ik werd later op dezelfde dag op straat gezet. Ze zeiden dat ik nooit meer terug mocht komen.'

'Ik was openlijk beschuldigd vanaf de preekstoel,' zei mijn moeder. 'De pastoor noemde me een hoer.'

'Die lui hebben minder gevoel dan een pollepel,' zei mevrouw Hennessy. 'Ik ken geen wredere mensen dan de priesters. Dit land...' Ze deed haar ogen dicht en schudde haar hoofd en volgens mijn moeder leek het alsof ze wilde gaan gillen.

'Wat een vreselijk verhaal,' zei mijn moeder uiteindelijk. 'Ik neem aan dat de vader van de baby niet aanbood om met u te trouwen?'

Mevrouw Hennessy liet een bitter lachje horen. 'Dat had zelfs niet gekund,' zei ze. 'Hij was al getrouwd.'

'Heeft zijn vrouw het ontdekt?'

Mevrouw Hennessy staarde haar aan en toen ze sprak was haar stem laag en vol schaamte en afkeer. 'Ze wist het donders goed,' zei ze. 'Ik vertelde je toch dat ze de navelstreng doorknipte?'

Even zei mijn moeder niets en toen ze eindelijk besefte wat mevrouw Hennessy bedoelde sloeg ze een hand voor haar mond en voelde ze zich bijna misselijk worden.

'Zoals ik al zei, die dingen gebeuren,' zei mevrouw Hennessy. 'Is je beslissing genomen, Catherine? Geef je het kind op?'

Mijn moeder kon haar stem niet vinden maar knikte.

'Gun jezelf daarna een paar weken om te herstellen en kom dan terug naar mij. We zeggen wel dat de baby is gestorven, dan zijn ze het binnen de kortste keren vergeten.'

'Werkt dat?' vroeg mijn moeder.

'Voor hen wel,' antwoordde ze, en ze pakte mijn moeders hand in de hare. 'Maar ik moet tot mijn spijt zeggen, Catherine, voor jou zal het nooit werken.'

Geweld

Het werd al donker toen mijn moeder die avond naar huis liep. Nadat ze Chatham Street was ingeslagen, zag ze tot haar ongenoegen een figuur tevoorschijn wankelen uit Clarendon's pub. Het was de man die er met zijn aanwezigheid voor haar deur die ochtend voor had gezorgd dat ze te laat op haar werk was gekomen. Hij was buitengewoon corpulent, had een gerimpeld gezicht dat rood zag van de drank en een baard van een paar dagen, die hem het uiterlijk van een zwerver bezorgde.

'Daar ben je dan,' zei hij terwijl ze naar haar voordeur liep. De whiskeykegel was zo sterk dat ze vanzelf achteruitdeinsde. 'In levenden lijve.'

Ze zei niets maar haalde de sleutel uit haar zak; ze had moeite hem in het slot te krijgen, zo ongemakkelijk voelde ze zich.

'Er zijn toch kamers boven?' vroeg de man, met een blik omhoog naar het raam. 'Een hele zwik of eentje maar?'

'Eentje maar,' zei ze. 'Dus als u op zoek bent naar onderdak, dan bent u hier aan het verkeerde adres, ben ik bang.'

'Dat accent van jou. Je klinkt alsof je in Cork bent geboren. Waar kom je vandaan? Bantry? Drimoleague? Ooit een meisje uit Drimoleague gekend. Waardeloos schepsel dat met elke man meeging die het haar vroeg.'

Mijn moeder keek een andere kant op en probeerde de sleutel weer, zachtjes vloekend toen hij vast bleef zitten in het slot. Ze moest het metaal krachtig ronddraaien om hem los te krijgen.

'Als u even uit het licht gaat,' vroeg ze, omkijkend naar de man.

'Dus maar één appartement,' zei hij, en hij krabde aan zijn kin terwijl hij daarover nadacht. 'Dus jij woont bij ze in, hè?'

'Bij wie?'

'Merkwaardige combinatie alles bij elkaar.'

'Bij wie?' drong ze aan.

'Bij die flikkers natuurlijk. Maar waar hebben ze jou voor nodig? Ze moeten niets hebben van vrouwen, geen van beiden.' Hij keek naar haar buik en schudde zijn hoofd. 'Heeft een van de twee dat gedaan? Nee, dat zouden ze vast niet presteren. Je weet vast niet eens wie er verantwoordelijk voor is, hè, vuile kleine slet.'

Mijn moeder keerde zich weer naar de deur en deze keer gleed de sleutel gemakkelijk naar binnen en het slot ging open. Maar nog voordat ze naar binnen kon stappen, perste de man zich langs haar heen, liep met grote stappen de gang in en liet haar op straat achter, waar ze niet wist wat ze moest doen. Pas toen hij de trap begon op te klimmen kwam ze weer tot bezinning en riep boos omhoog naar die indringer: 'Hé, kom naar beneden. Dit is een woonhuis, hoort u? Ik roep de Gardaí!'

'Roep goddomme maar wie je niet laten kan!' brulde hij terug, en ze keek links en rechts de straat af, maar er was geen mens te zien. Ze vergaarde al haar moed, liep achter hem aan de trap op naar boven, waar hij vergeefs aan de deurknop stond te rammelen.

'Openmaken, nu meteen,' zei hij, met een dikke vinger in haar richting, en ze zag onwillekeurig het vuil onder zijn lange nagels. Een boer, besloot ze. En zijn accent was ook dat van Cork, maar niet West-Cork, anders had ze het wel snel herkend. 'Nu openmaken, meisje, of ik steek mijn voet er dwars doorheen.'

'Nee,' zei ze. 'En u verlaat dit pand of ik...'

Hij draaide haar zijn rug toe, wuifde haar opzij en deed wat hij gezegd had: hij tilde zijn rechterschoen op, trapte keihard tegen de deur, die openbarstte en tegen de muur sloeg, waardoor een pot van een plank viel en met een vreselijke herrie in het bad viel. De woonkamer was leeg maar terwijl hij naar binnen struikelde met mijn moeder op zijn hielen kwamen er verontruste stemmen uit de slaapkamer aan de andre kant van de kamer.

'Kom naar buiten, Seán MacIntyre!' brulde de man. Hij was zo dronken dat hij wankelde. 'Kom meteen naar buiten zodat ik er wat fatsoen bij je in kan timmeren. Ik had je gewaarschuwd wat ik zou doen als ik jullie ooit weer samen zou betrappen.'

Hij tilde zijn stok op – die had mijn moeder tot dat moment niet eens gezien – en liet hem stevig een paar keer op de tafel neerkomen, hard genoeg om haar te laten opspringen. Haar vader had precies zo'n stok gehad en menigmaal had ze gezien hoe hij woedend een van haar broers ermee onder handen nam. Op de avond dat haar geheim werd onthuld had hij ook geprobeerd hem op haar te gebruiken, maar gelukkig had mijn grootmoeder hem tegengehouden.

'U bent hier fout,' riep mijn moeder. 'Dit is waanzin!'

'Kom naar buiten!' brulde de man weer. 'Kom naar buiten of ik kom naar binnen en dan sleur ik je naar buiten. Vooruit!'

'Laat ze,' zei mijn moeder en ze trok aan zijn mouw, maar hij duwde haar ruw opzij. Ze viel tegen de leunstoel, waarna er een snelle pijn door haar rug schoot, langs haar hele wervelkolom, als een muis die een goed heenkomen zoekt. De man greep naar de slaapkamerdeur, smeet hem wijd open, en daar zag mijn moeder tot haar verwondering Seán en Smoot, zo naakt als de dag dat ze geboren waren, tegen het hoofdeinde van het bed zitten, met totale paniek op hun gezicht.

'Jezus christus,' zei de man, en hij keerde zich walgend af. 'Kom naar buiten, nu meteen, vieze kleine smeerlap.'

'Vader,' zei Seán, terwijl hij van het bed sprong, en mijn moeder keek onwillekeurig naar zijn naakte lichaam toen hij naar zijn broek en hemd stormde. 'Vader, alstublieft, laten we naar beneden gaan en...'

Hij stapte de woonkamer binnen maar voordat hij nog iets kon zeggen greep de man, zijn eigen vader, hem in zijn nekvel en sloeg hem met zijn hoofd hard tegen de ene plank die aan de muur was bevestigd en waarop maar drie boeken stonden, een bijbel, *Ulysses* en een biografie van koningin Victoria. Er klonk een verschrikkelijk geluid en Seán slaakte een kreun die uit het diepst van zijn wezen leek te komen. Toen hij zich omdraaide was zijn gezicht bleek, met een opvallende zwarte vlek op zijn voorhoofd, die even pulseerde alsof hij niet zeker wist wat er van hem werd verwacht, voordat hij rood werd en het bloed begon te stromen. Seáns benen begaven het, hij zakte neer op de vloer, de man bukte en sleurde hem met één hand naar de deuropening, waar hij hem een aantal schoppen verkocht en met zijn stok sloeg; elke nieuwe aanval ging vergezeld van een vloek.

'Laat hem los!' riep mijn moeder, en ze stortte zich op de man. Inmiddels kwam Smoot de slaapkamer uit met een *hurleystick* waarop een rood-witte sticker was geplakt: een plaatje van een schip dat tussen twee torens door vaart. Spiernaakt stormde hij op hun belager af, en bij alle dramatiek van het moment schrok mijn moeder van het haar op zijn bovenlichaam, dat zo anders was dan de borst van Seán, mijn vader of een van haar broers, en van de lange, nog glinsterende mannelijkheid die tussen zijn benen bengelde terwijl hij hen naderde.

De man brulde toen de hurley zijn rug raakte, maar het was geen goede klap en hij gaf Smoot zo'n harde duw dat de jongeman achterwaarts over de bank viel en in de deuropening van de slaapkamer belandde, waar, besefte ze nu, de jongens minnaars waren geweest sinds de dag dat de bus uit Cork in Dublin was aangekomen. Ze had gehoord over zulke mensen. De jongens op school maakten er altijd grappen over. Was het een wonder, vroeg ze zich af, dat Smoot haar daar nooit hebben wilde? Het moest hun liefdesnest blijven, en dat was het ook. Met haar als de koekoek in hun nest.

'Jack!' riep mijn moeder toen Peadar MacIntyre – want zo heette de man – het hoofd van zijn zoon nogmaals beetpakte en met zo'n barbaars geweld tegen zijn lichaam schopte dat ze zijn ribben hoorde kraken. 'Seán!' riep ze, maar toen het hoofd van de jongen haar kant op draaide waren zijn ogen wijd open en wist ze dat hij al van deze wereld vertrokken was naar de volgende. Toch kon ze niet over haar kant laten gaan dat zijn lichaam nog meer beschadigd zou worden, ze holde weer door de kamer, vastbesloten de man weg te trekken, maar bij haar eerste poging pakte hij haar arm beet en gaf haar razendsnel een keiharde trap, zodat ze door het open deurgat verdween en de trap af rolde, waarbij elke tree, vertelde ze later, haar het gevoel gaf een centimeter dichter bij de dood te komen.

Beneden belandde ze met een klap op de grond, ze lag even op haar rug naar het plafond te kijken en te snakken naar adem. In haar buik protesteerde ik krachtig tegen die ruwe behandeling, ik besloot dat mijn tijd gekomen was. Mijn moeder slaakte een dierlijke kreet toen ik losbrak uit de baarmoeder en mijn eerste reis begon.

Ze hees zich op haar voeten en keek om zich heen. Een andere vrouw in haar positie had misschien de deur opengedaan en was naar buiten gestormd, Chatham Street op, brullend om hulp. Catherine Goggin niet. Seán was dood, dat wist ze zeker, maar Smoot was nog daarboven, en ze hoorde hem smeken voor zijn leven en daarna gewelddadige geluiden, pijnkreten en vervloekingen die over het hoofd van de jongen werden uitgestort toen Seáns vader ook hem aanviel.

Bij elke beweging een kreet slakend hees ze zich op de eerste tree, toen op de tweede, de derde, totdat ze halverwege was. Ze schreeuwde toen ik mijn aanwezigheid voelbaar maakte en er was iets in haar geest, vertelde ze me later, dat zei dat als ik negen maanden had kunnen wachten ik ook nog wel negen minuten kon wachten. Ze klom verder omhoog, het zweet stroomde van haar gezicht toen ze de woning bereikte, water en bloed sijpelden langs haar benen. Geschrokken keek ze naar het beeld van de waanzinnige vrouw in de spiegel tegenover haar, met een verfomfaaid kapsel, een gesprongen lip en een gescheurde jurk. In de andere kamer klonken Smoots kreten steeds minder sterk naarmate hij meer trappen en stokslagen kreeg, en ze stapte over Seáns lichaam heen, met een snelle blik op de open ogen in zijn ooit zo mooie gezicht en moest zichzelf ervan weerhouden het uit te schreeuwen van verdriet.

Ik kom eraan, dacht ik terwijl zij doelbewust naar voren liep; ze keek de kamer rond op zoek naar een wapen, haar ogen bleven hangen aan de hurley, die Smoot op de vloer had laten vallen. *Ben je er klaar voor?*

Eén snelle uithaal was goddank genoeg en Peadar MacIntyre lag buiten westen. Niet dood – hij zou in de praktijk nog acht jaar leven en uiteindelijk stikken in een visgraat in zijn plaatselijke pub nadat de jury hem had vrijgesproken; het oordeel luidde dat zijn misdaad was begaan uit extreme woede over zijn geestelijk onevenwichtige zoon – maar bewusteloos, en mijn moeder en ik stortten ons op Smoots lichaam. Het gezicht van de mishandelde jongen was onherkenbaar, zijn adem onregelmatig, ook hij was heel dicht bij de dood.

'Jack,' riep ze. Ze wiegde zijn gezicht in haar schoot, slaakte een bloedstollende kreet toen alles in haar wezen haar zei dat ze nu moest persen, persen, persen, en mijn hoofd begon tussen haar benen tevoorschijn te komen. 'Jack, blijf bij me. Niet doodgaan… hoor je me, Jack? Niet doodgaan!'

'Kitty,' zei Smoot. Het woord kwam gedempt uit zijn mond, samen met een paar gebroken tanden.

'En noem me godverdomme niet Kitty!' brulde ze. En daarna kwam er een kreet toen mijn lichaam zich een stuk verder naar buiten perste, de augustusnacht in.

'Kitty,' fluisterde hij, terwijl zijn ogen begonnen dicht te vallen. Ze schudde hem door elkaar terwijl de pijn door haar lichaam joeg.

'Je moet blijven leven, Jack,' riep ze. 'Je moet blijven leven!'

Toen moet ze flauwgevallen zijn, want het werd weer stil in de kamer, totdat ik een minuut later profiteerde van de rust en stilte om de rest van mijn piepkleine lijfje de smerige vloerbedekking van de flat op eenhoog aan Chatham Street op te duwen, in een bundeltje bloed, placenta en slijm. Ik nam even de tijd om mijn gedachten op een rijtje te zetten voordat ik een eerste keer mijn longen opende en met een machtige kreet, die waarschijnlijk te horen was voor de mannen in de pub beneden, want ze kwamen de trap op gehold om de oorzaak te achterhalen van dat kabaal, de wereld liet weten dat ik was gearriveerd, dat ik was geboren, dat ik er eindelijk bij hoorde.

1952

Populair is vulgair

Meisje in lichtroze jas

De eerste keer dat ik Julian Woodbead ontmoette was toen zijn vader langskwam in het huis aan Dartmouth Square om te bespreken op welke manieren zijn meest achtenswaardige klant uit de gevangenis kon worden gehouden. Max Woodbead was rechtskundig adviseur en volgens iedereen een hele goeie. Hij had een onverzadigbare hang naar de hoogste kringen van de samenleving in Dublin en hield kantoor aan Ormond Quay, dicht bij Four Courts. Vanuit zijn raam had hij uitzicht over de Liffey op Christ Church Cathedral en hij beweerde graag, al werd het niet algemeen geloofd, dat hij bij het luiden van de kerkklokken steevast op zijn knieën zakte en bad voor wijlen paus Benedictus xv, die zijn ambt had aanvaard op de septemberdag in 1914 waarop hij, Max Woodbead, werd geboren. Mijn pleegvader had hem ingehuurd na een reeks ongelukkige gebeurtenissen inzake (onder meer) gokken, vrouwen, fraude, belastingontduiking en mishandeling van een journalist van de *Dublin Evening Mail*. De Bank of Ireland, waar mijn vader directeur Investeringen en Cliëntenportefeuilles was, kende geen speciale regels voor de vrijetijdsbesteding van de bankmedewerkers, maar had weinig waardering voor de slechte publiciteit die Woodbead de bank bezorgde. De laatste maanden was hij gezien terwijl hij duizenden ponden vergokte bij de races in Leopardstown, hij was gefotografeerd toen hij om vier uur 's ochtends met een prostituee uit het Shelbourne Hotel kwam, hij had een bekeuring gekregen omdat hij in aangeschoten toestand vanaf de Ha'penny Bridge in de rivier had geplast en hij had tijdens een interview voor Radio Éireann gezegd dat 's lands financiën er beter aan toe zouden zijn geweest als de Britten de minister van Financiën, Seán MacEntee, hadden doodgeschoten na de Paasopstand, zoals ze oorspronkelijk van plan waren geweest. Hij was ook berispt voor een poging tot ontvoering van een zevenjarige jongen aan Grafton Street, een uit de lucht gegrepen beschuldiging omdat hij hem alleen maar bij de hand genomen en meegetroond had naar Trinity College aan de overkant omdat hij dacht dat ík dat bange jochie was, dat dezelfde lichaamslengte en haarkleur had als ik maar helaas doofstom was. *The Irish Press* suggereerde dat hij een affaire had met een actrice van enige faam, en wees hem duidelijk terecht voor 'buitenhuwelijkse uitstapjes met een dame van het toneel terwijl zijn eigen vrouw, van wie onze meer literair onderlegde lezers misschien weten dat ze ook enige reputatie heeft, herstellende is van een beangstigende aanval van kanker van de gehoorgang'. Het resultaat was dat de belastingdienst een formele onderzoeksprocedure instelde naar de rekeningen van mijn vader, en tot niemands verbazing ontdekte dat hij jarenlang had gefraudeerd op zijn belastingaangifte voor het lieve sommetje van dertigduizend pond. Hij werd onmiddellijk geschorst door de bank, en de man van de fiscus kondigde aan dat hij van plan was alle mogelijkheden van het rechtssysteem aan te grijpen om een voorbeeld te stellen. Op dat moment werd Max Woodbead gebeld; dat was onvermijdelijk.

Als ik spreek over 'mijn vader', dan bedoel ik uiteraard niet de man die zeven jaar eerder buiten de Onze-Lieve-Vrouwe Sterre der Zee in Goleen mijn moeder twee groene pondbiljetten aanbood om zijn geweten te sussen. Nee, ik bedoel Charles Avery, die samen met zijn vrouw, Maude, hun huis voor mij had opengesteld na het ondertekenen van een aardige cheque voor het redemptoristenklooster als dank voor al hun hulp bij het vinden van een geschikt kind. Vanaf het begin hadden ze nooit de pretentie gehad meer te zijn dan mijn pleegouders en in feite trainden ze me op dat detail vanaf het moment dat ik de betekenis van die woorden begreep. Maude beweerde dat het was omdat ze niet wilde dat de waarheid op een later tijdstip naar buiten zou komen en dat ik haar vervolgens zou beschuldigen van bedrog, terwijl Charles duidelijk volhield dat hij ter wille van zijn vrouw graag de adoptie doorzette, maar dat ik geen echte Avery was en als volwassene niet financieel ondersteund zou worden als een eventuele echte Avery.

'Zie het maar meer als een huurovereenkomst, Cyril,' zei hij tegen me – ze hadden me Cyril genoemd, naar een dierbare spaniël die ze ooit hadden gehad – 'een pacht van achttien jaar. Maar is er natuurlijk geen reden waarom we gedurende die tijd niet allemaal goed met elkaar zouden opschieten, hè? Hoewel als ik een eigen zoon had gehad, dan denk ik dat hij groter zou zijn geweest dan jij. En een beetje meer bedreven op het rugby-veld. Maar volgens mij ben je de slechtste nog niet. God weet als enige wie we hadden kunnen krijgen. Wist je dat er op een gegeven moment zelfs sprake was van een Afrikaanse baby?'

De relatie tussen Charles en Maude was hartelijk en zakelijk. De meeste dagen hadden ze weinig met elkaar te maken, wisselden niet meer dan een paar oppervlakkige zinnen uit die nodig waren voor een efficiënt beheer van de huishouding. Charles vertrok elke ochtend om acht uur en kwam zelden vóór middernacht terug. Dan was hij steevast een minuut of twee bezig bij de voordeur om te proberen de sleutel in het slot te krijgen zonder zich af te vragen of hij stonk naar drank of goedkope parfum. Ze sliepen niet in dezelfde kamer en zelfs niet op dezelfde verdieping, en hadden dat sinds mijn komst ook nooit gedaan. Ik heb nooit gezien dat ze elkaars hand vasthielden, elkaar kusten, of zeiden dat ze van elkaar hielden. Daarentegen maakten ze ook nooit ruzie. Maude ging met Charles om alsof hij een poef was, die niemand kon gebruiken maar die toch goed was om te hebben, terwijl Charles nauwelijks interesse toonde in zijn vrouw maar haar aanwezigheid zowel geruststellend als verwarrend vond, ongeveer net zoals Mr Rochester in *Jane Eyre* moeten hebben gedacht over Bertha Mason als ze rondstommelde op de zolder van Thornfield Hall: een overblijfsel uit zijn verleden dat een onvermijdelijk onderdeel van zijn dagelijks leven vormde.

Ze hadden uiteraard geen eigen kinderen. Ik heb een vroege, levendige herinnering aan een verhaal dat Maude me toevertrouwde over een klein meisje dat er ooit was geweest, Lucy, een jaar na haar huwelijk met Charles. Maar ze had een moeilijke bevalling gehad en niet alleen was het kind gestorven maar een latere operatie zorgde ervoor dat ze niet meer zwanger kon worden.

'In veel opzichten een zegen en een opluchting, Cyril,' stelde ze, terwijl ze een sigaret aanstak en door het raam naar het omheinde park keek midden op Dartmouth Square, op de uitkijk voor indringers. (Ze had er een hekel aan dat niet-ingezetenen in de tuinen verschenen, ondanks het feit dat ze strikt genomen openbaar terrein waren; ze stond erom bekend dat ze op de ruiten tikte en hen wegjoeg als honden.) 'Er is simpelweg niets walgelijkers dan een naakt mannenlichaam. Al dat haar en die vreselijke geuren, want mannen weten niet hoe ze zich goed moeten wassen, tenzij ze in het leger zijn geweest. En de stoffen die ze afscheiden, die uit hun aanhangsels in geprikkelde toestand sijpelen: walgelijk. Wees maar blij dat je nooit in de onwaardige situatie zult hoeven te komen om betrekkingen te onderhouden met het mannelijk lid. De vagina is een veel zuiverder instrument. Ik voel voor de vagina een bewondering die ik simpelweg nog nooit voor de penis heb gevoeld.'

Als ik me goed herinner, was ik ongeveer vijf toen ze deze wijsheid aan mij doorgaf. Dat mijn woordenschat sneller groeide dan die van andere kinderen van mijn leeftijd, kwam misschien doordat zowel Charles als Maude op zo'n volwassen manier met me sprak, waarbij ze blijkbaar vergaten (of niet opmerkten) dat ik maar een kind was.

Maude had een eigen carrière, want ze was de schrijfster van een aantal literaire romans, uitgegeven door een kleine uitgeverij in Dalkey. Om de paar jaar verscheen er een nieuw boek, dat positieve recensies kreeg maar minimaal werd verkocht, waar ze erg blij mee was, want populariteit in de boekwinkels vond ze vulgair. Bij dat streven had ze de voortdurende steun van Charles, die haar graag voorstelde als 'mijn vrouw, de romanschrijfster Maude Avery – zelf nog nooit een woord van haar werk gelezen maar, goeie genade, ze blijft ze aan de lopende band produceren'. Ze schreef elke dag, de hele dag, ook eerste kerstdag, en kwam zelden uit haar werkkamer, behalve om overal in huis in een walm van sigarettenrook te zoeken naar doosjes lucifers.

Waarom ze eigenlijk een kind wilde adopteren is mij een raadsel, want ze had geen enkele belangstelling voor mijn welzijn, hoewel ze nooit daadwerkelijk onaardig of hardvochtig was. Toch, het kon niet anders of ik voelde gebrek aan genegenheid, en toen ik op een keer in tranen thuiskwam en haar vertelde dat een van mijn klasgenoten, de jongen die naast me zat bij Latijn en met wie ik vaak mijn lunch opat, was doodgereden door een bus op Parnell Square, merkte ze nuchter op dat het gruwelijk zou zijn geweest als mij iets dergelijks was overkomen, omdat ze zo veel moeite hadden gedaan om mij te vinden.

'Jij was niet de eerste, weet je,' zei ze, terwijl ze weer een sigaret aanstak, een lange trek nam en de baby's aftelde op haar linkerhand. 'Er was een meisje in Wicklow aan wie we een aanzienlijke hoeveelheid geld betaalden, maar toen de baby was geboren had het een eigenaardig gevormd hoofd en daar had ik gewoonweg niet de energie voor. Toen was er een andere in

Rathmines, die we een paar dagen op proef namen, maar die baby huilde de hele tijd en daar kon ik niet tegen, dus we stuurden haar terug. Toen zei Charles dat hij geen meisjes meer wilde, alleen een jongen, en zo werd ik dus opgescheept met jou, schat.'

Ik was nooit gekwetst door dat soort opmerkingen, want ze bedoelde ze niet kwaad; het was simpelweg haar manier van spreken en omdat ik nooit iets anders had gekend accepteerde ik dat ik een levend wezen was dat een huis deelde met twee volwassenen die elkaar maar zelden opmerkten. Ik werd gevoed, gekleed en naar school gestuurd, en klagen zou op een soort ondankbaarheid hebben gewezen waar ze allebei waarschijnlijk verbijsterd over zouden zijn geweest.

Pas toen ik een leeftijd bereikte waarop ik oud genoeg was om het begrip 'natuurlijke ouders' en 'pleegouders' volledig te bevatten, heb ik een van de gulden regels van ons thuis gebroken en liep ik een keer onuitgenodigd Maudes werkkamer binnen om te informeren naar de identiteit van mijn echte vader en moeder. Toen ik haar door alle dampen heen had gelokaliseerd en mijn keel genoeg had geschraapt om te kunnen spreken, schudde ze alleen maar in verbijstering haar hoofd alsof ik haar had gevraagd me te vertellen wat op een kilometer na de afstand was tussen de Jamiamoskee in Nairobi en de Todgha Gorge in Marokko.

'In godsnaam, Cyril,' zei ze, 'dat was zeven jaar geleden. Hoe kan ik me dat ooit herinneren? Je moeder was een meisje, zo veel weet ik nog.'

'En wat is er met haar gebeurd?' vroeg ik. 'Leeft ze nog?'

'Hoe kan ik dat weten?'

'Weet u zelfs haar naam niet meer?'

'Waarschijnlijk Mary. Heten de meeste meisjes van het Ierse platteland niet Mary?'

'Dus ze kwam niet uit Dublin?' vroeg ik, me vastbijtend in dat stukje informatie als in een piepklein goudklompje dat ik midden in een ertslaag had ontdekt.

'Ik zou het je echt niet kunnen vertellen. Ik heb haar nooit ontmoet, nooit met haar gecommuniceerd en nooit ook maar iets anders over haar geweten dan dat ze een man had toegestaan vleselijke betrekkingen met haar te hebben die resulteerden in een kind. En dat kind ben jij. Maar kijk, Cyril, zie je niet dat ik aan het schrijven ben? Je weet dat je hier niet mag komen als ik aan het werk ben. Ik raak mijn gedachtegang kwijt als ik word onderbroken.'

Ik heb ze altijd Charles en Maude genoemd, nooit 'vader' en 'moeder'. Charles wilde dat beslist, omdat ik geen echte Avery was. Het stoorde me niet echt, maar ik weet dat andere mensen het ongemakkelijk vonden en toen ik hem op school een keer zo noemde kreeg ik een draai om mijn oren van een priester en een berisping omdat ik modern deed.

Al op vroege leeftijd werd ik geconfronteerd met twee problemen; het ene kan het natuurlijke gevolg van het andere zijn geweest. Ik stotterde, een stoornis die een eigen wil leek te hebben – op sommige dagen was ze er en op andere dagen was ze er niet – en dat stotteren kon mijn beide pleegouders hoorndol maken. Ik bleef stotteren tot mijn zevende jaar, en het verdween op de dag dat ik Julian Woodbead ontmoette. Hoe die twee gebeurtenissen met elkaar verband hielden blijft voor mij een raadsel, maar de schade aan mijn zelfvertrouwen was al toegebracht en ik bleek pijnlijk verlegen, bang voor mijn meeste klasgenoten, met uitzondering van die ene jongen die was overreden door de wielen van bus 16. Ik gruwde bij het vooruitzicht om te spreken in het openbaar en kon simpelweg geen gesprek voeren uit angst dat mijn aandoening de kop op zou steken en ik uitgelachen zou worden. Ik had er veel last van, want ik was van nature geen eenzame ziel en ik verlangde naar vriendschap, iemand om spelletjes mee te doen of mijn geheimen te delen. Heel soms organiseerden Charles en Maude een etentje, waarbij ze zich gedroegen als man en vrouw, en bij die gelegenheden werd ik naar beneden gehaald en doorgegeven van paar naar paar als een Fabergé-ei dat ze hadden gekocht van een afstammeling van de laatste Russische tsaar.

'Zijn moeder was een gevallen vrouw,' zei Charles graag. 'En wij hebben hem in een daad van christelijke naastenliefde opgenomen en een thuis bezorgd. Een kleine, gebochelde non van de redemptoristen heeft hem bij ons gebracht. Als je ooit een kind wilt, zijn de nonnen degenen die je moet bellen, dat kan ik je verzekeren. Ze hebben er zat. Ik weet niet waar ze die allemaal bewaren of hoe ze er eigenlijk aan komen, maar er is nooit een tekort. Stel je voor aan onze gasten, Cyril.'

En dan keek ik de kamer rond, naar een stuk of zeven echtparen, gekleed in de bijzonderste kleren en getooid met sieraden, die me stuk voor stuk aankeken alsof ze verwachtten dat ik een liedje zou gaan zingen, een dansje deed of een konijn uit mijn oor kon toveren. Vermaak ons, zeiden hun gelaatsuitdrukkingen. Als je ons niet kunt vermaken, waar ben je dan eigenlijk goed voor? Maar ik was te bang om een woord uit te brengen, keek alleen maar naar de vloer en begon misschien te huilen; dan wuifde Charles me weg en herinnerde hij het gezelschap eraan dat ik niet zijn zoon was, niet echt.

Toen het schandaal uitbrak, was ik zeven jaar oud en kwam ik erachter via de commentaren van mijn klasgenoten, van wie de meeste een vader hadden die werkte in vergelijkbare kringen als Charles en die me met veel plezier vertelden dat hij zou hangen en ongetwijfeld voor het eind van het jaar de nor in zou gaan.

'Hij is mijn vader niet,' legde ik dan uit, waarbij ik geen van hen kon aankijken en woedend mijn vuisten beurtelings balde en ontspande. 'Hij is mijn pleegvader.' Ik was goed getraind.

Maar geïntrigeerd door de dingen die over hem werden gezegd begon ik de kranten af te stropen op zoek naar informatie, en hoewel ze wel oppasten voordat ze smadelijke aantijgingen publiceerden, was het duidelijk: net als de aartsbisschop van Dublin werd Charles hevig gevreesd, hevig bewonderd en hevig gehaat. En natuurlijk was er geen tekort aan geruchten. Hij was regelmatig te vinden in het gezelschap van zowel de Engels-Ierse aristocratie als de nietsnutten van de stad. Elke willekeurige nacht kon hij gevonden worden in een illegale gokhal waar hij briefjes van tien pond op tafel gooide. Hij had Emily, zijn eerste vrouw, vermoord. ('Is er een eerste vrouw geweest?' vroeg ik op een dag aan Maude. 'O ja, nu je het zegt, ik geloof van wel,' antwoordde ze.) Hij had driemaal zijn fortuin gemaakt en verloren. Hij was een alcoholicus en liet zijn sigaren per vrachtschip uit Cuba sturen door Fidel Castro zelf. Hij had zes tenen aan zijn linkervoet. Hij had ooit een relatie gehad met prinses Margaret. Er was een eindeloze voorraad verhalen over Charles en in enkele kan zelfs een grond van waarheid hebben gescholen.

Dus misschien was het onvermijdelijk dat Max Woodbead op een dag in de arm moest worden genomen. De zaak moest er wel slecht voor staan om dat te laten gebeuren, en zelfs Maude begon af en toe uit haar werkkamer op te duiken; dan dwaalde ze door het huis en mompelde duistere terzijdes over de man van de fiscus alsof hij verstopt zou kunnen zitten onder de trap of haar noodvoorraad sigaretten zou kunnen stelen uit de broodtrommel in de keuken. Op de dag dat Max verscheen had ik acht dagen met niemand gesproken. Dat hield ik bij in een dagboek. Ik had mijn hand niet opgestoken in de klas, op school geen woord tegen iemand gezegd, mijn maaltijden in volmaakt stilzwijgen opgegeten (zoals Maude het trouwens het liefste had), en me over het algemeen verstopt in mijn slaapkamer, waar ik me afvroeg wat me scheelde, want zelfs op die prille leeftijd wist ik dat er íéts aan mij anders was, iets wat onmogelijk ooit rechtgezet kon worden.

Ik zou die dag in mijn slaapkamer zijn gebleven – ik las *Kidnapped* van Robert Louis Stevenson – als de gil er niet was geweest. Hij klonk op de tweede verdieping, waar Maudes werkkamer lag, en echode door het huis op zo'n manier dat ik vermoedde dat er iemand dood was. Ik holde de overloop op, loerde over de leuning en zag een verdieping lager een meisje van een jaar of vijf in een lichtroze jas staan, met haar handen tegen haar wangen gedrukt terwijl dat verschrikkelijke geluid uit haar mond kwam. Ik had haar nog nooit gezien en binnen luttele seconden draaide ze zich om en rende als een olympische atleet de trap af naar de eerste verdieping, verder naar de begane grond, de gang door en de straat op, waarbij ze de zware houten deur zo hard achter zich dichtsloeg dat de klopper een paar keer tegen de plaat ratelde. Ik liep terug naar mijn kamer en keek uit het raam. Daar was ze, ze stormde naar het midden van Dartmouth Square, waarna ik haar uit het oog verloor. Mijn hart ging wild tekeer in mijn borst en ik liep terug naar de overloop, in de hoop op een verklaring, maar er was niemand en er heerste weer stilte in huis.

Nu ik gestoord was in het lezen, besefte ik dat ik dorst had en ik liep de trap af op zoek naar iets te drinken. Tot mijn verrassing trof ik nog een kind aan, een jongen van mijn eigen leeftijd, die in een stoel in onze gang zat, terwijl die stoel daar louter voor de sier stond en eigenlijk niet mocht worden gebruikt. De jongen sloeg de bladzijden om van een stripboek.

'Hallo,' zei ik, en hij keek naar me op en glimlachte. Hij had blond haar en priemende blauwe ogen, die ik meteen fascinerend vond. Misschien was het omdat ik meer dan een week had gezwegen dat mijn woorden uit me kwamen getuimeld als water dat over de rand van een vergeten bad stroomt. 'Mijn naam is Cyril Avery en ik ben zeven jaar oud. Charles en Maude zijn mijn ouders, al zijn ze niet mijn echte ouders, maar mijn pleeg-ouders, ik weet niet zeker wie mijn echte ouders zijn, maar ik woon hier altijd al en heb een kamer op de bovenste verdieping. Niemand komt daar ooit, behalve het dienstmeisje om schoon te maken, dus ik heb alles precies zoals ik het graag wil. Hoe heet jij eigenlijk?'

'Julian Woodbead,' zei Julian. En even later besefte ik dat ik me bij hem helemaal niet verlegen voelde. En dat mijn stotteren voorbij was.

Julian

Julian en ik werden in een onmiskenbaar bevoorrechte omgeving grootgebracht. Onze families hadden geld en status. Ze bewogen zich in elegante milieus, onder vrienden die een belangrijke plaats innamen in de regering of in de kunsten. We woonden in grote huizen waar het huishoudelijk werk werd verricht door vrouwen van middelbare leeftijd die 's ochtends vroeg met de bus aankwamen, stofdoeken, moppen en bezems torsend van kamer naar kamer gingen, en die het advies kregen niet met ons te praten.

Onze huishoudster heette Brenda en Maude eiste van haar dat ze overal in huis slippers droeg omdat het geluid van Brenda's schoenen op de houten vloeren haar stoorde bij het schrijven. Haar werkkamer was de enige kamer in huis die de dienstbode niet mocht schoonmaken, wat verklaart waardoor er naast sigarettenrook altijd huisstofmijten door de lucht zweefden, wat voor een zware atmosfeer zorgde, die het meest overrompelend was als het zonlicht in de late namiddag op weg naar het westen door de ramen stroomde. Terwijl Brenda in mijn kindertijd een constante was, gebruikte Julians familie een hele reeks dienstmeisjes, die geen van allen langer dan een jaar bleven. Of ze werden weggejaagd door de zwaarte van het werk of door de liefdeloosheid van de Woodbeads heb ik nooit geweten. Maar bij alles waar we allebei over beschikten, bij alle luxe waaraan we gewend waren, kwamen we liefde tekort, en dat tekort zou zich in ons toekomstige leven inbranden als een ondoordachte tatoeage op een paar billen na een dronken nachtje stappen, en ons allebei onvermijdelijk naar isolement en rampspoed leiden.

We gingen naar verschillende scholen. Ik wandelde elke morgen naar Ranelagh, waar ik leerling was op een basisschooltje, terwijl Julian een paar kilometer noordelijk op een soortgelijk instituut zat aan een rustige straat vlakbij St Stephen's Green. Geen van beiden wisten we waar we na de zesde klas heen zouden gaan, maar omdat Charles en Max allebei ooit in hun jeugd op het Belvedere College hadden gezeten – ze hadden elkaar daar in feite ook ontmoet en vriendschap gesloten als steunpilaren van het rugby-team dat in de finale van de Leinster Schools Cup van 1931 had verloren van Castleknock College – namen we aan dat er een goede kans bestond dat wij uiteindelijk ook daar terecht zouden komen. Julian voelde zich niet zo ongelukkig in het onderwijssysteem als ik, maar dat kwam ook omdat hij van nature veel extraverter was; hij paste zich makkelijker aan anderen aan.

In de middag dat we elkaar ontmoetten wisselden we alleen wat beleefdheden uit in de gang voordat ik hem vroeg boven te komen, zoals kinderen dat doen, om mijn kamer te zien, en hij volgde me monter en vlot tot boven in het huis. Toen hij naast mijn onopgemaakte bed stond te kijken naar de boeken op mijn boekenplanken en naar het speelgoed dat her en der op de vloer lag, viel me de gedachte in dat hij het eerste kind was, na mij, dat daar ooit een voet zette.

'Je bent verwend met zo veel ruimte,' zei hij toen hij balancerend op de toppen van zijn tenen uit het raam keek naar het park erachter. 'Allemaal alleen van jou?'

'Ja,' zei ik. Mijn domein bestond uit drie kamers: een slaapkamer, een kleine badkamer en een woonkamer, die er naar ik aanneem bijna een zelfstandig appartement van maakten, en daar kunnen maar weinig zevenjarigen aanspraak op maken. 'Charles heeft de eerste verdieping, Maude de tweede en de benedenverdieping is gezamenlijk.'

'Bedoel je dat je ouders niet samen slapen?' vroeg hij.

'O nee,' zei ik. 'Waarom, die van jou wel?'

'Natuurlijk wel.'

'Maar waarom? Hebben jullie niet genoeg slaapkamers?'

'We hebben er vier,' zei hij. 'Mijn slaapkamer ligt naast die van mijn zus,' zei hij, en hij trok een gezicht.

'Was zij dat kleine meisje dat daarstraks krijsend wegliep?' vroeg ik.

'Ja.'

'Waarom krijste ze? Waarom was ze overstuur?'

'Geen flauw idee,' zei Julian schouderophalend. 'Ze wordt altijd wel ergens hysterisch over. Meisjes zijn vreemde wezens, vind je niet?'

'Ik ken geen meisjes,' gaf ik toe.

'Ik ken er veel. Ik hou van meisjes, ook al zijn ze volgens mijn vader gek en geestelijk onevenwichtig. Heb je ooit een paar borsten gezien?'

Ik keek hem verbaasd aan. Ik was nog maar zeven, dergelijke gedachten waren nog niet bij me opgekomen, maar zelfs toen al was Julians seksueel vroegrijpe geest gericht op vrouwen. 'Nee,' zei ik.

'Ik wel,' vertelde hij trots. 'Op een strand in de Algarve, vorige zomer. Alle meisjes liepen er topless. Ik verbrandde omdat ik zo lang buiten bleef. Tweedegraads brandwonden! Ik zie er erg naar uit met een meisje te vrijen, jij?'

Ik fronste. Dat woord was nieuw voor mij. 'Wat is vrijen?' vroeg ik.

'Weet je het echt niet?' vroeg hij.

'Nee,' zei ik, en met veel plezier gaf hij toen een gedetailleerde beschrijving van handelingen die mij niet alleen vervelend en onhygiënisch toeschenen maar mogelijk misdadig.

'O dat,' zei ik toen hij klaar was, alsof ik het al die tijd al had geweten, want ik wilde niet dat hij op me neerkeek en me te onschuldig vond voor zijn vriendschap. 'Ik dacht dat je het over iets anders had. Ik weet er alles van.'

'Heb je schuine blaadjes?' vroeg hij me toen.

'Nee,' zei ik, hoofdschuddend.

'Ik wel. Ik vond er een in mijn vaders werkkamer. Vol naakte meiden. Het was uiteraard een Amerikaans tijdschrift, want blote meiden zijn in Ierland nog illegaal.'

'Echt waar?' vroeg ik, terwijl ik me afvroeg hoe ze dan in bad gingen.

'Ja, meisjes mogen van de Kerk niet naakt zijn tot na hun huwelijk. Maar van de Amerikanen mag dat wel; die doen hun kleren constant uit en laten hun foto's in tijdschriften zetten en dan gaan mannen naar winkels en kopen die, met de *History Today* of een postzegeltijdschrift, om er niet pervers uit te zien.'

'Wat is pervers?' vroeg ik.

'Iemand die een seksmaniak is,' legde hij uit.

'O.'

'Ik ga pervers worden als ik groot ben,' vervolgde hij.

'Ik ook,' zei ik, erop gebrand in de smaak te vallen. 'Misschien kunnen we samen pervers zijn.'

Op het moment dat de woorden uit mijn mond kwamen voelde ik dat er iets niet klopte, en de uitdrukking op zijn gezicht, minachtend en argwanend tegelijk, bracht me in de war.

'Ik denk het niet,' zei hij snel. 'Zo werkt het niet hoor. Jongens kunnen alleen pervers worden met meisjes.'

'O,' zei ik teleurgesteld.

'Heb jij een grote?' vroeg hij even later nadat hij alle souvenirs op mijn bureau had opgetild, bestudeerd en op de verkeerde plaats weer neergezet.

'Heb ik wat?' vroeg ik.

'Een grote,' herhaalde hij. 'Je moet een grote hebben als je pervers wil wezen. Zullen we eens kijken welke de grootste is? Ik wed de mijne.'

Mijn mond viel open van verbazing en ik voelde een vreemde kriebel in mijn maag, een heel nieuwe sensatie die ik niet goed kon thuisbrengen maar die ik met graagte stimuleerde.

'Oké,' zei ik.

'Jij eerst,' zei Julian.

'Waarom ik eerst?'

'Omdat ik dat heb gezegd, daarom.'

Ik aarzelde, maar omdat ik niet wilde dat hij van gedachten zou veranderen en overstapte op een ander spelletje, maakte ik mijn riem los en liet mijn broek en onderbroek tot aan mijn knieën zakken; hij leunde naar voren en keek ernaar met een geïnteresseerde uitdrukking op zijn gezicht. 'Ik denk dat dat "gemiddeld" heet,' zei hij even later. 'Hoewel dat misschien nog een te mild oordeel is.'

'Ik ben nog maar zeven,' zei ik beledigd terwijl ik mijn broek weer ophaalde.

'Ik ben ook nog maar zeven maar ik ben groter,' zei hij, en hij deed zijn broek omlaag om hem aan mij te laten zien, en ditmaal voelde ik de kamer haast draaien toen ik ernaar keek. Ik wist dat dit niet ongevaarlijk was, betrapt worden was vragen om moeilijkheden en schande, maar het risico wond me op. De zijne was zeker groter en fascineerde me want het was de eerste penis behalve de mijne die ik ooit had gezien en hij was besneden en ik niet, dat intrigeerde me.

'Waar is de rest?' vroeg ik.

'Wat bedoel je?' vroeg hij. Intussen hees hij zijn broek op en maakte zonder een greintje gêne zijn riem vast.

'De rest van je ding,' zei ik.

'Eraf gesneden,' zei hij. 'Toen ik nog een baby was.'

Ik voelde een pijnscheut door me heen gaan. 'Waarom hebben ze dat gedaan?' vroeg ik.

'Ik weet niet precies,' zei hij. 'Het gebeurt met veel jongens als ze jong zijn. Het is iets Joods.'

'Ben jij Joods?'

'Nee, waarom? Jij wel?'

'Nee.'

'Nou dan.'

'Mij zal dat niet gebeuren,' zei ik, geschokt door het idee dat iemand met een mes aan mijn edele delen zou komen.

'Misschien wel. Trouwens, ben je al eens in Frankrijk geweest?'

'In Frankrijk?' vroeg ik, niet wetend waarom hij dat vroeg. 'Nee. Waarom?'

'Daar gaan we dit jaar heen in de zomervakantie, daarom.'

'O,' zei ik, teleurgesteld dat we afgedwaald waren van het onderwerp seks, pervers en dergelijke, omdat ik daar nog wel wat langer over had willen praten, maar hij leek dat inmiddels beu te zijn. Ik vroeg me af of hij me nog wat langer mijn zin zou geven als ik het gesprek weer op meisjes bracht.

'Heb je maar één zus?' vroeg ik.

'Ja,' zei hij. 'Alice. Ze is vijf.'

'En broers?'

Hij schudde zijn hoofd. 'Nee. Jij?'

'Ik ben een enig kind.' Op die leeftijd kwam ik natuurlijk niet op de gedachte dat mijn biologische moeder meer kinderen kon hebben gekregen. Of dat mijn biologische vader voor of na mijn conceptie waarschijnlijk een heel nest had verwekt.

'Waarom noem je je ouders Charles en Maude?' vroeg hij.

'Dat hebben ze liever,' zei ik. 'Ik ben geadopteerd, zie je, dus om te laten zien dat ik geen echte Avery ben.'

Hij lachte, schudde zijn hoofd en zei iets waar ik om moest lachen: 'Bizarro.'

We werden gestoord door een klopje op de deur en ik draaide me voorzichtig om, als een figuur in een griezelfilm die denkt dat er buiten een moordenaar staat te wachten. Behalve Brenda kwam er nooit iemand op de zolderverdieping en zelfs zij durfde alleen te komen als ik op school was.

'Wat is er aan de hand?' vroeg Julian.

'Niets.'

'Je kijkt zo zenuwachtig.'

'Ik ben niet zenuwachtig.'

'Ik zei dat je zenuwachtig kíjkt.'

'Hierboven komt nooit iemand, dat is de reden,' zei ik.

Ik keek naar de deurknop, die langzaam draaide, toen deed ik een stap achteruit terwijl Julian, aangestoken door mijn angst, in de richting van het raam stapte. Even later kwam er een rookwolk de kamer binnen, onvermijdelijk gevolgd door Maude. Ik had haar in dagen niet gezien en was verbaasd dat haar haar niet zo blond was als gebruikelijk, en ze zag er pijnlijk mager uit. Na haar recente ziekte had ze weinig eetlust en ze at zelden meer. 'Ik kan niets binnenhouden,' had ze me tijdens ons laatste geprek verteld. 'Niets behalve nicotine, bedoel ik.'

'Maude,' zei ik, verrast haar te zien.

'Cyril,' antwoordde ze, terwijl ze een blik in het rond wierp, en tot haar verbazing een andere jongen in mijn kamer ontdekte. 'Dus je zit hier. Maar wie is dat?'

'Julian Woodbead,' zei Julian zelfverzekerd. 'Mijn vader is Max Woodbead, de beroemde rechtskundig adviseur.'

Hij stak een hand uit en ze keek er eventjes naar alsof ze verbluft was dat die zo ineens opdook. 'Wat wil je?' vroeg ze. 'Geld?'

Julian schoot in de lach. 'Nee,' zei hij. 'Mijn vader zegt dat het netjes is om elkaar de hand te schudden als je een nieuwe persoon leert kennen.'

'O, ik begrijp het,' zei ze, ze leunde voorover en bekeek zijn vingers. 'Is hij schoon? Ben je kort geleden naar de wc geweest? Heb je daarna je handen gewassen?'

'Hij is brandschoon, mevrouw Avery,' zei Julian.

Ze zuchtte, stak haar hand uit en schudde zijn hand ongeveer een tiende van een seconde. 'Je hebt een heel zachte huid,' zei ze, lichtjes brommend van tevredenheid. 'Dat is natuurlijk gewoon bij jongetjes. Ze zijn niet gewend aan zwaar werk. Hoe oud ben je, als ik vragen mag?'

'Ik ben zeven,' zei Julian.

'Nee, Cyril is zeven,' antwoordde ze, hoofdschuddend. 'Ik vroeg hoe oud jij bent.'

'Nou, ik ben zeven,' zei hij. 'Dat zijn we allebei.'

'Allebei zeven,' zei ze bijna op fluistertoon. 'Is dat niet erg toevallig?'

'Dat vind ik dus niet echt,' zei hij nadenkend. 'Iedereen bij mij in de klas is zeven. En in Cyrils klas ook, neem ik aan. Er zijn waarschijnlijk evenveel zevenjarigen in Dublin als mensen van alle leeftijden.'

'Misschien,' antwoordde Maude, weinig overtuigd. 'Mag ik vragen wat je in Cyrils slaapkamer doet? Wist hij dat je zou komen? Je doet toch niet onaardig tegen hem, hè? Hij lijkt pestkoppen aan te trekken.'

'Julian zat in de gang,' vertelde ik haar. 'Op de sierstoel waar je niet op mag zitten.'

'O nee,' zei Maude onthutst. 'Die stoel was van mijn moeder.'

'Ik heb hem niet beschadigd,' zei Julian.

'Mijn moeder was Eveline Hartford,' verklaarde Maude, alsof een van ons beiden dat iets zei. 'Dus ze was gewoonweg dol op stoelen, zoals jullie weten.'

'Ze zijn erg nuttig,' antwoordde Julian, die mijn aandacht trok en knipoogde. 'Als iemand wil gaan zitten, bedoel ik.'

'Nou, ja,' zei Maude vaag. 'Ik bedoel: daar zijn ze toch voor?'

'Maar niet de sierstoel,' gaf ik aan. 'Je hebt me verteld dat ik daar nooit op mag zitten.'

'Dat komt omdat je gewend bent vuil te verzamelen,' zei ze. 'Julian ziet er daarentegen vrij schoon uit. Ben je vanmorgen in bad geweest?'

'Inderdaad ja,' zei Julian. 'Maar ik ga bijna elke morgen in bad.'

'Goed zo. Het is mij haast onmogelijk Cyril zo ver te krijgen dat hij zich wast.'

'Dat is niet waar,' zei ik beledigd, gedeeltelijk omdat ik zeer zorgvuldig waakte over mijn persoonlijke hygiëne, maar ook omdat ik het zelfs op die leeftijd vervelend vond als mensen me eigenschappen toeschreven die niet op werkelijkheid berustten.

'Maar ik zou je wel willen vragen er niet weer in te gaan zitten, als je het niet erg vindt,' vervolgde Maude, die niet inging op mijn interruptie.

'Dat beloof ik, mevrouw Avery,' sprak Julian, en hij voerde een kleine buiging vanuit de taille uit die haar een glimlach ontlokte, een gebeurtenis bijna even zeldzaam als een zonsverduistering. 'U schrijft toch romans?' vroeg hij toen.

'Dat klopt,' zei ze. 'Hoe wist je dat?'

'Van mijn vader gehoord. Hij zei dat hij er zelf geen een heeft gelezen omdat u meestal over vrouwen schrijft.'

'Ja,' erkende ze.

'Mag ik vragen waarom?'

'Omdat mannelijke schrijvers dat nooit doen. Ze hebben niet het talent, begrijp je. Of het verstand.'

'Julians vader is hier voor Charles,' zei ik omdat ik van het onderwerp stoelen en boeken af wilde. 'Toen ik hem beneden ontdekte, dacht ik dat hij misschien wel boven wilde komen om mijn kamer te zien.'

'En was dat zo?' vroeg Maude, die stomverbaasd klonk bij dat idee. 'Wilde je Cyrils kamer zien?'

'Ja, heel graag zelfs. Hij heeft veel ruimte hierboven, hè? Daar ben ik jaloers op. En dat dakraam is geweldig. Stel je voor: in bed 's nachts naar de sterren liggen kijken!'

'Er is hierboven ooit iemand overleden, weet je,' zei Maude, en ze snoof de lucht op die al vervuld was van kankerverwekkende stoffen uit haar sigaretten, alsof ze hoopte op de laatste restanten van de lijklucht.

'Wat?' vroeg ik geschokt. 'Wie dan?' Ik had daar nog nooit over gehoord.

'O, ik weet het niet meer. Een... man, geloof ik. Of misschien een vrouw. Laten we maar zeggen een persoon. Het is allemaal heel lang geleden.'

'Was het een natuurlijke doodsoorzaak, mevrouw Avery?' vroeg Julian.

'Nee, dat geloof ik niet. Voor zover mijn geheugen me niet in de steek laat werd hij, zij of het vermoord. Ik weet niet zeker of de moordenaar ooit is gepakt. Het stond destijds in alle kranten.' Ze zwaaide met haar hand in de lucht en er viel een beetje as op mijn hoofd. 'Ik kan me de details niet zo goed herinneren,' zei ze. 'Was er een mes bij betrokken? Om de een of andere reden heb ik het woord "mes" in mijn hoofd.'

'Een steekpartij!' zei Julian, verrukt in zijn handen wrijvend.

'Vind je het erg als ik ga zitten, Cyril?' vroeg Maude, wijzend naar het bed. 'Als het moet.'

Ze ging zitten en streek haar rok glad, viste een sigaret uit haar zilveren sigarettenkoker. Haar vingers waren lang en benig, de huid bijna transparant. Ik had maar een beetje beter hoeven kijken om de gewrichten tussen de vingerkootjes te onderscheiden.

'Heb je een vuurtje?' vroeg ze aan mij, en ze stak een verse sigaret in mijn richting.

'Nee, natuurlijk niet,' zei ik.

'Jij wel, wed ik,' zei ze tegen Julian, terwijl ze met haar tong langzaam over haar bovenlip streek. Als ik een beetje ouder was geweest zou ik hebben beseft dat ze met hem flirtte en hij op zijn beurt met haar. Dat is achteraf gezien natuurlijk een beetje verontrustend aangezien hij nog maar een kind was en zij vierendertig.

'Misschien heb ik een paar lucifers,' antwoordde hij, en hij legde de inhoud van zijn zakken op mijn sprei: een touwtje, een jojo, een munt, een schoppenaas en inderdaad een lucifer. 'Ik wist het,' zei hij en hij glimlachte haar toe.

'Wat ben jij een nuttig mannetje,' antwoordde ze. 'Ik zou je op moeten sluiten en nooit meer laten gaan.'

Julian streek de lucifer over zijn schoenzool en toen hij bij de eerste keer al ontbrandde kon ik mijn bewondering moeilijk verhelen. Hij hield hem in de richting van Maude, die vooroverleunde en haar ogen strak op de zijne gericht hield terwijl de sigaret begon te branden. Toen ging ze weer recht zitten, met haar linkerhand balancerend op het matras achter haar. Ze bleef hem strak aankijken voordat ze haar gezicht naar het plafond hief en een grote witte rookwolk liet ontsnappen, alsof ze aanstalten maakte de verkiezing van een nieuwe paus aan te kondigen.

'Ik zat te schrijven, zie je,' verklaarde ze even later zonder enige aanleiding. 'Ik schreef aan mijn nieuwe roman en ik hoorde stemmen hierboven. Dat was al te storend. Mijn gedachtegang raakte ontregeld. Dus ik dacht: ik ga boven eens kijken waar al die ophef goed voor is.'

Ik tilde sceptisch een wenkbrauw op. Het leek mij onwaarschijnlijk dat Maude een verdieping lager ons had horen spreken, temeer daar we amper geluid hadden gemaakt, maar misschien was haar gehoor beter dan ik besefte, ondanks haar inmiddels genezen kanker van de gehoorgang.

'Vindt u het leuk om schrijver te zijn, mevrouw Avery?' vroeg Julian.

'Nee, natuurlijk niet,' zei ze. 'Het is een akelig vak. Het wordt gekozen door narcisten die denken dat hun zielige fantasietjes interessant zijn voor mensen die ze nog nooit hebben ontmoet.'

'Maar hebt u succes?'

'Het hangt ervan af hoe je het woord "succes" definieert.'

'Nou, hebt u een heleboel lezers?'

'O nee. De hemel verhoede. Een populair boek heeft iets vreselijk onbehouwens, vind je niet?'

'Ik weet het niet,' zei Julian. 'Ik lees niet zo veel, ben ik bang.'

'Ik ook niet,' zei Maude. 'Ik kan me niet herinneren wanneer ik nog een roman heb gelezen. Ze zijn allemaal zo saai en schrijvers gaan zo lang door. "Bondigheid" is het sleutelwoord, als je het mij vraagt. Wat was het laatste boek dat je gelezen hebt?'

'*De Vijf hebben plezier*,' zei Julian.

'Wie heeft dat geschreven?'

'Enid Blyton.'

Ze schudde haar hoofd alsof de naam haar niets zei.

'Waarom wil je niet dat mensen je boeken lezen, Maude?' vroeg ik, een vraag die ik haar nooit eerder had gesteld.

'Om dezelfde reden als waarom ik niet binnenloop bij vreemden en ze vertel hoeveel stoelgang ik heb genoten sinds het ontbijt,' zei ze. 'Het gaat ze niet aan.'

'Waarom geef je ze dan uit?'

'Je moet er toch íéts mee doen, Cyril?' zei ze schouderophalend. 'Waarvoor zou je anders schrijven?'

Ik fronste. Onzinnig vond ik dat, maar mijn hoofd stond er niet naar om op het onderwerp in te gaan. Ik wou dat ze terugging naar beneden, Julian en mij bij onze beginnende vriendschap liet. Misschien zou hij vragen mijn ding weer te zien en die van hem tevoorschijn halen om hem een tweede keer te kunnen bekijken.

'Je vader is hier voor een reddingsactie, hè?' vroeg Maude aan Julian. Ze had zich weer naar hem gekeerd en klopte op het bed naast zich.

'Ik weet het niet precies,' zei Julian, terwijl hij inging op haar uitnodiging en ging zitten. Ik was verrast en geïrriteerd toen ik zag hoe hij strak naar haar benen keek. Iedereen heeft toch benen? dacht ik. Wat was er zo bijzonder aan die van Maude? 'Moet er iemand gered worden?'

'De man van de fiscus zit achter ons aan,' zei ze, op een toon alsof ze een van haar beste vrienden in vertrouwen nam. 'Mijn man, Cyrils pleegvader, is nooit zo zorgvuldig geweest met zijn financiën als had gemoeten en het lijkt erop dat zijn misstappen hem eindelijk ingehaald hebben. Ik houd er zelf natuurlijk een eigen accountant op na om de fiscale kant van mijn boeken te regelen. Omdat ik er zo weinig verkoop hoef ik gelukkig ook niets te betalen. In sommige opzichten een zegen. In de praktijk geef ik mijn accountant meer dan ik de man van de fiscus geef. Is hij wel eens bij jullie geweest?'

'Wie?' vroeg Julian.

'De man van de fiscus. Hoe denk je dat hij eruitziet?'

Hij fronste, wist niet precies wat ze bedoelde. Ik dacht er ook over na en ik mocht dan erg jong zijn, ik had het gevoel dat de fiscus veel mannen in dienst zou hebben, en misschien zelfs nu en dan een vrouw.

'Zouden ze niet met een hele groep zijn?' vroeg ik. 'Die allemaal verschillende gevallen bekijken?'

'O nee,' zei Maude, en ze schudde haar hoofd. 'Nee, voor zover ik weet is er maar één. Actief baasje, neem ik aan. Hoe dan ook, jouw vader is hier om mijn man uit de gevangenis te houden, hè? Ik zeg niet dat een poosje in de nor Charles niet heel veel goed zou doen, maar ik zou hem moeten bezoeken, minstens voor de vorm, en ik denk niet dat ik dat zou kunnen. Naar mijn idee zijn het nogal onaangename plekken, gevangenissen. En ik denk ook niet dat je daar kunt roken.'

'Ik denk van wel,' zei ik. 'Gevangenen gebruiken sigaretten toch als ruilmiddel?'

'En om eventuele aanvallen door homoseksuelen af te weren,' zei Julian.

'Ja, absoluut,' beaamde Maude, die niet in het minst geschokt leek door Julians woordkeus. 'Maar ik denk niet dat Charles zich daarover al te veel zorgen hoeft te maken, toch? Hij heeft zijn beste dagen achter de rug.'

'Homoseksuelen in de gevangenis zijn niet kieskeurig, mevrouw Avery,' zei Julian. 'Ze nemen wat ze krijgen kunnen.'

'Nee, maar ze zijn ook niet blind.'

'Wat is een homoseksueel?' vroeg ik.

'Een man die bang is voor vrouwen,' legde Maude uit.

'Iedere man is bang voor vrouwen voor zover ik weet,' zei Julian, waarmee hij aangaf veel meer begrip van het universum te hebben dan paste bij zijn leeftijd.

'Dat klopt,' zei ze. 'Maar alleen omdat de meeste mannen niet zo slim zijn als vrouwen en toch houden ze alle macht in handen. Ze zijn bang voor een verandering in de wereldorde.'

'Gaat Charles naar de gevangenis?' vroeg ik, en hoewel ik niet veel voor de man voelde, maakte het idee me ongerust.

'Dat hangt van Julians vader af,' zei Maude. 'Van de vraag hoe goed hij zijn vak verstaat.'

'Ik weet niet veel over mijn vader en de zaken van uw echtgenoot,' zei Julian. 'Hij nam me alleen maar mee omdat ik vorige week een gordijn in brand heb gestoken en ik niet meer alleen thuis mag blijven.'

'Waarom deed je dat?'

'Het was een ongelukje.'

'O.' Ze leek tevreden met dat antwoord, stond nu op en drukte de sigaret uit op mijn nachtkastje, waardoor er een schroeiplek in het hout achterbleef die nooit meer zou verdwijnen. Rondkijkend leek het haar te verbazen dat deze kamer überhaupt bestond en ik vroeg me af waar ze dacht dat ik de afgelopen zeven jaar had geslapen. 'Dus hier verstop je je, Cyril?' vroeg ze dromerig. 'Dat heb ik me vaak afgevraagd.' Ze draaide zich om en wees naar het bed. 'En ik neem aan dat je hier slaapt.'

'Inderdaad,' gaf ik toe.

'Behalve als het een sierbed is,' zei Julian. 'Net als de stoel van je moeder.'

Maude glimlachte naar ons beiden en liep naar de deur. 'Probeer je een beetje in te houden, jongens, als je kunt. Ik ben van plan om nu weer te gaan schrijven. Ik geloof dat de trein het station weer nadert. Met een beetje geluk krijg ik misschien een paar honderd woorden op papier.'

En toen liet ze ons tot mijn grote opluchting alleen.

'Wat een bijzondere dame,' merkte Julian op, die nu zijn schoenen en sokken uitdeed en zonder duidelijke reden op en neer sprong op mijn bed. Ik keek naar zijn voeten en zag hoe netjes verzorgd zijn teennagels waren. 'Mijn moeder is heel anders.'

'Ze is mijn pleegmoeder,' gaf ik aan.

'O ja. Heb je ooit je echte moeder ontmoet?'

'Nee.'

'Denk je dat je pleegmoeder stiekem je echte moeder is?'

'Nee,' zei ik. 'Dat zou toch zinloos zijn?'

'En je pleegvader dan?'

'Nee,' zei ik opnieuw. 'Absoluut niet.'

Hij stak zijn hand uit en pakte Maudes weggelegde sigaret van het nachtkastje, zoog luidruchtig aan het filter en trok een gezicht toen hij hem gevaarlijk dicht bij het gordijn hield. Nu ik wist dat hij een strafblad had als het om het verbranden van gordijnen ging, hield ik hem goed in het oog.

'Denk je dat je vader naar de gevangenis gaat?' vroeg hij.

'Mijn pleegvader,' zei ik. 'En ik weet het niet. Ik neem aan dat het kan. Ik weet amper wat er aan de hand is, behalve dat hij in de nesten zit. Zo noemt hij het zelf in elk geval.'

'Ik ben een keer in de gevangenis geweest,' zei Julian achteloos terwijl hij zich op het bed liet vallen en languit ging liggen alsof hij in zijn eigen kamer was. Zijn overhemd was uit zijn broek gekomen, waardoor zijn navel en zijn buik zichtbaar waren, en daar staarde ik naar, sterk gefascineerd door zijn bleke huid.

'Nietwaar,' zei ik.

'Wel waar,' zei hij. 'Ik zweer het.'

'Wanneer? Wat had je gedaan?'

'Natuurlijk niet als gevangene.'

'O,' zei ik lachend. 'Ik dacht dat je dat bedoelde.'

'Nee, dat zou belachelijk zijn. Ik was met mijn vader. Hij vertegenwoordigde een man die zijn vrouw had vermoord en nam mij mee naar de Mountjoy toen hij hem bezocht.'

Mijn ogen gingen nu wijd open, ik was gefascineerd. Ik was op die leeftijd volstrekt bezeten van moordverhalen en een bezoek aan de Mountjoy, zoals de informele naam van de Mountjoy-gevangenis luidde, was een gebruikelijk dreigement voor leerkrachten die ons wilden vermanen. Elke wandaad, van het vergeten van ons huiswerk tot geeuwen in de klas, resulteerde in de verzekering dat onze dagen waarschijnlijk zouden eindigen aan het eind van een strop, hoewel de doodstraf op dat moment in Ierland wettelijk niet meer was toegestaan.

'Hoe was het daar?' vroeg ik.

'Het rook naar wc's,' zei hij met een grijns en ik giechelde waarderend. 'En ik moest in de hoek van een cel zitten toen ze de man binnenbrachten en mijn vader begon hem vragen te stellen, aantekeningen te maken en zei dat de man een aantal dingen moest ophelderen zodat hij ze kon uitleggen aan diens advocaat, en toen de man vroeg "maakt het uit dat mijn vrouw een gore slet was die het deed met elke Jan, Piet en Klaas in Ballyfermot?", zei mijn vader dat ze al het mogelijke zouden doen om het karakter van het slachtoffer in twijfel te trekken, want er was een goede kans dat een jury iemand een moord zou vergeven als het slachtoffer een hoer was.'

Ik hapte naar adem. Ik had nog nooit zulke woorden hardop horen zeggen, ze vervulden me met afschuw en opwinding. Ik had daar de hele middag kunnen zitten luisteren naar Julian, zo veel indruk maakte hij op mij en ik zou hem veel meer vragen hebben gesteld over zijn ervaring in de gevangenis, als op dat moment de deur niet weer open was gegaan en een lange man met lachwekkend borstelige wenkbrauwen zijn hoofd niet naar binnen had gestoken.

'We gaan,' zei hij, en Julian sprong onmiddellijk op. 'Waarom heb je je schoenen en sokken niet aan?'

'Ik was trampoline aan het springen op Cyrils bed.'

'Wie is Cyril?'

'Ik ben Cyril,' zei ik, en de man bekeek me van boven tot onder alsof ik een meubelstuk was dat hij overwoog aan te schaffen.

'O, jij bent het liefdadigheidsgeval,' zei hij ongeïnteresseerd. Daar had ik geen antwoord op en tegen de tijd dat ik iets slims had bedacht om te zeggen waren ze allebei de kamer uit en op weg naar beneden.

Een geweldige liefdesrelatie

De vraag hoe Charles en Maude elkaar ontmoetten, verliefd werden en met elkaar trouwden heeft me mijn hele jeugd gefascineerd. Twee personen die niet slechter bij elkaar konden passen, waren er op de een of andere manier in geslaagd elkaar te vinden en iets in stand te houden wat leek op een relatie terwijl ze blijkbaar hoegenaamd geen interesse en affectie voor elkaar voelden. Was het altijd zo geweest? vroeg ik me af. Was er ooit een tijd geweest waarin ze naar elkaar keken en verlangden, waarin ze respect en liefde ervoeren? Was er een moment waarop ze beseften dat ze het liefst bij elkaar wilden zijn, liever dan bij wie dan ook? En zo niet, waarom hadden ze zich in 's hemelsnaam uitgesproken voor een gezamenlijk leven? Dat was een vraag die ik hun allebei op verschillende tijdstippen heb gesteld in de periode waarin we elkaar kenden, en het verschil tussen de antwoorden die ik kreeg kon niet groter zijn.

CHARLES:

'Toen ik Maude ontmoette was ik zesentwintig jaar oud; ik was voor geen millimeter op zoek naar een vriendin of een vrouw. Ik had die weg voordien al bewandeld en de hele zaak was onhoudbaar gebleken. Waarschijnlijk wist je het niet, Cyril, maar ik ben getrouwd toen ik nog maar tweeëntwintig jaar oud was en een paar jaar later weduwnaar geworden. O, je wist het wel? Er doen allerlei geruchten de ronde over de vraag hoe Emily is gestorven maar één ding wil ik je heel duidelijk maken: ik heb haar niet vermoord. En er is ook nooit een beschuldiging geweest, ondanks de hevige inspanningen van ene Henry O'Flynn, sergeant van het Gardabureau Pearse Street. Er was nooit een schijn van bewijs voor iets ongepasts, maar

Dublin draait typisch op dit soort onverantwoord geroddel, en de reputatie van iemand die niet bereid is terug te vechten kan van de ene dag op de andere kapot worden gemaakt. De waarheid is: Emily was een mooi meisje, heel aantrekkelijk als je van dat soort houdt, maar ze was ook mijn eerste vriendinnetje, het meisje bij wie ik mijn maagdelijkheid verloor, en een man met gezond verstand moet nooit trouwen met het meisje bij wie hij zijn maagdelijkheid verliest. Dat is alsof je leert rijden in een aftandse oude brik en het daar vervolgens de rest van je leven mee doet terwijl je intussen de vaardigheden hebt om een BMW door het spitsuur op een drukke *Autobahn* te loodsen. Een paar maanden na de bruiloft besefte ik dat ik de rest van mijn leven onmogelijk genoeg zou kunnen hebben aan één vrouw en begon ik mijn net een beetje wijder uit te werpen. Kijk eens naar mij, Cyril; ik ben vandaag de dag een man die er belachelijk goed uitziet, dus je kunt wel nagaan hoe ik eruitzag als twintiger. Vrouwen struikelden over hun benen om mij te krijgen. En ik was zo grootmoedig me door hen te laten benaderen. Maar Emily kreeg lucht van mijn uitstapjes buiten het huwelijk en schoot volstrekt door in haar reactie. Ze dreigde meneer pastoor erbij te halen, alsof ik me daar iets van zou aantrekken, en ik zei: "Lieve schat, neem een minnaar als je wilt, ik vind alles best. Als je om een pik verlegen zit, daar zijn er genoeg van op de wereld. Grote, kleine, perfect gevormde, misvormde. Kromme, gebogen en rechte. Jongemannen zijn eigenlijk wandelende erecties en stuk voor stuk zouden ze hem graag in iemand steken die zo mooi is als jij. Probeer een tiener als je wilt. Ze zouden maar al te blij zijn en je weet dat ze het een keer of vijf, zes per nacht presteren zonder zelfs maar te stoppen om op adem te komen." Ik had dat als een compliment bedoeld, maar om welke reden ook, ze vatte het niet zo op en belandde in een spiraal van beschuldigingen en depressiviteit. Misschien had ze altijd al geleden aan een soort psychische aandoening, dat doen zo veel vrouwen, maar binnen een paar maanden nam ze medicijnen om te voorkomen dat ze volstrekt kierewiet werd. En op een dag slikte ze, vlak voordat ze een bad nam, een paar pillen te veel en zakte weg, onder water, borrel borrel, welterusten en veel succes allemaal. En ja, het klopt dat ik veel geld van haar erfde, daar begon al dat geroddel ook mee, maar ik kan je verzekeren dat ik niets te maken had met wat er die dag gebeurd is en haar dood stemde me erg treurig. Nadien ben ik bijna twee weken met niemand naar bed geweest uit respect voor haar nagedachtenis. Kijk, Cyril, het zit namelijk zo, en als ik een echte zoon had gehad zou ik ervoor hebben gezorgd dat hij dit begreep: monogamie is niet de natuurlijke toestand voor een man of vrouw. Het slaat nergens op om jezelf voor vijftig of zestig jaar seksueel te binden aan dezelfde persoon als je relatie met die persoon zo veel gelukkiger kan zijn door elkaar de vrijheid te geven iets te beginnen met personen van het andere geslacht die je aantrekkelijk vindt, op jouw of hun initiatief. Een huwelijk moet een kwestie van vriendschap en kameraadschap zijn, niet van seks. Ik bedoel welke man die bij zijn volle verstand is wil nou vrijen met zijn eigen vrouw? Hoewel, dat alles laat onverlet dat toen mijn oog voor het eerst op je pleegmoeder viel ik meteen wist dat ik wilde dat zij de tweede mevrouw Avery zou worden. Ze stond in de lingerieafdeling van een warenhuis toen ik haar zag, en ze liet haar hand langs een rij beha's en slipjes glijden, terwijl haar sigaret gevaarlijk dicht bij al die zijde hing, en ik liep naar haar toe en vroeg haar of ze hulp nodig had bij het kiezen van de juiste combinatie. Mijn god, wat had die vrouw een perfecte tieten! En dat heeft ze nog steeds. Heb je ooit wel eens goed gekeken naar de tieten van je pleegmoeder, Cyril? Nee? Kijk maar niet zo beschroomd; het is het meest natuurlijke ding ter wereld. We zuigen eraan als baby en verlangen eraan te zuigen als volwassene. Ze gaf me een klap in mijn gezicht toen ik dat zei maar die klap blijft een van de meest erotische momenten van mijn leven. Ik nam haar hand vast en kuste de binnenkant van haar pols. Die rook naar Chanel nr. 5 en cocktailsaus. Ik neem aan dat ze net had geluncht en zoals je weet is ze altijd al gek geweest op garnalencocktail. Ik zei tegen haar dat als ze die middag niet met mij naar het Gresham Hotel zou gaan om een glas champagne te drinken, ik me in de Liffey zou gooien en ze zei "Verdrink maar, wat mij betreft" en dat ze niet van plan was een woensdagmiddag te besteden aan dronken worden in een bar met een vreemde man. En toch kreeg ik haar zover en uiteindelijk namen we een taxi naar O'Connell Street en dronken niet één, maar zes flessen champagne in de loop van niet één, maar zes uur. Ongelofelijk, nietwaar? We waren praktisch lam tegen de tijd dat we daarmee klaar waren. Maar niet zo lam dat we geen kamer konden nemen in het hotel en achtenveertig uur lang met elkaar vrijden praktisch zonder pauze te nemen. Mijn god, die vrouw heeft dingen met me gedaan die geen enkele vrouw voordien of nadien ooit heeft gedaan. Totdat je bent gepijpt door je pleegmoeder, Cyril, zul je niet weten wat goed pijpen in feite is. Binnen een paar maanden waren we getrouwd. Maar opnieuw eiste de tijd zijn tol. Maude raakte steeds meer geobsedeerd door het schrijven en ik door mijn carrière. Ik kreeg genoeg van haar lichaam en ik durf te zeggen dat zij genoeg kreeg van het mijne. Maar terwijl ik elders troost zocht leek zij geen interesse in een minnaar te hebben daarom is ze nu al jarenlang celibatair, wat waarschijnlijk haar stemmingen verklaart. We zijn inderdaad niet het ideale paar, maar ik heb ooit van haar gehouden en zij hield van mij en ergens in ons beider binnenste is de schaduw blijven hangen van twee seksbeluste twintigers die Veuve Clicquot dronken in het Gresham, ons een aap lachten en ons afvroegen of we de receptionist konden vragen om een slaapkamersleutel of zouden ze de politie of de aartsbisschop van Dublin bellen als we dat deden?'

MAUDE:
'Ik kan het me echt niet meer herinneren. Misschien was het op een woensdag, heb je daar iets aan? Of mogelijk een donderdag.'

Als mijn vijanden mij vervolgen

Mijn pleegouders waren niet genoeg bij elkaar betrokken om het soort gevoelsuitbarstingen te ontwikkelen dat nodig is voor een ruzie. Daardoor was het leven aan Dartmouth Square in het algemeen harmonieus. In feite vond het enige serieuze conflict waarvan ik ooit getuige ben geweest plaats op de avond waarop de juryleden kwam dineren, een zo onverstandig plan dat het me vandaag de dag nog steeds verbijstert.

Het was een van die zeldzame avonden waarop Charles vroeg thuiskwam van zijn werk. Ik had juist in de keuken een glas melk gehaald en zag hem tot mijn verbazing door de deur komen, zijn das niet losgetrokken rond zijn nek, zijn haar niet door de war, zijn tred niet onvast, dus een reeks dingen die níét waren gebeurd die deed vermoeden dat er iets verschrikkelijks was gebeurd.

'Charles,' zei ik. 'Alles goed?'

'Ja, met mij prima,' antwoordde hij. 'Waarom zou het niet zo zijn?'

Ik wierp een blik op de staande klok in de hoek van de vestibule. Die sloeg, alsof hij het op een akkoordje met me gooide, een half dozijn lange, galmende tonen. Tijdens het slaan van de klok bleven Charles en ik precies staan waar we stonden, zonder iets te zeggen, hoewel we onhandig glimlachten en elkaar nu en dan toeknikten. Eindelijk kwam er een eind aan het slaan van de klok.

'Je komt namelijk nooit thuis op dit uur,' zei ik, doorgaand waar ik was gebleven. 'Besef je wel dat het nog licht is en de pubs nog open zijn?'

'Niet brutaal doen,' zei hij.

'Ik doe niet brutaal,' vertelde ik hem. 'Ik maak me zorgen, dat is alles.'

'O. In dat geval bedankt. Je bezorgdheid is geregistreerd. Wist je dat het opvallend veel makkelijker is om de deur van het slot te doen als het buiten licht is?' voegde hij eraan toe. 'Meestal sta ik wel een paar minuten gedwongen in het portiek voordat ik binnen kan komen. Ik heb altijd gedacht dat het een probleem met de sleutel was maar misschien was ík het al die tijd.'

'Charles,' zei ik. Ik zette mijn glas neer op een bijzettafeltje en wandelde naar hem toe. 'Je bent helemaal nuchter, geloof ik?'

'Ja, Cyril,' antwoordde hij. 'Ik heb de hele dag niets gedronken.'

'Maar waarom? Ben je ziek?'

'Ik ben de dag wel eens vaker doorgekomen zonder te pimpelen, moet je weten. Ik ben niet voor honderd procent alcoholist.'

'Niet voor honderd procent, nee,' zei ik. 'Maar je bent er wel erg goed in.'

Hij glimlachte en even dacht ik iets van tederheid te zien opkomen in zijn ogen. 'Lief van je om je zorgen te maken,' zei hij. 'Maar alles is goed met mij.'

Daar was ik niet zo zeker van. De voorgaande weken was zijn gebruikelijke uitbundigheid aanmerkelijk afgenomen en vaak als ik langs zijn werkkamer liep zat hij achter zijn bureau met zijn blik op oneindig, alsof hij niet goed begreep hoe alles zover had kunnen komen. Hij had *Een dag uit het leven van Ivan Denisovitsj* gekocht bij Hodges Figgis en was daar blijkbaar op elk vrij moment in verdiept. Hij stelde in Solzjenitsyns roman meer belang dan hij ooit had gesteld in een boek van Maude, zelfs *Gelijk de leeuwerik*, dat ze bijna had verloochend toen de verkoopcijfers stegen tot getallen met drie nullen. Dat hij zijn eigen beproevingen vergeleek met die van een gevangene in een Russisch werkkamp zegt iets over zijn gevoel persoonlijk onrecht te hebben ondergaan. Natuurlijk had hij nooit verwacht dat zijn zaak hem voor de rechter kon brengen, omdat hij ervan uitging dat een man in zijn positie en met zijn brede netwerk van invloedrijke contacten een dergelijk onrecht zou kunnen voorkomen. En zelfs toen duidelijk werd dat hij niets kon doen om de voortgang van de rechtszaak te stoppen, wist hij zeker dat hij onschuldig zou worden bevonden aan enig vergrijp, hoewel zijn schuld overduidelijk was. De gevangenis was naar zijn idee iets wat anderen overkwam.

Max Woodbead was een regelmatige bezoeker van Dartmouth Square in die weken. Charles en hij waren geregeld dronken aan het bekvechten, wat ze afwisselden met het zingen van oude liederen van het Belvedere College – *Only in God is found safety when my enemies pursue me / Only in God is found glory when I am found meek and lowly* – en furieuze woedebuien waarin ze naar elkaar brulden. Die stormen waren in het hele huis te horen, zodat zelfs Maude de voortwoekerende schemer van haar schrijfkamer ontvluchtte door de deur open te doen en ontzet de gang in te staren.

'Ben jij dat, Brenda?' vroeg ze me bij een van die gelegenheden toen ik om een luttele, nu vergeten reden op de tweede verdieping rondhing.

'Nee, ik ben het, Cyril,' zei ik.

'O, Cyril, ja,' zei ze. 'Natuurlijk, het kind. Wat is er in 's hemelsnaam beneden aan de hand? Is er ingebroken?'

'Meneer Woodbead is er,' zei ik. 'Hij is gekomen om over de rechtszaak te spreken met Charles. Misschien zijn ze de drankkast aan het plunderen.'

'Het heeft uiteraard allemaal geen zin. Hij gaat toch de gevangenis in. Iedereen weet dat. Daar verandert alle whiskey van de wereld niets aan.'

'En wat moeten wij dan?' vroeg ik bezorgd. Ik was pas zeven en niet voorbereid op een leven op straat.

'Ik kom er wel,' zei ze. 'Ik heb een beetje eigen geld.'

'Maar ik dan?' vroeg ik.

Ze negeerde mijn vraag en wilde weten: 'Waarom maken ze zo veel lawaai? Het is echt te veel. Hoe denken ze dat iemand met die herrie enig werk kan verrichten? En tussen twee haakjes, nu je hier toch staat, weet jij misschien een ander woord voor "fluorescerend"?'

'Gloeiend?' stelde ik voor. 'Lumineus? Lichtgevend?'

'Lichtgevend, dat is het,' zei ze. 'Je bent slim, hè, voor je elf jaar?'

'Ik ben zeven,' zei ik, opnieuw gefrappeerd door de vraag of mijn pleegouders zelfs maar beseften dat ik een kind was en niet een soort kleine volwassene die hun was opgedrongen.

'Kijk aan. Nog indrukwekkender,' zei ze. Daarna deed ze de deur achter zich dicht en was weer verdwenen in haar met rook gevulde grot.

'De rechtszaak' waren de twee woorden die het grootste deel van 1952 door ons huis resoneerden. Ze waren nooit ver uit onze gedachten en lagen bij Charles altijd op het puntje van zijn tong. Hij leek oprecht beledigd dat hij zo in het openbaar vernederd werd en had er een hekel aan zijn naam om een andere reden dan een feestelijke in de krant te zien. Maar op een gegeven moment publiceerde *The Evening Press* een artikel waarin stond dat zijn rijkdom in de loop der jaren sterk was overdreven en dat als hij zou verliezen en naast een gevangenisstraf ook een fikse geldboete zou krijgen, hij waarschijnlijk failliet zou gaan en het huis aan Dartmouth Square zou moeten verkopen. Dan ontwikkelde zich bij Charles een geleidelijk aanzwellende, brallerige wervelstorm van woede als van King Lear in de woestenij, hij riep de winden, wolkbreuken en donder op om torenspitsen te doorweken, weerhanen te verdrinken en het donkere haar op zijn fraaie hoofd te verzengen tot de bolle, ronde wereld platgeslagen was. Max, die opdracht kreeg gerechtelijke stappen te ondernemen tegen de krant, was zo verstandig die instructie naast zich neer te leggen.

Het etentje zou op een donderdagavond plaatsvinden op de vierde dag van het proces, dat naar verwachting twee weken zou gaan duren. Max had een ongetrouwd jurylid uitgekozen van wie hij meende dat hij bijzonder gevoelig zou zijn voor beïnvloeding, en kwam deze man opzettelijk toevallig tegen toen hij op een avond over Aston Quay wandelde en nodigde hem uit voor een drankje in een café. Daar aangekomen berichtte Max de man, een zekere Denis Wilbert, die woonde aan Dorset Street en leraar wiskunde, Latijn en aardrijkskunde was op een school in de buurt van Clanbrassil Street, dat het nauwe contact dat hij onderhield met de twaalf jaar oude Conor Llewellyn, zijn sterleerling, die bij elk proefwerk hoge cijfers scoorde ondanks de leegte van zijn zeer aantrekkelijke hoofdje, verkeerd kon worden geïnterpreteerd door zowel de kranten als de Gardaí en dat als hij wilde vermijden dat die informatie op straat zou komen te liggen, hij zich misschien serieus zou willen bezinnen op zijn oordeel in de zaak 'Ministerie van Financiën vs. Avery'.

'En natuurlijk,' voegde hij eraan toe, 'zou ook alles wat u kunt doen om de andere juryleden over te halen zeer toe te juichen zijn.'

Toen hij er een in zijn macht had zocht hij contact met zijn favoriete in ongenade gevallen Garda om lasterpraat te verzamelen over de rest van de jury. Tot zijn teleurstelling kwam voormalig hoofdinspecteur Lavery bitter weinig op het spoor. Drie leden hadden een geheim, liet hij weten: één man was beschuldigd van exhibitionisme tegenover een meisje op de Milltown Road, maar de beschuldigingen waren ingetrokken omdat het meisje protestant was; één had een abonnement bij een bureau in Parijs dat hem elke maand een selectie ansichtkaarten stuurde met daarop vrouwen die naakt waren op een rijbroek na; en een derde (een van de niet meer dan twee vrouwelijke juryleden) had een buitenechtelijk kind gekregen zonder daarvan melding te maken bij haar werkgevers, die haar ongetwijfeld zouden hebben ontslagen omdat ze geacht werden de openbare zeden te behoeden: het parlement van Ierland, de Dáil Éireann.

In plaats van die personen op te sporen en in bedekte termen te dreigen hun geheim te onthullen, deed Max iets wat een gentleman beter past: hij nodigde hen uit voor een etentje. Met als tussenpersoon de heer Wilbert, de pedofiele leraar, maakte hij duidelijk dat de informatie die hij over hen had vergaard zou worden doorgegeven aan de kranten als ze de uitnodiging afsloegen. Wat hij uiteraard niet meldde, was dat hijzelf niet de gastheer van het diner, noch een gast aan tafel zou zijn; die eer zou in plaats daarvan toevallen aan de man die terechtstond, mijn pleegvader, Charles Avery.

Kort voordat de gasten die avond arriveerden vroeg Charles mij en Maude langs te komen in zijn werkkamer, waar we ons nestelden in de oorfauteuils tegenover zijn bureau terwijl hij zijn plannen voor de komende avond uit de doeken deed.

'Het belangrijkste is dat we één front vormen,' vertelde hij. 'We moeten de indruk wekken dat we een gelukkig, liefdevol gezin zijn.'

'We zíjn ook een gelukkig, liefdevol gezin ,' zei Maude, die beledigd klonk door elke suggestie van het tegendeel.

'Zo mag ik het horen,' zei Charles. 'Hoewel het niet in het belang van een van hen zal zijn om mij schuldig te bevinden, moeten we hun geweten sussen door ze te laten geloven dat degene die ons drieën van elkaar losscheurt een kwalijke daad verricht van het niveau van het invoeren van echtscheiding in Ierland.'

'Wie zijn het eigenlijk?' vroeg Maude, terwijl ze een verse sigaret aanstak omdat de vorige gevaarlijk dicht bij zijn eind kwam. 'Zijn ze ons soort mensen?'

'Ik ben bang van niet,' antwoordde Charles. 'Een leraar, een dokwerker, een buschauffeur en een vrouw die werkt in de tearoom van de Dáil Éireann.'

'Goede god,' zei ze. 'Ze laten iedereen dezer dagen tot jury's toe, hè?'

'Volgens mij is dat altijd het geval geweest, liefje.'

'Maar was het echt noodzakelijk om hen in ons huis uit te nodigen?' vroeg ze. 'Hadden we ze niet gewoon een etentje in de stad kunnen aanbieden? Er zijn talloze restaurants waarvan dergelijke mensen nooit de kans krijgen te genieten.'

'Schatje,' antwoordde Charles glimlachend. 'Lieve, warmhartige vrouw van mij, vergeet niet dat dit diner geheim is. Als het zou uitlekken, nou, dan zou dat uiteraard veel problemen veroorzaken. Niemand mag het weten.'

'Natuurlijk, maar ze klinken zo laag-bij-de-gronds,' zei Maude, wrijvend over haar arm alsof er net een koude wind door de kamer was gaan waaien. 'Hebben ze zich wel gewassen?'

'In de rechtszaal zien ze er schoon uit,' zei Charles. 'Feitelijk doen ze echt veel moeite. Zondagse pak en zo. Alsof ze naar de mis gaan.'

Maude opende haar mond in afschuw. 'Zijn ze pausgezind?' vroeg ze.

'Geen idee,' zei Charles wrevelig. 'Doet dat ertoe?'

'Als ze maar niet willen bidden voordat we gaan eten,' mompelde ze, rondkijkend in Charles' werkkamer, waar ze bijna nooit kwam. 'O kijk,' zei ze, wijzend naar *Meditaties* van Marcus Aurelius, dat op een bijzettafeltje lag. 'Ik heb dezelfde uitgave boven. Grappig.'

'Nu, Cyril,' zei mijn pleegvader, aan mijn adres. 'Vanavond gelden er strikte huisregels, begrepen? Alleen je mond opendoen als er tegen je wordt gesproken. Geen grapjes maken. Geen winden laten. Kijk naar mij met de grootst mogelijke aanbidding in je ogen. Ik heb op je bed een lijst neergelegd met dingen die wij doen als vader en zoon. Heb je die uit je hoofd geleerd?'

'Ja,' zei ik.

'Noem ze eens op.'

'We vissen samen in de grote meren van Connemara. We gaan naar sportwedstrijden in het Croke Park. We spelen een doorlopend spelletje schaak waarbij we maar één zet per dag doen. We leggen vlechten in elkaars haar.'

'Geen grappen, zei ik.'

'Sorry.'

'Noem ons niet "Charles" en "Maude", denk erom. Vanavond moet je ons "vader" en "moeder" noemen. Het zal onze gasten vreemd in de oren klinken als je iets anders zegt.'

Ik fronste mijn voorhoofd. Ik vroeg me af of het voor mij makkelijker zou zijn zulke woorden over mijn lippen te krijgen dan voor andere kinderen om hun ouders bij hun voornaam te noemen.

'Ik zal mijn best doen... vader,' zei ik.

'Je hoeft niet nu te beginnen,' liet Charles weten. 'Wacht tot de gasten er zijn.'

'Ja, Charles,' zei ik.

'Je bent uiteindelijk geen echte Avery.'

'Wat is het nut van dit alles eigenlijk?' vroeg Maude. 'Waarom moeten we onszelf vernederen voor deze mensen?'

'Om mij uit de gevangenis te houden, lieve schat,' antwoordde Charles monter. 'We moeten pluimstrijken en strooplikken en als al het andere niet werkt zal ik ze later op de avond hier een voor een binnenhalen en voor ieder een cheque uitschrijven. Hoe dan ook, het is mijn bedoeling aan het eind van deze avond het vertrouwen te hebben dat ik niet schuldig word verklaard.'

'Komt meneer Woodbead ook eten?' vroeg ik, en Charles schudde zijn hoofd.

'Nee,' zei hij. 'Als het allemaal plat op z'n bek gaat, kan hij zich niet veroorloven dat zijn naam hiermee in verband gebracht wordt.'

'Let op je taal, Charles,' zei Maude met een zucht.

'Dus Julian komt niet?' vroeg ik.

'Wie is Julian?' vroeg Charles.

'De zoon van meneer Woodbead.'

'Waarom zou hij in 's hemelsnaam mee-eten?'

Ik keek naar het vloerkleed en voelde de moed zakken. Ik had Julian maar bij één andere gelegenheid gezien sinds zijn eerste bezoek. Dat was bijna een maand geleden, toen we het nog beter met elkaar konden vinden dan de eerste keer, hoewel er tot mijn grote teleurstelling geen gelegenheid was geweest voor een van ons om de broek te laten zakken en zich bloot te geven. Ik verkeerde in een roes bij de gedachte aan een vriendschap met hem en het feit dat hij ook mijn gezelschap leek te waarderen was zo'n opzienbarend idee dat het inmiddels mijn gedachten beheerste. Maar natuurlijk zaten we niet op dezelfde school en daardoor was het onwaarschijnlijk dat we elkaar opnieuw zouden ontmoeten, tenzij Max hem meebracht naar Dartmouth Square. Het was een bron van zeer diepe frustratie voor mij.

'Ik dacht dat hij misschien zou komen,' zei ik.

'Het spijt me je teleur te stellen,' zei Charles. 'Ik heb erover gedacht een stelletje zevenjarigen uit te nodigen om te komen eten, maar toen herinnerde ik me dat het er vanavond echt om zou gaan spannen en dat ons toekomstig geluk zou kunnen afhangen van het resultaat.'

'Dus hij komt niet?' vroeg ik, voor alle duidelijkheid.

'Nee,' zei Charles. 'Hij komt niet.'

'Dus Elizabeth komt ook niet?' vroeg Maude.

'Elizabeth?' vroeg Charles, en hij schoot rechtop alsof hij schrok, met een licht blozend gezicht.

'Max' vrouw.'

'Ik wist niet dat je Elizabeth kende.'

'Ik ken haar niet. Dat wil zeggen niet heel goed. Maar we zijn elkaar wel eens tegengekomen bij een paar liefdadigheidsevenementen. Ze is best knap, op een voor de hand liggende manier.'

'Nee, Elizabeth komt niet,' zei Charles. Hij trommelde met zijn vingers op zijn vloeiblad en keek weer neer op zijn schrijftafel.

'Alleen die mensen uit de arbeidersklasse,' zei Maude.

'Ja, alleen zij.'

'Wat leuk.'

'Het is maar voor een paar uur, lieveling. Ik weet zeker dat je het wel redt.'

'Begrijpen ze wel welke messen en vorken ze moeten gebruiken?' vroeg ze.

'O in 's hemelsnaam,' zei Charles hoofdschuddend. 'Het zijn geen dieren. Denk je dat ze het rundvlees op een tandenstoker prikken, omhoog houden en dan aan de zijkanten beginnen te kauwen?'

'Krijgen we rundvlees?' vroeg ze. 'Ik was meer in de stemming voor vis vanavond.'

'Er is een voorgerecht met vis,' zei Charles.

'Sint-jakobsschelpen,' zei ik. 'Ik zag ze in de keuken.'

'Ik bedoel het niet snobistisch,' drong Maude aan. 'Ik vraag het alleen maar omdat deze mensen misschien niet gewend zijn aan tafelmanieren en zich misschien geïntimideerd voelen door de aanblik. Als ze worden geconfronteerd met diverse sets bestek zouden ze kunnen denken dat we de spot met hen drijven en op hun vernedering reageren door je nog meer te verachten. Je vergeet dat ik een romancier ben, Charles. Ik heb een scherp inzicht in de menselijke aard.'

De tong van mijn pleegvader bolde zijn wang op terwijl hij hierover nadacht. Er zat wat in. 'Tja, wat stel je voor?' vroeg hij uiteindelijk. 'Het is een maaltijd met vijf gangen. Er liggen zo'n twaalf stuks bestek bij elk bord. Ik kan toch moeilijk overal etiketjes op plakken en zeggen: dit is het vismes, dit is het broodmes, dit is het dessertvorkje?'

'Nee,' zei Maude. 'En het zou in elk geval onmogelijk zijn om zulke kleine etiketjes te vinden. Vooral op zo'n korte termijn. We zouden ze moeten bestellen.'

Charles staarde haar aan en leek op het punt te gaan lachen, wat ons beiden zeker zou hebben gechoqueerd, want het was een geluid dat ons volkomen onbekend was.

'Is er verder nog iets wat we moeten weten?' vroeg Maude, met een blik op haar horloge. 'Of kunnen we nu weg?'

'Houd ik je op?' vroeg Charles. 'Moet je dringend ergens heen? Heeft de plaatselijke tabakswinkel misschien een uur lang uitverkoop van sigaretten?'

'Je weet dat ik niet van grappen houd,' zei ze, waarna ze opstond en haar rok omlaag streek. Ik wierp een blik op Charles en zag tot mijn verbazing hoe hij naar haar keek, hoe zijn ogen met ongetemd verlangen omhoog en omlaag over haar streken, want ze was nog steeds een heel mooie vrouw. Ook kon ze zich goed kleden. 'Hoe laat komen ze trouwens? Ik moet mijn gezicht nog doen.'

'Nog een half uur,' zei Charles. Ze knikte en glipte de kamer uit.

'Zou de rechter het niet erg vinden als hij erachter kwam?' vroeg ik even later, nadat Charles was teruggekeerd naar zijn paperassen en vergeten leek te zijn dat ik er nog was. Hij wipte zelfs een stukje omhoog in zijn stoel toen ik mijn mond opendeed.

'Zou de rechter wát niet erg vinden?' vroeg hij.

'Dat je vier juryleden te eten vraagt. Zou hij dat niet een beetje oneerlijk vinden?'

Charles glimlachte en keek me aan met in zijn ogen iets wat in de verte leek op tederheid. 'O, lieve jongen,' zei hij. 'Je bent echt geen Avery, hè? Het was een idee van de rechter.'

Het perfecte gezin

'Meneer Avery, mag ik even zeggen...'

'Laten we het alsjeblieft informeel houden. Noem me gewoon Charles.'

'Mag ik even zeggen, Charles, dat ik al lang geïnteresseerd ben in het recht,' zei Denis Wilbert, de pedofiele leraar uit Dorset Street, die bij aankomst mijn hand had geschud en veel langer dan nodig tussen zijn twee bezwete klauwen ingeklemd had gehouden, zodat ik naar de badkamer holde om hem meteen te wassen. 'Kijk, ik volg de rechtspraak in de kranten. Het werk van An Garda Síochána. De verschillende processen, de advocaten, de rechtskundig adviseurs en wat dies meer zij. De beroepszaken van het hooggerechtshof en staatsrechtelijke problemen. Ik heb zelfs overwogen rechten te gaan studeren aan de universiteit totdat ik erachter kwam dat mijn ware roeping bij kinderen lag. Ik ben nooit echt blij, behalve als ik me in het gezelschap van een jongetje bevind. Zo veel mogelijk jongetjes zelfs! Maar ik schaam me te zeggen dat er momenten zijn geweest dat ik geloofde dat als een man voor de rechter staat, hij waarschijnlijk ook schuldig is aan de misdaad...'

'Een man of een vrouw,' onderbrak Jacob Turpin, de perverse dokwerker die graag 's middags langs Milltown Road kleine meisjes overviel en hun een snelle blik vergunde op zijn tekortkomingen.

'Alstublieft, meneer Turpin,' sprak Wilbert, die zichzelf een hele piet leek te vinden vanwege zijn superieure schoolopleiding. 'Ik wil even afmaken wat ik net tegen Charles zei, als je het niet erg vindt, en als je daarna iets relevants toe te voegen hebt, kun je...'

'Ik bedoelde alleen maar dat je ook vrouwen in de beklaagdenbank vindt,' zei Turpin, wiens vuurrode haar, bijna lichtgevend rood, een vreemd hypnotisch effect had. 'Zo had je dat meisje op het kantoor van cié dat knoeide met de facturen en vijf jaar kreeg. U hebt ze vast niet door. De vrouwen, bedoel ik.'

'Zoals ik al zei,' vervolgde Wilbert, die nu zijn stem verhief om niet nogmaals onderbroken te worden, 'ik dacht dat als een man voor de rechter stond, hij niet alleen waarschijnlijk schuldig was maar ook een onfatsoenlijk soort man, het type dat door een samenleving zou moeten worden verbannen naar de wildernis, als een lepralijder of een Australiër. Maar nu ik vanavond in dit prachtige huis zit, geniet van dit heerlijke diner in gezelschap van zo'n respectabel gezin, wordt dat idee gelogenstraft en verwerp ik het. Ik wijs het van ganser harte en zonder voorbehoud af! En als ik mag wil ik graag mijn glas op je heffen, Charles, en je veel sterkte wensen voor de komende dagen, waarin je deze moeilijke, onrechtvaardige beproeving te verduren krijgt.'

'Daar drink ik op,' zei Joe Masterson, de buschauffeur uit Templeogue met een scabreuze interesse voor de combinatie pornografie en ruiterkleding. Hij was nauwelijks gestopt met drinken sinds zijn aankomst aan Dartmouth Square. Hij dronk zijn glas wijn leeg en keek vol verwachting naar de fles midden op tafel; toen niemand aanbood hem nog eens bij te schenken hielp hij zichzelf. Zelfs ik wist dat zoiets tegen de etiquette inging.

'Heel aardig van je,' zei Charles terwijl hij vriendelijk glimlachte naar zijn gasten. 'Van jullie allemaal. Al hoop ik dat jullie geen moment denken dat ik een andere reden had om jullie te vragen vanavond met mij en Maude te dineren dan de wens om jullie beter te leren kennen.'

'Maar natuurlijk was het helemaal uw uitnodiging niet,' zei Charlotte Hennessy, het vierde aanwezige jurylid en de enige dame. 'Die kwam van meneer Woodbead. En niemand van ons wist dat we bij u werden verwacht. We hadden de indruk dat we naar zijn huis gingen.'

'Zoals ik al eerder heb uitgelegd, beste mevrouw,' zei Charles, 'Max werd voor dringende zaken weggeroepen en omdat hij niet wist hoe hij in contact met jullie kon komen heeft hij mij gevraagd in te springen als jullie gastheer.'

'Je bent een heer en een ontwikkeld mens,' zei Masterson.

'Maar waarom heeft hij ons híér uitgenodigd?' vroeg mevrouw Hennessy.

'Er zijn enkele verbouwingen aan de gang in zijn huis,' verklaarde Charles. 'Vandaar dat hij een poosje bij ons logeert. Natuurlijk was ik niet van plan om vanavond thuis te blijven. Het is mijn vaste vergaderavond met het plaatselijke kapittel van St Vincent de Paul. En eerlijk gezegd leek me dat mijn aanwezigheid ten onrechte negatief kon worden uitgelegd. Maar ik kon niet toestaan dat jullie hier kwamen opdagen en naar huis zouden worden teruggestuurd zonder jullie diner. Zo doen wij de dingen niet aan Dartmouth Square.'

'Wat een massa ongewone omstandigheden,' antwoordde mevrouw Hennessy. 'En wat een massa toevalligheden. Het is bijna niet te geloven.'

'Soms is het zo gesteld met de waarheid,' antwoordde Charles poeslief. 'Maar ik ben blij dat alles uiteindelijk zo gelopen is. Elke dag dat ik in de beklaagdenbank zat en naar jullie eerlijke gezichten keek besefte ik keer op keer hoe graag ik jullie zou willen kennen in het privéleven, ver van de ranzige sfeer van de rechtszaal.'

'Ik zeg altijd,' kondigde Turpin aan, terwijl zijn hand omlaagging en hij zichzelf krabde, zeer grondig bovendien, 'wie geen klassen erkent, die heeft het meeste klasse. Er zijn er velen in uw positie die ons soort niet in huis zouden willen hebben.'

'Met alle respect, meneer Turpin,' zei Wilbert, en hij zette zijn bril af, wat hij telkens deed, viel me op, als hij serieus voor de dag wilde komen. 'Ik ben leraar aan een prestigieuze kostschool. Ik heb een bachelordiploma in de wiskunde. Mijn vader was apotheker en mijn moeder werd ooit geïnterviewd voor Radio Éireann over de beste soort bloem voor het bakken van het traditionele Ierse barmbrack-gebak. Ik beschouw mezelf als de gelijke van willekeurig wie.'

'O ja hoor,' zei Turpin na die bestraffing. 'Waar woon je dan, Denis? Heb je ook zo'n groot huis?'

'Ik woon toevallig bij mijn moeder,' antwoordde Wilbert, en hij ging rechtop zitten, bereid alle aanvallen op zijn persoon af te slaan. 'Ze wordt er niet jonger op en heeft mij nodig om voor haar te zorgen. Natuurlijk heb ik mijn eigen kamer,' voegde hij eraan toe, zeer bedachtzaam en met een strakke blik op mij, 'en vaak gaat ze 's avonds bingo spelen en ben ik vrij om te doen en laten wat ik wil.'

'Hebt u geen vrouw, meneer Wilbert?' vroeg Maude vanaf het andere eind van de tafel, met een stem zo scherp dat ik meteen rechtop ging zitten. 'Schuilt er niet ergens in het kreupelhout een mevrouw Wilbert?'

'Helaas niet,' antwoordde hij, enigszins blozend. 'In dat opzicht ben ik niet gezegend met voorspoed.'

'De gelukkigste dag van mijn leven,' zei Charles, terwijl hij mes en vork neerlegde, en ik zweer dat ik tijdens het spreken tranen zag opwellen in zijn ogen, 'was de dag dat Maude erin toestemde met me te trouwen. Ik dacht niet dat ik enige kans maakte. Maar ik wist wel dat ik alles kon bereiken met haar aan mijn zijde en dat onze liefde ons hoe dan ook door goede en slechte tijden heen zou helpen.'

We keken nu allemaal als één man naar Maude in afwachting van haar reactie; had ik op dat moment geweten wie Joan Crawford was, dan zou ik hebben gezegd dat ze haar allerbeste Joan Crawford-imitatie ten beste gaf, zoals ze met een mengeling van minachting en kwetsbaarheid op haar gezicht een lange trek van haar sigaret nam en de rook zo strak tussen haar lippen uit blies dat er een wolk kwam te hangen waarachter haar ware gevoelens zich konden verbergen.

'Ik ben dus bij mijn tweede echtgenote,' zei Masterson. 'Mijn eerste vrouw die overleed toen ze door haar paard uit het zadel werd geworpen. Ze was springruiter, zie je. Vierjarige springpaarden. Haar kostuums die hangen nog steeds in de klerenkast in de logeerkamer en soms ga ik daar naar binnen en haal mijn hand over het fluweel of snuif er nog eens aan om me haar te herinneren. Ik heb mijn huidige echtgenote gevraagd ze voor me te showen maar ze staat zeer afwijzend tegenover dat soort zaken. Eerlijk gezegd, en ik zeg dit alleen omdat ik voel dat ik onder vrienden ben, wou ik dat ik nooit meer getrouwd was. Mijn eerste vrouw dat was een leuke meid. De nieuwe... tja, ze heeft een mond, laat ik het daar maar bij houden.'

'Een mond?' vroeg mevrouw Hennessy. 'Is dat niet normaal? Hoe zou de arme vrouw moeten ademen zonder mond?'

'Ach, je weet wat ik bedoel,' zei Masterson lachend en hij keek naar de andere mannen om zich heen en stak zijn duim in haar richting als om te zeggen: 'Nog zo eentje, zien jullie wel?' Hij voegde eraan toe: 'Ze komt constant brutaal uit de hoek. Ik heb haar verteld dat ik een dezer dagen de priester erbij haal als haar humeur niet een beetje zonniger wordt.'

'Wat een gelukkige vrouw,' zei mevrouw Hennessy, en ze keerde zich af. 'Heb ik ergens gelezen dat ook u eerder getrouwd bent geweest, meneer Avery?' vroeg ze, kijkend naar Charles.

'Weet ik niet,' antwoordde hij. 'Echt waar?'

'Vertel jij eens over jezelf, Cyril,' zei Wilbert, met zo'n wellustige knipoog naar mij dat het angstzweet me uitbrak. 'Vind je school leuk? Studeer je geconcentreerd?'

'Gaat wel,' zei ik.

'En wat is je favoriete vak?'

Ik dacht even na. 'Geschiedenis waarschijnlijk,' zei ik.

'Niet wiskunde?'

'Nee, ik ben niet heel goed in wiskunde.'

'Had ik al gezegd dat ik een bachelordiploma in de wiskunde heb?' vroeg hij.

'Ja,' zeiden Charles, Maude, mevrouw Hennessy, Turpin, Masterson en ik in koor.

'Misschien kan ik wel eens helpen,' zei hij. 'Een beetje privéles kan veel uitmaken. Je zou langs kunnen komen op een avond dat moeder naar de bingo is en...'

'Nee, dank u,' zei ik, en ik nam een grote hap biefstuk in de hoop dat hij zijn aandacht naar elders zou verleggen.

'En hebt u uw eigen theesalon, mevrouw Hennessy?' barstte Maude on-verwacht los. Masterson legde een hand op zijn borst van schrik alsof hij zowat een hartaanval had gekregen. 'Dat klopt toch?'

'Niet helemaal,' zei zij. 'Ik ben beheerster van de tearoom in de Dáil Éireann.'

'Interessant. Bent u daar al lang?'

'Sinds 1922, toen de parlementariërs, de Oireachtas, hun eerste bijeen-komst hielden in Leinster House.'

'Fascinerend,' zei Charles en het moet hem worden nagegeven dat hij behoorlijk geïnteresseerd klonk. 'Dus u was erbij toen de staat werd ge-sticht?'

'Inderdaad, ja.'

'Dat moet een bijzondere dag zijn geweest.'

'Inderdaad,' beaamde mevrouw Hennessy. Haar stem klonk nu wat zachter. 'Het was erg spannend. Ik zal nooit vergeten hoe blij we waren. En premier Cosgrave werd natuurlijk door het hele parlement toegejuicht toen hij opstond om zijn eerste toespraak te houden als regeringsleider.'

'Jezus christus, dat is dertig jaar geleden,' zei Turpin hoofdschuddend. 'Hoe oud ben je eigenlijk? Je moet al aardig op leeftijd wezen, hè?'

'Ik ben vierenzestig, meneer Turpin,' antwoordde ze liefjes. 'Dank u voor het stellen van de vraag.'

'Ik dacht wel ergens in die buurt,' zei hij knikkend. 'Je ziet eruit zoals veel vrouwen van je leeftijd eruit gaan zien. Zware wangen, je weet wat ik bedoel. Met donkere wallen onder je ogen. En wat betreft de aderen op je benen, die moet je gekregen hebben door de hele dag in de tearoom te staan. Uiteraard niet kwaad bedoeld.'

'Hoe zou ik ook maar beledigd kunnen zijn na dergelijke galante opmerkingen?' vroeg ze met een glimlach.

'Een intrigerende plek om te werken alles bij elkaar, lijkt me?' zei Charles. 'Al die belangrijke mannen die elke dag in en uit lopen. Je zult daar wel veel geheimen horen, klopt dat?'

'Als dat zo was, meneer Avery, dacht u dat ik er ook maar één zou laten ontglippen? Ik heb mijn positie niet dertig jaar behouden door indiscreet te zijn.'

'Maar je gaat binnenkort met pensioen, dat heb ik althans gehoord,' vervolgt hij. 'En alsjeblieft, geen "meneer Avery" meer. Het is Charles, zei ik toch?'

'Ik ben inderdaad van plan tegen het eind van het jaar met pensioen te gaan,' gaf ze toe, en daarna vroeg ze met haar ogen ietwat dichtgeknepen: 'Mag ik u vragen hoe u dat wist?'

'Nou, ik heb dit huis ook niet gebouwd door indiscreet te wezen,' zei hij naar haar knipogend. 'Laten we maar zeggen dat een vogeltje me dat heeft ingefluisterd. Hoe is het trouwens met het pensioenfonds? Ik hoop dat je voorzichtig bent geweest. Je kunt nog heel veel jaren in het vooruitzicht hebben en je zult goed verzorgd willen worden.'

'Volgens mij ben ik voorzichtig geweest,' zei ze koel.

'Blij dat te horen. Geld gaat een rol spelen als je ouder wordt. Je weet maar nooit wanneer je ziek zou kunnen worden. Je hoort verschrikkelijke dingen over wat er gebeurt in ziekenhuizen. Als je ooit advies nodig hebt, gewoon vragen.'

'Ik denk dat we eerst maar eens moeten zien hoe het proces afloopt, denkt u niet?' vroeg ze. 'Voordat ik erover denk naar u toe te komen voor financieel advies.'

'Wil jij ook bankier worden, Cyril?' vroeg Masterson. 'Net als je vader?'

Ik keek naar Charles en wachtte totdat hij naar voren zou brengen dat ik enkel een geadopteerde zoon was en geen echte Avery, maar hij zei niets, prikte simpel in zijn bord en wierp me een blik toe die zei: Geef maar antwoord.

'Ik denk het niet,' zei ik met mijn blik in mijn bord en ik trok mijn voet weg toen ik voelde hoe Wilberts schoen onder tafel de mijne aanraakte.

'Daar heb ik niet echt over nagedacht. Ik ben nog maar zeven.'

'Prachtige leeftijd,' zei Wilbert. 'Mijn favoriet van alle leeftijden tussen zes en tien.'

'Hij ziet er in elk geval prima uit,' zei Turpin aan het adres van Maude. 'Jouw evenbeeld.'

'Hij lijkt helemaal niet op mij,' zei Maude, en dat klopte.

'O jawel hoor,' drong Turpin aan. 'Dat zie je rond zijn ogen. En aan zijn neus. Hij is een zoon van zijn moeder.'

'U bent een zeer oplettend man, meneer Turpin,' antwoordde ze, en ze stak weer een sigaret aan terwijl de asbak naast haar begon over te stromen op het tafellinnen. 'Het rechtssysteem zal zeker profiteren van uw aanwezigheid in de jury.'

'Ik weet niet of het tot ieder van jullie doorgedrongen was,' zei Charles, 'maar mijn lieve vrouw hier is een van de prominentste vrouwelijke schrijvers van Ierland.'

'O, Charles, alsjeblieft niet doen,' zei ze, wapperend met haar hand om hem tot zwijgen te brengen maar met als enig resultaat dat er meer rook boven de tafel kwam te hangen, wat tot gevolg had dat mevrouw Hennessy haar gezicht afwendde en haar keel schraapte.

'Neem me niet kwalijk, lieveling, maar ik moet het onze gasten vertellen. Ik ben erg trots op Maude, moeten jullie weten. Hoeveel romans heb je nu geschreven, schatje?'

Een lange pauze. Ik begon in mijn hoofd de seconden te tellen en kwam tot tweeëntwintig voordat ze weer iets zei.

'Zes,' zei ze ten slotte, 'en ik ben bezig met mijn zevende.'

'Nou dat is toch geweldig?' zei Turpin. 'Geweldig om een hobby te hebben. Mijn vrouw breit.'

'De mijne speelt accordeon,' zei Masterson. 'Vreselijke pestherrie. Mijn eerste vrouw, daarentegen, kon paardrijden zoals Elizabeth Taylor in *National Velvet*. Ze was ook haar evenbeeld, vond iedereen.'

'Jij komt een dezer dagen op de theedoek,' zei Turpin.

'De theedoek?' vroeg Maude, fronsend.

'Je weet wel, die alle toeristen kopen,' legde hij uit. 'Met de afbeeldingen van Ierse schrijvers erop.'

'Dat zal nooit gebeuren,' zei Maude. 'Daar zetten ze geen vrouwen op. Alleen mannen. Hoewel ze ons wel de borden ermee laten afdrogen.'

'Wie was ook weer die vrouwelijke romanschrijver die deed of ze een man was?' vroeg Turpin.

'George Eliot,' zei Wilbert, terwijl hij zijn bril afzette en opwreef met zijn zakdoek.

'Nee, dat was echt een man,' zei Masterson. 'Maar er was er een die echt een vrouw was maar zei dat ze een man was.'

'Ja, George Eliot,' zei Wilbert weer.

'Meisjes heten toch nooit George?'

'George Eliot was haar pseudoniem,' zei Wilbert geduldig, alsof hij praatte tegen een trage maar aantrekkelijke jongen in zijn klaslokaal.

'Wat was haar echte naam dan?'

Wilbert deed zijn mond open maar er kwam geen geluid uit.

'Mary Ann Evans,' zei mevrouw Hennessy voordat de situatie te gênant kon worden. 'U moet weten, mevrouw Avery, ik heb een van uw romans gelezen,' voegde ze eraan toe. 'Puur toeval. Geen verband met het proces tegen uw echtgenoot. Een van de meisjes in de tearoom gaf hem me vorig jaar cadeau.'

'O hemel,' antwoordde Maude, die eruitzag alsof ze misselijk dreigde te worden. 'Ik hoop dat u hem niet gelezen hebt.'

'Natuurlijk wel. Wat zou ik er anders mee doen, gebruiken als onderzetter? Ik vond het erg mooi geschreven.'

'Welke was het?'

'*De gesteldheid van het licht.*'

Maude trok een vies gezicht en schudde afwijzend haar hoofd. 'Ik had het manuscript daarvan moeten verbranden,' zei ze. 'Ik weet niet wat me bezielde toen ik het schreef.'

'Nou, ik vond het mooi,' zei mevrouw Hennessy. 'Maar u bent de schrijfster en als u zegt dat het verschrikkelijk is, dan moet ik dat van u aannemen. Ik zal het verkeerd hebben begrepen.'

'U zou het meisje dat het aan u heeft gegeven, moeten ontslaan,' zei Maude. 'Ze heeft duidelijk een zeer slechte smaak.'

'O nee, ze is mijn rechterhand,' antwoordde mevrouw Hennessy. 'Ik zou verloren zijn zonder haar. Ze is nu zeven jaar bij me. In feite is het de bedoeling dat ze het beheer van de tearoom overneemt als ik, zoals meneer Avery terecht heeft opgemerkt, later dit jaar met pensioen ga.'

'Tja, beter een tearoom dan een bibliotheek, neem ik aan,' zei Maude.

'Maar kijk, blijven we hier de hele avond zitten babbelen of komen we tot de kern van de zaak?'

We keken haar allemaal verbaasd aan en ik zag Charles' ogen groot worden van bezorgdheid, in de hoop dat ze zijn plannen niet in het honderd zou sturen door iets ongepasts te zeggen.

'Wat mag de kern van de zaak dan wel wezen?' vroeg Wilbert.

Maude drukte haar sigaret uit hoewel ze geen andere gebruiksklaar had, nam een grote slok wijn, liet haar blik langs de gasten rond de tafel glijden en trok een puur verdrietig gezicht. 'Ik weet dat ik dit niet mag zeggen,' begon ze op een toon die ik nog nooit van haar had gehoord. 'Ik weet dat ik dit onderwerp niet zou moeten aansnijden nu we hier bijeen zijn en genieten van deze heerlijke maaltijd en de fantastisch levendige conversatie, maar ik moet mijn mond opendoen. Dat moet ik! Ik dien u te laten weten, dame en heren van de jury, dat mijn echtgenoot Charles geheel onschuldig is aan alles waarvan hij wordt beticht en...'

'Maude, lieve,' zei Charles, maar ze stak een hand op om hem de mond te snoeren.

'Nee, Charles, ik zal mijn zegje zeggen. Hij is ten onrechte aangeklaagd, ik ben bang dat hij schuldig wordt bevonden en naar de gevangenis wordt gebracht maar hoe moet het dan met ons? Elke dag, elk moment van mijn leven wordt verrijkt met de liefde die wij delen, en wat betreft onze zoon, wat betreft onze arme lieve Cyril...'

Ik keek op en slikte; het enige wat ik wilde was er niet in betrokken worden.

'Cyril heeft de gewoonte aangenomen elke avond bij ons in bed te kruipen, ontroostbaar huilend en bang voor het lot dat zijn lieve vader ten deel kan vallen. Tweemaal heeft hij nu de lakens bevuild, maar daarvoor houden we hem niet verantwoordelijk, hoewel het ons een fortuin kost aan rekeningen van de stomerij. Het is hartverscheurend voor een moeder om getuige te zijn van die pijn bij een zo jong iemand. Vooral nu hij zo ziek is.'

Alle hoofden draaiden zich nu in mijn richting en mijn wenkbrauwen gingen omhoog. Was ik ziek? Dat was niet tot me doorgedrongen. Ik had de laatste tijd inderdaad wel een beetje een loopneus maar dat was niet iets wat me uit evenwicht kon brengen.

'Ik weet dat het irrelevant is,' vervolgde Maude, 'en jullie hebben allemaal je eigen gezin om aan te denken, maar ik ben onder de indruk van de manier waarop de moedige Cyril is omgegaan met zijn kanker, zo moedig en zonder klagen, terwijl al deze ellende zich rond ons heeft ontwikkeld.'

'Goede god,' riep mevrouw Hennessy.

'Echt waar, kanker?' vroeg Turpin, en hij keek me opgetogen aan.

'O,' zei Wilbert, die terugdeinsde in zijn stoel alsof het besmettelijk kon zijn.

'Terminaal, vrees ik,' zei Maude. 'Hij heeft geluk als hij met kerst nog hier is. Als ik realistisch ben denk ik dat er meer kans is dat hij Halloween niet meer haalt. En als Cyril zou sterven zonder zijn geliefde vader naast zich en ik moest achterblijven in dit huis zonder de twee mensen die mij het dierbaarst zijn in de wereld...' Ze schudde haar hoofd en de tranen begonnen haar over de wangen te stromen en trokken sporen door haar make-up. Haar linkerhand begon te trillen, maar dat kan veroorzaakt zijn doordat de tweede en derde vinger niet gewend waren het zo lang te stellen zonder een sigaret. 'Nou, ik weet al wat ik zou doen in die situatie,' zei ze zacht. 'Maar ik zeg de woorden niet hardop want die daad is op zich een doodzonde, hoewel ik geloof dat er voor mij geen andere vluchtweg open zou staan.'

Er heerste absolute stilte in de kamer. Charles was een liefhebbende huisvader, Maude maakte plannen voor haar zelfmoord en ik had nog maar een paar maanden te leven. Allemaal nieuw voor mij. Even vroeg ik me af of iets ervan feitelijk waar kon zijn, maar toen herinnerde ik me dat ik al heel lang niet in de buurt van een dokter was geweest en het was onwaarschijnlijk dat een dergelijke fatale diagnose werd gesteld zonder dat iemand zelfs maar mijn temperatuur had opgenomen of mijn bloeddruk had gecontroleerd.

'Niemand mag zo eenzaam achterblijven,' zei Turpin.

'Een man moet bij zijn gezin blijven op zo'n pijnlijk moment,' zei Masterson.

'Zal ik je even knuffelen, Cyril?' vroeg Wilbert.

'Welk soort kanker heb je?' vroeg mevrouw Hennessy mij. 'Want ik moet zeggen dat je er blozend en kerngezond uitziet.'

Ik deed mijn mond open en probeerde een antwoord te bedenken. Ik wist niets over kanker, behalve dat het een eng woord was dat door volwassenen werd gebruikt om de naderende dood van vriend en vijand aan te duiden, en ik pijnigde mijn hersenen af om te weten wat het beste antwoord kon zijn. Kanker van de vingernagels? Van de wimpers? Van de voeten? Voetkanker, bestond dat? Of misschien kon ik me Maudes eigen recente ziekte toe-eigenen en beweren dat ik kanker van de gehoorgang had? Gelukkig hoefde ik niets te zeggen want voordat ik een van tumoren wemelend lichaamsdeel kon uitkiezen ging de bel en hoorden we Brenda door de gang lopen om open te doen, gevolgd door gebrul van iemand die voor de deur stond en het geluid van onze huishoudster die probeerde hem buiten de woonkamer te houden, maar toen vloog de deur open en stond daar Max Woodbead, zijn haar rechtovereind en zijn gezicht paars van woede. Zijn ogen schoten van de een naar de ander totdat ze belandden bij Charles. Hij keek hem woedend en met wijd open ogen aan maar besloot te zwijgen, sprong door de kamer, stootte Charles uit zijn stoel en begon hem te stompen met een felheid waar een man half zo oud als hij trots op zou kunnen zijn. En zelfs in de chaos van het moment keek ik onwillekeurig naar de gang in de hoop dat Julian misschien meegekomen was, maar ik zag niemand, behalve Brenda, die met in haar gezicht iets wat verwant was aan plezier toekeek bij de aframmeling.

Het eiland Lesbos

'Van alle vrouwen in Ierland moest je uitgerekend de echtgenote naaien van die ene man die probeert je uit de gevangenis te houden,' zei Maude nadat de gasten waren vertrokken. Ze zat met Charles in de voorkamer, ze dronken whiskey en ik stond in de gang op de trap af te luisteren. In haar stem klonk een giftig mengsel van woede, ongeloof en wanhoop door. Vanuit mijn standpunt zag ik hoe mijn pleegvader behoedzaam met een vingertop op de buil drukte die bezig was te zwellen op zijn wang en hoe zijn tong af en toe hagedisachtig naar buiten schoot om onderzoek te doen naar de gebarsten lip en gebroken voortand die verantwoordelijk waren voor de bloedstrepen op zijn kin. Rookwolken verplaatsten zich agressief in zijn richting en toen hij zijn hoofd afwendde zag hij mij buiten de kamer zitten en wuifde verontschuldigend, waarbij vier van zijn vingers moedeloos door de lucht dansten als was hij een gedetineerde pianist die gedwongen is een van Chopins somberder sonatedelen in zijn hoofd te spelen. Hij leek geen moeite met mijn aanwezigheid te hebben en evenmin bovenmatig aangegrepen te zijn door de kluchtige gebeurtenissen van die avond.

'Max had je kunnen redden,' vervolgde Maude, nu met stemverheffing. 'En, belangrijker nog, hij had dit huis kunnen redden. Wat gaat er nu met ons gebeuren?'

'Er is echt niets om je zorgen over te maken,' zei Charles. 'Mijn advocaat zal alles in orde maken. Even afgezien van de spectaculaire floorshow is de avond volgens mij heel goed verlopen.'

'Dan ben je idioot.'

'Laten we ons niet verlagen tot een scheldpartij.'

'Als we Dartmouth Square kwijtraken...'

'Dat zal nooit gebeuren,' zei Charles nadrukkelijk. 'Laat dat maar aan Godfrey over, oké? Je hebt hem niet in actie gezien. De jury drinkt elk woord in dat hij zegt.'

'Hij zou wel eens heel anders over je kunnen denken als hij hoort dat je Elizabeth Woodbead hebt verleid. Hij en Max zijn uiteindelijk toch goede vrienden?'

'Doe niet zo belachelijk, Maude. Ooit gehoord van een rechtskundig adviseur en een advocaat die een andere emotie voelden dan wederzijdse afkeer? En Elizabeth hoefde niet versierd te worden. Zij was duidelijk het roofdier in onze kleine affaire de coeur. Ze liep achter me aan als een leeuw die het spoor van een impala heeft geroken.'

'Dat kan ik moeilijk geloven,' zei Maude.

'Ik ben een knappe, machtige man, met in deze stad een welverdiende reputatie als een formidabele minnaar. Vrouwen houden van dat soort dingen.'

'Wat jij weet over vrouwen,' antwoordde Maude, 'zou in een groot letter-type op de achterkant van een postzegel passen, en dan was er nog plaats over voor het Onzevader. Ondanks al dat geweldige flirten en verleiden van jou, ondanks al je taarten, hoeren, vriendinnetjes en echtgenotes heb je in de loop der jaren werkelijk niets over ons geleerd, hè?'

'Wat valt er te leren?' vroeg hij. Mogelijk probeerde hij haar te stangen nu ze smalend deed over zijn mannelijkheid. 'We hebben het niet over bij-zonder complexe wezens. In tegenstelling tot dolfijnen bijvoorbeeld. Of sint-bernardshonden.'

'Mijn god, je bent onuitstaanbaar.'

'En toch ben je met me getrouwd en al die jaren mijn trouwe metgezellin en partner,' antwoordde hij, met een zeldzaam vleugje irritatie in zijn stem. Meestal lachte hij alle blijken van minachting die op zijn pad kwamen weg, zo zeker was hij van zijn superieure status, maar die avond niet. Misschien maakte de toekomst ook hem zenuwachtig. 'De kwaliteiten die je onuitstaanbaar zegt te vinden hebben je juist tien jaar bij me gehouden.'

Maude besloot niet op die opmerking in te gaan. Ze zei: 'Max zal nu wel bij Godfrey zijn en hem het hele verhaal vertellen. En als die zelf een vrouw heeft, zal hij waarschijnlijk Max' kant kiezen.'

'Godfrey heeft geen vrouw,' zei Charles, hoofdschuddend. 'Hij is niet van het soort dat trouwt.'

'Wat bedoel je?'

'Nou, hij is van de club, hè?' antwoordde hij. 'Een nicht. Een chocoprins. Maar niettemin verdomde goed in zijn werk, ondanks dat alles. Sommigen denken dat die lui alleen maar nuttig zijn als kappers of om te bloemschikken maar ik heb nog nooit een toegewijder en onverbiddelijker advocaat gezien dan Godfrey. Hij verliest bijna nooit, daarom heb ik hem aangezocht.'

Er viel een lange stilte voordat Maude opnieuw sprak. 'Weet iemand dat?' vroeg ze.

'Weet iemand wat?'

'Over Godfrey. Dat hij een ridder van de bruine dreef is?'

'Het is een publiek geheim in het juridisch circuit. Hij kan er vanzelf niets aan doen, de arme kerel. Uiteindelijk is het een misdrijf.'

'Walgelijk,' zei Maude.

'Wat is walgelijk?'

'Het idee.'

Charles lachte. 'Doe niet zo preuts,' zei hij.

'Het is niet preuts om te weten wat natuurlijk is en wat niet.'

'Natuurlijk?' vroeg Charles. 'Heb je me niet ooit verteld dat je vergelijkbare gevoelens had ontwikkeld voor een meisje dat je kende via een van je literaire genootschappen?'

'Onzin,' zei Maude. 'Je fantaseert.'

'Nee hoor. Ik herinner het me duidelijk. Je vertelde me dat jullie in een droom samen aan het picknicken waren bij een rivier en de zon scheen; zij stelde voor om allebei je kleren uit te trekken en te gaan zwemmen en daarna, toen jullie samen naakt op de oever lagen, draaide je je naar haar toe en...'

'O hou toch op, Charles,' zei ze vinnig.

'Lesbische liefde,' zei hij monter.

'Volstrekt belachelijk.'

'Een reis over het water naar het eiland Lesbos.'

'Je zuigt het uit je duim,' zei ze met stemverheffing.

'Nee hoor,' antwoordde hij. 'En je weet heel goed dat het niet zo is.'

'Wat betekenen dromen eigenlijk? Ze zijn gewoon een heleboel domme onzin.'

'Of vervulling van wensen. De onderbewuste weerslag van onze ware begeerten.'

'Dwaas om dat te zeggen.'

'Niet ik heb dat gezegd. Maar Sigmund Freud.'

'Ja, en hij heeft ook gezegd dat de Ieren het enige mensenras vormden voor wie psychoanalyse volstrekt nutteloos is. Dus probeer nou maar niet mijn innerlijke gedachten te ontdekken. Dat lukt je toch niet. Wat wil je trouwens suggereren?'

'Helemaal niets, mijn lieve. Alleen dat als ik elders op zoek ben gegaan naar fysieke genegenheid, je me dat toch niet echt kwalijk kunt nemen? Het is iets waar je niet veel belangstelling voor hebt getoond sinds die middag in het Gresham al die jaren geleden.'

'Als dat zo is, komt dat misschien omdat ik weet wat voor soort mens je bent. Je hebt toch altijd al een voorliefde voor andere geaardheden gehad? En voor eigenaardige seksuele praktijken. Ik bedoel wat je destijds wilde met die autobanden en die tuinslang. Ik huiver nog steeds als ik eraan denk.'

'Je had er misschien van genoten als je het een kans had gegeven. Ik vind het trouwens een beetje hypocriet van Max om zo verontwaardigd te zijn. Als hij nu zelf Elizabeth trouw was gebleven. Hij is nog erger dan ik. Het enige verschil is dat hij zich onwillekeurig jaloers voelt, terwijl die emotie mij vreemd is. Wat hem betreft steekt hij hem overal in waar hij wil, maar God verhoede dat Elizabeth eens een beetje afwisseling zoekt.'

'Daar gaat het dus eigenlijk niet om,' zei Maude. 'Elizabeth is een vriendin van mij.'

'Lieve Maude, wees niet belachelijk. Je hebt geen vriendinnen.'

'Een kennis dan.'

'Je maakt je zorgen om niets, dat beloof ik je. Als Max morgen wakker wordt voelt hij zich een ezel vanwege zijn onbehouwen gedrag. Hij zal hier vroeg in de ochtend, nog voordat de rechtbank bijeen is, zijn verontschuldigingen komen aanbieden.'

'Als je dat denkt ben je nog schlemieliger dan ik vermoedde.'

Ik kon niet luisteren naar nog meer geruzie en ging naar mijn slaapkamer boven in het huis, deed de deur achter me dicht en liet voor de spiegel mijn kaak zakken, scheen met een zaklamp naar binnen omdat ik zeker wilde weten dat ik niet echt kanker had. Ik zag daarbinnen niets wat anders was dan anders.

Het was moeilijk in te schatten hoe de vier juryleden zouden reageren op de scène waarvan ze getuige waren geweest. Zodra de strijd was ontbrand waren Masterson en Turpin opgesprongen en moedigden Charles en Max aan, opgewonden als kinderen bij een knokpartij op de speelplaats riepen ze de vechtenden toe hoe ze hun tegenstander klein moesten krijgen. Wilbert had zijn bril afgezet en deed een halfslachtige poging de twee mannen te scheiden maar liep als dank voor zijn inspanningen een bloedneus op, met als gevolg dat hij in tranen uitbarstte en zich terugtrok in een hoek van de kamer, waar hij ging zitten met zijn hoofd in zijn handen en verklaarde dat zijn moeder niet blij zou zijn als hij thuiskwam. Mevrouw Hennessy was opgestaan van tafel en verliet met stille waardigheid de kamer. Ik was achter haar aan gehold, vroeg me af of ze de politie zou bellen, maar nee, ze nam gewoon haar hoed en jas van de kapstok, waarna ze zich omkeerde en mij zag staan.

'Jou had een dergelijke scène bespaard moeten blijven, Cyril,' zei ze, met een zeer bezorgd gezicht. Achter de deur hoorde ik het geluid van stoelen die werden omgestoten en Maude die iedereen vroeg voorzichtig te zijn met een decoratieve sigarettenstandaard die helemaal uit Sint-Petersburg kwam. 'Een schande dat volwassen mannen in jouw bijzijn zo tekeergaan.'

'Moet Charles naar de gevangenis?' vroeg ik, en haar blik ging naar de eetkamer om zeker te weten dat de strijdtoneel zich niet zou uitbreiden naar de gang.

'Daarover is nog geen beslissing gevallen,' zei ze, terwijl ze voor me neerknielde en het haar uit mijn voorhoofd streek, op de manier waarop volwassenen dat vaak bij kinderen doen. 'We zijn met z'n twaalven in de jury. We moeten al het bewijsmateriaal aanhoren voordat we een uitspraak doen. Ik heb geen idee waarom meneer Woodbead ons hier vanavond heeft uitgenodigd voor deze zorgvuldig voorbereide list. Het is al erg genoeg elke dag in Four Courts naar die ezels te moeten luisteren; daarvoor hoeven we niet ook nog met ze te dineren. Ik kwam eigenlijk alleen omdat hij liet doorschemeren dat... nou ja, het maakt niet uit wat hij liet doorschemeren. Ik weet zeker dat hij zijn dreigement niet zal uitvoeren. Ik had hem simpelweg moeten zeggen zijn gang te gaan en te doen wat hij niet laten kon. Goed, wees nu een brave jongen en ga naar bed.' Ze hield haar hoofd een beetje scheef en glimlachte, haar gezicht stond nu peinzend. 'Het vreemdste is,' zei ze, 'je doet me aan iemand denken maar ik kan niet thuisbrengen wie.' Ze piekerde eventjes en haalde haar schouders op. 'Nee,' zei ze. 'Het is weg. Hoe dan ook, ik moet er eigenlijk maar vandoor. Morgenochtend om negen uur dien ik weer in de rechtbank te zijn. Welterusten, Cyril.'

En daarna schudde ze me de hand, legde er een sixpence in, glipte weg in de duisternis van Dartmouth Square, waar stomtoevallig een taxi langsreed. Hij stopte en ze verdween in de nacht terwijl ik op de drempel stond, uitkeek naar de stad en me afvroeg of iemand het zou merken als ik vermist raakte.

De man van de fiscus

In de dagen die volgden werd er van alles ondernomen en misschien was het onvermijdelijk dat de zaak zo zou aflopen. Met het optimisme van een schrijver die werkt aan het zesde deel van een serie waar niemand zich in lijkt te verdiepen geloofde mijn pleegvader dat zijn vriendschap met Max Woodbead hun kleine twist zou overleven, maar hij kon de plank nauwelijks meer misslaan, en toen Max een paar maanden later wraak nam, ging dat snel en efficiënt. Wel bleef hij in de tussentijd fungeren als Charles' rechtskundig adviseur, waarbij hij duidelijk maakte dat hij zich professioneel zou opstellen totdat het proces voorbij was, maar dat daarna hun goede verstandhouding voorgoed voorbij was.

Op de laatste dag reisden Maude en ik samen naar Four Courts om het vonnis te aanhoren. Omdat ik het proces zelf niet had mogen bijwonen was ik gefascineerd en geïmponeerd door de statigheid van die ronde zaal, waar de families van slachtoffers en daders broederlijk dooreen zaten en een merkwaardige melange vormden van prooi en schoelje terwijl advocaten in zwarte toga's en met witte pruiken op heen en weer beenden, de armen vol mappen en met in hun kielzog bezorgd ogende ondergeschikten. Mijn pleegmoeder kookte van woede, want de zaak had de afgelopen weken zo veel ophef gemaakt dat haar laatste roman, *Onder engelen*, zijn weg had gevonden naar de voorste tafel van boekwinkel Hodges Figgis aan Dawson Street, een plek die in het verleden door geen eerder werk uit haar oeuvre ook maar in de verte onveilig was gemaakt. Toen ze dat die ochtend tijdens het ontbijt hoorde uit de mond van onze huishoudster, Brenda, die de vorige middag was gaan winkelen in de stad, doofde ze haar sigaret in een eidooier en begon te beven van woede. Haar gezicht zag bleek van vernedering.

'Populariteit,' zei ze. 'Zo vulgair. Lezers. Ik kan het niet uitstaan. Ik wist dat Charles mijn carrière uiteindelijk om zeep zou helpen.'

Maar het werd nog erger toen we waren gaan zitten en vlak daarna een dame uit een paar rijen achter ons naar ons toe kwam met een exemplaar van datzelfde boek en naast onze rij heen en weer drentelde, gretig lachend en hopend te worden opgemerkt.

'Kan ik u helpen?' vroeg Maude, en ze keek haar koeltjes aan.

'U bent toch Maude Avery?' vroeg de vrouw, die in de zestig was en een helm van blauw haar droeg, waarvan de kleur nergens in de natuur te vinden is. Als ik een beetje ouder was geweest, zou ik haar hebben herkend als zo iemand die regelmatig het gerechtsgebouw bezoekt omdat het binnen warm is en het amusement gratis en voor niks, die de namen kent van alle advocaten, rechters en bodes en de wet waarschijnlijk beter begrijpt dan de meesten van hen.

'Ja,' bevestigde Maude.

'Ik had al gehoopt dat u hier vandaag zou zijn,' zei de vrouw met een brede, opgewonden glimlach. 'Ik heb het hele proces naar u uitgekeken maar u verscheen nooit. Ik neem aan dat u aan het schrijven was. Waar haalt u uw ideeën trouwens vandaan? U hebt alles bij elkaar veel fantasie. En schrijft u met de hand of met een typemachine? Ik heb een verhaal waarvan miljoenen exemplaren zouden worden verkocht maar ik heb niet het talent om het op te schrijven. Ik zou het u eigenlijk moeten vertellen, dan kon u het voor me opschrijven en het geld zouden we delen. Het gaat natuurlijk over vroeger tijden. Mensen houden van verhalen over vroeger tijden. Er komt een hond in voor. En nou gaat me toch dat arme diertje zomaar dood.'

'Wilt u me alstublieft met rust laten?' vroeg Maude, die veel moeite deed haar driftbui te beheersen.

'O,' zei de vrouw, haar glimlach verflauwde ietsje. 'U bent overstuur, zie ik. U bent bezorgd over uw echtgenoot. Ik ben hier elke dag geweest en ik kan u vertellen dat u gelijk hebt met uw bezorgdheid. Er is geen hoop voor hem. Al is hij wel een heel knappe man, hè? Nou, als u nu alleen even dit boek voor mij signeert laat ik u met rust. Hier is een pen. Ik wil graag dat u schrijft: "Voor Mary-Ann, sterkte met je spataderoperatie, veel liefs," en dan uw handtekening en de datum.'

Maude staarde naar het boek alsof ze nog nooit in haar leven zo'n weer-zinwekkend voorwerp had gezien en even dacht ik dat ze het zou aanpak-ken van de vrouw en door de rechtszaal zou slingeren, maar voordat ze dat kon doen deed de deurwaarder een van de zijdeuren open, de jury en de rechterlijk ambtenaren kwamen binnen en ze wuifde de vrouw weg, als een toerist die duiven op Trafalgar Square wegjaagt.

Ik keek hoe Charles zijn plaats innam in de beklaagdenbank en voor het eerst zag ik echte angst op zijn gezicht. Ik denk niet dat hij ooit had geloofd dat het zo ver zou komen en toch was hij daar, zijn toekomst stond op het punt te worden bepaald door twaalf volslagen vreemden, van wie er wat hem betrof niemand enig recht had hem te beoordelen.

Ik zocht Turpin, de dokwerker, en vond hem op de tweede rij, in hetzelf-de pak als hij had gedragen op de avond dat hij kwam eten aan Dartmouth Square. Toen hij mijn blik opving, bloosde hij lichtjes en keek toen een andere kant op, wat ik als een slecht teken interpreteerde. Naast hem zat Masterson, die boksbewegingen maakte. Op de voorste rij zat Wilbert, in een slechte bui omdat hij niet was aangewezen als voorzitter van de jury, en iets zei me dat hij waarschijnlijk zijn wiskundediploma had meegenomen in een poging die positie te bemachtigen. Maar het had niet gewerkt, want de voorzitter was geen voorzitter maar een voorzitster, en Wilbert zag eruit alsof hij een wesp had ingeslikt toen de deurwaarder haar vroeg te gaan staan.

Maar vlak voordat mevrouw Hennessy haar mond opendeed om te spreken, drong het tot me door dat ik geen idee had wat ik wilde dat ze zou gaan zeggen. Andere jongens in mijn positie zouden een schietgebedje hebben gedaan voor de vrijlating van hun vader, want het begrip "gevan-genis" en het vooruitzicht van een verscheurde familie waren beschamend, vooral in die intolerante vroege jaren vijftig. Wat zou er met mij en Maude gebeuren als we alleen werden gelaten? vroeg ik me af. Hoe zou ik door een schooldag komen terwijl een dergelijk schandaal me boven het hoofd hing? Toch merkte ik tot mijn verrassing dat het me op de een of andere manier niet echt veel kon schelen hoe alles zou verlopen. Maude wilde een nieuwe sigaret opsteken; aangezien het afstrijken van de lucifer veel gerucht maakte en de zaal tot stilte was gemaand, schrok iedereen daarvan op, inclusief mijn pleegvader, die omkeek en haar een kritische blik toewierp. Ze keek schaamteloos naar de mensen om zich heen, hield de sigaret uitdagend tussen haar lippen, inhaleerde diep voordat ze een rookwolk de rechtszaal in blies en tikte met haar wijsvinger as op de vloer tussen ons in. Ik zag even een glimlachje verschijnen op het gezicht van Charles, een partje van gefascineerde aanbidding die zou kunnen verklaren hoe deze twee slecht bij elkaar passende mensen zo lang samen waren gebleven. En was dat een knipoog die Maude hem gaf vlak voordat mevrouw Hennessy hem schuldig verklaarde aan het ten laste gelegde? Dat was het. Dat was het absoluut.

En Max Woodbead? Glimlachte hij op het moment van de veroordeling? Hij stond met zijn rug naar me toe, dus ik kon het niet zien, maar het viel me op dat hij over zijn papieren gebogen zat en één hand voor zijn mond hield, dus ofwel hij maskeerde zijn voldoening of er was nog een tand losgekomen na de kloppartij van een paar avonden eerder.

De persbank liep snel leeg: de journalisten holden de rechtszaal uit naar de rij telefooncellen die als wachters langs de kaden stonden, om het resultaat naar hun redacteuren door te sturen. De rechter maakte een paar opmerkingen die erop neerkwamen dat Charles een vrijheidsstraf kon verwachten, en mijn pleegvader stond onmiddellijk op en vroeg op trotse toon of hij zich een moment tot de rechtbank mocht richten.

'Als u erop staat,' zei de rechter met een zucht.

'Zou het mogelijk zijn,' vroeg Charles, 'dat ik vandaag aan mijn straf begin? Zodra ik de beklaagdenbank uit kom?'

'Maar ik heb nog niet besloten hoe lang uw straf zal duren,' antwoordde de rechter. 'En u komt in aanmerking voor voorwaardelijke invrijheidstelling, tot de datum van de veroordeling. U zou een paar weken naar huis kunnen gaan, meneer Avery, om orde op zaken te stellen.'

'Mijn zaken hebben me juist in deze chaos gebracht, edelachtbare. Ik zou er zo snel mogelijk afstand van willen nemen. Nee, als ik naar de gevangenis word gestuurd, kan ik net zo goed nu beginnen,' zei Charles, tot het laatste moment een pragmaticus. 'Hoe sneller ik erin ga, hoe eerder ik eruit kom, klopt dat of klopt dat niet?'

'Dat neem ik aan,' zei de rechter.

'Mooi,' antwoordde Charles. 'Dan begin ik vandaag, als het u om het even is.'

De rechter pende iets op een geel notitieblok dat voor hem lag en wierp een blik op Godfrey, Charles' advocaat, die zijn schouders ophaalde als om te zeggen dat hij de wensen van zijn cliënt respecteerde en geen beroep zou aantekenen.

'Is er nog iets anders wat u wilt zeggen,' vroeg de rechter, 'voordat u wordt afgevoerd?'

'Alleen dat ik de beslissing van het gerecht nederig accepteer,' antwoordde hij. 'En ik zal mijn tijd zonder morren uitzitten. Ik ben alleen maar blij dat ik geen kinderen heb die getuige zijn van de blamage van dit moment. Dat is althans een opluchting.' Die verklaring bracht bij minstens vier leden van de jury een volkomen verbijsterde uitdrukking op het gezicht.

Toen we de rechtszaal verlieten belandden we in een hongerige meute journalisten en fotografen. Maude negeerde hun vragen en flitslampen, en marcheerde doelbewust weg, zelfs zonder een sigaret als pantser, en ik deed mijn best haar bij te houden, wetend dat ik maar even hoefde te struikelen en ik zou worden verpletterd onder de stevige schoenen van de pers.

'Hij!' riep Maude onverwacht, met een stem die galmde door Four Courts, en toen ze met piepende hakken tot stilstand kwam, stopte ook de drom mediavolk rondom ons. Net als in de rechtszaal toen ze de lucifer aanstreek, draaiden alle hoofden zich in haar richting. 'De gotspe van die vent!'

Ik volgde de richting van haar blik en zag een man van middelbare leeftijd met een onopvallend uiterlijk; hij droeg een donker pak en had een snorretje dat naar mijn smaak iets te Hitlerachtig was. Hij stond midden in een groep net zo uitgedoste mannen, van wie hij de felicitaties accepteerde.

'Wie is dat?' vroeg ik. 'Ken je hem?'

'Dat is de man van de fiscus,' verklaarde ze, en terwijl ze op hem af beende stak ze één hand in haar tas. De accountant draaide zich om, zag haar met angst in zijn ogen naderen en wierp een blik op de hand die tevoorschijn kwam. Misschien dacht hij op dat moment dat ze een vuurwapen tevoorschijn zou halen en hem een kogel door zijn hart zou schieten; misschien vroeg hij zich af waarom hij zijn leven had gewijd aan het opsporen en vervolgen van onwettige financiële transacties binnen de Ierse banksector terwijl zijn eerste liefde altijd performance art was geweest. Of misschien had hij geen idee wie ze was. Hoe dan ook, hij zweeg en toen ze voor hem stilstond, haar gezicht rood van woede, was hij ongetwijfeld verbijsterd door het feit dat ze *Onder engelen* voor zijn gezicht heen en weer zwaaide en het toen in een snelle beweging op zijn hoofd liet belanden.

'Bent u nu blij?' schreeuwde ze. 'Bent u tevreden over uzelf? U hebt me godverdomme populair gemaakt!'

1959

Het biechtgeheim

Een nieuwe kamergenoot

Hoewel het nog zeven jaar zou duren voordat ik Julian Woodbead weer te zien kreeg, bleef hij al die tijd in mijn hoofd hangen, als een bijna mythische figuur die op een dag mijn leven binnen was gelopen en me had overweldigd met zelfvertrouwen en charme voordat hij even snel weer verdween. Als ik 's ochtends wakker werd dacht ik er vaak aan hoe hij ook wakker zou worden en hoe zijn hand net als de mijne zijn pyjamabroek binnengleed en de waterval van eindeloos genot ontketende die onze jeugdige zwelling ons sinds kort bood. De hele dag was hij in de een of een andere vorm bij me in de buurt en gaf commentaar op mijn doen en laten als een wijzere, zelfbewustere tweelingbroer die beter wist dan ik hoe ik moest handelen, wanneer ik mijn mond open moest doen en wat ik moest zeggen. Hoewel we maar tweemaal in elkaars gezelschap waren geweest en bij beide gelegenheden kort, vroeg ik me nooit af waarom hij zo belangrijk voor me was geworden. Ik was uiteraard nog te jong om te weten waar mijn fascinatie in feite op berustte en schreef die toe aan een soort heldenverering, van het soort waarover ik had gelezen in boeken, een eerbied die kenmerkend leek voor jongens als ik, stille jongens die te veel tijd alleen doorbrachten en zich ongemakkelijk voelden in het bijzijn van leeftijdgenoten. Dus toen we onverwacht weer in elkaars gezelschap belandden was ik even onthutst als verrukt, maar tevens vastbesloten goede vrienden te worden. Natuurlijk had ik nooit verwacht dat Julian aan het eind van dat jaar de beroemdste tiener van het land zou worden, maar wie had zo'n onverwachte wending zelfs maar kunnen voorspellen? Geweld en politieke onrust speelden in 1959 geen rol in de dagelijkse gedachtewereld van veertienjarige jongens; net als de meeste generaties waren we alleen bezig met de vraag wanneer we weer zouden gaan eten, hoe we onze sociale positie onder onze leeftijdgenoten zouden kunnen verbeteren en of iemand met ons de dingen zou kunnen doen die we ettelijke keren per dag met onszelf deden.

Een jaar eerder was ik naar het Belvedere College gegaan als interne leerling en tot mijn verrassing vond ik het niet zo erg als ik had verwacht. De angst die zijn stempel had gedrukt op mijn kindertijd begon af te nemen en hoewel ik nog steeds niet de meest extraverte leerling was, voelde ik geen angst voor agressie of belediging als ik door de drukke gangen liep. Ik hoorde tot het fortuinlijke groepje jongens die in het algemeen aan hun lot worden overgelaten, die niet populair en niet gehaat zijn, niet interessant genoeg om vriendschap mee te sluiten maar niet zwak genoeg om te pesten.

De slaapzalen bestonden uit wat duokamers werden genoemd, met twee bedden erin, een grote hangkast en een ladekast. Mijn kamergenoot in het eerste jaar was een jongen die Dennis Caine heette. Zijn vader hoorde tot een zeer zeldzaam soort in de jaren vijftig: hij bekritiseerde de katholieke Kerk, schreef opruiende artikelen in kranten en kreeg regelmatig spreektijd op Radio Éireann van ontvlambare programmamakers. Hij was een vriend van de politicus Noël Browne, over wiens wetsvoorstel een regering was gevallen toen aartsbisschop McQuaid besefte dat Ierse vrouwen nadien een eigen mening mochten koesteren zonder die eerst aan hun echtgenoot te hebben voorgelegd. Er werd gezegd dat Caine het als zijn missie zag om het klerikale gif uit het seculiere lichaam te halen, en hij werd op cartoons in prokatholieke kranten regelmatig afgebeeld als een slang, wat onzinnig was als je kijkt naar die eerdere analogie. Dennis, die tot de school was toegelaten voordat de jezuïeten hadden beseft wie zijn vader was, werd beschuldigd van examenfraude en terwijl er absoluut geen bewijs voor die bewering was, werd hij na een lachwekkend onderzoek van school verwijderd en de wildernis van het niet-confessionele onderwijs in gestuurd.

Natuurlijk wist iedereen dat de hele zaak doorgestoken kaart was en dat de priesters op bevel van hogerhand simpelweg bewijsmateriaal hadden ondergeschoven om zijn vader duidelijk te maken wat er gebeurde met mensen die tegen het gezag van de kerk in gingen. Dennis betuigde zijn onschuld, maar misschien vond hij het niet heel erg, want de schuldigverklaring hield in dat hij voorgoed kon vertrekken van Belvedere en de tedere omarming van de school. Praktisch zonder afscheid te nemen verdween hij.

En toen kwam Julian.

Er was een gerucht geweest over een nieuwe jongen die bij ons zou komen, wat op zichzelf ongebruikelijk was, want het was al halverwege het schooljaar. Het gerucht groeide uit tot de speculatie dat het de zoon was van iemand met een openbare functie, een jongen die net als Dennis van zijn vorige school was gestuurd vanwege een flagrante wandaad. Charlie Chaplins zoon Michael werd genoemd, en ook een van de kinderen van Gregory Peck. Een paar uur deed een bizar gerucht de ronde dat de voormalige Franse president Georges Pompidou Belvedere had gekozen voor zijn zoon Alain toen een van de prefecten van de zesde klas zwoer dat hij de aardrijkskunde- en geschiedenisdocenten had horen spreken over veiligheidsmaatregelen. Dus toen het hoofd van de school, pater Squires, bij de dagopening daags voordat Julian zou komen, opstond om de naam van onze nieuwe alumnus aan te kondigen, viel het de meeste van mijn klasgenoten tegen dat er uit zijn achternaam geen illusterder afkomst sprak.

'Woodbead?' vroeg Matthew Willoughby, de onhebbelijke aanvoerder van het rugbyteam. 'Is hij een van ons?'

'In welk opzicht een van ons?' vroeg pater Squires. 'Hij is een mens, als dat is wat je bedoelt.'

'Het is toch geen jongen met een studiebeurs? Daar hebben we er al twee van.'

'Zijn vader is om precies te zijn een van de prominentste advocaten van Ierland en zelf een voormalige Belvedere-leerling. Diegenen van jullie die de kranten lezen kennen de naam Max Woodbead misschien. Hij heeft de laatste jaren de meeste topcriminelen van Ierland verdedigd, onder wie veel van jullie eigen vaders. Jullie moeten Julian allemaal hartelijk ontvangen en beleefd tegen hem doen. Cyril Avery, jij wordt zijn kamergenoot want je hebt een bed over in je kamer en laten we hopen dat hij niet zo oneerlijk zal blijken als zijn voorganger.'

Uiteraard wist ik meer dan mijn klasgenoten over Max Woodbead, maar ik heb niemand over onze vorige ontmoetingen verteld. Vanwege mijn belangstelling voor Julian had ik de carrière en groeiende faam van zijn vader nauwkeurig gevolgd in de zeven jaar sinds het proces tegen Charles en daarbij kunnen zien hoe zijn praktijk zo flink was gegroeid dat alleen de allerrijkste beklaagden zich hem konden veroorloven. Er waren berichten dat hij meer dan een miljoen pond bezat, een bom geld in die dagen. Ook had hij een landhuis op het schiereiland Dingle en een appartement in

Knightsbridge, waar zijn minnares woonde, een beroemde actrice, maar hij woonde vooral in een huis aan Dartmouth Square in Dublin, dat hij deelde met zijn vrouw Elizabeth en hun kinderen Julian en Alice, hetzelfde huis dat ooit had toebehoord aan Charles en Maude en dat hij minder dan een half jaar nadat mijn pleegvader was opgesloten in de Mountjoy-gevangenis, uit wraak had gekocht. Zijn gezin daar installeren en Elizabeth dwingen naast hem te slapen in de kamer die ooit van Charles was geweest, zag hij als haar straf.

Max' andere aanspraak op faam was zijn groeiende algemene bekendheid. Hij verscheen regelmatig in de kranten en op de radio met kritiek op de regering, elke regering, van elke politieke kleur, en met de wens Ierland weer in het Britse Rijk te krijgen. Hij had een hartstochtelijke affaire met de jonge koningin, die hij aanbad, en beschouwde Harold Macmillan als simpelweg de beste politicus die ooit had geleefd. Hij verlangde terug naar de dagen van de Engels-Ierse aristocratie, toen er een gouverneur-generaal huisde aan Kildare Street en prins Philip door het Phoenix Park zwierf, waar hij elk onfortuinlijk dier doodschoot dat de euvele moed had zijn weg te kruisen. Natuurlijk wekte hij de vijandschap van een heel volk op met zijn antirepublikeinse standpunten, maar dat maakte hem alleen maar populairder bij de media, die elke onbezonnen uitspraak verspreidden en dan achteroverzakten en vergenoegd en collectief handenwrijvend wachtten tot de verontwaardiging op zou laaien. Max was het levende bewijs dat het niet uitmaakt of mensen van je houden of je haten; zolang ze maar weten wie je bent, kun je goed aan de kost komen.

Dus toen ik de volgende middag terugkwam van Latijnse les en zag dat de deur naar mijn kamer op een kier stond en hoorde dat daarbinnen iemand rondstiefelde, voelde ik een mengeling van opwinding en misselijkheid, omdat ik vermoedde dat Julian was aangekomen. Ik draaide me om en holde door de gang terug naar de badkamer, waar aan een van de muren een passpiegel was bevestigd met de opzettelijke bedoeling ons 's ochtends na onze douche te intimideren, en monsterde mezelf snel. Ik haalde een kam uit mijn zak en fatsoeneerde mijn haren alvorens te controleren of er geen resten van het middageten tussen mijn tanden zaten. Ik wilde zielsgraag een goede eerste indruk maken, maar mijn zenuwen waren zo van slag dat ik bang was dat ik mezelf uiteindelijk in de weg zou zitten.

Ik klopte aan en toen er geen antwoord kwam duwde ik de deur open en stapte naar binnen. Julian stond bij het vroegere bed van Dennis, haalde zijn kleren uit zijn koffer en legde ze in het onderste deel van onze gezamenlijke ladekast. Hij draaide zich om, keek me zonder speciale belangstelling aan en hoewel we elkaar een hele tijd geleden voor het laatst hadden gezien zou ik hem overal hebben herkend. Hij was ongeveer even lang als ik maar zijn lijf was gespierder, en zijn blonde haar viel even zwoel over zijn voorhoofd als toen hij een kind was. En hij was absurd knap, met helderblauwe ogen en een huid die, in tegenstelling tot die van de meeste van onze klasgenoten, niet was aangetast door acne.

'Hallo,' zei hij, terwijl hij een jas uitpakte en voorzichtig afschuierde met een kleerborstel voordat hij hem in de klerenkast hing. 'En wie mag jij wel zijn?'

'Cyril Avery,' zei ik, en ik stak mijn hand uit, waar hij even naar keek voordat hij hem schudde. 'Dit is mijn kamer. Nou ja, nu onze kamer, neem ik aan. Tot een paar weken geleden was het de kamer van Dennis Caine en van mij. Maar hij is van school gestuurd op beschuldiging van examenfraude hoewel iedereen weet dat hij geen fraude heeft gepleegd. Het is nu onze kamer. Die van jou en van mij.'

'Als dit jouw kamer is,' zei hij, 'waarom heb je dan geklopt?'

'Ik wilde je niet laten schrikken,' antwoordde ik.

'Ik schrik niet zo gauw.' Hij deed de lades dicht en bekeek me van top tot teen voordat hij zijn rechterhand optilde, een pistool imiteerde en met zijn wijsvinger wees naar een plek net rechts van mijn hart. 'Je bent een overhemdknoopje vergeten,' zei hij.

Ik keek omlaag en ja hoor, een van de knopen was los, en de twee kanten van mijn overhemd vielen open als de bek van een piepklein vogeltje, waardoor de bleke huid eronder te zien was. Hoe had ik dat kunnen missen tijdens mijn rigoureuze voorbereiding? 'Sorry,' zei ik, waarna ik de knoop vastmaakte.

'Cyril Avery,' zei hij, lichtjes fronsend. 'Waar ken ik die naam van?'

'We hebben elkaar eerder ontmoet,' zei ik.

'Wanneer?'

'Toen we kinderen waren. Bij mijn pleegvader aan Dartmouth Square.'

'O,' zei hij. 'Zijn we buren? Mijn vader bezit ook een huis aan Dartmouth Square.'

'In feite is dat hetzelfde huis,' zei ik. 'Hij heeft het van mijn vader gekocht.'

'Ik begrijp het.' Er sijpelde een herinnering zijn bewustzijn binnen en hij knipte met zijn vingers toen hij het weer wist. Nogmaals naar mij wijzend vroeg hij: 'Is jouw vader niet naar de gevangenis gegaan?'

'Klopt,' gaf ik toe. 'Voor een paar jaar maar. Hij is er nu uit.'

'Waar zat hij?'

'De Mountjoy.'

'Spannend. Heb je hem bezocht?'

'Niet vaak, nee. Het is geen plaats voor een kind, althans dat zei hij altijd.'

'Ik ben daar zelf eens geweest,' zei hij. 'In mijn kindertijd. Mijn vader was de rechtskundig adviseur van een man die zijn vrouw had vermoord. Het rook er naar...'

'Toiletten,' zei ik. 'Dat herinner ik me. Dat heb je me eerder verteld.'

'Echt waar?'

'Ja.'

'En jij hebt het onthouden? Zelfs al die jaren?'

'Nou,' zei ik, en ik voelde hoe ik lichtjes begon te blozen, maar ik wilde mijn fascinatie voor hem niet te snel laten blijken. 'Ik ben er sindsdien zelf geweest, zoals ik zei, en ik had dezelfde indruk.'

'Twee zielen en zo. Dus wat gebeurde er toen hij eruit kwam, is hij het land uit gegaan?'

'Nee, de bank heeft hem teruggenomen.'

'Echt waar?' Hij barstte in lachen uit.

'Ja. Eigenlijk draait hij weer heel goed. Maar ze hebben de naam van zijn functie veranderd. Ooit was hij directeur Investeringen en Cliëntenportefeuilles.'

'En nu?'

'Directeur Cliënteninvesteringen en Portefeuilles.'

'Vergevingsgezind volkje, hè? Maar een poosje in de gevangenis kan best een pre zijn voor mensen op dat terrein.'

Ik keek naar zijn voeten en zag dat hij loopschoenen droeg, een mode die destijds nieuw was in Ierland.

Hij volgde mijn blik en zei: 'Heeft mijn vader meegebracht uit Londen. Mijn tweede paar eigenlijk al. Ik had maat 6 maar mijn voeten zijn gegroeid. Nu heb ik maat 8.'

'Laat de paters ze maar niet zien,' zei ik. 'Volgens hen worden loopschoenen alleen gedragen door protestanten en socialisten. Ze nemen ze af.'

'Daar zullen ze een zware dobber aan hebben,' zei hij. Toch gebruikte hij de punt van zijn rechtervoet om de linkerschoen uit te wippen en daarna zijn gekouste tenen om de rechter uit te wippen en het paar onder zijn bed te schoppen. 'Jij snurkt niet?' vroeg hij.

'Niet dat ik weet,' zei ik.

'Goed. Ik wel, zeggen ze. Hopelijk houd ik je niet wakker.'

'Niet erg. Ik slaap diep. Waarschijnlijk hoor ik je niet.'

'Misschien toch. Volgens mijn zus ben ik een misthoorn als ik eenmaal op gang kom.'

Ik glimlachte; ik zag nu al uit naar bedtijd. Ik vroeg me af of hij zo'n jongen was die naar een toilethokje gaat om zich te verkleden of dat hij zich gewoon in de kamer zou uitkleden. Ik vermoedde dat laatste. Waarschijnlijk kende hij geen enkele gêne.

'Hoe is het hier eigenlijk?' vroeg hij. 'Valt er wel lol te beleven?'

'Gaat wel,' zei ik. 'De jongens zijn prima, de paters zijn uiteraard gemeen, maar...'

'Ja, dat zit erin. Ben jij ooit een pater tegengekomen die jou niet bont en blauw wilde slaan? Daar geilen ze uiteraard op.'

Mijn ogen en mond gingen wijd open, ik was gechoqueerd en tegelijk aangenaam verrast. 'Tot dusver niet, in elk geval,' gaf ik toe. 'Volgens mij leren ze dat op het seminarie.'

'Het komt uiteraard doordat ze allemaal zo seksueel gefrustreerd zijn,' zei hij. 'Ze kunnen niet vrijen, zie je, dus ze ranselen jongetjes af en als ze dat doen krijgen ze een stijve. Dichter bij een orgasme kunnen ze overdag niet komen. Belachelijk, eigenlijk. Ik bedoel, ik ben ook seksueel gefrustreerd maar ik denk niet dat het probleem zou verdwijnen door het slaan van kinderen.'

'Waardoor dan wel?' vroeg ik.

'Nou, door te neuken natuurlijk,' zei hij, alsof het de normaalste zaak ter wereld was.

'Juist ja,' zei ik.

'Maar heb je het nooit gemerkt? De volgende keer dat een van de paters je slaat, moet je eens naar beneden kijken, dan zul je zien dat het tentzeil strak staat. En daarna gaan ze terug naar hun kamer en rukken zich af terwijl ze aan ons denken. Komen ze hier in de doucheruimtes?'

'Jawel,' zei ik. 'Om te zien of iedereen zich goed wast.'

'Zalig de simpelen van geest,' zei hij, naar me kijkend alsof ik een onschuldig kind was. 'Ze zijn niet in onze lichaamshygiëne geïnteresseerd, Cyril. Op mijn laatste school probeerde een zekere pater Cremins me op een gegeven moment te kussen; ik gaf hem een stomp op zijn neus. Neus gebroken. Overal bloed. Maar natuurlijk kon hij niets uitrichten omdat hij me moeilijk kon aangeven want ik zou kunnen vertellen wat tot de aanval had geleid. Hij zei tegen iedereen dat hij tegen een deur aan was gelopen.'

'Jongens die jongens kussen!' zei ik nerveus lachend en op mijn hoofd krabbend. 'Ik wist niet dat... Ik bedoel het lijkt vreemd dat... uiteindelijk, als er...'

'Alles goed met jou, Cyril?' vroeg hij. 'Je gezicht ziet knalrood en je staat te stotteren.'

'Volgens mij word ik verkouden,' zei ik, en mijn stem koos exact dat moment om tussen registers in te glippen. 'Volgens mij word ik verkouden,' zei ik nogmaals, zo laag mogelijk.

'Nou, hopelijk besmet je mij niet,' zei hij, en hij draaide zich om en legde zijn tandenborstel en washandje op zijn nachtkastje, samen met het boek *Howards End*. 'Aan ziek zijn heb ik de pest.'

'Waar was je eigenlijk voordat je hier kwam?' vroeg ik, na een lange pauze, waarin hij vergeten leek dat ik nog in de kamer was.

'Blackrock College.'

'Ik dacht dat je vader van Belvedere kwam.'

'Klopt,' antwoordde hij. 'Maar hij is zo'n oud-leerling die graag zwelgt in herinneringen aan zijn hoogtijdagen op het rugbyveld maar intussen waarschijnlijk zo veel slechte dingen heeft onthouden over de school dat hij zijn eigen zoon ergens anders heen stuurt. Hij haalde me van Blackrock af toen hij erachter kwam dat mijn leraar Iers een gedicht had geschreven en gepubliceerd in *The Irish Times* waarin wordt getwijfeld aan het zedelijk gedrag van prinses Margaret. Hij wil geen lelijk woord horen over de koninklijke familie, zie je. Al zeggen ze dat prinses Margaret een beetje een slet is. Blijkbaar flirt ze met de helft van de mannelijke Londenaren en ook met een deel van de vrouwen. Ik zou trouwens ook geen nee zeggen, wat jij? Ze is best knap. Veel leuker dan de koningin, denk ik. Kun je je voorstellen dat de koningin prins Philip pijpt? Een beeld om nachtmerries van te krijgen.'

'Ik herinner me je vader,' zei ik, geschrokken door de openhartigheid van zijn conversatie, die ik naar veiliger oorden wilde loodsen. 'Hij heeft ooit een etentje bij mij thuis onderbroken en gevochten met mijn pleegvader.'

'Vocht jouw ouweheer terug?'

'Ja. Maar daar schoot hij absoluut niets mee op. Hij kreeg een afstraffing.'

'Ja, die ouwe Max heeft gebokst in zijn jonge jaren,' zei Julian trots. 'En hij kan eigenlijk nog steeds goed overweg met zijn vuisten,' voegde hij eraan toe. 'Ik kan het weten.'

'Weet je nog dat we elkaar destijds hebben ontmoet?' vroeg ik.

'Er rinkelt ergens een belletje,' zei Julian. 'Misschien herinner ik me je váág.'

'Mijn kamer lag op de bovenste verdieping van het huis.'

'Dat is nu de kamer van mijn zus Alice. Ik kom nooit daarboven. Het stinkt er naar parfum.'

'En jij?' vroeg ik, en ik voelde me een beetje triest omdat hij mijn oude kamer niet gebruikte; het leek me een mooi idee, dat we dat gemeen hadden. 'Waar slaap jij?'

'In een kamer op de tweede verdieping. Waarom? Is dat belangrijk?'

'Is het de kamer met uitzicht op het park of op de achtertuin?'

'Op het park.'

'Dat was de werkkamer van mijn pleegmoeder. Charles had de eerste verdieping en Maude de tweede.'

'Natuurlijk,' zei hij. Zijn gezicht klaarde op. 'Jouw moeder was Maude Avery toch?'

'Dat klopt,' zei ik. 'Nou ja, mijn pleegmoeder.'

'Waarom zeg je dat steeds?'

'Zo ben ik opgevoed,' zei ik. 'Ik ben geen echte Avery, zie je.'

'Wat raar om dat te zeggen.'

'Mijn pleegvader wil beslist dat ik dat tegen iedereen zeg.'

'Dus ik slaap in de kamer waar Maude Avery al haar boeken schreef?'

'Als je de kamer hebt die uitkijkt op het park, dan ja.'

'Jeetje,' zei hij, onder de indruk. 'Nou, dat is niet mis. Een mooie stap naar beroemdheid, dacht je niet?'

'Vind je?' vroeg ik.

'Natuurlijk. De schrijfkamer van Maude Avery! Dé Maude Avery! Je vader zal nu wel bulken van het geld,' voegde hij eraan toe. 'Stonden er vorig jaar op een gegeven moment niet zes boeken van haar tegelijk op de bestsellerlijst? Dat was nooit eerder gebeurd, las ik.'

'Volgens mij waren het er zelfs zeven,' zei ik. 'Maar inderdaad, ik denk dat hij meer verdient met haar werk dan met dat van hemzelf.'

'En in hoeveel talen is ze nu vertaald?'

'Weet ik niet,' zei ik. 'Veel. Het lijken er almaar meer te worden.'

'Jammer dat ze stierf voordat het echte succes kwam,' zei Julian. 'Het zou haar genoegen hebben gedaan te weten hoeveel waardering er nu voor haar is. Er zijn zo veel kunstenaars die moeten wachten tot hun dood voordat ze volledig worden gewaardeerd. Wist je dat Van Gogh in zijn hele leven maar één schilderij heeft verkocht? En dat Herman Melville tijdens zijn leven totaal onbekend was en pas werd ontdekt toen hij zogezegd al onder de groene zoden lag? Hij was voer voor de wormen voordat iemand ook maar een tweede blik op *Moby-Dick* wierp. Hij verafgoodde Hawthorne natuurlijk, en wipte daar altijd binnen om thee te drinken, maar wie kan tegenwoordig nog een van Hawthornes romans noemen?'

'*The Scarlet Letter*,' zei ik.

'O ja. Die over dat meisje dat aan het flirten slaat terwijl haar echtgenoot op zee is. Heb ik niet gelezen. Is het schunnig? Ik hou van schunnige boeken. Heb jij *Lady Chatterly's Lover* gelezen? Mijn vader heeft in Engeland een exemplaar gekocht en ik heb het zijn bibliotheek uit gesmokkeld om het te lezen. Pure porno. Er is een prachtig stuk waarin...'

Ik onderbrak hem: 'Volgens mij was Maude niet uit op roem. Het idee van officiële literaire erkenning zou haar volgens mij zelfs hebben geschokt.'

'Hoezo? Wat heeft schrijven voor zin als niemand je leest?'

'Nou, als een werk enige waarde heeft, is dat op zich toch een verdienste?'

'Doe niet zo belachelijk. Dat is net zoiets alsof je een prachtige stem hebt maar alleen zingt voor een publiek van dove mensen.'

'Ik denk niet dat zij kunst zo bekeek,' zei ik. 'Populariteit interesseerde haar niet. Ze verlangde er niet naar dat haar romans werden gelezen. Ze hield namelijk van taal. Ze hield van woorden. Ik denk dat ze zich alleen echt gelukkig voelde als ze uren achtereen naar een alinea zat te kijken en daaraan schaafde tot die mooi was. Ze gaf haar boeken alleen uit omdat ze niet hield van het idee dat al dat harde werk verloren zou gaan.'

'Wat een hoop ouwe onzin,' zei hij, en hij wuifde mijn woorden weg alsof ze zijn aandacht nauwelijks waard waren. 'Als ik schrijver was, zou ik willen dat mensen mijn boeken lazen. En als ze dat niet deden, zou ik het gevoel hebben mislukt te zijn.'

'Ik weet niet zeker of ik het met je eens ben,' zei ik, verbaasd constaterend dat ik hem tegensprak, maar ik wilde Maudes overtuiging verdedigen. 'Eerlijk gezegd denk ik dat er meer in literatuur zit.'

'Heb je er een gelezen?' vroeg hij mij. 'Een van je moeders romans, bedoel ik?'

'Van mijn pleegmoeder,' zei ik. 'En nee, nog niet.'

'Geen enkele?'

'Nee.'

Hij lachte en schudde zijn hoofd. 'Stuitend, zeg. Ze was toch je moeder?'

'Mijn pleegmoeder.'

'Stop met dat te zeggen. Je zou *Gelijk de leeuwerik* moeten proberen. Prachtig boek. Of *Agnès Fontaine en het codicil*. Daarin komt een bijzondere scène voor met twee meisjes die samen in een meer zwemmen; ze zijn poedelnaakt en er is zo veel seksuele spanning tussen die twee dat je gegarandeerd niet bij het eind van het hoofdstuk komt zonder Gerrit tevoorschijn te halen voor de aloude rechterhandgymnastiek. Ik ben dol op lesbiennes, jij niet? Als ik een vrouw was zou ik absoluut lesbisch zijn. Londen is vol lesbiennes, heb ik gehoord. New York ook. Als ik ouder ben, ga ik daarginds vriendschap sluiten met een paar lesbiennes en dan vraag ik of ik mag toekijken als ze het doen. Wat denk je dat ze precies doen? Ik weet het nooit helemaal zeker.'

Ik keek hem aan en voelde me ietwat wankel op mijn voeten staan. Ik had geen antwoord op al zijn opmerkingen en eerlijk gezegd wist ik niet precies wat een lesbienne was. Terwijl ik enthousiast was geweest over Julians aankomst in Belvedere, begon ik nu te denken dat we misschien op totaal verschillende bewustzijnsniveaus zaten. Het laatste boek dat ik had gelezen was van de serie *De Club van 7*.

'Mis je haar?' vroeg hij, terwijl hij zijn nu lege koffer dichtdeed en onder het bed duwde, naast zijn loopschoenen.

'Wat bedoel je?' vroeg ik, want ik was met mijn gedachten bij andere dingen.

'Je moeder. Je pleegmoeder. Mis je haar?'

'Een beetje, denk ik,' gaf ik toe. 'We hadden eerlijk gezegd geen heel nauwe band. En ze stierf maar een paar weken voordat Charles uit de gevangenis kwam. Dat is nu bijna vijf jaar geleden. Ik denk niet zo vaak meer aan haar.'

'En je echte moeder?'

'Over haar weet ik niets,' zei ik. 'Charles en Maude zeiden dat ze geen idee hadden wie ze was. Ik werd bij hen gebracht door een kleine, gebochelde non van de redemptoristen toen ik maar een paar dagen oud was.'

'Waar is ze aan gestorven? Maude, bedoel ik.'

'Kanker,' zei ik. 'Een paar jaar eerder had ze kanker in haar oor gehad. Maar het kwam terug in haar keel en haar tong. Ze rookte als een schoorsteen. Ik heb haar bijna nooit gezien zonder een sigaret in haar hand.'

'Nou, misschien kwam het daardoor. Rook jij, Cyril?'

'Nee.'

'Ik hou niet van het idee van roken. Heb je ooit een meisje gekust dat rookte?'

Ik deed mijn mond open om te antwoorden maar mijn spraakvermogen liet me in de steek en tot mijn ontzetting voelde ik het bloed naar mijn penis stromen in reactie op zo'n openhartig gesprek. Ik liet mijn handen voor mijn kruis zakken, in de hoop dat Julian zich niet net zo bewust zou zijn van mijn opwinding als destijds van die van de Blackrock-paters die hem sloegen.

'Nee,' zei ik.

'Echt vreselijk,' zei hij, en hij trok een gezicht vol afkeer. 'Je proeft de smaak van het meisje zelf niet meer, alleen die vieze nicotine.' Hij wachtte even en keek me half geamuseerd aan. 'Je hebt toch zeker wel eens een meisje gekust?'

'Natuurlijk,' zei ik, lachend met de zorgeloosheid van iemand die wordt gevraagd of hij ooit de oceaan heeft gezien of gevlogen heeft. 'Tientallen.'

'Tientallen?' zei hij fronsend. 'Nou, dat is een hoop. Ik heb er tot dusver maar drie gekust. Maar bij een van de drie mocht ik mijn hand in haar bh steken en haar borst aanraken. Tientallen, zeg je! Echt waar?'

'Nou, misschien niet tientallen,' zei ik, en ik keek een andere kant op.

'Je hebt nog nooit iemand gekust, volgens mij.'

'Wel waar,' zei ik.

'Nee, niet waar. Maar goed, dat is geen probleem. We zijn nog maar veertien. Het ligt allemaal nog voor ons. Ik ben van plan lang en gezond te leven en zo veel mogelijk meisjes te neuken. Ik wil sterven in mijn bed als ik honderdvijf jaar ben terwijl er een twintigjarige boven me op en neer stuitert. En hoeveel kans heb je hier eigenlijk om iemand te kussen? Het zijn allemaal jongens. Ik zou nog liever mijn oma kussen, en die is al negen jaar dood. Maar wacht, wil je me helpen mijn boeken uitpakken? Ze zitten in die doos daar. Kunnen ze bij jouw boeken of wil je liever dat ik ze op een aparte plank zet?'

'Laten we ze maar bij elkaar zetten,' zei ik.

'Goed.' Hij deed een stap achteruit, bekeek me nogmaals van top tot teen en ik vroeg me af of er misschien weer een knoop was losgeraakt. 'Weet je, ik geloof dat de herinnering aan jou bij me bovenkomt,' zei hij. 'Heb je me niet gevraagd of je mijn ding mocht zien?'

'Nee!' zei ik, geschokt door die beschuldiging, die immers volkomen vals was gezien het feit dat hij had gevraagd de mijne te zien. 'Nee, heb ik niet gevraagd.'

'Weet je het zeker?'

'Honderd procent zeker,' zei ik. 'Waarom zou ik jouw ding willen zien? Ik heb er zelf een. Die kan ik bekijken wanneer ik wil.'

'Nou, er was absoluut een jongen die het mij in die periode vroeg. En ik weet zeker dat jij dat was. Ik herinner me de kamer, en dat is nu Alice' kamer.'

'Je zit helemaal mis,' zei ik nadrukkelijk. 'Ik heb helemaal geen belangstelling voor jouw ding en ook nooit gehad.'

'Als je dat zegt. Het is hoe dan ook een heel fraai apparaat. Ik kan niet wachten om het te gaan gebruiken op de manier die God bedoeld heeft, jij wel? Je bent helemaal rood geworden, Cyril,' voegde hij eraan toe. 'Toch zeker niet bang voor meisjes?'

'Nee,' zei ik. 'Helemaal niet. Zij zouden eventueel bang moeten zijn voor mij. Want ik wil, je weet wel... heel veel met ze vrijen. En zo.'

'Goed. Want ik neem aan dat we vrienden moeten worden, jij en ik, aangezien we een kamer delen. We zouden samen wel eens op jacht kunnen gaan. Je ziet er uiteindelijk niet heel slecht uit. Misschien zijn er wel meisjes die kunnen worden overgehaald het met je te doen. En natuurlijk zijn ze helemaal dol op mij.'

De TD van Dublin Centrum

Ook de leraren waren gek op hem en gaven hem tijdens de prijsuitreiking van Pasen de gouden medaille voor 'de snelst opgeklommen leerling'. Die beslissing werd weggehoond door leerlingen die niet zo'n hoge pet ophadden van Julian als ik. Hij was de vorige periode niet eens ingeschreven geweest op het Belvedere College, dus het was hun een raadsel hoe hij had kunnen opklimmen. Het gerucht ging dat Max een studiebeurs beschikbaar had gesteld op voorwaarde dat zijn zoon de komende jaren een schitterend cv zou krijgen. Ik was natuurlijk blij, want het betekende dat hij als onderdeel van zijn beloning met mij en vier anderen (de goudenmedaillewinnaars voor Engels, Iers, wiskunde, geschiedenis en kunst) op excursie zou gaan naar de Dáil Éireann om daar te zien hoe het Ierse parlement werkt.

Ik had de prijs voor Engels gewonnen met een essay, het heette 'Zeven manieren om mijn leven te beteren'. Daarin gaf ik een opsomming van verschillende kwaliteiten die naar ik wist indruk zouden maken op de paters maar die ik absoluut niet van plan was in het echte leven na te streven (behalve de laatste, die me absoluut geen moeite kostte). Het waren, in volgorde van opkomst:

1) Het leven van Sint-Franciscus Xaverius bestuderen en bepalen welke aspecten van zijn christelijk gedrag ik kon nastreven.
2) Uitzoeken welke jongens in mijn klas worstelden met vakken waarin ik uitblonk en aanbieden hen te helpen.
3) Een muziekinstrument leren bespelen, bij voorkeur de piano en zeker niet de gitaar.
4) De romans van Walter Macken lezen.
5) Een novene beginnen, gewijd aan de zielenrust van wijlen paus Pius XII.
6) Een protestant zoeken en hem zijn dwalingen laten inzien.
7) Uitbanning van onzuivere gedachten uit mijn geest, vooral de gedachten aan de geslachtsdelen van leden van de andere sekse.

Ik haakte niet zozeer naar de gouden medaille als naar het dagje uit, dat ieder jaar een andere bestemming kreeg en waarvoor eerder spannende locaties waren gekozen als de dierentuin van Dublin, het schiereiland Howth Head en de pier in de haven van Dun Laoghaire. Maar dit jaar had de zaak een ietwat opwindender draai genomen met de aankondiging dat er een bezoek werd gebracht aan het stadscentrum, een plaats die wel dicht bij onze school lag maar volgens het studentenhandboek permanent en onvoorwaardelijk buiten ons bereik moest blijven. Als interne leerlingen mochten we in het weekend Belvedere verlaten mits onder toezicht van een ouder, voogd of priester – geen van drieën sprak ons aan. Desondanks waren er straten waar we absoluut niet heen mochten: O'Connell Street en Henry Street, 'paradijzen van ondeugd en ongerechtigheid', kregen we te horen, en Grafton Street en omgeving, waar schrijvers, kunstenaars en andere viezeriken woonden.

'Ik ken het stadscentrum op mijn duimpje,' vertelde Julian me tijdens de korte busreis van Parnell Square naar Kildare Street. 'Mijn vader neemt mij en Alice af en toe mee om daar te gaan eten maar hij weigert altijd me naar de plaatsen te brengen waar ik echt heen wil.'

'Welke zijn dat?' vroeg ik.

'Harcourt Street,' antwoordde hij oordeelkundig. 'Dat is waar alle meisjes rondhangen. En de nachtclubs aan Leeson Street. Maar natuurlijk gaan die pas 's avonds laat open. Ik heb gehoord dat de vrouwen daar het willen doen met iedereen die ze trakteert op een *snowball*, advocaat met citroenlimonade.'

Ik zei niets en keek uit het raam naar de aanplakbiljetten voor *Ben Hur* op de gevel van de Savoy-bioscoop. Omdat ik verliefd was op Julian vond ik zijn neiging om voortdurend over meisjes te praten frustrerend. Het was een obsessie voor hem, net als voor de meeste veertienjarige jongens denk ik, maar hij leek overmatig in beslag genomen door seks en vertelde me uitgebreid wat hij allemaal zou doen met een meisje dat hem zijn gang liet gaan, fantasieën die me zowel opwonden als bedroefd maakten omdat de zekerheid eruit sprak dat hij geen van die dingen ooit met mij zou willen doen.

Heb ik in die periode veel tijd besteed aan het onderzoeken van mijn gevoelens voor Julian? Waarschijnlijk niet. Ik vermeed zo veel mogelijk ze te analyseren. Uiteindelijk was het 1959. Ik wist over homoseksualiteit eigenlijk alleen dat het toegeven aan dergelijke neigingen in Ierland een misdrijf was dat kon uitlopen op gevangenisstraf, behalve natuurlijk als je priester was – hadden die ook eens een meevaller. Ik was verkikkerd op hem, zo veel was me wel duidelijk, maar volgens mij kon dat geen kwaad en ik nam aan dat die gevoelens mettertijd zouden voorbijgaan en dat mijn aandacht zou verschuiven naar meisjes. Ik ontwikkelde me traag, dacht ik; het idee dat ik een geestelijke afwijking zou hebben – zo werd er toen tegenaan gekeken – vond ik schokkend.

'Hier zetelt de regering,' zei pater Squires, en hij wreef verrukt in zijn handen toen we in Kildare Street uit de bus stapten en langs de Gardaí liepen die bij de poort naar het voorplein stonden en ons zonder ook maar één woord te zeggen gebaarden verder te lopen toen ze de kraag rond de hals van onze directeur zagen. 'Denk aan alle grote mannen die door deze deuren zijn gegaan, jongens. Éamon de Valera, Seán Lemass, Seán T. O'Kelly. Gravin Markievicz, die strikt genomen zeker geen man was maar wel het lef had van een man. We zwijgen over Michael Collins en de Blueshirts. Als jullie een van die afvalligen binnen zien, kijk dan de andere kant op zoals bij een Medusa. Dat is het soort West-Britse nietsnutten met wie jouw vader het geweldig zou kunnen vinden, waar of niet, Julian Woodbead?'

Alle hoofden draaiden naar Julian, die zijn schouders ophaalde.

De jezuïeten waren natuurlijk ideologisch gekant tegen de verering van het Britse Rijk door Max Woodbead en zouden zijn liefdesaffaire met koningin Elizabeth II hebben beschouwd als ketters, hoewel dat hen er niet van weerhield zijn geld aan te nemen.

'Vast wel,' zei Julian, die het beneden zijn waardigheid achtte zich te storen aan de woorden van een priester. 'We hebben James Dillon een paar keer thuis te dineren gehad, als dat is wat u bedoelt. Best een geschikte kerel, vond ik. Kon uiteraard wel een beetje advies gebruiken inzake lichaamshygiëne.'

Pater Squires schudde misprijzend zijn hoofd en ging ons voor door de deur, waar we werden opgewacht door een bode, die zich overdreven hoffelijk betoonde tegenover de pater en ons toen een rondleiding gaf op de begane grond van het parlement. Daarna ging hij ons over een smalle trap voor naar de bezoekerstribune, waar we gingen zitten in de zuilengalerij. Voor ons lag de vergaderzaal, dat groene hoefijzer van de onafhankelijkheid dat symbool stond voor alles waar het Ierse volk in de loop der jaren voor had gevochten. En daar was de Taoiseach, de grote Éamon de Valera zelf, van wie we ons nauwelijks konden voorstellen dat hij bestond buiten krantenberichten en onze geschiedenislessen. Hij stond te oreren over iets wat met belasting en landbouw te maken had, en alle jongens in ons groepje hadden het gevoel iets groots te beleven. Hoe vaak hadden we niet gelezen over zijn rol bij Boland's Mill tijdens de Paasopstand van 1916 en hoe hij drie jaar later miljoenen dollars had losgepeuterd van de Amerikanen om een Ierse Republiek te kunnen stichten? Hij was legendarisch en daar stond hij nu, voor onze neus, lezend vanaf een stapel papieren, met een ongeïnteresseerde stem alsof al die grootse gebeurtenissen niets met hem te maken hadden.

'Mond dicht, jongens,' zei pater Squires, wiens ogen vochtig werden van eerbied. 'Luister naar de grote man.'

Ik deed wat ons was opgedragen, maar algauw begon ik me te vervelen. Hij kon dan wel een groot man zijn, maar hij leek niet te weten wanneer hij zijn zegje had gedaan en weer moest gaan zitten. Ik leunde over de reling, keek naar al die lege stoelen in de halfvolle zaal en telde hoeveel van de Teachtaí Dála in slaap waren gevallen: zeventien. Ik speurde de zaal af naar vrouwelijke TD's maar die waren er niet. Matthew Willoughby, die de medaille voor geschiedenis had gewonnen, had een aantekenschrift meegenomen en zat druk elk woord dat werd gezegd neer te pennen en naarmate de tijd vorderde en pater Squires geen enkel teken gaf te willen vertrekken, begonnen mijn ogen dicht te vallen en pas toen Julian me op mijn arm tikte en een knikje gaf in de richting van de deur achter ons, kwam ik weer tot leven.

'Wat?' vroeg ik, terwijl ik een geeuw verbeet.

'Laten we naar buiten gaan en wat rondkijken,' zei hij.

'Dan komen we in de problemen.'

'En wat dan nog? Is dat erg?'

Ik keek naar pater Squires. Hij zat op de voorste rij, haast kwijlend van republikeins vuur. De kans dat hij zou merken dat we onze post hadden verlaten was nihil.

'Laten we gaan,' zei ik.

We stonden op en slopen op dezelfde manier weg als we waren gekomen, negeerden de bodes die op wacht stonden bij de deuren van de galerij voor het geval ze ons zouden aanspreken op ons vertrek, en liepen de trap af, waar een andere Garda op een sierstoel zat – een exacte replica van de stoel die ooit op de begane grond in het huis aan Dartmouth Square had gestaan – en een krantje las.

'Waar dachten jullie heen te gaan, jongens?' vroeg hij, met een blik alsof het antwoord hem niet bijzonder kon schelen maar hij het als zijn plicht voelde het te vragen.

'Wc,' zei Julian, en toen de man met zijn ogen rolde greep hij met één hand in zijn kruis en maakte ter plaatse een dansje.

'Daar in die gang,' zei hij wijzend, en hij liet ons gaan.

We liepen langs hem heen en ook langs de toiletten, keken naar de geschilderde portretten van onbekende hoogwaardigheidsbekleders, die op ons neerkeken vanaf de muren alsof ze wisten dat we niets goeds van plan waren, en we voelden ons opgewonden: we waren springlevend en we werden niet in de gaten gehouden door volwassenen. Ik had geen idee waar we heen gingen, Julian ook niet, maar het voelde geweldig om alleen te zijn en een avontuur te beleven.

'Heb jij geld bij je, Cyril?' vroeg Julian nadat we alle gangen hadden bekeken.

'Een beetje,' zei ik. 'Niet veel. Waarom?'

'Daar is een tearoom. We zouden wat kunnen gaan drinken.'

'Tuurlijk,' zei ik en we liepen naar binnen, het hoofd geheven alsof we het volste recht hadden daar te zijn. Het was een flinke ruimte, een meter of tien breed en vier keer zo lang, en achter een toonbank bij de dichtstbijzijnde wand zat een vrouw met een kassa naast zich de bonnetjes te tellen en intussen te kijken naar de mensen die heen en weer liepen. Tot mijn verbazing stond er aan weerskanten van haar bureau een gele telefooncel, van het soort dat ik nooit ergens anders dan op straathoeken had gezien. In een van de twee stond een TD te telefoneren wiens foto ik kende uit de krant, maar de andere was leeg. De tafels waren opgesteld in drie lange rijen en hoewel er tal van lege stoelen waren zaten de mannen als motten bijeen rondom de paar tafels waar de vlam van de anciënniteit helder brandde. Ik herkende een groep jongere TD's van Fianna Fáil, die in de buurt van een aantal ministers op de grond zaten te wachten tot er een stoel aan de hoofdtafel beschikbaar kwam en die hun best deden niet te laten merken hoe hevig vernederend hun positie was.

Julian en ik meden uiteraard de bezette tafels en liepen naar een leeg tafeltje bij een raam, waar we gingen zitten met alle onbevangenheid van een paar jonge dauphins, totdat een jonge serveerster, niet veel ouder dan wij, ons opmerkte en naar ons toe kwam. Ze droeg een strakzittend zwart-wit uniform met de twee bovenste knopen van haar blouse los en ik zag Julian hongerig naar haar kijken; met opengesperde ogen monsterde hij haar. Ze was onmiskenbaar knap en had blond haar tot op de schouders en een gave huid.

'Ik zal hem even voor jullie schoonvegen,' zei ze. Voorovergeleund haalde ze een vochtige theedoek over het tafelblad terwijl haar blik van de een naar de ander ging. Ik zag dat haar ogen bleven hangen aan Julian, die zo veel knapper was dan ik, en benijdde haar om het gemak waarmee ze hem kon gadeslaan en zijn schoonheid waarderen. Toen ze zich omdraaide om een paar servetten van de vorige gebruikers weg te leggen, ging hij rechtop zitten, stak zijn hoofd vooruit en het was duidelijk dat hij al het mogelijke deed om in haar decolleté te kijken en elke vierkante centimeter borst die in zicht kwam te registreren als op een foto en die te ontwikkelen wanneer hij daar de drang toe voelde. Ten slotte ging ze weer rechtop staan en vroeg: 'Waarmee kan ik jullie van dienst zijn?'

'Twee glazen Guinness,' zei Julian, zo nonchalant mogelijk. 'En hebt u nog van die walnotentaart die u hier vorige week dinsdag had staan?'

Ze keek hem aan met een uitdrukking waaruit bleek dat ze zich zowel geamuseerd als aangetrokken voelde. Hij was pas veertien maar gedroeg zich zo volwassen en zelfverzekerd dat ze hem niet een-twee-drie wilde laten gaan, dat kon ik zien.

'De walnotentaart is op,' zei ze. 'Er werd om gevochten. Maar we hebben nog wel wat amandeltaart, als u wilt.'

'O jezus, nee,' zei Julian hoofdschuddend. 'Van amandelen word ik vreselijk winderig. Later vanmiddag komt een groep kiezers met me spreken en het laatste wat ik nodig heb, is oprispingen krijgen waar zij bij zijn. Dan zullen ze nooit meer op me stemmen en zit ik mooi zonder werk. Dan moet ik terug naar het onderwijs. Wat is je naam trouwens, schatje?' vroeg hij en ik keek naar mijn vingers, telde ze stuk voor stuk en wou dat het meisje gewoon een pot thee naar het tafeltje bracht en ons met rust liet. 'Ik heb je hier niet eerder gezien, kan dat?'

'Bridget,' zei de serveerster. 'Ik ben nieuw.'

'Hoe nieuw?'

'Dit is mijn vierde dag.'

'De maagdelijke serveerster,' zei Julian met een brede grijns en ik wierp een blik op hem, gechoqueerd door zijn woordkeus, maar Bridget leek dat flirten leuk te vinden en stond klaar hem van repliek te dienen.

'Daar weet u dus niets van,' zei ze. 'Ze noemen Elizabeth 1 een maagdelijke koningin, maar ze deed het met alle mannen, links, rechts en ertussenin. Ik heb een film over haar gezien met Bette Davis.'

'Ik hou meer van het type Rita Hayworth,' zei hij. 'Heb je *Gilda* gezien? Ga je vaak naar de film?'

Ze negeerde zijn vraag, maar zei: 'Ik zeg alleen maar: beoordeel een boek niet aan de hand van de omslag. Wie bent u eigenlijk? Hebt u een naam?'

'Julian,' antwoordde Julian. 'Julian Woodbead. Afgevaardigde voor het district Dublin Centrum. Als je hier een paar weken bent leer je onze namen wel kennen. Net als de andere meisjes.'

Ze keek hem aan en ik zag dat ze in haar hoofd een afweging maakte tussen de evidente onmogelijkheid dat een jongen van zijn leeftijd een gekozen volksvertegenwoordiger was en de gedachte hoe lachwekkend het was om een dergelijk verhaal te verzinnen. In het juiste licht gezien had hij kunnen doorgaan voor ouder dan veertien – niet oud genoeg om een verstandig mens te laten denken dat hij een volksvertegenwoordiger was maar wel zo oud dat een nieuw meisje in de tearoom zich zou kunnen afvragen of ze zijn bewering in twijfel kon trekken.

'Is dat echt waar?' vroeg ze argwanend.

'Op dit moment wel,' antwoordde hij. 'Maar over een jaar of twee komen er verkiezingen en misschien zijn mijn dagen wel geteld. De Blueshirts spelen vreselijk op over de sociale uitkeringen. Je bent toch geen Blueshirt, Bridget?'

'Nee,' zei ze scherp. 'Dat kunt u niet menen! Ik zal u vertellen: mijn familie is altijd voor De Valera geweest. Mijn grootvader was tijdens de opstand op paaszondag in het postkantoor en twee van mijn ooms hebben in de onafhankelijkheidsoorlog gevochten.'

Ik keek op en zei: 'Het moet wel allemachtig druk zijn geweest in het postkantoor op die dag.' Dat waren mijn eerste woorden. 'Er zijn amper mannen, vrouwen en kinderen in Ierland te vinden die niet beweren dat hun vader of opa op post stond bij een van de ruiten. Waarschijnlijk was het praktisch onmogelijk om een postzegel te kopen.'

'Wie is die gozer?' vroeg Bridget aan Julian, met een blik op mij alsof ik op een koude winteravond door de kat het huis in was gesleept.

'De oudste zoon van mijn zus,' zei Julian. 'Let maar niet op hem, hij weet ongetwijfeld niet waar hij het over heeft. Zijn hormonen zijn momenteel compleet in de war. Nou, over die glazen Guinness, liefje, is er een kans dat we die krijgen voordat ik flauwval van de dorst?'

Ze keek rond alsof ze zich afvroeg wat ze moest doen. 'Ik weet niet wat mevrouw Goggin zou zeggen.'

'En wie is mevrouw Goggin?' vroeg Julian.

'De beheerster. Mijn superieur. Ze zegt dat ik zes weken op proef ben en dat we daarna zullen zien.'

'Klinkt niet als een makkelijk mens.'

'Toch wel, ze is echt heel aardig,' zei Bridget hoofdschuddend. 'Ze gaf me hier een kans die niemand anders me zou hebben gegeven.'

'Nou, als ze zo aardig is, denk ik niet dat ze bezwaar kan hebben tegen het opnemen van een bestelling van een gekozen TD van het district Dublin South, hè?'

'Ik dacht Dublin Centrum?'

'Je geheugen laat je in de steek. Ik ben van Dublin South.'

'Je bent een grappenmaker, maar ik geloof geen woord van wat je zegt.'

'Ach, Bridget,' zei Julian, en hij keek haar verdrietig aan. 'Niet zo praten. Nu vind je me een grappenmaker, maar ik beloof je dat ik nog grappiger ben als ik een drankje in mijn donder heb. Twee glazen Guinness, meer willen we niet. Vooruit, we hebben evenveel dorst als Lawrence of Arabia.'

Ze slaakte een diepe zucht, alsof ze geen zin had verder te discussiëren, waarna ze wegliep en tot mijn grote verbazing een paar minuten later terugkwam met twee volle glazen donkere Guinness Stout, die ze voor ons neerzette. Het gele schuim zakte lui over de bovenrand en trok een slakkenspoor langs het glas.

'Geniet ervan,' zei ze. 'Meneer het Kamerlid van weet ik waar.'

'Jazeker,' zei Julian. Hij hief zijn glas, nam een grote slok en ik zag een lichte grimas op zijn gezicht verschijnen toen hij probeerde te slikken. Zijn ogen gingen even dicht terwijl hij vocht tegen de neiging het terug te spugen. 'Jezus, wat smaakt dat goed,' zei hij even geloofwaardig als een Parijzenaar die een maaltijd in het centrum van Londen prijst. 'Daar was ik nou echt aan toe.'

Ik nam een slokje uit mijn glas en bleek geen moeite te hebben met de smaak. Het bier was warmer dan ik had verwacht, en had iets bitters, maar op de een of andere manier hoefde ik niet te kokhalzen. Ik rook er even aan, nam nog een slok en ademde uit door mijn neus. Prima, dacht ik. Hier kan ik aan wennen.

'Wat denk je, Cyril?' vroeg Julian. 'Maak ik een kans?'

'Een kans waarop?'

'Een kans op Bridget.'

'Ze is oud,' zei ik.

'Doe niet zo belachelijk. Ze is pas een jaar of zeventien. Drie jaar ouder dan ik. Dat is een geweldige leeftijd voor een meisje.'

Ik schudde mijn hoofd en voelde een uitzonderlijke irritatie opkomen. 'Wat weet je eigenlijk over meisjes?' vroeg ik. 'Je hebt veel praats.'

'Ik weet dat als je de juiste dingen zegt je haar alles kan laten doen wat je wilt.'

'Wat, bijvoorbeeld?'

'Nou, de meesten geven je niet helemaal je zin, maar als je het vriendelijk vraagt willen ze je wel pijpen.'

Ik zei niets en dacht na. Ik wilde niet met mijn onwetendheid te koop lopen maar wel erg graag weten wat het was. 'Wat is pijpen?' vroeg ik.

'Ach kom, Cyril. Zo onschuldig ben je niet.'

'Ik maak maar een geintje,' zei ik.

'Nee, niet waar. Je weet het niet.'

'Wel waar,' zei ik.

'Nou, goed dan. Wat is het?'

'Het is als een meisje je kust,' zei ik, 'en ze blaast in je mond.'

Hij staarde me verbijsterd aan en begon toen te lachen. 'Waarom zou een normaal mens zoiets doen?' vroeg hij. 'Behalve als je verdronken bent natuurlijk, en ze je weer tot leven probeert te brengen. Pijpen, Cyril, is als ze je ding in hun mond nemen en er lekker aan gaan zuigen.'

Mijn ogen gingen wijd open en ik voelde de vertrouwde opwinding in het kruis van mijn broek, die me sneller overviel dan normaal; mijn hele lichaam kwam tot leven bij het idee dat iemand dat bij mij deed. Of dat ik het bij iemand anders deed.

'Dat is niet waar,' zei ik lichtjes blozend, want hoe spannend het ook klonk, ik kon me moeilijk voorstellen dat iemand zoiets bizars echt zou doen.

'Natuurlijk wel,' zei hij. 'Wat ben je naïef, Cyril. Dat moeten we vroeg of laat uit je zien te krijgen. Je moet nodig aan de vrouw, zo veel is duidelijk.'

Ik keek een andere kant op en mijn gedachten gingen naar het beeld van Julian die zich elke avond in onze kamer uitkleedde voordat hij naar bed ging. De ongedwongen manier waarop hij zijn kleren uittrok, het totale ontbreken van gêne waarmee hij zich ontblootte en traag, achteloos, uitdagend zijn pyjama aantrok terwijl ik deed alsof ik las en probeerde niet duidelijk te laten merken dat ik over mijn boek heen keek om nog een deel van zijn lichaam in mijn geheugen te prenten. Ik stelde me hem voor terwijl hij naar mijn bed kwam om me te pijpen en had moeite niet zacht te kreunen van verlangen.

'Neem me niet kwalijk,' zei een stem halverwege de tearoom. Ik keek om en zag een vrouw van rond de dertig op ons toe komen. Haar haar was opgestoken en ze droeg een ander uniform dan de serveersters, waardoor ze professioneler oogde. Ik wierp een blik op de metalen badge die boven haar rechterborst was bevestigd en waarop stond: CATHERINE GOGGIN, BEHEERSTER. 'Is dat Guinness wat jullie drinken, jongens?'

'Ja,' zei Julian, bijna zonder naar haar op te kijken. Zo ver ging zijn belangstelling voor oudere meisjes nu ook weer niet. Wat zijn belangstelling voor deze vrouw betreft had ze zijn overgrootmoeder kunnen zijn.

'En hoe oud zijn jullie twee?'

'Sorry,' zei Julian. Hij stond op en pakte zijn jas van de stoelleuning. 'Geen tijd om te babbelen, ik moet naar een fractievergadering. Ben je klaar, Cyril?'

Ik stond ook op, maar de vrouw legde bij ons allebei stevig een hand op een schouder en duwde ons terug op onze stoel.

'Wie heeft jullie deze drankjes gebracht? Want jullie zijn nog maar kinderen.'

'Ik kan u wel vertellen dat ik de TD voor Wicklow ben,' zei Julian, die stap voor stap langs de oostkust van het land leek te trekken.

'En ik ben Eleanor Roosevelt,' zei de vrouw.

'Waarom staat er dan Catherine Goggin op uw badge?' vroeg Julian.

Ze negeerde zijn vraag en vroeg: 'Zijn jullie van het groepje scholieren dat vanmorgen op bezoek kwam?' vroeg ze. 'Waar is jullie leraar? Jullie mogen niet alleen door de gangen van de Dáil Éireann lopen, laat staan alcohol drinken.'

Voordat we konden antwoorden zag ik dat Bridget naar ons tafeltje kwam gehold, met een rood, nerveus hoofd en achtervolgd door het kwade gezicht van pater Squires en het groepje van vier bekroonde klasgenoten.

'Het spijt me, mevrouw Goggin,' zei Bridget snel. 'Hij zei dat hij TD was.'

'En jij geloofde dat?' vroeg mevrouw Goggin. 'Kijk eens goed naar die twee, dat zijn toch kinderen? Heb je niet meer verstand dan een bezem? Volgende week ga ik op vakantie naar Amsterdam, Bridget; moet ik al die tijd dat ik daar ben me zorgen maken dat je minderjarigen alcohol serveert?'

Pater Squires drong tussen de twee vrouwen door en zei: 'Opstaan, jullie twee. Opstaan en maak me niet nog meer te schande. We zullen hier een hartig woordje over spreken als we weer in het Belvedere zijn, reken maar.'

We stonden weer op, allebei een beetje beschaamd over de afloop van het avontuur, maar de beheerster richtte zich nu driftig tot de pater. 'Geef hun niet de schuld,' zei ze. 'Ze veroorzaken toch alleen wat overlast zoals kinderen altijd doen? U bent degene die geacht wordt op hen te letten. Ze loslaten in Leinster House,' voegde ze eraan toe, en ze schudde vol weerzin haar hoofd, 'waar de aangelegenheden van het land worden geregeld. Ik denk niet dat hun ouders erg blij zouden zijn als ze wisten dat ze hier glazen Guinness zaten te drinken terwijl ze aan het leren hadden moeten zijn, u wel? Zeg, pater, u wel?'

Pater Squires keek haar stomverbaasd aan, net als wij allemaal. Hoogstwaarschijnlijk had er nog nooit iemand zo tegen hem gesproken sinds de dag dat hij die boord rond zijn nek kreeg, en het feit dat de beschuldiging kwam van een vrouw was de druppel die de emmer deed overlopen. Ik hoorde Julian naast me grinniken en wist dat hij onder de indruk was van haar moed. Ik was ook onder de indruk.

'Houd je brutale opmerkingen voor je, juffie,' zei pater Squires, en hij prikte met een vinger in haar linkerschouder. 'Je spreekt tegen een man van de clerus, zoals je weet, niet een van je vriendjes uit café Kehoe.'

'Als ik al vriendjes had gehad, zouden die ongetwijfeld niet zo onnadenkend zijn geweest om minderjarige jongens zonder supervisie door de gangen te laten dwalen,' zei ze. Ze weigerde zich door hem te laten intimideren. 'En ik wens geen prikkende vingers van priesters in mij te krijgen, hoort u? Die dagen liggen ver achter me. Dus pas op, raak me niet nog eens aan! En verder, dit is mijn tearoom, pater, ik heb hier de supervisie, u moet dit tweetal hier weghalen en ons hier verder ons werk laten doen.'

Pater Squires keek alsof hij op het punt stond een serie hartaanvallen, een zenuwinzinking en een beroerte te krijgen, en allemaal op hetzelfde moment. Hij maakte rechtsomkeert en beende in toorn ontstoken weg. Hij kon nauwelijks nog een woord uitbrengen, de arme man, en volgens mij deed hij dat ook niet totdat we veilig terug waren op het terrein van Belvedere College, waar hij natuurlijk van leer trok tegen Julian en mij. Toen ik op het punt stond weg te lopen keek ik om naar Catherine Goggin en glimlachte onwillekeurig naar haar. Ik had nog nooit iemand gezien die een pater op zijn nummer zette zoals zij dat had gedaan en vond het hele tafereel beter dan een film.

'Welke straf ik ook ga krijgen,' zei ik tegen haar, 'hij was dit tafereel wel waard.'

Ze keek me even aan en barstte toen in lachen uit.

'Ga nou maar, kleine duivel,' zei ze, terwijl ze haar hand uitstak en door mijn haar haalde.

'Het gaat je lukken,' fluisterde Julian in mijn oor toen we de tearoom uit liepen. 'En er gaat niets boven een ouwe hond om een pup wat trucs te leren.'

Het rechteroor van Max

In het najaar van 1959 schreef Max Woodbead in *The Irish Times* een kritisch artikel over Éamon de Valera – een man die hij verachtte – en diens regering vanwege het afzwakken van het beleid om vermoedelijke IRA-leden zonder vorm van proces gevangen te zetten. 'Ga je gang, maak een eind aan hun opsluiting,' schrijft hij, woorden die staan afgedrukt naast een bijzonder onaangename foto waarop hij in de tuin zit van wat ooit mijn woonhuis was. Hij draagt een driedelig kostuum, een weelderige witte roos komt uit zijn knoopsgat gestroomd en zijn blik rust op een bord sandwiches met komkommer dat voor hem staat, 'maar tolereren dat een verzameling verblinde patriotten en onopgevoed tuig over de straten zwerft en met hun geweren en bommen een bloedbad aanricht, lijkt minder nuttig dan hen simpelweg op een rijtje tegen een muur te zetten en dood te schieten, precies zoals onze voormalige bestuurders hebben gedaan met de leiders van de Paasopstand, die het goddelijke gezag van Zijne Keizerlijke Majesteit Koning George v durfden aan te vechten.' Het stuk kreeg veel aandacht in de media en toen de verontwaardiging steeg werd hij door Radio Éireann uitgenodigd om zijn standpunt te komen verdedigen. Bekvechtend met een rabiate republikeinse interviewer stelde hij dat het een donkere dag voor Ierland was geweest toen het land zijn banden met Engeland doorsneed. De briljantste geesten van de Dáil Éireann, beweerde hij, zouden nooit zo scherpzinnig zijn als de stomste intellectuelen in Westminster. De deelnemers aan de verzetsacties langs de grens veroordeelde hij als lafaards en moordenaars en op een van zijn zelfvoldanere momenten (een moment dat hij ongetwijfeld van tevoren had ingestudeerd om maximaal te provoceren) pleitte hij voor een intensieve blitzkrieg in de stijl van de *Luftwaffe* aan de grens langs de graafschappen Armagh, Tyrone en Fermanagh om voor eens en voor al een eind te maken aan de terroristische activiteiten van het Ierse volk. Op de vraag waarom hij zulke vurige pro-Engelse opvattingen bezat terwijl hij was geboren in Rathmines, vlak onder Dublin, barstte hij bijna uit in gezang toen hij aangaf dat zijn familie eeuwenlang zeer prominent aanwezig was geweest in Oxford. Hij leek zelfs trots toen hij toegaf dat twee van zijn voorouders waren onthoofd door Hendrik VIII omdat ze zich hadden uitgesproken tegen diens huwelijk met Anna Boleyn en dat een andere voorouder op de brandstapel was gezet door koningin Mary zelf – wat onwaarschijnlijk was – voor het neerhalen van symbolen van de rooms-katholieke afgodendienst in de kathedraal van Oxford.

'Ik was de eerste van mijn familie die werd geboren in Ierland,' zei hij, 'en dat kwam alleen maar omdat mijn vader na de Eerste Wereldoorlog hierheen verhuisde om te werken als advocaat. Om de woorden te citeren van de hertog van Wellington, een man die mijns inziens op ons aller bewondering kan rekenen: "Dat een man is geboren in een stal, maakt nog geen paard van hem."'

'Misschien geen paard, maar zeker wel een ezel,' verklaarde pater Squires toen hij de volgende dag in de klas een felle preek afstak tegen Julian vanwege de verraderlijke sentimenten van Max. 'En dat maakt van jou een muilezel.'

'Ik heb wel ergere benamingen naar mijn hoofd gekregen,' zei Julian, die absoluut niet beledigd leek. 'De vraag is of het zin heeft de politieke opvattingen van mijn vader gelijk te stellen aan die van mij. Hij heeft er namelijk veel en ik absoluut geen enkele.'

'Dat komt omdat je hoofd leeg is.'

'Och, ik weet het niet,' mompelde hij zacht. 'Er zitten ergens wel een paar nutteloze gedachten in.'

'Zou jij, als trotse Ier, hem op z'n minst niet veroordelen voor de dingen die hij heeft gezegd?'

'Nee,' antwoordde Julian. 'Ik weet niet eens waar u zo aangebrand over bent. Ik lees nooit kranten en ik heb geen radio, dus ik heb geen idee wat hij heeft gezegd dat al dit gedoe veroorzaakt. Had het iets te maken met de discussie over het zwemmen van dames bij Forty Foot? Hij windt zich altijd op als dat onderwerp ter sprake komt.'

'Dames die...' Pater Squires keek hem ongelovig aan, en ik vroeg me af hoe lang het nog zou duren voordat hij naar zijn stok greep om mijn vriend tot moes te slaan. 'Dit heeft niets te maken met de toestemming aan dames om te zwemmen bij Forty Foot!' raasde hij. 'Pasen mag op een vrijdag vallen als dat gebeurt. Dat is louter een stelletje schaamteloze sletten die een kick krijgen door halfnaakt rond te paraderen.'

'Klinkt mij wel goed in de oren,' zei Julian met een scheef lachje.

'Heb je geen woord gehoord van wat ik zei? Je vader is een verrader van zijn volk. Schaam je je daarvoor niet, zeg?'

'Nee. Staat er in de Bijbel niet iets over zonen die niet ter dood gebracht worden voor de zonden van hun vaders?'

'Citeer de Bijbel niet waar ik bij ben, verdomde West-Britse snotaap,' zei pater Squires, terwijl hij naar ons tafeltje stormde en over ons heen gebogen stond zodat ik het zweet kon ruiken dat hem overal vergezelde als een heimelijk schuldgevoel. 'En wat er staat geschreven is dat ze allebei ter dood worden gebracht voor hun eigen zonden.'

'Dat is al te dol. En trouwens, ik citeerde niet. Ik parafraseerde. En ik zat er duidelijk hopeloos naast.'

Dit soort gehakketak leek de meeste van onze klasgenoten te ergeren en Julian vrij impopulair te maken, maar ik genoot van de manier waarop hij pater Squires op zijn nummer zette. Hij was absoluut arrogant, had geen respect voor gezag, maar deed zijn uitspraken zo zorgeloos dat ik er onherroepelijk door werd gecharmeerd.

Maar Max verwoordde zijn veroordeling van de IRA zo expliciet dat het misschien niemand hevig had moeten verbazen dat toen hij een paar weken later op een ochtend Dartmouth Square verliet voor een afspraak bij

Four Courts er een aanslag werd gepleegd op zijn leven. Een schutter, verborgen midden in de tuinen – Maude zou niet blij geweest zijn – vuurde twee kogels op hem af. Eén plantte zich in het houtwerk van de voordeur, de andere scheerde langs de rechterkant van zijn hoofd, scheurde zijn oor af en kwam vervaarlijk dicht bij wat naar ik aanneem zou kunnen worden beschouwd als zijn hersenen. Max rende schreeuwend terug naar binnen, het bloed stroomde langs zijn gezicht, en hij barricadeerde zich in zijn werkkamer totdat de Gardaí en de ambulance arriveerden. In het ziekenhuis werd algauw duidelijk dat niemand een greintje sympathie voor hem koesterde, laat staan geïnteresseerd was in het opsporen van zijn gemankeerde moordenaar. Toen hij half doof en met een opgezwollen rood litteken waar zijn rechteroor had gezeten, uit het ziekenhuis werd ontslagen, huurde hij dan ook een bodyguard in, een potige vent, een gespierde versie van Charles Laughton, die luisterde naar de naam Ruairí O'Shaughnessey, een verrassend Keltische naam voor iemand in wiens handen Max zijn leven legde. Overal waar Julians vader ging, ging ook O'Shaughnessey; ze werden een vertrouwd paar in de buurt van Inn's Quay. Maar niemand van ons wist dat de IRA, die hem niet had kunnen doden voor zijn verbale beledigingen, had besloten de volgende keer een fantasierijker poging te doen om hem te straffen. Een veel uitdagender project was in de maak, waarbij Max volledig buiten schot bleef.

Borstal Boy

We hadden zo genoten van onze korte ontsnapping uit de klauwen van het Belvedere College tijdens Julians kortstondige carrière als TD, dat we besloten ons geluk vaker buitenshuis te beproeven. Algauw gingen we 's middags in het centrum naar de film of slenterden over het terrein van Trinity College om te gapen naar de protestanten, die bij hun toelating van hun hoorntjes leken te zijn ontdaan door een vriendelijke scheerder. We voelden ons aangetrokken door de kleding- en platenwinkels aan Henry Street, hoewel we ons erg weinig konden veroorloven, en toen Julian bij een marktkraam Frank Sinatra's *Songs voor Swingin' Lovers!* jatte, holden we kinderlijk uitgelaten het hele stuk terug naar school.

Een paar weken na ons bezoek aan de Dáil liepen we op een middag over

O'Connell Street. We waren weggevlucht van Parnell Square na een bijzonder saaie aardrijkskundeles, en ik voelde een spontane vreugde-uitbarsting die ik nog nooit eerder had ervaren. De zon scheen, Julian droeg een overhemd met korte mouwen waarin zijn biceps goed uitkwamen en mijn schaamhaar was eindelijk doorgekomen. Onze vriendschap was nooit hechter geweest en we hadden uren de tijd om te praten en vertrouwelijkheden uit te wisselen, waarbij we mensen en dingen die ons niet interesseerden uit ons mini-universum banden. Voor één keer leek de wereld een plek vol mogelijkheden.

'Wat gaan we vandaag doen?' vroeg ik. Ik stond even stil bij de Zuil van Nelson en gebruikte de schaduw van het voetstuk om de zon uit mijn ogen te houden.

'Nou, eigenlijk... Even wachten,' zei Julian, terwijl hij abrupt bleef stilstaan bij een trap die naar een openbaar urinoir onder de straat leidde. 'Twee minuutjes. Sanitaire stop.'

Ik bleef staan wachten, schopte met mijn hakken tegen het voetstuk van het standbeeld en keek rond. Rechts van me zag ik het hoofdpostkantoor, waar de leiders van de opstand van 1916, Max Woodbeads aartsvijanden, de Ierse mannen en vrouwen hadden aangespoord in naam van God en van de voorgaande generaties zich achter de vlag te scharen cn voor hun vrijheid in de bres te springen.

'Wat een mooie knul ben jij,' bromde cen stem achter me. Ik draaide me om en zag Julian krankzinnig grijnzen en in de lach schieten toen hij de uitdrukking op mijn gezicht zag. 'Ik sta beneden in de plee,' zei hij, knikkend naar de pilaar achter zich, 'en er komt een man naar me toe terwijl ik sta te pissen en die zegt dat tegen me.'

'O,' zei ik.

'Ik vergat dat het daar vol nichten zit,' zei hij huiverend. 'Die wachten in ondergrondse toiletten tot er onschuldige jonge jongens zoals ik langskomen.'

'Je bent eigenlijk geen onschuldige jonge jongen,' zei ik en ik keek achter me naar de trap. Ik vroeg me af wie of wat daarvandaan omhoog zou komen om Julian of mij naar die donkere onderwereld mee te sleuren.

'Nee, maar dat is wat ze zoeken. Raad eens wat ik heb gedaan?'

'Wat?'

'Ik heb me omgedraaid en zijn hele broek nat gepiest. Hij kon mijn ding goed bekijken maar dat was het waard. Het zal uren duren voordat zijn broek droog genoeg is om weer naar boven te komen. Je had hem moeten horen schelden! Stel je voor, Cyril! Een vuile nicht die míj uitscheldt!'

'Je had hem moeten slaan,' zei ik.

'Geen behoefte aan,' antwoordde hij fronsend. 'Geweld heeft nooit iets opgelost.'

Ik zei niets. Steeds als ik probeerde op één lijn te zitten over dergelijke onderwerpen, leek hij het achteraf niet met me eens, zodat ik me verbijsterd afvroeg hoe ik zulke verkeerde ideeën had kunnen krijgen.

'Nou,' zei ik, en we liepen verder, erop gebrand zo veel mogelijk afstand te scheppen tussen ons en het openbaar toilet, waarbij we probeerden er niet aan te denken hoe vreselijk het was om naar dergelijke plekken te moeten gaan als je op zoek was naar iets wat leek op genegenheid. 'Wat gaan we vandaag doen?'

'Eens even denken,' zei hij vrolijk. 'Suggesties?'

'We zouden een kijkje kunnen gaan nemen bij de eenden in het stadspark,' stelde ik voor. 'Als we een brood opscharrelen, kunnen we ze voeren.'

Julian lachte en schudde zijn hoofd. 'Gaan we niet doen,' zei hij.

'Nou, zullen we dan naar de Ha'penny Bridge wandelen? Ze zeggen dat die gaat schommelen als je halverwege op en neer springt. We zouden overstekende oude vrouwtjes de schrik van hun leven kunnen bezorgen.'

'Nee,' zegt Julian. 'Ook dat niet.'

'Tja, wat dan?' zei ik. 'Stel jij eens iets voor.'

'Ooit gehoord van de Palace Bar?' vroeg hij en ik wist meteen dat hij onze middag al had gepland en dat ik geen andere keuze had dan me aanpassen.

'Nee,' zei ik.

'Net voorbij Westmoreland Street. Alle studenten van Trinity College komen daar. En de oudere garde ook, omdat ze de beste porter schenken. Laten we gaan.'

'Een pub?' vroeg ik aarzelend.

'Ja, Cyril, een pub,' antwoordde hij. Toen streek hij zijn haren van zijn voorhoofd en grijnsde. 'We willen toch avontuur? Daar weet je nooit wie je tegen het lijf loopt. Hoeveel geld heb jij bij je?'

Ik graaide in mijn zakken en haalde mijn kleingeld voor de dag. Hoewel ik hem bijna nooit zag, was Charles vrij royaal met mijn zakgeld. Elke maandagochtend kwam er zonder mankeren vijftig pence op mijn school-bankrekening. Een echte Avery zou natuurlijk een pond hebben gekregen, vermoedde ik.

'Niet slecht,' zei Julian, en hij telde in zijn hoofd op hoeveel ik had. 'Ik heb ongeveer evenveel. Als we het verstandig gebruiken hebben we genoeg voor een leuke middag daar.'

'Ze zullen ons niet bedienen,' zei ik.

'Natuurlijk wel. We zien er oud genoeg uit. Nou ja, ik in elk geval. En we hebben geld, dat is alles waar ze op dit soort plaatsen om geven. Komt wel goed.'

'Kunnen we niet eerst naar de eenden gaan?' vroeg ik.

'Nee, Cyril,' zei hij, half gefrustreerd, half vermaakt. 'Jij met je kuteenden. We gaan naar de pub.'

Ik zei niets, maar het was uitzonderlijk dat een van ons dat woord gebruikte, en áls het gebeurde, had het absolute autoriteit. Er was simpelweg niets tegen 'kut' bestand.

Vlak voordat we de pub in gingen, stopte Julian voor een apotheek, groef in zijn zakken en haalde een papiertje tevoorschijn. 'Geef me twee minuten,' zei hij. 'Even iets ophalen.'

'Wat?' vroeg ik.

'Een recept.'

'Een recept waarvoor? Ben je ziek?'

'Nee, ik ben kerngezond. Ik moest onlangs naar de dokter, meer niet. Niks ernstigs.'

Ik fronste mijn wenkbrauwen en zag hem naar binnen gaan. Even later liep ik hem achterna.

'Ik zei je toch buiten te wachten,' zei hij toen hij me zag.

'Nee, dat heb je niet gezegd. Maar wat scheelt je nou?'

Hij rolde met zijn ogen. 'Het is niets,' zei hij. 'Gewoon eczeem.'

'Wat voor eczeem? Waar zit het?'

'Gaat je niet aan waar het zit.'

De apotheker dook op uit het laboratorium achter hem en gaf hem iets. 'Tweemaal daags ruim aanbrengen op de bewuste plek,' zei hij, terwijl hij Julians geld aanpakte.

'Brandt het?'

'Niet zo veel als wanneer je het niet gebruikt.'

'Bedankt,' zei Julian. Hij borg het pakje in zijn zak en marcheerde naar buiten zonder op mij te wachten.

'Julian,' zei ik toen we weer op straat stonden. 'Wat was dat allemaal...'

'Cyril,' zei hij. 'Het gaat je niet aan, oké? Vergeet het maar. Kom, hier is de pub.'

Ik zei niets meer omdat ik me zijn woede niet op de hals wilde halen, maar het ergerde en frustreerde me dat hij me zijn geheim niet toevertrouwde. De ingang had twee deuren, die de straat in staken als twee zijden van een gelijkzijdige driehoek; Julian koos de linkerdeur en hield die net lang genoeg voor me open om hem te kunnen volgen. Een smalle gang leidde naar een lange, kleurige bar waar een stuk of zes mannen op krukjes zaten te roken en in hun glazen Guinness staarden alsof de zin van het leven in die donkere vloeistof kon worden ontdekt. Voorbij de bar stond een aantal lege tafels en daarachter was een gelagkamer. De barman, een prikkelbaar ogende man met haren zo oranje als een pompoen en bijpassende wenkbrauwen, sloeg een theedoek over zijn schouder en monsterde ons aandachtig terwijl we naar het dichtstbijzijnde tafeltje liepen.

'In de gelagkamer zitten de vrouwen en kinderen,' fluisterde Julian. 'Of de mannen die zich verstoppen voor hun echtgenote. Wij blijven hier. Ik heb een dorst als een paard!' brulde hij, terwijl er een schok door me heen ging en elk hoofd in de pub zich in onze richting keerde. 'Maar na een lange dag werken in de dokken gaat er niks boven een goed glas bier. Jij hetzelfde, Cyril? Waard, wilt u een paar glazen met dat zwarte spul brengen?' riep hij, glimlachend naar de vuurtoren achter de tap.

'Had je gedach...' zei hij. 'Hoe oud zijn jullie eigenlijk? As je 't mij vraagt nog kinderen.'

'Ik ben negentien,' zei Julian. 'En mijn vriend hier is achttien.' Hij haalde al zijn geld uit zijn zak en knikte naar mij om hetzelfde te doen, zodat de man kon zien dat we onze bestelling konden betalen. 'Waarom vraagt u dat?'

'Om een praatje te maken,' zei hij, en hij stak zijn hand uit naar een van de bierkranen. 'Jullie weten toch wel dat ik luitjes van jullie leeftijd soms wat hogere prijzen dan normaal mot vragen? Jeugdbelasting noem ik dat.'

'Zo veel als u redelijk vindt,' zei Julian.

'Och, sodemieter op,' zei de barman, maar hij zei dat meer geamuseerd dan geërgerd. Een paar minuten later bracht hij de glazen, zette ze voor ons neer en keerde terug naar zijn uitvalsbasis.

'Hoe laat is het nu?' vroeg Julian.

Ik knikte in de richting van de klok aan de muur. 'Bijna zes uur,' zei ik.

'Geweldig. Hoe zie ik eruit?'

'Als een Griekse god die door de onsterfelijke Zeus vanaf de Olympus omlaag werd gestuurd om ons, de overige lagere wezens, met zijn verbazingwekkende schoonheid de ogen uit te steken,' zei ik, wat uit mijn mond kwam als: 'Je ziet er goed uit, hoezo?'

'Zomaar,' zei hij. 'Gewoon even controleren. Je bent een goed mens, Cyril,' voegde hij eraan toe en toen hij zijn hand eventjes boven op de mijne legde, ging er een elektrisch stroompje door me heen, dat even spannend was als de gedachte hoe het zou voelen als hij voorover zou leunen en zijn lippen op die van mij zou drukken. Hij keek me in de ogen en bleef even staren voordat hij lichtjes fronste; misschien voelde hij een emotie waarvoor zelfs hij nog niet volwassen genoeg was om die te begrijpen.

'Jij ook, Julian,' begon ik, en misschien was ik in het heetst van de strijd klaar om uitbundiger te worden in mijn lof en me volledig bloot te geven, maar voordat ik nog een woord kon zeggen zwaaide de deur van de pub open. Ik keek die kant op en zag twee meisjes binnenkomen, van wie er een me tot mijn verbazing bekend voorkwam. Ze keken nerveus rond, want ze waren de enige vrouwen ter plaatse, voordat ze mij en Julian in het oog kregen, waarna het voorste meisje glimlachte en op ons toe liep.

'Bridget,' zei Julian. Hij draaide zich opzij, haalde zijn hand snel van de mijne af en glimlachte breed. 'Daar ben je. Ik wist dat je zou komen.'

'Je wist het helemaal niet,' zei ze met een knipoog. 'Maar ik wed dat je een paar novenen hebt gezegd om je dromen waar te maken.'

Ja natuurlijk, besefte ik toen, het was de serveerster uit de tearoom van de Dáil, piekfijn gekleed in een nauwsluitende rode jurk die de nadruk op haar borsten legde, terwijl de make-up haar een clownsgezicht bezorgde. Naast haar stond een ander meisje, misschien een jaar jonger, kleiner van stuk, zonder make-up, de schroom zelve, met modderbruin haar, een bril met jampotglazen en een gezicht alsof ze net iets had gegeten wat niet goed gevallen was. De Cyril van Bridgets Julian, zeg maar. De moed zonk me in de schoenen toen ik besefte dat ze juist daarvoor was meegekomen en ik keek om naar Julian, die zich in elk geval genoeg schaamde om mijn blik te mijden.

'Wat willen jullie drinken, dames?' vroeg hij terwijl ze gingen zitten, en hij sloeg zijn handen in elkaar.

'Zijn deze stoelen schoon?' vroeg het tweede meisje, terwijl ze een zakdoek uit de mouw van haar blouse haalde en ermee over de stof veegde.

'De konten van enkele van de beste mannelijke en vrouwelijke Dubliners hebben erop gezeten,' zei Julian tegen haar. 'Ga zitten, lieverd, en als je eventueel ziekten oploopt zal ik hoogstpersoonlijk de rekening van de dierenarts betalen, dat beloof ik.'

'Prachtig,' zei ze. 'Een echte heer.'

'We willen twee snowballs,' zei Bridget. 'Dit is mijn vriendin Mary-Margaret.'

'Je herinnert je Cyril toch nog wel?'

'Hoe kan ik hem vergeten? Cyril de Schlemiel.'

'Cyril de Schlemiel!' herhaalde Julian, en hij barstte in lachen uit om haar hilarische grapje.

'Je hebt iets engelachtigs, heeft iemand je dat ooit verteld?' vroeg ze, terwijl ze voorovergebogen mijn gezicht bestudeerde. 'Hij ziet eruit alsof hij nog nooit is gekust,' voegde ze er voor Julian aan toe. Ik voelde me een vreemd exemplaar dat door twee artsen onder een microscoop is gelegd en nauwkeurig werd bestudeerd.

'Ik graag een jus d'orange,' zei Mary-Margaret, met lichte stemverheffing.

'Twee snowballs,' herhaalde Bridget.

'Twee snowballs!' riep Julian naar de barman en, wijzend naar onze glazen, die vervaarlijk leeg waren. 'En nog twee glazen bier!'

'Dan word ik tipsy,' zei Mary-Margaret. 'En ik moet morgenochtend vroeg op voor de mis van zes uur. Pater Dwyer dient morgen de mis op en zijn missen zijn erg de moeite waard.'

'Ja, maar je hebt nog geen druppel gehad,' zei Bridget. 'Van eentje kieper je toch niet meteen in de put van het alcoholisme.'

'Eentje,' hield ze vol. 'Maar verder ga ik niet. Ik ben geen drinker, Bridget, dat weet je toch?'

'Hoe-issie, Mary-Margaret?' vroeg Julian met een knipoog. En knikkend naar mij: 'Dit is mijn vriend Cyril.'

'Dat zei je al. Denk je dat ik het geheugen van een goudvis heb?'

'Wat vind je?'

'Wat moet ik waarvan vinden?'

'Van Cyril? Cyril de Schlemiel?'

'Wat moet ik van hem vinden?' vroeg ze, en ze bekeek me van top tot teen alsof ik het monster van de Amazone was en zij de pech had vlak bij het water te staan op het moment dat ik aan wal kroop.

'Een flikker in een openbaar toilet vroeg hem daarstraks of hij hem wou pijpen.'

Mijn mond viel open van afgrijzen, Mary-Margarets mond van ongeloof, en die van Bridget van verrukking.

'Dat is nooit van z'n leven gebeurd,' zei ik en mijn stembanden kozen dat ongelukkige moment om lichtjes te kraken. 'Puur verzinsel.'

'Dit is niet mijn niveau van converseren,' zei Mary-Margaret tegen Bridget. Op hetzelfde moment arriveerden de snowballs. Ze rook even aan die van haar voordat ze hem in één keer bijna helemaal wegklokte, zonder een speciale reactie te tonen. 'Ze worden toch niet vulgair, hè, deze jongens? Want ik hou niet van vulgaire jongens, zoals je weet. Als er nog is wil ik er nog wel eentje.'

'Nog twee snowballs!' brulde Julian.

In de stilte die volgde, keek Mary-Margaret me weer aan en ze leek haast nog minder onder de indruk van mij dan eerder, hoewel ik dat niet voor mogelijk had gehouden.

'Cecil toch?' vroeg ze.

'Cyril,' zei ik.

'Cyril wat?'

'Cyril Avery.'

'Nou,' zei ze, en ze snoof even. 'Niet de slechtste naam die ik ooit heb gehoord.'

'Dank je wel.'

'Ik ben alleen meegekomen omdat Bridget het vroeg. Ik wist niet dat we met z'n vieren zouden zijn.'

'Ik ook niet,' zei ik.

'Dat is absoluut niet mijn niveau,' zei ze.

'Hoe was de tearoom vandaag?' vroeg Julian. 'Is president Eisenhower nog gedag komen zeggen?'

'Eisenhower is de president van Amerika,' zei Mary-Margaret, en ze wierp hem een minachtende blik toe. 'Onze president is meneer O'Kelly. Zo onwetend ben je toch zeker niet?'

'Ik maakte een grapje, Mary-Margaret,' zei Julian, rollend met zijn ogen. 'Heb je ooit wel eens eerder een grap gehoord?'

'Ik hou niet van grappen,' zei ze.

'Ik heb zelfs nog nooit van president Eisaflower gehoord,' zei Bridget schouderophalend.

'Eisenhower,' zei ik.

'Eisaflower,' herhaalde ze.

'Precies,' zei ik.

'Werk jij ook in de tearoom, Mary-Margaret?' vroeg Julian.

'Nee,' zei ze, beledigd door de suggestie alleen al, hoewel haar vriendin naast haar zat. 'Ik ben aankomend hulpcaissière op de afdeling Deviezen van de Bank of Ireland, aan College Green.'

'Nee hoor,' zei Julian.

'Jawel,' zei ze.

'Nee hoor. Dat verzin je.'

'Waarom zou ik zoiets verzinnen?' vroeg ze.

'Goed dan, zeg maar iets in het Noors.'

Mary-Margaret keek hem aan alsof ze niet helemaal begreep waar hij op doelde en zag toen dat Bridget vooroverleunde, een speels klapje gaf op Julians onderarm en haar hand toen liet liggen, wat bij mij de neiging wekte op het volgende tafeltje een verdwaald mes te pakken en die hand af te snijden.

'Let maar niet op hem,' zei Bridget, vol plezier. 'Hij denkt dat hij het neusje van de zalm is.'

'En het beste paard van stal,' zei Julian met een knipoog.

'Je bent een moordvent.'

'De Noren gebruiken Noorse kronen,' verkondigde Mary-Margaret, waarna ze een gezicht trok en een andere kant op keek. 'Ben ik niet gek op, als ik eerlijk ben. Als je het uittelt blijft er inkt op je handen achter en dat is niet mijn niveau. Ik heb liever internationale valuta die geen sporen achterlaten. Australische bankbiljetten zijn heel schoon. Net als die van hun naaste buren, de Nieuw-Zeelanders.'

'Jezus christus, wat een fascinerend schepsel ben jij,' zei Julian, en intussen waren we weer een rondje verder en was er net weer nieuwe aanvoer gekomen. Op mijn bestelling, want Julian had een blik geworpen op de bijna lege glazen en mij een por gegeven met zijn elleboog.

'Eigenlijk is dat een algemene misvatting,' zei ik. 'Nieuw-Zeeland is niet de naaste buur van Australië.'

'Natuurlijk wel,' zei Mary-Margaret. 'Doe niet zo belachelijk.'

'Ik doe niet belachelijk. Papoea-Nieuw-Guinea is dichterbij. Dat hebben we gezien bij aardrijkskunde.'

'Er bestaat niets met die naam,' zei ze.

'Nou,' zei ik, hoewel ik geen idee had hoe ik het kon bewijzen, 'jawel hoor.'

'Stop met flirten met dat arme meisje, Cyril,' zei Julian. 'Als je zulke schunnige taal blijft uitslaan zal ze je belagen zoals een beer een bijenkorf.'

'Ik werk op de deviezenbalie van de Bank of Ireland, aan College Green,' herhaalde ze, voor het geval we vergeten waren dat ze ons dat een paar minuten eerder had verteld. 'Ik denk dat ik iets meer afweet van aardrijkskunde dan jij.'

'Niet als je nog nooit hebt gehoord van Papoea-Nieuw-Guinea,' mompelde ik, en ik begroef me in mijn glas.

'Ik heb een nieuw paar nylons gekocht,' zei Bridget, zonder aanleiding. 'Ik draag ze vanavond voor het eerst. Wat vinden jullie?' En ze draaide linksom op de kruk zodat ze haar benen voor onze ogen kon strekken. Ik had weinig om ze mee te vergelijken maar zag wel dat ze erg indrukwekkend waren, als je van zoiets hield. Vanaf haar kruin tot haar voetzolen was Bridget een beauty, daar viel niets op af te dingen. Het enige wat ik hoefde te doen was kijken naar Julian om te zien hoe verliefd hij was. Ik herkende de uitdrukking op zijn gezicht maar al te goed, want die lag ook meestal op het mijne.

'Ze zijn absoluut fantastisch,' zei Julian, met een knipoog naar Bridget. 'Maar ik wed dat ik je uit die kousen zou kunnen praten.'

'Brutaaltje,' zei ze, en ze gaf weer een klap op zijn arm en lachte. Toen richtte ze haar aandacht weer op mij. 'Hoe-issie trouwens, Cyril?' vroeg ze. 'Heb je geen nieuws voor me?'

'Niet zo veel,' zei ik. 'Ik kreeg een "zeer goed" voor mijn essay over paus Benedictus xv en diens inspanningen om een vredesregeling tot stand te brengen in de Eerste Wereldoorlog.'

'En dat vertel je me nu pas?' zei Bridget.

'Je hebt er nooit naar gevraagd,' zei ik.

'Jezus, dat wordt een stel zeg,' zei Julian, heen en weer kijkend tussen Mary-Margaret en mij.

'Ligt het aan mij of stinkt het hier?' vroeg Mary-Margaret, terwijl ze haar neus optrok.

'Misschien ligt het aan jou,' zei Julian. 'Ben je in bad geweest deze week?'

'Ik bedoelde: ben ik de enige die vindt dat hier een luchtje hangt?' vroeg ze, snauwend naar hem.

'Het ruikt een beetje naar pies,' zei Bridget.

'Bridget!' zei Mary-Margaret gechoqueerd.

'Dat komt omdat we bij de trap zitten,' verklaarde Julian. 'En de herenplees zijn beneden. Je hoeft alleen je hoofd maar in die richting te draaien, Maria-Magdalena, dan kun je al die ouwe jongens zien met hun ding buitenboord.'

'Mary-Margaret,' zei Mary-Margaret. 'Niet Maria-Magdalena.'

'Foutje.'

'En ik heb liever dat je niet praat over "dingen", alsjeblieft.'

'Niets mis met dingen,' zei Julian. 'Niemand van ons zou hier zitten als ze niet bestonden. Ik zou verloren zijn zonder mijn ding. Het is mijn beste vriend, na Cyril hier. Hoewel ik het aan je fantasie overlaat te bepalen met welke van de twee ik meer lol heb.'

Ik glimlachte, de drank begon me een beetje te pakken te krijgen, zodat ik het als een compliment beschouwde meer te worden gewaardeerd dan zijn penis.

'Bridget,' zei Mary-Margaret tegen haar vriendin. 'Ik hou niet van dat soort vieze praat. Het is niet mijn niveau.'

'Jongens zijn geobsedeerd door hun ding,' zei Bridget hoofdschuddend. 'Dat is het enige waarover ze ooit praten.'

'Niet waar,' zei Julian. 'Vorige week had ik een gesprek met een jongen uit mijn wiskundeklas over kwadratische vergelijkingen. Hoewel, nu ik eraan denk, we stonden op dat moment naast elkaar te pissen en ik moet toegeven dat ik even snel gekeken heb naar de zijne om te zien hoe ik ervan afkwam.'

'Wie was dat?' vroeg ik. Bij de gedachte alleen al begon zich iets te roeren in mijn kruis.

'Peter Trefontaine.'

'En hoe was hij?'

'Klein,' zei Julian. 'En er zat een rare bocht naar links in.'

'Wil je alsjeblieft stoppen?' vroeg Mary-Margaret. 'Ik moet morgen vroeg op voor de mis.'

'Met pater Dwyer, ja, dat vertelde je. Ik wed dat hij een piepklein dinge-tje heeft.'

'Bridget, ik ga weg als deze jongen blijft...'

'Stop, Julian,' zei Bridget. 'Je brengt Mary-Margaret in verlegenheid.'

'Ik ben niet in verlegenheid,' zei ze nadrukkelijk, haar gezicht werd nu paarsbruin. 'Ik voel afkeer. Dat is iets anders.'

'Dus niet meer praten over dingen,' zei Julian, en hij nam een grote slok uit zijn glas. 'Hoewel je het misschien interessant vindt te weten dat vele jaren geleden, toen Cyril hier en ik nog maar kinderen waren, hij vroeg of hij mijn ding mocht zien.'

'Niet waar!' riep ik geschokt. 'Hij vroeg het aan mij!'

'Het is geen schande, Cyril,' zei hij glimlachend. 'Het was gewoon een kinderspelletje, meer niet. Je wordt daar niet meteen een nicht door of iets dergelijks.'

'Ik heb niet gevraagd om zijn ding,' herhaalde ik en Bridget spuwde een beetje van haar snowball op tafel toen ze in de lach schoot.

'Als dit het conversatieniveau is dat we gaan hebben...' zei Mary-Marga-ret.

'Ik heb het niet gedaan!' zei ik nadrukkelijk.

'In alle eerlijkheid, mijn ding is heel mooi,' zei Julian. 'Dat zal Cyril je wel vertellen.'

'Hoe kan ik dat weten?' zei ik, hevig blozend.

'Omdat we een kamer delen,' antwoordde hij. 'Doe maar niet alsof je niet hebt gekeken. Ik heb gekeken naar de jouwe. Jij hebt ook best een mooie. Hoewel niet zo groot als de mijne. Maar hij is groter dan die van Peter Trefontaine, zelfs als je geen stijve hebt. Wat niet erg vaak voorkomt, laten we eerlijk zijn; jij zou toch de eerste zijn om dat toe te geven, Cyril?'

'Mozes kriebel,' zei Mary-Margaret, die keek alsof ze bijna flauw zou vallen. 'Bridget, ik wil naar huis.'

'Eigenlijk ben jij, Mary-Margaret, de enige aan deze tafel die mijn ding nog niet heeft gezien,' zei Julian. 'Je bent een buitenbeentje.'

Er viel een stilte waarin we allemaal zijn opmerking verwerkten. Ik voelde een steen in mijn maag zakken en besefte dat we wel vaak samen wegglipten uit Belvedere College, maar dat Julian soms alleen ging, of – nog veel erger – met iemand die zijn seksuele gelijke was en met wie hij op zoek kon gaan naar meisjes. Het idee dat hij een leven had buiten ons leven, buiten onze vriendschap, deed me erg veel pijn. En haast ondraaglijk was het besef dat langzaam tot me begon door te dringen dat Bridget zijn ding had gezien – los van de vraag of ze hem alleen had aangeraakt, had beken, Julian had afgezogen of alles met hem had gedaan. Voor het eerst sinds mijn kindertijd voelde ik me een kind.

'Je hebt een vreselijk grote mond,' zei Bridget, half gegeneerd en half geprikkeld door zijn woorden.

'Nou, die van jou is geweldig,' antwoordde hij met een glimlach. Prompt boog hij zich voorover en voordat een van ons wist wat er gebeurde kusten ze elkaar. Ik keek omlaag naar mijn glas en trilde een beetje voordat ik het naar mijn lippen bracht en het in één keer leegdronk, en daarna het zaaltje rondkeek alsof er helemaal niets aan de hand was.

'Het plafond zit wel erg ingewikkeld in elkaar, nietwaar?' vroeg ik, omhoogkijkend, zodat ik niet hoefde te zien hoe die twee elkaar vrijuit zaten te bepotelen.

'Mijn moeder is bij het Legioen van Maria,' verklaarde Mary-Margaret. 'Ik vraag me af wat ze zou zeggen over dit soort toestanden.'

'Relax,' zei Julian, toen ze elkaar loslieten en hij met een tevreden blik achteroverleunde. Een blik die zei: ik ben jong, ik zie er goed uit, ik ben gek op meisjes en meisjes zijn gek op mij. Er is geen eind aan de hoeveelheid lol die ik ga beleven zodra ik de ketenen van het middelbaar onderwijs heb afgeworpen.

'Vind je het leuk in de tearoom, Bridget?' vroeg ik, omdat ik zielsgraag van onderwerp wilde veranderen.

'Wat?' vroeg ze, met een verbijsterde blik op mij. Ze leek in de war gebracht door de hartstochtelijke kus en keek alsof ze niets liever wilde dan dat Mary-Margaret en ik haar en Julian alleen lieten, zodat ze naar de plek konden gaan, waar dat ook was, om daar te doen wat ze hadden gedaan, wat dat ook was. 'Welke tearoom?'

'De tearoom waar je werkt,' zei ik. 'Welke andere tearoom zou ik bedoelen? De tearoom van de Dáil Éireann.'

'O ja,' zei ze. 'Nou, we staan ons de hele dag te bescheuren, Cyril. Ach, ik plaag je maar, het is wel goed. De TD's zijn een zootje flikflooiers, de meeste kunnen de verleiding niet weerstaan je op je kont te meppen als je langsloopt maar ze geven goeie fooien omdat ze weten dat als ze dat niet doen, mevrouw Goggin ze de volgende dag aan een slechte tafel zal zetten zodat ze zich nooit kunnen inlikken bij een minister.'

'Was zij degene die op die dag tegen tekeerging in de Dáil?' vroeg Julian.

'Ja, inderdaad.'

'Christus, wat een keiharde.'

'Welnee,' zei Bridget hoofdschuddend. 'Mevrouw Goggin is uit het goede hout gesneden. Ze vraagt veel van haar medewerkers maar werkt tegelijkertijd zelf harder dan wie van ons ook. En ze vraagt nooit iemand iets te doen wat ze niet zelf wil doen. Ze heeft geen kapsones, in tegenstelling tot sommige anderen in dat gebouw. Nee, ik wil geen lelijk woord over haar horen.'

'Oké,' zei de afgestrafte Julian. 'Op mevrouw Goggin,' zei hij, en hij hief zijn glas.

'Op mevrouw Goggin,' zei Bridget, terwijl ze haar glas hief, en Mary-Margaret en ik hadden geen andere keus dan meedoen.

'Hebben jullie ook een mevrouw Goggin in de Bank of Ireland?' vroeg Julian.

'Nee, we hebben een meneer Fellowes.'

'En mag je die?'

'Het is niet aan mij om een oordeel over mijn superieuren te vellen.'

'Is ze altijd zo vrolijk?' vroeg Julian aan Bridget.

'De geur van pis wordt erger hierbinnen,' zei ze. 'Zullen we ergens anders gaan zitten, wat vinden jullie?'

We keken om ons heen, maar er waren veel arbeiders binnengekomen, het was druk in de Palace Bar en we mochten ons zelfs gelukkig prijzen dat we konden zitten.

'Er is geen andere plek,' zei Julian, terwijl hij lichtjes gapend aan zijn volgende glas bier begon. 'Jezus, we hebben al veel geluk dat we deze tafel zo lang hebben gehouden. De vaste klanten zouden het volste recht hebben ons van onze krukken te duwen.'

'Zeg hé?' vroeg Mary-Margaret.

'Wat is er?'

'Wil je alsjeblieft de naam van de Heer onze God niet ijdel gebruiken?'

'Geen probleem. Maar waarom? Is hij na zijn lunch langsgekomen bij de deviezenafdeling van de Bank of Ireland, College Green, om je te vertellen dat hij het niet leuk vindt?'

'Heb jij de tien geboden niet gelezen?' vroeg ze.

'Nee, maar wel de film gezien.'

'Bridget, dit gaat te ver. Blijven we hier de hele avond zitten luisteren naar dat gebazel?'

'Overigens,' zei ik, terwijl ik voelde dat de pub lichtjes begon te draaien, 'de hoofdstad van Papoea-Nieuw-Guinea is Port Moresby.'

'Wat?' zei Mary-Margaret met een blik op mij alsof ik een imbeciel was voordat ze Julian vroeg: 'Is deze vent niet goed bij zijn hoofd, of wat?'

'Denk je dat Yul Brynner een kaal hoofd heeft of scheert hij het voor de films?' luidde zijn antwoord.

'Bridget!'

'Hij maakt maar een grapje, Mary-Margaret,' zei Bridget. 'Niet op letten.'

'Ik hou niet van grappen over Yul Brynner,' zei Mary-Margaret. 'Niet nadat hij zo'n doorleefde rol heeft gespeeld als farao Ramses. Van mij mogen we hem wat meer respect betonen, als jullie het niet erg vinden.'

'Is hij dan een vriend van je?' vroeg Julian. 'Je hebt alles bij elkaar invloedrijke vrienden. God, Yul Brynner, meneer Fellowes...'

'God geeft en God neemt,' zei Mary-Margaret, wat volgens mij geen enkel verband hield met het gespreksonderwerp.

'Maar ik ben God,' zei Julian.

'Wat?' vroeg Mary-Margaret, die nu in de war was.

'Ik zei: ik ben God. Ik ben al omlaag gezonden door mijn vader, die ook God is, om mensen op het juiste spoor te zetten. Wat wij willen, pappie en ik, is dat iedereen zijn kleren uittrekt en elkaar bespringt als loopse wilde honden. Adam en Eva waren naakt, zoals je zult weten als je Het Boek van het Begin van Alles hebt gelezen, hoofdstuk een, vers een: "En zie daar was een man en zie daar was een vrouw en geen van hen had een draad aan den lijve en zie en zie de vrouw legde zich neder en zie de man deed velerlei rare dingen met de vrouw, die grote tieten had ende zij was zo geil als boter."'

'Dat staat niet in de Bijbel,' zei Mary-Margaret stellig, voorovergebogen over de tafel, terwijl haar handen zich tot vuisten balden en ze aanstalten maakte Julians strot uit zijn hals te rukken.

'Nou, misschien niet het stuk over de grote tieten, maar de rest klopt wel, volgens mij.'

'Schlemiel,' vroeg ze me smekend. 'Ben jij echt bevriend met deze persoon? Brengt hij je niet op het slechte pad?'

'Het is Cyril,' brulde ik.

'Sorry, waar hebben we het over?' vroeg Bridget, die iets begon te merken van de snowballs. 'Ik zat in mijn eigen wereld. Ik dacht aan Cary Grant. Ligt het aan mij of is Cary Grant de knapste man op aarde?'

'Het huidige gezelschap uitgezonderd,' zei Julian. 'Alleen een blinde man kan de charmes van Cyril de Schlemiel ontkennen. Maar nu we het toch over absurd knappe mannen hebben, heeft niemand gezien wie daar aan de bar zit?'

We keken allemaal om en mijn ogen gleden langs de pakweg zeven standbeelden die op hun krukken zaten te staren naar hun spiegelbeeld achter de bar.

'Wie?' vroeg Bridget, terwijl ze haar hand uitstak en Julians hand vastpakte. 'Om wie gaat het? Ik hoorde dat Bing Crosby hier is voor een golfkampioenschap. Is hij het?'

'Kijk eens daar aan het eind,' zei Julian, knikkend in de richting van een stevig gebouwde man met zware kaken en donkere haren die op de laatste kruk zat voor de gelagkamer met het gebrandschilderde glas. 'Jullie herkennen hem niet, hè?'

'Hij ziet eruit als pater Dwyer,' zei Mary-Margaret. 'Maar zo'n man zou nog niet dood op een dergelijke plaats aangetroffen willen worden.'

'Hij doet me een beetje denken aan mijn oom Diarmuid,' zei Bridget. 'Maar die is twee jaar geleden gestorven, dus die kan het ook niet zijn.'

'Brendan Behan,' zei Julian, verbaasd omdat we hem niet herkend hadden.

'Wie?' vroeg Bridget.

'Brendan Behan,' herhaalde hij.

'De schrijver?' vroeg ik. Ik had een hele tijd mijn mond gehouden. Julian keek me aan alsof hij was vergeten dat ik ook aan tafel zat.

'Natuurlijk de schrijver,' zei hij. 'Wie kon ik anders bedoelen, Brendan Behan de melkboer?'

'Is hij de man die *The Borstal Boy* heeft geschreven?' vroeg Mary-Margaret.

'En *The Quare Fellow*,' zei Julian. 'Een groot Dubliner.'

'Is hij niet een verschrikkelijk drinkebroer?' vroeg ze.

'Zegt het meisje achter haar vierde snowball.'

'Volgens Pater Dwyer was het een vreselijk toneelstuk. En het boek dat hij over de gevangenis schreef, mijn vader wou het niet in huis hebben.'

'Meneer Behan! Meneer Behan!' riep Julian. Hij zat nu omgekeerd en maaide met zijn armen door de lucht, en ja hoor, de man draaide zich om en keek naar ons, waarbij de minachting op zijn gezicht veranderde in plezier, misschien vanwege onze jeugdige leeftijd.

'*Anseo*,' zei hij. 'Ken ik jullie?'

'Nee, maar wij u wel,' zei Julian. 'Mijn vriend en ik hier zitten op het Belvedere en wij waarderen het geschreven woord, ook al doen de jezuïeten dat niet. Wilt u niet bij ons komen zitten? Ik zou het als een eer beschouwen u een biertje aan te bieden. Cyril, een biertje voor meneer Behan.'

'Verkocht,' zei Behan. Hij schoof van zijn kruk af en kwam op ons toe, pakte een kleinere kruk bij een belendend tafeltje om bij ons groepje te komen zitten en zette dat tussen Mary-Margaret en mij in, zodat Julian en Bridget naast elkaar bleven. Op het moment dat hij ging zitten keek hij Mary-Margaret in de ogen voordat zijn blik langzaam naar haar borsten zakte.

'Een mooi stel,' zei hij, en hij keek de tafel rond toen er nieuwe drank arriveerde. Julian nam het geld uit mijn hand voordat hij het aan de barman gaf. 'Klein maar niet overmatig klein. Precies goed voor een mannenhand. Ik heb altijd al geloofd dat er een direct verband bestaat tussen de grootte van een mannenhand, de omtrek van de tieten van zijn vrouw en het geluk van hun huwelijk.'

'Hemelse goedheid!' zei Mary-Margaret, met een gezicht alsof ze op het punt stond flauw te vallen.

'Ik heb uw boek gelezen, meneer Behan,' zei Julian voordat ze kon gaan slaan.

'Alsjeblieft,' zei Behan, en met een gelukzalige glimlach naar ons vieren stak hij een hand in de lucht. 'Geen formaliteiten, alsjeblieft. Noem me gewoon maar meneer Behan.'

'Meneer Behan zal het wezen,' zei Julian, met een klein lachje.

'En waarom heb je het gelezen? Kon je je tijd niet beter besteden? Hoe oud ben je eigenlijk?'

'Vijftien.'

'Vijftien?' vroeg Bridget, en ze deed alsof ze geschokt was. 'Je vertelde me dat je negentien was.'

'Ik ben negentien,' zei Julian vrolijk.

'Toen ik vijftien was,' zei Behan, 'had ik het te druk met trekken aan mijn Jodocus om me te sappel te maken over het lezen van boeken. Complimenten, jongeman.'

'Dit is niet mijn niveau,' zei Mary-Margaret, die haar vijfde snowball wegwerkte en zo ontsteld was door de richting die het gesprek was ingeslagen dat ze weinig anders kon doen dan er nog eentje bestellen.

'Mijn vader heeft geprobeerd het te laten verbieden,' ging Julian verder. 'Hij haat alles wat met republikeinse politiek te maken heeft, dus ik moest weten waar ze al die drukte over maakten.'

'Wie is je vader?'

'Max Woodbead.'

'De advocaat?'

'Die ja.'

'Wiens oor werd weggeschoten door de IRA?'

'Ja,' knikte Julian.

'Sjeess,' zei Behan, hij schudde zijn hoofd en lachte, terwijl hij het glas bier hief dat Mary-Margaret had besteld en zonder met zijn ogen te knipperen ruim een kwart ervan opdronk. 'Dan moet je wel een paar pond op zak hebben. We houden je hier de hele nacht op afroep beschikbaar.'

'Mag ik u een vraag stellen, meneer Behan?' vroeg Bridget, voorovergebogen en met een blik op haar gezicht die suggereerde dat ze ging vragen waar hij zijn ideeën vandaan haalde ofwel hoe hij schreef: met de hand of met een schrijfmachine.

'Als de vraag is: "Wil je met me trouwen?" luidt het antwoord nee, maar als het is: "Zal ik je meenemen naar het steegje voor een snelle wip?" dan is het ja,' zei Behan, en er viel een lange stilte voordat hij begon te lachen en weer in zijn Guinness hapte. 'Ik heb je bij de neus genomen, schatje, op het verkeerde been gezet. Laten we trouwens eens een blik op je benen werpen. Zwaai ze eens deze kant op. Vooruit, helemaal, laat de hond het konijn zien. Sjeess, helemaal niet slecht hoor. En je hebt er twee, ook dat nog. En ze gaan een heel end omhoog.'

'En ze komen in het midden bij elkaar,' zei Bridget. Na die zin leunden

ik, Julian en Mary-Margaret met een mengeling van bewondering en ongeloof achterover. Julian zag eruit alsof hij elk moment kon gaan staan, puur
uit wellust door het idee.

'Is dit jouw vent?' vroeg Behan, knikkend naar Julian.

'Ik weet nog niet,' zei Bridget, en ze wierp Julian een zijdelingse blik toe.
'Ik heb nog niet beslist.'

'Ik doe er alles aan,' zei Julian. 'Ze krijgt de oude Woodbead-charme
voor haar kiezen.'

'Als je even niet oppast krijgt ze de oude Behan-charme voor haar kiezen. En hoe zit het met jou, jongeman?' vroeg hij aan mij. 'Je ziet eruit alsof
je overal liever zou zijn dan hier.'

'Helemaal niet,' zei ik, ik wilde Julian niet teleurstellen. 'Ik vermaak me
prima.'

'Nee hoor.'

'Toch wel.'

'Toch wel wat?'

'Toch wel, meneer Behan?' zei ik, niet wetend wat hij bedoelde.

'Ik kijk recht door je heen,' zei hij, hij boog zich voorover en keek me
recht in de ogen. 'Je bent eigenlijk een glazen wand. Ik kan recht in je ziel
kijken, en dat is een donkere grot gevuld met onbetamelijke gedachten en
immorele fantasieën. Heel goed.'

Er volgde een lange stilte, waarin iedereen die aan de tafel zat – met uitzondering van Behan zelf – zich ongemakkelijk voelde.

Mary-Margaret doorbrak ten slotte de stilte en zei met lijzige stem:
'Bridget, ik vind het tijd om naar huis te gaan. Ik wil hier niet meer blijven.'

'Neem nog een snowball,' zei Bridget, die net zo dronken aan het worden was als wij. Ze wapperde met haar vinger boven tafel zonder ook maar
om zich heen te kijken en tot mijn grote verbazing werd er binnen een
minuut of twee een nieuw rondje gebracht.

'Was alles wat u in uw boek vertelde waar?' vroeg Julian. 'In *Borstal Boy*,
bedoel ik.'

'Christus, ik hoop van niet,' zei Behan hoofdschuddend terwijl hij zijn
volgende glas hief. 'Een boek zou verschrikkelijk saai zijn als alles erin waar
was, denk je niet? Vooral een autobiografie. Ik kan me trouwens de helft
niet meer herinneren, dus ik vermoed dat ik al doende wel een paar mensen heb zwartgemaakt. Was dat waarom je pa het wilde laten verbieden?'

'Hij keurt uw verleden niet goed.'

'Hebt u een sensationeel verleden, meneer Behan?' vroeg Bridget.

'Ik heb een paar verledens. Welk deel beviel hem niet?'

'Toen u probeerde de haven van Liverpool op te blazen,' antwoordde Julian. 'Het deel waardoor u feitelijk in Borstal bent beland.'

'Je pa is dus geen sympathisant?'

'Hij wil dat de Britten terugkomen en de macht overnemen,' zei Julian. 'Hij is geboren en getogen in Dublin maar schaamt zich daarvoor.'

'Tja, er lopen rare vogels rond. En jij, jongeman?' vroeg hij, met zijn blik op mij.

'Kan me niet schelen,' zei ik. 'Ik interesseer me niet voor politiek.'

'Vertel hem eens wie je moeder is,' zei Julian, en hij gaf een por tegen mijn arm.

'Ik weet niet wie mijn moeder is,' antwoordde ik.

'Hoe kun je niet weten wie je moeder is?' vroeg Behan.

'Hij is geadopteerd,' zei Julian.

'En je weet niet wie je moeder is?' vroeg hij.

'Nee,' zei ik.

'Waarom zei hij...'

'Vertel hem eens wie je pleegmoeder is,' zei Julian en ik keek omlaag naar de tafel, concentreerde me op een vlek die ik probeerde weg te krijgen met mijn duim.

'Maude Avery,' zei ik zacht.

'Maude Avery?' vroeg Behan. Hij zette zijn bierglas neer en keek me aan met een mengeling van ongeloof en humor. 'De Maude Avery van *Gelijk de leeuwerik*?'

'Ja, die,' zei ik.

'Een van de beste schrijvers die Ierland ooit heeft voortgebracht,' zei hij, en hij sloeg met vlakke hand een paar keer op de tafel. 'Weet je, ik denk dat ik me je nu herinner. Je was op de begrafenis. Daar ben ik zelf ook geweest.'

'Natuurlijk was ik op de begrafenis,' zei ik. 'Ze was mijn pleegmoeder.'

'Ze zal vrede vinden bij haar God,' zei Mary-Margaret op een zalvende toon, en ik keek haar aan met een minachtende uitdrukking op mijn gezicht.

'Ik zie je nog op de voorste rij zitten, in een donker pak,' zei Behan. 'Rechts van je vader.'

'Pleegvader,' verbeterde Julian.

'Mond houden, Julian,' zei ik. Het kwam zelden voor dat ik hem vervelend vond.

'Jij was een van de mensen die het woord hebben gevoerd.'

'Klopt,' zei ik.

'En je zong een lied.'

'Nee, dat was ik niet.'

'Het was een mooie melodie. We waren allemaal in tranen.'

'Nogmaals, ik niet. Ik kan niet zingen.'

'Yeats vergeleek het met luisteren naar een engelenkoor. O'Casey zei dat hij voor het eerst in zijn hele leven had gehuild.'

'Ik heb niks gezongen,' hield ik vol.

'Ben je je bewust van de hoge achting die wij allemaal voor je moeder hadden?'

'Ik heb haar niet zo goed gekend,' zei ik; ik wou dat Julian dat onderwerp niet had aangeroerd.

'Hoe kon je haar niet goed kennen?' vroeg Behan. 'Als ze je moeder was?'

'Mijn pleegmoeder,' zei ik nadrukkelijk voor de zoveelste keer.

'Wanneer heeft ze je geadopteerd?'

'Toen ik drie dagen oud was.'

'Drie jaar oud?'

'Drie dágen oud.'

'Drie dagen oud? Nou dan was ze je echte moeder, feitelijk.'

'We waren niet heel close,' zei ik.

'Heb je haar boeken gelezen?'

'Nee,' zei ik.

'Geen enkel boek?'

'Niet één.'

'Ik zei het nog zo tegen hem,' zei Julian, die zich misschien een beetje buiten de conversatie voelde staan.

'Zelfs niet *Gelijk de leeuwerik*?'

'Waarom blijven mensen me zeggen dat ik dat moet lezen? Nee, zelfs niet *Gelijk de leeuwerik*.'

'Goed,' zei Behan. 'Nou, toch moet het, als je je maar een klein beetje voor Ierse literatuur interesseert.'

'Dat doe ik inderdaad,' zei ik.

'Sjeess,' zei hij, kijkend van Julian naar mij en weer terug. 'Jouw vader is Max Woodbead en jouw moeder is Maude Avery. En jullie, meisjes? Wie zijn jullie ouders? De paus? Alma Cogan? Doris Day?'

'Ik ga even naar het toilet beneden,' zei ik, terwijl ik opstond en de tafel rondkeek. 'Ik moet pissen.'

'Dat hoeven we niet te weten,' zei Mary-Margaret.

'Rot op,' zei ik, en toen moest ik onbedaarlijk giechelen.

'Weet je,' zei Behan, en hij glimlachte liefjes naar haar, 'als je een beetje los wilt komen, moet je misschien met hem naar beneden gaan. Ik wed dat hij wel een manier vindt om je te helpen. Je moet je af en toe laten gaan, juffie, en hij dus ook. Kijk maar eens naar dit tweetal,' voegde hij eraan toe, knikkend naar Julian en Bridget. 'Die zijn al goed bezig, al zeg ik het zelf. Hij staat op het punt haar onder de tafel te sleuren en hem acuut in haar te steken.'

Voordat ik haar reactie kon horen stapte ik achteruit over de rugleu-ning en liep struikelend naar beneden, urineerde lang en onstuimig te-gen de achtermuur en wenste dat we niet naar de Palace Bar waren ge-komen. Hoe lang zou Behan bij ons blijven zitten? En waarom had Julian niet verteld dat hij iets met z'n vieren had gepland voor die avond? Was hij bang dat als ik het had geweten, ik pertinent had geweigerd te komen? In feite zou ik toch gekomen zijn. Het was makkelijker bij hem te zitten en te kijken hoe hij van alles in zijn schild voerde, dan alleen gelaten te worden in onze kamer in het Belvedere College, en me dat voor te stellen.

Toen ik weer bovenkwam, zat Behan weer op zijn barkruk en Bridget wreef over de arm van Mary-Margaret, die haar ogen depte met een zak-doek.

'Het is gewoon zo'n ordinaire vraag,' zei ze. 'Wat voor vrouw zou zoiets nou doen?'

'Wind je niet op, Mary-Margaret,' zei Bridget. 'Het is iets Amerikaans, meer niet. Waarschijnlijk was hij daar toen hij erover hoorde.'

'Cyril, jouw rondje denk ik,' zei Julian, knikkend in de richting van de meisjes en rollend met zijn ogen.

'We blijven hier toch niet de hele avond?' vroeg Bridget.

'Ik blijf geen minuut langer,' zei Mary-Margaret. 'In het openbaar zo toegesproken worden door een man als hij. Mijn geslachtsdelen zijn mijn eigen zaak en die van niemand anders.' Ze keerde zich om en er kwam voor het eerst sinds ze in de bar was een beetje leven in haar toen ze naar de barkruk brulde: 'Ze zouden u terug moeten sturen naar Borstal en u daar weg moeten laten rotten, smeerlap!'

Behans schouders schokten van het lachen en hij hief zijn glas bij wijze van groet, terwijl de rest van de mannen joelde en zinnen brulde als 'Steek die maar in je zak, Brendan' en 'Bravo voor dat krengetje'. Mary-Margaret zag eruit of ze zo weer in huilen kon uitbarsten of gewoon een woedebui zou krijgen en de Palace Bar baksteen voor baksteen zou afbreken.

'Dublin is een grote plaats,' zei Julian in een poging de avond te redden. 'We kunnen op het gras van Trinity College gaan zitten kijken naar al die mietjes die cricket spelen.'

'Laten we dat doen,' zei Bridget. 'Het is uiteindelijk een mooie avond buiten. En ze zien er altijd zo knap uit met al die witte kleren aan.'

'Als het gras te koud wordt, kun je op mij rekenen om je warm te houden,' zei hij en ze giechelde weer toen we allemaal opstonden.

Nadat we onze glazen hadden leeggedronken probeerde ik onderweg naar de deur dichter bij Julian te komen, want ik wilde hem vragen of we ergens heen konden gaan, wij samen, maar per ongeluk streek ik over Mary-Margarets arm.

'Zeg hé!' zei ze vinnig. 'Manieren kosten niets.'

'Sorry,' zei ik, bang om naar haar te kijken voor het geval ze me in steen zou veranderen.

We stonden op straat, Mary-Margaret en ikzelf gebukt onder onze treurige gezichten, terwijl Julian en Bridget elkaar praktisch als steunbeer gebruikten.

'Wat zei je net, Cyril?' vroeg Julian. Hij keek naar mij terwijl Bridget zich diep in zijn hals begroef, en ik kon het niet goed zien, maar ze leek een dronken vampier die haar tanden in hem zette.

'Ik zei niets.'

'O goed. Ik dacht dat je zei dat je met Mary-Margaret naar haar bushalte zou lopen en dan de bus terug nam naar school en dat je me morgen zou zien.'

'Nee,' zei ik, en ik schudde verbijsterd mijn hoofd. 'Ik heb niet eens mijn mond opengedaan.'

'Ik denk dat je probeert me in verzoeking te brengen,' zei Bridget, en ze knipoogde naar hem en drukte zich nog dichter tegen hem aan terwijl ik een andere kant op keek en een auto zag die onnatuurlijk snel om de hoek kwam van Dame Street, over Westmoreland Street in onze richting scheurde en met piepende remmen naast ons stopte terwijl de achterportieren werden opengegooid.

'Jezus, wat moet dat?' vroeg Julian toen twee met bivakmutsen getooide mannen van de achterbank sprongen, hem ruw beetpakten en naar de achterkant van de auto sleurden, waar een derde man de kofferbak al had opengemaakt. Voordat iemand kon protesteren, duwden ze hem erin, sloegen de kofferbak weer dicht en sprongen weer in de auto, die meteen wegracete. Het had allemaal niet meer dan een halve minuut geduurd en terwijl de auto over O'Connell Street reed en steeds kleiner werd, kon ik niets anders doen dan staan kijken hoe hij in de verte verdween, zonder een idee wat voor waanzinnigs er net voor mijn ogen had plaatsgevonden. Louter door snel te reageren kon ik Mary-Margaret vastgrijpen, die vooroverboog en begon over te geven op het wegdek. Een stuk of zes snowballs zochten hun weg terug naar de wereld, maar daarbij trok ze mij in een verdachte houding boven op haar, totdat een passerende oude vrouw me een mep gaf met haar paraplu en zei dat we geen dieren waren; als we niet stopten met wat we op dat moment aan het doen waren zou ze de Gardaí bellen en ons allebei laten opsluiten wegens schending van de openbare zeden.

Losgeld

Hoewel het aantal fouten tegen spelling en interpunctie in het briefje over het losgeld een graad van ongeletterdheid bij Julians ontvoerders suggereerde, sprak het feit dat het uiterst beleefd was in hun voordeel:

Hallo. Wij hebben de jongen. wij weten dat zijn vader een rijke man is
en een verader van een verenigt Ierland dus we willen £ 100.000
of we schieten anders een kogel in zijn hoofd
Wacht op verdere instrukties.
Bedankt & beste wensen.

Binnen enkele uren begon elk nieuwsbericht in het land met de ontvoering en circuleerde er in alle media een vreselijke foto van een engelachtige Julian in zijn schooluniform. Op last van de Gardacommissaris werd er weinig andere informatie gegeven dan de bevestiging van de identiteit van de vijftienjarige jongen, de erkenning dat hij de zoon van een van de prominentste advocaten van Ierland was en de bevestiging dat hij op klaarlichte dag en midden in het stadscentrum was ontvoerd. Op een haastig georganiseerde persconferentie vermeed de commissaris vragen over het Ierse Republikeinse Leger en hun grensoverschrijdende campagne en zei simpelweg dat geen enkel lid van de Gardaí zou rusten totdat de jongen was gevonden, hoewel ze in verband met het late uur pas de volgende morgen om negen uur serieus zouden beginnen met zoeken.

Bridget, Mary-Margaret en ik werden naar het Gardabureau in Pearse Street gebracht en toen ik vroeg waarom zij in de gang bleven zitten terwijl ik in een aparte kamer werd gelaten, kreeg ik te horen dat het was om zeker te weten dat ik niet een van hen in de gebouwen van de Gardaí zou molesteren. Ik weet niet precies wat het was in mijn verschijning waardoor ik de indruk maakte van een puberale verkrachter maar om de een of andere reden ervoer ik het als een compliment. Ze gaven me een kop warme thee, met veel suiker, en een half pak mariakaakjes, en pas toen het trillen begon te verminderen drong het tot me door dat ik had gebeefd sinds de auto in Westmoreland Street was weggereden met Julian in de kofferbak. Ik werd bijna een uur alleen gelaten en toen de deur eindelijk openging, kwam tot mijn verbazing mijn pleegvader binnenmarcheren.

'Charles,' zei ik terwijl ik opstond en mijn hand naar hem uitstak, de vorm waarop hij het liefst groette. Ik had hem maar eenmaal geprobeerd te omhelzen, op Maudes begrafenis, maar hij was teruggedeinsd alsof ik lepra had. Ik had hem al een paar maanden niet gezien; zijn huid was donkerder dan voorheen, alsof hij net terug was van een vakantie in het buitenland. Ook zijn haar, dat een waardige grijze tint begon te krijgen, had een grote verandering ondergaan, het was weer egaal zwart. 'Wat doe jij hier?'

'Dat weet ik niet precies,' zei hij, terwijl hij de kamer rondkeek met de nieuwsgierigheid van iemand die nooit eerder in een politiecel is geweest, hoewel hij in de Mountjoy een paar jaar had kunnen nadenken over zijn frauduleuze fiscale activiteiten. 'Ik was op de bank toen de Gardaí kwam en ik moet toegeven dat ik een beetje schrok toen ze mijn kantoor binnen kwamen lopen. Ik dacht dat ik weer in de nesten zat! Maar nee, het was om me te vertellen dat jij hier werd vastgehouden en ze hadden een ouder of voogd nodig om aanwezig te zijn bij de ondervraging; ik neem aan dat ik het dichtst bij een van die hoedanigheden kom. Hoe gaat het trouwens met je, Cyril?'

'Niet erg goed,' vertelde ik hem. 'Mijn beste vriend is een paar uur geleden ontvoerd door de IRA: in een auto gepropt en weggereden naar God weet waar. Ik weet niet eens of hij leeft of dood is.'

'Wat verschrikkelijk,' zei hij hoofdschuddend. 'En heb je gehoord dat Seán Lemass de nieuwe Taoiseach is? Wat vind je trouwens van hem? Ik vind dat hij te veel olie in zijn haar doet. Dat bezorgt hem een boosaardig uiterlijk.' Hij draaide zich om want de deur ging open en er kwam een oudere Garda binnen, die een map en een kop thee droeg; hij stelde zich voor als 'wachtmeester Cunnane'.

'U bent de vader van de jongen?' vroeg hij Charles toen we alle drie waren gaan zitten.

'Zijn pleegvader,' antwoordde hij. 'Cyril is geen echte Avery, zoals u waarschijnlijk begrijpt door naar hem te kijken. Mijn vrouw en ik hebben hem in een daad van naastenliefde in huis genomen toen hij een baby was.'

'En komt uw echtgenote ook hierheen?'

'Ik zou geschokt zijn als dat zo was,' zei hij. 'Maude is een paar jaar geleden gestorven. Kanker. Ze overwon de ziekte toen die haar gehoorgang had aangetast maar nadien waren er uitzaaiingen naar keel en tong, en toen was het gauw afgelopen. Einde verhaal.'

'Wat erg voor u,' zei de wachtmeester, maar Charles wuifde zijn medeleven weg.

'Helemaal niet, helemaal niet,' zei hij. 'De tijd heelt geweldig. En het is niet dat ik geen andere opties had. Vertelt u nu eens, wachtmeester, wat is hier precies aan de hand? Ik heb onderweg iets op de radio gehoord maar ik tast grotendeels in het duister.'

'Het lijkt erop dat uw zoon...'

'Pleegzoon.'

'Het lijkt erop dat Cyril en zijn vriend Julian in strijd met de schoolregels het terrein van Belvedere College vandaag voortijdig hebben verlaten voor een afspraak met twee oudere meisjes in de Palace Bar aan Westmoreland Street.'

'Zijn dat de twee meisjes die ik hier in de gang zag zitten? Een van hen was helemaal in tranen en de ander verveelde zich haar tieten uit haar blouse.'

'Ja, dat waren ze,' zei wachtmeester Cunnane terwijl ik gegeneerd een andere kant op keek.

Charles keek nu naar mij en vroeg: 'Welke was de jouwe Cyril? Tranen of tieten?'

Ik beet in mijn lip, wist niet goed hoe ik moest antwoorden. Strikt genomen was geen van beiden van mij maar als we op een specifieke manier aan elkaar moesten worden gekoppeld dan was er maar één antwoord.

'Tranen,' zei ik.

Hij maakte een tonggeluidje en op zijn gezicht stond zijn teleurstelling te lezen. Hij keek naar de wachtmeester en zei: 'Weet u, als ik er geld op had moeten zetten, had ik gedacht dat hij "tranen" zou zeggen, maar in zijn eigen belang hoopte ik echt dat hij "tieten" zou zeggen. Soms vraag ik me af waar ik het fout heb gedaan. Ik heb hem toch zeker niet opgevoed met respect voor vrouwen.'

'Meneer Avery,' zei de wachtmeester, die zijn best deed zich te beheersen. 'We moeten uw zoon... eh, uw Cyril... eh, Cyril een paar vragen stellen. Kunt u even zwijgen terwijl we die doornemen?'

'Natuurlijk, natuurlijk,' zei hij. 'Verschrikkelijke toestand zeg. Wie is die Julian trouwens? De klasgenoot die werd ontvoerd?'

'Mijn kamergenoot,' vertelde ik hem. 'Julian Woodbead.'

Hij schoot als een kogel voorover in zijn stoel. 'Toch niet de jongen van Max Woodbead?'

'Inderdaad, meneer,' zei de wachtmeester.

'Ha!' riep hij, en hij barstte onverhoeds uit in applaus. 'Grappig verhaal, wachtmeester. Die kerel, Max Woodbead, was dus een paar jaar geleden mijn rechtskundig adviseur. Hij was toen natuurlijk niet zo bekend als nu. Hij maakte naam met mij, zou je kunnen zeggen. Een bepaalde periode waren we de beste vrienden maar ik hef mijn handen ten hemel en geef toe dat ik een paar foute beslissingen heb genomen op het echtelijke front, laten we maar zeggen dat ik de oude tuinslang op andermans gazonnetje heb gelegd, Max' gazonnetje om precies te zijn, en toen hij erachter kwam gaf hij me terecht ongenadig op m'n sodemieter.' Charles sloeg met zijn vuist op tafel, waardoor wij beiden opsprongen en de thee van de wachtmeester over de rand van zijn kop stroomde. 'En weet u, ik heb het hem nooit aangerekend. Geen moment. Hij stond behoorlijk in zijn recht. Maar nadat ik naar de gevangenis was gegaan kocht hij mijn huis voor een afbraakprijs en zette mijn vrouw en pleegzoon op straat terwijl Maude niet gezond was. Dat was een vreselijke rotstreek en die zal ik hem nooit vergeven. Maar dit gezegd hebbende, het is verschrikkelijk om een zoon te verliezen. Een ouder die een kind moet begraven, dat hoort niet. Ik heb ooit een dochter gehad, die maar een paar dagen heeft geleefd en...'

'Meneer Avery, alstublieft,' zei de wachtmeester met nadruk, wrijvend over zijn slapen alsof hij hoofdpijn begon te krijgen. 'Niemand heeft nog iemand verloren.'

'Nou, een zoon die zoekraakt dan, als u dat liever hebt. Er komt een citaat bij me boven. Oscar Wilde, denk ik. Kent u dat?'

'Wilt u nu alleen maar zwijgen, meneer, terwijl ik met Cyril praat?'

Charles keek verbluft, alsof hij niet helemaal begreep wat het probleem was. 'Maar hij zit hier toch?' zei hij, wijzend naar mij. 'Vraag hem maar wat u wilt, ik houd u niet tegen.'

'Dank u,' zei wachtmeester Cunnane. 'Goed, Cyril, je zit niet in de nesten. Maar je moet eerlijk antwoorden, oké?'

'Ja, meneer,' zei ik behulpzaam. 'Maar mag ik u alleen even vragen, denkt u dat Julian dood is?'

'Nee,' zei hij. 'Het is nog te vroeg en we hebben zelfs nog geen details ontvangen over de plek waar de ontvoerders willen dat het geld heen wordt gestuurd. Ze houden hem nog een poosje vast. Hij is hun onderpand, zie je. Ze hebben geen reden hem letsel toe te brengen.'

Ik slaakte een zucht van opluchting. Het idee dat Julian was vermoord maakte me duizelig van angst; ik wist niet zeker of ik een dergelijke afloop zou kunnen overleven.

'Goed, Cyril, vertel eens waarom jullie vanmiddag naar de stad zijn gegaan?'

'Het was Julians idee,' zei ik. 'Ik dacht dat we naar winkels zouden gaan kijken of misschien naar de film, maar in feite had hij de ontmoeting met Bridget al geregeld en hij wilde mij erbij omdat ze een ander meisje meebracht zodat we met z'n vieren waren. Wat mij betreft hadden we net zo goed naar het stadspark kunnen gaan om de eenden te voeren.'

'O in godsnaam,' zei Charles, rollend met zijn ogen.

De wachtmeester negeerde hem en schreef alles op. 'En hoe kende hij juffrouw Simpson?' vroeg hij.

'Wie is juffrouw Simpson?'

'Bridget.'

'O.'

'Waar hebben ze elkaar ontmoet?'

'In de tearoom van Leinster House,' zei ik. 'We zijn daar met school geweest, een paar weken geleden.'

'En het klikte tussen hen, hè?'

Ik haalde mijn schouders op. Ik wist niet precies hoe ik moest antwoorden.

'Is dat meisje Bridget ooit in jullie school geweest?' vroeg hij. 'Is ze wel eens met Julian in jullie kamer geweest?'

'Nee,' zei ik blozend. 'Ik wist niet eens dat Julian contact met haar had. Waarschijnlijk hebben ze elkaar geschreven maar hij heeft mij er nooit een woord over gezegd.'

'Daar komen we gauw genoeg achter,' zei wachtmeester Cunnane. 'Er is momenteel een agent daar bezig de kamer te doorzoeken. Hij kan elk moment terug zijn.'

Ik sperde mijn ogen in paniek wijd open en voelde een steen in mijn maag. 'Wat doorzoeken?' vroeg ik.

'Jullie kamer. Voor het geval er iets is wat ons kan helpen Julian te vinden.'

'Doorzoekt u alleen zijn kant van de kamer?' vroeg ik.

'Nee,' zei hij, fronsend. 'Wij kunnen toch niet weten welke kant zijn kant is? En zaken kunnen door elkaar lopen. Sorry, Cyril, maar we doorzoeken ook jouw spullen. Je hebt toch niets te verbergen?'

Ik keek om me heen naar een bak of een kom voor het geval ik misselijk werd.

'Voel je je goed?' vroeg de wachtmeester. 'Je ziet een beetje bleek.'

'Ik voel me prima,' zei ik, mijn stem stokte in mijn keel. 'Ik maak me alleen zorgen om hem, meer niet. Hij is mijn beste vriend.'

'Ach jezus, Cyril,' zei Charles, met enige weerzin. 'Stop alsjeblieft met zo te praten? Je klinkt als een echte chocoprins.'

'Heb je Julian ooit zien omgaan met vreemden?' vroeg de wachtmeester, die de laatste onderbreking van mijn pleegvader negeerde.

'Nee,' zei ik.

'Helemaal geen vreemde mannen op het schoolterrein?'

'Alleen de paters.'

'Niet tegen me liegen, Cyril,' zei hij, met een vinger naar me wijzend. 'Want ik kom erachter als je liegt.'

'Als dat klopt, dan moet u weten dat ik niet lieg,' zei ik. 'Ik heb niemand gezien.'

'Oké. We hebben namelijk reden om aan te nemen dat de mannen die Julian hebben gegrepen al een tijdje op hun plannen aan het broeden waren. Zijn vader heeft doodsbedreigingen van de IRA ontvangen na het stuk dat hij een paar maanden geleden voor *The Sunday Press* schreef. Daarin noemde hij "God Save the Queen" de fraaiste muzikale compositie aller tijden.'

'Ik moet iets bekennen,' zei Charles, voorovergebogen en met een ernstige uitdrukking op zijn gezicht.

'Wat dan, meneer Avery?' vroeg wachtmeester Cunnane, die hem aarzelend aankeek.

'Het is iets wat ik nooit eerder iemand heb verteld maar in deze kamer, die een soort biechtstoel is, naar ik aanneem, heb ik het gevoel dat ik het wel kan zeggen, vooral omdat ik onder vrienden ben. Ik vind de koningin namelijk een erg mooie vrouw. Ik bedoel, ze is nu drieëndertig, geloof ik, en dat is een jaar of vijf ouder dan ik meestal ga maar ik zou in haar geval een uitzondering willen maken. Ze heeft iets heel speels over zich, vindt u niet? Het lijkt me dat ze een beetje opgewarmd moet worden, maar als je de korsetten eenmaal los hebt...'

'Meneer Avery,' zei de wachtmeester. 'Dit is een serieuze zaak. Mag ik u vragen niet meer te spreken?'

'O, ga uw gang,' zei Charles, die weer achterover ging zitten en zijn armen over elkaar sloeg. 'Cyril, geef die meneer antwoord voordat hij ons allemaal laat opsluiten.'

'Maar hij heeft me niets gevraagd,' protesteerde ik.

'Kan me niet schelen. Geef hem antwoord.'

Ik keek de wachtmeester verbijsterd aan.

'Cyril, heeft iemand je ooit benaderd om te vragen waar jij en Julian op een bepaald moment zouden kunnen worden aangetroffen?'

'Nee, wachtmeester,' zei ik.

'Iemand die zou hebben geweten dat jullie vandaag naar de Palace Bar gingen?'

'Ik wist het zelf niet eens totdat we er zaten.'

'Maar Julian wist het?'

'Ja, het was zijn plannetje.'

'Misschien heeft hij de IRA getipt,' suggereerde Charles.

'Waarom zou hij dat doen?' vroeg wachtmeester Cunnane, hem aankijkend alsof hij een volslagen idioot was.

'U hebt gelijk. Onzin. Doorgaan.'

'En juffrouw Simpson, Bridget,' vervolgde de wachtmeester. 'Zij moet het toch ook geweten hebben?'

'Dat neem ik aan.'

'En haar vriendin, juffrouw Muffet?'

'Juffrouw Muffet?' vroeg ik. 'Is dat de achternaam van Mary-Margaret? Muffet?'

'Ja.'

Ik probeerde niet te lachen. Het leek absoluut niet haar niveau. 'Ik weet niet wat ze wist of niet wist.'

Er werd geklopt, een jonge Garda keek om het hoekje en de wachtmeester verontschuldigde zich, zodat Charles en ik alleen achterbleven.

Na een minuut of twee verbrak hij de stilte: 'Zeg, hoe is het eigenlijk met jou?'

'Prima,' zei ik.

'En op school gaat het goed?'

'Ja.'

'Het werk is een hel. Ik ben de hele dag en de halve nacht op de bank. Had ik je al verteld dat ik weer ga trouwen?'

'Nee,' zei ik verbaasd. 'Wanneer?'

'Volgende week al. Een heel mooi meisje genaamd Angela Manningtree. Een boezem tot hier en benen die helemaal tot de vloer gaan. Zesentwintig jaar oud, werkt in de ambtenarij, afdeling Onderwijs, althans tot de bruiloft. Heel intelligent ook, wat ik wel graag zie in een vrouw. Je moet haar eens leren kennen.'

'Word ik uitgenodigd voor de bruiloft?' vroeg ik.

'O nee,' zei hij hoofdschuddend. 'Het wordt geen groot feest. Alleen vrienden en familie. Maar ik zal je zeker aan haar voorstellen in je volgende schoolvakantie. Ik weet niet precies wat Angela's werkelijke relatie met jou zal zijn. Niet je stiefmoeder of pleegstiefmoeder. Het is een mysterie. Ik zou iemand in het juridische wereldje kunnen vragen wat de eigenlijke term is. Max is de beste advocaat die ik ken maar ik neem aan dat het nu niet het juiste moment is. Je hebt een snee boven je ogen, trouwens. Wist je dat?'

'Ja.'

'Heeft een van de ontvoerders dat gedaan terwijl je moedig slag leverde om je vriend uit hun klauwen te redden?'

'Nee,' zei ik. 'Een oud vrouwtje heeft me geslagen met haar paraplu.'

'Natuurlijk ja.'

De deur ging weer open en wachtmeester Cunnane kwam weer binnen. Hij bladerde door wat papieren die hij in zijn hand hield.

'Cyril,' zei hij. 'Had Julian een paramour naast dat meisje Bridget?'

'Een wat?' vroeg ik.

'Een vriendin.'

'Nee,' zei ik. 'Niet dat ik weet tenminste.'

'We hebben namelijk een aantal brieven in jullie kamer ontdekt, die zijn gericht aan Julian. Ze zijn op hun manier heel... suggestief. Erotisch, weet je wel? Schuin spul. Over de manier waarop dat meisje over hem denkt en de dingen die ze met hem wil doen. Maar het probleem is dat er geen naam onder staat.'

Ik keek naar de tafel en probeerde iets bedenken wat ervoor kon zorgen dat de vlammen me niet meer uitsloegen. 'Ik weet absoluut van niets,' zei ik.

'Ik zal je wel vertellen,' zei hij, 'dat als mevrouw Cunnane maar half zo veel verbeelding zou hebben als dit meisje, dan zou ik vervroegd met pensioen gaan.'

Hij en Charles barstten in lachen uit en ik keek neer op mijn schoenen, vurig hopend dat het vraaggesprek gauw voorbij zou zijn.

'Nou ja, het ziet er allemaal heel onschuldig uit,' zei hij. 'Waarschijnlijk heeft het niets met de ontvoering te maken. Maar we moeten elke aanwijzing natrekken.' Hij sloeg de pagina om en las nog wat verder, waarbij zijn lippen bewogen terwijl zijn ogen over de woorden schoten; ten slotte fronste hij toen hij stuitte op iets wat hij niet begreep.

'Wat betekent dit, volgens u?' vroeg hij, terwijl hij de brief aan Charles liet zien en ergens naar wees. Mijn pleegvader fluisterde hem iets in het oor.

'Jezus christus,' zei de wachtmeester, en hij schudde ongelovig zijn hoofd. 'Ik heb nog nooit van zoiets gehoord. Wat voor soort vrouw zou iets dergelijks doen?'

'De allerbeste soort,' zei Charles.

'Dat zou mevrouw Cunnane zeker niet doen, maar ja, zij komt uit het district Roscommon. Nou, wie dit meisje ook is, ze wil het met Julian Woodbead doen.'

'Ach, weer jong zijn...' zei Charles met een zucht.

'Mag ik nu gaan?' vroeg ik.

'Dat mag,' zei wachtmeester Cunnane, terwijl hij zijn papieren vergaarde. 'Ik neem weer contact op als ik nog meer vragen heb. En maak je geen zorgen, Cyril, we doen er alles aan om je vriend te vinden, jongeman.'

Ik liep de kamer uit en keek in de gang beide kanten op om te zien waar Bridget en Mary-Margaret waren, maar ik zag ze nergens en wachtte dus op Charles, die verrast leek dat ik daar nog stond; we liepen samen naar Pearse Street.

'Nou, tot ziens,' zei hij, en hij schudde mij de hand. 'Tot de volgende keer!'

'Een mooie bruiloft gewenst,' zei ik.

'Erg aardig van je! En ik hoop dat ze je vriend vinden. Ik heb met Max te doen, echt waar. Als ik een zoon had gehad en de IRA had hem ontvoerd, zou ik hopeloos overstuur zijn. Voor nu tot ziens, Cyril.'

'Tot ziens, Charles.'

Daarna sloeg ik rechts af, stak de weg over, nam de O'Connell Street Bridge, terug naar Belvedere College, waar nog meer straf me zou wachten, dat kon niet missen.

Daagse, nette zonden

Nadat ze instructies hadden verstuurd over de plek waar de 100.000 pond moest worden achtergelaten, getuigden de ontvoerders de dinsdag daarop van hun teleurstelling over het niet ontvangen daarvan door de kleine teen van Julians linkervoet naar het huis aan Dartmouth Square op te sturen. Onnodig wreed was dat ze het pakje aan zijn jongere zus Alice adresseerden, die bij het verwijderen van het bloederige inpakpapier waarschijnlijk

176

even hysterisch gillend het huis uit rende als tijdens dat onverklaarbare incident zeven jaar eerder.

Wij willen ons geld,
anders volgende keer wordt het wat ergers.
Hartelijke groete.

Als reactie daarop gaf Max de verklaring uit dat hij het vereiste bedrag niet in zo'n korte tijd kon opnemen. Die bewering werd vlotweg ontzenuwd door de *Dublin Evening Mail*, die stelde dat Max' liquide middelen meer dan een half miljoen pond bedroegen, met een luttele vierentwintig uur kennisgeving vooraf op te nemen. Elizabeth Woodbead, Julians moeder en ooit de minnares van mijn pleegvader, verscheen op het televisienieuws. Terwijl de tranen over haar gezicht rolden, smeekte ze om de vrijlating van haar zoon. Ze droeg een groot medaillon rond haar hals en een paar jongens in mijn klas veronderstelden dat daar Julians verwijderde teen in zat, een mogelijkheid die te weerzinwekkend was om serieus te nemen.

Drie dagen later kwam er een tweede pakketje aan; het werd 's nachts voor de voordeur van de familie Woodbead achtergelaten, die deze keer wachtte totdat de politie er was alvorens het open te maken. Julians rechterduim zat erin. Nog steeds weigerde Max te betalen en in het Belvedere College kwam een groep leerlingen bijeen in mijn kamer, de officiële bedevaartplek voor degenen die belang stelden in de zaak, om te bespreken waarom hij zo gevoelloos was.

'Hij is onmiskenbaar een krent,' zei James Hogan, een ongewoon lange jongen die erom bekendstond dat hij hevig verliefd was op de actrice Joanne Woodward, met wie hij meer dan een jaar een eenzijdige relatie per brief had onderhouden. 'Stel je voor, dat het je koud laat dat je zoon verminkt is!'

'Het is nauwelijks een verminking,' zei Jasper Timson, een enthousiast accordeonbespeler die de kamer naast ons had en aan wie ik me ergerde omdat hij constant redenen vond om alleen met Julian te praten. Bij één gelegenheid had ik ze in onze kamer aangetroffen; ze zaten naast elkaar op Julians bed met een fles wodka tussen hen in en lachten zo uitgelaten dat er door toedoen van mijn jaloezie bijna een ruzie was uitgebroken. 'En volgens mij kan Julian overleven met negen tenen en negen vingers.'

'Of hij kan overleven of niet is nauwelijks de vraag, Jasper,' zei ik, klaar om hem aan te vallen als hij zo onbezonnen bleef redeneren. 'Het moet een verschrikkelijke ervaring voor hem zijn geweest. Om nog maar te zwijgen van de pijn.'

'Julian is een taaie.'

'Je kent hem amper.'

'Ik ken hem toevallig heel goed.'

'Nee hoor. Je bent zijn kamergenoot niet.'

'Ik weet dat iemand als hij zijn tong nog zou gebruiken als hij iemand mond-op-mondbeademing gaf.'

'Neem dat terug, Timson!'

'O hou toch op, Cyril! Goddomme, je bent zijn vrouw niet, dus stel je niet zo aan.'

'Hebben jullie gemerkt dat de lichaamsdelen steeds groter worden?' vroeg James. 'Ik vraag me af of zijn ding groter is dan zijn duim.'

'Veel groter,' zei ik zonder nadenken. Ze keken me allemaal aan, niet wetend hoe ze moesten reageren op die intieme aankondiging. 'Nou, we hebben samen een kamer,' zei ik lichtjes blozend. 'En verder zijn dingen altijd groter dan duimen.'

'Die van Peter niet,' zei Jasper, doelend op zijn eigen kamergenoot, Peter Trefontaine, over wiens ding Julian die bewuste middag in de Palace Bar had verteld dat hij een curieuze kromming vertoonde. 'Piepklein. En toch loopt hij er constant in onze kamer mee te pronken alsof hij iets heeft om trots op te zijn.'

De derde zending kwam precies een week na de kidnapping aan: een doosje met Julians rechteroor, hun wreedste gebaar tot dusver.

Hij ziet er nu net zo uit als zijn vader,

meldde een notitie achter op een ansichtkaart met daarop twee roodharige kinderen. Ze staan in de veenlanden van Connemara aan weerszijden van een ezel die beladen is met turf.

maar dit is onze laaste waarsguwing.

Krijgen we ons geld niet, dan word het zijn hoofd volgende keer.
Dus ga hier nu opin en een prettig weekend gewenst.

Er werd een tweede persconferentie gehouden, deze keer in het Shelbourne Hotel, en elke sympathie die de verzamelde media Max eerder hadden betoond was duidelijk verdwenen nu Julian drie stukken van zijn lichaam was kwijtgeraakt. Het gevoel dat algemeen in het land opgang deed was dat deze man geld hoger schatte dan zijn eigen kind, en de natie was zo boos dat er een rekening werd geopend bij de Bank of Ireland waarop men geld kon storten om het losgeldbedrag bijeen te helpen brengen. Kennelijk stond al bijna de helft van de gevraagde som erop. Ik hoopte alleen dat Charles er niet verantwoordelijk voor zou zijn.

'Ik heb de laatste tijd veel kritische woorden gehoord over mijn doen en laten in deze zaak,' verklaarde Max. Hij zat rechtop tijdens de persconferentie en droeg een das met de Britse vlag om extra te provoceren. 'Maar het zal duren tot sint-juttemis voordat ik een cent van mijn zuurverdiende geld afsta aan een groep kwaadaardige republikeinen die menen dat hun zaak vooruit kan worden geholpen door het ontvoeren en folteren van een tiener. Als ik hun zou geven wat ze willen, zou het alleen worden gebruikt om vuurwapens en bommen te kopen, die op hun beurt zouden worden gebruikt tegen de Britse troepen die zeer terecht het land ten noorden van de grens bezet houden en die het in het zuiden ook weer voor het zeggen zouden moeten krijgen. Zelfs al hakken jullie mijn zoon in mootjes,' voegde hij er nogal onbezonnen aan toe, 'en sturen jullie hem in honderd gewatteerde enveloppen naar me terug, dan geef ik nog niet toe aan jullie eisen.' Er volgde een lange pauze, waarin hij zocht tussen de paperassen op het bureau voor zich; kennelijk was hij afgeweken van de voorbereide tekst. Toen klonk het: 'Uiteraard wil ik niet dat jullie dat echt doen. Ik bedoel het figuurlijk.'

Terwijl dit allemaal gebeurde leidde wachtmeester Cunnane de grootste klopjacht uit de geschiedenis van het land en werd Julian binnen een week misschien wel de beroemdste persoon van Ierland. In elk graafschap trok Gardaí aanwijzingen na, ze doorzochten boerderijen en verlaten schuren om sporen te vinden die hen konden leiden naar de verblijfplaats van de ontvoerders, maar zonder succes.

De school bleef normaal draaien, alleen wilden de paters beslist dat we aan het begin van elke les zouden bidden voor onze vermiste klasgenoot, wat acht gebeden per dag betekende, nog afgezien van onze reguliere ochtend- en avondzegeningen, maar het leek of God niet luisterde of aan de kant van de IRA stond. *The Evening Press* publiceerde een interview met Bridget, waarin ze zei dat zij en Julian op zeer intieme voet stonden en dat ze nog nooit een vriend had gehad die zo beleefd en zo respectvol was als hij. 'Niet eenmaal heeft hij geprobeerd mij te misbruiken,' zei ze tussen de snikken door. Ik verwachtte dat haar neus zou gaan groeien, zo schandalig zat ze te liegen. 'Ik denk niet dat zulke onzuivere gedachten hem ooit door het hoofd zijn gegaan.'

's Nachts, alleen in onze kamer, met één hand achter mijn hoofd en de andere voor in mijn pyjamabroek, lag ik in Julians bed naar het plafond te kijken en begon ik in het reine te komen met wie ik was. Al zo lang ik me kon heugen wist ik dat ik anders was dan andere jongens. Iets in mij verlangde naar de intieme vriendschap en instemming van mijn leeftijdgenoten op een manier die anderen niet voelden. Het was een ziekte waar de paters van tijd tot tijd naar verwezen als een van de schandelijkste van alle zonden; ze vertelden ons dat elke jongen die verdorven genoeg was om wellustige gedachten te koesteren voor een andere jongen ongetwijfeld regelrecht naar de hel zou gaan en daar een eeuwigheid zou blijven branden in de laaiende vuren terwijl de duivel naast hem zat te lachen en hem stak met zijn drietand. Talloze keren was ik in slaap gevallen in die kamer, met mijn hoofd vol huiveringwekkende fantasieën over Julian, wiens hoofd op nog geen drie meter van het mijne op een kussen lag, dromend met zijn mond halfopen, maar nu waren mijn fantasieën niet seksueel maar gruwelijk. Ik dacht eraan wat zijn ontvoerders hem op dat moment misschien aandeden, welk lichaamsdeel ze als volgende zouden afhakken en hoe vreselijk het telkens voor hem moest zijn geweest als ze met een zaag of een tang naar zijn lichaam kwamen lopen. Ik had Julian altijd gekend als moedig en zorgeloos, iemand die zich nooit door de wereld op zijn kop liet zitten, maar welke vijftienjarige jongen zou een dergelijke beproeving kunnen doormaken en er als persoon ongeschonden uit komen?

Na veel gewetensonderzoek besloot ik te gaan biechten. Ik dacht dat het God misschien zou goeddunken medelijden te krijgen met mijn vriend als ik bad voor zijn vrijlating en mijn zonden zou belijden. Ik ging niet naar de kerk in Belvedere, waar de paters me zouden hebben herkend en waarschijnlijk het biechtgeheim zouden breken om me van school te sturen. In plaats daarvan wachtte ik tot het weekend en liep alleen naar de stad, naar Pearse Street en de grote kerk naast het station.

Ik was daar nooit eerder geweest en voelde me lichtelijk geïntimideerd door het pompeuze gebouw. Het altaar stond klaar voor de missen van de volgende dag en op koperen standaards brandden kaarsen in rijen van tien en meer. Voor een penny kon je er een aansteken; ik gooide twee halve penny's in het doosje, koos er toen een uit, die ik midden op de voorste rij zette, en keek hoe de vlam even flakkerde voordat hij zijn evenwicht vond. Geknield op de harde vloer zei ik een gebedje, iets wat ik nog nooit met enige eerbied had gedaan. 'Laat Julian alstublieft niet sterven,' vroeg ik God. 'En laat me alstublieft geen homoseksueel meer zijn.' Pas toen ik opstond en wegliep besefte ik dat ik daarmee twee gebedjes had gedaan, dus ik ging terug en stak een tweede kaars aan, die me nog een penny kostte.

Verspreid in de kerkbanken zaten enkele tientallen mensen; ze staarden in de verte, waren allemaal oud, en ik liep langs hen heen op zoek naar een biechtstoel met een brandend lampje. Toen ik er een had gevonden, stapte ik naar binnen, deed de deur achter me dicht en wachtte in het donker totdat het roostertje zou openschuiven.

'Zegen mij, pater, ik heb gezondigd,' zei ik zachtjes toen dat gebeurde; daarbij kreeg ik zo'n krachtige walm lichaamsgeuren over me heen dat ik mijn hoofd achteruit bewoog en tegen de muur stootte. 'De laatste keer dat ik heb gebiecht was drie weken geleden.'

'Hoe oud ben je, zoon?' vroeg de stem aan de andere kant, die vrij oud klonk.

'Veertien,' zei ik. 'Volgende maand word ik vijftien.'

'Veertienjarige jongens moeten vaker dan eens in de drie weken biechten,' zei hij. 'Ik ken jullie soort knapen. Elke minuut van de dag vol kwade gedachten. Wil je me beloven dat je in de toekomst vaker komt?'

'Ja, pater.'

'Goed zo. Welnu, welke zonden moet je de Heer opbiechten?'

Ik slikte heftig. Ik was vrij regelmatig gaan biechten sinds mijn eerste communie zeven jaar eerder, maar geen enkele keer had ik de waarheid verteld. Net als iedereen bedacht ik gewoon een hoopje daagse, nette zonden en ratelde die vrij gedachteloos af; daarna schikte ik me in de verplichte boetedoening van tien weesgegroetjes en een onzevader. Maar vandaag had ik me voorgenomen eerlijk te zijn. Ik wilde alles opbiechten en als God aan mijn kant stond, als God echt bestond en mensen vergaf die echt spijt hadden, dan zou hij mijn schuldgevoel herkennen en Julian vrijlaten zonder enig verder letsel.

'Vader, de laatste maand heb ik zes keer snoep gestolen bij een plaatselijke winkel.'

'Heilige God,' zei de priester ontsteld. 'Waarom deed je dat?'

'Omdat ik snoep lekker vind,' zei ik. 'En ik kan het me niet permitteren.'

'Nou, daar schuilt enige logica in, vind ik. En vertel eens, hoe deed je het?'

'Er werkt een oude vrouw achter de toonbank,' zei ik. 'Maar het enige wat ze doet is zitten en de krant lezen. Je kunt makkelijk dingen pakken zonder dat ze het merkt.'

'Dat is een verschrikkelijke zonde,' zei de priester. 'Je weet dat het waarschijnlijk de broodwinning van de goede vrouw is?'

'Ja, pater.'

'Wil je me beloven nooit meer zoiets te doen?'

'Ja, pater.'

'Goed zo. Brave jongen. Nog iets anders?'

'Ja, pater,' zei ik. 'Er is een priester in onze school die ik niet aardig vind en die ik in mijn hoofd "de pik" noem.'

'De wat?'

'De pik.'

'En wat betekent dat in godsnaam?'

'Weet u dat niet, pater?' vroeg ik.

'Zou ik het vragen als ik het wist?'

Ik slikte heftig. 'Het is een ander woord voor een... u weet wel, voor een ding.'

'Een ding? Wat voor ding bedoel je? Wat voor soort ding?'

'Een ding, pater,' zei ik.

'Ik weet niet waar je het over hebt.'

Ik leunde voorover en fluisterde door het rooster: 'Een penis, pater.'

'Heilige God,' zei hij weer. 'Heb ik dat goed gehoord?'

'Als u dacht dat ik "penis" zei, ja, dan hebt u het goed gehoord, pater.'

'Nou, dat is wat ik dacht dat je zei. Waarom zou je in godsnaam een priester in je school "penis" noemen? Hoe zou hij een penis kunnen zijn?

Een man kan geen penis zijn; hij kan alleen een man zijn. Dit is voor mij onzin.'

'Het spijt me, pater. Daarom biecht ik het op.'

'Nou, wat het ook is, stop ermee. Noem hem bij zijn eigen naam en toon een beetje respect voor de man. Ik weet zeker dat hij alle jongens in je school goed behandelt.'

'Niet waar, pater. Hij is gemeen en slaat ons altijd. Vorig jaar sloeg hij een jongen het ziekenhuis in omdat hij te luid niesde in de klas.'

'Kan me niet schelen. Jij noemt hem bij zijn eigen naam of je krijgt geen vergeving van je zonden, is dat duidelijk?'

'Ja, pater.'

'Goed dan. Ik ben bijna bang om te vragen of er nog iets is?'

'Ja, pater.'

'Vooruit dan maar. Ik houd me vast aan mijn stoel.'

'Het is een beetje delicaat, pater,' zei ik.

'Daar is de biechtstoel voor, zoon,' zei hij. 'Maak je geen zorgen, je praat niet tegen mij, je praat tegen God. Hij ziet alles en hij hoort alles. Voor hem kun je geen geheimen hebben.'

'Moet ik het dan wel zeggen, pater?' vroeg ik. 'Weet hij het dan niet al?'

'Jazeker. Maar hij wil dat je het hardop zegt. Puur voor de duidelijkheid.'

Ik haalde diep adem. Het had lang geduurd maar nu was het zover. 'Volgens mij ben ik een beetje raar, pater,' vertelde ik hem. 'De andere jongens in mijn klas hebben het altijd over meisjes maar ik denk helemaal nooit aan meisjes, ik denk alleen aan jongens, ik denk dat ik allerlei vieze dingen met ze doe zoals hun kleren uittrekken en ze overal kussen en spelen met hun ding en dan is er die ene jongen en hij is mijn beste vriend en hij slaapt in het bed naast het mijne en ik denk de hele tijd aan hem en soms als hij slaapt doe ik mijn pyjama omlaag en ga met mezelf aan de gang en maak ik er een smerig zootje van in bed en zelfs als ik het gedaan heb en denk dat ik misschien kan slapen begin ik te denken aan andere jongens en alle dingen die ik met ze wil doen en weet u wat pijpen is, pater, want ik ben begonnen verhalen te schrijven over de jongens die ik leuk vind en vooral over mijn vriend Julian en ik begon dat soort woorden te gebruiken en...'

Aan de andere kant klonk een kolossaal gekraak, ik keek geschrokken omhoog. De schim van de priester in het donker was verdwenen en in plaats daarvan stroomde er licht van boven binnen.

'Bent u dat, God?' vroeg ik, omhoogkijkend naar de lichtbron. 'Ik ben het, Cyril.'

Van buiten de biechtstoel kwam geroep, ik deed de deur open om naar buiten te gluren. De priester was uit zijn biechtstoel gevallen en lag op de vloer; hij greep naar zijn borst. Waarschijnlijk was hij minstens tachtig jaar oud en de parochianen stonden over hem gebogen en riepen om hulp terwijl zijn gezicht blauw begon te worden. Naast zijn hoofd was een van de vloertegels in tweeën gebroken.

Terwijl ik op hem neerkeek, met mijn mond open van ontzetting, tilde hij langzaam een knokige vinger naar me op en wees. Zijn lippen gingen uiteen en ik zag dat hij erg gele tanden had en dat er kwijl over zijn kin begon te lopen.

'Is het mij vergeven, pater?' vroeg ik, over hem heen gebogen, waarbij ik probeerde de stank van zijn ademhaling niet te ruiken. 'Zijn mijn zonden mij vergeven?'

Zijn ogen rolden in zijn hoofd, er ging een enorme stuiptrekking door zijn hele lijf, toen slaakte hij een rauwe kreet en dat was dan dat, hij was gestorven.

'Goeie genade, de pater is dood,' zei een oudere man die geknield op de vloer zat en het hoofd van de priester ondersteunde.

'Denkt u dat hij me vergeven heeft?' vroeg ik. 'Voordat hij het loodje legde, bedoel ik?'

'Jawel, daar ben ik zeker van,' zei de man, die nu mijn hand pakte en daarvoor het hoofd van de priester nogal hardhandig op de marmeren vloer liet vallen, het blikkerige geluid galmde door de hele kerk. 'En hij zou blij zijn te weten dat zijn laatste daad op deze aarde het toedelen van Gods vergeving was.'

'Dank u,' zei ik opgemonterd. Terwijl ik de kerk uit liep kwam het ambulancepersoneel binnen. Het was een uitzonderlijk zonnige dag en eerlijk gezegd voelde ik me bevrijd, ook al wist ik dat de gevoelens die ik in mijn binnenste had verborgen niet gauw weg zouden gaan.

Toen ik de volgende ochtend wakker werd hoorde ik het nieuws dat Julian was gevonden. Een speciale afdeling van de politie had aanwijzingen gevolgd naar een boerderij in Cavan en daar werd hij ontdekt; hij zat opgesloten in een badkamer terwijl zijn drie bewakers erbuiten sliepen. Een van hen werd gedood in het gevecht dat volgde en de andere twee werden gearresteerd. Hij miste een teen, een duim en een oor, voor de rest was hij nog intact en hij werd naar het ziekenhuis gebracht om een begin te maken met zijn herstel.

Als ik iemand was geweest met een strikter religieus geweten, dan zou ik misschien hebben gedacht dat God mijn gebed had verhoord, maar een feit is dat ik die avond alvorens te gaan slapen al weer een paar nieuwe zonden had begaan, dus in plaats daarvan schreef ik het toe aan goed speurwerk van An Garda Síochána. Dat leek mij de meest passende verklaring.

1966

In het reptielenhuis

Een soort zachte kussentjes

Hoewel de strakke routine soms akelig op een sleur ging lijken, vond ik de vertrouwdheid ermee vreemd opbeurend. Elke ochtend liep mijn wekker exact om zes uur af; dan gaf ik me over aan een lichte vorm van onanisme voordat ik om kwart over opstond. Omdat ik als eerste de gedeelde badkamer gebruikte, liep ik geen risico dat het water koud werd en als ik naar buiten kwam, met blote borst en een handdoek rond mijn taille geslagen, stond Albert Thatcher daar, de jonge accountant uit de kamer naast de mijne, in een herenslip en met een slaperig gezicht, wat geen heel onaangename manier was om de dag te beginnen. Albert en ik waren al ruim een jaar kostganger in het huis van een bejaarde weduwe, mevrouw Hogan, aan Chatham Street. We hadden de kamers maar een paar weken na elkaar betrokken en konden het doorgaans uitstekend met elkaar vinden. Het pand zelf kon bogen op een ietwat vreemde indeling. De ene flat was een jaar of dertig eerder opgekocht door wijlen de echtgenoot van mevrouw Hogan om te verhuren en na zijn dood was er een scheidingsmuur verwijderd, waardoor boven twee slaapkamers waren ontstaan. Mevrouw Hogan en haar zoon Henry woonden een deur verder. Eerstgenoemde was volledig stom, laatstgenoemde stekeblind, en toch hielden ze getweeën met de efficiëntie van een nationale inlichtingendienst al onze gangen in de gaten. Net als bij een Siamese tweeling werden ze nooit zonder de ander gezien, Henry's arm hing permanent aan die van zijn moeder als ze hem elke ochtend naar de mis en weer naar huis leidde en elke avond voor de spijsvertering met hem de straat op en neer liep.

Bij de zeldzame gelegenheden dat ze zich de trap op waagden, misschien op zoek naar achterstallige huur of om overhemden terug te brengen die mevrouw Hogan voor een tarief van twee penny per vijf stuks streek, hoorden we hun vier voeten langzaam de trap op lopen, waarbij de stomme de blinde leidde. Henry, die zelf nergens belangstelling voor leek te hebben, stelde dan de vragen waar zijn moeder, een onverbeterlijke bemoeial, het antwoord op wenste.

'Volgens mama kwamen er vorige week dinsdag vreemde geluiden van boven,' zei hij op een keer tijdens zo'n typische gedachtewisseling, waarbij mevrouw Hogan verwoed knikte en haar hoofd naar voren stak om te zien of we in de woonkamer geen marihuanaplanten lieten groeien of prostituees in een van onze bedden lieten slapen. 'Mama houdt niet van vreemde geluiden. Die maken haar vreselijk onrustig.'

'Dat kunnen wij niet geweest zijn,' antwoordde ik. 'Vorige week dinsdag ben ik naar de film geweest om Steve McQueen te zien in *The Sand Pebbles* en Albert was gaan dansen in the Astor Ballroom in Dundrum.'

'Volgens mama hielden de geluiden haar wakker,' drong Henry aan, terwijl zijn ogen in zijn hoofd rolden alsof ze houvast zochten waardoor zijn zicht op de wereld misschien zou terugkomen. 'Mama wordt niet graag wakker gehouden. Mama heeft haar slaap nodig.'

'Werd jijzelf ook wakker gehouden, Henry?' vroeg Albert vanaf de bank, waarop hij lag te lezen in *One Flew Over the Cuckoo's Nest*, en de ongelukkige jongeman schrok verrast op en draaide zijn hoofd in de richting van de stem. Misschien was hij zich er niet van bewust geweest dat er nog iemand in de kamer was.

'Als mama wakker is, ben ik wakker,' antwoordde hij, nu beledigd, alsof we hem hadden verweten een slechte zoon te zijn. 'Ze heeft ondraaglijke last van haar aambeien. Als die opspelen kan geen van ons beiden een oog dichtdoen.'

De betreffende geluiden waren hoogstwaarschijnlijk niet van mij afkomstig maar van Albert, die nogal een vrouwengek was en zo ongeveer eens per week met een meisje thuiskwam voor wat hij 'een snelle wip' noemde, wat voor mij een kwelling was want zijn hoofdeinde stond net niet tegen zijn kamermuur, wat betekende dat als hij een meisje bereed het eindeloze gebonk me wakker hield, net zoals de aambeien van mevrouw Hogan haar beletten te slapen. De situatie werd er niet beter op doordat ik ook een beetje verliefd was op Albert, maar dat was meer een gevolg van onze dagelijkse nabijheid dan van iets anders, want hij zag er niet echt goed uit.

Ik verliet de flat elke ochtend om half acht om naar het ministerie van

Onderwijs aan Marlborough Street te lopen, stopte onderweg alleen voor een kop thee en een vruchtenscone en zat meestal om kwart over acht aan mijn bureau op de eerste verdieping. Ik werkte er nu bijna drie jaar, sinds ik het Belvedere College met een eclatant middelmatig resultaat had verlaten, en was daar terechtgekomen mede dankzij de goede diensten van Angela, de derde, nu van mijn pleegvader vervreemde echtgenote – zo hadden we afgesproken in de conversatie naar haar te verwijzen –, die populair was geweest op het ministerie tot haar huwelijk met Charles toen ze, zoals de wet voorschreef, gedwongen met pensioen ging.

Het was allemaal slecht afgelopen met het paar; dat gebeurde minder dan een jaar na hun bruiloft, toen Charles mij in een ongebruikelijk genereuze bui had uitgenodigd met hen mee te gaan naar Zuid-Frankrijk voor een vakantie van twee weken. Ik had Angela voor de reis maar eenmaal ontmoet, maar vanaf het moment dat we aankwamen in Nice konden we geweldig met elkaar overweg. Zo goed dat ik op een ochtend wakker werd omdat ze naast me in bed klom, naakt als op de dag dat ze werd geboren, en aangezien ook ik naakt was draaide de hele scène uit op een klucht. Ik slaakte een kreet van verrassing en toen ik de deur hoorde opengaan rende ik in volle vaart naar de veilige haven van de klerenkast totdat Charles de deuren openwrikte en me ineengedoken aantrof.

'Het gekke is, Cyril,' klonk zijn dodelijke opmerking, terwijl ik daar opgekruld en met mijn handen zedig voor mijn onderbuik in de hoek zat, 'dat ik veel meer respect voor je zou hebben gehad als ik hier was binnengekomen terwijl jij haar via de achterdeur nam. Maar nee, dat zal nooit jouw manier zijn, hè? Jij holt gewoon weg en verstopt je. Voor een echte Avery zou dat geen optie zijn.'

Ik zei niets, waarmee ik hem blijkbaar nog meer tegenviel, en hij richtte zijn woede toen op Angela, die nog in bed lag, met haar borsten bloot omdat het laken tot haar middel was weggegleden. Ze leek tabak te hebben van het hele scenario en draaide nonchalant met één vinger rond haar linkertepel terwijl ze vals 'You've Got To Hide Your Love Away' floot. Er volgde een ruzie die te saai was om na te vertellen en erop uitliep dat ze bij hun terugkeer in Dublin elk hun eigen weg gingen en dat er bij de Londense rechtbank een verzoekschrift werd ingediend voor een snelle echtscheiding. (Charles was vooruitlopend op een dergelijke situatie zo slim geweest in Engeland te trouwen. Zijn staat van dienst inzake huwelijken was immers niet voorbeeldig.) Maar intussen luierde ik een eind weg en deed ik niet bijster veel met mijn tijd. Angela probeerde het lastige parket waar ze me in had gebracht goed te maken door een aanbevelingsbriefje over mij te sturen naar haar vroegere werkgevers. Ik kreeg een telefoontje met een uitnodiging voor een gesprek, wat min of meer als een verrassing kwam omdat ze had nagelaten het me te vertellen, en zonder zelfs maar één moment te bedenken of ik graag ambtenaar zou worden, werd ik op een ochtend als ambtenaar wakker.

Het werk zelf was ongelooflijk saai en mijn collega's waren een beetje irritant; het vuur van hun dagen werd gestookt met persoonlijke en politieke roddel. Het kantoor waar ik werkte was ruim, had een hoog plafond, een oude stenen haard in het midden van een van de muren, met erboven een portret van de minister, bevrijd van twee van zijn kinnen. In alle vier de hoeken stond een bureau; de gebruiker zat met zijn gezicht naar het midden, waar één tafel stond, die zogezegd voor afdelingsvergaderingen diende maar in de praktijk zelden werd gebruikt.

Als onze superieur gold juffrouw Joyce, die sedert de oprichting in 1921, vijfenveertig jaar geleden, als ambtenaar op het ministerie werkte. Ze was drieënzestig jaar oud en net als wijlen mijn pleegmoeder Maude een dwangmatig roker, met een voorkeur voor Chesterfield Regulars (rood), die ze in dozen van honderd stuks uit de Verenigde Staten importeerde en opsloeg in een kistje met elegant houtsnijwerk op haar bureau dat op het deksel een afbeelding droeg van de koning van Siam. Hoewel men in ons kantoor niet sterk geneigd was persoonlijke souvenirs te etaleren, had zij naast zich twee posters aan de muur geprikt waarop een lans werd gebroken voor haar verslaving. Op de eerste was Rita Hayworth te zien in een blazer met krijtstreep en een witte blouse. Haar volumineuze rode haar viel rond haar schouders, en ze verklaarde: AL MIJN VRIENDEN WETEN DAT CHESTERFIELD MIJN MERK IS, terwijl ze een niet brandende sigaret in haar linkerhand hield en in de verte keek, waar Frank Sinatra en Dean Martin vermoedelijk aan seksuele zelfhulp deden in afwachting van komende erotische avonturen. De tweede, die ietwat loskwam aan de randen en een duidelijke lippenstiftvlek op het gezicht van de afgebeelde toonde, droeg een portret van Ronald Reagan zittend achter een bureau dat vol stond met sigarettendozen, terwijl er een Chesterfield uit zijn mond hing. IK STUUR AL MIJN VRIENDEN CHESTERFIELD, HET ZALIGSTE KERSTFEEST DAT EEN

ROKER ZICH KAN WENSEN – CHESTERFIELD IS MILD EN HEEFT GEEN ONAAN-
GENAME NASMAAK, stond erop, en ja hoor, hij leek dozen in cadeaupapier
te verpakken voor Barry Goldwater, Richard Nixon en soortgenoten, die ze
maar al te graag zouden ontvangen, dat weet ik zeker.

Juffrouw Joyce zat in de hoek rechts van mij, het deel van de kamer met
het beste licht, terwijl in de hoek links van mij juffrouw Ambrosia zat, een
ongelooflijk leeghoofdige, uiterst warrige jonge vrouw van rond de vijfentwintig, die me graag choqueerde door buitensporig te flirten en regelmatig haar talloze seksuele heldendaden uit de doeken deed. Meestal was ze
met minstens vijf mannen bezig, van barkeepers tot danszaalhouders, van
springruiters tot Russische troonpretendenten, en ze zag er geen been in
met ze te jongleren als een soort nymfomanisch circusnummer. Elke
maand kwam er onontkoombaar een dag waarop ze huilend aan haar bureau zat, stelde dat ze 'haar leven had vergooid' en dat geen man haar nu
ooit nog zou willen, maar meestal schoot ze tegen theetijd ineens rechtop,
draafde naar de damestoiletten en kwam terug met een opgelucht gezicht
en de mededeling dat haar tante Rosette een paar dagen op bezoek kwam
en dat ze nog nooit zo blij was geweest haar te zien. Dat verbijsterde me en
bij een bepaalde gelegenheid vroeg ik waar haar tante Rosette woonde,
want ze leek het zo aan te pakken dat ze elke maand een paar dagen in
Dublin was. Mijn collega's barstten in lachen uit en juffrouw Joyce merkte
op dat ook zij ooit een tante Rosette had gehad maar dat die voor het laatst
was langsgekomen tijdens de Tweede Wereldoorlog en ze miste haar als
kiespijn.

Het laatste lid van ons groepje, meneer Denby-Denby, zat tegenover mij
en als ik opkeek zat hij meestal naar me te kijken met de intensiteit van een
seriemoordenaar die bedisselde hoe hij het beste de ingewanden uit zijn
slachtoffer kon halen. Hij was een vrij flamboyante kerel halverwege de
vijftig die kleurige vesten met bijpassende vlinderdassen droeg en die qua
spraak en manier van doen voldeed aan het traditionele stereotype van de
homoseksueel, maar natuurlijk zou hij nooit hebben toegegeven die geaardheid te bezitten. Zijn opdoffende haar had een merkwaardige, ziekelijk
gele tint die nog het meest leek op die van chartreuselikeur, hoewel zijn
wenkbrauwen eerder een maïskleur hadden. Eens in de zoveel tijd, even
regelmatig als de bezoeken van tante Rosette aan juffrouw Ambrosia, kwam
hij naar zijn werk met zijn haren feller gekleurd dan ooit, haast lichtge-

vend, en wij drieën probeerden niet te lachen als we ernaar keken, en hij keek ons aan met een gezicht dat ons uitdaagde een opmerking te maken. Ik viel bijna van mijn stoel van verbazing toen hij op een middag onthulde dat er een mevrouw Denby-Denby bestond, in Blackrock, en een zwerm kleine Denby-Denby's – negen stuks! Negen! – die hij en zijn vrouw met verbazingwekkende regelmaat hadden voortgebracht vanaf het midden van de jaren dertig tot eind jaren veertig. De mogelijkheid dat hij de paringsdaad zou bedrijven met een vrouw, overrompelde me, maar het feit dat hij het bij minstens negen gelegenheden had gedaan – negen! – was bijna meer dan ik kon bevatten. Het gaf me hoop voor mijn eigen toekomst.

'Daar komt hij,' zei meneer Denby-Denby, kaarsrecht in zijn stoel zittend toen ik op die fraaie lentemorgen door de deur gewandeld kwam in een nieuw jasje, dat ik onlangs had aangeschaft in afwachting van het mooie weer. 'Eenentwintig jaar oud en nog nooit gekust. Weet u aan wie u me doet denken, meneer Avery? Botticelli's *Sint-Sebastiaan*, jawel. Ooit gezien? Vast wel. U misschien, juffrouw Joyce? Hangt in de Staatliche Museen in Berlijn. Uitgekleed tot op zijn hemmetje en met een stuk of zes pijlen die uit zijn lichaam steken. Absoluut goddelijk. Er bestaat een mindere versie van Il Sodoma, maar daarover zullen we maar zwijgen.'

Ik wierp hem een geïrriteerde blik toe, mijn eerste van die dag, en ging aan mijn bureau zitten, waar ik een *Irish Times* ontrolde, die elke ochtend op me wachtte, en de pagina's omsloeg op zoek naar iets wat misschien relevant was voor ons werk. Vanaf de eerste dag dat ik op het ministerie was gekomen, had ik moeite gehad met meneer Denby-Denby, want hoewel hij nog dieper in de kast zat dan ik, vond ik de bereidheid om zijn ware seksuele geaardheid nauwelijks te verhullen zowel beschamend als verwarrend.

'Kijk eens naar die lippen, juffrouw Joyce,' vervolgde hij, en hij bracht een hand naar zijn hart en liet hem boven zijn fuchsiakleurige vest fladderen alsof hij in de ban van het verlangen bijna bezwijmde. 'Een soort zachte kussentjes. Het type dat u, juffrouw Ambrosia, waarschijnlijk ooit nog eens hoopt te kopen in het warenhuis van Switzer als u genoeg geld kunt sparen.'

'Waarom zou ik kussens kopen, meneer Denby-Denby?' vroeg juffrouw Ambrosia. 'De helft van de tijd ligt mijn hoofd op die van iemand anders.'

'O, zij weer!' riep meneer Denby-Denby en ik rolde met mijn ogen. In het kantoor ernaast zaten drie stille heren, meneer Westlicott senior, zijn zoon meneer Westlicott en zijn kleinzoon meneer Westlicott junior, een driemanschap uit één familie dat even formeel deed als wij en elkaar te allen tijde 'meneer Westlicott' noemde; ik hoopte eigenlijk dat een van hen met pensioen zou gaan of zou worden overreden door een bus zodat ik naar hun gezelschap kon overstappen. En misschien wilde een van de drie me wel adopteren, dan kon ik ook meneer Westlicott worden. Ik wist zeker dat ik bij een tweede adoptie meer succes zou hebben dan de eerste keer.

'Minder babbelen en meer werken,' zei juffrouw Joyce, terwijl ze een Chesterfield (rood) opstak, maar niemand reageerde.

'Vertel ons eens, meneer Avery,' zei meneer Denby-Denby, die nu vooroverleunde, met zijn ellebogen op zijn bureau en zijn hoofd op zijn handen. 'Wat voor kattenkwaad hebt u dit weekend uitgehaald? Waar gaat een knappe jonge hond dezer dagen heen als hij aan de leiband rukt?'

'Ik ben naar een rugbywedstrijd geweest met mijn vriend Julian,' antwoordde ik, in een poging mijn robuuste mannelijkheid te benadrukken. 'En zondag ben ik thuis gebleven en heb ik *A Portrait of the Artist as a Young Man* gelezen.'

'O, ik lees geen boeken,' zei meneer Denby-Denby, en hij wuifde mijn antwoord weg alsof ik blijk had gegeven van een buitenissige belangstelling voor oriëntale symboliek of de oorsprong van de trigonometrie.

'Ik lees Edna O'Brien,' zei juffrouw Ambrosia, niet te luid, om te voorkomen dat een van de heren Westlicott het hoorde en haar aanbracht vanwege vulgariteit. 'Ze is puur schunnig.'

'Laat de minister het maar niet horen,' zei juffrouw Joyce, terwijl ze een perfect kringetje blies. Het was onmogelijk er niet naar te kijken zoals het opsteeg naar de fitting van de lamp en langzaam oploste in de lucht alvorens onze longen binnen te sluipen en ons te vervuilen. 'Je weet hoe hij denkt over vrouwen die schrijven. Hij wil ze niet in het lespakket.'

'Hij houdt ook niet van vrouwen die lezen,' zei juffrouw Ambrosia. 'Hij vertelde me dat vrouwen van lezen vreemde ideeën krijgen.'

'En dat klopt,' zei juffrouw Joyce heftig knikkend. 'Ik ben het daarin volledig met de minister eens. Mijn leven zou een stuk makkelijker zijn geweest als ik analfabeet had mogen blijven, maar vader stond erop dat ik leerde lezen. Hij was een heel moderne man, vader.'

'Ik ben absoluut dól op Edna O'Brien,' verklaarde meneer Denby-Denby, en hij gooide zijn handen in de lucht van opwinding. 'Als ik geen gelukkig getrouwd man was, zou ik me jaren achtereen in de war kunnen laten brengen door het lichaam van die vrouw. Ik verklaar voor God en alles wat goed en heilig is dat er aan deze kusten nooit een knappere vrouw werd grootgebracht.'

'Wisten jullie dat ze haar man in de steek heeft gelaten?' vroeg juffrouw Joyce, en ze trok een gezicht. 'Wat voor soort mens doet zoiets?'

'Heel goed voor hem,' zei juffrouw Ambrosia. 'Ik ga op een dag ook een echtgenoot verlaten. Ik heb altijd al het gevoel dat mijn tweede huwelijk veel beter zal slagen dan mijn eerste.'

'Nou, ik vind het stuitend,' zei juffrouw Joyce. 'En ze heeft nog wel twee kinderen om voor te zorgen.'

'Steeds als ik naar Edna O'Brien kijk,' vervolgde meneer Denby-Denby, 'krijg ik de indruk dat ze elke man die ze tegenkomt over de knie wil leggen en een goed pak slaag geven totdat hij haar het verschuldigde respect toont. O, was ik dat blote achterwerk maar onder die albasten handpalm!'

Juffrouw Ambrosia spuwde een druppeltje thee uit en zelfs juffrouw Joyce stond zichzelf iets toe wat leek op een glimlach.

'Maar hoe dan ook,' zei hij even later, zijn hoofd schuddend om die ideeën te verjagen, 'u vertelde ons over uw weekend, meneer Avery. Vertel alstublieft dat het niet een en al rugby en James Joyce was.'

'Ik kan wel wat verzinnen als u wilt,' zei ik, en ik legde mijn krant neer en keek naar hem, recht tegenover me.

'Ja graag. Ik wil graag weten wat voor smerige fantasietjes zich ontwikkelen in dat brein van u. Ik wed dat ze een zigeuner zouden laten blozen.'

Hij had me tuk. Als ik echt een van de fantasieën had verteld die me 's nachts wakker hielden, zouden de twee vrouwen misschien flauw zijn gevallen en Denby-Denby was vast door de kamer gaan springen van pure wellust. De laatste keer dat ik vertelde wat ik wilde doen had ik immers een priester de dood in gejaagd, en ik zag niet uit naar meer bloed aan mijn handen.

'Toen ik eenentwintig was,' vervolgde de belachelijke fat, terwijl hij naar de haard keek en probeerde te doen alsof hij een blik in de verte wierp, 'ging ik elke avond van de week uit in de stad. Geen meisje in Dublin was veilig als ik in de buurt was.'

'Echt waar?' vroeg juffrouw Ambrosia, en ze keek hem aan met een uitdrukking die sprekend op de mijne leek.

'O, ik weet wat u denkt, juffrouw,' zei meneer Denby-Denby. 'U kijkt naar mij en u denkt: hoe kan die ietwat mollige man in de herfst van zijn jaren, zij het met een prachtig hoofd vol blond haar, ooit aantrekkelijk zijn geweest voor meisjes van mijn leeftijd, maar ik garandeer u, als u me in mijn jeugd had gekend, had u een echte charmeur kunnen zien. Er was menig meisje dat me graag de handschoen toewierp. "Sluit je dochters op", dat zeiden de mensen in Dublin altijd als ze Desmond Denby-Denby zagen naderen. Maar die dagen zijn nu uiteraard voorbij. Voor elke ouder wordende vlinder is er een jonge rups. U, meneer Avery, bent die jonge rups. En u moet genieten van uw periode als larve, want daar komt veel te snel een eind aan.'

'Hoe laat moet de minister vandaag in de Dáil zijn?' vroeg ik juffrouw Joyce, in de hoop een eind aan dit gesprek te maken. Ze sloeg haar agenda open, liet een vinger langs de linkerkant van de pagina glijden terwijl ze de as van haar sigaret in haar prinses Grace van Monaco-asbak tikte.

'Elf uur,' zei ze. 'Maar ik wil juffrouw Ambrosia graag vragen vanochtend met hem mee te gaan.'

'Ik kan niet,' zei juffrouw Ambrosia en ze schudde haar hoofd.

'Waarom niet?' vroeg juffrouw Joyce.

'Tante Rosette.'

'Ach,' zei juffrouw Joyce en meneer Denby-Denby rolde met zijn ogen.

'Ik zal het wel doen,' zei ik. 'Het is een zonnige dag. Ik ga met alle plezier het kantoor uit.'

Ze haalde haar schouders op. 'Nou, als u het zo zeker weet,' zei ze. 'Ik zou zelf gaan maar ik heb eigenlijk niet zo'n zin.'

'Perfect,' zei ik glimlachend. Met de minister mee naar de Dáil betekende een toertje in de ministersauto naar Leinster House, waar ik hem alleen kon laten met zijn trawanten en zou wachten tot het moment dat hij de vergaderzaal binnenging voor zijn middagdutje, wat voor mij het moment was om de deur uit te gaan, recht naar de bioscoop, gevolgd door een paar biertjes met Julian in de Palace Bar of Kehoe. Een perfecte dag.

'Ik moet geloof ik even melden,' zei juffrouw Ambrosia na een paar zeldzame minuten van stilte, waarin misschien even echt kon worden gewerkt, 'ik denk er serieus over om een relatie te beginnen met een Jood.'

Ik wilde net een slok thee uit mijn theemok nemen, maar die belandde bijna op mijn bureaublad. Juffrouw Joyce hief haar ogen ten hemel, schudde haar hoofd en zei: 'De heiligen bewaren ons,' terwijl meneer Den-by-Denby simpel in zijn handen klapte en zei: 'Fantastisch nieuws, juffrouw Ambrosia, niets lekkerders dan een kleine Joodse jongen. Hoe heet hij trouwens? Anshel? Daniël? Eli?'

'Peadar,' zei juffrouw Ambrosia. 'Peadar O'Múrchú.'

'Sakkerju,' antwoordde meneer Denby-Denby. 'Dat is ongeveer even Joods als Adolf Hitler.'

'O verschrikkelijk!' riep juffrouw Joyce, en ze sloeg met vlakke hand op haar bureau. 'U moest u schamen, meneer Denby-Denby!'

'Nou ja, het klopt toch?' zei hij, met niet het minste schuldgevoel op zijn gezicht. Toen kwam hij terug bij juffrouw Ambrosia: 'Vertel ons alles over hem, snoesje. Wat doet hij, waar woont hij, hoe ziet hij eruit, hoe is zijn familie?'

'Hij is accountant,' zei juffrouw Ambrosia.

'Ja natuurlijk,' zei meneer Denby-Denby, en hij wuifde de mededeling weg. 'Dat had ik kunnen weten. Ze zijn állemaal accountant. Of juwelier. Of pandjesbaas.'

'Hij woont bij zijn moeder even voorbij Dorset Street. Hij is niet groot en niet klein maar heeft een prachtig hoofd met krullend zwart haar en hij kust geweldig.'

'Klinkt goddelijk. Ik vind dat u het moet doen, juffrouw Ambrosia. En ik vind dat u foto's moet nemen en ze moet meebrengen zodat we hem allemaal kunnen zien. Is hij behoorlijk geschapen daar beneden, denkt u? Besneden natuurlijk. Niet zijn schuld: ouders die een jongen verminken voordat hij zelfs maar een stem in het kapittel heeft.'

'Nou nou, dit wordt honteus,' zei juffrouw Joyce met stemverheffing. 'We moeten de conversatie in dit kantoor indammen, echt waar. Als de minister binnenkwam en ons hoorde...'

'Zou hij zien dat we alleen bezorgd waren over juffrouw Ambrosia en hoopten haar in de juiste richting te sturen,' zei meneer Denby-Denby. 'Wat vindt u, meneer Avery, moet juffrouw Ambrosia vleselijke betrekkingen aangaan met haar Jood met krullen? Een grote pik maakt alle verschil, vindt u niet?'

'Dat kan me echt niet schelen,' zei ik, terwijl ik opstond en naar de deur liep zodat niemand kon zien hoe rood mijn gezicht was geworden. 'Als jullie me nu wilt excuseren, ik ben zo terug.'

'Waar gaat u heen?' vroeg juffrouw Joyce. 'U bent hier nog maar tien minuten.'

'Kleine boodschap,' zei ik, en ik verdween in de gang en liep de Heren binnen, waar het heerlijk leeg was, en ik stapte een toilet in, trok mijn broek omlaag en bestudeerde mezelf aandachtig. Het eczeem was net een beetje bijgetrokken, gelukkig maar. De roodheid en de jeuk waren eindelijk verdwenen. De crème die de dokter me had gegeven had super geholpen. ('Pas op voor vuile meisjes,' zei hij terwijl hij zijn gezicht in mijn kruis begroef en met een potlood mijn slappe penis optilde, die daar in schande hing. 'Dublin is vol vuile meisjes. Zoek een mooie, schone katholieke echtgenote als u uw driften niet kunt beheersen.') Ik trok door, stapte het toilet weer uit en toen ik mijn handen ging wassen stond meneer Denby-Denby daar bij een van de fonteintjes, zijn armen gevouwen, met zo'n glimlach die de indruk maakte dat hij tot in het diepst van mijn ziel kon kijken, een plek waar zelfs ik niet graag heel vaak kwam. Ik wierp hem een vluchtige blik toe, zweeg en draaide de kranen zo krachtig open dat we beiden werden natgespetterd.

'Heb ik je zaterdagavond buitenshuis gezien?' vroeg hij zonder inleiding.

'Neem me niet kwalijk?' zei ik.

'Zaterdagavond,' herhaalde hij. 'Ik was aan het wandelen langs het Grand Canal en kwam toevallig langs een klein etablissement waar ik in de loop der jaren geruchten over heb gehoord. Geruchten met de strekking dat het een plaats is die wordt bezocht door heren met een bepaalde perverse dispositie.'

'Ik weet niet waar u op doelt,' zei ik, zonder op te kijken naar de spiegel.

'De oudere zus van mevrouw Denby-Denby woont in Baggot Street, ziet u,' vervolgde hij. 'En ik was op weg om haar pensioen bij haar af te geven. De arme schat kan niet meer naar buiten. Artritis,' voegde hij eraan toe, om onduidelijke redenen mimede hij het woord. 'We zullen niets zeggen.'

'Nou, ik weet niet wie u meent gezien te hebben, maar ik was het zeker niet. Ik was met mijn vriend Julian zaterdagavond uit. Dat heb ik al verteld.'

'Nee, je zei dat je 's middags met hem naar een rugbywedstrijd was geweest maar dat je 's avonds thuis had zitten lezen. Ik weet nagenoeg niets over sportevenementen, maar wel dat ze niet in het donker plaatsvinden. Dan gebeuren er andere dingen.'

'Sorry, ja,' zei ik, nerveus geworden. 'Dat bedoelde ik. Ik zat thuis te lezen in *Finnegans Wake.*'

'Daarstraks was het *Portrait of the Artist.* Als je een titel verzint, Cyril, neem dan niet een boek waar een weldenkend mens geen zin in heeft. Nee, het was tegen middernacht en...'

'U brengt uw schoonzuster haar pensioen midden in de nacht?' vroeg ik.

'Ze blijft heel lang op. Ze lijdt aan een martelende slapeloosheid.'

'Nou, u moet me verwarren met iemand anders,' zei ik, en ik probeerde langs hem te lopen, maar hij versperde me de weg door naar links en naar rechts te vliegen, als Fred Astaire. 'Wat wilt u van mij, meneer Denby-Denby?' vroeg ik. 'Julian en ik zijn 's middags naar de wedstrijd geweest, daarna gingen we wat drinken. Eenmaal weer thuis heb ik nog een uurtje of twee gelezen.' Ik aarzelde en vroeg me af of ik de volgende frase uit mijn strot kon krijgen. Ik had hem nog nooit luidop gezegd. 'En verder, als u het beslist wilt weten, ben ik uit eten gegaan met mijn vriendin.'

'Je watte?' vroeg hij, geamuseerd een wenkbrauw optrekkend. 'Je vriendin, echt waar? Dit is voor het eerst dat we over haar horen.'

'Ik houd mijn privéleven en mijn werk graag gescheiden,' antwoordde ik.

'Hoe mag ze wel heten, die vriendin van jou?' vroeg hij.

'Mary-Margaret Muffet,' zei ik.

'Is ze non?'

'Waarom zou ik uitgaan met een non?' vroeg ik verbijsterd.

'Ik maak maar een grapje,' zei hij, terwijl hij zijn handpalmen naar me ophield en de lavendelgeur langs mijn gezicht zweefde. 'En wat doet juffrouwtje Muffet, als ik dat mag vragen? Als ze niet op haar muffe plukje zit. Of op dat van jou.'

'Ze is assistente op de afdeling Deviezen van de Bank of Ireland, College Green.'

'O, meer dan fantastisch. Mevrouw Denby-Denby werkte op het kantoor van Arnott's toen ik haar voor het eerst ontmoette. Dat zag ik toen aan voor het hoogst bereikbare maar het lijkt erop alsof jij meer mikt op de bankwereld dan op de handel. Je bent zo'n ouwe vrijster uit de verhalen van Elizabeth Gaskell. Maar het zal er niet makkelijker op worden, weet je.'

'Wát zal er niet makkelijker op worden?' vroeg ik.

'Het leven,' zei hij schouderophalend. 'Jouw leven.'

'Kunt u me niet gewoon laten passeren?' vroeg ik, en nu keek ik hem aan.

'Ik zeg het alleen maar omdat ik het beste met je voorheb, geloof het of niet,' zei hij, terwijl hij opzijstapte en achter me de deur uit liep. 'Ik weet dat ik jou heb gezien, Cyril. Je hebt een heel aparte manier van lopen. En ik zeg alleen dat je erg voorzichtig moet zijn, meer niet. De Gardaí valt geregeld binnen in die tent als ze in de stemming zijn voor een avondje heksenjacht, en nou, ik hoef je niet te vertellen dat je positie hier op het ministerie ernstig in gevaar zou komen als je jezelf in de nesten zou werken. En denk ook eens aan wat je moeder zou zeggen!'

'Ik heb geen moeder,' zei ik, en ik glipte weg door de zijdeur naar de dienstauto's, waar ik de minister dichterbij zag komen. Ik stak een hand op om hem te begroeten. Toen we wegreden, keek ik naar de voordeur van het gebouw en zag meneer Denby-Denby met een meewarig gezicht toekijken. Van een afstand oogden zijn haren feller gekleurd dan ooit, als een baken dat een zinkend schip naar veiligheid loodst.

Het hevige verschrompelen

De omstandigheden van mijn hernieuwde kennismaking met Mary-Margaret Muffet waren niet romantisch en niet gunstig. Een journalist van *The Sunday Press* met de naam Terwilliger schreef wekelijks een aflevering in een serie over misdaden die Ierland hadden geschokt sinds de oprichting van de Staat en hij wilde er ook een artikel bij over de ontvoering en verminking van Julian Woodbead, misschien wel de beruchtste van alle delicten die de afgelopen jaren hadden plaatsgevonden omdat er een minderjarige bij betrokken was. Hij vond de contactgegevens van de vier belangrijkste deelnemers aan het drama, uiteraard met uitzondering van de twee overgebleven ontvoerders zelf, die sinds 1959 opgesloten zaten in de 'Joy', maar alleen Mary-Margaret en ik waren beschikbaar voor een gesprek.

Julian reisde destijds namelijk door Europa met zijn nieuwste vlam, Suzi, een afgrijselijk geval van opgedirkte pretentie dat hij had opgeduikeld toen hij over Carnaby Street liep op zoek naar een slappe vilthoed in de stijl van Al Capone. Ik had haar maar eenmaal ontmoet, toen ze waren teruggekomen voor een weekendje Dublin om Max en Elizabeth te bezoeken. Ze beet constant op haar nagels en sabbelde op stukjes rosbief, waarvan ze de uitgekauwde resten later in een doorzichtig zakje spuugde dat ze speciaal daarvoor meedroeg. Ze slikte niet, zei ze, omdat ze fanatiek bezig was met haar loopbaan als fotomodel, dus kon ze het gevaar niet riskeren dat er iets in haar maag zou komen.

'Strikt genomen klopt dat niet,' zei Julian met een voorspelbare grijns; ik deed alsof ik hem niet had gehoord. In plaats daarvan vroeg ik haar of ze Twiggy kende en ze rolde met haar ogen.

'Haar naam,' zei ze, alsof ik het onnozelste wezen op het aardoppervlak was, 'is Lesley.'

'Maar ken je haar?'

'Natuurlijk ken ik haar. We hebben een paar keer samen gewerkt.'

'Hoe is ze?'

'Heel sympathiek, volgens mij. Te aardig voor een langdurige carrière in deze branche. Neem maar van me aan, Cecil, dat iedereen haar naam volgend jaar om deze tijd is vergeten.'

'Ik heet Cyril,' zei ik. 'En The Beatles? Ken je die?'

'John is een vriend van me,' antwoordde ze schouderophalend. 'Paul niet meer, en hij weet waarom. George was mijn laatste voor Julian.'

'Je laatste wat?' vroeg ik.

'Haar laatste nummertje,' zei Julian, terwijl hij de grauwe restanten van het diner van zijn vriendin pakte en op de tafel achter ons deponeerde. 'Ongelofelijk! George Harrison liep vlak voor mij daar naar binnen!'

Ik probeerde niet over mijn nek te gaan.

'Nee, er was iemand anders,' zei Suzi nonchalant.

'Wat? Wie? Ik dacht dat ik daarna kwam.'

'Nee, je mocht niet, weet je nog?'

'O ja,' zei hij met een kleine grijns. 'Even vergeten.'

'Mocht niet?' vroeg ik, geïntrigeerd. 'Waarom niet?'

'Platjes,' zei hij schouderophalend. 'God weet waar ik die heb opgelopen. Suzi wilde niet bij me in de buurt komen totdat ik kerngezond verklaard was.'

'Natuurlijk niet,' zei ze. 'Waar zie je me voor aan?'

'En Ringo dan?' vroeg ik, omdat ik geen zin had in Julians platjes. 'Wat heb je met hem?'

'Ik heb niks met hem,' zei ze, en ze wuifde zijn naam weg alsof hij een brutale vlieg was die rond haar gezicht gonsde. 'Ik weet niet zeker of hij de moeite waard is om iets mee te hebben. Ik bedoel, het enige wat hij doet is drummen. Een getrainde aap kan dat ook.'

Zo ging het gesprek een poosje door: Suzi had uitgesproken opvattingen over Cilla Black, Mick Jagger, Terence Stamp, Kingsley Amis en de aartsbisschop van Canterbury; vier van hen waren liefjes van haar geweest. Tegen het eind van ons avondje uit was mijn hekel aan haar zelfs nog groter dan mijn hekel aan de gedachte aan haar was geweest, en dat had me eerder die avond niet mogelijk geleken.

Natuurlijk vertelde ik meneer Terwilliger niets van dit alles toen hij belde; ik zei simpelweg dat Julian het land uit en onbereikbaar was. Dat vond hij erg jammer – Julian was uiteraard de hoofdrolspeler – en dat was al zijn tweede portie slecht nieuws, want Julians voormalige paramour, Bridget Simpson, was ook niet beschikbaar.

'Ze is waarschijnlijk toch alles over hem vergeten,' zei ik. 'Ik neem aan dat ze sindsdien wel een paar andere Julians heeft gehad.'

'Niet echt,' zei de journalist. 'Juffrouw Simpson is dood.'

'Dood?' herhaalde ik, en ik schoot met een ruk rechtop in mijn bureaustoel, op dezelfde manier als juffrouw Ambrosia steeds deed als ze besefte dat haar tante Rosette op bezoek was gekomen. 'Hoe dood? Ik bedoel: hoe is ze gestorven?'

'Vermoord door haar rijinstructeur. Blijkbaar wilde ze niet met zijn pookje spelen, dus hij reed hen beiden tegen een muur in de buurt van Clontarf. Ze was op slag dood.'

'Jezus,' zei ik, niet wetend hoe ik daarop moest reageren. Ik had haar niet echt gemogen, maar dat was jaren geleden. Het leek een akelig einde.

'Dus alleen u en juffrouw Muffet blijven over,' zei hij.

'Wie?' vroeg ik.

'Mary-Margaret Muffet,' zei hij, en ik kon horen dat hij de naam oplas van een papier. 'Ze was destijds uw vriendin, klopt dat?'

'Nee, zeker niet!' riep ik, nog meer gechoqueerd door die insinuatie dan door het nieuws van Bridgets dood. 'Ik kende het meisje amper. Ze was een vriendin van Bridget, meer niet. Ik weet niet eens hoe ze elkaar kenden. Ze kwam mee zodat we met z'n vieren waren.'

'Juist ja,' zei hij. 'Nou, ze is bereid me te ontmoeten. Denkt u dat u op hetzelfde moment zou kunnen langskomen? Het zou zinvoller zijn als ik een gesprek op gang kon krijgen tussen jullie beiden, een herinnering aan de gebeurtenissen van die bewuste dag, u weet hoe het gaat. Anders vertelt zij mij A als ik haar spreek en u zegt B. Dan weet de lezer niet meer wie hij moet geloven.'

Ik wist niet zeker of ik er eigenlijk wel aan deel wilde nemen, maar het leek me geen goed idee om Mary-Margaret, aan wie ik maar een vage herinnering had, alleen in de schijnwerper te laten komen, waar ze lasterlijke opmerkingen kon maken over Julian in de nationale pers, dus ik stemde toe in een ontmoeting met hen. Op de afgesproken middag was ik op mijn hoede toen ik haar de hand schudde, maar tot mijn opluchting waren er niet veel verschillen tussen onze gezamenlijke herinneringen van die dag in 1959. We vertelden Terwilliger alles wat we ons herinnerden, hoewel Mary-Margaret duidelijk liet merken dat ze niet wilde spreken over Brendan Behan, die onverwacht bij de situatie betrokken raakte, om de eenvoudige reden dat het een vulgaire vent was en ze niet wilde dat zijn woorden werden herhaald in een krant, waar gevoelige kinderzielen erop zouden kunnen stuiten.

Achteraf leek het me netjes om te vragen of ze een kopje koffie met me wilde drinken. We liepen naar Bewley's Café aan Grafton Street, kozen een van de zithoeken bij de muur en deden ons best een gesprek te voeren.

'Ik houd eigenlijk niet zo van Bewley's,' zei Mary-Margaret. Ze trok een handvol servetjes uit de houder die op tafel stond en legde ze op de zitting onder haar achterwerk om besmetting te vermijden. Ze droeg haar haar in een knot achter op haar hoofd en hoewel ze gekleed was als een lid van het Legioen van Maria, zag ze er best knap uit, als je van zoiets hield. 'De stoelen kunnen vreselijk kleven. Ik denk niet dat de meisjes ze schoonmaken nadat de mensen hun kruimels erop hebben laten vallen. Dat is eigenlijk onder mijn niveau.'

'Maar ze maken goede koffie,' zei ik.

'Ik drink geen koffie,' zei ze, terwijl ze van haar thee nipte. 'Koffie is voor Amerikanen en protestanten. Ieren moeten thee drinken. Zo werden we uiteindelijk opgevoed. Geef mij een lekker kopje Lyons en ik ben in mijn sas.'

'Ik vind het ook niet erg om af en toe een kopje Barry's te nemen.'

'Nee, die komt uit Cork. Ik drink alleen thee uit Dublin. Ik zou niet iets wagen dat per trein is gekomen. In het café van Switzer krijg je lekkere thee. Ben je daar ooit geweest, Cyril?'

'Nee,' gaf ik toe. 'Waarom, ga je daar veel heen?'

'Elke dag,' zei ze, stralend van trots. 'Het is erg handig als je bij de Bank of Ireland aan College Green werkt, en de klanten hebben meer standing, dus dat is alleen maar prettig. Ik denk niet dat de bankdirecteuren blij zouden zijn als ze me in een of ander bruin café zagen.'

'Oké,' zei ik. 'Nou, je ziet er in elk geval geweldig uit. Dat was wel een dolle dag, hè? Toen Julian werd gekidnapt.'

'Zeer verontrustend,' antwoordde ze, lichtjes rillend, alsof er net iemand over haar graf was gelopen. 'Ik heb er nog maanden nachtmerries over gehad. En toen ze zijn lichaamsdelen begonnen op te sturen...'

'Dat was verschrikkelijk,' beaamde ik.

'Hoe is het eigenlijk met hem?' vroeg ze. 'Hebben jullie nog contact?'

'O ja,' zei ik, waarmee ik direct onze blijvende band bevestigde. 'Hij is nog steeds mijn beste vriend. En hij maakt het erg goed, fijn dat je dat vraagt. Momenteel is hij op het continent maar af en toe krijg ik een ansichtkaart. Ik zie hem weer als hij terug is. We bellen elkaar soms ook. Kijk maar, hier heb ik het telefoonnummer van zijn ouders.' Ik pakte mijn agenda, bladerde naar de w en liet het adres aan Dartmouth Square zien dat ooit mijn adres was geweest. 'Hij heeft ook mijn telefoonnummer. En als hij me niet kan bereiken laat hij altijd een bericht achter bij mijn flatgenoot, die geeft het dan door.'

'Rustig maar, Cyril,' zei ze, lichtjes fronsend. 'Het was maar een vraag.'

'Sorry,' antwoordde ik, met enige gêne vanwege mijn enthousiasme.

'Dus hij is eroverheen?' vroeg ze.

'Waaroverheen?'

'De ontvoering natuurlijk.'

'Jazeker. Hij is nooit het type geweest om zich door zulke dingen te laten ringeloren.'

'En het verlies van een teen, een vinger en een oor?'

'Hij heeft er nog negen. Nou ja, niet negen oren uiteraard. Hij heeft maar één oor over, maar dat is meer dan sommige andere mensen, denk ik.'

'Wie?' vroeg ze, naar me fronsend. 'Wie heeft er minder oren?'

Ik dacht erover na. Er kwam niemand bij me op. 'Zijn vader heeft ook maar één oor,' zei ik. 'Zo hebben ze toch nog iets gemeen. De IRA heeft een paar maanden voor de ontvoering een van de oren van diens hoofd geschoten.'

'Wat een vervelende lui, die IRA,' zei ze. 'Ik hoop dat je niets met ze te maken hebt, Cyril Avery?'

'Nee,' zei ik, snel mijn hoofd schuddend. 'Ik heb geen interesse voor dat soort dingen. Ik ben helemaal niet politiekminded.'

'Ik neem aan dat hij nu kreupel loopt, klopt dat?'

'Wie?'

'Julian. Met zijn negen tenen. Ik veronderstel dat hij kreupel loopt?'

'Ik geloof het niet,' zei ik. Ik wist het eigenlijk niet. 'Als hij dat doet, is het me nog nooit opgevallen. Eerlijk gezegd is het enige waar hij echt last van heeft dat oor. Uiteraard is zijn gehoor maar half zo goed als het zou kunnen zijn en hij ziet er een beetje vreemd uit zonder, maar hij heeft zijn haar laten groeien, het hangt nu over de rechterkant van zijn hoofd, dus het valt niet op. Hij ziet er nog steeds fantastisch uit.'

Mary-Margaret huiverde licht. 'De directie van de Bank of Ireland heeft bepaald dat de mannelijke werknemers geen lang haar mogen hebben,' zei ze. 'En ik neem het ze niet kwalijk. Lang haar doet mij een beetje te veel aan een mietje denken. En ik heb liever een man met twee oren. Eén oor is absoluut onder mijn niveau.'

Ik knikte en keek om me heen waar in het café de dichtstbijzijnde nooduitgang was; tot mijn afschuw viel mijn oog op een priesterstudent die met twee oudere priesters een paar stoelen verderop Coca-Cola zat te drinken en *eccles*-cake at. Ik had hem eerder op de achterste rij van de Metropolebioscoop gezien, waar ik een paar avonden tevoren naast hem had gezeten tijdens het draaien van *A Man for All Seasons*. Hij had zijn overjas op zijn schoot gelegd en ik had hem in het donker afgetrokken. De geur die nadien vrijkwam was puur ranzig en sommige mensen begonnen om te kijken, dus we hadden geen andere keuze dan ervandoor te gaan, juist toen Richard Rich plaatsnam in de getuigenbank om Thomas More te verraden. We bloosden hevig toen we elkaar zagen en meden elkaars blik.

'Wat is er met je?' vroeg Mary-Margaret. 'Je loopt helemaal rood aan.'

'Ik heb een koutje gevat,' antwoordde ik. 'De koorts komt met vlagen.'

'Bespaar me je ziektekiemen,' zei ze. 'Ik heb geen zin iets op te lopen. Ik moet aan mijn baan denken.'

'Volgens mij is het niet besmettelijk,' zei ik, en ik nam een slokje koffie. 'Ik vond het vreselijk toen ik het nieuws hoorde over Bridget, trouwens,' zei ik. 'Je zult wel erg overstuur zijn geweest.'

'Tja,' zei ze stellig, ze zette haar kop neer en keek me recht aan. 'Natuurlijk vond ik het heel erg om te horen dat ze was overleden, en de omstandigheden waren natuurlijk verschrikkelijk, maar eigenlijk had ik al enige tijd eerder het contact met haar verbroken.'

'O ja?' zei ik. 'Hebben jullie mot gehad?'

'Laten we maar zeggen dat we heel verschillende typen waren.' Ze aarzelde even maar leek daarna alle voorzichtigheid te laten varen. 'Eigenlijk, Cyril, was Bridget Simpson een dellerig geval en ik vond het niet leuk meer in de buurt van zo'n type. Geen idee met hoeveel mannen ze betrekkingen had, ik ben de tel kwijtgeraakt. Ik zei tegen haar: "Bridget," zei ik, "als je je leven niet betert, ga je een vreselijk einde tegemoet," maar ze luisterde niet naar mij. Ze zei dat je maar één keer leeft en dat ik te gefrustreerd was. Ik! Gefrustreerd? Kun je je dat voorstellen? Lachen is gezond, dat is mijn enige stelregel. Hoe dan ook, toen ze met getrouwde mannen begon te flikflooien zei ik dat de grens was bereikt. Ik heb mijn poot stijf gehouden en haar verteld dat ik niets meer met haar te maken wilde hebben als ze doorging met dat soort flauwekul. Het volgende wat ik hoorde was dat ze een dodelijk auto-ongeluk had gehad in Clonmel.'

'Ik hoorde dat het Clontarf was,' zei ik.

'Nou, een van de Clons. Ik ben uiteraard naar haar begrafenis geweest en heb een kaarsje voor haar gebrand. Ik zei tegen haar arme moeder dat ze troost moest vinden in het feit dat Bridget ons allemaal een geweldige les had geleerd. Dat als je een liederlijk leven leidt, je een gruwelijke dood kunt verwachten.'

'En hoe vatte ze dat op?'

'De arme vrouw was zo door verdriet overmand dat ze niets kon zeggen. Ze keek me geschokt aan. Ze nam het zichzelf wellicht kwalijk dat ze haar dochter had opgevoed zonder enig gevoel voor fatsoen.'

'Of misschien vond ze jou een beetje ongevoelig?' suggereerde ik.

'Nee, dat was het absoluut niet, volgens mij,' zei ze, schijnbaar verbijsterd door die opmerking. 'Lees de Bijbel, Cyril Avery. Daar staat het allemaal in.'

We zaten een paar minuten zwijgend tegenover elkaar en ik merkte dat de priesterstudent opstond en naar de deur liep; hij vluchtte met een angstige blik in mijn richting. Even voelde ik een bepaalde sympathie voor hem en precies even snel voelde ik hetzelfde ook voor mezelf. Toen vroeg ik me af of hij een seintje had gegeven dat hij naar de film ging en zo ja, hoe snel ik kon wegkomen uit Bewley's Café en hem achterna kon gaan.

'Mag ik je een vraag stellen, Cyril?' vroeg Mary-Margaret en terwijl ik een geeuw probeerde te verbijten keek ik weer naar haar. Ik vroeg me af waarom ik niet gewoon was teruggegaan naar kantoor na het interview en die hele toestand had vermeden.

'Jazeker,' zei ik.

'Waar ga jij naar de mis?'

'Waar ga ik naar de mis?'

'Nou zeg, je vriend heeft geen twee oren aan zijn hoofd maar jij hebt dat wel. Ja, waar ga jij naar de mis?'

Verbaasd deed ik mijn mond open en zocht naar een antwoord, kon dat niet vinden en deed hem daarom weer dicht. De waarheid was dat ik nooit naar de mis ging. De laatste keer dat ik in een kerk was geweest was zeven jaar eerder, toen ik een priester de dood in had gejaagd door hem te vertellen welke vunzige gedachten er allemaal door mijn hoofd spookten.

'Mis,' herhaalde ik, om tijd te winnen. 'Ga jij dan vaak naar de mis?'

'Ja natuurlijk,' zei ze, zo hevig fronsend dat haar voorhoofd werd verdeeld in vijf verschillende regels, als de notenbalk op een vel bladmuziek. 'Waar zie je me voor aan? Ik ga elke dag naar Baggot Street. Daar doen ze een mooie mis. Ben je ooit naar de kerk in Baggot Street geweest?'

'Nee,' zei ik. 'Niet dat ik me kan herinneren.'

'O, je moet een keertje gaan. Er hangt daar een heerlijke sfeer, dat alleen al. De geur van wierook gemengd met die van dode lichamen is puur adembenemend.'

'Klinkt mooi.'

'Dat is het ook. En de pater houdt een prachtige preek. Hij is een echte hel-en-verdoemenispriester, en dat is volgens mij precies wat Ierland momenteel nodig heeft. Er lopen dezer dagen zo veel vreemde vogels rond. Ik zie ze steeds in de bank. Studenten van Trinity College die haast geen kleren dragen en hun handen achter in de spijkerbroek van hun vriendje hebben gestoken. Jij hebt toch geen denim spijkerbroek, Cyril?'

'Ik heb er één,' zei ik. 'Maar die is een beetje lang en ik draag hem niet zo vaak.'

'Gooi hem weg. Geen mens moet zich in spijkerbroek vertonen. Ik zie uiteraard de hele wereld daar waar ik zit, in het deviezenkantoor van de

Bank of Ireland, College Green. Ik kreeg vorige week een gescheiden vrouw uit Engeland aan de balie, wil je dat wel geloven? Ik heb haar mijn afkeuring wel laten merken, dat wil ik je best vertellen. En gisteren was er een jongeman bij me die er meer uitzag als een meisje dan als een jongen. O, de manier waarop hij sprak! Hij was uiteraard van dattum,' voegde ze eraan toe, en ze knakte haar rechterhand vanuit de pols omlaag. 'Ik weigerde hem te helpen. Ik zei dat hij naar de Allied Irish Bank kon gaan als hij zijn geld gewisseld wilde zien. Ze richten zich daar op dat soort personen. Hij zette de boel op stelten. Wil je weten hoe hij me noemde?'

'Niet echt,' zei ik.

'Een t-r-u-t,' zei ze, voorovergebogen zachtjes het woord spellend. Ze schudde haar hoofd en keek een andere kant op. 'Ik ben er nog steeds niet overheen,' vulde ze even later aan. 'Hoe dan ook, ik heb de man van beveiliging gevraagd hem eruit te gooien. En weet je wat hij toen deed?'

'Nee,' zei ik. 'Want ik was er niet bij.'

'Hij begon te huilen! Hij zei dat zijn geld even goed was als dat van iedereen en dat hij het beu was te worden behandeld als een tweederangs burger. Ik zei tegen hem dat als ik mijn zin kreeg hij helemaal geen burger meer was. Natuurlijk begonnen we hem daarna allemaal uit te lachen, de klanten ook, en hij ging op een van de banken zitten met een verongelijkt gezicht alsof wij fout waren! Ze moeten alle chocoprinsen opsluiten, als je het mij vraagt. Ze op een van de eilanden voor de westkust neerpoten, waar ze alleen elkaar kwaad kunnen doen. Maar goed, Cyril, waar hadden we het over? O ja, waar ga jij naar de mis?'

'Aan Westland Row,' zei ik, bij gebrek aan een beter antwoord. Het was al moeilijk genoeg om haar lijst met vooroordelen bij te houden, en nu ook nog nadenken over een kerk in Dublin die haar goedkeuring kon wegdragen...

'O, maar dat is een mooi gebouw,' zei ze, waarmee ze me verraste door hem niet te diskwalificeren omdat hij te hoog was, te breed was of te veel letters in zijn naam had. 'Een mooi stukje metselwerk daarbinnen. Het staat elk jaar weer op mijn lijst voor Witte Donderdag, als ik mijn *Visita Iglesia* doe. Ik vraag me af of ik je daar ooit heb gezien?'

'Alles is mogelijk,' zei ik. 'Maar het meeste is onwaarschijnlijk.'

'En nu moet je me zegge en schrijve nog één ding vertellen,' voegde ze eraan toe, terwijl ze nog een slokje van haar thee nam en een gezicht trok.

Het leek of zelfs de thee nu tegen haar samenzwoer. 'Wat doe je zo eigenlijk?'

'Pardon?'

'Ik ga ervan uit dat je ergens een goede job hebt?'

'O, jazeker,' zei ik, en ik vertelde haar over mijn werk op het ministerie van Onderwijs en haar ogen lichtten direct op.

'Nu, dat is een heel mooie carrière,' zei ze. 'Bijna net zo goed als werken op een bank. In de ambtenarij kan het simpelweg niet verkeerd gaan. Ze kunnen je niet ontslaan, dat alleen al, zelfs niet in moeilijke tijden of als je volstrekt ongeschikt bent. Papa wilde altijd dat ik ambtenaar werd, maar ik zei: "Papa, ik ben een zelfstandige jonge vrouw en ik zal mijn eigen plaats wel vinden," en die heb ik inderdaad gevonden, op de deviezenafdeling van de Bank of Ireland, College Green. Maar ik denk altijd dat het goede van de ambtenarij is dat je daar als twintigjarige kunt beginnen, iedere dag van je leven achter een en hetzelfde bureau kunt zitten en voordat je het weet ben je een oude man en ligt alles achter je en hoef je alleen nog maar dood te gaan. Dat moet een geweldig veilig gevoel geven.'

'Zo had ik er echt nog niet over nagedacht,' zei ik. Het hele idee bezorgde me een merkwaardig gemengd gevoel van sterfelijkheid en triestheid. 'Maar ik neem aan dat je gelijk hebt.'

'Heb ik je ooit verteld dat mijn oom Martin ambtenaar was?'

'Eh nee,' zei ik. 'Maar we hebben elkaar toch nog maar net teruggezien?'

'Hij was een geweldige ambtenaar. En een heerlijke man. Hoewel hij een tic in zijn wang had en ik hou niet van mannen met een tic. Ik krijg er een ongemakkelijk gevoel van.'

'Werkt hij daar nog steeds?' vroeg ik. 'Misschien ken ik hem wel.'

'Nee,' zei ze, en ze tikte tegen haar slaap. 'Hij werd dement,' zei ze terwijl haar stem daalde tot bijna fluistersterkte. 'De helft van de tijd weet hij niet meer wie hij is. De laatste keer dat ik hem zag, dacht hij dat ik Dorothy Lamour was!' Ze liet een bulderende lach horen, keek rond en schudde verrukt haar hoofd, maar ineens was haar strakke gezicht terug, waarop zich nu walging aftekende. 'Moet je haar zien,' zei ze.

Ik draaide mijn gezicht in haar blikrichting en zag een meisje naderen over het middenpad van Bewley's, een jonge schoonheid die de weersomstandigheden tartte door zo weinig kleren mogelijk te dragen. De ogen van elke man ter plaatse waren in het voorbijgaan op haar achterste gericht – van bíjna elke man welteverstaan.

'Veel te bloot gekleed,' zei Mary-Margaret, en ze liet haar lip opkrullen. 'Dat is absoluut niet mijn niveau.'

'Wil je misschien een slagroompunt bij de thee?' vroeg ik.

'Nee, dank je, Cyril. Room bekomt me niet goed.'

'Oké.' Ik keek op mijn horloge en zag dat we al zeven minuten in het café zaten, wat ik wel lang genoeg vond. 'Nou, ik denk dat ik maar weer eens terugga,' zei ik.

'Waarheen terug?'

'Weer aan het werk,' zei ik.

'O, kijk eens aan,' zei ze. 'Meneer heeft het hoog in de bol.'

Ik had geen idee wat ze daarmee bedoelde. Het leek geen absurd idee dat ik weer aan het werk moest, want het was nog maar drie uur in de middag.

'Was leuk je weer te zien, Mary-Margaret,' zei ik en ik stak mijn hand uit.

'Wacht nou even, ik geef je eerst mijn telefoonnummer,' zei ze, en ze stak haar hand in haar tasje om pen en papier te pakken.

'Hoezo?' vroeg ik.

'Maar natuurlijk, hoe zou je me anders kunnen bellen als je niet weet wat mijn nummer is?'

Ik fronste, niet precies wetend waar ze op uit was. 'Neem me niet kwalijk,' zei ik. 'Wil je dat ik je bel? Is er iets wat je me moet vragen? Want in dat geval kan ik hier nog wel even langer blijven.'

'Nee, we zullen iets bewaren om de volgende keer over te spreken.' Ze krabbelde een nummer neer en stak het me toe. 'Het is beter als jij mij belt dan andersom. Ik zou nooit het type willen zijn dat een jongen belt. Maar ik wil ook niet bij de telefoon op je zitten wachten, dus haal je op dat punt niets in je hoofd. En als papa opneemt, vertel hem dan maar dat je ambtenaar bent op het ministerie van Onderwijs, want dat valt wel bij hem in de smaak. Anders maakt hij korte metten met je.'

Ik keek naar het papiertje in mijn hand en wist niet wat ik moest zeggen. Dit lag geheel buiten mijn ervaringswereld.

'Bel me zaterdagmiddag,' zei ze. 'Dan maken we plannen voor zaterdagavond.'

'Goed,' zei ik, niet wetend wat ik mezelf aandeed maar erop vertrouwend dat ik geen keuze had.

'Er is een film die ik wil zien,' zei ze. 'Hij draait in de Metropole. *A Man for All Seasons*.'

'Die heb ik gezien,' zei ik, zonder erbij te vertellen dat ik had moeten vertrekken juist toen Richard Rich zijn mentor verried vanwege Wales, omdat ik de geur van ejaculaat van mijn handen moest wassen.

'Nou, ik niet,' zei ze. 'En ik wil hem zien.'

'Er draaien een heleboel andere films,' zei ik. 'Ik zal straks eens in de krant kijken en zien hoe of wat.'

'Ik wil naar *A Man for All Seasons*,' zei ze nadrukkelijk, voorovergebogen en met een boze blik.

'Goed ja,' zei ik, en ik stond op voordat ze een mes kon pakken en mij aandoen wat de IRA Julian had aangedaan. 'Ik zal je zaterdag bellen.'

'Om vier uur. Geen minuut eerder.'

'Vier uur,' zei ik. Toen draaide ik me om en liep het café uit. Mijn overhemd begon al aan mijn bezwete rug te plakken. Terwijl ik door de zon terugliep naar mijn werk, overdacht ik de situatie. Zonder ooit de bedoeling te hebben gehad en zelfs zonder zoiets te willen, leek het erop dat ik een vriendin had. Mary-Margaret Muffet namelijk. Blijkbaar was mijn niveau hoog genoeg. Aan de ene kant maakte het idee me doodsbang, want ik wist niet hoe ik me moest gedragen met een meisje en had nog minder zin om dat uit te zoeken, maar aan de andere kant was dit een grote sprong in mijn leven, want het betekende dat er een kans was dat ik kon zijn net als iedereen en dat niemand me zou verdenken. Goddank zou ik nu niet naar een seminarie hoeven, waar ik al ongeveer een jaar vaag over dacht als antwoord op al mijn problemen.

Eenmaal terug op kantoor, sloot ik me af voor een eindeloos gesprek dat mijn collega's hadden over Jacqueline Kennedy en ging zitten om een lange brief aan Julian te schrijven, waarin ik hem vertelde dat ik verliefd geworden op een mooi meisje dat ik had ontmoet in Bewley's Café. Ik beschreef haar in buitengewoon complimenteuze bewoordingen en liet doorschemeren dat we al een paar maanden alle vormen van betrekkingen hadden. Ik deed wat ik kon om net zo seksueel promiscue te klinken als hij en sloot af met de opmerking dat het enige probleem met een vriendin was dat je niet kon profiteren van alle andere meisjes die er rondlopen. Dat zou ik niet kunnen, vertelde ik hem. Ik houd te veel van haar. Hoewel, voegde ik eraan toe, dat ik op dieet ben betekent niet dat ik het menu niet mag bekijken. Ik stuurde de brief naar het kantoor van de Western Union in Salzburg, waar hij en die harpij van een Suzi waren gaan skiën, en hoopte dat hij uit nieuwsgierigheid snel terug zou komen naar Dublin, zodat we samen een dubbele afspraak konden maken en dan zouden de meisjes misschien vriendschap sluiten en tegen ons zeggen dat we buitenshuis zonder hen wat moesten gaan drinken zodat zij konden praten over breien en recepten en dergelijke, en dan waren Julian en ik alleen samen, zoals het hoorde.

Na een paar weken waren Mary-Margaret en ik een vast koppel en elke zondag gaf ze me een lijst met dingen die we de komende week zouden doen. Ik had dinsdags en donderdags vrij maar moest me om de andere avond bij haar vervoegen. De meeste tijd werd dan doorgebracht in de huiskamer, waar we samen op de bank zaten terwijl haar vader televisie keek en paranoten met een laagje chocola at, terwijl hij constant verkondigde dat hij misselijk werd van paranoten met een laagje chocola.

Na ongeveer een maand bedacht ik me dat er nog niets seksueels tussen ons had plaatsgevonden en besloot ik dat het misschien een poging waard was. Uiteindelijk was ik nog nooit intiem omgegaan met een meisje en er bestond altijd een mogelijkheid dat als ik het probeerde, ik het misschien wel leuk vond. En dus boog ik me op een avond, toen haar vader al naar bed was, voorover en drukte zonder enige waarschuwing mijn lippen tegen de hare.

'Neem me niet kwalijk,' zei ze, en ze schoot achteruit op de bank met een ontzette uitdrukking op haar gezicht. 'Wat denk je dat je doet, Cyril Avery?'

'Ik probeerde te zoenen,' zei ik.

Ze schudde traag haar hoofd en keek me aan alsof ik net had toegegeven dat ik Jack the Ripper was of een lid van de Labourpartij. 'Ik dacht dat je een beetje meer respect voor mij bezat,' zei ze. 'Ik had geen idee dat ik al die tijd verkering had met een seksuele viezerik.'

'Volgens mij klopt dat niet helemaal,' zei ik.

'Tja, hoe zou je jezelf anders beschrijven? Ik zit hier te proberen naar *Perry Mason* te kijken, zonder dat ik wist dat je al die tijd van plan was me te verkrachten.'

'Zoiets was ik niet van plan,' protesteerde ik. 'Het was alleen maar een kus, meer niet. Moeten we elkaar niet kussen als we iets met elkaar hebben? Daar is toch niks mis mee, Mary-Margaret?'

'Nou, misschien,' zei ze nadenkend. 'Maar je zou in de toekomst ten minste het fatsoen kunnen hebben om het te vragen. Niets is minder romantisch dan spontaniteit.'

'Oké,' zei ik. 'Nou, mag ik je dan nu kussen?'

Ze dacht even na en knikte ten slotte. 'Dat mag,' zei ze. 'Maar zorg ervoor dat je je ogen dichthoudt en je mond ook. En ik wil je handen ver bij me uit de buurt. Ik kan er niet tegen om aangeraakt te worden.'

Ik deed wat me was opgedragen, drukte mijn lippen tegen de hare en mompelde haar naam alsof ik verzonken was in de passie van een grote liefdesaffaire. Zij bleef stijf op de bank zitten en ik zag dat ze nog steeds naar de televisie bleef kijken, waar Perry Mason hard optrad tegen een man in de getuigenbank. Na ongeveer dertig seconden van deze onbedwingbare erotiek, trok ik mijn mond weg.

'Je bent geweldig in het kussen,' antwoordde ik haar.

'Ik hoop niet dat je suggereert dat ik een verleden heb,' zei ze.

'Nee, ik bedoelde alleen maar dat je erg prettige lippen hebt.'

Ze kneep haar ogen samen, niet wetend of zo'n soort opmerking misschien weer een seksuele viezerik van me maakte. 'Nou, dat is wel genoeg voor één avond,' zei ze. 'We gaan ons toch niet laten meeslepen, hè?'

'Oké.' Ik wierp een blik omlaag. Er was hoegenaamd geen beweging geweest in het kruis van mijn broek. Als er al iets was gebeurd, kon dat alleen maar 'hevig verschrompelen' worden genoemd.

'En denk maar niet dat het een tot het ander zal leiden, Cyril Avery,' waarschuwde ze me. 'Ik weet dat er meiden bestaan die er alles voor zullen doen om een man vast te houden maar dat is beneden mijn niveau. Dat is absoluut beneden mijn niveau.'

'Geen probleem,' zei ik, en daarvan meende ik elk woord.

Overal mensen die kijken

Het was een moeilijke tijd om Iers te zijn, een moeilijke tijd om eenentwintig te zijn en een moeilijke tijd om een man te zijn die iets voelde voor andere mannen. Wie alle drie tegelijk was moest onderhandse en slinkse trucs uithalen die me tegen de borst stuitten. Ik had mezelf nooit beschouwd als oneerlijk en verfoeide het idee dat ik in staat was tot dergelijke onwaarheden en bedrog, maar naarmate ik langer analyseerde hoe mijn leven in elkaar stak, besefte ik beter dat het berustte op bedrog. De gedachte dat ik de rest van mijn tijd op aarde tegen mensen zou liegen voelde ik zwaar op me drukken en op zulke momenten overwoog ik serieus me van het leven te beroven. Van messen was ik bang, stroppen vond ik eng en vuurwapens benauwden me, maar ik wist dat ik geen goede zwemmer was. Als ik bijvoorbeeld naar het schiereiland Howth zou gaan en me in zee wierp, zou de stroom me snel ondertrekken en zou ik niets kunnen doen om mezelf te redden. Die mogelijkheid hield ik steeds in mijn achterhoofd.

Ik had weinig vrienden en zelfs als ik mijn relatie met Julian nader bekeek moest ik toegeven dat onze verbondenheid was gebouwd op weinig meer dan mijn obsessieve, niet uitgesproken liefde. Ik had die verbondenheid in de loop der jaren angstvallig bewaakt en gekoesterd, waarbij ik mijn ogen sloot voor het feit dat hij misschien al jaren geleden zijn eigen leven zou zijn gaan leiden als ik niet zo vastbesloten was geweest contact te houden. Ik had hoegenaamd geen familie, geen broers en zussen, geen neven en nichten en geen idee van de identiteit van mijn biologische ouders. Ik beschikte over erg weinig geld en was me gaan ergeren aan de flat in Chatham Street omdat Albert Thatcher een serieuze vriendin had gekregen en als die 's nachts overbleef was het geluid van hun liefdesspel even gruwelijk als opwindend. Ik zag uit naar een eigen plek, een deur met maar één sleutel.

In mijn wanhoop wendde ik me tot Charles, vroeg hem om een lening van honderd pond zodat ik mijn woonsituatie kon verbeteren. Ik had een flat gezien boven een winkel aan Nassau Street met uitzicht over de gazons van Trinity College, maar ik zou me die nooit kunnen permitteren met het hongerloontje dat ik verdiende. Die lening, vertelde ik hem, zou me in staat stellen daar twee jaar te wonen, zodat ik geld kon sparen en kon proberen een beter leven voor mezelf op te bouwen. We aten kreeft en dronken Moët & Chandon in de jachtclub van Dun Laoghaire toen ik het idee aankaartte, maar hij weigerde subiet, verklaarde dat hij vrienden geen geld leende, aangezien dergelijke filantropische daden altijd slecht afliepen.

'Maar we zijn toch zeker meer dan vrienden?' vroeg ik, met een beroep op zijn goedheid. 'Je bent uiteindelijk mijn pleegvader.'

'Och kom, Cyril,' antwoordde hij lachend, alsof ik een grapje maakte. 'Je bent nu vijfentwintig jaar...'

'Ik ben eenentwintig.'

'Eenentwintig dan. Uiteraard geef ik wel om je, we kennen elkaar al lang, maar je bent geen...'

'Ik weet het,' zei ik, terwijl ik een hand opstak voordat hij die zin kon beëindigen. 'Laat maar zitten.'

Wat me evenwel het meeste zorgen baarde was mijn overweldigende, onverzadigbare, onbeheersbare wellust, een verlangen dat even hevig was als mijn behoefte aan voedsel en water maar dat, in tegenstelling tot die andere fundamentele behoeften, constant werd tegengewerkt door de angst voor ontdekking. Er waren nachtelijke excursies naar de oevers van het Grand Canal en de dichtbeboste stukken midden in het Phoenix Park, steelse verkenningen van de smalle steegjes in de buurt van Baggot Street en de verborgen paadjes die van de Ha'penny Bridge naar Christ Church Cathedral zigzagden. Het duister verhulde mijn misdaden maar overtuigde me ervan dat ik ontaard was, een viezerik, een Mr. Hyde die mijn vriendelijke Dr. Jekyll-huid achterliet in Chatham Street zodra de zon onderging en de wolken langzaam voor de maan schoven.

Het bevredigen van mijn wellust was niet het probleem. In het centrum van de stad kostte het geen moeite een jongeman te vinden met dezelfde voorkeuren, en door middel van een eenvoudige uitwisseling van blikken kon je een instantcontract sluiten waarna we zwijgend naar een schuilplaats met een geringe kans op ontdekking liepen, onhandig naar elkaar tastten achter de struiken, zorgvuldig vermeden elkaar aan te kijken terwijl onze handen trokken en streelden, onze lippen hongerig hun weg zochten en we met onze ruggen tegen bomen stonden, samen op het gras lagen of in smekende houdingen voor elkaar neerknielden. We betastten elkaars lichaam totdat een van ons het niet meer hield en leegstroomde over de aarde onder onze voeten, en ook al was er steeds de drang om daarna zo snel mogelijk weg te gaan, de etiquette hield in dat je niet kon vertrekken voordat ook de andere jongen zijn hoogtepunt had bereikt. Na een kort 'dank je wel' liepen we snel ieder een andere kant op naar huis, na een schietgebedje dat de Gardaí ons niet achternakwam, terwijl we in gedachten zwoeren dat dit de laatste keer was, dat we nooit meer zoiets zouden doen, dat we er definitief genoeg van hadden, maar dan gingen de uren voorbij, de drang kwam terug en de volgende avond schoven onze gordijnen weer met een ruk opzij als we naar buiten keken om te zien hoe het weer was.

Ik ging niet graag naar de parken omdat die meestal bevolkt werden door oudere mannen met auto's die naar een jonge gozer zochten om te naaien op de achterbank, en die zo hevig stonken naar Guinness en zweet dat elk verlangen dat ik zou kunnen voelen in het niets oploste. Maar ik ging er wel heen als ik wanhopig was, vrezend voor de dag waarop ook ik achter het stuur van een auto bleek te zitten, op zoek naar een jonge gozer. Daar kwam een einde aan toen de oude mannen me geld begonnen te bieden. Ze hielden naast me halt en zodra ik weigerde zeiden ze dat er een briefje van een pond te verdienen was als ik deed wat me werd gevraagd. Een- of tweemaal accepteerde ik in moeilijke tijden hun pond, maar seks zonder verlangen wond me niet op. Ik kon de daad niet verrichten voor geld. Ik moest het willen.

Eén keer maar heb ik iemand mee durven nemen naar Chatham Street en dat kwam doordat ik dronken, duizelig van wellust was. De jongen die ik had ontmoet, een paar jaar ouder dan ik, zo'n drie- à vierentwintig, deed me zo aan Julian denken dat ik vond dat ik wel een nacht met hem kon doorbrengen, waarbij ik me voorstelde dat mijn vriend op de een of andere manier was bezweken voor mijn verlangens. De jongen heette Ciarán, althans dat was de naam die hij me opgaf, en we hadden elkaar ontmoet in een bar in een souterrain bij Harcourt Street, waarvan de verduisterde ruiten de klanten het gevoel gaven dat ze hun liefde moesten verbergen. Ik ging er af en toe heen, want het was een goede plek om onder het mom van even een snel biertje iemand te ontmoeten die net zo verlegen en gespannen was als ik. Toen ik hem zag kwam hij van het toilet; we wisselden een blik die duidelijk maakte dat we ekaar mochten. Een paar minuten later kwam hij vragen of hij bij me mocht komen zitten.

'Natuurlijk,' zei ik, knikkend naar de lege stoel. 'Ik ben alleen.'

'Ja, we zijn allemaal alleen,' antwoordde hij met een wrange glimlach. 'Hoe heet je, als ik vragen mag?'

'Julian,' zei ik. De naam was eruit gerold voordat ik me zelfs maar kon afvragen of die keuze verstandig was. 'En jij?'

'Ciarán.'

Ik knikte, nam een slok van mijn Smithwick en probeerde hem niet strak aan te kijken. Hij was absurd knap, veel mooier dan het type waar ik normaal bij belandde, en daar kwam uiteraard bij dat hij het initiatief had genomen om mij te benaderen, wat betekende dat hij geïnteresseerd was. We zeiden een tijdje niets. Ik pijnigde mijn hersens af op zoek naar een zinnig gespreksonderwerp, maar mijn hoofd was leeg; tot mijn opluchting nam hij het initiatief.

'Ik ben hier nooit eerder geweest,' zei hij, met een blik om zich heen, en het vertrouwde knikje naar de barman maakte me duidelijk dat het niet waar was. 'Ik hoorde dat hier wel wat te beleven is.'

'Ik ook niet,' zei ik. 'Ik kwam toevallig voorbij en stopte voor een biertje. Ik wist niet eens dat hier een café was.'

'Vind je het erg als ik vraag wat je doet?' vroeg hij.

'Ik werk in de dierentuin van Dublin,' zei ik, mijn standaardantwoord op die vraag. 'In het reptielenhuis.'

'Ik ben bang voor spinnen,' zei Ciarán.

'Spinnen zijn feitelijk spinachtigen,' zei ik, alsof ik verstand van zaken had. 'Reptielen zijn hagedissen en leguanen en dergelijke.'

'O ja,' zei hij. Mijn blik viel op een oude man achter hem; zijn buik hing over zijn broekriem, hij zat aan de bar en keek verlangend in onze richting. Ik zag aan zijn gezicht dat hij graag bij ons wou komen zitten, dat hij van nature bij ons gezelschap paste, maar we waren veertig jaar jonger dan hij, dus het kon uiteraard niet en hij bleef waar hij zat, wellicht peinzend over de willekeurige liefdeloosheid van het universum.

'Ik blijf waarschijnlijk niet lang,' zei Ciarán uiteindelijk.

'Ik ook niet,' zei ik. 'Ik moet morgenochtend werken.'

'Woon je vlakbij?'

Ik aarzelde, want ik had nog nooit iemand mee naar huis in Chatham Street genomen. Maar dit was speciaal. Hij was gewoon te goed om te laten lopen. En dan was er de gelijkenis met Julian. Ik wist dat ik meer wilde dan wat illegaal rondtasten in een steegje waar het stonk naar pis, friet en het weggeschrobde braaksel van de vorige avond. Ik wilde weten hoe het zou zijn om hem te omarmen, innig welteverstaan, en door hem te worden omarmd, innig welteverstaan.

'Niet zo ver vanhier,' zei ik langzaam. 'Vlak bij Grafton Street. Maar het is een beetje moeilijk daar. En jij?'

'Onmogelijk, ben ik bang,' zei hij. Het viel me op hoe snel we elkaar begrepen, hoe weinig er gezegd hoefde te worden om duidelijk te maken dat we met elkaar naar bed wilden. Wat ze ook mochten zeggen, ik wist zeker dat heteroseksuele jongens het heerlijk zouden hebben gevonden als vrouwen net zo vlot waren als wij.

'Nou, misschien zouden we een wandeling kunnen maken,' zei ik, bereid de gebruikelijke weg te kiezen als er niet meer in de aanbieding was. 'Het is geen slecht weer.'

Hij dacht daar maar even over na voordat hij zijn hoofd schudde. 'Sorry,' zei hij, en hij legde onder de tafel een hand op mijn knie, wat elektrische vonken opwekte rond mijn lichaam. 'Ik hou eigenlijk niet van het buiten-gebeuren, eerlijk gezegd. Niet erg hoor. Wie niet waagt, die niet wint, of niet soms? Een andere keer beter.'

Hij stond op en ik wist dat ik op het punt stond hem te verliezen en nam een snelle beslissing. 'We kunnen het bij mij proberen,' zei ik. 'Maar dan moeten we wel stil zijn.'

'Weet je het zeker?' vroeg hij, met een hoopvol gezicht.

'We moeten héél stil zijn,' zei ik nogmaals. 'Er woont nog iemand op de etage en de hospita woont beneden met haar zoon. Ik weet niet wat er zou gebeuren als ze ons vonden.'

'Ik kan stil zijn,' zei hij. 'Of althans, ik kan het proberen,' voegde hij eraan toe met een glimlach waar ik om moest lachen, ondanks mijn netelige si-tuatie.

We verlieten de bar en liepen terug naar St Stephen's Green. Er waren een heleboel goede redenen om hem niet over de drempel te laten komen, maar geen daarvan was sterk genoeg om de strijd aan te binden met het feit dat elk atoom in mijn lijf naar het zijne verlangde, en al snel stonden we voor de knalrode deur, waar ik alleen nog maar de sleutel in het slot hoefde te steken. In mijn ongerustheid kreeg ik hem er moeilijk in.

'Wacht hier even,' fluisterde ik, waarbij ik zo ver naar hem overboog dat onze lippen elkaar bijna raakten. 'Ik ga even kijken of de kust veilig is.'

De lichten in de gang waren uit en de deur naar Alberts kamer was dicht, wat betekende dat hij waarschijnlijk sliep. Ik ging terug en gebaarde Ciarán binnen te komen en we liepen naar boven. Ik deed mijn eigen deur van slot, duwde hem naar binnen, draaide achter ons de sleutel weer om en een minuut later lagen we op bed en scheurden elkaar de kleren van het lijf als een paar tieners. Alle noodzaak om stil te doen verdween als sneeuw voor de zon toen we deden wat we daar kwamen doen, waarvoor we geboren waren om te doen.

De ervaring was geheel nieuw voor mij. Meestal ervoer ik de verleiding om het zo snel mogelijk te laten gebeuren en dan weg te rennen, maar deze keer wilde ik alles langzaam. Ik had nog nooit in een bed gevreeën en de sensatie van de lakens tegen mijn blote huid was ongelooflijk opwindend. Ik had nog nooit een mannenbeen gestreeld, nooit dat laagje haren gevoeld, nooit geweten hoe het voelde als mijn blote voeten de zijne aanraakten of als ik hem op zijn buik draaide, mijn tong langs zijn ruggengraat liet glijden en zijn rug zich kromde van genot. In het doffe straatlantaarnlicht dat door de gordijnen sijpelde voelden we de oprechtheid van wat we deden en algauw vergat ik Julian volledig en dacht ik alleen aan Ciarán.

Toen de nacht overging in de ochtend voelde ik iets wat ik nog nooit had gevoeld tijdens het vrijen. Het was meer dan wellust of de dolzinnige drang naar een orgasme. Ik voelde warmte, vriendschap en geluk, en dat allemaal voor een vreemde, dat allemaal voor een man van wie ik de echte naam waarschijnlijk niet eens wist.

Ten slotte keek hij me aan en glimlachte, hoofdschuddend met die bekende uitdrukking van spijt op zijn gezicht. 'Ik kan maar beter gaan,' zei hij.

'Je zou kunnen blijven,' suggereerde ik, verbaasd zulke woorden uit mijn eigen mond te horen. 'Je zou kunnen vertrekken als de andere kamerbewoner morgenochtend onder de douche staat. Niemand zou het merken.'

'Dat kan niet,' zei hij, terwijl hij uit bed klom. Ik keek toe terwijl hij zijn kleren pakte, die tussen de mijne her en der op de vloer lagen. 'Mijn vrouw verwacht me snel terug. Ze denkt dat ik nachtdienst heb.'

De moed zonk me in de schoenen en ik besefte dat ik de gouden ring aan zijn linkerhand tegen mijn rug had gevoeld toen hij me omarmde maar ik had niet doorgedacht. Hij was getrouwd. Natuurlijk. En, terwijl hij zijn overhemd dichtknoopte en zijn schoenen zocht, zag ik dat die onthulling niets voor hem betekende.

'Woon je hier al lang?' vroeg hij terwijl hij zich aankleedde, want stilte was het pijnlijkst van alles.

'Een poosje,' zei ik.

'Een heel geschikte ruimte,' zei hij, alvorens stil te staan en om zich heen naar de wanden te kijken. 'Ligt het aan mij of lijkt deze scheur op de loop van de Shannon door de Midlands?'

'Dat denk ik ook altijd al,' zei ik. 'Ik heb de hospita gevraagd hem te repareren maar volgens haar kost dat te veel geld en is hij er altijd geweest, dus geen nood.'

Ik ging weer liggen, trok de lakens op tot mijn kin om mijn naaktheid te bedekken en wilde dat hij stopte met praten en gewoon wegging.

'Luister, we zouden dit nog wel eens een keer kunnen doen als je wilt?' suggereerde hij terwijl hij naar de deur liep.

'Kan niet,' herhaalde ik zijn eigen woorden. 'Sorry.'

'Geen probleem,' antwoordde hij schouderophalend. Het was voor hem niets meer dan een nummertje geweest, een van de vele waarschijnlijk. Morgenavond zou er een ander nummertje zijn, in het weekend weer een ander en nog weer een ander in de week erna. Even later was hij verdwenen en een deel van mij kon het niet schelen als Albert, mevrouw Hogan of haar blinde zoon hun deur zou opendoen en merkte dat hij vertrok, maar er kwam geen rumoer van beneden, het leek erop dat hij ongemerkt was ontsnapt.

Er zijn geen homoseksuelen in Ierland

Een paar dagen later maakte ik een afspraak met een dokter. Hij heette dokter Dourish en zijn praktijk lag in een rij huizen van rode baksteen in Dundrum, een deel van de stad dat ik niet goed kende. Er was een aantal artsen die afspraken hadden met de ambtenarij en van wie we gunstige tarieven konden krijgen, maar omdat ik de regels van hun beroepsuitoefening in het katholieke Ierland niet vertrouwde was ik er huiverig voor om me bloot te stellen – letterlijk of figuurlijk – aan iemand die mijn geheim kon overbrieven aan mijn werkgevers. Ik had gehoopt dat Dourish jong was en welwillend tegenover mijn situatie stond, maar constateerde tot mijn spijt dat hij ruim boven de zestig was, tegen de pensioengerechtigde leeftijd aan, en er ongeveer even vriendelijk uitzag als een tiener die op maandagochtend wakker wordt gemaakt om naar school te gaan. Hij rookte tijdens het hele consult pijp, plukte sliertjes tabak van zijn gele tanden en deponeerde die in een asbak op het bureau, die nodig geleegd moest worden. Een strokruis aan de wand benam me enigszins de moed, om nog maar te zwijgen van het beeldje van het Heilig Hart achter zijn bureau, met daarin een flakkerend lampje dat een nogal spookachtige aanblik bood.

'Meneer Sadler, klopt dat?' vroeg hij en hij pakte de map die zijn secretaresse hem had gebracht en waarvoor ik natuurlijk een valse naam had opgegeven.

'Dat klopt,' zei ik. 'Tristan Sadler. Zo heet ik. Al sinds de dag dat ik geboren werd.'

'En wat kan ik vandaag voor je doen?'

Ik keek opzij, in de richting van het bed dat tegen een van de muren stond en waarop ik graag zou gaan liggen, als een psychiatrische patiënt, terwijl hij achter me stond. Ik wilde hem al mijn ellende vertellen zonder de uitdrukking op zijn gezicht te hoeven zien. De onvermijdelijke walging.

'Vindt u het goed als ik ga liggen?' vroeg ik.

'Waarom?'

'Dat zou ik het liefst willen.'

'Nee,' zei hij hoofdschuddend. 'Het bed is niet voor patiënten. Daar doe ik mijn middagdutje.'

'Goed. Ik blijf waar ik ben.'

'Alsjeblieft.'

'Ik wil graag met u praten,' zei ik. 'Ik denk namelijk dat er iets mis is met mij.'

'Natuurlijk is er iets mis met je. Waarom zou je anders hier zijn? Waar gaat het om?'

'Dat ligt een tikje delicaat.'

'Aha,' zei hij met een klein glimlachje en knikkend. 'Mag ik vragen hoe oud je bent, Tristan?'

'Ik ben eenentwintig.'

'Is het misschien een kwestie van intieme aard?'

'Ja.'

'Dat dacht ik al,' zei hij. 'Je hebt iets opgelopen, nietwaar? De vrouwen in deze stad zijn naar de verdoemenis, als je het mij vraagt. Allemaal vieze haaibaaien. We hadden ze nooit stemrecht moeten geven, als je het mij vraagt. Daardoor is het hun in de bol geslagen.'

'Nee,' antwoordde ik. Ik had de afgelopen periode natuurlijk wel een paar keer iets opgelopen, maar ik had een andere dokter, aan de noordkant van de stad, die ik op dat soort momenten bezocht; hij schreef me altijd iets voor waarmee het probleem snel was verholpen. 'Nee, niet zoiets.'

'Goed dan,' zei hij zuchtend. 'Wat dan? Gooi het er maar uit, jongeman.'

'Ik denk... Het is namelijk zo, dokter, ik heb me niet op de juiste manier ontwikkeld.'

'Ik kan je niet volgen.'

'Ik neem aan dat ik niet zo geïnteresseerd ben in meisjes als zou moeten. Als andere jongens van mijn leeftijd.'

'Ik begrijp het,' zei hij, en zijn glimlach smolt weg. 'Nou, dat is niet zo abnormaal als je zou denken. Sommige jongens ontwikkelen zich laat. Is het dan geen grote prioriteit voor je? Lekker vrijen, bedoel ik.'

'Het is een erg grote prioriteit,' vertelde ik hem. 'Waarschijnlijk mijn grootste prioriteit. Ik denk er de hele dag aan, vanaf het moment dat ik 's ochtends wakker word tot het moment dat ik naar bed ga. Ook droom ik erover. Soms droom ik zelfs dat ik naar bed ga en erover droom.'

'Wat is dan het probleem?' vroeg hij, en ik zag dat hij gefrustreerd raakte door mijn verhullende manier van praten. 'Kun je geen vriendin krijgen, is dat het? Je ziet er niet heel slecht uit. Ik weet zeker dat er veel meisjes zijn die graag met je zouden gaan stappen. Ben je verlegen, is dat het? Weet je niet hoe je met ze moet praten?'

'Ik ben niet verlegen,' zei ik. Ik vond mijn stem nu en besloot het eruit te gooien, god zegene de greep. 'En toevallig heb ik een vriendin, dank u zeer. Maar eigenlijk wíl ik geen vriendin. Ik denk niet over meisjes, ziet u. Maar over jongens.'

Er viel een lange stilte waarin ik niet durfde op te kijken. In plaats daarvan concentreerde ik me op het tapijt onder mijn voeten, dat was uitgesleten door al die mensen die in de loop der jaren in diezelfde stoel hadden gezeten en die uit angst, verdriet of neerslachtigheid met hun schoenen heen en weer hadden geschoven. De stilte bleef zo lang duren dat ik bang werd dat dokter Dourish van schrik erin gebleven was en dat ik weer een lijk op mijn geweten had. Maar ten slotte hoorde ik hoe hij zijn stoel achteruitschoof. Ik keek op en zag dat hij naar een kast liep, die openmaakte en op de bovenste plank een doosje pakte. Hij deed de kastdeur weer dicht en op slot, en ging zitten, met het geheimzinnige pakje op het bureau tussen ons in.

'Ten eerste,' sprak dokter Dourish, 'moet je niet denken dat je de enige bent met dat probleem. Er zijn in de loop der jaren, sinds de Grieken tot nu toe, veel jongens geweest met vergelijkbare gevoelens. Perverten, dégénérés en psychopaten bestaan al sinds de dageraad der tijden, dus denk geen seconde dat je speciaal bent. Er zijn zelfs plekken waar je ongestraft blijft en niemand ervan opkijkt. Maar het belangrijkste is dat je nooit toegeeft aan die walgelijke neigingen, Tristan. Je bent een goede, degelijke Ierse katholieke jongen en... je bent toch katholiek, neem ik aan?'

'Ja,' zei ik, hoewel ik met geen enkele religie verbonden was.

'Goed zo. Nou, helaas ben je gestraft met een vreselijke ziekte. Iets wat zonder aanwijsbare reden willekeurige mensen overkomt. Maar je moet geen moment denken dat je homoseksueel bent, want dat ben je niet.'

Ik bloosde licht bij het uitspreken van dat vervloekte, verboden woord, dat in beschaafd gezelschap bijna nooit werd gebezigd.

'Ja,' vervolgde hij, 'er zijn in de hele wereld homoseksuelen. Engeland heeft er veel. Frankrijk zit er vol van. En ik ben nog nooit in Amerika geweest maar ik neem aan dat er ook daar meer dan genoeg zijn. Ik zou niet denken dat het veel voorkomt in Rusland of Australië, maar ze hebben waarschijnlijk als compensatie wel iets anders weerzinwekkends. Hoe dan ook, onthoud: er zijn geen homoseksuelen in Ierland. Misschien heb je in je hoofd gezet dat je er een bent, maar je hebt gewoon ongelijk, zo simpel is dat. Je hebt ongelijk.'

'Zo simpel voelt het niet, dokter,' zei ik voorzichtig. 'Ik denk eigenlijk dat ik het misschien wel ben.'

'Heb je dan niet naar me geluisterd?' vroeg hij, naar me lachend alsof ik een volkomen onbenul was. 'Ik vertel je toch net dat er geen homoseksuelen in Ierland zijn? En als er geen homoseksuelen in Ierland zijn, hoe kun jij er dan in 's hemelsnaam eentje zijn?'

Ik dacht erover na in een poging de logica van zijn redenering te volgen.

'Tja,' vervolgde hij. 'Waarom denk je dat je er eentje bent? Een vuile poot, bedoel ik.'

'Heel simpel,' zei ik. 'Ik voel me zowel fysiek als seksueel aangetrokken tot mannen.'

'Nou, daarmee word je nog geen homoseksueel,' zei hij, en hij spreidde zijn handen in een gebaar van aanvaarding.

'Echt niet?' vroeg ik, lichtelijk verbluft. 'Ik dacht van wel.'

'Helemaal niet, helemaal niet,' zei hij, hoofdschuddend. 'Je hebt gewoon te veel televisie gekeken, dat is alles.'

'Maar ik heb helemaal geen televisie,' zei ik.

'Ga je naar de film?'

'Ja.'

'Hoe vaak?'

'Meestal eens per week.'

'Nou, dat is het dan. Wat was de laatste film die je hebt gezien?'

'*Alfie.*'

'Ken ik niet. Was die goed?'

'Ik vond van wel,' zei ik. 'Mary-Margaret vond hem walgelijk, ze zei dat Michael Caine zich moest schamen. Ze noemde hem een smeerlap zonder enig zelfrespect.'

'Wie is Mary-Margaret?'

'Mijn vriendin.'

Hij barstte weer in lachen uit en schoof naar voren op zijn stoel, vulde zijn pijp nog eens en stak hem aan met een serie pufjes waarbij de brandende tabak van rood zwart werd en daarna weer rood. 'Luister eens naar jezelf, Tristan,' zei hij. 'Als je een vriendin hebt, dan ben je absoluut geen homoseksueel.'

'Maar ik vind mijn vriendin niet aardig,' gaf ik aan. 'Ze heeft altijd kritiek op alles en iedereen. Ze zegt me altijd wat ik moet doen en commandeert me alsof ik haar hondje ben. En ik kijk nooit naar haar en vind haar nooit knap. Ik kan me niet eens voorstellen dat ik haar zonder kleren aan wil zien. Steeds als ik haar kus, moet ik achteraf haast braken. En soms kijk ik naar haar en dan wil ik alleen maar dat ze iemand anders ontmoet en me laat vallen zodat ik het niet hoef te doen. Ook ruikt ze raar. Ze zegt dat te vaak wassen een teken van hoogmoed is.'

'Tja, zo denken we allemaal over vrouwen,' zei dokter Dourish en hij haalde zijn schouders op. 'Ik ben het spoor bijster van het aantal keren dat ik 's avonds iets in de warme chocolademelk van mevrouw Dourish heb willen doen zodat ze 's morgens niet meer wakker wordt. En ik heb de beschikking over alles wat ik nodig zou hebben. Ik zou zo een recept voor een vergif kunnen uitschrijven en er is geen jury in het land die er vraagtekens bij zou zetten. Maar daarmee word ik toch nog geen homoseksueel? Hoe zou dat kunnen? Ik hou van Judy Garland, Joan Crawford en Bette Davis. Ik mis nooit een van hun films.'

'Ik wil dat het stopt,' zei ik, luidop vanwege mijn frustratie. 'Ik wil stoppen met denken over mannen en net als iedereen worden.'

'Daarom ben je dus bij mij gekomen,' antwoordde hij. 'En ik ben blij dat ik je kan zeggen dat je hier aan het juiste adres bent, want ik kan je helpen.'

Ik kreeg een beetje moed en keek hem hoopvol aan. 'Echt waar?' vroeg ik.

'O ja,' zei hij, knikkend in de richting van het doosje dat hij op het bureau tussen ons in had neergelegd. 'Pak dat maar eens beet, beste jongen, en maak het open.'

Ik deed wat hij me opdroeg en er viel een kleine injectiespuit met een scherpe naald ongeveer zo lang als mijn wijsvinger uit.

'Weet je wat dat is?' vroeg dokter Dourish.

'Ja,' zei ik. 'Een injectiespuit.'

'Goed zo. Nou luister, ik wil dat je me vertrouwt. Geef de spuit maar aan mij.' Ik gaf hem aan en hij knikte in de richting van het bed. 'Ga maar op de rand van het bed zitten.'

'Ik dacht dat het bed niet voor patiënten was?'

'Ik maak een uitzondering voor dégénérés. En doe eerst je broek uit.'

Ik vroeg me angstig af wat er ging gebeuren, maar ik deed wat hij zei, liet mijn broek op mijn enkels zakken en ging zitten waar hij had gezegd. Dokter Dourish kwam naar me toe, met de spuit op een vrij dreigende manier in zijn rechterhand.

'Trek nu je onderbroek uit,' zei hij.

'Nou, liever niet,' zei ik.

'Doe wat ik zeg,' zei hij, 'anders kan ik je niet helpen.'

Ik aarzelde, verlegen en nerveus, maar volgde uiteindelijk zijn opdracht en probeerde niet naar hem te kijken terwijl ik daar ging zitten, naakt vanaf mijn middel.

'Goed,' zei de dokter. 'Ik ga wat namen voor je opnoemen en ik wil dat je daar heel natuurlijk op reageert, duidelijk?'

'Duidelijk,' zei ik.

'Bing Crosby,' zei hij, en ik bewoog niet, keek naar de muur voor me, dacht aan de avond waarop ik naar een nieuw uitgebrachte versie van *High Society* was gegaan met Mary-Margaret in de Adelphi Cinema aan Abbey Street. Ze had het verhaal weerzinwekkend gevonden, vroeg zich af welke vuile slet zou scheiden van een man voor een ander en dan op de dag van haar tweede huwelijk terugging naar de eerste. Er sprak een gebrek aan morele overtuiging uit, stelde ze. Dat was volstrekt niet haar niveau.

'Richard Nixon,' zei dokter Dourish toen, en ik trok een grimas. Er werd verteld dat Nixon zich in 1968 weer verkiesbaar zou stellen en ik hoopte dat hij dat niet zou doen. Als ik dat gezicht 's ochtends in de krant zag lustte ik mijn ontbijt niet meer.

'Warren Beatty,' zei hij, en deze keer lichtte mijn gezicht op. Ik vond Warren Beatty erg goed sinds ik hem een paar jaar eerder had gezien als tegenspeler van Natalie Wood in *Splendor in the Grass*, en had een jaar eerder vooraan in de rij gestaan bij de première van *Promise Her Anything* in het Carlton. Maar voordat ik me verder kon verdiepen in zijn schoonheid, merkte ik dat ik van het bed sprong vanwege een onverwachte, martelende pijn. Ik struikelde over mijn voeten omdat mijn broek me wilde vloeren en ik viel op de grond, krimpend van de pijn en met mijn handen in mijn kruis. Toen ik eindelijk mijn handen durfde weg te halen zag ik een rood puntje op mijn scrotum, dat daar vijf minuten eerder niet was geweest.

'U hebt me geprikt!' riep ik, kijkend naar dokter Dourish alsof hij waanzinnig was. 'U hebt uw injectienaald in mijn ballen gestoken!'

'Inderdaad,' zei hij, met een kleine buiging alsof hij een bedankje incasseerde. 'Kom nu weer zitten, Tristan, zodat ik het nog eens kan doen.'

'Geen sprake van,' zei ik, en ik krabbelde overeind en vroeg me af of ik hem in zijn gezicht moest stompen of gewoon ervandoor moest gaan. Waarschijnlijk was het een komisch gezicht zoals ik daar midden in zijn behandelkamer stond, met een loshangende pik, mijn broek achter me aan slepend en mijn gezicht rood van woede.

'Je wilt toch genezen worden?' vroeg hij op welwillende, vaderlijke toon, maar zonder oog voor mijn evidente pijn.

'Jazeker,' zei ik. 'Maar niet zo. Het doet zeer!'

'Toch is dit de enige manier,' zei hij. 'We gaan je hersenen trainen om wellustige gevoelens voor mannen te koppelen aan de hevigste pijn. Op die manier mag je van jezelf die walgelijke gedachten niet meer ervaren. Denk aan de hond van Pavlov. Dit is een vergelijkbaar principe.'

'Ik ken geen Pavlov en ik ken zijn hond niet,' zei ik, 'maar behalve als een van de twee met een injectienaald in zijn ballen is gestoken denk ik niet dat ze weet hebben van wat ik momenteel voel.'

'Goed dan,' zei dokter Dourish schouderophalend. 'Ga dan maar verder met je smerige fantasieën. Leid een leven dat wordt beheerst door walgelijke, immorele gedachten. Wees de rest van je dagen een paria van de samenleving. Dat is jouw keuze. Maar vergeet niet, je kwam hier voor hulp en ik bied je hulp. Het is aan jou of je die al dan niet accepteert.'

Ik dacht daarover na en toen de pijn zakte liep ik langzaam – heel, heel langzaam – terug naar het bed en ging zitten, bevend en haast in tranen. Ik greep de bedrand vast en deed mijn ogen dicht.

'Heel goed,' zei hij. 'Nou, nog eens proberen. Paus Paulus vi.'

Niets.

'Charles Laughton.'

Niets.

'George Harrison.'

En als er patiënten achter de deur zaten te wachten op hun beurt wed ik dat ze hun hielen hebben gelicht en hard zijn weggerend toen ze door het pleisterwerk heen mijn gegil hoorden, dat dreigde de muren te laten bezwijken. Toen ik een half uur later naar buiten kwam gestrompeld, nauwelijks in staat te lopen en met tranen rollend over mijn wangen, was de praktijk leeg, op de secretaresse van dokter Dourish na, die achter haar bureau zat en een kwitantie uitschreef.

'Dat is dan vijftien penny,' zei ze terwijl ze me het reçu gaf. Heel voorzichtig – heel, heel voorzichtig – stak ik mijn hand in mijn zak voor het geld. Maar voordat ik het kon pakken, ging de deur naar de spreekkamer open. Mijn eerste impuls was ervandoor te gaan uit angst dat hij naar me toe kwam en zou roepen: 'Harold Macmillan! Adolf Hitler! Tony Curtis!'

'Drie penny extra voor een injectienaald, Annie,' zei dokter Dourish. 'Meneer Sadler neemt er eentje mee.'

'Achttien penny dan,' zei ze. Ik legde het geld op tafel en hinkte naar buiten, blij de frisse lucht van Dundrum in te ademen. Onderweg naar het winkelcentrum verderop stopte ik bij een bankje en ging zitten, probeerde een prettige houding te vinden en nam mijn hoofd in mijn handen. Een jong echtpaar bleef voor me staan; de vrouw leek pas zwanger. Ze vroegen of alles goed met me was, of ze iets voor me konden doen.

'Ik voel me prima,' zei ik. 'Toch bedankt.'

'U ziet er niet zo jofel uit,' zei de vrouw.

'Dat is omdat ik niet jofel ben. Er heeft net een man in een uur tijd zo'n twintig keer een naald in mijn scrotum gestoken. Zoiets doet ontzettend veel pijn.'

'Dat kan ik me voorstellen,' zei de man nonchalant. 'Ik hoop dat u niet hebt betaald voor een dergelijke behandeling.'

'Ik heb achttien pence betaald,' zei ik.

'Daar kan je mooi een avondje van uit als je voorzichtig bent,' zei de vrouw. 'Hebt u een dokter nodig? Er zit er eentje verderop in deze straat als...'

'Dat was de dokter die het gedaan heeft,' zei ik. 'Ik heb alleen maar een taxi nodig, meer niet. Ik wil naar huis.'

'Helen,' zei de man. 'Kijk eens of er een taxi langskomt. De arme man kan amper staan.' En ze had zich nog niet omgedraaid en haar hand in de lucht gestoken of er kwam er een aan en stopte voor ons.

'Niets is dit soort ellende waard,' zei de vrouw terwijl ik op de achterbank klom. Ze had een vriendelijk gezicht en een deel van mij wilde uithuilen op haar schouder en haar al mijn problemen vertellen. 'Wat er ook met u aan de hand is, geen zorgen maken. Het komt uiteindelijk allemaal goed.'

'Ik wou dat ik net zo veel vertrouwen had als u,' zei ik, terwijl ik het portier dichtdeed en de auto wegreed.

Voordat de hele auto in vlammen op kon gaan

Een paar weken later stond de minister in zijn hemd: hij werd betrapt met zijn broek op zijn enkels.

Een schijnbaar gelukkig getrouwd man die iedere zondagochtend zijn vrouw en kinderen meetroonde naar de mis en achteraf meestal te vinden was op het kerkplein, waar hij ongeacht de weersomstandigheden handen schudde van zijn kiezers en beloofde ze allemaal het volgend weekend te zien bij de wedstrijd van GAA. Deze TD van buiten de stad was dat weekend in zijn Dublinse flat gebleven maar werd in de vroege uurtjes van zondagochtend ontdekt in zijn auto, waar hij werd gepijpt door een zestienjarige junk die net de vorige dag was vrijgelaten nadat hij zes maanden in de jeugdgevangenis had gezeten wegens een vergrijp tegen de openbare zeden. De minister werd gearresteerd en naar het Gardabureau aan Pearse Street gebracht, waar hij weigerde zijn naam te noemen en het gebruikelijke foefje uithaalde om van iedereen naar zijn badgenummer te vragen; ook hield hij vol dat geen van hen aan het eind van de dag nog een baan zou hebben. Toen hij probeerde weg te gaan werd hij in een cel gepropt om daar in zijn eigen sop gaar te koken.

Het duurde maar een uur voordat iemand hem had herkend. Een jonge Garda die de taak had de ingezetenen van de dronkenmanscel te voorzien van koppen thee, wierp één blik op het bolle, bezwete gezicht van de minister, herkende hem van het avondnieuws en liep de cel uit om het te melden aan de sergeant, die geen fan van de regering was en een paar discrete telefoontjes pleegde naar een bevriende journalist. Tegen de tijd dat de man was gedagvaard, onder borgstelling vrijgelaten en op vrije voeten gesteld, had zich een meute voor de deur gevormd en toen hij in het daglicht kwam, kreeg hij een spervuur van vragen en beschuldigingen over zich heen, naast het eindeloze geklik van de sluiters van camera's.

Toen ik de volgende ochtend aankwam bij het ministerie, stonden de media buiten langs Marlborough Street geparkeerd. Ik liep naar het kantoor en trof daar juffrouw Joyce, juffrouw Ambrosia en meneer Denby-Denby midden in het drama aan.

'Zo, bent u daar, meneer Avery,' zei juffrouw Joyce toen ik mijn tas neerzette. 'Waar bleef u zo lang?'

'Het is nog maar net negen uur geweest,' zei ik met een blik op de klok. 'Waarom, wat is er gebeurd?'

'Hebt u het niet gehoord?'

Ik schudde mijn hoofd en juffrouw Joyce deed haar best het uit te leggen, gebruikte daarbij alle eufemismen die de mensheid kent om niet de noodzakelijke woorden te hoeven zeggen, maar hoe gespannener ze werd, des te moeilijker haar verhaal te volgen was en tot slot werd het meneer Denby-Denby te gortig, hij gooide zijn handen in de lucht en kwam tussenbeide om alles duidelijk te maken.

'De Garda klopte op het raampje van zijn auto,' zei hij, met luide stem zodat er geen onduidelijkheid kon bestaan over wat er was gebeurd, 'en stelde vast dat beide mannen in de auto de broek op de enkels hadden en de jongen de pik van de minister in zijn mond. Hier zal hij zich niet uit weten te redden. De kranten smullen, de spetters vliegen ervanaf. Niet grappig bedoeld.'

Ik deed mijn mond wijd open in een mengeling van ongeloof en geamuseerdheid, en misschien was het pech dat hij nog openstond en een o vormde toen de minister zelf binnenkwam, bleek, bezweet en kregelig. Hij wees naar mij en brulde: 'Jij! Hoe heet je ook weer?'

'Avery,' zei ik. 'Cyril Avery.'

'Probeer je grappig te zijn, Avery?'

'Nee,' zei ik. 'Sorry, meneer.'

'Want ik zal je dit zeggen, ik heb genoeg grappen gehoord deze ochtend en er is grote kans dat ik mijn vuist ga gebruiken om de neus van de volgende grappenmaker te pletten. Is dat duidelijk?'

'Ja, meneer,' zei ik, terwijl ik naar mijn schoenen keek en probeerde niet te lachen.

'Juffrouw Joyce,' zei hij tegen onze vermeende superieur. 'Hoe ver zijn we intussen? Hebt u al iets op papier staan? We moeten actie ondernemen voordat de zaak uit de hand loopt.'

'Ik heb een kladje opgesteld,' zei ze, en ze pakte een vel papier van haar bureau. 'Maar ik wist niet precies welke beleidslijn u wilt volgen. En juffrouw Ambrosia is klaar is met de verklaring van uw echtgenote.'

'Lees maar voor,' zei hij.

Juffrouw Ambrosia stond op, schraapte haar keel, alsof ze auditie ging doen, en las hardop voor van haar notitieblok: 'De minister en ik zijn al meer dan dertig jaar getrouwd en al die tijd heb ik nooit enige aanleiding gehad om te twijfelen aan zijn trouw, zijn diep doorvoelde katholicisme en zijn niet-aflatende liefde voor de vrouw. De minister is altijd in de greep geweest van de vrouwelijke vorm.'

'O in godsnaam,' zei hij, en hij stormde naar het raam, stelde vast dat zich beneden op straat een menigte had verzameld en deed een stap naar achteren voordat ze hem konden ontdekken. 'Dat kun je niet zeggen, stomme trut. Zo klinkt het alsof ik een rokkenjager ben. Alsof ik hem niet in mijn broek kan houden.'

'Nou, dat kunt u ook niet,' zei meneer Denby-Denby. 'En u mag juffrouw Ambrosia niet uitschelden, hoort u? Dat pik ik niet.'

'Mond houden jij,' zei de minister.

'In al die tijd,' vervolgde juffrouw Ambrosia, zichzelf al lezend redigerend, 'heb ik nooit aanleiding gehad om zijn loyaliteit en zijn mannelijkheid in twijfel te trekken.'

'Jezus, dat is nog erger. Weet u wel wat een mannelijkheid is? Ik zou zeggen van wel, zoals je eruitziet.'

'Nu maakt u het een beetje te bont,' zei juffrouw Ambrosia, en ze ging weer zitten. 'Ik pijp in elk geval geen jongetjes in automobielen.'

'Ik heb niemand gepijpt!' bulderde hij. 'Als er iemand werd gepijpt dan was ik het. Hoewel ik het niet was, uiteraard, want het is nooit gebeurd.'

'Dat is een geweldig citaat,' zei meneer Denby-Denby. 'Dat moeten we beslist in het persbericht opnemen. "Ik pijp geen tienerjongens. Zij pijpen mij."'

'Is er iemand hier in de buurt die kan schrijven?' vroeg de minister, die van de een naar de ander keek en die laatste opmerking negeerde. 'Dit is toch het ministerie van Onderwijs? Heeft een van jullie eigenlijk wel onderwijs genoten?'

'Excellentie,' zei juffrouw Joyce, op de toon die ze altijd gebruikte als ze probeerde een binnenbrandje te blussen. Ik vermoedde dat ze die toon al vele malen had gebruikt in de loop van de tientallen jaren die ze daar had gewerkt. 'Vertel wat u wilt dat we doen en wij zullen het doen. Dat is uiteindelijk ons werk. Maar we hebben u nodig om richtlijnen te verstrekken. Dat is uiteindelijk úw werk.'

'Goed,' zei hij, en tijdelijk gekalmeerd ging hij aan de tafel midden in het kantoor zitten, om meteen weer op te staan als iemand met hevig opspelende aambeien. 'Eerst het belangrijkste: ik wil dat de Garda die me heeft gearresteerd wordt gearresteerd en onmiddellijk ontslagen wordt uit het korps. Geen beroep mogelijk, geen vakanties, geen pensioen. Neem contact op met Lenihan van Justitie en zeg hem dat ik wil dat het voor lunchtijd is gebeurd.'

'Maar op welke grond?' vroeg ze.

'Onrechtmatige aanhouding van een minister,' zei hij; zijn gezicht zag nu rood van woede. 'En ik wil dat iedereen die werkt in het Gardabureau aan Pearse Street wordt geschorst totdat we hebben achterhaald wie er heeft gelekt naar de pers.'

'Excellentie, de minister van Justitie is geen rekenschap verschuldigd aan de minister van Onderwijs,' zei juffrouw Joyce zachtjes. 'U kunt hem niet zeggen wat hij moet doen.'

'Brian zal alles doen wat ik hem vraag. We kennen elkaar al heel lang, hij en ik. Hij zal me niet afvallen, geen probleem.'

'Ik weet niet zeker of dat wel klopt,' zei ze. 'In feite was de eerste mededeling die ik vanochtend ontving afkomstig van mijn ambtgenoot van Justitie, die duidelijk maakte dat meneer Lenihan niet beschikbaar zou zijn om telefoontjes van u aan te nemen.'

'Die verdomde klootzak!' schreeuwde hij, waarbij hij een map van mijn bureau schoof en ongeveer driehonderd bladzijden met ministeriële memo's over de vloer liet vliegen. 'Dan moet u persoonlijk daarheen gaan, hoort u mij? Zeg hem maar dat ik genoeg schandalen over hem weet om hem ten val te brengen als hij niet doet wat ik vraag.'

'Dat kan ik niet, meneer,' hield ze vol. 'Het is tegen alle protocol in. En als ambtenaar moet ik me absoluut verre houden van alles wat riekt naar chantage van het ene lid van het kabinet door het andere.'

'Ik geef geen zak om uw verdomde protocol, hoort u? U doet wat ik zeg of u bent ook ontslagen voordat de dag voorbij is. En dit is de beleidslijn die ik wil uitzetten: de jongen in de auto was simpelweg de zoon van een oude vriend die een beetje in de penarie zat. Ik kwam hem toevallig tegen, bood hem een lift aan naar huis en parkeerde in Winetavern Street om de mogelijkheid te bespreken of hij hier in Leinster House een baan kon krijgen als ober. Terwijl we zaten te praten, liet hij zijn sigaret vallen, die op de vloer terechtkwam. Hij boog zich voorover om hem te pakken voordat de hele auto in vlammen op kon gaan. Dat was hoe dan ook een heldhaftige daad, waarvoor hij zou moeten worden geprezen.'

'En terwijl hij dat deed,' zei meneer Denby-Denby, 'raakte uw riem los, zakte uw broek af, de zijne ook, en op de een of andere manier belandde uw pik halverwege zijn keel. Volstrekt logisch. Ik zie niet hoe iemand een dergelijke uitleg in twijfel zou kunnen trekken.'

'Wegwezen. Jij,' zei de minister, wijzend naar meneer Denby-Denby en klikkend met zijn vingers. 'Wegwezen, hoor je? Je bent ontslagen.'

'U kunt mij niet ontslaan,' antwoordde meneer Denby-Denby, die zeer waardig opstond en zijn krant opvouwde en onder zijn arm stak. 'Ik ben ambtenaar. Ik blijf hier mijn hele leven, God helpe mij. Maar ik ga nu een kop thee halen en een plakje cake, en laat het aan u over om uit te zoeken hoe u zich eruit redt, want eerlijk gezegd heb ik geen zin om naar meer van deze kolder te luisteren. Maar laten we eerlijk zijn, schattebout, van ons tweeën zal ik de enige zijn die aan het eind van de dag nog een baan heeft.'

De minister keek hoe hij de kamer verliet en even dacht ik dat hij hem zou aanvliegen en zijn hoofd tegen de vloer zou bonken, maar hij was sprakeloos. Ik vermoedde dat het lang geleden was sinds iemand zo tegen hem gesproken had. Juffrouw Ambrosia en ik keken elkaar aan, we beten onwillekeurig op onze lippen en probeerden niet in lachen uit te barsten.

'Nog één woord van een van jullie,' zei de minister, nu wijzend naar ons, en we schoten weer achter ons bureau en hielden ons hoofd gebogen.

'Excellentie,' zei juffrouw Joyce kalm, terwijl ze hem naar de tafel midden in het kantoor loodste. 'We kunnen elk persbericht uitgeven dat u wenst, we kunnen alles zeggen wat u wilt dat we zeggen, maar het belangrijkste op dit moment is dat u op de kiezers moet overkomen als schuldbewust en u zichzelf niet belachelijker maakt dan u al bent. Eigenlijk zou uw politiek adviseur u dat moeten vertellen en niet ik.'

'Wat krijgen we nou?' zei hij, stomverbaasd over haar schaamteloosheid.

'U hebt me gehoord, meneer. Niemand zal het absurde verhaal geloven dat u net hebt verteld. Niemand met hersenen in zijn hoofd in elk geval, dus ik neem aan dat enkele van uw collega's zich er wel door zouden laten overtuigen. Maar ik kan u verzekeren dat de Taoiseach u met een zweep de kamer uit zal laten jagen als u zelfs maar probeert daar die lijn te volgen. En is dat wat u wilt? Uw politieke carrière voorgoed naar de maan? Het publiek zal op den duur vergeven en vergeten, maar meneer Lemass nooit. Als u enige hoop wilt hebben op een terugkeer in de toekomst, dan is de truc om nu te vertrekken voordat u wordt gedwongen te vertrekken. Geloof me, u zult me hier op den duur dankbaar voor zijn.'

'Hoor haar,' zei hij, met een stem vol minachting. 'U denkt dat u nu alles tegen me kunt zeggen, hè? U denkt dat u het allemaal weet.'

'Ik weet het niet allemaal, excellentie, nee,' zei ze. 'Maar genoeg om niet midden in de nacht op de openbare weg te betalen voor orale seks met een minderjarige en waarschijnlijk buitengewoon behoeftige jongeman. Zo veel weet ik in elk geval.' Ze stond op en liep terug naar haar eigen bureau, en toen ze achteromkeek leek ze verbaasd dat hij er nog steeds was. 'Nou, als er niets anders is, excellentie, stel ik voor dat u linea recta naar het kantoor van de Taoiseach gaat. We hebben het hier druk. Wij moeten ons voorbereiden op de komst van uw opvolger later vandaag.'

Hij keek onthutst om zich heen, met een bleek gezicht en een pulserende rode neus, en misschien wist hij nu dat zijn spel uit was. Hij liep de kamer uit en een paar minuten later kwam meneer Denby-Denby terug met een tompoes en een kop koffie.

'Wie denk je dat we nu krijgen?' vroeg hij. De gebeurtenissen van het laatste uur waren al niet meer dan een voetnoot in zijn memoires. 'Haughey toch niet? Die man werkt op mijn zenuwen. Hij ziet er altijd uit alsof hij net lijken heeft begraven in de bergen van Dublin.'

Juffrouw Joyce negeerde hem en zei tegen mij: 'Meneer Avery, zou u het erg vinden naar Leinster House te gaan en voor mij de ontwikkelingen in de gaten te houden? Als u iets hoort, bel me dan. Ik blijf de hele dag aan mijn bureau.'

'Goed, juffrouw Joyce,' zei ik, en ik pakte mijn jas en mijn tas, in eerste instantie blij naar de Dáil te kunnen gaan, waar het echte vuurwerk plaats zou vinden. Maar terwijl ik de situatie eerst leuk had gevonden was ik daar niet meer zo zeker van toen ik door O'Connell Street en langs de muren van Trinity College liep. Enerzijds had ik de minister nooit gemogen; hij had mij altijd uiterst minachtend bejegend, maar aan de andere kant wist ik beter dan wie ook hoe moeilijk het voor hem moest zijn geweest om zijn ware neigingen verborgen te houden. Hoe lang loog hij al tegen zijn vrouw, tegen zijn vrienden en familie, tegen zichzelf? Hij was een eind in de zestig, dus dat betekende een heel leven.

In Leinster House waren in elke gang en in elke nis TD's en hun adviseurs verzameld; ze fluisterden aan één stuk door en roddelden als viswijven. Overal waar ik kwam hoorde ik mensen woorden gebruiken als 'choco-prins', 'mietje' en 'vuile ruigpoot'. Er hing een vijandige sfeer, waarin alle aanwezigen zich distantieerden van hun collega door duidelijk te maken dat ze om te beginnen nooit bevriend waren geweest met een dergelijke viezerik en dat ze toch al het plan koesterden om voor te stellen zijn naam bij de volgende verkiezingen van de kieslijst te schrappen. Terwijl ik door een gang liep waar portretten hingen van William T. Cosgrave, Éamon de Valera en John Costello, die met schijnheilige minachting op me neerke-ken, zag ik de persvoorlichter van de Taoiseach op me af stappen, witheet nadat hij vermoedelijk een hele ochtend had besteed aan het afpoeieren van de media. Hij liep langs me heen, bleef toen staan, draaide zich om en keek me aan.

'Hé,' gromde hij. 'Hé, jou ken ik toch?'

'Ik geloof van niet,' antwoordde ik, hoewel we elkaar bij minstens tien gelegenheden hadden ontmoet.

'Ja hoor. Jij bent toch van het ministerie van Onderwijs? Avery, niet-waar?'

'Klopt, meneer,' zei ik.

'Waar is hijzelf? Is hij bij je?'

'Hij is nog in Marlborough Street,' zei ik, vermoedend dat hij de minis-ter bedoelde.

'Met zijn broek rond zijn enkels, neem ik aan?'

'Nee,' zei ik, en ik schudde mijn hoofd. 'Althans, de broek hing rond zijn middel toen ik hem een uur geleden zag, maar het ding kan inmiddels overal zijn, neem ik aan.'

'Probeer je grappig te doen, Avery?' vroeg hij, en hij boog zo ver naar me over dat ik de geur van verschaalde sigarettenrook en whiskey op zijn adem rook, naast een ranzige stank van kaas-en-uienchips. Er hadden zich wat mensen verzameld om naar ons te kijken, er hing dramatiek in de lucht. Dit is een geweldige dag, stond er op hun gezicht te lezen. Van alles aan de hand! 'Kijk trouwens eens hoe je erbij loopt,' vervolgde hij. 'Wat is dat voor jas die je draagt? Welke kleur heeft hij, roze?'

'Kastanjebruin, om precies te zijn,' zei ik. 'Gekocht bij Clerys. Voor de halve prijs in de uitverkoop.'

'O, bij Clerys gekocht, zeg je?' Hij keek voor bijval om zich heen naar de toeschouwers en grijnsde om me voor gek te zetten.

'Jazeker,' zei ik.

'Ik neem aan dat hij jou zelf heeft aangesteld? De minister? Een sollicitatiegesprek op zijn bank met de deur op slot? Samen een potje paalzuigen?'

'Nee, meneer,' zei ik, en ik werd rood bij de insinuatie. 'Ik heb de baan via een persoonlijk contact. Mijn pleegvaders derde, nu van hem vervreemde echtgenote. Zij werkte hier en...'

'Je wat?'

'Mijn pleeg...'

'Jij bent er ook een, hè?' vroeg hij. 'Ik zie het altijd.'

Ik fronste en vroeg: 'Een wat, meneer?'

'Een vieze poot. Net als je baas.'

Ik slikte heftig en keek om me heen naar de pakweg veertig mensen die nu naar ons stonden te kijken, staatssecretarissen, TD's, ministers en toen de Taoiseach zelf, Seán Lemass, die even bleef staan om te zien wat er aan de hand was. 'Nee, meneer,' fluisterde ik. 'Ik heb nota bene een vriendin. Mary-Margaret Muffet. Ze werkt aan de deviezenbalie van de Bank of Ireland, College Green en gaat elke ochtend naar Switzer voor een kop thee.'

'Ja, zelfs Oscar Wilde had een vrouw. Dat doen ze allemaal om argwaan te voorkomen. Het is waarschijnlijk permanent dolle pret op het ministerie van Onderwijs, hè? Weet je wat ik zou doen met alle poten als ik ze kon vangen? Ik zou doen wat Hitler deed. Je kan over die man zeggen wat je wilt, maar hij had een paar goede ideeën. Bijeendrijven, arresteren, en dan de hele zwik vergassen.'

Ik voelde dat zich in mijn maagkuiltje een mengsel van woede en vernedering vormde. 'Wat een verschrikkelijke rotopmerking,' zei ik. 'U moest u schamen.'

'O moet ik dat?'

'Ja. Dat moet u.'

'Sodemieter op, lul.'

'Sodemieter zelf op,' schreeuwde ik. Ik weigerde nog meer van zijn beledigingen te slikken. 'En poets in godsnaam je tanden als je zo dicht bij iemand gaat staan, dikke ouwe klootzak. Ik val zowat in katzwijm door de stank van je adem.'

'Wat zeg je nou?' vroeg de persvoorlichter, met een verbaasde blik op mij.

'Ik zei,' antwoordde ik, en ik praatte nu luider, aangemoedigd door wat ik dacht dat de instemming van de mensen om me heen was, 'poets je tanden als je naar...'

Het einde van mijn zin haalde ik niet, want ik was geveld door één snelle stomp tegen mijn hoofd, en toen ik opstond voelde ik jaren van woede in me aanzwellen, mijn rechterhand balde zich tot een vuist en ik deed een uitval. Maar hij ontweek me net op tijd en in plaats van zijn kin, mijn doelwit, knalden mijn knokkels tegen een pilaar achter me en ik slaakte een kreet van de pijn. Terwijl ik mijn hand masseerde en me omdraaide voor een tweede poging, raakte hij me weer, nu vlak boven mijn rechteroog, en ik zag dat er geld van eigenaar verwisselde tussen verschillende TD's.

'Drie tegen een voor de jongen,' zei iemand.

'Tien tegen een zou eerlijker zijn. Kijk, hij is al bijna uitgeteld.'

'Blijf van die jongen af!' Er kwam een stem uit de lucht vallen, een vrouwenstem, en daar was de beheerster van de tearoom, die de menigte spleet zoals Mozes een weg baande door de Rode Zee. 'Wat is hier aan de hand?' riep ze met al het gezag van iemand die daar al langer was dan alle anderen en die wist dat ze er nog lang zou zijn nadat al die anderen waren weggestemd. 'U, Charles Haughey,' zei ze, wijzend naar de minister van Landbouw, die ter zijde stond, wapperend met een pondbiljet, dat hij snel terug stopte in zijn portemonnee. 'Wat doen jullie allemaal met die arme jongen?'

'Geen zorgen, mevrouw Goggin,' bromde Haughey. Hij deed een stap naar voren en legde een hand op haar arm, die ze snel van zich afschudde. 'Ze zijn alleen maar een beetje uitgelaten, meer niet.'

'Uitgelaten?' vroeg ze met stemverheffing. 'Kijk eens naar hem! Het bloed druipt uit zijn wenkbrauw. En nog wel hier, in de zetel van parlementaire democratie. Schamen jullie je niet, niemand van jullie?'

'Rustig maar, beste mevrouw,' zei Haughey.

'Ik word rustig als u met uw stelletje schurken uit deze gang verdwijnt, hoort u? Wegwezen nu of ik zweer bij God dat ik de Gardaí op jullie allemaal af zal sturen.'

Ik keek op en zag de glimlach wegtrekken van Haugheys gezicht. Hij keek alsof hij haar de behandeling wilde geven die de persvoorlichter mij had gegeven, maar deed zijn ogen even dicht, wachtte tot hij zijn drift had ingetoomd en toen hij ze weer opendeed was hij volstrekt gekalmeerd.

'Kom mee, mannen,' zei hij tegen de omstanders, die bereid bleken bevelen van hem aan te nemen. 'Laat die jongen met rust. En dat kreng van de tearoom mag de rotzooi opruimen.' Toen klemde hij zijn hand stevig om de kin van mevrouw Goggin en voegde er met enige consumptie sprekend aan toe: 'Hou jij brutale opmerkingen voor je. Ik ben een geduldig mens maar van hoeren pik ik een grote mond niet. Ik weet wie je bent en ik weet hoe je bent.'

'U weet niets over mij,' zei ze terwijl ze van hem wegliep, waarbij ze probeerde dapper te klinken, maar ik kon angst in haar stem horen.

'Ik weet alles over iedereen,' zei hij glimlachend. 'Dat is mijn werk. Dag mevrouw. Een prettige middag gewenst.'

Terwijl ze wegliepen ging ik langzaam rechtop zitten, met mijn rug tegen de muur. Ik voelde aan mijn mond, waar ik bloed proefde. Toen ik mijn hand bekeek, was hij rood, als gevolg van een snee in mijn bovenlip.

'Kom mee,' zei mevrouw Goggin, en ze hielp me overeind. 'Kom in de tearoom zodat ik je kan opknappen. Je hoeft je geen zorgen te maken. Hoe heet je?'

'Cyril,' zei ik.

'Nou, maak je geen zorgen, Cyril. We hebben de hele tearoom voor onszelf, dus niemand zal naar je kijken. Iedereen gaat naar de Kamer om de toespraak van de minister te horen.'

Ik knikte en toen ik achter haar aan naar binnen liep herinnerde ik me de middag dat Julian en ik tijdens onze excursie zeven jaar eerder door diezelfde deuren waren gegaan en glazen Guinness hadden gedronken terwijl hij zich uitgaf voor TD van een of ander Dublins kiesdistrict dat hij beweerde te vertegenwoordigen. En ik wist zeker dat dit dezelfde vrouw was die ons kwam berispen vanwege alcoholgebruik onder de wettelijke leeftijd maar die uiteindelijk pater Squires scherp bekritiseerd had omdat hij ons onze gang had laten gaan in het gebouw. Met haar onverschrokkenheid tegenover autoriteiten had ze me nu twee keer een dienst bewezen.

Ik ging aan een tafeltje bij het raam zitten. Even later kwam ze terug met een glas cognac, een bak water en een vochtig washandje, waarmee ze het bloed uit mijn gezicht waste. 'Je hoeft je geen zorgen te maken,' zei ze met een glimlach. 'Het is maar een schrammetje.'

'Niemand heeft me ooit eerder geslagen,' zei ik.

'Drink dat nu op. Het zal je veel goed doen.' Toen ze het washandje wegnam, keek ze me in mijn ogen en fronste even, ging achteroverzitten alsof ze er een uitdrukking op herkende, voordat ze haar hoofd schudde en het washandje weer in de kom dompelde. 'Hoe begon het trouwens?'

'Met die kwestie van de minister van Onderwijs,' antwoordde ik. 'De persvoorlichter heeft waarschijnlijk een ellendige ochtend gehad en zocht iemand om het op af te reageren. Hij dacht dat ik er ook een was, weet u.'

'Een wat?'

'Een nicht.'

'En ben je dat?' vroeg ze zo achteloos alsof ze informeerde naar het weer.

'Ja,' zei ik. Dat was de eerste keer dat ik het ooit hardop aan iemand toegaf, het woord was eruit gerold voordat ik zelfs maar kon proberen het weer in te slikken.

'Tja, dat gebeurt,' zei ze.

'Ik heb het nog nooit aan iemand verteld.'

'Echt waar? Waarom vertel je het dan aan mij?'

'Ik weet het niet,' zei ik. 'Ik had het gevoel dat het kon, simpel. Dat u het niet erg zou vinden.'

'Waarom zou ik het erg vinden?' vroeg ze. 'Het heeft niets met mij te maken.'

'Waarom hebben ze trouwens zo'n hekel aan ons?' vroeg ik na een lange pauze. 'Als ze zelf niet homofiel zijn, wat maakt het hun dan uit of iemand anders dat is?'

'Ik herinner me dat een vriend van mij ooit eens vertelde dat we een hekel hebben aan wat we in onszelf vrezen,' zei ze schouderophalend. 'Misschien heeft dat er iets mee te maken.'

Ik zei niets en nipte van mijn cognac, vroeg me af of het nog de moeite loonde om die middag terug te gaan naar kantoor. Waarschijnlijk zou het niet lang duren voordat de gebeurtenissen juffrouw Joyce ter ore kwamen en hoewel een lid van de regering technisch gezien geen ambtenaar kon ontslaan, waren er wel omwegen en waarschijnlijk stond ik nog zwakker dan meneer Denby-Denby en de minister. Toen ik opkeek, zag ik dat er tranen in de ogen van mevrouw Goggin stonden; ze had haar zakdoek gepakt om ze weg te vegen.

'Let maar niet op mij,' zei ze, en ze probeerde te glimlachen. 'Ik vind dit soort geweld zeer schokkend. Ik heb het eerder meegemaakt en ik weet waartoe het kan leiden.'

'U vertelt het niemand, hè?' vroeg ik.

'Wat vertellen?'

'Wat ik u net heb verteld. Dat ik niet normaal ben.'

'O jezus,' zei ze, en lachend stond ze op. 'Doe niet zo belachelijk. Niemand van ons is normaal. In dit verdomde land tenminste.'

De Muffets

Ik vertelde Mary-Margaret niet dat ik mijn baan kwijt was (dat zou absoluut beneden haar niveau zijn), maar met zo weinig geld op mijn bankrekening begon ik me zorgen te maken hoe ik op de eerste van de nieuwe maand mijn huur moest betalen. Omdat ik niet wilde dat Albert me lastige vragen ging stellen of dat een van de Hogans zich afvroeg waarom ik overdag nog thuis was, verliet ik elke ochtend op het gebruikelijke tijdstip de etage aan Chatham Street en zwierf lukraak door de stad totdat de bioscopen opengingen. Voor een paar penny kon ik naar een vroege voorstelling en als ik me daarna in de toiletten verstopte kon ik de zaal weer binnen zodra de lichten doofden, en de rest van de middag blijven zitten.

'Er scheelt jou iets momenteel, Cyril,' zei Mary-Margaret op de avond van haar verjaardag, toen ik het weinige geld dat ik bezat gebruikte om met haar uit eten te gaan. Ik had haar meegenomen naar een nieuw Italiaans restaurant op Merrion Square, dat uitstekende recensies had gekregen, maar nadat ze het menu had bestudeerd zei ze dat ze meer respect voor haar maag had dan voor buitenlands voedsel; ze hield het bij karbonaadjes, aardappelen en een glas kraanwater. 'Ben je eigenlijk wel in je gewone doen?'

'Ja,' zei ik. 'Vrij regelmatig zelfs.'

'Wat betekent dat?'

'Niets,' zei ik, hoofdschuddend. 'Nee, ik voel me prima. Er is geen reden om je zorgen te maken.'

'Maar ja, wat voor iemand zou ik zijn als ik me geen zorgen maakte?' vroeg ze op een van haar zeldzame empathische momenten. 'Ik mag je erg graag, Cyril. Dat moet je intussen toch weten.'

'Ja,' zei ik. 'En ik mag jou ook erg graag.'

'Je hoort te zeggen dat je van me houdt.'

'Oké,' antwoordde ik. 'Ik hou van je. Hoe zijn je karbonaadjes?'

'Niet gaar. En de aardappels zijn erg zout.'

'Je hebt er zelf zout op gedaan. Heb ik gezien.'

'Ik weet het, maar toch. Ik zou wat tegen de ober willen zeggen, maar zoals je weet maak ik niet graag amok.' Ze legde haar mes en vork neer, keek rond en liet haar stem dalen. 'Eigenlijk is er wel iets wat ik samen met je wil bespreken. Ik vind het vervelend erover te beginnen nu we zo'n mooi avondje uit hebben, maar je komt er vroeg of laat toch achter.'

'Ik luister,' zei ik. Tot mijn verbazing zag ik dat ze bijna in tranen was, een toestand waar ze nooit aan toegaf, en iets in mij raakte vertederd toen ik over de tafel heen haar hand vastpakte.

'Niet doen, Cyril,' zei ze, en ze bewoog van me vandaan. 'Een beetje manieren.'

'Wat wilde je zeggen?' vroeg ik met een zucht.

'Ik ben een beetje ontdaan,' vertelde ze. 'Maar als ik het je vertel, moet je beloven dat er niets tussen ons zal veranderen.'

'Ik ben er bijna zeker van dat er nooit iets tussen ons zal veranderen,' zei ik.

'Goed. Nou, ken je mijn nicht Sarah-Anne?'

'Niet persoonlijk,' zei ik, terwijl ik me afvroeg waarom haar familie die dubbele namen voor hun dochters nodig vond. 'Ik geloof dat je haar wel eens hebt genoemd, maar ik weet niet zeker of we elkaar ooit hebben ontmoet. Is zij degene die non wil worden?'

'Nee, natuurlijk niet, Cyril,' zei ze. 'Dat is Josephine-Shauna. Weet je wat jouw probleem is?'

'Dat ik nooit luister?'

'Ja.'

'Dus welke is Sarah-Anne?' vroeg ik.

'Degene die in Foxrock woont. Ze is schooljuffrouw, wat ik altijd een tikje raar heb gevonden omdat ze geen staartdeling kan maken en praktisch analfabeet is.'

'O ja,' zei ik, terugdenkend aan een meisje dat ik ooit op een tuinfeest was tegengekomen en dat schaamteloos met me had geflirt. 'Een heel knap meisje, klopt dat?'

'Uiterlijk schoon is slechts vertoon,' zei Mary-Margaret snuivend.

'Wat mag dat wel betekenen?' vroeg ik. 'Ik heb die zegswijze nooit begrepen.'

'Hij betekent wat hij betekent,' zei ze.

'Oké.'

'Nou, we hebben een slecht nieuwtje gekregen over Sarah-Anne,' vervolgde ze.

Ik was nu een en al aandacht. Dit was niet het soort onderwerp dat Mary-Margaret meestal onder het eten aankaartte. Gewoonlijk besprak ze liever het gebrek aan niveau inzake kleding bij de jeugd, of over het geluidsniveau van rock-'n-rollmuziek, waarbij ze het gevoel had dat de duivel in haar oren schreeuwde.

'Ga door,' zei ik.

Ze keek weer om zich heen om zeker te weten dat niemand haar kon horen en leunde toen voorover. 'Sarah-Anne is gevallen,' zei ze.

'Gevallen?'

'Gevallen,' bevestigde ze, knikkend.

'Heeft ze zich bezeerd?'

'Wat?'

'Toen ze viel? Heeft ze iets gebroken? Was er niemand om haar overeind te helpen?'

Ze keek me aan alsof ik gek was geworden. 'Probeer je grappig te zijn, Cyril?' vroeg ze.

'Nee,' zei ik verbijsterd. 'Ik weet alleen niet wat je bedoelt, dat is alles.'

'Ze is gevallen!'

'Ja, dat zei je, maar...'

'O in 's hemelsnaam,' siste ze. 'Ze krijgt een baby.'

'Een baby?'

'Ja. Over vijf maanden.'

'O, is dat alles?' vroeg ik, en ik ging verder met mijn lasagne.

'Hoe bedoel je, "is dat alles"? Is dat niet genoeg?'

'Maar veel mensen krijgen toch baby's?' zei ik. 'Als er geen baby's waren, zouden er geen volwassenen zijn.'

'Doe niet zo belachelijk, Cyril.'

'Ik doe niet belachelijk.'

'Jawel. Sarah-Anne is niet getrouwd.'

'O, zo,' zei ik. 'Ik neem aan dat de zaak daardoor verandert.'

'Natuurlijk,' zei Mary-Margaret. 'Haar arme ouders zijn buiten zichzelf. Tante Mary staat vierentwintig uur per dag onder toezicht want ze dreigde een vleesmes in haar hoofd te steken.'

'In wier hoofd? Haar eigen hoofd of dat van Sarah-Anne?'

'Beide, waarschijnlijk.'

'En, weet ze wie de vader is?'

Haar mond viel vol afkeer open. 'Natuurlijk wel,' zei ze. 'Wat voor soort meisje denk je eigenlijk dat ze is? Je moet wel een heel lage dunk hebben van de familie Muffet.'

'Ik ken haar niet eens,' protesteerde ik. 'Ik heb helemaal geen mening over haar.'

'De vader is nota bene een klerenkast uit Rathmines. Werkt in een textielfabriek, wat beneden mijn niveau is. Natuurlijk is hij bereid met haar te trouwen, dus dat is één ding, maar ze kunnen pas over zes weken een kerk krijgen en tegen die tijd is het te zien.'

'Nou, hij doet in elk geval wat hij moet doen,' zei ik.

'Nadat hij de verkeerde dingen heeft gedaan. De arme Sarah-Anne was altijd zo'n goed meisje. Ik weet niet wat haar heeft bezield. Ik hoop dat je je geen ideeën in je hoofd haalt, Cyril. Je kunt beter niet denken dat ik ga toegeven aan dergelijk gedrag.'

'Geloof me, dat doe ik niet,' zei ik, en ik legde mes en vork nu neer, mijn eetlust verdween spontaan bij het idee alleen al. 'Het allerlaatste wat ik wil is jou verleiden.'

'Nou, je kunt de zeventiende van de volgende maand in je agenda zetten. Dat is de trouwdag.'

'Goed zo,' zei ik. 'Wat ga je haar geven?'

'Wat bedoel je?'

'Als huwelijksgeschenk. Iets voor de baby zullen ze toch wel kunnen gebruiken?'

'Ha!' zei ze, hoofdschuddend. 'Van mij krijgt ze géén cadeautje.'

'Waarom niet?' vroeg ik. 'Wie komt er nou op iemands bruiloft zonder cadeautje?'

'Als het een gewoon huwelijk was, dan zou ik ze natuurlijk iets geven,' zei ze. 'Maar dat is het toch niet? Ik wil geen teken van instemming geven. Nee, wie zijn billen laat aaien, moet op de blaren zitten.'

Ik rolde met mijn ogen en voelde transpiratie prikken in mijn nek. 'Moet je altijd zo veroordelend zijn?' vroeg ik.

Ze keek me aan alsof ik haar een klap had gegeven. 'Wat zei je tegen me, Cyril Avery?'

'Ik vroeg of je altijd zo veroordelend moet zijn. Het is al erg genoeg om te leven in dit land waar iedereen altijd zo'n ophef maakt en hypocrisie hoogtij viert. Is dat niet typisch een houding van oude mensen die niet begrijpen dat we in een nieuwe wereld leven? We zijn nog jong, Mary-Margaret. Kun je niet proberen een beetje sympathie op te brengen voor iemand die een moeilijke tijd doormaakt?'

'O, wat ben jij ontzettend modern zeg, Cyril,' zei ze, en ze ging achteroverzitten en trok een tuitmondje. 'Is dit jouw manier om me te vertellen dat je ook je gang wilt gaan met mij, is dat het? Dat je me mee terug wilt nemen naar je etage en me je slaapkamer in wilt sleuren, je paal tevoorschijn haalt, hem in mij steekt en een eind weg pompt totdat je me een goeie beurt hebt gegeven?'

Nu was ik het die verbaasd opkeek. Ik kon nauwelijks geloven dat zij zoiets zou zeggen, laat staan de woorden ervoor had.

'Want als dat is wat je denkt, Cyril,' vervolgde ze, 'dan heb je het gloeiend mis. Ik doe dat met niemand. En als we getrouwd zijn, verwacht maar niet dat het op andere avonden gebeurt dan zaterdag. En met de lichten uit. Ik ben fatsoenlijk opgevoed, weet je.'

Ik maakte een mentale notitie dat als we getrouwd waren ik moest zorgen plannen te hebben voor elke zaterdagavond en raakte daarna in paniek bij het idee van trouwen. Wanneer was daartoe besloten? We hadden er nog niet eens over gepraat. Had ik haar ten huwelijk gevraagd en was ik het vergeten?

'Ik zeg alleen maar dat we in 1966 leven,' antwoordde ik haar. 'We zitten niet in de jaren dertig. Er worden continu meisjes zwanger. Ik ken toch niet eens het verhaal van mijn eigen moeder?'

'Waar heb je het over?' vroeg ze, en ze trok een gezicht. 'Je kent het verhaal van je moeder van haver tot gort. Dat kent het hele land. Haar boeken worden toch zeker tegenwoordig op de universiteit bestudeerd?'

'Mijn biologische moeder,' verbeterde ik mezelf.

'Je wat?'

Mijn mond viel open van verbazing toen ik me realiseerde dat in de tijd dat we samen waren ik nooit had vermeld dat ik geadopteerd was. Ik vertelde het haar nu en ze verbleekte zichtbaar.

'Je bent wat?' vroeg ze.

'Geadopteerd,' zei ik. 'Nou, ik bedoel: ik wás geadopteerd. Een hele tijd geleden. Als kind.'

'En waarom heb je me dat nooit eerder verteld?'

'Het leek me niet zo belangrijk,' zei ik. 'Geloof me, ik zou je ergere dingen kunnen vertellen.'

'Niet erg belangrijk? Wie zijn dus je echte moeder en vader?'

'Geen flauw idee,' zei ik.

'Bent je daar niet nieuwsgierig naar? Wil je het niet uitzoeken?'

Ik haalde mijn schouders op. 'Niet echt,' zei ik. 'Charles en Maude waren feitelijk mijn ouders.'

'Hemelse goedheid,' zei ze. 'Dus jouw moeder kan ook een gevallen vrouw zijn?'

Ik keek haar aan en voelde woede opkomen in mijn borst. 'De realiteit kennende,' zei ik, 'acht ik het vrijwel zeker.'

'O mijn god. Wacht totdat ik het papa vertel. Nee, ik zal het papa niet vertellen. En jij vertelt het hem ook niet, hoor je?'

'Dat was ik ook niet van plan,' zei ik.

'Hij zou geschokt zijn. Hij zou er zowat een hartaanval van kunnen krijgen.'

'Ik zal geen woord zeggen,' zei ik. 'Hoewel ik het allemaal niet zo belangrijk vind. Er zijn een heleboel mensen geadopteerd.'

'Ja, maar zo'n afkomst is een kwalijk element in de familie.'

'Met je nicht is hetzelfde gebeurd,' zei ik.

'Dat is anders,' zei ze vinnig. 'Sarah-Anne heeft zich vergist, meer niet.'

'Nou, misschien heeft mijn moeder zich ook wel vergist,' merkte ik op. 'Dat zie jij niet als mogelijkheid?'

Ze schudde haar hoofd, zeer ontevreden. 'Er is iets met jou aan de hand,

Cyril Avery,' zei ze nadrukkelijk. 'Iets wat je me niet vertelt. Maar ik zal tot op de bodem gaan. Dat beloof ik je.'

De val van Horatio

Op een maandagavond begin maart verloofde mijn huisgenoot Albert zich met zijn vriendin Dolores, en om dat te vieren ging ik naar Neary's pub, waar hij en zijn verloofde en een verzameling van hun stevig innemende broers en zussen bijeen waren. Een paar uur later kon ik niet slapen omdat zijn hoofdeinde ritmisch tegen mijn muur bonkte, waarna me maar één ding overbleef om te voorkomen dat ik hun kamer zou binnenlopen en een emmer water over hen heen zou gooien. Het geluid van hun tomeloze passie werkte verwarrend, en ik voelde wanhopig veel behoefte aan menselijk contact. Ten slotte gaf ik toe aan mijn frustraties, schoot dezelfde kleren aan die ik eerder op de dag had gedragen, liep de trap af en belandde in de duisternis van Chatham Street, al half geprikkeld door de opwinding van wat ik hoopte dat er zou gebeuren. Ik stapte naar buiten en meende voetstappen achter me te horen; nerveus keek ik om me heen, maar tot mijn opluchting bleek de straat leeg.

Soms waren er wel wat jongens van mijn leeftijd te vinden in de buurt van de smalle, met keien geplaveide straten bij de pub Stag's Head, maar toen ik daar aankwam bleken de straten uitgestorven. Ik stak Dame Street over en sloeg rechts af naar Crown Alley, waar ik twee jongemannen bij een muur zag staan, met de hoofden dicht bij elkaar in gesprek. Ik verstopte me in een portiek, bereid een voyeur te zijn als er niet meer voor me in zat. Maar in plaats van het geluid van ritssluitingen en gretige kussen voerden ze een gesprek met elkaar in een noordelijke tongval en hun toon was zo dringend dat ik wou dat ik was doorgelopen en niet was blijven staan om af te luisteren.

'Ik wil gewoon toekijken,' zei de langste van de twee, een jongeman die ontvlambaar en gevaarlijk klonk. 'Hoe vaak in ons leven kunnen we zoiets zien?'

'Kan me niet schelen,' zei de ander. 'Als we te dichtbij zijn als het gebeurt, kunnen we gepakt worden.'

'We worden niet gepakt.'

'Hoe weet je dat? En wil jij het uitleggen aan de baas als we wel worden gepakt?'

Mijn schoen gleed even over de stoep en ze keken in mijn richting. Nu had ik geen andere keus dan uit het portiek te stappen en met grote stappen langs hen heen te lopen, in de hoop dat ze niet agressief zouden worden.

De jongste man kwam naar mij toe gelopen en vroeg: 'Wat deed jij daar? Stond jij ons af te luisteren?'

'Laat hem maar, Tommy,' zei zijn vriend, en ik nam de gelegenheid te baat om door te lopen, sneller nu, en tot mijn opluchting volgden ze me niet. Ik stak over via de Ha'penny Bridge en zette koers naar een van de verborgen paadjes die uitkwamen op Abbey Street waar ik in het verleden een paar clandestiene ontmoetingen had genoten. En ja hoor, er stond iemand te wachten, hij rookte leunend tegen een lantaarnpaal een sigaret en gaf me een teken, tikte met een vinger tegen zijn hoed toen hij me zag. Maar van dichterbij zag ik dat hij oud genoeg was om mijn grootvader te zijn; mijn lot vervloekend maakte ik rechtsomkeert. Bijna had ik me neergelegd bij het idee om onvoldaan naar huis terug te keren toen ik me het openbare toilet aan de noordkant van O'Connell Street herinnerde, de plek waar Julian een jaar of zeven voordien een oneerbaar voorstel was gedaan.

Ik had nog maar twee keer eerder in een openbaar toilet seks gehad, de eerste keer toevallig (als je tenminste toevallig seks kunt hebben) toen ik zeventien was en nodig moest terwijl ik langs Trinity College liep. Ik holde naar binnen om op het toilet van de kunstafdeling op de tweede verdieping een plasje te plegen. Staand voor een urinoir zag ik dat een van de studenten vlakbij zijn handen stond te wassen, en naar mij keek. Ik blikte zenuwachtig om me heen maar toen hij glimlachte kreeg ik spontaan een erectie, de urine spoot tegen de muur en de spetters vlogen tegen het kruis van mijn broek. Hij lachte en knikte in de richting van een van de toiletcabines en ik was achter hem aan naar binnen gegaan voor mijn officiële ontmaagding. De tweede keer was in een even teleurstellende nacht als deze, toen ik gedwongen was een openbaar toilet binnen te gaan aan Baggot Street voor een uitermate onbevredigende sessie met een jongen van mijn eigen leeftijd, die als een Vesuvius in mijn hand spoot op het moment dat ik hem aanraakte. Vanwege het gore karakter van die plekken kwam ik daar liever niet maar ik was wanhopig en liep dus in de richting van de Zuil van

Nelson, met geen andere wens dan dat de zaak snel voorbij zou zijn zodat ik naar huis en naar bed kon.

Weer had ik de duidelijke indruk dat ik werd gevolgd dus ik bleef staan, keek ongerust om me heen, maar zag niemand achter me, behalve een paar dronkenlappen, die zich met dekens en kartonnen dozen installeerden tegen de muren van het hoofdpostkantoor. Toch bleef ik op mijn qui-vive toen ik dichter bij het toilet kwam en zag dat de poort aan de straatkant openstond en dat binnen het verleidelijke licht me wenkte.

Ik liep de trap af en toen ik de hoek omsloeg naar de zwart-wit betegelde ruimte, wierp ik een blik om me heen en constateerde tot mijn teleurstelling dat er niemand was. Ik zuchtte en schudde mijn hoofd, bereid me gewonnen te geven. Terwijl ik aanstalten maakte om te vertrekken werd het slot van een van de toiletten voorzichtig opengedraaid en ging er een deur open. Ik zag een angstig uitziende jongen van een jaar of achttien, met een bril en een hoed die hij diep over zijn voorhoofd had getrokken. Hij gluurde naar buiten als een nerveus jong hondje dat went aan een nieuwe omgeving en ik keek naar hem terug, wachtend op een teken dat wij daar om dezelfde reden waren. Het was uiteraard mogelijk dat hij simpelweg het toilet had gebruikt en op het punt stond zijn handen te wassen en te vertrekken. Iets zeggen en tegen de lamp lopen zou tot een ramp kunnen leiden.

Ik gaf hem ongeveer dertig seconden, hij bleef roerloos naar me staan kijken, maar toen ik zijn ogen over mijn lichaam zag glijden wist ik dat er geen reden voor bezorgdheid was.

'Ik heb niet veel tijd,' zei ik. Intussen stelde ik tot mijn verbazing vast dat ik na alle belevenissen van die avond niet meer in de stemming was. Ik stond in een ondergrondse ruimte, omringd door de stank van pies en poep en veroordeeld tot het zoeken naar een wanhopige vorm van genegenheid bij een wildvreemde. Verslagen liet ik mijn schouders hangen en drukte ik mijn duimen en wijsvingers in mijn ooghoeken. 'Het is niet eerlijk, hè?' zei ik even later zacht, zonder te weten of ik het tegen hem zei, tegen mezelf of tegen het universum.

'Ik ben bang,' zei de jongen. Ik voelde medelijden met hem en vermande me. Hij beefde, het was duidelijk een nieuwe situatie voor hem.

'Wil jij jezelf wel eens om zeep helpen?' vroeg ik, en ik keek hem recht in de ogen.

'Wat?' vroeg hij, met een verwarde blik.

'Op sommige momenten,' vertelde ik hem, 'heb ik zin een broodmes te pakken en in mijn hart te steken.'

Hij zei niets, blikte ontzet om zich heen, keek ten slotte weer naar mij en knikte.

'Ik heb het vorig jaar geprobeerd,' zei hij. 'Geen broodmes. Een andere manier. Pillen. Maar het lukte niet. Ze hebben mijn maag leeg moeten pompen.'

'Laten we gewoon maar naar huis gaan,' zei ik.

'Ik kan niet naar huis,' vertelde hij. 'Ze hebben me eruit gegooid.'

'Wie?'

'Mijn ouders.'

'Waarom?' vroeg ik.

Hij keek beschroomd naar de grond. 'Ze hadden iets gevonden,' zei hij. 'Een tijdschrift. Had ik uit Engeland laten sturen.'

'Dan moeten we maar wat gaan wandelen,' zei ik. 'We kunnen lopen en praten. Vind je dat wat? Wil je gewoon wandelen en een praatje maken?'

'Oké,' zei hij glimlachend en ik voelde onmiddellijk genegenheid voor hem, geen verlangen, geen wellust, maar puur genegenheid.

'Hoe heet je?' vroeg ik.

Hij dacht na. 'Peter,' verzon hij.

'Ik ben James,' zei ik en ik stak een hand uit, die hij vastgreep. Toen glimlachte hij weer. Op dat moment besefte ik dat ik bij alle ontmoetingen met vreemden die ik ooit had gehad nooit eerder iemand in de ogen had gekeken. Ik kon me sommige gezichten herinneren, sommige kapsels, sommige schoenen, maar de kleur van hun ogen?

Tegelijkertijd hoorde ik voetstappen op de trap. Met zijn hand nog steeds in de mijne draaide ik me om en zag een dienaar van An Garda Síochána verschijnen, met op zijn bolle, zelfvoldane gezicht een pedante glimlach vol minachting voor mij en mijn soort.

'Aha, wat hebben we hier?' vroeg hij. 'Een paar mietjes, hè?'

'Garda,' zei ik, en ik liet de hand van de jongen los. 'Dit is niet wat het lijkt. We waren gewoon aan het praten, meer niet.'

'Weet je hoe vaak ik dat al heb horen zeggen, vuile flikker?' vroeg hij, en hij spuugde op de grond voor mijn voeten. 'Vooruit, omdraaien totdat ik je de handboeien heb omgedaan en probeer maar niks of ik sla je verrot en er is geen mens in het land die me dat kwalijk zou nemen.'

Voordat ik me kon verroeren hoorde ik meer voetstappen. Tot mijn ont- zetting zag ik een vertrouwd gezicht in de deuropening verschijnen en wist ik dat ik geen ongelijk had gehad toen ik vertrok in Chatham Street: inder- daad had iemand me de hele weg hierheen gevolgd. Iemand die wist dat ik niet helemaal eerlijk tegenover haar was.

'Mary-Margaret,' zei ik, en ik zag dat ze haar handen voor haar mond sloeg en ongelovig van de een naar de ander keek.

'Dit is het herentoilet,' zei Peter, nogal onnodig gezien de situatie. 'Er mogen hier geen vrouwen komen.'

'Ik ben niet een vrouw,' zei ze vinnig, en ze verhief haar stem toen ze hem aankeek met een woede die ik nog nooit had gezien. 'Ik ben zijn ver- loofde!'

'U kent deze vent, hè?' vroeg de Garda haar. Op dat moment zag de jon- gen zijn kans schoon en ging ervandoor, gaf de oudere man een duw en glipte weg, waarbij hij Mary-Margaret bijna ondersteboven liep. Voordat iemand van ons kon bewegen had hij de trap bereikt en was verdwenen.

'Kom terug!' riep de Garda. Hij keek omhoog over de trap, maar wist dat het zinloos was hem achterna te gaan. Hij was ruim over de vijftig en had een slechte conditie; de jongen zou inmiddels halverwege O'Connell Street zijn en was voorgoed verdwenen.

De Garda draaide zich weer naar mij om en zei: 'Nou, ik heb in elk geval een van jullie. Klaar om drie jaar te gaan brommen, jongeman? Want dat is het lot van jouw soort.'

'Cyril!' riep Mary-Margaret, en ze barstte in tranen uit. 'Ik wist dat er iets mis was. Ik wist het. Maar niet dit. Ik had niet gedacht dat het dit zou zijn. Ik had nooit vermoed dat je pervers bent.'

Ik hoorde haar nauwelijks omdat ik de toekomst voor mijn ogen langs zag trekken: de krantenberichten, de rechtszaak, de onvermijdelijke ver- oordeling, de vernederingen die ik zou ondergaan in de Mountjoy-gevan- genis. De mogelijkheid dat ik er zelfs werd vermoord. Dergelijke verhalen deden permanent de ronde.

'O, Cyril, Cyril!' huilde Mary-Margaret, met haar gezicht in haar han- den. 'Wat zal papa zeggen?'

'Alstublieft,' zei ik tegen de Garda; ik was bereid me niet meer te verzet- ten. 'Laat me gaan. Ik zweer dat ik zoiets nooit weer zal doen.'

'Vergeet het maar,' antwoordde hij, en hij stapte naar achteren en raakte me in mijn gezicht.

'Nog een keer, Garda,' riep Mary-Margaret; haar gezicht zag rood van vernedering en woede. 'Die smeerlap.'

En hij deed wat hem was gevraagd en stompte me zo hard dat ik tegen de muur viel, waarbij mijn wang tegen de bovenkant van een van de urinoirs sloeg. Ik hoorde in mijn hoofd iets kraken, gevolgd door een onmiddellijke gevoelloosheid aan de linkerkant van mijn gezicht. Toen ik me terugdraaide viel er een tand uit mijn mond en we keken alle drie hoe die over de vloer stuiterde voordat hij bleef liggen op de rand van een afvoerputje. Daar balanceerde hij met de brutaliteit van een golfbal die de rand van de hole heeft bereikt maar heeft besloten er niet in te vallen.

Ik draaide me om en keek naar mijn aanvaller, die de knokkels van één hand omklemde met de vingers van de andere, en ik stapte achteruit, bang dat hij me opnieuw zou slaan. Ik speelde met de gedachte om in plaats daarvan hem een stomp te geven en te ontsnappen, maar zelfs in mijn wanhoop wist ik dat zoiets zinloos zou zijn. Hem zou ik misschien de baas kunnen maar Mary-Margaret zou me zeker aangeven en dan zouden ze me uiteindelijk komen halen. Dus ik zwichtte.

'Goed,' zei ik verslagen, en de Garda stak zijn hand uit, pakte me bij mijn schouder, en samen liepen we de trap op naar de straat. Daar ademde ik de koele nachtlucht in en wierp een blik op de klok die aan het Clerys-warenhuis hing en aan de hand waarvan elke Dubliner zijn of haar horloge gelijkzet. Het was net half twee in de ochtend geweest. Drie uur eerder had ik in de kroeg gezeten met mijn pasverloofde vrienden. Een uur geleden lag ik in bed. Ik keek naar Mary-Margaret, die me blikken vol haat toewierp. Ik haalde mijn schouders op.

'Het spijt me,' zei ik. 'Ik kan er niets aan doen dat ik ben wat ik ben. Zo ben ik geboren.'

'Sodemieter op!' brulde ze.

Voordat ik was bekomen van mijn verbazing over haar woorden barstte er boven ons een ongewoon geluid los, alsof de hemel was opengegaan en zichzelf veranderde in een onwelluidend gedonder. We keken alle drie geschrokken omhoog.

'Jezusmina!' riep Mary-Margaret. 'Wat was dat in godsnaam?'

Het geluid leek even af te nemen, maar daarna werd het luider en toen ik omhoogkeek zag ik het standbeeld van admiraal Lord Nelson wankelen op zijn pilaar; zijn gezicht stond bozer dan ooit en het leek of hij van zijn voetstuk sprong en tot leven kwam; de steen spatte boven ons hoofd uit-een, waarbij Nelsons armen en hoofd van zijn lichaam braken.

'Kijk uit!' riep de Garda. 'De pilaar komt naar beneden.'

Hij liet me los, we liepen uit elkaar, de stenen begonnen te vallen, en ik hoorde hoe het grote beeld in kleine stukken barstte, die op O'Connell Street begonnen neer te regenen.

Het is zover, dacht ik. Dit is het ogenblik van mijn dood.

Ik rende zo hard ik kon, ontsnapte op de een of andere manier aan de neerstortende steenblokken, die in honderden stukken braken en als gra-naatscherven op mijn rug en hoofd regenden. Ik verwachtte bewusteloos te raken en wist zeker dat mijn getormenteerde leven elk moment voorbij zou kunnen zijn. Toen ik stopte met rennen en omkeek, was de rust weer-gekeerd op straat maar de plek waar wij drieën hadden gestaan, was nu verdwenen onder een rookwolk. In het vuur van het moment was mijn enige associatie dat ik als kind wel eens ongevraagd Maudes werkkamer binnenliep en haar niet kon vinden in de mist die er hing.

'Mary-Margaret!' riep ik, mijn stem veranderde in gebrul terwijl ik te-rugrende.

Vlak bij de plek waar we hadden gestaan struikelde ik over een lichaam, ik keek omlaag en zag de Garda die me had gearresteerd, nu plat op zijn rug, met zijn ogen wijd open, hij was heel ver weg. Ik deed mijn best me-delijden met hem te hebben, maar daar was ik te egoïstisch voor. Hij was overleden en niet door mijn schuld, meer viel er niet over te zeggen. De arrestatie ging niet door. Geen publieke vernedering.

Ik hoorde een geluid links van mij en zag Mary-Margaret daar liggen onder een groot brok steen. Nelsons neus lag tegen haar wang alsof hij haar parfum eens goed wilde ruiken; een van zijn ogen lag op de grond naar haar te staren. Ze ademde nog maar ik zag aan haar keel, die naar lucht hapte, dat haar niet veel tijd meer restte.

'Mary-Margaret,' zei ik, en ik pakte haar hand. 'Het spijt me. Het spijt me.'

'Je bent een smeerlap,' siste ze. Bloed sijpelde uit haar mond terwijl ze de woorden naar buiten wrong. 'Absoluut beneden mijn niveau.'

'Weet ik,' zei ik. 'Weet ik.'

En een ogenblik later was haar leven voorbij. En ook ik verdween, rennend naar huis door O'Connell Street. Het had geen zin daar te blijven. Eén ding wist ik zeker: dit was het eind. Er zouden geen mannen meer zijn, geen jongens meer. Alleen vrouwen voortaan. Ik zou net zo zijn als iedereen.

Ik zou normaal worden, al werd het mijn dood.

1973

De duivel op afstand houden

Spieren kweken

Julian kwam even voor achten bij mijn flat aan. Hij droeg een gebatikt overhemd dat half openhing, een strakke denim heupbroek en een paars nehrujasje. Zijn haar was gemillimeterd, waardoor hij deed denken aan Steve McQueen in *Papillon*, maar de vereiste bakkebaarden had hij weggelaten, waardoor het alleen maar meer opviel dat zijn rechteroor verdwenen was. Om zijn hals droeg hij een ketting van schelpen en kralen, die hij had gekocht, vertelde hij, van een honderdjarige marktkoopman in Rishikesh toen hij en een vorige vriendin daarheen waren gereisd om de Maharishi Mahesh Yogi te ontmoeten. De kleuren lichtten op in de glinstering van een psychedelische ring aan zijn rechterhand, die hij twee weken voordien had gestolen van Brian Jones toen ze bijkwamen uit een lsd-roes in Arthur's Nightclub aan East 54th Street.

'Afgezien daarvan zijn het een paar rustige maanden geweest,' zei hij, terwijl hij me van top tot teen fronsend bekeek. 'Maar waarom ben je nog niet gekleed? We komen te laat.'

'Ik ben gekleed,' antwoordde ik. 'Kijk maar.'

'Nou, je draagt kleren,' zei hij. 'Maar niet het type dat een achtentwintigjarige man met enig gevoel voor stijl zou dragen tijdens een avondje uit, zeker niet tijdens een vrijgezellenfeestje. Van wie heb je ze trouwens, van je vader?'

'Ik heb mijn vader nooit gekend,' zei ik.

'Je pleegvader dan,' antwoordde hij met een zucht. 'Echt, Cyril, moet je telkens...'

Ik onderbrak hem: 'Charles en ik hebben geen gemeenschappelijke kleding. Alleen al omdat we volstrekt verschillende maten hebben.'

'Nou, zo ga je niet uit. Of liever, ik ga niet uit met jou in die uitmonstering. Kom op, er moet daarbinnen wel iets liggen waarmee je niet oogt als de minder hippe jongere broer van Richard Nixon.'

Hij beende langs me heen en toen hij de deur naar mijn slaapkamer opendeed voelde ik paniek door me heen schieten, ongeveer wat je kunt voelen als je een kapotte stekker in een kapot stopcontact steekt. Mijn hersens draaiden op topsnelheid toen ik probeerde me te herinneren of ik niet iets bezwarends open en bloot had laten liggen. Ik hoopte vurig dat mijn exemplaar van *Modern Male* van najaar 1972, met op de cover een donkere bokser die niets anders draagt dan een paar knalrode handschoenen, veilig opgeborgen lag in de tweede la van mijn nachtkastje, samen met het nummer van *Hombre* dat ik vlak na Kerstmis had besteld naar aanleiding van een omzichtig geformuleerde advertentie op de achterpagina van *Sunday World*. Na het bestellen was ik twee weken in paniek, omdat ik bang was dat een religieuze fanaat met röntgenogen bij de douane op het vliegveld van Dublin het pakketje eruit zou vissen, de ontaarde publicatie uit haar verpakking zou scheuren en dan een verontwaardigd telefoontje zou plegen om de Gardaí naar mijn deur te dirigeren. Ook was er een nummer van *Vim* dat ik zes maanden eerder op een dagtocht naar Belfast had gestolen uit een pornoshop die verborgen lag achter de façade van een ontmoetingsruimte voor vakbondsleden. Toen ik op de terugreis werd aangehouden bij de grens, had ik het achter in mijn broek verstopt, maar gelukkig voor mij leken de inspecteurs blij met de vangst van twee gros condooms bij een bejaard omaatje dat haar slechte intenties camoufleerde met een kostuum van het Legioen van Maria.

Ik was van plan al die tijdschriften de volgende ochtend in een papieren zak te doen en weg te brengen naar een vuilnisbak een paar straten van mijn huis, een laatste afscheid van een manier van leven die ik had losgelaten. Nu ik daar stond, bang om van mijn plaats te komen terwijl mijn vriend in mijn slaapkamer rondneusde, bedacht ik dat Julian geen reden zou hebben het nachtkastje open te doen, dus waarschijnlijk was ik veilig. Hij zocht uiteindelijk overhemden en jeans, en niet het soort prullen en snuisterijen dat meestal op die plaatsen wordt bewaard. Toch hing er iets in mijn achterhoofd, een lichte bezorgdheid dat ik niet zo voorzichtig was geweest als had gemoeten, en die kwam weer boven op het moment dat hij in de deuropening verscheen met in zijn hand een tijdschrift dat hij zo walgend vasthield alsof het een vuile zakdoek was of een gebruikt voorbehoedsmiddel.

'Wat is dit godverdomme, Cyril?' vroeg hij, met een verbijsterd gezicht.

'Wat is wat?' vroeg ik, en ik deed mijn best de pure onschuld uit te hangen.

'*Tomorrow's Man*,' zei hij, de woorden lezend die stonden afgedrukt op de cover, '*Internationaal tijdschrift voor bodybuilding*.' Je vertelt me toch niet dat je je daarvoor interesseert? Iedereen weet dat dat voer voor nichten is.'

Ik rekte me eventjes onstuimig uit en simuleerde daarmee vermoeidheid, in de hoop zo de pulserende roodheid van mijn wangen te kunnen verklaren.

'Ik ben een beetje te zwaar geworden,' zei ik. 'Ik dacht dat het me zou kunnen helpen dat gewicht weer kwijt te raken.'

'Waar? Op je wenkbrauwen? Je hebt geen greintje vet op je botten, Cyril. Als je iets bent, dan ben je ondervoed.'

'Sorry, ja, dat bedoelde ik,' zei ik. 'Ik wil wat zwaarder worden, dat is alles. Beetje spieren kweken. Veel spieren. Heel veel spieren.'

'Je zei net dat je gewicht kwijt wilde raken.'

'Ik was even in de war,' zei ik hoofdschuddend. 'Ik kan vandaag absoluut niet helder denken.'

'Tja, dat is begrijpelijk, neem ik aan, als je bedenkt wat er morgen gaat gebeuren. Jezus, moet je die gozer zien,' zei hij, wijzend op de jonge spierbonk op de cover van het tijdschrift, die niets meer droeg dan een groene *posing pouch*, met zijn handen achter zijn hoofd zijn spieren spande en schijnbaar diep in gedachten in de verte staarde.

Ik knikte en hoopte dat hij dat vervloekte ding weg zou leggen en terugging naar de vraag wat voor kleren ik moest dragen, maar in plaats daarvan bladerde hij het door, waarbij hij zijn hoofd schudde en in lachen uitbarstte bij de voorbeelden van mannelijkheid, die eerlijk gezegd niet helemaal naar mijn smaak waren maar die ik waardeerde vanwege hun bereidheid voor een camera uit de kleren te gaan.

'Weet je nog, Jasper Timson?' vroeg hij.

'Van school?' vroeg ik. Ik herinnerde me de vervelende jongen uit ons schooljaar die accordeon speelde en constant probeerde Julian van me te stelen en die ik me desalniettemin af en toe voor de geest haalde bij het aftrekken.

'Ja. Nou, hij is er ook een.'

'Wat voor een?' vroeg ik onschuldig. 'Een zwemmer?'

'Nee, een nicht.'

'Attenoje,' zei ik.

'Echt waar,' vertelde hij. 'Hij heeft zelfs een vriendje. Ze wonen samen in Canada.'

'Christus,' zei ik, en ik schudde ongelovig mijn hoofd. Hoe kon dat? Hij 'had' gewoon een vriendje en ze 'woonden samen'? Kon het echt zo simpel zijn?

'In feite heb ik altijd wel geweten dat hij er een was, maar ik heb het nooit iemand gezegd,' zei Julian.

'Hoe wist je het dan? Heeft hij het je verteld?'

'Niet met zoveel woorden. Maar hij heeft een keer geprobeerd me te versieren.'

Ongelovig sperde ik mijn ogen wijd open. 'At-te-no-je,' zei ik nog een keer, met pauzes tussen de lettergrepen. 'Wanneer? Hoe? Waarom?'

'Het was in het derde of vierde jaar, ik weet niet meer precies. Iemand had een fles wodka de school binnengesmokkeld en een paar van ons sloegen die na een wiskunde-examen achterover. Weet je dat niet meer?'

'Nee,' zei ik fronsend. 'Ik geloof niet dat ik daarbij was.'

'Misschien was je niet uitgenodigd.'

'En wat gebeurde er?' vroeg ik, waarbij ik probeerde me niet te hevig aangesproken te voelen door de halve belediging.

'Nou, we zaten samen op mijn bed,' zei hij. 'Ruggen tegen de muur. We waren behoorlijk dronken en kletsten een eind weg en het volgende moment boog hij naar me over en stak zijn tong tot half in mijn keel.'

'Je neemt me godver in de maling,' riep ik, geschokt en opgewonden tegelijk. De kamer draaide om me heen terwijl ik probeerde dat te verwerken. 'En wat heb je gedaan? Heb je hem weggeslagen?'

'Natuurlijk heb ik hem niet geslagen,' zei hij fronsend. 'Waarom zou ik dat doen? Ik ben een vreedzame jongen, Cyril. Dat weet je toch?'

'Ja, maar...'

'Ik kuste hem terug, dat is wat ik deed. Het leek destijds beleefd om dat te doen.'

'Wát heb je gedaan?' vroeg ik, waarbij ik me afvroeg of mijn hoofd driehonderdzestig graden op mijn schouders draaide terwijl mijn ogen uit mijn hoofd puilden, net als bij dat meisje in *The Exorcist*.

'Ik kuste hem terug,' herhaalde Julian schouderophalend. 'Ik had dat voordien nog nooit gedaan. Met een jongen, bedoel ik. Dus ik dacht: ach sodemieter op. Eens zien hoe dat gaat. Zo probeer ik alles een keertje. Toen ik in Afrika was heb ik krokodillenbiefstuk gegeten.'

Ik keek hem aan, verbaasd en van streek tegelijk. Julian Woodbead, de jongen op wie ik mijn hele leven al verliefd was en die nooit de geringste romantische belangstelling voor mij had getoond, had getongzoend met Jasper Timson, een jongen met als grootste hartstocht in het leven accordeonspelen, godverdomme! Nu herinnerde ik me ook dat ik een keer binnen was komen lopen toen ze een eind weg zaten te giechelen. Het was vast een paar minuten daarvoor gebeurd. Ik ging zitten en verborg zorgvuldig de gigantische erectie in mijn broek.

'Dat geloof ik niet,' zei ik.

'Hé, niet van een scheet een donderslag maken, hè?' zei Julian nonchalant. 'Het is goddomme 1973. Wakker worden, zeg. Hoe dan ook, het duurde niet heel lang en deed me niets, dus dat was dan dat. Wie niet waagt, die niet wint. Jasper wilde uiteraard meer, maar ik zei nee. Ik vertelde hem dat ik geen vuile flikker was, en hij zei dat het hem niets kon schelen of ik dat nou was of niet, hij wou me nog steeds pijpen.'

'Jezus christus!' zei ik, en ik ging rechtop zitten, haast trillend door een mengsel van woede en begeerte. 'Je hebt hem dat toch niet laten doen?'

'Natuurlijk niet, Cyril. Waar zie je me voor aan? Hoe dan ook, hij leek het niet al te erg te vinden, want hij heeft het niet opnieuw geprobeerd. Hoewel er één positief ding uit rolde: hij zei dat als ik meer ging zoenen, ik eerst mijn tanden moest poetsen omdat mijn adem naar chips rook. Dat was een verstandig advies. Ik heb me er in de loop der jaren aan gehouden en het heeft me ver gebracht.'

'Maar je bent bevriend geweest met Jasper tot aan het einde van schoolperiode,' zei ik, me herinnerend dat ik al die tijd een lichte jaloezie voelde als ik ze samen zag.

'Maar natuurlijk,' zei Julian, terwijl hij me aankeek alsof ik gek was. 'Waarom niet? Je kon met hem lachen, Jasper. Ik heb ze opgezocht toen ik vorig jaar in Toronto was, maar hij en zijn makker waren vertrokken voor een weekendje rollebollen ergens. Hoe dan ook, dit zou hij prachtig vinden,' voegde hij eraan toe, terwijl hij *Tomorrow's Man* op een leunstoel gooide en terugkeerde naar de slaapkamer, waar hij mijn kleerkast opentrok en met verstand van zaken naar binnen keek. 'Maar je moet het echt wegdoen, Cyril. Mensen zouden een verkeerd idee kunnen krijgen. Nou, laten we eens kijken wat je hier allemaal hebt. Dit misschien?' Hij hield een paars overhemd met een wijde kraag omhoog dat ik een paar maanden eerder had gekocht op de Dandelion-markt en nooit had gedragen.

'Vind je?' vroeg ik.

'Nou, het is beter dan dat opakloffie. Kom op, trek aan, dan kan de avond beginnen. Die biertjes drinken zichzelf niet op.'

Ik voelde me een beetje opgelaten toen ik mijn overhemd uittrok, en het feit dat hij naar me bleef kijken terwijl ik me verkleedde gaf me een benauwd gevoel.

'En?' vroeg ik.

'Nou, het is een verbetering. Als ik een paar uur over had gehad dan had ik je mee de stad in kunnen nemen om een goede outfit voor je te vinden. Maakt niet uit.' Hij sloeg een arm om me heen en ik snoof gulzig de geur van zijn eau de cologne op, terwijl mijn lippen zijn onderkaak ondraaglijk dicht genaderd waren. 'Hoe voel je je eigenlijk? Klaar voor de grote dag?'

'Ik denk het,' zei ik, niet het meest zelfverzekerde antwoord. Intussen verlieten we mijn huis en liepen naar Baggot Street. Ik woonde nu al een paar jaar alleen aan Waterloo Road en werkte als onderzoeker bij de radio, de RTÉ, waar mijn taak gelijkelijk verdeeld was tussen religieuze programma's en landbouwtentoonstellingen. Ik wist praktisch niets over beide, maar kwam er al snel achter dat je alleen maar een microfoon in iemands gezicht hoefde te duwen en hij bleef uitentreuren praten.

We hadden afgesproken om naar Doheny & Nesbitt te gaan, waar een paar van mijn collega's waren samengekomen voor de bokkenfuif, en ik zag er een beetje tegen op om ze aan Julian voor te stellen. Ik had het vaak over hem gehad, de vele mijlpalen van onze vriendschap beschreven, maar dit zou de eerste keer zijn dat die twee belangrijke elementen van mijn leven met elkaar in aanraking kwamen. In de loop der jaren had ik twee wezenlijk niet-kloppende portretten van mezelf geschilderd, één voor mijn oudste vriend en een ander voor mijn nieuwste vrienden, en ze hadden maar een paar penseelstreken gemeen. Door onthullingen van beide kanten kon de hele strategie in duigen vallen, inclusief mijn toekomstplannen.

'Het speet me te horen over jou en Rebecca,' zei ik toen we over het Grand Canal liepen. Ik probeerde niet te laten merken hoe blij ik was dat

Julian had gebroken met zijn nieuwste schatje. 'Ik vond dat jullie goed bij elkaar pasten.'

'O dat is oud nieuws,' zei hij, en hij wuifde het weg. 'Hoe dan ook, er is sindsdien een Emily geweest, een Jessica, en momenteel zit ik achter een nieuwe Rebecca aan. Rebecca nummer twee. Kleinere tieten maar jezus, in bed een hete bliksem. Niet dat het heel lang gaat duren, uiteraard. Een week of twee zou ik zeggen, hooguit.'

'Hoe raak je zo snel uitgekeken op mensen?' vroeg ik, want dat ging er bij mij niet in. Als ik zo gelukkig zou zijn geweest iemand te vinden met wie ik regelmatig wilde vrijen maar ook hand in hand door de straten van Dublin kon lopen zonder te worden gearresteerd, dan zou ik hem nooit laten gaan.

'Het is niet precies uitgekeken raken,' zei hij hoofdschuddend. 'Maar de wereld is vol vrouwen en ik hoef niet de rest van mijn leven vast te zitten aan een en dezelfde. Er zijn er onderweg uiteraard wel een paar geweest met wie ik een langere relatie niet erg zou hebben gevonden maar ze dringen aan op monogamie en daar ben ik niet op gebouwd. Het zal je misschien verbazen, Cyril, maar ik heb nog nooit een vriendin bedrogen.'

'Nee, in plaats daarvan dump je ze simpelweg.'

'Precies. En dat is toch een eerlijker manier? Maar kijk het zit zo, en ik denk dat iedereen die eerlijk is stiekem zo denkt: de wereld zou veel gezonder zijn als we elkaar toestonden precies datgene te doen wat we wilden, wanneer we het wilden en met wie we het wilden, zonder puriteinse regels die voorschrijven hoe ons seksleven eruit moet zien. Dan zouden we kunnen leven met de persoon die we het meest liefhebben, voor gezelschap en genegenheid, maar we zouden de deur uit kunnen gaan en vrijen met partners die dat willen, en daarover misschien zelfs praten als we weer thuiskomen.'

'Volgens die logica,' zei ik, 'zouden jij en ik kunnen trouwen en voorgoed kunnen samenwonen.'

'Jazeker,' antwoordde hij lachend. 'Ik neem aan van wel.'

'Stel je voor!'

'Ja.'

'Hoe dan ook, die dingen kun je makkelijk zeggen,' stelde ik, want ik wilde proberen niet te lang stil te blijven staan bij dat idee, 'maar je zou niet willen dat je vriendin met iemand anders naar bed zou gaan.'

'Als je dat denkt,' zei hij, 'dan ken je me helemaal niet. Het zou me echt niet kunnen schelen. Jaloezie is een volkomen zinloze emotie.'

Toen we langs de Toners-pub liepen en Julian de straat overstak, bleef het verkeer stilstaan om hem door te laten; toen ik een tel later in zijn kielzog overstak toeterde elke auto naar me. Ik duwde de deur naar de pub open en hoorde het geroezemoes van de aanwezige clientèle. Ik keek waar mijn collega's zaten. Ik verwachtte er drie: Martin Horan en Stephen Kilduff, twee collega-onderzoekers die een kantoor met mij deelden, en Jimmy Byrnes, een liveverslaggever die zichzelf zag als een beroemde Ier, louter omdat hij in een paar afleveringen van het actualiteitenprogramma *7 Days* verschenen was. Toen ik ze vond zaten ze samen aan een hoektafel. Ik stak een hand op als begroeting maar mijn glimlach trok weg toen ik zag dat er een vierde persoon bij zat, Nick Carlton, een cameraman die had gewerkt voor het kinderprogramma *Wanderly Wagon*. Ik had de grootste moeite gedaan om te voorkomen dat hij iets hoorde over deze bijeenkomst.

'Cyril!' riepen ze, en ik vroeg me af hoe het eruit zou zien als ik naar de deur zou stormen en ervandoor ging via Baggot Street. Bizar, vermoedelijk, en dus stelde ik Julian aan iedereen apart voor. Hij nam bestellingen op voor een nieuw rondje, stevende op de bar af, waar het gezelschap ruimte maakte om hem door te laten zoals de Rode Zee voor Mozes.

'Nick,' zei ik met een blik op hem terwijl ik ging zitten. 'Ik had niet verwacht je vanavond hier te zien.'

'Nou, het is niet mijn gewone soort etablissement, moet ik toegeven,' zei hij, en hij stak een Superking op. Hij hield hem in zijn linkerhand, die op zijn beurt een haakse hoek vormde met zijn arm, waarvan de elleboog op de tafel voor hem steunde. 'Maar ik dacht: ik stap de deur uit en ga eens aan de andere kant kijken.'

In feite was ik jaloers op Nick Carlton. Hij was de enige mij bekende homoseksueel die zijn seksualiteit niet alleen accepteerde maar ook trots van de daken zong. Daarbij had hij zo'n goed humeur en zo'n totaal gebrek aan schroom dat niemand er moeite mee leek te hebben. De andere jongens maakten achter zijn rug uiteraard grappen over hem, natuurlijk om hun onwrikbare heteroseksualiteit te benadrukken, maar namen hem meestal toch mee op hun uitjes en leken hem te hebben geadopteerd als een soort mascotte.

'En daar ben ik nu erg blij om,' vervolgde hij, met een blik op Julian, die terugkwam met een dienblad vol glazen bier. 'Niemand had gezegd dat je Ryan O'Neal mee zou brengen.'

'Ryan O'Neal was een paar weken geleden op *The Late Late Show*,' zei Jimmy. 'Het verbaast me dat je er niet naartoe bent gegaan om bij zijn kleedkamer te posten, Nick.'

'Ik had strikte instructies van hogerhand om hem met rust te laten,' zei Nick. 'De spelbrekers. Hoe dan ook, het was de verjaardag van juffrouw O'Mahoney en ze zou me nooit vergeven hebben als ik die avond niet was komen opdagen.'

De jongens bulderden en ik ging mijn Guinness te lijf, waarvan ik ongeveer een derde in één keer opdronk.

'Heb ik jou in *7 Days* gezien?' vroeg Julian aan Jimmy, die straalde van genoegen omdat hij werd herkend. 'Het is hier toch allemaal showbizz, zou ik zeggen? Jullie zullen alle sterren wel te zien krijgen bij de RTÉ.'

'Ik heb prinses Gracia van Monaco ontmoet,' zei Stephen.

'Ik heb Tommy Docherty ontmoet,' zei Martin.

'Ik schrijf af en toe de tekst voor Mr Crow,' zei Nick.

Misschien waren het zijn kleren, de manier waarop hij sprak, of de manier waarop hij keek. Misschien was het zijn permanente seksuele uitstraling, alsof hij net was opgestaan van het bed van een fotomodel en het huis had verlaten zonder zelfs de moeite te nemen om te douchen. Wat het ook was, mannen, vrouwen, hetero's en homo's, iedereen wilde door Julian aardig gevonden worden.

'Mr Crow,' zei Julian, en hij dacht even na. 'Is dat die vrijer die uit de klok komt zetten in *Wanderly Wagon*, klopt dat?'

'Ja,' zei Nick, lichtjes blozend van trots.

'Attenoje!'

'Dat zeg ik altijd,' zei ik geërgerd en vergeefs.

'Waarom, kijk je daarnaar?' vroeg Nick, die mij negeerde.

'Ik heb het wel eens gezien,' zei Julian.

'Het is een kinderprogramma,' zei ik.

'Ja, maar het is krankzinnig spul. Zijn jullie allemaal aan de drugs als jullie het maken, of zoiets?'

'Ik zou het absoluut niet durven zeggen,' zei Nick, naar hem knipogend. 'Maar laten we maar zeggen dat het altijd een goed idee is om op de deur te kloppen voordat je iemands kleedkamer binnenloopt.'

'Wat doe jijzelf, Julian?' vroeg Stephen, en hij bood hem een sigaret aan, die hij weigerde. Julian rookte niet. Hij had er een fobie voor en zei meisjes altijd dat ze moesten stoppen als ze een relatie met hem wilden.

'Ik doe niet heel veel, om eerlijk te zijn,' zei hij. 'Mijn ouweheer is belachelijk rijk en geeft me een maandelijkse toelage, dus ik vertrek gewoon en reis een beetje rond. Eens in de zoveel tijd schrijf ik een artikel voor *Travel & Leisure* of voor *Holiday*. Vorig jaar heb ik met prinses Margaret en Noël Coward een bezoek gebracht aan Mauritius en een stuk geschreven over het dierenleven daar.'

'Heb je haar geneukt?' vroeg Nick achteloos.

'Ja, inderdaad,' antwoordde Julian, alsof het niets voorstelde. 'Niet meer dan één keer, maar geloof me, dat was genoeg. Ik zit er niet op te wachten om gecommandeerd te worden.'

'Heb je hem geneukt?'

'Nee, maar hij was zo beleefd het te vragen. Zij niet. Ze leek aan te nemen dat ik daarvoor diende.'

'Jezus christus!' zei Jimmy, volkomen gefascineerd.

'Daarom heb je waarschijnlijk zo'n gezonde kleur,' zei Nick. 'Al die tijd die je hebt doorgebracht op privé-eilanden die worden bevolkt door hoeren met oud geld en chique mannelijke nieuwe rijken. Kan ik volgende keer niet met je mee?'

Julian barstte in lachen uit en haalde zijn schouders op. 'Waarom niet?' zei hij. 'Er is in mijn koffer altijd ruimte voor een kleintje.'

'Wie zegt dat ik een kleintje ben?' vroeg Nick, die de beledigde speelde.

'Voer me dronken genoeg en misschien zoek ik het uit,' zei Julian en de hele tafel begon te bulderen, ikzelf uitgezonderd.

'Ik wil geen open deuren intrappen,' zei Nick toen de hilariteit was verstomd. 'Maar weet je wel dat je een oor mist?'

'Jazeker,' zei Julian. 'En kijk.' Hij hield zijn rechterhand omhoog om de vier vingers te laten zien die daar waren overgebleven. 'Ik mis ook een duim. En een kleine teen aan mijn linkervoet.'

'Ik herinner me dat je werd ontvoerd,' vertelde Martin, want ik had ze allemaal wel eens verteld over het beroemdste incident van Julians (en mijn eigen) leven tot dan toe. 'We hielden weddenschappen in de klas over wat het volgende lichaamsdeel was dat met de post zou arriveren.'

'En mag ik raden?' vroeg Julian. 'Jullie hoopten allemaal mijn pik.'

'Ja,' zei Martin schouderophalend. 'Sorry.'

'Al goed. Iedereen wilde dat. Gelukkig zit hij nog steeds waar hij moet zitten.'

'Bewijs het maar,' zei Nick, waardoor Stephen een slok Guinness over tafel spuugde, die mij op een haar na miste.

'Sorry,' zei hij, en hij greep een servetje om de rommel op te ruimen.

'Ze zeiden trouwens dat ze daarna een oog eruit zouden wippen,' zei Julian. 'Maar ik werd gevonden voordat dat kon gebeuren. Ik vroeg Damien vorig jaar of hij dacht dat ze dat zouden hebben doorgezet en hij bevestigde het.'

'Wie is Damien?' vroeg ik, omdat ik hem niet eerder een vriend met die naam had horen noemen.

'Een van de ontvoerders,' antwoordde hij. 'Herinner je je de man die me in de kofferbak van de auto gooide? Hij was het.'

We zwegen allemaal even en ik keek hem verbijsterd aan. 'Wacht eens even,' zei ik ten slotte. 'Wou je zeggen dat je contact hebt gehad met een van die jongens van de IRA?'

'Ja,' zei hij en hij haalde zijn schouders op. 'Wist je dat niet? We zijn al een poosje correspondentievrienden. Ik ga ook af en toe bij hem op bezoek in de gevangenis.'

'Maar waarom?' vroeg ik, luider nu. 'Waarom zou je dat doen?'

'Nou, het was een zeer ingrijpende ervaring,' zei hij nonchalant. 'Ik heb een week in zeer benarde omstandigheden met die jongens samengeleefd. En vergeet niet dat ze amper ouder waren dan wij destijds. Ze waren bijna net zo bang als ik. Hun superieuren, of hoe je ze ook noemt, hadden hun opgedragen mij te ontvoeren en ze wilden het goed doen. Om hogerop te komen, zogezegd. In de praktijk konden we meestal heel goed met elkaar overweg.'

'Zelfs als ze stukken van je afsneden?' vroeg ik.

'Nou, nee. Dan niet. Hoewel Damien dat nooit heeft gedaan. Sterker nog, hij moest overgeven toen ze mijn oor afsneden. Het geval wil dat we het nu uitstekend met elkaar kunnen vinden. Hij komt over tien jaar vrij, is de bedoeling. Ik veronderstel dat ik hem mee uitneem voor een biertje. Vergeven en vergeten, dat is mijn motto.'

'Nou, goed van je,' zei Nick. 'Wrok koesteren heeft geen zin, hè?'

Naast Nick zittend voelde ik me uiterst ongemakkelijk, want ofschoon we elkaar niet goed kenden, had hij een kant van mij gezien die de anderen niet kenden. Toen ik net begonnen was bij de RTÉ, was er een feestje georganiseerd, zogenaamd om te vieren dat Dana het Eurovisie Songfestival had gewonnen, en een grote groep van ons was uiteindelijk in de kleine uurtjes in een pub in het centrum beland. Op een gegeven moment stond ik in een steegje te pissen; ik was al zo zat als een aap en zag even later ook Nick verschijnen. Ik had de man zelfs nog nooit leuk gevonden, maar in een gedeprimeerde, geile bui waagde ik een gokje en deed een uitval naar hem nog voordat hij zelfs maar kon beginnen met hetgeen waarvoor hij naar buiten was gekomen. Ik drukte hem tegen de muur en kuste hem, graaiend naar zijn hand, die ik omlaagduwde naar mijn pik. Ongeveer een halve minuut hield hij het met tegenzin vol maar daarna schudde hij zijn hoofd en duwde me weg.

'Sorry, Cyril,' zei hij, en hij keek me bijna meewarig aan. 'Je lijkt me een leuke vent maar je bent gewoon niet mijn type.'

Ik was bijna meteen ontnuchterd. Nog nooit, maar dan ook nooit was ik afgewezen, ik stond versteld dat mijn avances werden geweigerd. In die dagen namen homoseksuelen wat ze krijgen konden en waar ze het krijgen konden; daar waren ze tevreden mee. Aantrekkelijkheid werd beschouwd als een bonus en nooit als een noodzaak. Toen ik aan het eind van de volgende middag wakker werd en de herinnering langzaam bij me terugkwam als een afschuwelijke nachtmerrie die niet zou verdwijnen, dacht ik vol afschuw terug aan wat ik had gedaan. Ik overwoog meteen ontslag te nemen bij de RTÉ maar het had me te veel tijd gekost om een baan te vinden die genoeg opbracht om me in staat te stellen alleen te wonen, en het idee om een stap terug te doen en een ruimte met iemand te delen was ondraaglijk. Dus deed ik alsof het nooit was gebeurd en meed hem in de drie jaar daarna zo veel mogelijk. Maar ik kon idee niet van me afzetten dat hij steeds als hij naar me keek, me beter begreep dan elk ander levend wezen.

'Dus even de zaken op een rijtje,' zei Martin met een blik op Julian en mij. 'Jullie twee kennen elkaar al sinds de schooltijd, klopt dat?'

'We hebben zes jaar een kamer gedeeld,' zei Julian.

'Ik wed dat Cyril dat heerlijk vond,' zei Nick en ik wierp hem een smerige blik toe.

'Hoewel we elkaar eigenlijk voor het eerst ontmoetten toen we zeven waren,' gaf ik aan, om te benadrukken hoe lang we al in elkaars leven waren. 'Zijn vader kwam naar mijn huis voor een afspraak met mijn pleegvader en ik vond Julian, die verscholen zat in de gang.'

'Cyril vertelt dat altijd,' zei Julian. 'Ik kan me dat niet herinneren.'

'Nou ik wel,' zei ik zacht.

'Ik herinner me uit die tijd wel een jongen die vroeg om elkaar onze pik te laten zien, maar Cyril beweert dat hij dat niet was.'

De drie jongemannen proestten het uit boven hun biertje en Nick hield een hand voor zijn gezicht. Ik kon zijn schouders zien schudden van het lachen. Ik nam niet de moeite ook dit te ontkennen.

'En jij bent de getuige?' vroeg Stephen, toen het plagerige lachen wegstierf.

'Inderdaad.'

'Hoe gaat het met je speech?'

'Bijna klaar. Ik hoop dat er geen te gevoelige zielen zijn. Het is hier en daar een beetje gewaagd.'

'Zeg, Julian,' zei ik, en ik trok een gezicht. 'Ik had je gevraagd het netjes te houden.'

'Maak je geen zorgen, het is heel mild,' zei hij met een grote grijns naar mij. 'Alice zou me vermoorden als ik iets onfatsoenlijks zeg. Dus we drinken in elk geval op Cyril,' voegde hij eraan toe, terwijl hij zijn bier in de lucht hief, net als de anderen. 'Een levenslange vriend en over vierentwintig uur mijn zwager. Mijn zus is een heel gelukkige vrouw.'

'Ze moet iets geweldigs hebben gedaan in een vorig leven,' voegde Nick eraan toe terwijl hij zijn glas tegen het mijne stootte.

Alice

Hoewel Alice en ik in de loop der jaren elkaars pad af en toe hadden gekruist was onze romantische relatie pas zo'n anderhalf jaar voordien begonnen, op een feestje ter gelegenheid van Julians vertrek naar Zuid-Amerika voor een trektocht van zes maanden door de Andes. Dat was waarschijnlijk zijn beruchtste escapade, omdat hij met twee vriendinnen tegelijk reisde, een Finse tweeling met de namen Emmi en Peppi, van wie hij beweerde dat ze bij hun geboorte vergroeid waren en pas in hun vierde jaar door een Amerikaanse chirurg waren gescheiden. Inderdaad leken ze steeds als ik naar ze keek in een enigszins onnatuurlijke hoek in elkaars richting te leunen.

Alice, maar twee jaar jonger dan ik, was na een ietwat gênante adolescentie gerijpt tot een buitengewoon mooie jonge vrouw, een vrouwelijke versie van Julian zelf, met wie ze niet alleen de bolle neus en amfibieachtige ogen gemeen had die ze konden hebben geërfd van Max, maar vooral de fijne jukbeenderen en diepblauwe ogen die voor mijn pleegvader Charles de eerste aanleiding vormden om hun moeder Elizabeth achterna te zitten. Ze had daarentegen niet de promiscue manieren van haar broer, want ze was zeven jaar lang omgegaan met een jonge geneeskundestudent genaamd Fergus, een relatie waar een eind aan was gekomen op de ochtend van hun bruiloft toen hij, juist op het moment dat zij en Max van Dartmouth Square naar de kerk vertrokken, opbelde om haar zeggen dat het voor hem niet doorging. 'Koudwatervrees,' was zijn voorspelbare, saaie verklaring, en een paar dagen later was hij verdwenen naar Madagaskar, waar hij naar verluidde nog steeds werkte als aankomend arts in een leprakliniek. Ik herinner me dat ik Julian bij toeval een paar dagen later tegenkwam in Grafton Street en herinner me nog zijn treurige gezicht toen hij me vertelde wat er was gebeurd. Hij hield veel van zijn zus en de gedachte dat iemand haar pijn deed was ondraaglijk voor hem.

'Voel je niet verplicht bij me te zitten, Cyril,' zei Alice terwijl we naar de hoek van de bar keken waar Julian zat, als het vleesbeleg op een Finse sandwich, jaloers aangestaard door een groep vrienden die ook wel zin hadden in een hapje. 'Als je liever daar bij de jongens gaat staan, ben ik volstrekt tevreden met mijn boek.'

'Het zijn allemaal vreemden voor mij,' zei ik. 'Waar heeft hij ze eigenlijk opgeduikeld? Ze lijken bij de cast van *Hair* te horen.'

'Vermoedelijk horen ze tot de zogeheten beau monde,' zei ze met een stem die droop van minachting. 'De woordenboekdefinitie zou zijn: een zootje zelfingenomen, narcistische, fysiek aantrekkelijke maar intellectueel inhoudsloze individuen wier ouders zo veel geld hebben dat ze zich geen zorgen hoeven te maken over dagelijks werk. In plaats daarvan gaan ze van feestje naar feestje, willen zielsgraag worden gezien, terwijl ze geleidelijk van binnenuit verroesten, als een gebruikte batterij, vanwege hun gebrek aan ambitie, verstand of humor.'

'Je bent dus geen fan van ze?' vroeg ik. Ze haalde alleen haar schouders op. 'Toch klinkt het leuker dan om zeven uur 's morgens opstaan, de hele stad door sjouwen en acht uur lang achter een bureau zitten. Wat lees je trouwens?' vroeg ik, toen ik de hoek van een boek uit haar tas zag steken, en ze bukte zich en pakte *The Dark* van John McGahern. 'Is dat niet verboden?'

'Ik geloof het wel, ja,' zei ze. 'Waarom?'

'Nergens om. Waar gaat het over?'

'Een jongen en zijn gewelddadige vader. Ik zou het Julian te lezen moeten geven.'

Ik zei niets. Als er enige ernstige spanning bestond tussen haar broer en haar vader, dan had ik er voordien nooit over gehoord.

'Vertel eens, Cyril,' zei ze. 'Werk je nog steeds in de ambtenarij?'

'O nee,' zei ik. 'Ik ben daar lang geleden vertrokken. Niks voor mij. Ik werk nu voor de RTÉ.'

'Dat is vast spannend.'

'Op sommige momenten,' loog ik. 'En jij? Werk je?'

'Ik geloof van wel, maar Max zou het anders zeggen.' Terwijl ik wachtte op het vervolg viel me op dat zij, net als ik, haar vader bij zijn voornaam noemde. 'Na mijn studie Engelse literatuur heb ik de afgelopen jaren onderzoek gedaan en een proefschrift geschreven aan de universiteit van Dublin. Ik wilde naar Trinity maar mocht niet van de aartsbisschop.'

'Heb je het hem gevraagd?'

'Ja,' zei ze. 'Ik ben helemaal naar het paleis in Drumcondra gegaan en heb daar aangeklopt, hondsbrutaal. Zijn huisknecht wilde me uiteraard in de goot schoppen, want ik droeg een jurk met blote schouders, maar hij vroeg me binnen te komen, waarna ik mijn verzoek in eigen persoon heb kunnen doen. Hij scheen me een beetje vreemd te vinden omdat ik überhaupt een carrière wilde. Hij zei dat als ik evenveel moeite had gedaan om een man te vinden als ik in mijn studie had gestoken, ik intussen een huis, een gezin en drie kinderen had gehad.'

'Wat een charmeur,' zei ik, onwillekeurig lachend. 'En wat zei jij toen?'

'Ik vertelde hem dat als je verloofde je in de steek laat op de ochtend van je bruiloft terwijl tweehonderd van je vrienden en familielieden op je wachten in een kerk een kleine kilometer verderop, een huwelijk niet direct boven aan je lijstje staat.'

'Ai,' zei ik, ongemakkelijk naar mijn schoenen kijkend. 'Ik neem aan van niet.'

'Hij noemde me een mooi meisje,' voegde ze er glimlachend aan toe, 'dat kan ik in elk geval in mijn zak steken. Hoe dan ook, uiteindelijk ben ik blij dat ik op de universiteit van Dublin ben beland. Ik heb daar een aantal goede vrienden gekregen. Over pakweg een jaar is mijn opleiding afgerond en de vakgroep heeft me al een aanstelling als docent voor het volgende semester aangeboden. Ik zou in een jaar of vijf professor kunnen worden als ik me niet laat afleiden en mijn concentratie niet kwijtraak.'

'En is dat wat je wilt?' vroeg ik. 'Een leven in de academische wereld?'

'Jawel,' zei ze, terwijl ze rondkeek en met haar ogen knipperde bij het rauwe kabaal dat Julians vrienden maakten. 'Ik heb soms het gevoel alsof ik helemaal niet onder mensen zou moeten leven. Alsof ik ergens helemaal alleen op een eilandje met als gezelschap mijn boeken en wat schrijfmateriaal gelukkiger zou zijn. Ik zou mijn eigen voedsel kunnen verbouwen en nooit met iemand spreken. Soms kijk ik naar hem,' voegde ze eraan toe, knikkend naar haar broer, 'en dan lijkt het of we samen werden geboren met de kracht voor twee levens, maar hij heeft volledig zijn deel gekregen plus de helft van het mijne.'

Dat zei ze niet met wrok of zelfmedelijden – de blik op haar gezicht maakte me duidelijk dat ze hem evenzeer aanbad als ik – en ik voelde een directe verwantschap met haar. Haar idee van een veilige haven sprak ook mij aan. Een plek waar ik heen kon gaan, simpelweg om met rust te worden gelaten.

'Denk je dat het komt vanwege... nou ja, wat er is gebeurd?' vroeg ik. 'Je wens om je uit de wereld terug te trekken, bedoel ik.'

'Vanwege Fergus' rotstreek?'

'Ja.'

Ze schudde haar hoofd. 'Nee, dat denk ik niet,' zei ze. 'Ik ben een vrij eenzelvig kind geweest en daaraan is niet veel veranderd naarmate ik ouder werd. Hoewel het natuurlijk niet echt geholpen heeft. Zo diep zal vrijwel nooit iemand vernederd zijn. Wist je trouwens dat Max de receptie daarna beslist wilde laten doorgaan?'

'Wat?' vroeg ik, me afvragend of het een grapje was.

'Echt gebeurd,' vervolgde ze. 'Hij zei dat de bruiloft hem al een fortuin had gekost; hij zou niet toestaan dat al dat geld werd weggegooid. Dus hij troonde me in de Daimler mee naar het hotel dat hij voor mij en Fergus had gereserveerd, en toen we daar aankwamen, stond het personeel op een rij langs de rode loper. Ik zag dat er een paar naar ons keken en zich afvroegen: waarom is die jonge vrouw getrouwd met een man die oud genoeg is om haar vader te zijn, terwijl de rest dacht dat de ongelukkige uitdrukking op mijn gezicht juist daardoor werd veroorzaakt. Er was een ontvangst met champagne, waar ik van de een naar de ander moest gaan om ze te bedanken voor hun komst en om verontschuldigingen aan te bieden vanwege Fergus, en toen moest ik aan het hoofd van de tafel zitten terwijl de gasten naar hartenlust aten en dronken. Max hield zelfs een speech, geloof het of niet. Hij las hem van een briefje en veranderde geen woord, want kennelijk had hij er dagen aan gewerkt. "Dit is de gelukkigste dag van mijn leven," zei hij. "Alice verdient dit. Ik heb nog nooit een gelukkiger bruid gezien." En zo ging het almaar door. Het was bijna komisch.'

'Maar waarom liet je het in godsnaam doorgaan?' vroeg ik. 'Waarom ging je niet gewoon naar huis? Of, nou ja, waarom nam je niet een vlucht naar Mars of zo?'

'Tja, ik was een beetje in shock, neem ik aan. Ik wist niet wat ik anders moest doen. Ik hield van Fergus, zie je. Heel veel. En ik had natuurlijk nooit eerder de bons gekregen op mijn trouwdag,' voegde ze er met een lichte glimlach aan toe, 'zodat ik niet precies wist welke etiquette in die situatie gold. Dus deed ik gewoon wat me gezegd werd.'

'Godverdomme, die Max,' zei ik. Daarmee verraste ik ons beiden met een woord dat ik normaal zelden bezigde.

'Godverdomme, die Fergus,' antwoordde Alice.

'Godverdomme, wat een tweetal. Wat denk je, moeten we godverdomme nog een paar van deze drankjes drinken?'

'Godverdomme ja,' zei ze. Grijnzend stond ik op en liep naar de bar.

'Je zult hem wel missen, vermoed ik?' vroeg Alice toen ik terugkwam met twee grote glazen wijn. 'Zes maanden is lang.'

'Jazeker,' zei ik. 'Hij is mijn beste vriend.'

'De mijne ook,' zei ze. 'Dus wat maakt dat van ons?'

'Rivalen?' probeerde ik, en ze lachte. Ik voelde me tot haar aangetrokken; dat lijdt geen twijfel. Niet fysiek maar emotioneel. Qua temperament. Voor het eerst in mijn leven deed het gezelschap van een meisje me genoegen terwijl Julian ergens anders in dezelfde ruimte was. Mijn ogen werden niet voortdurend in zijn richting getrokken, en ook voelde ik me niet jaloers dat anderen beslag legden op zijn tijd. Dat was een heel nieuwe sensatie voor mij en daar was ik best blij mee.

'Heb je wel eens een beroemdheid gezien bij de RTÉ?' vroeg ze na een korte stilte, waarin ik vergeefs mijn hersenen had afgepijnigd om een geestige opmerking te bedenken.

'Paul McCartney is een keer geweest,' zei ik.

'O, ik hou van Paul McCartney! Ik heb The Beatles gezien toen ze speelden in de Adelphi in 1963. Ik ben achteraf zelfs naar het Gresham Hotel gegaan en deed alsof ik een gast was, zodat ik naar binnen kon om ze te zien.'

'Werkte het?'

'Nee. De grootste sof van mijn leven.' Ze aarzelde en glimlachte toen naar me. 'Nou ja, weet je, dat wil zeggen tot uiteraard dat andere. Mag ik je wat vertellen, Cyril?'

'Natuurlijk,' zei ik.

'Het gaat over mijn proefschrift,' zei ze. 'Ik schrijf namelijk over de boeken van jouw moeder.'

'Echt?' vroeg ik met een wenkbrauw opgetrokken.

'Ja. Geeft dat je een onprettig gevoel?'

'Nee,' zei ik. 'Maar je weet waarschijnlijk wel dat Maude mijn pleegmoeder was en niet mijn biologische moeder.'

'Ja, dat weet ik,' zei ze. 'Waar hadden ze je trouwens vandaan gehaald? Werd je op een dag op de drempel gevonden? Of ben je aangespoeld op de getijdenstroom bij de pier in Dun Laoghaire?'

'Volgens de familielegende werd ik door een kleine, gebochelde non van de redemptoristen bij hen bezorgd,' antwoordde ik. 'Ze wilden een kind, of ze zeiden dat ze een kind wilden, en voilà, daar was een kind.'

'En je biologische ouders? Heb je ze ooit opgespoord?'

'Ik heb het zelfs nooit geprobeerd. Ik ben er eerlijk gezegd niet zo in geïnteresseerd.'

'Waarom niet?' vroeg ze. 'Ben je boos op ze?'

'Nee, helemaal niet,' antwoordde ik haar. 'Ik heb een redelijk gelukkige jeugd gehad, wat achteraf bezien nogal vreemd is, omdat Charles en Maude geen van beiden bijzonder geïnteresseerd in mij was. Maar ze sloegen me niet en lieten me niet verhongeren en dergelijke. Ik was geen dickensiaanse wees, als je begrijpt wat ik bedoel. En wat mijn biologische moeder betreft, nou ik neem aan dat ze deed wat ze moest doen. Ik veronderstel dat ze ongehuwd was, daar komen geadopteerde baby's meestal vandaan, nietwaar? Nee, ik voel geen enkele boosheid. Waarom zou ik?'

'Goed om te horen. Er is niets zo vervelend als volwassen mannen die kritiek spuien op hun ouders, biologische of andersoortige, vanwege alles wat er is misgegaan in hun leven.'

'Je neemt aan dat er dingen zijn misgegaan in mijn leven.'

'Er is iets in je gezicht wat me zegt dat je niet gelukkig bent... O het spijt me, dat is een zeer persoonlijke opmerking. Dat had ik niet moeten zeggen.'

'Nee, geen probleem,' zei ik, al viel het me een beetje tegen dat ze me zo kon doorgronden.

'Hoe dan ook, Fergus was altijd zo. Altijd anderen de schuld geven van kwesties die hij zelf moest oplossen. Dat was een van de weinige dingen die me niet bevielen aan hem, als ik eerlijk ben.'

'Dus je bent nog steeds boos op hem?' vroeg ik, me ervan bewust dat ook dat een zeer persoonlijke vraag was, maar het woog op tegen haar persoonlijke opmerking.

'O, ik haat hem,' zei ze. Ik zag hoe er een blos op haar wangen verscheen en hoe de vingers van haar linkerhand in haar handpalm groeven, alsof ze iets zocht om haar pijn weg te nemen. 'Ik heb een vreselijke hekel aan hem. Toen het gebeurd was voelde ik een week of twee niet veel. Ik neem aan dat ik in shock was. Maar toen kwam de woede op en die is nog steeds even hevig. Soms vind ik het moeilijk die in toom te houden. Het was volgens mij rond de tijd dat iedereen stopte met vragen of alles goed met me was, toen het leven weer normaal werd. Als hij in Dublin was geweest zou ik misschien naar zijn huis zijn gegaan, dan had ik zijn deur ingeslagen en hem doodgestoken in zijn slaap. Gelukkig voor hem was hij in Madagaskar bij zijn lepralijders.'

Ik grinnikte iets van mijn drankje door mijn neus naar buiten en ik moest mijn zakdoek uit mijn zak vissen om mijn gezicht schoon te vegen. 'Sorry,' zei ik, zonder te kunnen stoppen met lachen. 'Het is de manier waarop je het formuleert. Ik lach je niet uit.'

'Oké,' zei ze, nu ook lachend, en ik zag dat het haar goed deed de zaak luchtig te bekijken. 'Als je erbij stilstaat is het heel komisch. Ik bedoel: als hij me in de steek had gelaten voor Jane Fonda dan zou dat tot daaraan toe zijn geweest. Maar voor een stelletje lepralijders? Ik wist niet eens dat er nog lepralijders bestonden. Ik wist alleen iets over lepralijders omdat *Ben Hur* de favoriete film van Max is en ik daar talloze malen met hem naar heb moeten kijken.'

'Tja, hij is de grote verliezer,' zei ik.

'Och, je moet me niet betuttelen,' bitste ze, weer serieus. 'Dat zeggen de mensen altijd, maar ze hebben ongelijk. Niet hij is de grote verliezer, maar ik. Ik hield van hem.' Ze aarzelde even en herhaalde daarna die zin nadrukkelijker. 'En ik mis hem nog steeds, ondanks alles. Ik wou alleen dat hij eerlijk tegenover me was geweest, dat is alles. Als hij me een paar dagen voordien had verteld dat hij niet genoeg van me hield om met me te trouwen, als we gewoon hadden kunnen gaan zitten en erover praten, dan zou het pijnlijk zijn geweest te horen dat hij de zaak nog wilde afblazen, maar dan was ik tenminste betrokken bij de beslissing. De diepe vernedering zou me bespaard zijn gebleven. Maar de manier waarop hij me nu verliet? Terwijl ik mijn jurk al aanhad even opbellen om me te vertellen over zijn belachelijke "koudwatervrees"? Wat voor man doet dat nou? En wat voor vrouw ben ik omdat ik me waarschijnlijk in zijn armen zou storten als hij hier nu zou binnenkomen?'

'Het spijt me dat het je overkomen is, Alice,' zei ik. 'Niemand verdient zo'n gemene behandeling.'

'Gelukkig voor mij had ik jouw moeder om me te troosten,' zei ze, terwijl ze haar neergeslagen ogen droogveegde; de tranen dreigden de oevers van haar oogleden te overspoelen. 'Je pleegmoeder bedoel ik. Ik stortte me simpelweg op mijn werk. Haar werk. Sindsdien was het Maude Avery voor en na; in haar boeken heb ik veel troost gevonden. Wat een geweldige schrijfster.'

'Ja,' zei ik. Ik had ondertussen in elk geval de meeste van haar romans gelezen.

'Het is alsof ze volledig begreep hoe eenzaamheid werkt en hoe eenzaamheid ons allemaal ondermijnt en ons dwingt keuzes te maken waarvan we weten dat ze verkeerd voor ons uitvallen. In elke volgende roman onderzoekt ze het thema nog dieper. Heel bijzonder. Heb je Mallesons biografie van haar gelezen?'

'Ik heb er even naar gekeken,' zei ik. 'Niet van a tot z gelezen. De vrouw die hij naar voren bracht leek sterk te verschillen van de vrouw die ik heb gekend. Alsof ze een romanpersonage was en geen echt mens. Of een van de twee: de Maude die ik kende of de Maude die naar voren komt op de bladzijden van haar boeken. Of allebei, wie weet?'

'Jij komt er ook in voor, hè.'

'Ja, ik weet het.'

We zwegen even. Alice was de eerste die weer sprak: 'Ik blijf het verbazingwekkend vinden dat ik woon in het huis dat ooit van haar was,' zei ze. 'En van jou, neem ik aan. Het was gemeen van Max om het van onder Maudes voeten te kopen toen jouw vader naar de gevangenis ging. En voor zo'n bodemprijs.'

'Nou, het was Charles' verdiende loon,' zei ik en ik haalde mijn schouders op. 'Als hij jouw moeder niet had verleid, zou Max daarna geen wraak hebben willen nemen.'

'Mijn moeder speelt graag de vermoorde onschuld in dat verhaal,' zei Alice. 'Maar zij was net zo goed schuldig. Een verleide vrouw is nooit echt helemaal passief. Het is een wederzijdse beslissing van de verleider en degene die wordt verleid. Ironisch genoeg was de enige persoon die er werkelijk onder leed degene die niets verkeerds had gedaan.'

'Maude.'

'Precies. Maude. Ze verloor haar thuis. Ze verloor haar schrijfkamer. Ze verloor haar heiligdom. Een plek waar je je veilig voelt, waar je kunt werken, is belangrijker dan je beseft totdat die plek weg is. Vooral voor een vrouw. En natuurlijk is ze niet lang daarna gestorven.'

'Ja, maar dat kwam door het roken,' zei ik, want ik begon me een beetje opgelaten te voelen door de richting die het gesprek insloeg. Ik had in de twintig jaar dat ze dood was nooit zo veel medelijden met mijn pleegmoeder gehad als Alice en daar schaamde ik me voor. 'Ze stierf niet aan een gebroken hart of zoiets.'

'Maar het zal haar geen goed hebben gedaan. Denk je niet dat die twee dingen verband hielden? Dat de kanker het heft volledig in handen nam toen ze alles verloor?'

'Nee, ik denk dat ze stierf omdat ze heel haar volwassen leven non-stop sigaretten rookte, vanaf het moment dat ze 's ochtends wakker werd tot het moment dat ze ging slapen.'

'Nou, misschien heb je gelijk,' zei Alice op verzoenende toon. 'Uiteraard heb jij haar gekend en ik niet. Misschien heb je gelijk,' herhaalde ze. Er volgde weer een lange stilte en ik dacht dat we uitgesproken waren over

Maude, maar nee, ze had nog één ding te vertellen.

'Wist je dat ik haar eenmaal heb ontmoet?' vroeg ze. 'Toen ik nog maar een kind was, een jaar of zes oud. Max had mij en Julian meegenomen naar Dartmouth Square voor een afspraak met jouw vader. Dat was geloof ik in de periode van de rechtszaak. Hoe dan ook, ik moest naar het toilet en liep de trap op om dat te zoeken, maar het huis is zo groot en er zijn zo veel verdiepingen dat ik verdwaalde en verzeild raakte in wat naar ik aanneem haar werkkamer was. Eerst dacht ik dat het huis in brand stond omdat de kamer helemaal blauw zag van de rook...'

'Ja, dat was haar werkkamer,' zei ik.

'Ik kon amper de overkant onderscheiden. Maar langzamerhand raakten mijn ogen eraan gewend en toen zag ik een vrouw in een gele jurk achter een bureau zitten. Ze keek naar mij en beefde licht. Ze bewoog niet maar tilde alleen haar hand op, net als de Geest van het Toekomstige Kerstfeest bij Dickens. Daarna wees ze in mijn richting en kwam er één woord, één vraag uit haar mond: "Lucy?" Ik bevroor, doodsbang, wist niet wat ik moest doen. Ze stond op en kwam langzaam naar me toe, en hoewel ze zo bleek was als een spook keek ze naar mij alsof ík een spook was, en toen ze haar hand uitstak om me aan te raken werd ik zo doodsbang dat ik de kamer uit rende, de trap af vloog en daarna door de voordeur naar buiten. Ik hield pas op met rennen toen ik aan de overkant van Dartmouth Square was gekomen, waar ik me verstopte achter een boom en wachtte totdat mijn vader en mijn broer weer verschenen. Ik weet bijna zeker dat ik het van angst in mijn broek heb gedaan.'

Ik keek haar aan, verbaasd en verrast door het verhaal. Ik was het vreemde meisje in een lichtroze jas nooit vergeten dat door het huis rende alsof de hond van de Baskervilles haar op de hielen zat, maar had nooit geweten waar ze zo bang voor was geweest. Nu wist ik het eindelijk. Het feit dat ik het verhaal kon laten rusten had iets troostends.

'Lucy was haar dochter,' zei ik. 'Ze moet hebben gedacht haar te zien.'

'Haar dochter? Er is nergens in de biografie van Malleson sprake van een dochter.'

'Ze werd dood geboren,' legde ik uit. 'Maude had een vreselijke zwangerschap, voor zover ik weet. Daarom kon ze nadien geen kinderen meer krijgen.'

'Aha,' zei Alice, en ik zag dat die informatie nuttig zou kunnen zijn voor haar proefschrift. 'Hoe dan ook, dat was mijn enige ontmoeting met haar,' vervolgde ze. 'Totdat ik twintig jaar later besloot een studie van haar werk te maken.'

'Ze zou je beslissing betreurd hebben,' zei ik. 'Ze haatte elke vorm van publiciteit.'

'Nou, als ik het niet doe zou iemand anders het wel doen,' antwoordde ze schouderophalend. 'En er zullen er nog wel meer volgen. Ze is toch te belangrijk om niet over te schrijven, vind je niet? Wat was ze eigenlijk voor iemand? Sorry, ik zit niet te hengelen voor mijn proefschrift hoor. Ik ben oprecht geïnteresseerd.'

'Moeilijk te zeggen,' antwoordde ik. Ik wilde door naar andere onderwerpen. 'Ik heb de eerste acht jaar van mijn leven met haar in één huis gewoond, maar onze relatie was nooit wat je zou noemen "hecht". Ze wilde een kind, dat was de reden waarom zij en Charles me adopteerden, maar ik denk dat ze een kind wilde op dezelfde manier als ze een Perzisch tapijt wilde of een lichtarmatuur uit het paleis van Versailles. Alleen maar om het te hebben, begrijp je? Ze was geen slechte vrouw, niet echt, maar ik kan niet zeggen dat ik haar ooit heb leren kennen. Nadat Charles naar de gevangenis was gegaan waren we een paar maanden samen, maar de dood zat haar toen al op de hielen dus we hebben nooit een kans gehad te praten zoals ouders en kinderen horen te doen.'

'Mis je haar?' vroeg Alice.

'Soms,' zei ik. 'Ik denk bijna nooit aan haar, eerlijk gezegd. Behalve als mensen haar boeken noemen. Die worden zo hoog aangeslagen dat ik wel eens brieven krijg van studenten die om hulp vragen bij hun scriptie.'

'En bied je die dan aan?'

'Nee. Het staat allemaal in de boeken zelf. Ik kan er niet veel nuttigs aan toevoegen.'

'Je hebt gelijk,' zei Alice. 'Dus waarom sommigen behoefte voelen om in het openbaar over hun werk te praten of interviews te geven is mij een raadsel. Als je niet op de bladzijden zelf hebt gezegd wat je wilde zeggen, dan had je toch zeker een andere tekst moeten schrijven?'

Ik glimlachte. In werkelijkheid was ik geen grote lezer en wist ik nagenoeg niets over hedendaagse literatuur, maar ik vond het prettig dat Alice er wel veel van wist. Als Maude, maar niet zo koel.

'Schrijf je zelf ook?' vroeg ik.

Ze schudde haar hoofd. 'Nee, ik zou het niet kunnen,' zei ze. 'Ik heb niet de fantasie. Ik ben een lezer, puur en simpel. Ik vraag me trouwens af hoe lang ik hier nog moet blijven. Het liefst zou ik naar huis gaan en op de bank wegkruipen met John McGahern... Figuurlijk uiteraard.' Ze bloosde bijna meteen en raakte mijn arm aan. 'O, het spijt me, Cyril,' zei ze. 'Dat was een nare opmerking van me. Ik bedoel niet dat je gezelschap me niet bevalt, want dat doet het wel.'

'Al goed hoor,' zei ik lachend. 'Ik weet wat je bedoelt.'

'Jij bent heel anders dan Julians andere vrienden,' merkte ze op. 'Die zijn allemaal zo saai en vulgair, en zodra ik in de buurt ben proberen ze choquerende dingen te zeggen. Ze denken dat ze me op mijn achterste benen krijgen met hun vulgaire opmerkingen omdat ik een boekenwurm ben en timide. In feite is er bijna niets wat me choqueert.'

'Blij dat te horen,' zei ik.

'Heb je met de Finse tweeling gesproken?'

'Nee,' zei ik. 'Waarom zou ik? De volgende keer dat ik Julian zie zijn ze verdwenen.'

'Klopt. Het leven is te kort om die moeite te doen. En jij, Cyril? Heb jij ook een Finse tweeling ergens verstopt? Een Zweedse? Een Noorse? Of één meisje, als je op de ouderwetse toer wilt gaan?'

'Nee,' zei ik. Ik voelde me lichtjes ongemakkelijk nu het gesprek zich op mijn liefdesleven richtte, of op het ontbreken daarvan. 'Nee, ik heb nooit zo veel geluk gehad op dat terrein, ben ik bang.'

'Dat geloof ik geen moment. Je ziet er goed uit en hebt een mooie baan. Waarschijnlijk kun je elk meisje krijgen dat je wilt.'

Ik blikte rond. De muziek was zo luid dat niemand ons kon afluisteren. En iets in mijn binnenste had opeens genoeg van uitvluchten.

'Mag ik je iets vertellen?' vroeg ik.

'Is het iets schandalig?' vroeg ze lachend.

'Ik geloof van wel,' zei ik. 'Het is iets wat ik Julian nog nooit heb verteld. Maar op de een of andere manier... ik weet het niet, maar ik heb het gevoel dat ik het jou kan toevertrouwen.'

De uitdrukking op haar gezicht veranderde een beetje, van geamuseerd naar geïntrigeerd. 'Oké,' zei ze. 'Wat is het?'

'Wil je beloven dat je het niet tegen je broer vertelt?'

'Beloven dat je wát niet tegen haar broer vertelt?' vroeg Julian, die ineens achter ons opdook en ik schrok toen hij zich tussen ons naar voren boog en een snelle kus op de wang van zijn zus drukte en ook een op de mijne.

'Niets,' zei ik. Het moment was voorbij. Ik schoof de andere kant op en voelde hoe mijn hart dramatisch sneller begon te slaan.

'Nee, ga door, vertel op!'

'Alleen maar dat ik je zal missen als je weg bent, meer niet.'

'Nou, dat is je geraden ook! Beste vrienden zijn uiteindelijk moeilijk te vinden. Goed, wie is er toe aan nog een drankje?'

Alice hief haar lege glas naar hem op en hij draafde terug naar de bar, terwijl ik naar mijn schoenen keek.

'En?' vroeg ze. 'Wat was het nou?'

'Wat was wat?'

'Je wilde me iets vertellen.'

Ik schudde mijn hoofd. Een andere keer misschien. 'Het was wat ik zei,' antwoordde ik. 'Dat ik hem zal missen, meer niet.'

'Nou, wat is daar zo schandalig aan? Ik hoopte op iets veel sensationelers.'

'Sorry,' zei ik schouderophalend. 'Ik neem aan dat mannen dat over het algemeen niet zeggen over hun vrienden, toch? We worden geacht stoïcijns te zijn en onze gevoelens voor ons te houden.'

'Wie zegt dat?'

'Iedereen,' zei ik.

Een paar dagen later, nadat Julian was vertrokken naar Zuid-Amerika, ging op een avond bij mij thuis de telefoon.

'Cyril Avery,' zei ik toen ik had opgenomen.

'Goed zo,' zei een stem. Een vrouwenstem. 'Ik hoopte al dat ik het goede nummer had.'

Ik fronste. 'Met wie spreek ik?' vroeg ik.

'Met de stem van je geweten. Jij en ik moeten een beetje praten. Je bent een heel stoute jongen geweest hoor.'

Ik zei niets maar hield de hoorn eventjes op een afstand van mijn oor en keek er verbijsterd naar voordat ik hem langzaam weer naar mijn hoofd bracht. 'Met wie spreek ik?' zei ik nog een keer.

'Ik ben het, dommerdje. Alice. Alice Woodbead.'

Ik aarzelde even, niet wetend waarom ze me in 's hemelsnaam opbelde.

'Wat is er?' vroeg ik, lichtjes in paniek. 'Het gaat toch niet over Julian? Alles is toch goed met hem, hoop ik?'

'Ja, alles goed. Waarom zou het niet zo zijn?'

'Geen idee. Ik ben alleen verbaasd om van je te horen, meer niet.'

'Je bedoelt dat je niet bij de telefoon zat te wachten tot ik belde?'

'Nee. Waarom zou ik?'

'Je bent echt goed in complimentjes geven, hè?'

Mijn mond ging een paar keer open en dicht. 'Neem me niet kwalijk,' zei ik. 'Dat kwam er verkeerd uit.'

'Ik begin me nu een beetje belachelijk te voelen.'

'Nee, nee,' zei ik snel, het drong tot me door dat ik me nogal onbeleefd had uitgelaten. 'Het spijt me. Je hebt me overvallen.'

'Waarom, wat was je aan het doen?'

Niet veel, ik zat gewoon te bladeren in wat pornografie en vroeg me af of ik tijd had om me voor het eten nog even snel af te trekken, zou het ware antwoord zijn geweest.

'Ik zat te lezen in *Misdaad en straf*,' zei ik.

'Nooit gelezen. Altijd willen lezen. Goed?'

'Wel oké. Er is niet veel misdaad maar wel een hoop straf.'

'Mijn levensverhaal. Kijk, Cyril, zeg maar nee als je het wilt...'

'Nee,' zei ik.

'Wat?'

'Je zei dat ik nee moest zeggen als ik het wilde.'

'Ja, maar laat me eerst de vraag stellen. Goeie god, je maakt het een meisje niet makkelijk, hè?'

'Sorry. Wat wou je vragen?'

'Ik vroeg me af...' Alice' stem verdween en ze hoestte even. Daarna klonk er voor het eerst minder vertrouwen in door. 'Nou, ik vroeg me af of je misschien een keer op een avond met me uit eten wilt?'

'Eten?' vroeg ik.

'Ja. Eten. Dat zul je toch wel eens doen?'

'Jawel,' zei ik. 'Ik moet wel. Tegen de honger.'

Ze zweeg even. 'Ben je me aan het stangen?'

'Nee,' zei ik. 'Ik ben hier gewoon niet aan gewend, meer niet. Dus ik zeg waarschijnlijk stomme dingen.'

'Ik vind het niet erg. Ik zeg voortdurend stomme dingen. Dus we hebben vastgesteld dat jij eet tegen de knagende honger. Wil je met me eten? Dit weekend misschien?'

'Wij samen?'

'En de andere mensen in het restaurant. Ik ga niet voor je koken, zo huiselijk ben ik niet. Maar we hoeven niet te praten met de andere mensen ter plaatse behalve als we elkaar niets meer te zeggen hebben.'

Ik dacht na. 'Ik neem aan dat we dat zouden kunnen doen,' zei ik.

'Ik geloof dat ik even moet gaan zitten,' zei ze. 'Je enthousiasme is mij al te overweldigend.'

'Neem me niet kwalijk,' zei ik nogmaals, nu lachend. 'Ja. Eten. Jij en ik. En een restaurant. Dit weekend. Klinkt goed.'

'Uitstekend. Ik ga doen alsof het geen zware bevalling voor je was en kijk ernaar uit. Ik zal je even een kattenbelletje schrijven voor zaterdag met een tijd en een plaats. Goed?'

'Goed.'

'Dag, Cyril.'

'Dag, Alice.'

Ik hing op en keek om me heen, wist niet hoe ik me moest voelen. Was dit een afspraakje? Wilde ze een afspraakje met me maken? Móchten vrouwen eigenlijk mannen wel uit eten vragen? Ik schudde mijn hoofd en liep terug naar mijn kamer. Ik had geen zin meer om me af te trekken. En ik had ook geen zin meer in eten.

Een paar dagen later zat ik daar dus tegenover Julians zus in een restaurant te praten over iets onbenulligs en stak ze haar hand uit, legde hem op de mijne en keek me recht aan.

'Mag ik iets helder krijgen, Cyril?' vroeg ze. Er hing een prettige geur in de lucht: Alice' lavendelparfum.

'Natuurlijk,' zei ik, nieuwsgierig naar wat ze zou vragen.

'Het is namelijk zo, ik voelde een sterke vertrouwdheid met je tijdens Julians afscheidsfeestje en had gehoopt dat je zou bellen. Eigenlijk heb ik je altijd al aardig gevonden als we elkaar in het verleden tegenkwamen, maar natuurlijk had ik toen Fergus. Uiteraard heb je niet gebeld, vandaar dat ik heb gebeld. Brutaal hè, ik weet het. Hoe dan ook, ik weet niet of je nu iemand hebt of niet, ik neem aan van niet anders had je een etentje waarschijnlijk wel afgewimpeld. Maar als het wel zo is, of als je voor geen sikkepitje in mij geïnteresseerd bent, zou je me dat dan even kunnen zeggen, want ik wil geen misverstanden tussen ons. Na alles wat ik heb doorgemaakt. Ik mag je graag, begrijp je wel?'

Ik keek in mijn bord, voor me op tafel, en ademde diep in en uit. Ik wist meteen dat dit een van de bepalende momenten van mijn leven zou zijn. Ik kon haar de waarheid vertellen, zoals ik het een week eerder van plan was geweest te doen, mijn geheimen aan haar toevertrouwen en haar vragen om haar vriendschap. Als ik dat deed, was er een goede kans dat haar vriendschap beter zou zijn dan die van haar broer. Maar op dat moment had ik niet de moed om eerlijk te zijn; ik voelde me er simpelweg niet klaar voor. Een paar afspraakjes zouden ook niemand kwaad doen. Ik vond haar gezelschap prettig. Het was niet alsof we gingen trouwen of iets dergelijks.

'Nee, ik heb niemand,' zei ik, waarbij ik onwillekeurig opkeek en glimlachte. 'En natuurlijk ben ik in je geïnteresseerd. Welke normale man zou dat niet zijn?'

Acht woorden

Ik denk dat iedereen rond die tafel aannam dat ik nog maagd was terwijl ik waarschijnlijk meer had gevreeën dan ieder van hen, zelfs meer dan Julian, zij het in veel minder romantische omstandigheden. Maar zij hadden dingen ervaren die ik nooit had ervaren, genoegens waarvan ik zeker wist dat ze superieur waren aan de vluchtige kick van een snel vergeten climax.

Ik wist bijvoorbeeld niets over voorspel en verleiding, over hoe het kon voelen om in een café een onbekende te ontmoeten en een gesprek aan te knopen in het besef van de mogelijkheid dat het tot iets interessanters zou leiden. De praktijk was dat als ik niet binnen tien minuten na de ontmoeting met de bewuste man aan het neuken was, het waarschijnlijk nooit zou gebeuren. Mijn pavlovreactie op een orgasme was mijn broek ophalen en wegrennen. Ik had nog nooit overdag gevreeën. Integendeel, het was een beschamende activiteit, die in haast, in het geniep en in het donker moest worden uitgevoerd. Ik associeerde de coïtus met de nacht, met de buitenlucht, met mijn overhemd aan en mijn broek rond mijn enkels. Ik kende het gevoel van een boomschors die een afdruk maakte op mijn handpalmen terwijl ik iemand neukte in een park. En de geur van plantensap tegen mijn gezicht als een vreemde van achter tegen me aan duwde. Seks werd niet begeleid door genotvolle zuchten maar door haastig wegschietende knaagdieren in het onderhout en het geluid van auto's die in de verte langsreden, om nog maar te zwijgen van de bijbehorende angst dat op diezelfde wegen de meedogenloze sirenes van de Gardaí konden gieren naar aanleiding van een verontwaardigd telefoontje van een getraumatiseerde hondenbezitter. Ik had geen idee hoe het zou zijn als ik onder de lakens mijn armen rond een minnaar sloeg voordat we in slaap vielen, woorden vol genegenheid fluisterend die moeiteloos overgingen in tedere loomheid. Ik was nog nooit wakker geworden met een andere persoon, had nog nooit mijn hardnekkige vroegeochtendlibido kunnen bevredigen met een partner die dat best vond. Ik telde meer sekspartners in mijn verleden dan ieder die ik kende maar het verschil tussen liefde en seks kon voor mij worden samengevat in acht woorden:

Ik hield van Julian; ik vrijde met vreemden.

En dus vraag ik me af wanneer ze meer opgekeken zouden hebben: als ze dat allemaal wisten of als ze hoorden dat ik inderdaad echt had gevrijd met een vrouw. Niet meer dan één keer, toegegeven, maar dat bijzondere moment had drie weken voordien plaatsgevonden, toen Alice er tot mijn verrassing op aandrong met elkaar naar bed te gaan en, nog verrassender, ik had ingestemd.

Intimiteit was een van de dingen die ik had weten te vermijden in de achttien maanden dat we verkering hadden, en bij uitzondering was ik dankbaar dat ik in Ierland woonde, een land waar homoseksuelen, priesterstudenten bijvoorbeeld, hun voorkeuren makkelijk konden verbergen door ze weg te stoppen onder de duistere pij van een toegewijd katholiek. Natuurlijk, het was pas 1973 en wij waren kinderen van onze tijd, vandaar dat Alice en ik uit schroom niet hardop over zo'n onderwerp spraken. Daarom gebruikten we de persoon die we allebei kenden, Julian, als opstapje.

'Hij gaat voortdurend met verschillende mensen naar bed,' klaagde ik een paar weken voor de bruiloft toen we in Doyle's zaten, aan College Green, allebei enigszins opgewonden nadat we twee uur lang hadden gekeken naar Robert Redford en Paul Newman die beurtelings getooid waren met t-shirts, smokings en achterovergeplakt haar in *The Sting*. Ik was in zo'n gemoedstoestand waarin mijn verbolgenheid over de seksuele vaardigheid en onverzettelijke heteroseksualiteit van haar broer me in de stemming bracht hem te kleineren. 'Hij doet het in principe met wie hij wil, wat echt walgelijk is als je erover nadenkt. Maar is hij echt gelukkig?'

'Hou je me voor de mal, Cyril?' antwoordde Alice, geamuseerd door de absurditeit van mijn vraag. 'Volgens mij is hij in de zevende hemel. Zou jij dat niet zijn?'

Ik wist dat ze me plaagde, maar ik lachte niet. Seks zweefde rond de randen van ons leven als een bange gast op een feestje. Het was duidelijk dat vroeg of laat een van ons de tanden op elkaar moest zetten en toenadering zou zoeken. Maar ikzelf zat daar niet echt op te wachten.

'Had ik al verteld,' vroeg ze, zonder me recht aan te kijken, 'dat Max en Samantha volgend weekend naar Londen gaan?'

'Nee,' zei ik. Samantha was de tweede vrouw van Max. Net als mijn pleegvader, die zich dat jaar verloofd had met de vrouw die de vierde mevrouw Avery zou worden, zij het kort, had Alice' vader in Engeland een scheiding van Elizabeth kunnen regelen op grond van onredelijk gedrag. Het moet hem nagegeven worden dat hij bij het rechtsgeding zijn eigen onredelijke gedrag had aangehaald, en niet het hare, want uiteindelijk was het onredelijkste wat zij (afgezien van haar korte affaire met Charles) ooit had gedaan, dat ze bij die hufter was gebleven. Kort nadat hij het voorlopige echtscheidingsvonnis had verkregen, was Max getrouwd met een ambitieuze actrice die een geheimzinnige, verontrustende gelijkenis vertoonde met Alice zelf. Dat onderwerp was absoluut taboe, hoewel ik Julian maar al te graag wilde vragen of hij de gelijkenis ook zag en zo ja, hoe hij die interpreteerde.

'We zouden een keer naar Londen moeten gaan,' vervolgde ze.

'Ik veronderstel dat we vakanties genoeg zullen hebben om naar uit te kijken als we getrouwd zijn,' zei ik. 'We zouden ook naar Spanje kunnen gaan. Dat is erg populair. Of Portugal.'

'Portugal?' zei ze, en ze trok in gespeelde opwinding een wenkbrauw op. 'Vind je dat echt? Ik had nooit gedacht nog eens zo'n meisje te worden dat zou opgroeien en naar Portugal zou gaan!'

'Goed, Amerika dan,' zei ik lachend. 'Of Australië. Alles is mogelijk. We zouden heel lang moeten sparen voor zo'n verre reis, maar...'

'Moeilijk te geloven dat ik zesentwintig ben en nog nooit een voet buiten Ierland heb gezet.'

'Nou, ik ook niet,' zei ik. 'En ik ben achtentwintig. Wat gaan ze trouwens doen in Londen?'

'O, Samantha heeft een ontmoeting met Ken Russell.'

'Wie is Ken Russell?'

'Filmregisseur. Je weet wel: *The Devils*, *Women in Love*. Oliver Reed en Alan Bates die worstelen met hun hamer en klokkenspel vrij in het zicht.'

'O ja,' zei ik. 'Allemaal softporno, hè?'

'Nou, ik denk dat het van je leeftijd afhangt,' zei ze. 'Voor de generatie van onze ouders is het waarschijnlijk porno, ja. Voor ons zijn het filmhuis-films.'

'Ik ben benieuwd hoe onze kinderen ze zullen noemen,' zei ik. '"Curieus maar vreselijk achterhaald", denk ik.'

'Kinderen?' vroeg ze en ze wierp me een hoopvolle blik toe. 'Grappig dat we nooit over kinderen hebben gepraat, hè? Terwijl we over een paar we-ken trouwen.'

'Ja, eigenlijk wel raar,' zei ik en voor het eerst in mijn leven viel me op dat ik nog nooit had nagedacht over mijzelf als vader. Ik zweeg even om erover na te denken en constateerde dat het idee me wel aansprak. Misschien had ik er van mezelf nooit eerder over na mogen denken omdat ik wist hoe onmogelijk het zou zijn.

'Zou jij een gezin willen, Cyril?' vroeg ze.

'Jawel,' zei ik. 'Ja, waarschijnlijk wel. Ik zou erg graag een dochtertje wil-len. Of veel dochters.'

'Als een gentleman in een roman van Jane Austen. Je zou voor elke doch-ter duizend pond en honderd hectare in Hertfordshire apart kunnen leg-gen voor na je dood.'

'En als ze ruzie maken, zouden ze als straf een middag in het gezelschap van de plaatselijke Miss Bates moeten doorbrengen.'

'Ik geloof dat ik liever een zoon heb,' zei Alice, en ze keek opzij. Ik zag haar ogen afdwalen naar een ongelooflijk knappe jongeman die net de pub was binnen komen lopen. Haar ogen bleven hangen aan zijn lichaam ter-wijl hij over de bar leunde en de bierpompen bekeek om een keus te ma-ken. Ineens slikte ze en voor het eerst zag ik echte wellust in haar ogen. Ik nam het haar niet kwalijk – ik zou over de lijken van mijn beste vrienden zijn geklommen om zelf bij die jongeman te kunnen zijn – maar toen ze weer naar mij keek sprak er berusting uit haar glimlach, alsof ze dát wilde maar dít moest accepteren, en dít stelde tot dusver voor haar op het terrein waar het echt om draaide niet veel voor. Ik voelde mijn schuldgevoel op-spelen en merkte dat ik opgesloten zat in pijnlijk stilzwijgen. Opeens leken de grappen over Austen absurd en gênant.

'Waar hadden we het over?' vroeg ze uiteindelijk. Haar gedachtegang was als een trein ontspoord, compleet uit de rails gelopen, over een steile rots gereden en honderd meter lager in een ravijn gestort, waarbij alle inzittenden waren omgekomen.

'Kinderen,' zei ik. 'Jij zou een jongetje willen. En ik een meisje.'

Ik was misschien niet deskundig inzake zwangerschappen, maar ik wist dat je geen zoon of dochter kon krijgen zonder 'het' eerst echt te doen. De priesters op school hadden ooit iets gemompeld dat als een mama en een papa erg veel van elkaar hielden, ze dicht bij elkaar gingen liggen, waarna de Heilige Geest op hen zou neerdalen om het wonder van een nieuw leven tot stand te brengen. (Charles had het in zijn ene poging tot een gesprek van man tot man nogal anders gesteld: 'Zorg dat ze de hele santenkraam uittrekt,' zei hij. 'Speel een beetje met haar tieten, daar zijn de dames gek op. Dan steek je je pik in haar poesje en ram je een beetje in en uit. Blijf niet te lang daarbinnen hangen, het is goddomme geen treinstation. Gewoon doen wat je moet doen en dan weer over tot de orde van de dag.' Geen wonder dat hij zo veel echtgenotes op de kop wist te tikken, die ouwe romanticus.)

Ik probeerde me voor te stellen hoe het zou zijn om Alice uit te kleden, hoe het voor haar zou zijn om mij uit te kleden, en voor ons om samen naakt in een bed te liggen. En voor haar om omlaag te kijken naar mijn penis en hem te aaien of eraan te zuigen en hem dan in haar in te brengen.

'Wat is er mis?' vroeg Alice.

'Niets, waarom?'

'Je hebt een rare kleur gekregen. Je ziet eruit alsof je ziek wordt.'

'Echt waar?'

'Serieus, Cyril. Je ziet praktisch groen.'

'Ik voel me een beetje licht in m'n hoofd, nu je het zegt,' zei ik, en ik wilde mijn bier grijpen.

'Dan moet je dat waarschijnlijk niet drinken. Wil je wat water?'

'Ja, ik zal wat halen.'

'Nee,' riep ze bijna. Ze stond op en duwde me terug in mijn stoel. 'Nee, ik zal het halen.'

Ze liep naar de bar en ik volgde haar met mijn ogen omdat ik me afvroeg waarom ze dat zo graag wilde. De jongeman was daar nog. Alice ging naast hem aan de bar staan en wierp hem een paar zijdelingse blikken toe. De barman had het druk en ze stonden geduldig eventjes naast elkaar totdat hij naar haar overboog en iets tegen haar zei. Ze gaf een snel antwoord, en wat ze ook had gezegd, hij barstte in lachen uit, en ik wist dat dit niet louter flirten was van zijn kant. Alice was ad rem, dat was een van haar eigenschappen waar ik het meest van hield.

Ja, ik hield inderdaad van haar. Op mijn manier. Op mijn eigen egoïstische, laffe manier.

Ik keek hoe ze met elkaar spraken en toen kwam de barman bij hen staan, nam hun bestelling op en ze spraken nu over iets anders. Waarschijnlijk vroeg hij of ze alleen was, want ze schudde haar hoofd en knikte in mijn richting; hij zag mij zitten wachten op haar terugkomst en keek teleurgesteld. Toen hij Alice weer aankeek, kon ik me concentreren op zijn gezicht, want ze gaapten elkaar nu zo strak aan dat ze mij volkomen vergeten waren. De jongeman zag er bijzonder goed uit en had ook een warme blik in zijn ogen. Ik wist niets van hem, maar hij leek me iemand die zacht en teder zou omgaan met het meisje van wie hij hield. Even later kwam ze terug met mijn glas water, ging zitten en ik deed alsof ik niets had gezien van hun onderonsje.

'Er is iets wat ik bij je wou aankaarten,' zei ze opeens, licht geïrriteerd en met een blos op haar wangen. 'En ik gooi het er maar uit omdat het lijkt of je ondanks al mijn stille wenken geen initiatief neemt. De reden dat ik vertelde over volgend weekend, als Max en Samantha naar Londen gaan, is dat het huis dus leeg zal zijn. Ik vind dat je moet komen, Cyril. Kom eten, we drinken een paar van de beste wijnen van Max en daarna, weet je wel, gaan we met elkaar naar bed.'

Ik zei niets maar had het gevoel alsof er een enorm gewicht rond mijn hele lichaam werd gewikkeld, zoals de brave burgers van Amsterdam gewend waren te doen in de zeventiende eeuw, toen ze molenstenen rond de hals van veroordeelde homoseksuelen bonden voordat ze in de grachten werden gegooid en verdronken.

'Goed,' zei ik. 'Ik begrijp het. Interessant idee.'

'Kijk, ik weet hoe religieus je bent,' zei ze. 'Maar per slot gaan we binnenkort trouwen.'

Ik was uiteraard helemaal niet religieus. Ik gaf er niets om en behalve dat ik Jezus Met Lang Haar En Baard soms een vrij geil idee vond, stond ik nooit stil bij een hiernamaals of bij de kwestie van de schepping van de mens. Dat was de zoveelste keer dat ik Alice misleidde sinds ons eerste af-spraakje, want ik had dat vanaf onze eerste dag gebruikt als excuus om niet met haar naar bed te hoeven. Het nadeel van deze smoes was dat ik iedere zondagochtend naar de mis moest om consequent over te komen. Omdat ik bang was dat ze misschien een Mary-Margaret-stunt zou uithalen en me onverwachts zou volgen – wat gezien het grote verschil in karakter niet voor de hand lag maar hoe dan ook wel mogelijk was – ging ik regelmatig naar de mis van half twaalf aan Westland Row, in dezelfde kerk waar ik veertien jaar eerder een priester om het leven had gebracht door mijn per-versiteiten aan hem op te biechten. Ik zat uiteraard nooit aan die kant van de kerk. Ik had dat eenmaal gedaan en toen ik de gebroken tegel zag, die sinds zijn val niet was vervangen, kreeg ik daar de koude rillingen van. In plaats daarvan ging ik bijna achterin zitten en deed meestal een dutje tot-dat een oud besje me in mijn arm kneep om me wakker te maken; met haar strakke blik leek ze mij verantwoordelijk te houden voor de ondergang van de westerse beschaving.

'Ik weet niet,' zei ik na een lange pauze. 'Ik wil best wel. Maar je weet wat de paus zegt...'

'Het kan me niet schelen wat de paus zegt,' zei Alice vinnig. 'Ik heb geen zin om met de paus te neuken.'

'Jezus, Alice!' zei ik, licht giechelend om haar woordkeus. Ik was dan wel niet religieus, maar dit klonk zelfs voor mij een tikje zondig.

'Nee, hem ook niet. Kijk, Cyril, laten we het beestje bij de naam noemen. We gaan binnenkort trouwen. En als alles goed gaat zullen we de komende pakweg vijftig jaar een erg gelukkig, erg succesvol huwelijk hebben. Dat is in elk geval wat ik wil, en jij toch ook?'

'Ja, natuurlijk,' zei ik.

'Want,' voegde ze eraan toe, met een iets zachtere stem, 'als je twijfels hebt, wat voor twijfels ook, is er nu nog tijd om dat te zeggen.'

'Maar ik heb geen twijfels, Alice,' zei ik.

'Het laatste waar ik op zit te wachten is weer een telefoontje krijgen als ik al in mijn bruidsjurk sta. Dat begrijp je toch, Cyril? Ik weet niet hoe ik heb overleefd wat Fergus me heeft aangedaan. Ik kan je nu wel vertellen dat ik niet tweemaal door die hel zou kunnen gaan. Dat zou ik niet overleven.'

Ik keek haar aan, niet wetend waar dat allemaal vandaan kwam. Had ze er al een poosje over nagedacht? Vermoedde ze soms iets? Bij de bar zag ik de knappe jongeman zijn bierglas legen en zijn hand uitsteken naar zijn jasje.

Dit is je kans, zei ik tegen mezelf. Vertel haar de waarheid. Vertrouw erop dat ze je bedrog begrijpt, vergeeft, dat ze vriendschap voor je voelt, je helpt en toch van je houdt. En zeg haar dan dat we het een andere keer kunnen bespreken maar nu moet ze dringend naar de bar gaan en die man haar telefoonnummer geven voordat het te laat is.

'Cyril?' zei Alice, die opeens bezorgd klonk. 'Wat is er aan de hand?'

'Niets,' zei ik. 'Waarom?'

'Je huilt.'

'Ik huil niet,' zei ik, maar toen ik aan mijn wangen voelde, waren ze tot mijn verbazing nat, de tranen rolden uit mijn ogen. Het was me niet eens opgevallen. Ik veegde ze weg met mijn zakdoek en probeerde me te vermannen.

'Alice,' zei ik, haar strakker aankijkend dan ik ooit in mijn leven iemand had aangekeken terwijl ik mijn hand uitstak om haar hand vast te nemen.

'Waarom huilde je?'

'Ik huilde niet.'

'Jawel!'

'Ik weet het niet. Ik ben vast verkouden. Alice...'

'Wat?' vroeg ze nerveus. 'Vertel op, Cyril. Wat het ook is, vertel op. Ik beloof dat het goed komt.'

'Echt waar?' vroeg ik, haar recht aankijkend.

'Nu maak je me bang.'

'Het spijt me, Alice. Het is helemaal mijn schuld.'

'Wat is jouw schuld? Cyril, wat heb je gedaan?'

'Het is wat ik níét heb gedaan. Wat ik níét heb gezegd.'

'Hoezo, wat heb je niet gezegd? Cyril, je kunt me alles vertellen, dat beloof ik. Je kijkt nu zo ongelukkig. Niets kan toch zo slecht zijn?'

Ik keek omlaag naar de tafel en ze zweeg, wachtte totdat ik mijn mond open zou doen. 'Als ik het zeg,' zei ik uiteindelijk, 'dan zul je een hekel aan me krijgen. En dat wil ik niet.'

'Maar aan jou zou ik nooit een hekel kunnen krijgen! Ik hou van je!'

'Ik heb een vreselijke vergissing begaan,' zei ik.

Ze ging rechtop zitten, haar gezicht stond steeds duisterder. 'Is er iemand anders?' vroeg ze. 'Heb je iemand anders ontmoet?'

'Nee,' zei ik, hoewel ik dat wel had. Alleen niet in het openbaar. 'Dat is het niet.'

'Wat dan? Jezus, Cyril, vertel het!'

'Goed,' zei ik. 'Het punt is dat ik sinds mijn kindertijd...'

'Ja?'

'Sinds ik een jongetje was, weet ik dat...'

'Neem me niet kwalijk.'

We keken allebei op, in het gezicht van de knappe jongeman uit de bar. Ik dacht dat hij vertrokken was, maar nee, hij stond daar gewoon met een brede grijns op zijn licht beschroomde gezicht.

'Het spijt me dat ik jullie stoor,' zei hij.

'Wat?' vroeg Alice, en ze keek geïrriteerd naar hem omhoog. 'Wat is er?'

'Het is gewoon... Kijk, normaal doe ik dit soort dingen niet,' zei hij. 'Maar ik dacht dat we daar bij de bar elkaar wel een beetje aanvoelden. Ik vroeg me af of u me misschien uw telefoonnummer wilt geven, meer niet. Als u het niet erg zou vinden. Misschien zou ik u een avondje mee uit kunnen nemen?'

Ze keek hem ongelovig aan. 'Houdt u me voor de mal?' vroeg ze.

'Nee,' zei hij fronsend. 'Neem me niet kwalijk, was het een verkeerd idee? Het leek alleen alsof...'

'Ik zit hier met mijn verloofde,' zei ze, en ze keek naar mij. 'Ziet u dat niet? Is het een gewoonte van u om meisjes mee uit te vragen terwijl ze bij hun verloofde zitten? Bent u zo zeker van uzelf?'

'O,' zei hij. Hij draaide zich om en keek mij geschokt aan. 'Het spijt me vreselijk. Ik had niet het idee... eigenlijk zag ik een broer en zus in u.'

'Waarom zou u dat in 's hemelsnaam denken?' vroeg Alice.

'Ik weet het niet,' zei hij, nu compleet confuus. 'Iets in de manier waarop u beiden zit. De manier waarop u naar elkaar keek. U leek me niet sámen samen.'

'Nou, dat zijn we wel. En het is ongelooflijk grof om dat te zeggen.'

'Ja,' zei hij. 'Het spijt me. Ik bied u beiden mijn excuses aan.'

En daarmee draaide hij zich om en liep de bar uit terwijl Alice hem hoofdschuddend nakeek. Ga hem achterna, had ik moeten zeggen. Ga hem achterna voordat hij definitief verdwijnt!

'Onvoorstelbaar, niet?' vroeg ze, met haar blik weer op mij.

'Het was een vergissing,' zei ik. 'Hij bedoelde het niet kwaad.'

'Het verbaast me dat je hem geen stomp hebt gegeven.'

Ik staarde haar aan. 'Wilde je dat ik dat deed? Ik ben niet echt iemand voor stompen.'

'Nee, natuurlijk niet. Alleen... O ik weet niet wat ik zeg. Vanavond gaat alles mis. Laten we vergeten dat dit ooit is gebeurd en vertel me gewoon wat je me wilde vertellen.'

'Ik weet het niet meer,' loog ik. Ik wilde er alleen maar vandoor.

'Natuurlijk wel. Je zei dat sinds je een kleine jongen was...'

'Sinds ik een kleine jongen was heb ik betwijfeld of ik ooit iemand gelukkig zou kunnen maken,' zei ik snel, hopend dat de hele zaak daarmee was afgehandeld. 'Dat is alles. Klinkt stom, hè? Kunnen we het daarbij laten?'

'Maar je maakt me voortdurend gelukkig,' zei ze.

'Echt waar?'

'Ik zou niet met je trouwen als het niet zo was.'

'Goed.'

'Maar kijk, nu we toch eerlijk tegenover elkaar zijn, heb ik ook iets om jou te vertellen. En ik zal het er gewoon uit gooien, oké?'

'Oké,' zei ik. Ik voelde me inmiddels diep ellendig.

'Het is namelijk zo, ik vind dat we moeten vrijen. Met elkaar. Vóórdat we trouwen. Om zeker te zijn.'

'Om waarover zeker te zijn?'

'Mag ik je iets vragen?' vroeg ze.

'Je mag me alles vragen.'

'Wil je me de waarheid zeggen?'

Ik vroeg me af of ze me zag aarzelen. 'Natuurlijk,' zei ik.

'Heb je ooit een vrouw gehad, Cyril?'

Ik wist dat ik daar in elk geval eerlijk over kon zijn tegenover haar.

'Nee,' zei ik. Ik keek naar de tafel en wreef met mijn vinger over een onzichtbare vlek die in het hout was getrokken. 'Nee, niet.'

'Dat dacht ik al,' zei ze, met in haar toon een zekere opluchting. 'Voor mij stond het vast dat je nog maagdelijk was. Vanwege de kerk, begrijp je. Ze hebben jullie jongens een rad voor ogen gedraaid. Julian natuurlijk niet. Julian is anders. Hoewel ik aanneem dat hij zijn eigen problemen heeft, gezien zijn constante behoefte aan bevestiging. Ze hebben jullie ingeprent dat seks vies is terwijl het dat niet is. Het is volkomen natuurlijk. Het is een deel van het leven. Het heeft er om te beginnen voor gezorgd dat we hier allemaal rondlopen. En het kan prachtig zijn, als het goed gaat. Zelfs als het fout gaat is het nog altijd beter dan niks. O, ik wil niet zeggen dat iedereen het links en rechts moet gaan lopen doen, op de manier van Julian, maar als je iemand echt graag mag...'

'Ik neem aan dat je bedoelt te zeggen dat je met iemand naar bed bent geweest,' zei ik.

'Inderdaad, ja,' zei ze. 'En ik schaam me niet het te erkennen. Dat gaat toch zeker geen probleem geven? Je gaat me toch zeker niet veroordelen?'

'Nee, natuurlijk niet,' zei ik. 'Het maakt voor mij geen verschil hoe onbekommerd sommige mensen zichzelf tot in alle eeuwigheid in het hellevuur willen storten.'

'Wát?'

'Grapje.'

'Dat hoop ik wel.'

'Maar zijn er veel geweest?' vroeg ik, benieuwd.

'Maakt dat wat uit?'

'Ik denk het niet. Maar ik wil het toch graag weten.'

'Goed, laten we het zo stellen,' zei ze. 'Meer dan de koningin en minder dan Elizabeth Taylor.'

'Hoeveel?' drong ik aan.

'Wil je het echt graag weten of ben je gewoon een viezerik?'

'Allebei een beetje,' zei ik.

'Drie, als je het zo belangrijk vindt,' zei ze. 'De eerste keer was met een vriend van Julian toen ik achttien was. De tweede...'

Ik onderbrak haar: 'Een vriend van Julian? Wie?'

'Nou, misschien moet ik het maar niet vertellen. Ik neem aan dat hij ook best een vriend van jou zou kunnen zijn.'

'Wie?' vroeg ik weer.

'Ik weet nota bene zijn achternaam niet meer,' zei ze. 'Had hem toevallig ontmoet tijdens een avondje uit met Julian vlak na mijn eindexamen. Het was op een huisfeestje. Hij heette Jasper. En speelde accordeon. Natuurlijk zou niemand accordeon mogen spelen in het openbaar, ze zouden moeten worden gedwongen dat ergens op een onbewoond eiland te doen, maar hij bleek het heel behoorlijk te kunnen. Ik herinner me dat ik zijn vingers erg sexy vond.'

'Toch niet Jasper Timson?!' vroeg ik, en ik schoof geschrokken naar de rand van mijn stoel.

'Ja precies, die,' zei ze, verrukt in haar handen klappend. 'Heel goed van jou! O, dat betekent naar ik aanneem dat je hem inderdaad kent.'

'Natuurlijk ken ik hem,' zei ik. 'We zaten op dezelfde school. Vertel je me nu echt dat je ontmaagd bent door Jasper Timson?'

'Nou, ja,' zei ze schouderophalend. 'Dat moet toch íémand doen? En hij was lief. En zag er goed uit. En hij wás er, wat op de een of andere manier op dat moment genoeg was voor mij. Kijk, Cyril, je zei dat je het niet erg vond.'

'Ik vind het niet erg. Weet je, hij woont momenteel in Toronto, met zijn...' Ik zweeg en maakte met mijn vingers omgekeerde kommatekens in de lucht, 'zijn vriendje.'

'Ja, Julian vertelde dat,' zei Alice, terwijl ze zacht giechelend achterover-leunde.

'Hij heeft ook eens geprobeerd hem te zoenen, wist je dat?' Ik had de grootste moeite niet in lachen uit te barsten.

'Echt waar? Verbaast me niet. Het zou me meer verbaasd hebben als hij níét had geprobeerd hem te zoenen. Hoe dan ook, ik wist toen al dat hij homoseksueel was. Hij vertrouwde me toe dat hij dacht het te zijn, maar hij wist het niet helemaal zeker. Hoe dan ook, we waren allebei jong, we von-den elkaar aardig, ik wilde liever gisteren dan vandaag mijn maagdelijk-heid verliezen, dus ik stelde voor het te proberen.'

'En wat zei hij?' vroeg ik, verbijsterd door dat hele verhaal.

'O, hij nam het voorstel met beide handen aan. Dus we sprongen samen in bed. En het was prima. We kregen allebei wat we wilden. Mijn bloempje werd geplukt en hij kwam te weten dat hij dat absoluut nooit meer wilde doen. Althans met een meisje. Nadien schudden we elkaar de hand en gin-gen ons weegs. Nou ja, figuurlijk gesproken. We schudden niet letterlijk elkaar de hand. Ik bedoel, ik neem aan dat we dat hadden kunnen doen, maar ik kan het me niet voorstellen. Waarschijnlijk kusten we elkaar op de wang. En ik denk dat hij me liever daar kuste dan waar hij me hád gekust. Hoe dan ook,' vervolgde ze, en het klonk alsof ze snel een eind wilde maken aan het gesprek. 'Na Jasper was er een jongen met wie ik een paar maanden ben gegaan, een aankomend acteur die absoluut zeker niet homoseksueel was, tenzij hij zichzelf martelde door te proberen naar bed te gaan met alle meisjes van Dublin. En toen, ten slotte, Fergus natuurlijk.'

'Natuurlijk,' zei ik. 'Die goeie ouwe Fergus.'

'We kwamen op dit onderwerp,' vervolgde ze, 'omdat ik zei dat ik wil dat we met elkaar naar bed gaan als Max en Samantha op reis zijn naar Londen.'

'Jezus, je staat er wel om te springen, zeg,' zei ik.

'Houd je mond, Cyril,' zei ze, en ze sloeg op mijn hand. 'Je doet alleen maar alsof je het vervelend vindt. Dus wat zeg je ervan?'

'In welke kamer slaap je?'

'Wat?'

'Aan Dartmouth Square. Vergeet niet, ik ben daar opgegroeid.'

'O ja, natuurlijk. Nou, mijn kamer ligt op de tweede verdieping.'

'Julian vertelde dat je mijn oude kamer hebt. Op de bovenste verdieping.'

'Ik ben een verdieping omlaag gegaan. Al die trappen!'

'Nou, daar doe ik het niet,' zei ik snel. 'Dat was Maudes slaapkamer. Er is gewoon... Ik zou het niet kunnen. Ik zou het echt niet kunnen.'

'Mooi. We kunnen naar de bovenste verdieping gaan als je dat liever hebt. In je oude slaapkamer. Hoe klinkt dat?'

Ik dacht erover na en knikte met tegenzin. 'Goed,' zei ik. 'Ja, nou... ik denk van wel. Als het zo belangrijk voor je is.'

'Het zou voor ons allebei belangrijk moeten zijn.'

'Dat is het ook,' zei ik, terwijl ik rechtop ging zitten en dacht: fuck it. Als Jasper Timson het kon en die was nog meer een homoseksueel dan ik aangezien hij een echt vriendje had, dan kon ik het ook. 'Ik kom. Ik bedoel: ik kom wel. Nee, allemaal fout, ik bedoel niet dat ik...'

'Relax, Cyril. Het is prima. Zullen we zeggen zaterdag? Om een uur of zeven?'

'Zaterdag,' beaamde ik. 'Een uur of zeven.'

'En ga in bad voordat je komt.'

'Natuurlijk neem ik een bad, zei ik vinnig. 'Waar zie je me voor aan?'

'Soms doen jongens dat niet.'

'Neem jíj maar een bad,' zei ik. 'Vergeet niet, ik weet waar je bent geweest.'

Ze glimlachte. 'Ik wist dat je wel zou willen als je begreep hoe belangrijk het voor mij was. Dat is een van de dingen die ik waardeer in jou, Cyril. Je bent anders dan andere jongens. Je houdt rekening met mijn gevoelens.'

'Ja, eh...' zei ik; ik wist dat de komende dagen voor mij lang zouden gaan duren.

De rest van de week bleef ik van mezelf af en kwam niet in de buurt van de zijstraten en parken waar ik gewoonlijk 's nachts rondhing, omdat ik zo geil mogelijk wilde zijn voor het grote moment. Ik probeerde uit mijn hoofd te zetten dat wat er zaterdag ook zou gebeuren, zelfs als alles goed ging, Alice' vooruitzicht van vijftig jaar er altijd nog was om over na te denken. Dom genoeg besloot ik dat ik dat wel zou zien als het zover was.

En het bleek dat het die zaterdagavond beter ging dan ik ooit kon hebben voorspeld. Ik voelde hoe dan ook een oprechte, warme genegenheid die grensde aan het romantische, om niet te zeggen het seksuele, en vele malen had ik genoten van onze lange kussessies. Ik drong er natuurlijk op aan dat de lichten uitbleven, want ik wilde haar lichaam eerst op de tast leren kennen alvorens te worden geconfronteerd met de werkelijkheid ervan, en hoewel dit niet was wat ik wilde – het voelde zacht aan, niet gespierd en hard zoals ik het prettig vond, en gladder dan ik ooit had verwacht bij een huid – was ik hoe dan ook in beslag genomen door het nieuwe ervan en presteerde ik op een manier die naar mijn idee het best kon worden omschreven als 'heel behoorlijk'.

'Nou, dat is in elk geval een beginnetje,' zei Alice toen het voorbij was.

Ze had uiteraard geen enkele soort climax bereikt, en ik wel. Dat vond ik alles welbeschouwd nogal ironisch.

Een teken

Toen ik wakker werd gedroeg de zon zich absoluut kloterig, hij kwam door het raam naar binnen stromen en brandde door mijn oogleden heen. Bij thuiskomst, een paar uur eerder, had ik niet eens de moeite genomen de gordijnen dicht te trekken, ik was met mijn gezicht omlaag en geheel gekleed op de bank geploft, waar de combinatie van een kater en het besef van mijn dilemma me het gevoel gaf alsof mijn laatste uur had geslagen. Ik deed mijn ogen dicht, wilde zielsgraag weer slapen, maar sleepte al snel mijn ellendige lijf naar het toilet, zonder te weten of ik moest plassen of overgeven. Uiteindelijk koos ik voor beide tegelijk. Daarna liep ik gespannen naar de spiegel. Dracula zou minder beducht zijn geweest voor zijn spiegelbeeld.

Natuurlijk zag ik er verschrikkelijk uit, als een slachtoffer van een of andere nachtelijke gewelddaad, gemolesteerd en voor dood achtergelaten, maar onverklaarbaar genoeg weer tot leven gewekt door een boosaardige arts.

Ik hoopte dat een lange, hete douche me kon helpen te herstellen, maar dat was nog minder waarschijnlijk dan een onmiddellijke, definitieve oplossing van het mondiale hongerprobleem. Het was kwart voor elf en ik diende tegen twaalven bij de kerk te zijn. Ik stelde me Alice voor die bij Dartmouth Square haar jurk aantrok, omgeven door bruidsmeisjes, terwijl iedereen probeerde geen ongepaste toespelingen te maken op wat er was gebeurd toen ze zich de vorige keer hadden verzameld voor een dergelijk evenement.

Opeens drong tot me door hoe ik al mijn problemen kon oplossen. Het gevolg zou zijn dat ik al mijn vrienden, onder wie Julian – vooral Julian – zou verliezen, maar mettertijd zouden ze zien dat dit het beste was en me ongetwijfeld vergeven. Ik pakte een handje kleingeld op mijn nachtkastje, trok mijn kamerjas aan en sleepte me naar het munttelefoontoestel in de gang, waar ik het nummer draaide voordat ik van gedachten kon veranderen. Toen Max opnam, drukte ik op de A-knop, hoorde de munten vallen en slikte, terwijl ik mijn hersens afpijnigde wat ik moest zeggen.

'Hallo?' zei hij, met een stem die klonk alsof hij ondanks het vroege uur al een paar drankjes ophad. 'Max Woodbead?' Op de achtergrond hoorde ik gelach, meisjesstemmen en glasgerinkel. 'Hallo?' vroeg hij weer. 'Wie is daar? Zeg in godsnaam iets, ik heb niet de hele dag de tijd.'

Maar ik zei niets, hing op en ging terug naar mijn kamer; het had geen zin.

Twintig minuten later was ik onderweg naar de kerk in Ranelagh, grommend naar iedereen die toevallig in mijn richting glimlachte en naar de jongens die vanuit hun auto riepen dat ik aan een levenslange gevangenisstraf begon. Ik voelde me weer misselijk, bleef staan, en toen ik me realiseerde dat ik nog ruim een half uur overhad, maakte ik een omweg via een tearoom op de hoek van Charlemont. Het was er druk maar ik vond een leeg tafeltje in de hoek en ging daar zitten, bij het raam. Ik bestelde een grote kop sterke koffie en twee glazen water met ijsblokjes. Daarvan nippend begon ik een beetje bij te komen, ik keek hoe de studenten naar de stad, de zakenlieden naar hun kantoor en de huisvrouwen met een boodschappentas achter zich aan naar supermarkt Quinnsworth liepen, en vroeg me af of er ooit een moment was geweest waarop mijn leven een andere wending had kunnen nemen. Hoe had Jasper Timson, die verdomde accordeonist, in godsnaam met zijn vriend kunnen gaan samenwonen in Toronto, terwijl ik op het punt stond te trouwen met een vrouw voor wie ik geen enkele seksuele belangstelling had? Wat was het exacte moment geweest waarop ik een beetje moed had kunnen vinden en voor één keer in mijn leven het juiste had kunnen doen?

Nu, zei ik tegen mezelf. Het is nu! Dit is het moment! Er is nog tijd!

'Geef me een teken,' mompelde ik tegen het heelal. 'Iets waaruit ik de moed kan putten om de benen te nemen.'

Ik schrok op toen ik een hand op mijn schouder voelde en keek om. Naast me stonden een vrouw en een kind, die een blik wierpen op de lege stoelen aan mijn tafeltje.

'Mogen we?' vroeg ze. 'Er is nergens anders plaats.'

'Ga uw gang,' zei ik, hoewel ik liever alleen was gebleven.

Het kind, een jongetje van een jaar of negen, ging tegenover me zitten. Ik keek boos naar hem toen hij mijn bruidskostuum bestudeerde en grappig leek te vinden. Hij was zelf erg netjes gekleed, droeg een wit overhemd onder een blauwe spencer en zijn haren waren zorgvuldig gekamd, met een onberispelijke zijscheiding. Hij had het broertje kunnen zijn van de jonge nazi die 'Der morgige Tag ist mein' zong in *Caburet*, de laatste film waar Alice en ik samen heen waren geweest. De jongen droeg vier boeken, die hij naast elkaar voor zich op tafel legde, blijkbaar om te beslissen welk van de vier zijn aandacht het meest verdiende.

'Mag ik u een gunst vragen?' vroeg de vrouw. 'Zou u een paar minuten voor mij op Jonathan kunnen letten? Ik moet alleen even naar het toilet, dan heb ik een telefoontje te plegen en daarna bestel ik een thee... Gaat u vandaag trouwen? U bent erop gekleed.'

'Over een uur ongeveer,' zei ik. Ik wist zeker dat ik haar ergens van kende maar kon haar niet een-twee-drie plaatsen. 'En wie is Jonathan?'

'Ik ben Jonathan natuurlijk,' zei het jongetje, terwijl hij zijn hand uitstak. 'Jonathan Edward Goggin. En wie mag jij wel wezen?'

'Cyril Avery,' zei ik, kijkend naar het handje, dat een lichte zeepgeur afgaf, voordat ik toegaf en het handje schudde. 'Prima,' zei ik tegen zijn moeder. 'Ik zal hem door niemand laten ontvoeren. Daar weet ik namelijk alles van.'

Het was duidelijk dat ze niet begreep waar ik op doelde, maar ze draaide zich niettemin om en liep naar de deuren in de andere hoek van het zaaltje. Ik keek nu weer naar de jongen, die zich op zijn boeken concentreerde. 'Wat lees je?' vroeg ik hem uiteindelijk.

'Tja,' verklaarde hij met een enorme zucht, alsof het gewicht van de wereld op zijn schouders rustte maar hij er stoïcijns onder probeerde te blijven. 'Ik heb nog niet helemáál besloten. Vanochtend was ik in de bibliotheek, zie je. Het is mijn vaste bibliotheekdag en mevrouw Shipley, de bibliothecaresse, ried me deze drie hier aan, en ze adviseert meestal goede verhalen, dus ik heb haar raad opgevolgd. Dit boek lijkt te gaan over een konijn dat vriendschap sluit met een jong vosje, maar ik zie niet zo goed hoe dat kan werken want zelfs als het konijn aardig voor de vos is, zal die uiteindelijk opgroeien en hem opeten. Dit gaat over een groep kinderen, die in de verte verwant zijn, vermoed ik, dat zijn ze meestal; tijdens hun zomervakantie lossen ze misdaden op maar ik heb er onderweg hiernaartoe in gebladerd en zag het woord "nikker" staan en er zit een zwarte jongen bij mij in de klas op school en die noemt dat een heel lelijk woord en hij is een ontzéttend goede vriend van mij, waarschijnlijk mijn derde-beste vriend, dus voor alle zekerheid leg ik dit misschien opzij. En dit is flauwekul over het oproer van 1916 en het punt is, ik ben niet in politiek geïnteresseerd. Nooit geweest ook. Dus ik zou deze hier kunnen nemen, dat was het boek dat ikzelf heb gekozen.' Hij hield het omhoog en ik wierp een blik op de voorkant, een afbeelding van een jongen die met de benen lichtjes gespreid stond, een haan onder zijn ene arm droeg en een geheimzinnige doos onder de andere, terwijl op de achtergrond een soort vluchtelingen langsliepen. In de rechterbovenhoek waren de woorden HET ZILVEREN ZWAARD gedrukt.

'Waar gaat het over?' vroeg ik.

'Nou, dat weet ik eigenlijk niet,' zei hij. 'Want ik ben er nog niet in begonnen. Maar volgens de achterkant gaat het over de oorlog en kinderen die vluchten voor de nazi's. Ken je de nazi's? Daar weet ik alles over. Dat waren de ergsten van allemaal. Echt vreselijke, vreselijke mensen, die geen van allen een greintje menselijkheid in zich hadden. Maar het punt is, meneer Avery...'

'Zeg maar Cyril,' zei ik.

'Nee, dat zou ik niet kunnen. Je bent echt oud en ik ben nog maar een kind.'

'Ik ben achtentwintig!' zei ik geschokt en beledigd.

'Wow,' zei hij lachend. 'Dat is superoud. Je bent een soort dinosaurus. Hoe dan ook, het punt is, zoals ik aan het vertellen was toen je me zo onbeleefd in de rede viel, ik heb het liefst verhalen over dingen die waar zijn gebeurd. En de oorlog is waar gebeurd, hè, dus ik wil erover weten. Heb jij gevochten in de oorlog, meneer Avery?'

'Nee,' zei ik. 'De reden is dat ik een paar maanden na het eind van de oorlog geboren ben.'

'Dat kan ik erg moeilijk geloven,' zei Jonathan hoofdschuddend. 'Je ziet er zo oud uit dat als je zei dat je had gevochten in de Eérste Wereldoorlog, dan was ik niet van mijn stoel gevallen van verbazing!'

En meteen begon hij hard te lachen en hij bleef zo lang en zo hard lachen dat ik geen andere keus had dan meelachen.

'Kop dicht, klein pikkie,' zei ik uiteindelijk, ook al lachte ik nog steeds, en hij ging nu over op giechelen. 'Ik heb een kater, zo simpel ligt dat.'

'Je zei een lelijk woord,' zei hij.

'Dat klopt,' zeg ik. 'Geleerd in de loopgraven van Verdun.'

'Verdun was een veldslag in de Eerste Wereldoorlog,' kondigde hij aan. 'Die duurde elf maanden en generaal Von Hindenburg, die later president van Duitsland zou worden, die had de leiding. Ik wist wel dat je oud was. En wat is een kater?'

'Dat is als je zo veel drank door je keel hebt gegoten dat je de volgende dag wakker wordt met het gevoel dat je het wrak van de Hesperus bent.'

Ik wierp een blik om me heen om zijn moeder te zoeken, maar er was vooralsnog geen teken van haar te bespeuren.

'Dus je gaat trouwen? Kijk je ernaar uit?' vroeg Jonathan. 'Doen mensen dat niet meestal als ze veel jonger zijn? Kon je tot nu toe niemand vinden om mee te trouwen?'

'Ik ben een laatbloeier,' zei ik.

'Wat betekent dat?'

'Wacht maar een paar jaar. Iets zegt me dat je het te zijner tijd zult begrijpen.'

'En ga je met een vrouw trouwen?'

'Nee, met een trein. Die van vier over elf uit Castlebar.'

Hij fronste. 'Hoe kan je nou trouwen met een trein?' vroeg hij.

'De grondwet zegt nergens dat het niet mag.'

'Nou, dan zal het wel. En als jij van die trein houdt en die trein houdt van jou, dan vind ik ook dat je ermee moet trouwen.'

'Ik trouw niet met een trein, Jonathan,' zei ik met een zucht, en ik nam een lange teug van mijn ijswater. 'Ik ga trouwen met een vrouw.'

'Ik wist het. Je bent een stommerik.'

'Ik ben een stommerik,' gaf ik toe. 'Ik ben ongeveer de stomste man die je ooit hebt ontmoet. Ik ben in feite een absolute, idiote klootzak.'

'Je zei weer een lelijk woord. En vanavond ga je lekker seksen met je vrouw, wedden?'

'Wat weet jij over seksen?' vroeg ik. 'Je bent nog maar een jaar of zes.'

'Ik ben acht. En over drie weken word ik negen. En om precies te zijn weet ik alles over seks,' voegde hij eraan toe, schijnbaar zonder enige schroom. 'Mijn moeder heeft me er alles over verteld.'

'Mag ik eens raden?' vroeg ik. 'Als een mama en een papa erg veel van elkaar houden, dan gaan ze dicht bij elkaar liggen, waarna de Heilige Geest op ze neerdaalt om het wonder van een nieuw leven tot stand te brengen.'

'Doe niet zo belachelijk,' zei Jonathan. 'Dat is helemaal niet wat er gebeurt.' Om me vervolgens een zeer openhartige beschrijving te geven van de manier waarop een man en een vrouw te werk gaan bij de geslachtsdaad, waarbij hij me zelfs een paar dingen vertelde die ik nog niet wist.

'Hoe weet jij dat in 's hemelsnaam allemaal?' vroeg ik toen hij zijn vrij aanschouwelijke en misselijkmakende lezing had beëindigd.

'Volgens mijn moeder is een van de problemen van dit land dat niemand wil praten over seks. Dat komt door de katholieke Kerk en ze zegt dat ze me zo wil laten opgroeien dat ik begrijp dat een vrouwenlichaam iets is om zuinig op te wezen en niet iets om bang voor te zijn.'

'Ik wou dat ze mijn moeder was geweest,' mompelde ik.

'Ik ben van plan om als ik groot ben heel goed te zorgen voor mijn meisje,' zei Jonathan, hevig knikkend.

'Bravo. En wat zegt je vader daar allemaal van?'

'O, ik heb geen vader,' zei hij.

'Natuurlijk heb je wel een vader. Je weet niks over seks als je niet begrijpt dat iedereen een vader en een moeder heeft.'

'Ik bedoel: ik kén mijn vader niet,' zei Jonathan. 'Ik ben een buitenechtelijk kind.'

'Vreselijk woord, "buitenechtelijk".'

'Vind ik ook. Maar ik draag het als een ereteken. Ik merk dat als ik het tegen mensen zeg, dan zeggen zij het niet achter mijn rug. Dan kunnen ze niet in een hoekje gaan roddelen en zeggen: "Wist jij dat Jonathan Edward Goggin een buitenechtelijk kind is?" want dan heb ik het ze al verteld. Eén-nul voor mij. En elke keer als ik een nieuw iemand ontmoet dan zorg ik ervoor dat ik het ze heel snel vertel.'

'Wat vind je moeder daarvan?'

'Ze had liever gezien dat ik het niet deed. Maar ze zegt dat ik alles moet doen wat goed voelt en dat ze geen beslissingen voor mij gaat nemen. Zij zegt dat ze mijn moeder is en niet mijn opa.'

'Wat betekent dat in 's hemelsnaam?'

'Geen flauw idee,' zei Jonathan. 'Maar ze zegt dat ze me dat op een dag zal uitleggen.'

'Je bent een beetje een rare snuiter, Jonathan,' zei ik. 'Heeft iemand je dat ooit al verteld?'

'Alleen dit jaar al negentien mensen,' zei hij. 'En het is nog maar mei!'

Ik lachte en keek op mijn horloge. Nog vijf minuten en dan moest ik er wel vandoor.

'Hoe heet het meisje met wie je gaat trouwen?' vroeg Jonathan.

'Alice,' zei ik.

'Bij mij in de klas zit een meisje dat Alice heet,' antwoordde hij, en hij sperde zijn ogen wijd open, blijkbaar opgetogen omdat we dat gemeen hadden. 'Ze is heel heel heel mooi. Ze heeft lang blond haar en ogen met de kleur van opaalstenen.'

'Ga je met haar?' vroeg ik.

'Nee!' riep hij zo hard dat de andere mensen in het café zich omdraaiden en onze kant op keken. Hij werd knalrood. 'Nee, ik ga helemaal niet met haar!'

'Sorry,' zei ik lachend. 'Je bent nog maar acht, even vergeten.'

'Ik ga met een meisje dat Melanie heet,' zei hij.

'Mooi zo. Oké.'

'En ik ga op een dag met haar trouwen.'

'Echt? Bravo.'

'Bedankt. Is het niet grappig dat jij vanmorgen trouwt en dat ik je vertel over het meisje waarmee ik ga trouwen als ik groot ben?'

'Dolkomisch,' zei ik. 'Het draait allemaal om de liefde, hè? *All you need is love, it's all any of us need.*'

'The Beatles,' zei Jonathan snel. '"All You Need Is Love", compositie Lennon & McCartney, maar eigenlijk geschreven door John Lennon. *Magical Mystery Tour*, 1967. B-kant, nummer 5.'

'Dus je bent een Beatles-fan?' vroeg ik.

'Natuurlijk. Jij niet?'

'Natuurlijk wel.'

'Wie is je favoriete Beatle?'

'George,' zei ik.

'Interessant.'

'En de jouwe?'

'Pete Best.'

'Interessant.'

'Ik ben altijd voor de underdog,' zei Jonathan.

We keken elkaar aan en alles welbeschouwd vond ik het een beetje jammer toen zijn moeder terugkwam.

'Het spijt me erg,' zei ze. Ze leek lichtjes over haar toeren. 'Mijn telefoongesprek duurde langer dan verwacht. Ik probeer een vlucht naar Amsterdam te regelen en Aer Lingus maakt het niet makkelijk. Ik moet morgen naar hun kantoor en dat zal me een halve dag kosten.'

'Geen probleem,' zei ik terwijl ik opstond. 'Maar ik moet nu eigenlijk gaan.'

'Hij trouwt met een meisje dat Alice heet,' zei Jonathan.

'Echt waar?' vroeg ze. 'Wat een geluksvogel, die Alice.' Toen zweeg ze en keek me aan. 'Maar we kennen elkaar toch?' vroeg ze. 'U ziet er zo vreselijk vertrouwd uit.'

'Ik geloof van wel,' zei ik. 'Werkte u niet in de tearoom van de Dáil Éireann?'

'Ja, en dat doe ik in feite nog steeds.'

'Ik was vroeger ambtenaar. Onze paden hebben elkaar daar gekruist. Ik werd een keer in mijn gezicht gestompt door de persvoorlichter van de Taoiseach en u hebt me achteraf opgevangen.'

Ze dacht er even over na en schudde haar hoofd. 'Ik heb daar maar een vage herinnering aan,' zei ze. 'Ook zijn er om de haverklap knokpartijen. Weet u zeker dat ik het was?'

'Absoluut zeker,' zei ik, blij dat ze het zich niet herinnerde, want ja, ik had haar die dag in vertrouwen genomen over mijn seksuele geaardheid. 'U was erg vriendelijk voor me.'

'Goed. Je doet me vooral denken aan iemand die ik ooit heb gekend. Lang geleden.'

Ik haalde mijn schouders op en keek naar Jonathan, voor wie ik een halve buiging maakte nu ik op het punt stond te vertrekken.

'Het was me een genoegen, jongeman,' zei ik.

'Veel geluk in je aanstaande huwelijk met je verloofde Alice,' zei hij.

'Hij is een interessante jongen,' zei ik tegen zijn moeder terwijl ik langs haar liep. 'U zult uw handen aan hem vol hebben.'

'Weet ik,' zei ze glimlachend. 'Maar hij is mijn lieveling. En deze laat ik niet gaan. O!'

'Wat?' vroeg ik, want ze had plotseling gehuiverd. 'Voelt u zich niet goed?'

'Jawel,' zei ze. 'Ik had net zo'n vreemde sensatie, alsof er iemand over mijn graf liep.'

Ik glimlachte, nam afscheid en liep naar de deur. Sodemieter op, zei ik tegen het universum. Het enige wat ik vroeg was een teken! Iets wat me de moed gaf om ervandoor te gaan, en zelfs dat kon je niet. Ik had geen keus.

Tijd om te gaan trouwen.

Van iemand anders houden

Ik kwam de sacristie binnen door de zijdeur, Julian zat er aan een tafel het ceremonieboekje te bekijken. Voor iemand die net zo weinig uren slaap had gehad als ik zag zijn gezicht er opmerkelijk fris uit, na een knipbeurt en ontdaan van de stoppels die hij de laatste tijd had laten staan. Het was een verrassing hem zijn leesbril te zien dragen – hij droeg hem bijna nooit als er anderen bij waren – maar hij zette hem af zodra hij mij zag en stak hem in zijn borstzakje. Overbodig te zeggen dat zijn nieuwe pak hem paste als een tweede huid.

'Daar ben je dan,' zei hij en hij keek me met een grote grijns aan. 'De gedoemde. Hoe staat het met je hoofd?'

'Verschrikkelijk,' zei ik. 'En dat van jou?'

'Niet heel slecht, alles in aanmerking genomen. Ik heb een paar uur geslapen, ben daarna gaan zwemmen in het zwembad van gravin Markievicz en naar mijn kapper geweest. Hij legde warme handdoeken over mijn gezicht en neuriede liedjes van Simon & Garfunkel tijdens het scheren, allemaal ongelooflijk ontspannen.'

'Heb je dat allemaal in die negen uur gedaan?' vroeg ik stomverbaasd.

'Ja, waarom niet?'

Ik schudde mijn hoofd. Hoe kon iemand zo veel drinken als hij, zo laat nog op stap zijn, dan opstaan, en bij dat alles toch zo aantrekkelijk ogen? Het is ongelijk verdeeld in de wereld.

'Ik geloof dat ik misselijk word,' zei ik. 'Ik kan maar beter weer naar bed gaan.'

Zijn glimlach trok weg en hij keek me bezorgd aan voordat hij in lachen uitbarstte. 'Jezus,' zei hij. 'Doe me een lol, Cyril. Ik dacht even dat het menens was.'

'Waarom denk je dat het niet zo was?' mompelde ik. 'Nou ja, ik ben hier toch?'

'Je beseft dat ik geen andere keus heb dan je om zeep brengen als je mijn zus in de steek laat, hè? Je was gisteravond wel ver heen. Ik neem aan dat de zenuwen je te pakken hadden. Je vriend Nick was behoorlijk onthutst over de manier waarop je tegen hem sprak.'

'Nick is geen vriend van me,' zei ik. 'En hoe weet jij hoe hij zich voelt?'

'O, ik kwam hem zonet tegen. Toevallig, in Grafton Street. We hebben een snelle kop koffie genomen.'

Ik ging zitten en deed mijn ogen dicht. Natuurlijk had hij dat gedaan. En natuurlijk hadden zij dat gedaan. Ik had het kunnen weten.

'Wat is er?' vroeg hij. Hij kwam naar me toe en ging naast me zitten. 'Heb je een aspirientje nodig?'

'Ik heb er al vier op.'

'Water dan?'

'Ja, graag.' Hij liep naar de gootsteen en toen hij geen glas kon vinden pakte hij een grote gouden kelk met ingelegd zilver langs de knoop, vulde hem tot de rand en legde er een bronzen hostieschoteltje op voordat hij hem mij aanreikte. 'Wees gezegend, mijn zoon,' zei hij.

'Dank je, Julian,' zei ik.

'Weet je zeker dat je opknapt?'

'Komt wel goed,' zei ik en ik probeerde vrolijk te kijken. 'Gelukkigste dag van mijn leven.'

'Moeilijk te geloven dat we over pakweg een uur zwagers zullen zijn, hè?

Na al die jaren van vriendschap, bedoel ik. Ik weet niet of ik het je ooit heb verteld, Cyril, maar ik was echt blij toen je me vroeg je getuige te worden. En ook toen je Alice ten huwelijk vroeg.'

'Wie anders zou ik vragen?' zei ik.

'Nou, er lopen een heleboel meisjes rond.'

'Ik bedoelde wie anders dan jou zou ik vragen?' vroeg ik. 'Jij bent uiteindelijk mijn beste vriend.'

'En jij de mijne. Ze keek zo gelukkig toen ik vanochtend van huis vertrok.'

'Wie?'

'Alice natuurlijk!'

'O ja. Natuurlijk. Is ze hier al, trouwens?'

'Nee, de priester zei dat hij een knikje zou geven als zij en Max aankomen. Wel heb ik je vader buiten al gezien. En de nieuwe mevrouw Avery. Wel een beetje een stuk, hè?'

'Mijn pleegvader,' zei ik. 'En ja, het geval wil dat ze fotomodel is.'

'Attenoje!'

Ik rolde met mijn ogen.

'Hoezo?' vroeg ik. 'Wou je zelf later iets bij haar proberen?'

'Heb ik even aan gedacht, maar nee. Fotomodellen, dat is hard werken en ze zijn allemaal knettergek. Ik heb het ooit eens geprobeerd met Twiggy en die moest er niets van weten.'

'Dus dat houdt in dat ze gek is,' zei ik.

'Zo bedoelde ik het niet. Maar ze keek me aan alsof ik iets was waar ze in had getrapt. Zelfs prinses Margaret was niet zo onbeschoft. Hoe dan ook, hulde voor Charles. Het lukt hem nog steeds ze te versieren, hè? Ik hoop dat ik op die leeftijd evenveel geluk heb als hij.'

Ik merkte dat het water me slecht bekwam; er begonnen zweetdruppeltjes op mijn voorhoofd uit te breken. Wat deed ik daar eigenlijk? Jaren van spijt en schaamte begonnen me te overspoelen. Een leven van liegen, van bewust gedwongen liegen, had me naar een moment gevoerd waarop ik niet alleen dreigde mijn eigen leven kapot te maken maar ook dat van een vrouw die absoluut niets had gedaan om dat te verdienen.

Julian merkte hoe wanhopig ik was, kwam naar me toe en sloeg een arm om me heen, en het voelde heel natuurlijk toen ik mijn hoofd op zijn schouder legde. Ik wilde niets liever dan mijn ogen dichtdoen en in slaap vallen terwijl hij me vasthield. Ik rook de subtiele geur van zijn eau de cologne en eronder het nog net niet verdwenen luchtje van de scheercrème die de kapper eerder die dag had gebruikt. 'Wat scheelt je, Cyril?' vroeg hij rustig. 'Je lijkt helemaal niet jezelf te zijn. Het spreekt vanzelf dat je zenuwachtig bent op je trouwdag maar je weet toch wel hoeveel Alice van je houdt?'

'Ja,' zei ik.

'En jij houdt toch ook van haar?' Zijn toon verhardde enigszins toen ik niet meteen antwoord gaf: 'Je houdt toch van mijn zus, Cyril?'

Ik boog mijn hoofd een beetje om de indruk te geven van een bevestigend antwoord.

'Ik wou dat mijn moeder hier was, dat is alles,' zei ik. Het gevoel verraste me, want ik had me niet gerealiseerd dat ik zoiets wilde.

'Maude?'

'Nee, mijn echte moeder. De vrouw die me op de wereld heeft gezet.'

'O ja,' zei hij. 'Heb je dan contact met haar gehad? Dat heb je nooit verteld.'

'Nee,' antwoordde ik. 'Ik wou alleen maar dat ze hier was, meer niet. Om me te helpen. Om tegen me te praten. Toen ze het besluit nam om me achter te laten, moet dat ongelooflijk moeilijk zijn geweest. Ik vraag me alleen af hoe zwaar het daarna voor haar was, meer niet. Dat zou ik haar willen vragen.'

'Nou, nu ben ik er,' zei Julian. 'Dus als er iets moet worden besproken, dan is daar de getuige voor. Om nog maar te zwijgen van een beste vriend.'

Ik keek naar hem op en begon opeens te huilen.

'Jezus christus, Cyril,' zei Julian, die nu echt bezorgd klonk. 'Ik begin echt bang te worden. Wat is er nou eigenlijk met je aan de hand? Vooruit, je kunt mij alles vertellen, dat weet je. Is het alleen de drank? Moet je overgeven?'

'Het is niet de drank,' zei ik hoofdschuddend. 'Maar ik kan het... ik kan het je niet vertellen.'

'Natuurlijk wel. Denk eens aan alle dingen die ik jou in de loop der jaren heb verteld. Christus, als we daar iets van zouden opschrijven, dan zou dat toch ook niet allemaal rozengeur en maneschijn zijn? Je bent toch niet met een ander meisje geweest? Achter de rug van Alice? Zoiets is het toch niet?'

'Nee,' zei ik. 'Nee, er is geen ander meisje geweest.'

'Want als dat zo was, nou, dan gaan we er maar van uit dat je al doende geleerd hebt. Alice is ook geen heilige, dat weet je. Een huwelijk begint pas als je je jawoord hebt gegeven. Daarna moet je trouw blijven, neem ik aan, of waar gaat het anders om? Maar als je onderweg een paar slippertjes hebt gemaakt...'

'Dat is het niet,' zei ik nadrukkelijk, en luider.

'Wat dan? Wat is het, Cyril? Vertel op, in jezusnaam.'

'Ik ben niet verliefd op haar,' zei ik, kijkend naar de grond, waardoor ik voor het eerst ontdekte dat Julians schoenen opzij een beetje afgetrapt waren. Hij was vergeten ze te poetsen. Misschien was hij uiteindelijk toch niet perfect.

'Wat zei je nou?' vroeg hij.

'Ik zei: ik ben niet verliefd op haar,' herhaalde ik zacht. 'Ik ben erg gek op haar. Ze is het aardigste, verstandigste, fatsoenlijkste meisje dat ik ooit heb gekend. De waarheid is dat ze beter verdient dan mij.'

'Je gaat toch niet al je zelfverachting over me uitgieten, hoop ik?'

'Maar ik hou niet van haar,' herhaalde ik.

'Natuurlijk hou je godverdomme van haar,' zei hij, en hij nam zijn arm nu van mijn schouder.

'Nee,' zei ik. Ik voelde een hevige opwinding toen ik de woorden uit mijn mond hoorde komen: 'Ik weet wat liefde is, want ik hou van iemand anders. En niet van haar.' Het was alsof ik mijn lichaam had verlaten en in onstoffelijke vorm een meter boven onze hoofden zweefde, omlaagkijkend, zorgvuldig observerend, benieuwd hoe het tafereel verder zou verlopen. En toch zo verblind dat ik me afvroeg of er enige kans was dat ik naar huis zou gaan met een andere Woodbead dan degene met wie ik daar zou trouwen.

Julian wachtte lang voordat hij zijn mond weer opendeed. 'Maar je zei net,' zei hij langzaam, ieder woord zorgvuldig formulerend, 'dat er geen ander meisje geweest is.'

'In werkelijkheid ben ik al verliefd zolang ik me kan herinneren,' zei ik, waarbij ik mijn stem zo vast mogelijk liet klinken. 'Sinds mijn kindertijd, in feite. Ik weet dat het stupide klinkt, geloven in iets banaals als liefde op het eerste gezicht, maar mij is dat overkomen. Ik werd jaren geleden verliefd en ik heb die persoon nooit kunnen loslaten.'

'Wie dan?' vroeg hij. De woorden kwamen er bijna fluisterend uit toen ik mijn hoofd zijn kant op draaide. 'Wie is het? Ik begrijp het niet.'

Toen onze blikken elkaar ontmoetten wist ik dat mijn hele leven mij naar dat moment had geleid, naar die sacristie, naar ons beiden, zoals we daar naast elkaar zaten en zonder dat ik het van plan was boog ik me voor-over om hem te kussen. Een paar seconden, niet meer dan drie à vier, wa-ren onze lippen tegen elkaar gedrukt en voelde ik die vreemde mengeling van tederheid en mannelijkheid die typerend voor hem was. Toen gingen ze een fractie uiteen, haast automatisch, en de mijne ook.

Ik schoof mijn tong naar voren.

Meteen was het voorbij.

'Jezus, wat nou?' vroeg Julian, hij sprong op en strompelde terug naar de muur, haast struikelend over zijn eigen voeten. Hij klonk niet zozeer boos als wel compleet verbijsterd.

'Ik kan niet met haar trouwen, Julian,' zei ik. Ik keek hem aan en voelde me moediger dan ik ooit was geweest. 'Ik ben niet verliefd op haar.'

'Hoe kom je erbij? Is dit een grap?'

'Ik ben niet verliefd op haar,' zei ik nadrukkelijk. 'Ik ben verliefd op jou. Ik ben al verliefd op je zo lang ik me herinner. Sinds dat eerste moment dat ik de trap af kwam aan Dartmouth Square en jou in de gang zag zitten. Tijdens al onze schooldagen. En sindsdien elke dag.'

Hij staarde me aan, de puzzelstukjes begonnen op hun plaats te vallen en hij draaide zich om, keek uit het raam van de sacristie naar de tuinen erachter. Ik zweeg, mijn hart bonsde zo hevig in mijn borst dat het voelde alsof ik misschien een hartaanval had. En toch voelde ik me niet bang. Ik had in plaats daarvan het gevoel alsof er eindelijk een zware last van mijn schouders was getild. Ik voelde me opgewonden. En vrij. Want hij kon me nu niet meer met zijn zus laten trouwen. Nu hij het wist. Wat er daarna ook zou gebeuren, het was misschien pijnlijk, maar ik zou mezelf in elk geval niet veroordelen tot een leven met een vrouw naar wie ik niet verlangde.

'Je bent een nicht,' zei hij, weer naar mij gekeerd, op een toon die ergens verdwaald was tussen een vraag en een constatering.

'Ik neem aan van wel, ja,' zei ik. 'Als je het zo wilt stellen.'

'Sinds wanneer?'

'Altijd al. Ik heb geen enkele belangstelling voor vrouwen, dat is de volle waarheid. Nooit gehad. Ik heb het... je weet wel... alleen gedaan met man-nen. Nou ja, behalve één keer een paar weken geleden, met Alice. Dat wilde ze. Ik niet. Maar ik dacht dat het de moeite van het proberen waard was.'

'Wil je zeggen dat je met mannen hebt gevreeën?' vroeg hij, en het verbaasde me zo veel ongeloof in zijn stem te horen. Hij die een etmaal amper doorkwam zonder iemand te neuken.

'Natuurlijk,' zei ik. 'Ik ben geen eunuch, weet je wel.'

'Hoeveel? Vier? Vijf?'

'Jezus, doet dat ertoe?' vroeg ik, terugdenkend aan een soortgelijke conversatie die ik had gehad met Alice, toen ik niet zeker had geweten of ik haar aantal wilde weten uit interesse of uit perversiteit.

'Ja, het doet ertoe. Misschien is het gewoon een fase en...'

'Och kom, Julian,' zei ik. 'Ik ben nu achtentwintig jaar. Ik ben voorbij fases.'

'Hoeveel dan?'

'Ik weet het niet. Tweehonderd misschien? Waarschijnlijk meer.'

'TWEEHONDERD!?'

'Dat is waarschijnlijk veel minder dan het aantal vrouwen waarmee jij hebt geslapen.'

'Jezus christus godverdomme,' zei hij. Hij was nu in paniek en liep in volmaakte rondjes over het tapijt. 'Dat kan je godverdomme niet menen, serieus niet. Je liegt al twintig jaar tegen me.'

'Ik heb niet gelogen,' zei ik, terwijl ik zielsgraag van hem wilde horen dat het goed was, dat alles ten slotte in orde zou komen. Dat hij de zaken zou regelen. Dat Alice het zou begrijpen en dat het leven weer normaal werd.

'Nou, hoe zou je het anders willen noemen?'

'Ik wist niet hoe ik het je moest vertellen.'

'Dus je dacht ermee te wachten tot vandáág? Tot nú toe? Tot pakweg tien minuten voordat je gaat trouwen met mijn zús? Jezus christus,' voegde hij er hoofdschuddend aan toe. 'En ik dacht dat die klootzak van een Fergus een hufter was.'

'Ik ben niet zoals Fergus,' zei ik.

'Nee, hij is godverdomme een heilige vergeleken bij jou.'

'Julian, je kunt me niet haten omdat ik homo ben. Dat is niet eerlijk. Het is 1973, in godsnaam.'

'Denk je dat ik je haat omdat je homo bent?' vroeg hij met een blik op mij alsof hij van zijn levensdagen niet zoiets stoms had gehoord. 'Het kan me godverdomme geen zak schelen dat je homo bent. Ik zou me er nooit iets van aangetrokken hebben, geen moment, als je de moeite had genomen het me te vertellen. Als je me had behandeld als een echte vriend en niet als iemand op wie je geilde. Ik heb de pest aan je omdat je al die jaren tegen me hebt gelógen, Cyril, en, erger nog, je hebt gelogen tegen Alice. Hier zal ze kapot van zijn. Gebroken. Heb je enig idee hoe het voor haar was na Fergus?'

'Ze zal het begrijpen,' zei ik zacht.

'Ze zal wat?'

'Ze zal het begrijpen,' zei ik nogmaals. 'Ze is een zeer empathisch persoon.'

Julian lachte uitgelovig. 'Sta op, Cyril,' zei hij.

'Wat?'

'Sta op.'

'Waarom?'

'Omdat ik dat zeg. En als je zo van me houdt, dan moet je me gelukkig willen maken. Het zou me erg gelukkig maken als je opstond.'

Ik fronste, niet wetend wat er ging gebeuren, maar ik deed wat hij vroeg en stond op.

'Zo,' zei ik. 'Ik sta.'

Maar niet voor lang. Even later lag ik op de vloer, languit op mijn rug, half verdoofd en met zo'n scherpe pijn in mijn kaak dat ik me afvroeg of die gebroken was. Ik legde een hand op mijn gezicht en proefde bloed in mijn wang.

'Julian,' zei ik, naar hem opkijkend, haast in tranen. 'Het spijt me.'

'Sodemieter op met je spijt,' zei hij. 'Weet je, ik heb in mijn hele leven voor niemand meer minachting gevoeld dan voor jou nu. Ik ben niet van plan de rest van mijn leven in de gevangenis te zitten, maar ik zweer bij God dat ik anders hier ter plekke je godverdommese nek had gebroken.'

Ik slikte, voelde me ellendig vanbinnen. Alles was kapot. Toen hij zich met één hand wrijvend over zijn kin terugtrok bij een van de zijwanden om de hele zaak te overdenken, krabbelde ik op en ging weer zitten, met mijn hand tegen mijn kaak.

'Ik zal maar gaan,' zei ik ten slotte.

'Gaan?' Fronsend draaide hij zich om. 'Waarheen?'

'Naar huis,' zei ik schouderophalend. 'Er is toch geen reden meer om hier te blijven? Ik heb genoeg schade aangericht. Maar jij moet het haar vertellen,' voegde ik eraan toe. 'Ik kan het niet. Ik kan haar niet onder ogen komen.'

'Het haar vertellen? Het wie vertellen? Het Alice vertellen?'

'Natuurlijk,' zei ik.

'Denk je dat ík het haar ga vertellen?'

'Ze houdt van jou,' redeneerde ik. 'Ze zal jou vandaag bij zich willen hebben, niet mij.'

'Ik ga haar niets vertellen,' zei Julian. Zijn stem zwol weer aan en hij kwam zo dreigend op me toe dat ik achteruitdeinsde op mijn stoel. 'Ik zal jou vertellen wat hier vandaag gaat gebeuren, jij stomme godverdommese boerenlul, en wat er niet gaat gebeuren. Als je denkt dat ik mijn zus voor de tweede keer ga laten vernederen in aanwezigheid van al haar familie en vrienden, dan zie je godverdomme spoken.'

Ik keek hem aan, wist niet waar hij heen wilde. 'Dus wat wil je dat ik doe?' vroeg ik.

'Wat je beloofd hebt,' zei hij. 'Wij lopen straks samen daarheen, jij en ik. Met de dikste, vetste smile die iemand in zijn hele leven heeft getrokken gaan wij naast elkaar bij het altaar staan terwijl Max mijn zus door het gangpad naar voren leidt. En als de priester jou zegt dat je ja moet zeggen, dan zeg je ja alsof je hele leven ervan afhangt. En daarna lopen jij en Alice door het gangpad terug als man en vrouw, en jij, vriend, gaat voor haar een goede, trouwe echtgenoot worden, en als ik ooit, als ik óóit hoor dat jij achter haar rug aan de gang gaat met de een of andere nicht, dan kom ik achter je aan en snijd hoogstpersoonlijk je ballen eraf met het roestigste zakmes dat ik kan vinden. Is dat duidelijk, Cyril?'

Ik keek hem strak aan en slikte hevig. Ik kon niet geloven dat hij hier iets van meende.

'Dat kan ik niet,' zei ik, en ik probeerde mijn tranen te verbijten. 'We hebben het dan over de rest van mijn leven.'

'En het is ook de rest van Alice' leven. Je gaat godverdomme met haar trouwen, Cyril, begrijp je mij?'

'Je bedoelt dat je wilt dat je zus met me trouwt? Nu je weet wat je weet?'

'Natuurlijk wíl ik dat niet. En als ze hier nu binnen kwam lopen en zei dat ze niet met je wilde trouwen, dan zou ik haar optillen en op mijn schouders de deur uit dragen. Maar ze is hier gekomen om te trouwen en dat gaat ook gebeuren. Ze hóúdt godverdomme van je, Cyril, hoe ongelofelijk het ook is dat ze zou houden van zo'n morele onbenul.'

'En wij?' vroeg ik. Zijn woorden troffen me als pijlen.

'Wij? Wat wij? Waar heb je het over?'

'Jij en ik. Blijven wij vrienden?'

Hij staarde me aan en begon te lachen. 'Onvoorstelbaar,' zei hij. 'Je bent godverdomme absoluut on-voor-stel-baar. Wij zijn geen vrienden, Cyril. We zijn nooit vrienden geweest. Ik heb je zelfs nooit gekénd, dat is de waarheid. De persoon die ik dacht te kennen als Cyril Avery heeft zelfs nooit bestaan. Dus nee, we zullen nooit meer vrienden zijn. Als we elkaar op familiefeesten zien, zal ik beleefd tegen je doen zodat niemand de waarheid achterhaalt. Maar denk nooit dat ik voor jou iets anders voel dan totale, driedubbele minachting. En als je op je huwelijksreis zou doodvallen, zou ik geen traan om je laten.'

'Zeg dat niet, Julian,' zei ik, terwijl ik weer begon te huilen. 'Alsjeblieft, dat kun je niet menen. Ik hou van jou.'

Hij stormde op me af, hees me uit mijn stoel en zette me schrap tegen de muur. Zijn ene hand hield me daar vast bij mijn kraag terwijl de andere achteruit bewoog, tot een vuist gebald, en trilde van woede. Als hij op dat moment had toegeslagen, zou hij me hebben vermoord, weet ik.

'Als je dat ooit nog eens tegen me zegt,' siste hij. 'Als je ooit nog iets dergelijks tegen me zegt, zweer ik bij God dat het de laatste woorden zijn die ooit uit je strot zijn gekomen. Dringt dat tot je door?' Ik liet mijn lichaam slap hangen en knikte terwijl hij achteruitstapte. 'Wat is er godverdomme mis met jullie?' vroeg hij. 'Waarom moeten jullie overal over liegen? Alles verbergen? Waarom niet gewoon de waarheid vertellen? Vanaf het begin eerlijk zijn tegenover mensen, wat is daar godverdomme op tegen?'

Ik lachte bitter en keek een andere kant op. 'Probeer maar niet het over die boeg te gooien, Julian,' zei ik, nu bereid om terug te vechten als het moest. 'Je hebt geen flauw idee waar je over praat. Maar dat is altijd zo bij mensen als jij.'

Er werd op de deur geklopt en we draaiden ons allebei om terwijl de priester met een montere glimlach op zijn gezicht naar binnen keek.

'Je bruid is in afwachting van je, jongeman,' zei hij. Zijn grijns werd maar een fractie minder breed toen hij mijn licht gehavende toestand zag. Ik keek naar Julian, smeekte hem me vrij te laten, maar hij keek een andere kant op en liep naar de deur.

'Kam je haar voordat je naar binnen gaat,' zei hij, de laatste woorden die hij tegen me zou zeggen voor vele jaren. 'Onthoud waar je bent. En waarvoor je hier gekomen bent.'

Gestoorde blote man

Drie uur later, eindelijk een respectabel gehuwd man geworden, stond ik in de hoefijzervormige bar van Hotel Shelbourne te babbelen met de president van Ierland, Éamon de Valera. Zijn aanwezigheid op de receptie was een ongelofelijk succes voor Max, wiens obsessie met de sociale ladder de laatste jaren nog pathologischer was geworden, hoewel de grote man had geweigerd de ceremonie zelf bij te wonen, eerder die dag, in verband met een niet te missen afspraak bij zijn chiropodist. De vorige Taoiseach, Jack Lynch, was er ook. Hij hield zorgvuldig afstand van Charles Haughey, die bij de bar stond en griezelig sterk leek op zo'n enge, uit porselein vervaardigde kermisfiguur met een roerloos lichaam maar ogen die langzaam de ruimte afspeuren. De sport was vertegenwoordigd door Jimmy Doyle uit Tipperary, die de afgelopen jaren voor zijn graafschap zes keer de Ierse medaille voor hurling had gewonnen, de literatuur door Ernest Gébler en J.P. Donleavy, terwijl aan een tafeltje in de hoek de nieuwe vrouw van mijn pleegvader, Rosalyn, zat te slijmen tegen de actrice Maureen O'Hara, die beleefd glimlachte maar op haar horloge bleef kijken, ongetwijfeld zoekend naar een goed moment om de portier te vragen een taxi voor haar te roepen.

Ik kon me onmogelijk concentreren op wat De Valera zei, want mijn aandacht was bijna uitsluitend op Julian gericht, die naast de bezorgd ogende aartsbisschop Ryan stond, terwijl een van de bruidsmeisjes haar best deed een gesprek met hem aan te knopen. Als hij in zijn gewone doen was geweest zou hij erop los geflirt hebben – Julian dan, niet de aartsbisschop – en zich hebben afgevraagd of hij haar mee zou nemen naar zijn kamer voor een vluggertje voor het diner of zou wachten tot na het diner, als hij een beetje meer tijd en moeite kon besteden aan het verleiden, maar bij hoge uitzondering leek hij volstrekt ongeïnteresseerd. Telkens als ik zijn blik opving keek hij me aan met een combinatie van teleurstelling en moordzucht voordat hij zijn hoofd omdraaide en weer een drankje bestelde. Een deel van mij wilde hem ter zijde nemen en uitleggen waarom ik had gedaan wat ik had gedaan, of juist niet had gedaan, maar ik wist dat het geen zin had. Er was niets wat ik kon zeggen om door hem vergeven te worden, niets wat mijn daden eventueel kon verontschuldigen. Onze vriendschap zoals die had bestaan, was voorbij.

Toen het me eindelijk lukte te ontsnappen aan de president, die in zeer aanschouwelijke termen had uitgeweid over de toestand van zijn eeltknobbels, keek ik rond op zoek naar een rustig hoekje waar ik wellicht een barbecuevork kon vinden om in mijn hart te steken. Maar welke kant ik ook op keek, steeds werd ik besprongen door weer een andere van onze driehonderd gasten, van wie de meesten volslagen vreemden voor mij waren en die me allemaal alleen maar de hand wilden schudden om me met mijn neus op het feit te drukken dat ik mezelf had veroordeeld tot vijftig jaar vruchteloos pogen die kleine vrouw te bevredigen.

'Vannacht gaat het gebeuren, hè, jongen?' zeiden de oude mannetjes, met een geile glimlach die ik graag van hun rimpelige oude gezichten had gestompt. 'Paar biertjes in je pens om die goeie ouwe motor op gang te krijgen, hè?'

'Binnenkort ga je aan een gezinnetje beginnen,' zeiden hun echtgenotes, wier melkklieren bijna weer begonnen te werken bij het idee dat ik Alice de komende jaren op geregelde tijdstippen zwanger zou maken. 'Drie stuks in drie jaar, dat kan ik je adviseren. Een jongen, een meisje en dan een van de twee. Een net gezin. En maak daarna een eind aan die hele smeerboel.' Eentje boog zich zelfs vooover en fluisterde in mijn oor: 'Daarna zou ik aparte slaapkamers voorstellen. Om de duivel op afstand te houden.'

Ik voelde me omringd door mensen en lawaai, overweldigd door de stank van parfum en alcohol, en versmoord door het waas van sigarettenrook. Als een kind dat verzeild is geraakt in een carnavalsviering kon ik de weg niet vinden naar de uitgang, mijn hart begon sneller te kloppen naarmate de drukte om me heen toenam. Ten slotte wilde ik me naar de foyer vechten, ik draaide me om en zag dat Alice naast me stond, al even bedwelmd en ongemakkelijk. Ze glimlachte maar ik zag op haar gezicht dat ze ergens mee zat.

'We hadden de aantallen moeten beperken, hè?' zei ik, vooroverleunend en noodgedwongen schreeuwend om me verstaanbaar te maken. 'Van de helft van deze mensen weet ik niet wie ze zijn.'

'Vrienden van Max,' zei ze, hoofdschuddend. 'Het zag er op papier niet zo slecht uit, maar ik kan nauwelijks tijd vinden om te praten met mijn echte vrienden. De gemiddelde leeftijd is zestig plus. Daar verderop staat een man met nota bene een stomazakje buiten zijn broek.'

'Niet meer. Er is een kind tegen hem op gebotst en het zakje is gebarsten.'

'Goeie god. En dat op een bruiloft!'

'We zouden het brandalarm aan kunnen zetten,' stelde ik voor. 'En dan selecteren we vervolgens wie we terug laten komen. Die moeten al hun eigen haren en tanden nog hebben en een redelijke kans om er later op de foto's goed uit te zien.'

Ze glimlachte half maar leek niet vrolijk.

'Ik wist wel dat ik hem niet de vrije hand had moeten laten,' mompelde ze. 'Ik had moeten leren van... godver, sorry, Cyril.'

'Wat?' vroeg ik.

'Maakt niet uit.'

'Nee, vertel op.'

Het sierde haar dat ze een gegeneerd gezicht trok. 'Ik stond op het punt te zeggen dat ik had moeten leren van de vorige keer,' zei ze. 'Totdat ik besefte hoe ongepast het was om dat te zeggen, en nog wel vandaag.'

'O geloof me,' zei ik. 'Het is heilig vergeleken bij enkele dingen die ik vandaag heb gezegd.'

'Mensen blijven me ook geld geven,' voegde ze eraan toe. 'In enveloppen. Ik weet niet wat ik ermee moet. Dus heb ik ze allemaal maar aan hem gegeven,' zei ze, knikkend in de richting van de bar.

'Charlie Haughey?' vroeg ik, onthutst en met luide stem. 'Heb je al ons geld aan hem gegeven? Dan zien we het nooit meer terug! Dan wordt het allemaal naar het noorden gestuurd, naar de Provisionals van de IRA!'

'Julian,' zei ze, en ze schudde haar hoofd. 'Ik heb het aan Julian gegeven.'

'O. Goed. Dat is niet zo erg, denk ik.'

'Ik heb er zowaar hier nog een,' zei ze, terwijl ze een envelop uit een van de geheimzinnige plooien van haar jurk viste. 'Wil jij hem even aan hem geven?'

'Nee,' zei ik, sneller dan ik had bedoeld. Ik wilde voor geen goud in de buurt van haar broer komen. 'Eigenlijk was ik net op weg naar buiten voor wat frisse lucht.'

'Voel je je wel goed? Je gezicht ziet een beetje rood.'

'Het is gewoon te benauwd hier, meer niet. Ben zo terug.'

Ik probeerde weg te lopen, maar ze stak een hand uit om me tegen te houden. 'Wacht,' zei ze. 'Ik moet je spreken.'

'Ik ben over een paar minuten terug. Beloofd.'

'Nee, ik moet je nú spreken.'

'Waarom?' vroeg ik, verrast door haar dringende toon. 'Is er iets mis? Wat heeft hij tegen je gezegd?'

'Wie bedoel je?'

'Niemand.'

'Wat niemand tegen me heeft gezegd? Waar heb je het over, Cyril?'

Ik keek even door de zaal naar Julian, die op dat moment met een woedend gezicht naar ons stond te kijken; ik begon me te ergeren aan zijn houding. Als je niet had gewild dat ik met haar zou trouwen, dacht ik, dan had je me kunnen tegenhouden. Maar nu ik het heb laten gebeuren, moet je godverdomme niet op die manier naar me kijken.

Ze deed haar mond open om nog iets te zeggen, maar ineens stond haar moeder bij ons, Elizabeth, gearmd met een vriendje dat jong genoeg was om haar kleinzoon te zijn. Ik zag mijn kans schoon om te ontsnappen.

'Niet weggaan,' zoemde Elizabeth in mijn oor, terwijl ze mijn hand pakte en vasthield. 'Je hebt Ryan nog niet ontmoet.'

'Nee,' beaamde ik, waarna ik mijn hand uitstak, die door de jongen werd geschud. Hij was jong, dat zeker, maar eerlijk gezegd vond ik hem niet echt bijzonder. Hij zag er een beetje uit als Mickey Rooney in de Andy Hardy-films. Alleen was hij niet zo lang. Halverwege de kamer zag ik Charles naar het paar kijken, misschien dacht hij terug aan zijn beruchte afspraakjes met Elizabeth in 1952, die zo veel rampzalige gevolgen hadden gehad.

'Het huwelijk als zodanig is een erg verouderde instelling, vinden jullie niet?' vroeg Ryan, die naar mij en Alice keek alsof hij zojuist was geconfronteerd met een paar drollen in menselijke vorm.

'Raar om dat te zeggen,' zei Alice. 'Tegen een bruid op haar trouwdag, bedoel ik.'

'Ryan maakt maar een grapje,' zei Elizabeth, en ze barstte in lachen uit. Ze had duidelijk de prijs gewonnen voor wie het eerste dronken was op de bruiloft. 'Hij komt uit Vermont,' voegde ze eraan toe, alsof dat alles verklaarde.

'Ik ben ooit in Vermont geweest,' zei Charles, die tussen de twee in glipte en ze met zijn ellebogen scheidde. 'Ik zat een paar weken in Newport.

Voor zaken,' voegde hij er op dramatische toon aan toe.

'Newport ligt in Rhode Island,' zei Ryan. 'Andere staat.'

'Daar ben ik me van bewust,' zei Charles, die een figuur had geslagen. 'Het was een non sequitur. Ik ben ooit in Vermont geweest. En los daarvan was ik in Newport, Rhode Island. Bij een andere gelegenheid.'

'Dit is Charles Avery,' zei Elizabeth, oneindig opgelucht de kans te krijgen om te pronken met haar kleine schat. 'En dít is Ryan Wilson.'

'Hoi,' zei Ryan.

'Goedemiddag,' zei Charles.

'Charles is Cyrils vader,' zei Elizabeth.

'Pleegvader,' zeiden Charles en ik eenstemmig.

'Hij is geen echte Avery,' vulde Charles na een korte pauze aan. 'Trouwens, wat brengt je hier, jongeman, een vorm van studentenuitwisseling?'

'Nee, ik ben de minnaar van Elizabeth,' antwoordde Ray zonder enige aarzeling, en ere wie ere toekomt, het sprak in zijn voordeel dat zelfs Charles onder de indruk was van deze on-Ierse directheid. Hij oogde zowaar lichtjes verbluft en zei: 'Oké.'

Ik wist eerlijk gezegd niet zo goed waarom hij zich druk maakte. Het was niet zo dat hij het vuurtje met Elizabeth weer op wilde stoken. Uiteindelijk had hij me ooit eens verteld dat het naar zijn idee een vergissing was voor een man om te trouwen met een vrouw die oud genoeg was om zijn vrouw te zijn.

'Ik ben zo terug,' fluisterde ik tegen Alice.

'Wacht,' zei ze. Ze draaide zich om en greep mijn arm. 'Ik moet je spreken.'

'Als ik terug ben!'

'Het is echt belangrijk. Geef me gewoon...'

'Jezus christus, Alice,' zei ik geïrriteerd, en ik schudde haar van me af. Dat was de eerste keer dat ik met stemverheffing tegen haar sprak.

'Ho, makker!' zei Ryan.

Ik wierp hem een minachtende blik toe. 'Vijf minuten,' zei ik tegen Alice. 'Kleine boodschap.'

Toen ik de zaal verliet, merkte ik dat mijn hoofd zich schijnbaar buiten mijn wil weer naar Julian keerde, maar hij stond nu met zijn rug naar me toe en leunde met zijn hoofd in zijn handen op de bar. Iets aan de manier waarop zijn schouders schokten deed me denken dat hij huilde, maar die gedachte verwierp ik als onmogelijk. Ik had Julian nog nooit zien huilen, zelfs niet toen hij met een duim, een teen en een oor minder weer thuiskwam na het gezellige samenzijn met zijn IRA-ontvoerders.

Eenmaal in de lobby voelde ik dat ik weer kon ademen, maar toen ik de zangeres Dana op me af zag komen, de armen wijd voor een omhelzing en met een onuitsprekelijke muzikale felicitatie op de robijnrode lippen, maakte ik rechtsomkeert en holde naar de trap, beklom die met twee treden tegelijk naar de penthouses op de vijfde verdieping, waar de bruidssuite prominent halverwege de gang lag. Ik tastte naar mijn sleutel en deed de deur snel achter me dicht, rukte mijn das los en liep naar de slaapkamer, waar een koel briesje door een open raam binnenkwam. Ik ademde diep in en uit totdat ik begon te voelen dat mijn hartslag weer normaal werd. Ik ging op de hoek van het bed zitten, maar de zachte sprei, waar bovendien handenvol rozenblaadjes over waren uitgestrooid, maakte mijn wanhoop alleen maar dieper, zodat ik bijna meteen weer opstond en naar de bank liep.

Ik draaide de gouden ring rond, die kort tevoren om mijn linkerringvinger was geschoven. Hij kwam een beetje te makkelijk los en ik hield hem in mijn hand, schatte het gewicht en legde hem toen op een bijzettafeltje naast een ongeopende fles rode wijn. Alice en ik hadden een hele zaterdagmiddag besteed aan het zoeken naar ringen en dat was leuk geweest. We hadden meer geld besteed dan gepland en tegen het eind van de dag, toen we zaten te dineren, voelde ik zo'n sterke genegenheid voor haar dat ik me begon af te vragen of onze vriendschap uiteindelijk kon uitgroeien tot liefde. Maar natuurlijk hield ik mezelf voor de mal, want liefde was één ding, maar begeerte was heel iets anders.

Een deel van mij had spijt dat ik Julian iets had verteld, een ander deel betreurde het dat ik mijn ware ik noodgedwongen zo lang verborgen had gehouden. Hij had in de kerk gezegd dat hij het niet erg had gevonden als ik hem vanaf het begin de waarheid had verteld, maar daar geloofde ik geen moment in. Geen enkel moment. Als ik op het Belvedere College, toen we net een kamer deelden, mijn gevoelens voor hem had uitgesproken, zou hij om overplaatsing hebben gevraagd. En zelfs als hij destijds vriendelijk en begripvol tegenover mij zou zijn geweest, was het gauw bekend geworden en zouden de andere jongens mijn leven tot een hel hebben gemaakt. De priesters zouden me van school hebben gestuurd en dan had ik geen dak meer boven mijn hoofd gehad. Hadden Charles en Max elkaar maar nooit ontmoet, zei ik bij mezelf. Hadden de levens van de Avery's en de Woodbeads elkaar om te beginnen maar nooit gekruist. Misschien zou ik me niet anders hebben ontwikkeld maar ik had hoe dan ook niet zo in de knoei gezeten. Of zou er dan simpelweg een andere Julian zijn geweest? Liepen er nog anderen rond zoals hij in wier ban ik zou zijn geraakt? Een andere Alice? Dat kon je onmogelijk weten. Ik kreeg hoofdpijn toen ik alles probeerde te begrijpen.

Ik liep naar de openslaande deuren waarachter het balkon was, en tuurde aarzelend naar buiten, als een van de lagere leden van de koninklijke familie als de menigte naar huis is gegaan. Ik had nog nooit kunnen genieten van het uitzicht over de boomtoppen heen naar het park St Stephen's Green. Maar dit was Dublin, de hoofdstad van het land. Mijn geboorteplaats en een stad waar ik van hield in het hart van een land waar ik een hekel aan had. Een stad vol goedhartige naïevelingen, zielige dwepers, overspelige echtgenoten, konkelende geestelijken, paupers die geen hulp kregen van de staat, en miljonairs die het levensbloed eruit zogen. Toen ik omlaagkeek zag ik de auto's rond het park rijden, de paarden en koetsjes vol toeristen, en de taxi's die stopten bij het hotel. De bomen waren aan het uitbotten en ik wou dat ik simpelweg mijn armen kon spreiden en dan wegvliegen, boven de bomen zweven, neerkijken op het meer en daarna de wolken in zeilen, net als Icarus, blij om me te laten verschroeien door de zon en dan in niets uiteen te vallen.

De zon scheen en ik trok mijn jasje en vest uit, gooide ze achter me de zitkamer in, waar ze op de armleuning van een stoel belandden. Mijn schoenen knelden, ik schopte ze ook uit, al snel gevolgd door mijn sokken. Het stenen balkon onder mijn blote voeten was een merkwaardig verkwikkende sensatie. Ik ademde de frisse middaglucht in en er kwam een gevoel van rust over me.

Als het balkon verder over de straat was uitgebouwd, had ik naar buiten kunnen lopen en naar links kunnen kijken om de hoeken van de Dáil Éireann te zien, waar Julian en ik een van onze eerste avonturen hadden beleefd. Nog verderop, te ver om te kunnen zien, zou ik Dartmouth Square eventueel hebben kunnen lokaliseren, met het huis waarin ik was grootgebracht, hetzelfde huis dat Maude en ik moesten verlaten na de smadelijke veroordeling tot gevangenschap van Charles en waar ik Julian voor het eerst had gezien nadat ik verbijsterd had toegekeken hoe Alice gillend uit de werkkamer van mijn pleegmoeder op de tweede verdieping kwam gerend; waar ik verliefd was geworden, nog voordat ik wist wat die woorden betekenden.

Toen ik stilstond bij die herinneringen en voelde hoe het briesje me moed gaf, kwam het me heel normaal voor om mijn overhemd uit te trekken en mijn borst aan de wind bloot te stellen. Het was zelfs zo aangenaam, zo hypnotiserend, dat ik mijn riem losmaakte en mijn broek uittrok, zonder schaamte of verlegenheid te voelen, totdat ik daar vele tientallen meters boven de straten van Dublin in mijn ondergoed stond.

Ik wierp een blik naar rechts maar de gebouwen bij de noordpunt van het park beletten me duidelijk zicht te krijgen op de etage aan Chatham Street waar ik ooit met Albert Thatcher had gewoond en gedwongen was om de ene na de andere nacht het gebonk van zijn hoofdeinde tegen mijn muur te verdragen. O, zeven jaar teruggaan, dacht ik, en alles anders doen.

Zover was ik gekomen, zei ik tegen mezelf. Wat had ik te verliezen? Ik deed mijn ondergoed uit, schopte het terug de kamer in en voelde me een beetje duizelig worden, daar op het balkon over de rand leunend, uitkijkend over de stad, even naakt als op de dag dat ik geboren werd.

Als ik eindeloos ver had kunnen zien, had ik naar de andere kant van Dublin kunnen kijken, door de graafschappen Kildare en Tipperary heen en verder naar Cork City, en dan de teen van het land in tot bij Goleen, waar diezelfde middag, zonder dat ik dat toen wist, mijn grootouders naast elkaar werden begraven nadat ze door een te hard rijdende auto waren overreden toen ze van de begrafenis kwamen van pater James Monroe, de man die mijn moeder zo'n achtentwintig jaar eerder uit de stad had verbannen. Ik had graag mijn zes ooms broederlijk naast elkaar bij het graf zien staan, zoals altijd in volgorde van oplopende leeftijd en domheid, en vlak daarbij mijn vader, de man die me in de baarmoeder van mijn moeder had geplant en die gecondoleerd werd door buren en zich afvroeg of van hem zou worden verwacht dat hij een rondje gaf voor iedereen als ze daarna naar Flanavan's Pub gingen.

Ik zou het allemaal hebben gezien, als ik zo ver had kunnen kijken, maar zien deed ik er niets van want ik was mijn hele leven blind, doof, stom en onwetend geweest, zonder zintuigen behalve dat ene, dat mijn seksuele dwanghandelingen stuurde en dat me naar deze verschrikkelijke plek had gebracht waarvandaan geen terugweg mogelijk was, daar was ik zeker van.

Het was een kleine moeite om mijn lichaam boven op de balustrade te hijsen en mijn benen eroverheen te zwaaien. Zo makkelijk dat ik me afvroeg waarom ik het niet jaren eerder had gedaan. Ik keek omlaag naar de straat, naar mijn naaktheid die erboven zweefde, geen ziel die opkeek naar de hemel en mij zag. Ik wiegde lichtjes voor- en achteruit, liet mijn zwaartepunt en het briesje hun werk doen. Mijn handen grepen het ijzerwerk beet en begonnen het daarna geleidelijk los te laten.

Laat maar los, zei ik tegen mezelf.

Laat maar los.

Gewoon vallen...

Ik haalde diep adem en de laatste gedachte die ik door mijn hoofd liet gaan betrof niet mijn moeder, mijn pleegouders, Julian of een van de vreemden die ik in de loop der jaren gedwongen had genaaid in het donker. Mijn laatste gedachte was gericht tot Alice. Als verontschuldiging voor wat ik haar had aangedaan. Dat dit nodig was om haar te bevrijden. En op de een of andere manier voelde ik me volledig tot rust komen toen ik mijn handen weghaalde en mijn lichaam vooroverboog.

En toen, een kinderstem, beneden op straat: 'Kijk mammie, die meneer heeft geen kleren aan!'

Ik schoof geschrokken achteruit. Mijn handen grepen het ijzerwerk weer beet. Ik hoorde geschreeuw van mensen in St Stephen's Green, kreten, opwinding en extase, hilariteit en afschuw. Ik keek omlaag naar het publiek dat zich verzamelde, en de hoogtevrees, waar ik voordien geen last van had gehad, sloeg nu toe, liet me bijna vallen toen ik niet wilde, en het kostte al mijn kracht en concentratie om rond te draaien en me niets aan te trekken van de kreten en het lachen van beneden toen de stadsbewoners me in de gaten kregen. Ik viel terug in de kamer, lag hijgend op het vloerkleed en begreep niet goed waarom ik bloot was. Even later ging de telefoon.

Ik nam op, verwachtte de stem van de hoteldirecteur of een Garda Síochána, die van de straat naar binnen was geroepen. Maar nee, het was Alice. Kalm, zich volstrekt niet bewust van wat ik net had geprobeerd te doen, op een toon vol mededogen en liefde.

'Aha, daar ben je,' zei ze. 'Wat doe je daarboven? Ik dacht dat je zei dat je maar een paar minuten weg zou zijn.'

'Sorry,' zei ik tegen haar. 'Ik had mijn portefeuille hier laten liggen, meer niet. Ik ben op weg terug naar beneden.'

'Nee,' zei ze. 'Niet naar beneden komen. Ik kom naar boven. Er is iets waarover ik je spreken wil. Het is belangrijk.'

O, dat weer, dacht ik. 'Wat heeft Julian gezegd?' vroeg ik.

Er viel een lange pauze. 'We praten boven,' zei ze. 'Als we alleen zijn.'

'Laat me naar beneden komen, naar jou.'

'Nee, Cyril,' drong ze aan. 'Blijf waar je bent, oké? Ik ben op weg naar boven.'

En toen was ze weg. Ik legde de hoorn neer en keek naar mijn trouwkostuum, dat verspreid op de vloer lag. Het zou maar een paar minuten duren en dan kwam ze binnenlopen. Anderen zouden hier ongetwijfeld eerder zijn, als de meute op straat had gemeld wat er te zien was geweest. Dus deed ik het enige wat ik kon bedenken. Ik pakte mijn koffer, haalde er vervangende kleren uit en trok die aan. Toen rukte ik de handbagage open die ik had meegebracht voor de huwelijksreis en pakte het enige wat ik nodig had: mijn portefeuille en mijn paspoort. Ik zette een hoed op en trok hem over mijn voorhoofd, wierp een blik op mijn trouwring waar ik hem had neergelegd, maar besloot hem niet te pakken. Toen liep ik de kamer uit, niet naar de trap, maar naar het andere eind van de gang, naar de lift die het personeel gebruikte om maaltijden van de roomservice op en neer te vervoeren tussen de verdiepingen.

Toen de deuren achter me dichtschoven en ik nog even de gang in keek, wist ik zeker dat Alice boven aan de trap verscheen: ik zag een witte explosie, een deinende bruidsjurkwolk. Maar het volgende moment was ik opgesloten in stilte en werd omlaaggevoerd naar de krochten van het gebouw, vanwaar een personeelsingang naar de hoek van Kildare Street leidde. Er stond een menigte voor het gebouw. De mensen keken omhoog naar het dak, wachtten tot de gestoorde blote man weer verscheen; een deel hoopte dat hij gespaard zou blijven, en het andere deel dat hij zou springen.

Ik had daar niets meer te zoeken, dat wist ik zeker. Dus wat kon ik anders doen dan mijn eigen raad opvolgen en uit de stad vertrekken?

DEEL II

BALLINGSCHAP

1980

Naar het Achterhuis

Bij de Amstel

Toen ik halverwege de straat was zag ik het ruziënde tweetal. Een reus van een man in een zware jas met een bontrand over zijn schouders, en op zijn hoofd, heel pervers, een verfomfaaide jachtpet van grijze tweed. Naast hem: een jonge jongen, misschien met een derde van zijn formaat, in jeans en een donkerblauw jasje met een wit T-shirt eronder. Ze stonden luidkeels te argumenteren, de jongen schreeuwde naar de oudere man en zwaaide met zijn armen naarmate hij almaar woedender werd. De spreektoon van de man was duidelijk beheerst maar ontegenzeggelijk dreigender. Even later draaide de jongen zich om en vloog ervandoor, maar voordat hij meer dan een meter weg kon komen greep de man hem ruw in zijn kraag, drukte hem tegen de muur en stompte hem hard in zijn maag. De jongen zakte in elkaar op het natte wegdek en trok zijn knieën op om zich te beschermen tegen verdere aanvallen. Hij draaide zijn hoofd opzij en zijn lichaam schoot met een ruk vooruit toen hij begon over te geven in de straatgoot. Daarna trok de man hem weer op zijn voeten, fluisterde hem iets in het oor en duwde hem ruw van zich af; het lichaam van de jongen viel terug in de plas braaksel terwijl zijn aanvaller wegliep, het donker in. Al die tijd had ik me afzijdig gehouden omdat ik geen zin had betrokken te raken bij een straatruzie, maar nu de jongen alleen was liep ik snel naar hem toe. Hij keek bang naar me op en ik zag tranen over zijn gezicht stromen. Hij was jong, hooguit vijftien.

'Gaat het een beetje?' vroeg ik, en ik stak een hand uit om hem te helpen opstaan, maar hij kromp in elkaar, alsof ook ik de bedoeling had hem pijn te doen, en drukte zich weer tegen de muur. 'Kan ik je helpen?'

Hij schudde zijn hoofd, hees zich moeizaam overeind, schuifelde met een arm in zijn zere maag weg en sloeg de hoek om in de richting van de Amstel. Ik zag hem verdwijnen voordat ik de sleutel in mijn deur stak en naar binnen stapte. Het hele incident had maar een minuut of twee geduurd, en even snel zette ik het uit mijn hoofd, zonder me verder af te vragen wat de ruzie had veroorzaakt of waar de jongen heen zou gaan.

Mezelf uit de stront helpen

Ongelooflijk, maar voordat ik in Amsterdam woonde had ik nooit leren fietsen.

Voor sommigen was het iets uit een Chaplinfilm, dat beeld van een gevorderde dertiger die onvast door het Vondelpark fietste met een andere man achter zich aan hollend, klaar om hem op te vangen als hij zou vallen, maar zo bracht ik in de zomer van 1980 menige middag in het weekend door. Nadat ik in de buurt van het Rijksmuseum een kettingbotsing had veroorzaakt en op het Frederiksplein bijna onder de assen van een tram was geschoven, werd me geadviseerd verkeersexamen af te leggen, wat de meeste kinderen op school doen en waarvoor ik drie keer zakte (een record, vertelde de instructeur ongelovig) en kreeg ik na een bijzonder vervelende botsing met een lantaarnpaal hechtingen in mijn rechterknie, voordat ik ten slotte het examen haalde en de beschikking kreeg over de onzekere vrijheid van de straat.

De eerste langere fietstocht die ik alleen volbracht vond een paar weken later plaats toen ik van de stad naar Naarden reed, een tocht van ongeveer anderhalf uur, waar ik voor het eerst Arjan en Edda zou ontmoeten, Bastiaans ouders. Bastiaan zelf, die na zijn werk in Utrecht de trein nam, had beloofd er vroeg te zijn om ons aan elkaar voor te stellen, vandaar dat ik me enige zorgen maakte toen ik een beetje te vroeg arriveerde. Ik had nog nooit de ouders van een vriendje ontmoet en vroeg me af hoe de etiquette van de situatie zou zijn. Zelfs van Charles, mijn enige familielid dat vermoedelijk nog in leven was, betwijfelde ik of hij zich ook maar iets kon voorstellen bij het idee van een dergelijke ontmoeting.

De boerderij van Van den Bergh lag aan het eind van een lange weg vol kuilen en hinderlijke stenen die voor hobbels zorgden en waar mijn onzekere fietskunst bovendien werd belaagd door een tweetal honden die op me af stormden toen ze me in het oog kregen, luid blaffend en zonder een idee te geven of mijn verschijning ze opgetogen maakte of woedend. Hoewel ik in het algemeen wel van honden hield, had ik er nooit een bezeten en hun ambigue begroeting, om nog maar te zwijgen van hun vastberadenheid om rondom me te draven, leidde ertoe dat ik nog een keer viel en in een enorme, dampende berg stront belandde. Afgaande op de geur en de textuur was die niet lang geleden uit de ingewanden van een incontinente koe op leeftijd gestroomd. Ik keek naar mijn gloednieuwe kakibroek en het T-shirt van *Parallel Lines* waar ik zo trots op was en kon wel janken toen ik de smerige bruine strepen zag waarmee het volmaakte gezicht van Debbie Harry was besmeurd.

'Klote kutbeesten,' mompelde ik toen de honden naar me toe kwamen en schijnbaar onschuldig begonnen te kwispelen als erkenning van hun kleine overwinning. De grootste van de twee tilde zijn poot op en piste tegen mijn gevallen fiets, een belediging die ik een beetje te gortig vond. Verderop hoorde ik een stem, een woordenstroom, en toen ik mijn ogen tot spleetjes kneep zag ik een vrouw voor de boerderij staan, die één hand op een heup hield en met de andere naar me zwaaide. Van die afstand kon ik niet goed hoogte krijgen van wat ze zei, maar ik gokte erop dat het Bastiaans moeder was en had geen andere keuze dan overeind krabbelen en met mijn aanvallers in mijn kielzog naar haar toe lopen. Toen ik dichterbij kwam, merkte ik dat haar ogen vaag geamuseerd over mijn vuile kleren streken.

'Jij moet de Ierse jongen zijn,' zei ze. Knagend op haar onderlip monsterde ze me.

'Cyril,' zei ik, zonder de moeite te nemen mijn vuile hand uit te steken. 'En u moet mevrouw Van den Bergh zijn.'

'Zeg maar Edda,' zei ze. 'Je weet toch dat je onder de koeienstront zit?'

'Ja,' zei ik. 'Van mijn fiets gevallen.'

'Wie valt er nu van zijn fiets? Heb je gedronken?'

'Nee. Dat wil zeggen, vandaag niet. Gisteravond wel een paar biertjes, maar ik ben er vrij zeker van dat die...'

'Maakt niet uit,' onderbrak ze me. 'In Nederland kunnen zelfs dronken mensen nog fietsen zonder te vallen. Ik ben geregeld in slaap gevallen met mijn hoofd op mijn stuur en toch veilig thuis gearriveerd. Kom binnen. Arjan is op het hoge veld, maar hij zal zo wel beneden komen.'

'Dat kan niet,' zei ik tegen haar, met een blik op mijn geruïneerde plunje. 'In elk geval niet zo. Misschien moet ik naar huis gaan en op een andere dag terugkomen?'

'Dit is een boerderij, Cyril,' zei ze schouderophalend. 'Zulke dingen zijn we wel gewend. Kom. Loop maar mee.'

We liepen het huis binnen en bij de deur schopte ik mijn schoenen uit, want ik wilde er geen onnodige bende van maken. Ze loodste me door de zitkamer een smalle gang in die leidde naar een badkamer. Daar deed ze een kast open en gaf me een handdoek die voelde alsof hij tienduizend keer gebruikt, gewassen, gedroogd en weer op de kastplank was gelegd. 'Hierbinnen kun je een douche nemen,' zei ze. 'Ernaast is Bastiaans oude slaapkamer en er liggen nog wat kleren in de klerenkast. Trek maar iets aan als je klaar bent.'

'Dank u,' zei ik. Ik deed de deur achter me dicht voordat ik me tot mijn spiegelbeeld wendde en het woord 'fuck' mimede met alle stille intensiteit die ik kon opbrengen. Ik kleedde me snel uit en stapte in de douchecel; de waterdruk was hopeloos laag en de temperatuur had maar twee standen, ijskoud en gloeiend heet, maar op de een of andere manier lukte het me alle viezigheid van mijn gezicht en handen te wassen en al schrobbend liet ik het enige stuk zeep dat er lag in het niets verdwijnen. Op een gegeven moment draaide ik me om zodat het water langs mijn rug en benen kon stromen en ontdekte tot mijn verbazing dat mevrouw Van den Bergh in de badkamer stond, mijn vuile kleren van de vloer raapte en over haar arm wierp. Voordat ze wegliep draaide ze zich om en keek recht naar mijn naakte lijf voordat ze voldaan knikte en de badkamer uit liep. Heel raar, vond ik. Toen ik klaar was, gluurde ik de gang in om zeker te weten dat er niemand was, voordat ik naar de volgende kamer schoot en de deur achter me dichtdeed.

Het had iets vaag erotisch om alleen te zijn in Bastiaans kinderkamer en ik kon me niet weerhouden te gaan liggen op het eenpersoonsbed dat achttien jaar lang zijn bed was geweest voordat hij naar de universiteit ging. Ik probeerde me hem voor te stellen terwijl hij daar als tiener in slaap viel, fantaserend over zwemmers met ontbloot bovenlijf of Nederlandse popsterren met sluike haren terwijl hij zijn seksualiteit aanvaardde en er niet van wegliep. In dit bed had hij op zijn vijftiende zijn maagdelijkheid verloren bij een jongen uit zijn plaatselijke voetbalteam toen die daar de nacht doorbracht na een cupfinale. Toen hij me dat verhaal vertelde, was er een zachtheid in zijn gezicht en stonden zijn ogen vochtig bij die gelukzalige herinnering, zodat ik me verscheurd voelde tussen schoorvoetend respect en overweldigende jaloezie, want ik kon mijn eigen vroege ervaringen niet vergelijken met de zijne. Het feit dat de jongen, Gregor, een vage aanwezigheid in zijn leven bleef, vond ik verbazingwekkend, want voordat ikzelf omging met Bastiaan had ik nog nooit een minnaar voor de tweede keer ontmoet.

Van meet af aan sprak Bastiaan vrijuit over zijn liefdesleven. Hij had niet met veel mensen geslapen, niet meer dan een stuk of tien, maar de meesten waren jongens geweest met wie hij vervolgens een soort relatie onderhield, soms romantisch, soms louter vriendschap. Een paar woonden er nog steeds in Amsterdam en als hij ze bij toeval op straat tegenkwam, sloegen ze hun armen om elkaar en wisselden een kus uit, terwijl ik onhandig naast hen stond, nog steeds verontrust door dergelijke openlijke uitingen van genegenheid tussen mannen, omdat ik altijd aannam dat de mensen om ons heen agressief zouden kunnen worden terwijl het ze absoluut niets kon schelen.

Hij was volstrekt open geweest tegenover mij, want Bastiaan loog nooit en verzweeg nooit iets, maar ik vond het veel moeilijker eerlijk tegenover hem te zijn over mijn verleden. Niet dat ik me schaamde over het grote aantal seksuele partners dat ik door de jaren heen had gehad, maar ik was tot het besef gekomen dat mijn pathologische promiscuïteit iets heel tragisch had. Want ja, ik kon dan wel talloze jongens hebben geneukt, als het ging om romantiek was ik nog steeds maagd. Naarmate ik hem ging liefhebben en vertrouwen, stortte ik mijn hart langzaam maar zeker uit over de obsessieve liefde die ik ooit had gevoeld voor Julian Woodbead, waarbij ik hem een aantal van de zieliger verhalen bespaarde uit angst hem weg te jagen, en een maand na onze eerste afspraak, toen duidelijk werd dat dit geen voorbijgaande gril was van een van ons, vertelde ik hem het verhaal van mijn belachelijke huwelijk dat drie uur had geduurd. Vol verbazing luisterde hij toe en verscheurd tussen afschuw en hilariteit schudde hij ten slotte vol ongeloof zijn hoofd, omdat hij niet kon begrijpen waarom ik mezelf en Alice zo verschrikkelijk had bedrogen.

'Wat is er mis met jullie?' vroeg hij, en hij bekeek me alsof ik klinisch krankzinnig was. 'Wat is er mis met Ierland? Zijn jullie daar godverdomme allemaal een stelletje idioten, is dat het? Willen jullie het geluk niet voor elkaar?'

'Nee,' zei ik. Ik vond het moeilijk mijn land uit te leggen. 'Nee, ik geloof het niet.'

Nu stond ik op, pakte een spijkerbroek en een denim overhemd uit de klerenkast van de slaapkamer en trok ze aan. Ze hingen een beetje los om mijn lijf, want Bastiaan had een forsere bouw en was gespierder dan ik, maar het voelde opwindend zijn kleren te dragen. Ooit, na de tweede keer dat ik in zijn flat had geslapen, had ik niet genoeg tijd om me thuis te gaan verkleden voor mijn werk en had hij me een setje van zijn eigen ondergoed aangeboden. Dat de hele dag dragen was zo'n erotische ervaring geweest dat ik op het werk een paar uur later ineens stond te masturberen op het toilet om mijn opwinding kwijt te raken, schokkende heiligschennis gezien de plek waar ik werkte. Het dragen van zijn kleren gaf me nu net zo'n soort sensatie, hoewel ik elke aandrang om mezelf te bevredigen weerstond om- dat zijn moeder opnieuw onaangekondigd binnen kon komen lopen. We kenden elkaar uiteindelijk nog maar tien minuten en ze had me al naakt gezien. Ze hoefde niet ook te zien hoe ik me afrukte.

Ik zocht mijn weg terug door de gang, stapte de keuken binnen, waar een vriendelijk ogende man een krant zat te lezen. Hij had diepe groeven in zijn gezicht en droeg zijn jas, ook al was hij binnen, maar toen hij me zag trok hij hem met een zucht uit.

'Edda heeft me verteld dat je in de stront bent gevallen,' zei hij, en hij vouwde de krant dubbel en legde hem op de tafel voor zich. Hij had lange mouwen, viel me op, ondanks het warme weer.

'Klopt,' zei ik.

'Ja, dat gebeurt,' zei hij schouderophalend. 'We vallen in ons leven alle- maal vele keren in de stront. De truc is onszelf er weer uit te trekken.'

Ik knikte, niet zeker of hij filosofisch werd of alleen maar feiten ver- meldde.

'Mijn zoon had al hier moeten zijn,' zei hij toen ik me voorstelde. 'Ik hoop niet dat je vindt dat we hem slechte manieren hebben geleerd.'

'Hij zal wel vertraging hebben,' zei ik. 'Zelfs in de beste omstandigheden houdt hij zich niet aan de tijd.'

'Dat heeft hij nooit gedaan,' zei Arjan, die daarmee kenbaar maakte dichter bij Bastiaan te staan.

Edda kwam naar ons toe en zette twee mokken koffie op tafel; ik ging zitten en keek de kamer rond. Hoewel het huis van de familie Van den Bergh klein was, hadden ze elke hoek en elk gaatje gevuld met spulletjes die ze in de loop van de jaren hadden verzameld. Of de muren waren behangen of geschilderd kon je onmogelijk zeggen vanwege de collectie familie-foto's die er hing. De boekenplanken zakten door en een standaard naast een pick-up droeg een enorme stapel langspeelplaten. Het was geen wonder, zei ik tegen mezelf, dat mijn vriendje hiervandaan gekomen was als zo'n rustige, goed aangepaste volwassene in tegenstelling tot het compleet gestoorde schepsel dat ik was geweest toen ik in Dublin mijn weg begon te zoeken. Niettemin verbaasde het me dat een echtpaar dat zo veel gruwelijks op de wereld had gezien, in staat kon zijn er ooit weer schoonheid in te vinden.

Ik kende hun verhaal uiteraard. Bij onze vierde afspraak, boven grote glazen bier in ons favoriete café, MacIntyre's aan de Herengracht, had Bastiaan me verteld hoe zijn ouders na hun huwelijksplechtigheid in 1942 waren vertrokken en hoe de woorden van het Sheva Brachot nog doorklonken in hun oren toen ze minder dan een uur later waren opgepakt door de nazi's, samen met een stuk of driehonderd andere Joden, en naar het Nederlandse doorgangskamp Westerbork waren gestuurd. Ze bleven daar bijna een maand, vingen nog één keer een glimp van elkaar op toen hun paden zich kruisten tijdens een werkopdracht, voordat Arjan naar Bergen-Belsen werd gestuurd en Edda naar Auschwitz. Die reizen en ervaringen overleefden ze op de een of andere manier voordat ze aan het eind van de oorlog werden bevrijd door de Britse, respectievelijk Russische legers. Het was 1946 voordat ze elkaar bij toeval op diezelfde plaats terugvonden, in datzelfde café, dat toen De Twee Paarden heette. Hun families waren weggevaagd; Edda had daar werk gevonden als serveerster en Arjan stapte er op een avond met het loon van zijn eerste werkweek op zak even binnen op zoek naar vergetelheid. Bijna exact negen maanden later had hun vreugdevolle, onverwachte weerzien geleid tot Bastiaan, hun enige kind.

Hoewel ik bijna zeker wist dat Bastiaan zijn ouders had verteld waar ik de voorgaande twee jaar had gewerkt, deden ze alsof ze verrast waren toen ik het meldde. Ik had nogal opgezien tegen dat moment, omdat ik me zo bewust was van hun beider geschiedenis, maar ze leken geïnteresseerd te zijn, hoewel ze beweerden het Huis nooit zelf te hebben bezocht, om redenen die ze niet toelichtten. Maar nadat we de volgende tien minuten babbelden over compleet andere onderwerpen verbaasde Arjan me door erop terug te komen. Hij vertelde dat hij aan het eind van de jaren dertig in dezelfde klas had gezeten als Peter van Pels, terwijl Edda ooit op een verjaardagsfeestje was geweest waar ook Margot Frank was, hoewel ze naar haar beste weten Anne nooit had ontmoet.

'Peter en ik voetbalden in hetzelfde elftal,' verklaarde Arjan, door het raam kijkend naar de velden buiten, waar de honden elkaar achtervolgden in een nieuwe uitbarsting van energie. 'Hij wilde als aanvaller spelen maar onze coach vond dat hij beter paste in de verdediging. Technisch was hij niet zo goed, maar hij had een goede conditie, zo goed dat hij harder kon lopen dan de anderen op het veld. Mijn zus Edith kwam elke zaterdagochtend naar de wedstrijd kijken, want ze was verkikkerd op hem, hoewel ze te bleu was om dat te zeggen. Hij was toch te oud voor haar. Mijn vader zou het nooit hebben toegestaan. Peter kwam altijd te laat op de training; dat werd frustrerend voor mij. Ik besloot het op een dag met hem uit te praten, maar dat was natuurlijk de dag dat hij voorgoed verdween. Naar het Achterhuis.'

Ik voelde me zowel geroerd als geschrokken nu ik hoorde dat de man die tegenover me zat een persoonlijke band had gehad met iemand wiens foto ik elke dag zag en wiens verhaal zo'n grote rol in mijn leven was gaan spelen. Ik keek naar Edda, maar ze bleef met haar rug naar me toe gekeerd zitten. Ten slotte draaide ze zich om, schraapte haar keel en begon zonder oogcontact met mij te vertellen, alsof ze een actrice op een podium was die een monoloog opzei.

'Meneer Frank dreef een handel in vruchtenpoeder,' vertelde ze. 'Meneer Frank was een heer, en een goede vriend van mijn vader. Als we bij hem langskwamen vroeg meneer Frank altijd naar de gezondheid van mijn moeder, want ze was vaak ziek, ze had astma-aanvallen, en hij bewaarde een pot met toffees achter het bureau van mevrouw Gies voor kinderen zoals ik. Jaren later, nadat het dagboek was gepubliceerd, zag ik meneer Frank een keer op de Dam en wilde naar hem toe gaan, om hem te vragen of hij Edda nog kende, die als meisje vaak in zijn kantoor was geweest, maar ik aarzelde. Ik keek toe hoe hij ongezien tussen de toeristen liep en werd weggeduwd door enkelen van hen. Een man met een van Ajax-shirt drukte een camera in zijn handen en vroeg hem een foto van hem en zijn vrouw te nemen, en daarna pakte hij hoegenaamd zonder bedankje de camera terug, alsof het dansen naar de pijpen van anderen de enige reden van bestaan voor meneer Frank was. Ik vroeg me af wat al die mensen op het plein die dag zouden doen als ze wisten dat hier een bijzonder mens stond. En toen verdween hij simpelweg uit zicht, met gebogen hoofd. Dat was de enige keer dat ik meneer Frank na de oorlog ooit in levenden lijve heb gezien.'

Er waren zo veel vragen die ik wilde stellen, maar ik wist niet zo goed hoe opdringerig mijn nieuwsgierigheid zou kunnen zijn. In de vier jaar die ik al woonde en werkte in Amsterdam, had ik tientallen overlevenden van de dodenkampen ontmoet en beroepshalve relaties opgebouwd met velen van hen als gevolg van mijn werk in het museum, maar dit moment had voor mij iets intiemers, want hier waren twee mensen die de ergste van alle mogelijke ervaringen hadden meegemaakt en overleefd, en ik was verliefd op hun zoon, die tot mijn grote verbazing ook op mij verliefd bleek te zijn.

'Hoe hou je dat uit?' vroeg Edda, terwijl ze nu ging zitten en haar stem verhief, deels in woede, deels in verbijstering. 'Daar werken, bedoel ik? Elke dag doorbrengen op zo'n plaats? Gaat het niet schrijnen? Of is het nog erger, ben je simpelweg immuun geworden voor dat alles?'

'Nee,' zei ik, en ik koos mijn woorden zorgvuldig. 'Ik vind het fascinerend. Toen ik opgroeide in Ierland hoorde ik heel weinig over de gebeurtenissen tijdens de oorlog. Ze vertelden ons er niet over op school. En nu kom ik elke dag meer te weten. In het museum wordt ons educatieplan almaar uitgebreider. We ontvangen voortdurend groepen scholieren. Het is mijn taak om te helpen hen wijzer te maken over de dingen die daar zijn gebeurd.'

'En hoe kún je dat?' vroeg ze, werkelijk perplex klinkend. 'Als je er zelf helemaal niets van begrijpt?'

Ik zei niets. Het was waar dat ik onmogelijk kon begrijpen zoals zij begrepen, ik kon niet voelen zoals zij voelden, maar sinds ik in Amsterdam was en werk had gevonden als junior curator van het museum, begon mijn leven voor het eerst betekenis voor mij te krijgen. Ik was vijfendertig jaar oud en voelde eindelijk dat ik ergens thuis was. Dat ik iets nuttigs deed. Het Achterhuis was belangrijker voor me dan ik zou kunnen zeggen. Het was een plaats die doordrenkt was van historisch gevaar en toch, heel tegenstrijdig, was het ook een plek waar ik me volkomen veilig voelde.

'Natuurlijk is het belangrijk,' vervolgde ze met een zucht. 'Dat betwist ik niet. Maar om de hele dag daar tussen die schimmen te verkeren.' Toen ze huiverde stak Arjan zijn hand uit en legde die boven op de hare; zijn mouw schoof een beetje omhoog en toen ik ernaar gluurde, duwde hij de mouw weer omlaag. 'En waarom ben je er eigenlijk in geïnteresseerd? Zijn er geen Ierse Joden die je kunt betuttelen?'

'Niet veel,' gaf ik toe, gegriefd door het werkwoord dat ze koos.

'Er zijn er nergens veel,' zei Arjan.

'Ik weet alles over je land,' zei ze. 'Ik heb erover gelezen. Ik heb erover gehoord. Het klinkt als een achterlijke plek. Een volk zonder empathie voor wie ook. Waarom laten jullie je priesters alles voor je bedisselen?'

'Omdat ze dat altijd hebben gedaan, vermoed ik.'

'Wat een belachelijke antwoord,' zei ze met een geïrriteerd lachje. 'Nou ja, je hebt het tenminste achter je gelaten. Dat lijkt me een verstandige beslissing.'

'Ik heb het niet achter me gelaten,' zei ik, verrast door het onverwachte opspelen van patriottische gevoelens in een ziel waarvan ik altijd had gedacht dat hij verstoken was van dergelijke bekrompen onzin. 'Ik ben er weggegaan, meer niet.'

'Is er een verschil?'

'Ik denk het wel.'

'Je zult ooit nog eens teruggaan, verwacht ik. Alle Ierse jongens gaan toch uiteindelijk naar huis, naar hun moeder?'

'Als ze weten wie hun moeder is, misschien.'

'Nou, ik zou niet kunnen wat jij doet,' zei ze. 'Ik kom niet eens meer graag in Amsterdam. Ik ben al jaren niet in de buurt van de Westerkerk geweest, terwijl ik als meisje graag in de toren klom. Het is net als...' hier keek ze naar haar man. 'Elspeths zoon. Hoe heet hij ook al weer?'

'Henrik,' zei Arjan.

'Ja, Henrik. De zoon van een vriend van ons. Historicus. Hij heeft de afgelopen twee jaar gewerkt in het museum van Auschwitz. Hoe kan hij zoiets doen? Hoe kan hij dat verdragen? Dat verbijstert me.'

'Zou u er ooit over denken een lezing te geven in het Huis?' vroeg ik, een idee dat half doordacht bij me opkwam en zich vertaalde in woorden voordat ik een kans had er goed over na te denken. 'Misschien voor een aantal kinderen die het bezoeken?'

'Dat denk ik niet, Cyril,' zegt Arjan, en hij schudde zijn hoofd. 'Wat zou ik kunnen zeggen? Dat Peter van Pels goed kon voetballen? Dat mijn zus net als Anne Frank verliefd op hem was? Dat is nu bijna veertig jaar geleden, vergeet dat niet. Ik heb niets te zeggen dat voor iemand van belang zou zijn.'

'Dan zou u misschien kunnen praten over uw tijd in...'

Toen hij opstond, duwde hij zijn stoel zo krachtig naar achteren dat de poten krijsend over de tegelvloer schoven en me deden huiveren. Ik keek op en was gefrappeerd door zijn lengte en door de gedachte hoe hard hij had gewerkt om zichzelf in vorm te houden. Fysiek was hij net zo gebouwd als de man die een paar dagen geleden buiten mijn appartement die jongen een pak slaag had gegeven, maar zijn zwaarte gaf een verkeerde indruk van zijn zachte karakter en ik schaamde me voor die vergelijking. Even zei niemand iets, totdat Arjan zich omdraaide en langzaam in de richting van de gootsteen liep en de kranen openzette om de theekopjes af te wassen.

'Je moet niet het contact met thuis verliezen,' zei Edda ten slotte, en ze nam mijn hand in de hare. Haar toon werd nu milder. 'Daar komen al je herinneringen vandaan. Misschien moet je Bastiaan er ooit heen brengen. Wil hij het zien?'

'Hij zegt van wel,' zei ik, met een blik op de klok en hopend dat hij snel zou komen. 'Misschien ooit. We zullen zien. In feite ben ik gelukkig in Amsterdam. Nederland voelt meer als een thuis voor mij dan Ierland ooit heeft gedaan. Maar ik weet niet zeker of ik ooit terug zou kunnen gaan. Want toen ik vertrok...'

En op dat moment, voordat ik te veel over mezelf kon onthullen, hoorde ik tot mijn opluchting voetstappen op het stoepje bij de achterdeur. Er werd driemaal snel op het houtwerk geklopt voordat de klink omlaag werd gedrukt en daar was Bastiaan, met een rood hoofd door de haast om thuis te komen. Hij stapte binnen, omhelsde zijn beide ouders met een vertoon van familieliefde dat mij volkomen onbekend was, waarna hij zich omdraaide en naar mij glimlachte op een manier die zei dat er niemand anders op de wereld was die hij op dat moment liever wilde zien dan mij.

Op het Rokin

Ik zat voor het raam van een café aan het Rokin te wachten op mijn vriendin Danique, de vrouw die mij aanvankelijk had ingehuurd als junior curator. Ze had haar baan in het Anne Frank Huis een jaar geleden verruild voor een positie aan het United States Holocaust Memorial Museum in Washington DC, maar was nu voor een week of twee terug in Amsterdam voor een familiebruiloft. Ik was vergeten een boek mee te nemen en zat uit het raam te staren; mijn blik werd naar het café aan de overkant van de straat getrokken. Het was een populaire ontmoetingsplaats voor homohoeren, een donkere bouwval vol gemakkelijke handel, eenzame mannen van middelbare leeftijd met hun trouwring in hun jaszak, half leeggedronken flesjes bier en snelle contacten. Tijdens mijn eerste maanden in de stad, op mijn diepste dieptepunt na mijn verbanning uit Dublin, was ik daar een paar keer beland op zoek naar de vergetelheid van ongecompliceerde seks. Nu zat ik uit voyeuristische belangstelling naar de overkant te kijken en zag twee mannen de voordeur uit stappen, van wie de een me bekend voorkwam en de ander niet. De eerste was de man die een paar weken geleden voor mijn appartement die jongen op straat in zijn buik had gestompt. Ik herkende hem aan zijn omvang, zijn met bont afgezette jas en zijn belachelijke jachtpet. Hij haalde een sigaret uit zijn zak en stak hem snel aan terwijl de andere man, een veertiger met een grauwe huid en een Manchester United-shirt, een portefeuille terugstopte in zijn achterzak. Even later ging de deur opnieuw open en was ik vreemd genoeg absoluut niet verbaasd toen ik dezelfde jongen naar buiten zag komen, met haar dat was gebleekt tot een soort onnatuurlijke hybride van bruin en blond. Jachtpet legde in een vaderlijk gebaar zijn hand op de schouder van de jongen voordat hij de hand van Manchester United schudde, en toen hij zijn arm in de lucht stak verscheen er onmiddellijk een taxi en klommen de jongen en zijn klant op de achterbank en reden weg. Nadat de auto in beweging was gekomen, keek hij naar de overkant van de straat en ontmoetten onze ogen elkaar even. Hij keek koel en oorlogszuchtig naar me en ik draaide me om, blij mijn vriendin breed glimlachend op me af te zien lopen.

De woede van de balling

Toen ik Amsterdam begon te leren kennen, voelde ik me steeds meer aangetrokken tot die delen van de stad waar galeries en rariteitenwinkels, boekenstalletjes en straatartiesten te vinden waren. Ik woonde concerten bij, kocht kaartjes voor toneelstukken en bracht lange middagen door in het Rijksmuseum, waar ik de ene na de andere tentoonstelling aandachtig bekeek in een poging mijn blik te verruimen. Kennis van de kunstgeschiedenis had ik amper, ik begreep niet altijd waar ik naar keek en ook was ik niet in staat een bepaald schilderij of beeldhouwwerk in zijn context te plaatsen, maar de werken spraken me steeds meer aan en de eenzaamheid die ik ervoer werd al snel getemperd door een groeiende belangstelling voor creativiteit.

Dat was misschien een van de redenen waarom ik mijn werk bij het Anne Frank Huis zo stimulerend vond, want in het museum lagen de verhalen van derden en de woorden van één eenling opgeborgen, een combinatie die een onvoorspelbare uitwerking had op elke bezoeker die door de deuren binnenkwam. Ik had in Dublin nooit bijzonder veel opgehad met cultuur, ondanks het feit dat ik mijn vormende jaren had doorgebracht in het huis van een romanschrijfster en haar echtgenoot. Omdat ik wist dat Maudes leven was opgebouwd rond boeken, begon ik het vreemd te vinden dat het haar nooit had geïnteresseerd om mij belangstelling voor literatuur bij te brengen. Natuurlijk waren er boeken in het huis aan Dartmouth Square, massa's boeken, maar Maude had me niet één keer rondgeleid langs de planken, me niet gewezen op de romans of verhalenbundels die haar hadden geïnspireerd, en me nooit een van die werken in handen geduwd en erop aangedrongen het te lezen zodat we het achteraf konden bespreken. En toen ik dat huis eenmaal verliet om aan mijn diep geheime, deprimerend bedrieglijke bestaan als twintiger te beginnen, hield ik me bewust verre van alles wat me terug zou kunnen zuigen naar mijn gecompliceerde kinderjaren.

Het grachtengebied tussen de Herengracht en de Amstel was mijn favoriete deel van de stad. Als ik van mijn werk op weg was naar huis stapte ik vaak binnen bij MacIntyre's voor een avondmaaltijd. Tijdens de jaren waarin ik door Europa zwierf had ik Ierse cafés angstvallig gemeden, maar er was iets aan de mix van Nederlandse en Ierse tradities dat me aansprak, waarbij het decor me deed denken aan thuis maar het eten en de sfeer stevig waren geworteld in de cultuur van heel ergens anders.

Het café werd voornamelijk bezocht door homoseksuele mannen, maar was niet zozeer een tent om partners op te pikken als wel een informele ontmoetingsplaats. Af en toe kwamen er wel een paar homohoeren binnen om de aandacht te trekken van de oudere mannen die alleen aan hun tafeltje *De Telegraaf* zaten te lezen, maar tenzij ze snel zaken konden doen, gooide de eigenaar, Jack Smoot, ze eruit, stuurde ze terug naar de Paardenstraat

en het Rembrandtplein met fel uitgesproken waarschuwingen om niet terug te keren.

'Een beetje handel van tijd tot tijd is best,' vertelde hij me op een avond
nadat hij een lange, donkerharige jongen in een strakke denim short eruit
had gegooid omdat hij hem niet zag zitten. 'Maar ik zal niet toestaan dat
MacIntyre's de reputatie krijgt dat er hoeren te vinden zijn.'

'En Nederlanders zijn er niet bij, hè?' vroeg ik, kijkend naar de jongen
die buiten in de gracht stond te staren, met hangende schouders vanwege
de nederlaag. 'Hij leek me Grieks of Turks.'

'De meesten zijn Oost-Europese jongens,' zei Smoot, die amper naar
buiten keek. 'Ze komen hier om fortuin te maken, maar hebben niet evenveel succes als de meisjes. Geen mens is benieuwd om jongens in ondergoed te zien poseren achter een raam aan de Wallen. Als ze geluk hebben
gaat het ze een jaar of vijf goed, maar dan begin je hun leeftijd te zien en
wil niemand ze meer. Als jij zin in hem hebt...'

'Jezus,' zei ik, en ik schoof beledigd achteruit in mijn stoel. 'Natuurlijk
wil ik hem niet. Het is nog maar een kind. Maar is er geen andere manier
om geld te verdienen? Hij zag eruit alsof hij erge honger had.'

'Dat is waarschijnlijk ook zo.'

'Waarom gooi je hem er dan uit? Hij had toch even genoeg kunnen verdienen om vanavond te eten?'

'Omdat als ik het iemand toesta, ik het ze allemaal moet toestaan,' zei
Smoot. 'Ik heb deze tent niet opgezet als een toevluchtsoord voor homohoeren. Dat zou hij niet goedgekeurd hebben.'

'Wie niet?' vroeg ik, maar hij negeerde mijn vraag en ging weer achter de
bar staan, waste zijn handen in de gootsteen en negeerde me de rest van de
avond.

Ik was bevriend geraakt met Jack Smoot sinds de eerste keer dat ik in
MacIntyre's kwam. Hij was een jaar of twintig ouder dan ik en een intimi-
derende aanwezigheid met zijn kaalgeschoren hoofd, ooglap en wandelstok die een kreupel linkerbeen ondersteunde. Toen ik op een keer tot laat
bleef hangen op een vrijdagavond met een meisje van het werk met wie ik
bevriend was, nodigde hij me uit om de nacht bij hem door te brengen in
zijn etage boven, maar ik wees het af. Hij leek meer aanstoot te nemen aan
mijn afwijzing dan ik had verwacht, want volgens mij probeerde hij vaak
zijn vaste klanten te versieren, soms met succes, soms niet. Ik zorgde er-

voor de volgende avond terug te keren, in de hoop dat de sfeer tussen ons niet verstoord zou zijn, en tot mijn opluchting gedroeg hij zich alsof er geen probleem was. Tegenwoordig liet hij me meestal alleen genieten van mijn maaltijd, maar soms kwam hij wel eens bij me zitten om wat te drinken voordat ik naar huis vertrok en het was bij een van die gelegenheden dat hij me verraste door te onthullen dat hij Iers was.

'Nou ja, half Iers,' verbeterde hij zichzelf. 'Ik ben er geboren. Maar ik ben er weggegaan op mijn twintigste.'

'Ik hoor helemaal niets van een accent,' zei ik.

'Ik heb erg mijn best gedaan het kwijt te raken,' zei hij, zenuwachtig op het tafeltje tikkend met afgekloven nagels.

'Waar kom je vandaan?'

'Uit de buurt van Ballincollig,' zei hij. Hij keek opzij, bolde zijn wang op met zijn tong en ik voelde zijn hele lichaam naast me gespannen worden.

'Waar is dat? Kerry?'

'Cork.'

'O juist,' zei ik. 'Nooit geweest.'

'Nou, je hebt niet veel gemist.'

'En ga je vaak terug?'

Hij lachte smalend, alsof ik een belachelijke vraag had gesteld en schudde zijn hoofd. 'Ik niet,' zei hij. 'Ik heb vijfendertig jaar geen voet in Ierland gezet en er zou een heel huurlingenleger nodig zijn om me erheen terug te slepen. Afschuwelijk land. Ontzettende mensen. Vreselijke herinneringen.'

'En toch,' zei ik, een beetje onzeker door zijn bitterheid, 'toch drijf je een Iers café.'

'Ik drijf een Iers café omdat het geld oplevert,' zei hij. 'Dit is een goudmijntje. Ik haat dat land wel, Cyril, maar ik vind het niet erg als mensen uit Ierland hier komen en mijn kassa vullen met geld. En eens in de zoveel tijd komt er iemand binnen en is er iets in zijn stem of zijn uitdrukking wat...' Zijn stem stierf weg en hij schudde zijn hoofd voordat hij zijn ogen dichtdeed, en ik begreep dat er weinig kans was dat de littekens uit zijn verleden die hij had opgelopen, van welke aard ook, ooit zouden genezen.

'Wat?' vroeg ik, toen hij geen aanstalten maakte om door te gaan. 'Iets wat...?'

Hij sloeg zijn ogen op en zei met een halve glimlach: 'Iets wat me herinnert aan een jongen die ik daar heb gekend.' Ik besloot geen vragen meer te stellen. Wat zijn herinneringen ook waren, ze waren persoonlijk en gingen mij niet aan.

'Hoe dan ook, ik bewonder mensen zoals jij, Cyril,' zei hij ten slotte. 'Mensen die weg zijn gegaan. Degenen die zijn gebleven veracht ik. De toeristen die hier op vrijdagochtend met de eerste vlucht van Aer Lingus aankomen zonder andere plannen dan zichzelf lam drinken, daarna hun weg zoeken naar de rosse buurt om een wip te maken, hoewel ze tegen die tijd meestal te dronken zijn om hem nog omhoog te krijgen. Op zondagmiddag vertrekken ze weer, met een maandagochtendkater terug naar hun ambtenarenbaantje, in de overtuiging dat de hoeren hebben genoten van de vijf minuten die ze bij hen hebben doorgebracht om de luttele reden dat ze aldoor glimlachten en hun een kus gaven toen ze weggingen. Ik wed dat je nooit een groep Ierse toeristen in het Anne Frank Huis ziet.'

'Niet vaak,' gaf ik toe.

'Dat komt omdat ze allemaal hierbinnen zitten. Of in dit soort tenten.'

'Weet je, ik heb ook als ambtenaar gewerkt toen ik jonger was,' vertelde ik.

'Dat verbaast me eigenlijk niet,' zei hij. 'Maar je bent weggegaan, dus het zal je wel niet bevallen zijn.'

'Het ging wel. En in feite had ik daar nog steeds kunnen werken als... nou ja, er vond een incident plaats en blijven was daarna niet meer mogelijk. Eerlijk gezegd vond ik het niet erg. Ik kreeg een baan bij de RTÉ en dat was interessanter.'

Smoot nam een slokje en keek naar buiten, naar de fietsers. Af en toe belde er een om een onoplettende voetganger te waarschuwen. 'Grappig genoeg,' zei hij, 'ken ik iemand die werkt in de Dáil, het parlement.'

'Een TD?'

'Nee, een vrouw.'

'Er zijn toch vrouwelijke TD's?' zei ik.

'O ja?'

'Natuurlijk zijn die er, seksistisch varken. Nou ja, in elk geval een paar. Niet veel.'

'Ze is geen TD. Ze werkt achter de schermen. Ik mocht haar niet echt toen ik haar voor het eerst ontmoette. Ik had zelfs een hekel aan haar. Ik zag haar als een koekoek in mijn nest. Maar het pakte zo uit dat ze mijn leven heeft gered. Ik zou hier vandaag niet met je zitten praten als zij er niet was geweest.'

Het was druk in het café, maar om ons heen voelde het stil. 'Hoe?' vroeg ik. 'Wat gebeurde er?'

Hij zei niets, schudde alleen zijn hoofd en haalde toen heel diep adem, alsof hij tegen zijn tranen vocht. Toen hij opkeek, was het enige wat ik zag een gepijnigd gezicht.

'Zijn jullie nog steeds vrienden?' vroeg ik. 'Komt ze je opzoeken?'

'Een betere vriend heb ik niet,' zei hij, met de rand van zijn duim tegen beide ooghoeken wrijvend. 'En ja, ze komt zo ongeveer om de twee jaar. Spaart geld en vliegt naar Amsterdam, en dan zitten we hier samen aan dit tafeltje te praten over het verleden en te huilen als baby's. Wat je moet begrijpen over Ierland is het volgende,' zei hij, voorovergebogen en met een vinger naar mij wijzend. 'Er zal nooit iets veranderen in dat kloteland. Ierland is geen land maar een achterlijk gat dat wordt bestuurd door verdorven, kwaadaardige, sadistische priesters en ministers die zo braaf doen wat de Kerk wil dat ze praktisch aan de leiband lopen. De Taoiseach, de minister-president, doet wat de aartsbisschop van Dublin zegt en wordt beloond voor zijn gehoorzaamheid als een brave puppy. Het beste wat Ierland zou kunnen overkomen zou een tsunami zijn die uit de Atlantische Oceaan komt aanrollen en het eiland met de wraakzucht van een Bijbelse overstroming zou wegspoelen, waarbij alle mannen, alle vrouwen en alle kinderen voorgoed zouden verdwijnen.'

Ik leunde achterover, opgeschrikt door de felheid van zijn toon. Smoot was over het algemeen een heel goedmoedige aanwezigheid; zo veel woede in zijn stem vond ik verontrustend. 'Nou,' zei ik, 'dat zou een beetje ver gaan, vind je niet?'

'Het gaat misschien wel niet ver genoeg,' zei hij, en er klonk nu iets van het accent van Cork door in zijn stem. Misschien hoorde hij het zelf ook, want hij huiverde, alsof het ook hem schokte dat het ergens in hem was gebleven, diep en onverbiddelijk in zijn ziel begraven. 'Wees maar blij, Cyril,' voegde hij eraan toe. 'Jij bent eruit gekomen. En je hoeft nooit meer terug.'

Bastiaan

Daar in MacIntyre's had ik Bastiaan ontmoet. Toen ik aankwam zag ik hem zitten, aan een hoektafeltje achter een glas Jupiler. Hij las een Nederlandse uitgave van een van Maudes romans. Hoewel ik niet bijhield in hoeveel talen haar werk was vertaald, en zeker niet profiteerde van royalty's, die allemaal rechtstreeks naar Charles gingen, begreep ik uit toevallige overzichtsartikelen dat het werk in grote delen van de wereld te lezen was en nu op vele universiteiten werd bestudeerd. Ik had exemplaren van *Gelijk de leeuwerik* ontdekt op een station in Madrid, in een undergroundtheater in Praag een toneelbewerking gezien van *Agnès Fontaine en het codicil* en in een café in Stockholm vlak bij Ingmar Bergman gezeten, die aantekeningen maakte in de kantlijn van *De geest van mijn dochter*, drie jaar voor zijn triomfantelijke toneelversie van die roman in de Kungliga Operan. Haar reputatie leek van jaar tot jaar alleen maar te groeien. Maude zou zich heel erg schamen.

Bastiaan was geheel verdiept in het boek toen ik hem zag en had het op een paar pagina's na uit. Het boek eindigt met een epiloog, waarin een man en een vrouw tientallen jaren na afloop van de Eerste Wereldoorlog samenkomen in een Londens hotel. Hun moeizame ontmoeting is mijn favoriete scène in de boeken van mijn pleegmoeder. Ik ging aan de bar zitten, dronk een biertje en probeerde niet te duidelijk geïnteresseerd te lijken. Toen hij de laatste pagina omsloeg, legde hij het boek op het tafeltje en zat er even naar te staren voordat hij zijn bril afzette en zijn neusbrug wreef. Ik besefte dat ik naar hem zat te lonken, maar het ging vanzelf. Hij droeg zijn donkere haren korter dan destijds algemeen gebruikelijk was, een stoppelbaard van een paar dagen en was absurd knap. Ik schatte dat hij ongeveer even oud was als ik, misschien een paar jaar jonger, en ik had het bekende gevoel dat me altijd overviel als ik iemand tegenkwam die zo aantrekkelijk was, namelijk dat er weinig kans was dat we ooit contact zouden leggen.

Maar even later keek hij op en glimlachte. Ik zei tegen mezelf dat ik moest opstaan, naar zijn tafeltje lopen en bij hem gaan zitten – god weet dat ik een duidelijk aanknopingspunt had met het boek dat hij had zitten lezen – maar om een onbekende reden keek ik een andere kant op. En voordat ik mijn moed kon verzamelen stond hij op, zwaaide tot mijn frustratie naar de cafébaas en vertrok.

'Je verlegenheid wordt nog eens je dood, Cyril,' zei Jack Smoot, en hij zette een nieuw drankje voor me neer.

'Ik ben niet verlegen,' zei ik verlegen.

'Natuurlijk ben je dat wel. Je bent bang te worden afgewezen. Ik zie het in je gezicht. Je hebt niet veel ervaring met mannen, hè?'

'Niet veel,' gaf ik toe. Ik verbood mezelf te zeggen: Seks, ja, maar mannen, nee.

'Dit is Dublin niet, weet je,' vervolgde hij. 'Dit is Amsterdam. Als je iemand ziet die je leuk vindt, stap je erop af en dan zeg je hallo. Je praat met ze. Vooral als het erop lijkt dat ze jou ook leuk vinden. En Bastiaan vindt jou leuk, dat kan ik je wel vertellen.'

'Wie is Bastiaan?' vroeg ik.

'De man naar wie je de hele tijd zat te staren.'

'Volgens mij heeft hij me niet eens opgemerkt,' zei ik, terwijl ik hoopte dat hij me zou tegenspreken.

'Geloof me maar, je bent hem opgevallen.'

De volgende avond ging ik terug naar MacIntyre's, in de hoop dat hij er zou zijn, maar tot mijn teleurstelling was het tafeltje in de hoek leeg. Ik ging zitten en las verder in *De wereld volgens Garp* – voor de tweede keer, nu in het Nederlands, in een poging mijn taalvaardigheid te verbeteren. Maar een minuut of twintig later kwam hij binnen, keek het zaaltje rond en liep naar de bar om twee biertjes te bestellen voordat hij tegenover me kwam zitten.

'Ik ben teruggekomen in de hoop dat jij er misschien zou zijn,' zei hij bij wijze van introductie.

'Ik ook,' zei ik.

'Ik bedacht dat als jij niet van plan was mij aan te spreken, ik jou maar aan moest spreken.'

Ik keek recht in zijn ogen en op de een of andere manier wist ik al dat de man tegenover me de belangrijkste was die ik ooit in mijn leven zou kennen. Belangrijker dan Charles Avery. Belangrijker dan Julian Woodbead. De enige man van wie ik ooit zou houden en die ooit van mij zou houden.

'Het spijt me,' zei ik. 'Ik ben een beetje timide, dat is alles.'

'Je kunt niet timide zijn in Amsterdam,' zei hij, een echo van Smoots woorden van de vorige avond. 'Dat is tegen de wet. Je kunt voor minder opgesloten worden.'

'Ik zou in dat geval veel tijd in de gevangenis doorbrengen,' zei ik.

'Hoe heet je?' vroeg hij.

'Cyril Avery.'

'Je accent. Ben je Iers?' Zijn gezicht betrok een beetje. 'Ben je alleen maar op bezoek?'

'Nee, ik woon hier,' zei ik. 'Ik ben hier om te blijven.'

'Werk je hier?'

'Bij het Anne Frank Huis. Ik ben daar curator.'

Hij aarzelde even. 'Oké,' zei hij.

'En jij?' vroeg ik. 'Wat doe jij?'

'Ik ben dokter,' zei hij. 'Wetenschappelijk onderzoeker, om precies te zijn. Besmettelijke ziekten.'

'Wat, pokken en polio en dergelijke?'

Hij wachtte even. 'Dat soort dingen, ja. Hoewel het niet helemaal mijn gebied is.'

'Wat is jouw gebied?'

Voordat hij kon antwoorden, verscheen Smoot, die een stoel bijtrok en naar ons grijnsde als een noeste koppelaar wiens werk erop zit.

'Jullie hebben elkaar dus gevonden?' vroeg hij grijnzend naar ons beiden. 'Ik wist het wel: dat ging gebeuren.'

'Jack hier zegt altijd dat Ierland een vreselijke plek is,' zei Bastiaan. 'Klopt dat? Ik ben er nog nooit geweest.'

'Het is niet zo erg,' zei ik, verbaasd over mijn bereidheid om in de bres te springen voor mijn vaderland. 'Jack is heel lang niet thuis geweest, dat is alles.'

'Het is mijn thuis niet,' zei Smoot. 'En het jouwe ook niet.'

'Wanneer ben jij er voor het laatst geweest?' vroeg Bastiaan.

'Zeven jaar geleden.'

'Het is geen goede plek voor mensen als wij,' zei Smoot.

'Mensen zoals wij?' vroeg Bastiaan, en hij keek hem aan. 'Wat bedoel je, cafébazen, curatoren en artsen?'

Smoot negeerde de vraag en zei: 'Kijk hier eens naar.' Hij tilde zijn ooglapje op, waarna een grote klomp littekenweefsel te zien was waar zijn oog had moeten zijn. 'Dit doet Ierland met mensen zoals wij. En dit ook,' voegde hij eraan toe. Hij tilde zijn wandelstok op en liet hem drie keer hard op de vloer terechtkomen, waardoor de andere klanten onze kant op keken.

'Ik heb al vijfendertig jaar niet meer makkelijk op twee benen gelopen. Dat verdomde Ierland.'

Ik zuchtte diep; mijn hoofd stond die avond niet naar de bitterheid van Smoot. Ik keek hem boos aan, in de hoop dat hij de hint om te vertrekken zou begrijpen, maar Bastiaan leunde geïnteresseerd voorover en bestudeerde zijn wonden een paar tellen.

'Wie heeft je dit aangedaan, vriend?' vroeg hij zacht.

'Een dikke ouwe klootzak uit Ballincollig,' zei Smoot, wiens gezicht versomberde bij de herinnering. 'Hij kon er niet tegen dat zijn zoon naar Dublin kwam om bij mij te zijn, dus op een dag spoorde hij hem op, wachtte buiten onze etage totdat hij binnen kon komen en sloeg de schedel van de jongen kapot tegen de muur voordat hij zijn woede op mij richtte. Ik zou zijn doodgebloed als er die nacht niet nog iemand anders was geweest.'

Bastiaan schudde walgend zijn hoofd. 'En wat is er met die man gebeurd?' vroeg hij. 'De gevangenis in?'

'Nee,' zei Smoot, die rechtop ging zitten, en ik kon zien dat de pijn bijna te veel voor hem was, zelfs na zo veel jaren. 'De jury sprak hem vrij, maar dat hoeft amper te verbazen. Het was een jury van twaalf andere dikke, oude Ierse hufters, die zeiden dat zijn zoon geestelijk gestoord was en dat hij dus het recht had met hem te doen wat hij deed. En met mij ook. Als je wilt weten wat hij mij heeft ontnomen, kijk dan even naar de muur daar.' Hij knikte naar een foto die vastgespijkerd was aan de stenen muur naast ons; ik had hem tot dan toe niet eens opgemerkt. 'Seán MacIntyre. De jongen van wie ik hield. De jongen die hij heeft vermoord.' Op de foto stonden twee mannen naast elkaar, de een lachend en de ander boos naar de camera kijkend. Die tweede was een jongere versie van Smoot, en rechts was een vrouwengestalte te zien, die door de rand in tweeën werd gesneden. 'Een paar maanden nadat die foto is genomen, lag Seán in zijn graf.'

Ik wierp een blik op de bar achter me, en wenste dat hij daar weer heen zou gaan. Tot mijn opluchting kwamen er twee toeristen het café binnen. Smoot keek om en zuchtte.

'Ik kan maar beter teruggaan,' zei hij, en hij tilde zijn wandelstok op en hinkte weg om hen te bedienen.

'Heb je gegeten?' vroeg ik Bastiaan. Ik wilde snel weg uit de zaak, voor het geval Smoot terugkwam. 'Wil je een hapje met me gaan eten?'

'Natuurlijk,' zei hij grijnzend, alsof er geen twijfel over het antwoord bestond. 'Dacht je dat ik hier teruggekomen was om naar het verdwenen oog van Jack te kijken?'

Ignac

Toen we Ignac ontdekten lag hij tegen onze buitendeur aan het Weesperplein. Het was een ijskoude zaterdagavond een paar weken voor Kerstmis.

Bastiaan was twee maanden voordien bij me in komen wonen en het simpele genoegen van ons samenleven maakte dat ik me afvroeg waarom ik me ooit zorgen had gemaakt over wat anderen van je kunnen denken. Zeven jaar geleden was ik uit Dublin vertrokken en in die tijd had ik mijn vaderland niet teruggezien en ook met niemand gesproken die ik daar had gekend. Ik had zelfs geen idee wat er met iedereen was gebeurd, of ze nog leefden of dood waren. Overigens hadden zij ook geen idee wat er met mij was gebeurd. Maar de gedachte dat ik misschien nooit meer terug zou keren stemde me triest, want hoeveel ik ook van Amsterdam hield, ik zag Ierland nog steeds als mijn thuis, en soms wenste ik dat ik door Grafton Street liep als de kerstzangers voor Switzer stonden te zingen, of dat ik op een kille zondagochtend in Dun Laoghaire over de pier wandelde alvorens te gaan genieten van een middagmaal in een plaatselijke pub.

Tot mijn verbazing dacht ik nog het meest aan Charles. Hij was misschien een hopeloze pleegvader geweest en ik misschien nooit een echte Avery, maar niettemin was ik opgegroeid in zijn huis en lagen er tedere gevoelens voor hem in mij begraven, gevoelens die des te sterker leken omdat we van elkaar vervreemd waren. Aan Julian dacht ik minder vaak en als ik het deed was het niet meer met verlangen of lustgevoelens. Ik vroeg me af of hij me de leugens had vergeven die ik hem had verteld en de verschrikkelijke misdaad die ik had begaan tegenover zijn zus. Meestal probeerde ik niet te denken aan Alice, verdrong ik haar uit mijn hoofd als ze verscheen, want hoewel ik mezelf niet alle ellende verweet die ik anderen had aangedaan in mijn leven, deed ik dat wel met de pijn die ik haar had bezorgd. In mijn naïviteit nam ik voor zeker aan dat er genoeg tijd voor hen beiden was verstreken om verder te zijn gegaan met hun leven en mij misschien te zijn vergeten. Ik kon onmogelijk hebben geraden wat er allemaal in mijn afwezigheid plaatsvond.

Het had iets betoverends om in koude nachten langs de rivier te wandelen, te zien hoe de schijnwerpers op het Amstelhotel de fietsers verlichtten
die naar links of naar rechts door de Sarphatistraat reden en te kijken hoe
de rondvaartboten langsvoeren met toeristen die door beslagen ruiten foto's namen. Bastiaan en ik konden op weg naar huis hand in hand lopen
zonder dat passerende paartjes zelfs maar met hun ogen knipperden. In
Dublin zouden we uiteraard zijn aangevallen, zowat dood zijn geslagen, en
als de Gardaí eindelijk was gearriveerd om ons van het trottoir te plukken,
zouden die ons in het gezicht hebben uitgelachen en ons hebben verteld
dat we alleen onszelf iets te verwijten hadden. In Amsterdam wisselden we
kerstwensen uit met vreemden, maakten opmerkingen over de koude
weersomstandigheden en voelden ons nergens door bedreigd. Misschien
kwam het door het feit dat we in zo'n vredige omgeving leefden dat de
verschijning van de gewonde jongen die ineengedoken voor onze deur in
de sneeuw zat, ons zo koud op ons dak viel.

Ik herkende hem onmiddellijk van onze twee eerdere ontmoetingen. Hij
droeg dezelfde kleding als op de avond van de onenigheid met zijn pooier,
die vent met de jachtpet, en zijn haar was even lukraak gebleekt als toen ik
hem in de taxi zag stappen met de supporter van Manchester United. Maar
zijn gezicht was nu opgezwollen boven de rechterwang en een donkere
plek onder zijn oog beloofde in de loop van de volgende dagen op te bloei-
en in een regenboog van kleuren. Geronnen bloed liep van zijn lip naar zijn
kin en ik zag dat hij een van zijn ondertanden kwijt was. Bastiaan liep snel
naar hem toe, pakte zijn pols om zijn hartslag te meten, maar het was duidelijk dat de jongen nog leefde en alleen maar erg hard was geslagen.

'Moeten we geen ambulance roepen?' vroeg ik.

Bastiaan schudde zijn hoofd en zei: 'Ik kan voor hem zorgen. Het zijn
vooral oppervlakkige verwondingen. Maar we moeten hem boven zien te
krijgen.'

Ik aarzelde, betwijfelde of ik een vreemde in ons huis wilde hebben.

'Wat?' vroeg hij, en hij keek naar me op.

'Is het veilig?' vroeg ik. 'Je beseft toch dat hij een homohoer is?'

'Ja, en hij is hard aangepakt. Wil je hem hier dood laten vriezen? Kom
op, Cyril, help me hem op te tillen.'

Met tegenzin stemde ik in. Het was niet dat de jongen me niet kon schelen maar ik had gezien waartoe zijn pooier in staat was en had geen zin om

erbij betrokken te raken. Maar intussen had Bastiaan de jongen al half opgetild en hij keek me aan met een gefrustreerde uitdrukking die vroeg waar
ik op wachtte, en even later sleepten we hem de trap op naar onze flat, waar
we hem neerzetten in een fauteuil, terwijl hij slaperig één oog opendeed,
heen en weer keek van de een naar de ander, en zacht iets onverstaanbaars
mompelde.

'Haal mijn tas,' zei Bastiaan, knikkend naar de gang. 'Hij staat in de klerenkast. 'Een zwartleren tas, boven mijn kostuums.'

Ik deed wat hij vroeg en keek vanuit de deuropening hoe Bastiaan zacht
tegen de jongen sprak in een poging iets zinnigs uit hem te krijgen. Op een
gegeven moment kwam hij in beweging en viel naar ons uit, riep onbegrij-
pelijke woorden, maar Bastiaan hield zijn armen vast totdat hij weer in een
halfslaap viel.

'Hoe oud denk je dat hij is?' vroeg ik.

'Vijftien. Zestien op z'n hoogst. Hij is erg mager. Hij kan niet meer dan
zestig kilo wegen. En kijk.' Hij tilde de rechterarm van de jongen op en liet
me een rij gaatjes zien die over zijn arm liep, waar hij met injectienaalden
had geprikt. Hij nam een fles uit zijn tas, bevochtigde een dot watten en
depte de rode wondjes. De jongen kreunde licht toen de koude vloeistof
zijn huid raakte, maar hij werd niet wakker.

'Moeten we de politie niet bellen?' vroeg ik.

Bastiaan schudde zijn hoofd. 'Niet nodig,' zei hij. 'De politie zal hem alleen maar verwijten maken. Ze nemen hem mee naar een cel om af te kic-
ken maar hij zal niet de hulp krijgen die hij nodig heeft.'

'Heeft hij een dokter nodig?'

Bastiaan keek me aan, vermaakt en geïrriteerd tegelijk. 'Ik ben dokter,
Cyril,' zei hij.

'Ik bedoel een echte dokter.'

'Ik bén een echte dokter!'

'Ik bedoel een huisarts,' zei ik, ter verbetering. 'Een eerstehulpafdeling.
Je weet wat ik bedoel. Jij bent wetenschappelijk onderzoeker! Wanneer heb
je voor het laatst zoiets gedaan?'

'Hij heeft niets meer nodig dan wat ik al voor hem heb gedaan. Het is
het beste hem nu vooral te laten slapen. Hij zal pijn hebben als hij wakker
wordt maar ik kan hem morgenochtend een recept voor pijnstillers voorschrijven.' Hij tilde het T-shirt van de jongen op en tastte zijn duidelijk

zichtbare ribben af op breuken. Ik zag donkerpaarse kringen waar de vuist van zijn aanvaller hem had geraakt. Bastiaan controleerde de linkeronderarm maar die was ongeschonden, daarna deed hij de schoenen en sokken van de jongen uit om naar zijn voeten en tussen de tenen te kijken, maar er waren geen sporen meer van naaldprikken.

'Hij zal hier vannacht moeten blijven,' zei Bastiaan, terwijl hij opstond, naar de badkamer liep en zijn handen waste. 'We kunnen hem niet zo de straat weer op sturen.'

Ik beet op mijn lip, twijfelend of ik dat een goed idee vond of niet, maar ik wachtte tot hij weer naar buiten kwam voor ik dat tegen hem zei.

'En als hij nu eens midden in de nacht wakker wordt en compleet in de war is omdat hij niet weet waar hij zich bevindt of wat is er is gebeurd? Hij kan denken dat wíj hem in elkaar hebben geslagen. Hij zou onze kamer binnen kunnen komen en ons kunnen vermoorden.'

'Vind je niet dat je een beetje melodramatisch doet?' vroeg Bastiaan.

'Nee. Het is een mogelijkheid. Je leest constant over dit soort dingen in de krant. En wat als de pooier hem weer komt zoeken?'

'Hij komt dit jochie niet zoeken totdat zijn blauwe plekken zijn genezen en hij hem opnieuw kan verhuren. We lopen geen gevaar, Cyril. Kijk hem eens, hij is ver heen. Hij zou geen vlieg kwaad kunnen doen.'

'Toch...'

'Voor je gemoedsrust zullen we onze slaapkamerdeur op slot doen. En de woonkamerdeur ook. Als hij vannacht wakker wordt en de kamer uit wil, hoor ik hem wel rammelen met de klink en ga ik naar hem toe.'

'Goed,' zei ik, niet helemaal gerustgesteld. 'Maar alleen voor vannacht, oké?'

'Alleen voor vannacht,' zei hij, en hij boog zich voorover om me te kussen. 'Morgenochtend is hij nuchter en dan kunnen we hem naar een betere plek brengen.'

Ik gaf me gewonnen. Er viel niet te twisten met Bastiaan als hij iemand wilde helpen. Het zat in zijn natuur. En dus legden we de jongen op de bank met een paar kussens onder zijn hoofd en gooiden wat dekens over hem heen. Toen Bastiaan het licht uitdeed, wierp ik nog een snelle blik op de jongen. Hij ademde regelmatiger en al slapend had hij zijn duim naar zijn lippen gebracht. In het bleke maanlicht dat door de halfopen gordijnen viel, leek hij een kind.

Toen ik de volgende ochtend wakker werd verbaasde het me in de eerste plaats dat er 's nachts geen geluiden waren geweest en in de tweede plaats dat er nog steeds geen geluiden waren. Mijn eerste gedachte was dat de jongen dood was, dat hij in de vroege uurtjes wakker was geworden en een overdosis van iets had genomen. We hadden zijn jaszakken immers niet doorzocht, wie wist wat hij daarin bewaarde. Ik schudde Bastiaan wakker, die slaperig naar me terugkeek en toen op zijn hoofd krabbend rechtop ging zitten.

'Laten we maar gaan kijken,' zei hij.

Hij deed de deur langzaam van het slot en ik hield mijn adem in, bereidde me voor op een gruwelijk tafereel, maar tot mijn opluchting leefde de jongen, en hij was wakker. Hij zat op de bank met een van de dekens om zich heen geslagen. Hij keek ontzettend boos, ademde hoorbaar in door zijn neusgaten en keek ons kwaad aan.

'Jullie hebben me opgesloten,' zei hij, en toen hij begon te spreken zag ik dat zijn kaak nog pijn deed, want hij legde er een hand op om de pijn te bezweren.

'Het was voor onze veiligheid,' zei Bastiaan. Hij stapte de kamer binnen, liep langzaam naar het raam en ging zitten. 'We hadden geen keuze. Het was ook voor jouw veiligheid.'

'Ik zou allang weg moeten wezen. Het kost meer als ik de hele nacht blijf. Jullie hebben me opgesloten, dus jullie moeten betalen. Tweehonderd gulden.'

'Wat?' vroeg ik.

'Tweehonderd gulden!' schreeuwde hij. 'Ik wil mijn geld.'

'Hou je grote bek, je krijgt geen cent,' zei Bastiaan, maar op een heel rustige toon. De jongen keek hem geschrokken aan, en Bastiaan glimlachte ten antwoord. 'Hoe voelt je gezicht?' vroeg hij.

'Doet pijn.'

'En je ribben?'

'Nog erger.'

'Het zal een paar dagen duren. Wie heeft je zo toegetakeld?'

De jongen zei niets, hij keek omlaag naar het patroon op de deken en trok een diepe frons. Ik vermoedde dat hij niet goed weg wist met de situatie waarin hij zich bevond.

'Jullie moeten me betalen,' zei hij na een lange stilte, maar ditmaal op een meer klagerige toon. 'Het is niet eerlijk als jullie me niet betalen.'

'Je waarvoor betalen?' vroeg ik. 'Wat denk je dat hier afgelopen nacht is gebeurd?'

Hij sprong op, beende door de kamer op zoek naar zijn schoenen en sokken. Toen hij ze vond, ging hij weer op de bank zitten en trok ze aan nadat hij zijn tenen even gemasseerd had.

'Jullie zijn klootzakken als jullie me niet betalen,' zei hij, en ik hoorde hoe de emotie achter in zijn keel groeide. Hij stond op huilen, vermoedde ik. 'En jullie zijn met z'n tweeën, dus ik wil twee keer zo veel. Vijfhonderd gulden!'

'Zo-even was het nog maar tweehonderd,' zei ik. 'Zou het verdubbeld niet vierhonderd worden?'

'Rente!' riep de jongen. 'En belasting voor het opsluiten vannacht! Elke minuut dat jullie me niet betalen, gaat mijn prijs omhoog.'

'We gaan je geen geld geven,' zei Bastiaan. Hij stond op en liep naar hem toe, maar toen de jongen een strijdbare houding aannam stak hij zijn handen met een rustige beweging in de lucht en ging weer zitten.

'Zeshonderd,' zei de jongen nu, met een bozere stem, en als het hele tafereel niet zo raar was geweest zou ik hebben gelachen, want er was absoluut niets dreigends aan dit kind. Bastiaan had hem in één mep neer kunnen slaan als hij had gewild.

'We geven je geen geld,' herhaalde Bastiaan. 'En wat je ook mag denken, er is hier vannacht niets gebeurd. We hebben je niet hierheen gehaald voor seks. We hebben je buiten gevonden. Voor onze huisdeur. Liggend in de sneeuw. Je was in elkaar geslagen.'

'Je bent een leugenaar,' zei de jongen, met zijn blik een andere kant op. 'Jullie hebben me allebei geneukt en ik wil mijn geld. Zevenhonderd gulden!'

'We zullen een hypotheek moeten nemen als dit nog lang doorgaat,' zei ik, en ik hief mijn handen ten hemel.

'Ik kan je helpen als je dat wilt,' zei Bastiaan. 'Ik ben dokter.'

'Een dokter die jongetjes neukt, dus?' riep de jongen. 'Jij en je vriend hier?'

'We hebben je met geen vinger aangeraakt,' zei ik, langzamerhand uitgeput door zijn nukkigheid. Ik wou dat hij vertrok. 'Dus nog zo'n opmerking en je staat weer buiten op straat.'

De jongen bolde zijn tong in een mondhoek en keek uit het raam. Het licht leek pijn te doen aan zijn ogen en hij keek me bijna meteen weer aan. 'Waarom hebben jullie me hierboven gebracht als jullie me niet wilden neuken?' vroeg hij. 'Wil je alleen neuken met die oude man?'

'Je kunt hem nauwelijks oud noemen,' zei ik. 'Hij is nog maar drieënder-tig.'

'Waarom hebben jullie me niet buiten gelaten?'

'Omdat het hartje winter is,' zei Bastiaan. 'Je was gewond en je was bezig te bevriezen. Denk je dat ik je had achtergelaten op straat? Ik zei je al, ik ben dokter. Ik doe wat ik kan om mensen te helpen. De wondjes op je ar-men... welke drugs gebruik je?'

'Ik gebruik geen drugs,' zei de jongen bokkig.

'Je neemt wel drugs,' zei Bastiaan. 'Je spuit ze zelf in. Dat is duidelijk. Daar zullen we iets aan moeten doen. En hoe zit het met ziektes?'

'Wat is daarmee?'

'Heb je ziektes? Gonorroe, chlamydia...'

'Natuurlijk niet,' zei hij. 'Ik neuk geen vrouwen. Je krijgt alleen ziektes als je die vuile teven neukt die in de ramen zitten, dat weet iedereen. Van man-nen kun je niks krijgen.'

'De wereld is een beerput,' zei Bastiaan. 'Geloof me, ik kan het weten. Het is mijn terrein. Hoe dan ook, het kan mij niet schelen hoe iemand zijn brood verdient, wat jij doet bepaal je zelf, maar als je hulp nodig hebt, als je hulp wilt, dan kan ik je helpen. Aan jou de keuze.'

De jongen dacht hier even over na, sprong onverhoeds op en haalde uit. De bedoeling was Bastiaan een kaakslag te geven, maar Bastiaan was te snel en te sterk voor hem, greep zijn arm en duwde die stevig omhoog achter de rug van de jongen.

'Rustig,' zei hij.

'Doe zelf rustig,' zei de jongen, en opeens barstte hij in tranen uit.

Bastiaan duwde hem weg, de jongen tuimelde op de bank, waar hij ging zitten, met hangend hoofd en zijn gezicht in zijn handen. 'Geef me alsje-blieft wat geld,' zei hij ten slotte, naar ons opkijkend.

'Zullen we in plaats daarvan een lunch voor je betalen?' vroeg Bastiaan. 'Heb je honger?'

De jongen lachte bitter. 'Natuurlijk heb ik honger,' zei hij. 'Ik heb altijd honger.'

'Hoe heet je?' vroeg ik hem.

De jongen dacht een hele tijd na voordat hij antwoordde. Het voelde alsof hij piekerde over de vraag of hij al dan niet eerlijk moest zijn. 'Ignac,' zei hij ten slotte, en ik wist dat hij de waarheid sprak.

'Waar kom je vandaan?'

'Ljubljana.'

'Waar is dat?' vroeg ik.

'Slovenië,' zei de jongen minachtend. 'Weet je niks van aardrijkskunde?'

'Niet echt,' zei ik schouderophalend en ik zag dat Bastiaan een glimlach onderdrukte. 'Hoe lang ben je al in Amsterdam?'

'Een half jaar,' zei hij.

'Oké,' zei Bastiaan. Hij stond op en knikte gedecideerd. 'Laten we met z'n drieën de deur uit gaan. Ik heb honger, Cyril heeft honger. We gaan wat eten. Jij komt met ons mee, Ignac. Goed?'

'Als ik met jullie ga eten,' zei Ignac, 'kan ik daarna hier terugkomen?'

'Absoluut niet,' zei ik.

'Waar slaap je normaal?' vroeg Bastiaan.

'Er zijn een paar kamers,' zei de jongen vaag. 'Vlak bij de Dam. De jongens van Music Box en Pinocchio gaan daar overdag heen. Als de mannen ons niet willen.'

'Dan moet je daarheen gaan,' zei Bastiaan.

'Kan niet,' zei Ignac.

'Waarom niet? Was het een klant die je heeft geslagen, of je pooier?'

De jongen zei niets, keek alleen maar naar de grond. Hij begon een beetje te rillen en ik liep naar de slaapkamer om een trui voor hem te halen. Bastiaan liep achter me aan en ging op bed zitten om zijn schoenen aan te trekken. Even later hoorde ik de voordeur dichtslaan en toen we allebei naar de hal renden, hoorde ik voetstappen de trap af hollen. Ik keek naar Bastiaan, die met een teleurgestelde uitdrukking op zijn gezicht tegen de muur leunde. Hij schudde zijn hoofd.

'Tja,' zei hij, en hij haalde zijn schouders op. 'We hebben het geprobeerd.'

'Mijn portefeuille,' zei ik, en ik keek naar de tafel bij de deur waar ik hem altijd neerlegde als ik 's avonds thuiskwam, naast mijn sleutels. Natuurlijk was hij weg. 'Kleine smeerlap.'

Onverwacht bezoek

Drie dagen later waren we 's avonds alleen thuis. We keken televisie en ik merkte dat ik nog steeds aan de jongen dacht.

'Wat denk je dat hij met dat geld heeft gedaan?' vroeg ik.

'Wie?' vroeg Bastiaan. 'Welk geld?'

'Ignac,' zei ik. 'Het geld dat hij heeft gestolen. Denk je dat hij het nodig had om te kunnen eten?'

'Hij kan er niet ver mee gekomen zijn,' zei hij. 'Je bent maar een paar honderd gulden kwijt. Veel minder dan hij wilde. Waarschijnlijk heeft hij het besteed aan drugs. En ik weet zeker dat hij schulden moet afbetalen. We houden onszelf voor de gek als we denken dat hij groenten en fruit heeft gekocht.'

Ik knikte. Ik hield van Amsterdam maar deze ervaring had een nare smaak in mijn mond achtergelaten.

'Vind je dat we moeten verhuizen?' vroeg ik.

'Waarheen?' vroeg Bastiaan.

'Ik weet het niet. Een rustiger deel van de stad. Of Utrecht misschien. Dat is niet zo ver weg.'

'Maar het is een handige plek,' zei Bastiaan. 'Voor het ziekenhuis, voor het Anne Frank Huis. Waarom zou je willen verhuizen?'

Ik stond op, liep naar het raam en keek naar de straat beneden, waar mensen op weg waren, linksaf of rechtsaf, alleen, in paren, in groepen. Ieder van hen, besefte ik, zou van plan kunnen zijn iemand te betalen, wie dan ook, voor een uur of voor de nacht.

Er werd op de deur geklopt, wat me verbaasde, we kregen nooit bezoek. Ik liep de gang in om open te doen. Buiten stond Ignac, bleker dan een paar nachten geleden, zijn kneuzingen waren gedeeltelijk genezen. Hij zag er erg bang uit. In zijn handen hield hij mijn portefeuille, die hij me trillend aanreikte.

'Deze is van jou,' zei hij. 'Het spijt me.'

'Juist ja,' zei ik, en ik nam hem aan, erg verbaasd de jongen weer te zien.

'Hij is wel leeg,' voegde hij eraan toe. 'Dat spijt me ook. Ik heb al het geld uitgegeven.'

'Ja,' zei ik, terwijl ik erin keek. 'Waarom heb je hem dan teruggebracht?'

Hij haalde zijn schouders op en draaide zich om, keek omlaag langs de trap en toen hij zich weer omkeerde, stond Bastiaan naast me, net zo verbaasd om de jongen bij onze deur te zien.

'Kan ik hier vanavond blijven?' vroeg hij ons. 'Alsjeblieft'?

Een slaventijd

Hoewel ik tientallen keren aan datzelfde tafeltje had gezeten en naar dezelfde foto had gekeken, kwam het toch als een verrassing toen ik eindelijk besefte waarom hij me zo vertrouwd voorkwam.

'Deze foto,' zei ik tegen Bastiaan terwijl hij ging zitten en een paar nieuwe biertjes op tafel zette, gevolgd door Ignac, die met ons avondeten uit de keuken kwam. 'De foto van Smoot en Seán MacIntyre. Ziet je het gebouw waar ze voor staan?'

'Ja,' zei hij, terwijl hij vooroverboog en de foto bestudeerde. 'Wat is daarmee?'

'Kijk eens achter hen,' zei ik. 'Halverwege de jaren zestig woonde ik in dat pand. Het staat aan Chatham Street. Als je je ogen een beetje dichtknijpt kun je zo ongeveer mijn slaapkamerraam zien.'

Bastiaan en Ignac keken er van dichterbij naar maar leken niet bijzonder onder de indruk.

'Nou, ik dacht dat het interessant was,' zei ik, en ik ging weer zitten op mijn stoel. 'Al die tijd dat ik hier heb zitten kijken naar die foto en het is me zelfs nooit opgevallen.' Ignac stond nog steeds naast het tafeltje en ik keek naar hem op. 'Wat is er?' vroeg ik.

'Krijgt de ober geen fooi?' vroeg hij.

'Wat vind je ervan dat we je niet buiten de deur zetten? Is dat geen fooi?' vroeg Bastiaan, en hij snoof toen Ignac terugliep naar de bar en het bovenblad begon schoon te vegen. Ik keek even naar hem voordat ik naar mijn eten keek. Het geknoei met bleekwater was niet meer te zien, hij had zijn hoofd geschoren tot een stekelkop en was een beetje zwaarder geworden. Hij zag er alles bij elkaar een stuk gezonder uit dan toen we hem in huis hadden genomen.

'Hoe lang wil je al vader zijn?' vroeg ik, en Bastiaan keek verbaasd naar me op.

'Wat bedoel je?'

'Nou, alles wat je voor hem hebt gedaan sinds hij naar het Weesperplein kwam. Je bent er goed in, echt waar. Beter dan ik.'

'Geen van ons is zijn vader,' zei Bastiaan. 'Dat moeten we niet vergeten.'

'Ik weet het. Maar het begint toch wel zo te voelen? Of althans surrogaat vaderfiguren. Het duurt per slot al drie maanden.'

'Drie maanden en twee weken.'

'En kijk hoe hij veranderd is. Geen drugs meer, hij verkoopt zich niet meer aan vreemden, hij eet gezond, hij heeft een baan. En dat is groten-deels jouw verdienste. Dus vertel eens, hoe lang wil je al vader zijn? Vind je het niet vreemd dat we daar nooit eerder over hebben gepraat?'

'Altijd al, denk ik,' zei hij na een lange pauze. 'Ik heb het nooit erg gevon-den dat ik homoseksueel ben, het stoorde me eigenlijk nooit, zelfs niet in mijn tienerjaren.'

'Nou, dat komt omdat je alle plaatselijke voetballers neukte,' zei ik. 'Ik zou het ook niet vervelend hebben gevonden als ik jouw ervaringen had gehad.'

'Eén voetballer, Cyril,' zei hij. 'Eentje. En hij was de keeper.'

'Dat telt nog steeds. Snel met zijn handen.'

'Nou, hoe dan ook, ik vond het niet erg homoseksueel te zijn maar het stoorde me altijd wel dat ik waarschijnlijk geen kinderen zou hebben. Als ik een vrouw was geweest, had ik er nu zeker wel een paar gehad. En jij?'

'Eerlijk?' vroeg ik. 'Ik heb er eerder in mijn leven amper bij stilgestaan. Mijn kindertijd was een puinhoop. Ik heb in mijn eigen opvoeding zulke eigenaardige ervaringen gehad dat me dat afschrikte. En toch, het grappige is: nu we er eentje hebben, of doen alsof, vind ik het best leuk.'

Natuurlijk, toen we er voor het eerst over spraken om Ignac bij ons in te laten wonen was ik er erg sceptisch over geweest. Ik was ervan overtuigd dat hij ofwel weer van ons zou stelen of op een avond onder invloed van drugs opgefokt terug zou komen en een van ons iets onherroepelijk gruwe-lijks zou aandoen. Maar Bastiaan had me ervan overtuigd dat we hem moesten helpen om geen andere reden dan dat hij had gevraagd om onze hulp. Dat vond hij op zich logisch. En wat begon als een afspraak dat hij misschien een paar dagen in onze logeerkamer kon slapen om zich te ver-stoppen voor zijn pooier, veranderde in een periode van een paar weken, en uiteindelijk overlegden we met z'n drieën en besloten we dat het zo kon blijven. Jack Smoot was bereid Ignac een parttime baan bij MacIntyre's te geven en de rest van de tijd zat hij thuis, las en krabbelde in een notitie-boekje dat hij verborg in zijn kamer.

'Je wilt toch geen schrijver worden, hè?' vroeg ik hem op een keer.

'Nee,' zei hij. 'Ik vind het alleen leuk om verhalen te schrijven, meer niet.'

'Dus het is ja,' zei ik.

'Het is misschien.'

'Wist je dat mijn pleegmoeder schrijfster was?' vroeg ik.

'Was ze goed?'

'Ze was erg goed. Maude Avery? Misschien wel eens van gehoord?' Hij schudde zijn hoofd. 'Nou, dat komt nog wel als je in dit tempo blijft lezen.'

'Vond ze het prettig?' vroeg hij. 'Maakte het haar gelukkig?'

Die vraag kon ik onmogelijk beantwoorden, besefte ik.

Hoe beter Bastiaan en ik Ignac leerden kennen, hoe meer hij over zijn verleden vertelde. Eerst was hij verlegen, wist hij niet of hij ons kon vertrouwen, maar net als bij zijn schrijven kwamen de woorden uiteindelijk vanzelf. Hij vertelde ons dat hij een paar weken na het overlijden van zijn moeder uit Slovenië in Amsterdam was aangekomen. Zijn grootmoeder van vaderskant, aan wie hij was toevertrouwd, gaf hem een treinkaartje en vertelde hem dat ze niet meer bereid was voor hem te zorgen. Ze had geen geld, zei ze, en nog minder interesse in het grootbrengen van een tweede tiener, nadat ze spectaculair had gefaald met haar eigen zoon, de vader van Ignac. Toen we naar zijn vader vroegen, maakte hij duidelijk dat ons dat niet aanging. Met het treinkaartje kwam hij in Amsterdam, en hij was minder dan een week in de stad toen hij het voor het eerst deed voor geld. Hij vertelde ons dat hij geen homo was, dat hij zich eigenlijk aangetrokken voelde tot meisjes, hoewel hij nog nooit met een meisje naar bed was geweest en dat ook niet speciaal wilde, na alle dingen die hij met zijn lichaam had gedaan sinds zijn vertrek uit Ljubljana. Hij leek zich niet te schamen voor zijn ervaringen, en wij gaven hem niet het gevoel dat er iets mis mee was, maar het was duidelijk dat hij het leven waar hij in was vervallen haatte. We vroegen naar zijn vrienden en hij zei dat hij veel jongens in de stad kende maar ze niet als vrienden zag; het waren simpelweg weglopers, vluchtelingen of weeskinderen uit allerlei verschillende landen, die naar Amsterdam waren gekomen om geld te verdienen en in wier gezelschap hij dagelijks had verkeerd.

'Ik moest eten,' zei hij schouderophalend, en hij meed onze ogen terwijl hij het uitlegde. 'En ik verdiende er geld mee.'

Met drugs was hij begonnen om de enige reden dat ze hielpen de lange ochtenden en middagen door te komen, totdat de mannen 's avonds in de cafés kwamen. Hij had niets te doen en bracht zijn dagen door in de coffeeshops waar de andere homohoeren zich verzamelden, rondhingen, onzin kletsten en wiet rookten voordat ze geleidelijk overgingen tot serieuzer spul. Bastiaan pakte dat probleem aan vanaf de dag dat hij bij ons introk; hij bracht hem naar een van zijn collega's in het ziekenhuis, die hem hielp weer gezond te worden. Hij was nu clean en nuchter, zijn huid kreeg weer kleur en zijn instelling was absoluut verbeterd.

Ik had zijn pooier met de jachtpet maar één keer gezien sinds Ignac bij ons woonde en dat was een week of twee eerder, toen ik na het werk met de jongen had afgesproken voor de avond. We zouden met Bastiaan gaan eten en toen we over het Singel liepen, zag ik tot mijn genoegen dat de jongen met duidelijk veerkrachtige pas liep.

'Vertel eens over Ierland,' zei hij. Dat was de eerste keer dat hij belangstelling toonde voor mijn vaderland.

'Wat wil je weten?'

'Hoe is het daar? Ga je niet binnenkort een keertje terug?'

'O god nee,' zei ik, huiverend bij de gedachte, gedeeltelijk uit angst voor de confrontatie met de puinhoop die ik had achtergelaten, ook al was het zeven jaar geleden. 'Ik betwijfel of ik ooit terugga.'

'Maar als je het doet, wil je mij dan meenemen? Ik zou het graag zien.'

'Ignac, ik zei net dat ik niet terug wil. Nooit.'

'Ja, maar je liegt. Ik hoor het aan je stem. Je zou graag teruggaan.'

'Er valt daar nu toch niets voor mij te doen,' zei ik. 'Mijn vrienden, mijn familie... Niemand zou iets met me te maken willen hebben.'

'Hoezo? Wat heb je voor verschrikkelijks gedaan?'

Ik zag geen reden het niet eerlijk te bekennen. 'Ik heb twintig jaar lang tegen mijn beste vriend gelogen, hem nooit verteld dat ik verliefd op hem was, toen trouwde ik met zijn zus en liet haar tijdens de huwelijksreceptie in de steek zonder zelfs maar gedag te zeggen.'

'Shit,' zei hij. Hij beet op zijn lip in een poging niet te lachen. 'Dat is niet zo best.'

'Nee. En trouwens, Bastiaan zou in Dublin nooit een ziekenhuis vinden dat geïnteresseerd is in zijn soort onderzoek.'

'Hebben ze dan geen geslachtsziekten in Ierland?' vroeg hij grinnikend, en ondanks zijn eigen verleden viel nu op hoe jong hij eigenlijk was.

'Veel,' zei ik. 'Maar we doen alsof ze niet bestaan en niemand praat er ooit over. Zo doen we alles in Ierland. Als je iets oploopt, ga je naar de dokter en die geeft je een shot penicilline, en op de terugweg ga je biechten en vertel je de priester je zonden.'

'Het kan toch niet zo slecht zijn als je zegt,' zei hij, en ik stond op het punt hem meer details te geven toen hij zo abrupt op straat bleef stilstaan dat ik al een meter of vijf verder was gelopen voordat ik merkte dat hij er niet meer was en naar hem terug moest lopen.

'Wat?' vroeg ik. 'Wat is er aan de hand?' Ik keek om en zag dat die vertrouwde reus in zijn jas met een bontkraag naar ons toe kwam lopen, de jachtpet stevig op zijn hoofd geplant. Ik wilde Ignac in het dichtstbijzijnde portiek trekken maar op datzelfde moment keek de man op, zag ons en glimlachte breed. Even later stond hij voor ons en spreidde zijn armen wijd uit toen hij zijn voormalige pupil omhelsde, die bevroor in de armen van zijn heer en meester.

'En ik maar denken dat je was verdronken in de Amstel,' zei de man. 'Ik dacht dat je zo stoned was geworden dat je erin was gevallen voordat ik je erin kon duwen. Andere mogelijkheid: je was ervandoor met een Russische oliemagnaat en vergeten wie er al die tijd voor je heeft gezorgd.'

Ignac deed zijn mond open om antwoord te geven, maar ik kon zien dat hij doodsbang was. Ik nam hem bij de arm en trok hem een paar stappen achteruit.

'We moeten gaan,' zei ik.

'En wie is dit?' vroeg de man, en hij bekeek me van top tot teen, dreigend en goedgehumeurd tegelijk. 'Ik denk niet dat we elkaar eerder zijn tegengekomen, of wel? Ik ben Damir.'

Hij stak een enorme hand naar me uit en onwillekeurig schudde ik die kort, om geen problemen te krijgen.

'We moeten dringend ergens heen,' zei ik.

'We moeten allemaal ergens heen,' antwoordde hij met een glimlach. 'Zeg eens hoe je heet. Ik heb je gezegd hoe ik heet. Enige beleefdheid, vriend.'

'Cyril,' zei ik. 'Cyril Avery.'

'Nou, Cyril. Ik wil je een vraag stellen. Bent je een kapitalist of een communist?'

Ik fronste, had geen idee waar hij op uit was. 'Geen van beide, denk ik,' zei ik.

'Dan ben je een kapitalist,' antwoordde hij. 'Net als de meeste mensen, als ze eerlijk zijn. En de aard van het kapitalisme is dat we eerst zorgen voor onszelf, maar als we een dienst of een product kopen, betalen we de winkelier die de waren heeft geleverd. Dat weet je, hè?'

'Ik heb Ignac niet gekocht,' zei ik, zonder zelfs maar de moeite te nemen te doen alsof ik niet begreep waar hij heen wilde. 'En hij is sowieso niet van u en dus niet te koop. De slaventijd is al even voorbij.'

'O ja?' vroeg Damir lachend. 'Ik wou dat ik het met je eens kon zijn.' Hij keek me even aan voordat hij de jongen weer aansprak. 'Waar heb je deze laatste maanden eigenlijk uitgehangen?' vroeg hij, en zijn toon werd nu wat koeler. 'Weet je hoeveel geld je me hebt gekost?'

'Ik ben u niets verschuldigd,' zei Ignac.

'Dat je je eigen klanten hebt gevonden betekent nog niet...'

'Ik verkoop me niet. Al maanden niet. Ik doe dat niet meer.'

De man fronste. 'Wie heeft je dat verteld?' vroeg hij.

'Wat?'

'Dat je dat niet meer doet. Uit jouw mond klinkt het alsof het een beslissing is die je zelf kunt nemen.'

'Dat is ook zo,' zei Ignac, wat Damir een verzaligde glimlach ontlokte. Iedere voorbijganger zou de indruk krijgen dat we beste maatjes waren. 'Ik heb u betaald voor alles wat ik heb gedaan. Ik wil nu stoppen.'

'En ik wil een huis op de Bahama's en Bo Derek aan mijn arm,' zei Damir schouderophalend. 'In plaats daarvan heb ik een rottig flatje bij het Erasmuspark en een vrouw die me alleen maar hard krijgt als het licht uit is en ik niet naar haar lelijke gezicht hoef te kijken. Jij werkt nog voor me, Ignac. Ik zeg wanneer dat voorbij is.'

'Het is nu voorbij,' zei ik en zijn glimlach trok weg nu hij mij weer aankeek.

'En jij kunt de tyfus krijgen, flikker,' zei hij, en hij porde me hard in de schouder met een van zijn dikke vingers. 'Dit is iets tussen mij en mijn...'

'Wat hij ook voor u heeft gedaan,' zei ik, met stemverheffing en het gevoel dat mijn hart begon te bonken in mijn borst. 'Ik weet zeker dat u waar voor uw geld hebt gekregen. Hij wil het niet meer doen, is dat duidelijk? Er moeten genoeg andere jongens zijn die u kunt exploiteren.' Ik zweeg even en sloeg een mildere toon aan, in de hoop een beroep te doen op zijn goede hart, als hij dat had. 'Kunt u hem niet gewoon met rust laten? Hij wil een ander leven, meer niet.'

'Er zijn honderden andere jongens,' zei de man, terwijl hij zijn hand uitstak en met een vinger over de wang van Ignac streek. 'Maar geen jongen zo mooi als deze. Dat begrijp jij natuurlijk wel, Cyril. Je neukt hem uiteindelijk al drie maanden. Dus jij bent me schuldig...' Hij keek naar de gracht en zijn lippen bewogen geluidloos alsof hij probeerde iets uit te rekenen. 'Ik heb papier en pen nodig om het precies vast te stellen,' zei hij. 'Ik ben nooit zo'n ster geweest in hoofdrekenen. Maar weet je wat, ik zal een bedrag bepalen en dat je laten weten. Ik wil je niet afzetten.'

'Er is niets seksueels tussen ons,' zei Ignac. 'Ik woon gewoon bij hem in huis, dat is alles.'

'En je verwacht dat ik dat geloof?' vroeg Damir lachend. 'Laten we elkaar niet voor de gek houden. Zeg eens, vind je het prettig bij deze man te wonen?'

'Ja,' zei Ignac.

'En je wilt dat blijven doen?'

'Ja,' herhaalde hij.

'Goed. Geen probleem. Ik heb geen bezwaar tegen zo'n fraaie regeling. Maar hij zal wel moeten betalen voor dat voorrecht. Uiteindelijk ben je van mij en niet van hem. En jij, Cyril Avery,' zei hij met zijn blik op mij, 'jij hebt een schuld aan mij. En alle schulden moeten worden vereffend. Zo zit het kapitalisme in elkaar.'

'Ik geef u geen geld,' zei ik.

'Natuurlijk wel. Vraag Ignac maar wat ik doe met mensen die me niet betalen wat ze me schuldig zijn. Dat is niet aangenaam. Zo.' Hij wierp een blik op zijn horloge en schudde zijn hoofd. 'Ik ben bang dat ik een andere afspraak heb. Maar je hoort nog van mij. Tot ziens, Cyril. En jij, Ignac, zorg dat je je niet in de nesten werkt!'

Met die woorden drong hij tussen ons door en liep verder. Nadat we hem om een hoek hadden zien verdwijnen keek Ignac me met een angstig gezicht aan.

'Ik wist dat het niet zo kon blijven,' zei hij. 'Dat is altijd zo.'

'Als je op het wonen bij mij en Bastiaan doelt,' zei ik, 'dat zal niet veranderen, neem dat maar van me aan, Ignac.'

'Jawel. Hij zal niet stoppen voordat hij je elke cent heeft afgenomen. En zelfs als je failliet bent, zal hij nog blijven vragen. Mij zal hij nooit loslaten.'

'Hoeveel jongens heeft hij op zijn loonlijst?' vroeg ik.

'Een stuk of vijfentwintig. Misschien meer. Het aantal wisselt constant.'

'Dan heeft hij het druk met andere mensen. Hij zal je vergeten. Hij is alleen maar boos op je omdat je bij hem bent weggelopen, meer niet. Ik betwijfel of we ooit nog van hem horen. Hij weet trouwens niet eens waar hij je kan vinden.'

'Amsterdam is een kleine stad,' zei Ignac. 'En jij hebt hem je naam gezegd.'

'Je hoeft je nergens zorgen over te maken,' zei ik, zonder een woord ervan te geloven.

Een schip dat tussen twee torens door vaart

Het schemerde al toen Bastiaan en ik veertien dagen later op weg waren naar MacIntyre's. De Ierse vrouw die Smoot had beschreven als zijn beste vriendin was bij hem op bezoek vanuit Dublin en er was een plan gemaakt om met ons hele clubje laat die avond samen te gaan dineren, een idee waar ik een tikkeltje nerveus van werd. Ik wist niet zeker of ik verhalen wilde horen over hoe de stad was veranderd of hetzelfde was gebleven, ook al werden ze verteld door een vreemde. Ze had een auto gehuurd om een dagje de stad uit te gaan en kon elk moment terug zijn in haar hotel, waar we haar zouden gaan ophalen. Maar toen we de Herengracht insloegen, viel mijn oog op een gestalte die ons onvast naderde vanaf de andere kant.

'Dat is hem,' zei ik terwijl ik Bastiaan aan zijn mouw trok en mijn hart in mijn schoenen zonk.

'Wie?' vroeg hij.

'De pooier van Ignac. Over wie ik je heb verteld.'

Bastiaan zei niets maar ik voelde hoe ons looptempo iets toenam en binnen een paar minuten stonden we alle drie voor de pub. De deuren waren dicht en op slot, wat betekende dat Smoot en Ignac waarschijnlijk boven waren om de dagopbrengst in de kluis te bergen.

'Mijn oude vriend Cyril,' zei Damir toen hij me herkende. Zijn whiskeykegel was zo hevig dat ik een stap achteruit zette. 'Ze vertelden me dat ik je hier zou kunnen vinden.'

'Wie heeft dat verteld?' vroeg ik.

'De zeer vriendelijke mensen van het Anne Frank Huis. Het was niet moeilijk je te lokaliseren. De Ierse poot met zijn tiener. Al je vrienden van het museum zijn toch op de hoogte? Je moet wel erg verliefd zijn als je zo veel over hem praat.'

'Waarom sodemieter je niet gewoon op?' zei Bastiaan zacht.

'En wie is dit?' vroeg Damir met een blik op Bastiaan en ik zag dat hij zich ietsje meer geïntimideerd voelde door mijn vriendje dan door mij.

'Doet er niet toe wie ik ben,' antwoordde hij. 'Gewoon opsodemieteren, oké? Ignac gaat nergens heen met jou.'

Damir haalde zijn schouders op en stak een sigaret op. 'Rustig maar, jullie twee,' zei hij. 'Ik ben niet gekomen om voor problemen te zorgen. Ik kom zelfs met goed nieuws. In mijn vrijgevigheid heb ik besloten jullie niet alle tijd in rekening te brengen die jullie Ignac van mij hebben weggehouden, hoewel het me een lieve duit heeft gekost. Maar ik heb een goed hart wat dat aangaat, dus ik heb besloten het jullie kwijt te schelden. Alleen heb ik een cliënt die eerder een ontmoeting heeft gehad met Ignac en enkele zeer specifieke, laat ik maar zeggen fantasierijke plannen met hem heeft. Er valt voor mij een heleboel geld te verdienen. Dus hij moet simpelweg meekomen. Hij heeft zijn vakantie gehad maar die is nu voorbij. Hij werkt hier toch?' voegde hij eraan toe, knikkend in de richting van het café. 'Dat heb ik tenminste gehoord.'

'Nee,' zei ik.

'Wel waar,' zei hij, rollend met zijn ogen. 'Liegen heeft geen zin. Ik ben goed op de hoogte.' Hij probeerde nu de deur open te doen maar tevergeefs. 'Maak open,' zei hij.

'We hebben geen sleutel,' zei Bastiaan. 'Het is niet ons café.'

Damir negeerde hem, bonkte een paar keer op de deur en riep om open te doen. Ik keek omhoog en zag dat Smoot de gordijnen van de etage boven openschoof en een blik omlaag wierp; waarschijnlijk verwachtte hij een groep late dorstigen te zien en niet twee bekende gezichten en een vreemdeling.

'Er zijn daarboven kamers, hè?' vroeg Damir, omhoogkijkend. 'Woont de cafébaas daar?'

'Je moet een heleboel jongens hebben,' zei Bastiaan. 'Waarom laat je Ignac niet met rust? Hij wil een ander leven.'

'Omdat hij die keuze niet krijgt.'

'Waarom niet?'

'Tien jaar,' zei hij. 'Over tien jaar ziet hij er niet meer uit zoals nu en dan kan hij doen wat hij wil met zijn tijd. Dan zal ik hem niet meer in de weg staan. Maar nu... nu moet hij doen wat ik zeg.'

'Maar waarom?' drong Bastiaan aan.

'Dat doen zonen namelijk voor hun vader,' zei Damir.

Ik voelde een lichte duizeligheid bij die woorden en wierp een blik op Bastiaan, die fronste terwijl hij ze tot zich door liet dringen. Natuurlijk, nu ik eraan dacht had de man geen fysieke gelijkenis met Ignac, maar hun tongval was vergelijkbaar.

'Bent u de pooier van uw eigen zoon?' vroeg ik geschokt.

'Ik heb hem bij zijn moeder gelaten,' zei hij. 'Maar het onnozele mens ging dood en die luie teef van een moeder van mij wou niet voor hem zorgen. Dus heb ik betaald om hem hier te laten komen. Ik haalde hem uit een onrustig geboorteland naar een veilige stad.'

'Er is niets veiligs aan wat je hem laat doen,' zei Bastiaan. 'Hoe kun je je eigen zoon daartoe dwingen?'

Maar voordat hij kon antwoorden ging de deur open en stapte Anna, een van de serveersters, naar buiten om naar huis te gaan. Ons herkende ze natuurlijk, maar niet de derde man, die zich langs haar heen drong en naar binnen liep, terwijl wij nog op straat stonden en niet goed wisten wat we moesten doen.

'We zijn gesloten!' riep Anna Damir na.

'Waar is Ignac?' vroeg de man.

'Ga naar huis,' zei Bastiaan tegen het meisje. 'Wij regelen dit.'

Ze haalde haar schouders op en liep door, terwijl wij achter Damir aan naar binnen liepen, waar hij door de lege bar beende.

'Hij zal al wel weg zijn,' zei ik, hopend dat Damir me zou geloven, maar hij schudde zijn hoofd en keek naar de trap achter de bar, die omhoogleidde naar Smoots etage, en liep er met grote stappen heen.

'Ik bel de politie,' riep ik hem achterna.

'Bel elke boerenklootzak die je wilt!' brulde hij over zijn schouder, terwijl hij uit het gezicht verdween.

'Shit,' zei Bastiaan, en hij rende hem achterna.

We holden de trap op en zagen dat de man vergeefs aan de deurknop van de etage rammelde. Toen die niet direct openging, deed hij een stap achteruit en gaf de deur zo'n harde trap dat hij openvloog en tegen de muur sloeg, waardoor een boekenplank op de grond viel. De woonkamer was leeg maar op het moment dat hij naar binnen struikelde, met mij en Bastiaan achter zich aan, klonken er angstige stemmen uit de keuken erachter. Ik was een paar keer eerder daarboven geweest. Een van de kasten bevatte een brandkast, waar Smoot elke avond zijn omzet in opborg, die hij de volgende dag naar de bank bracht.

'Kom naar buiten, Ignac!' brulde de man. 'Ik ben een geduldig man maar zelfs ik heb mijn grenzen. Het is nu tijd om met mij mee te gaan.'

Hij tilde zijn hand op en liet hem een paar keer hard neerkomen op de tafel terwijl Smoot en Ignac in de deuropening verschenen. De jongen keek doodsbang, maar Smoots gezicht verontrustte me meer. Hij keek boos en verstoord maar ook merkwaardig kalm, alsof hij wist wat hem te doen stond.

'Ga weg,' zei ik en ik greep naar de mouw van de man, maar hij duwde me zo ruw opzij dat ik over een tapijt struikelde en achteroverviel, waarbij ik op mijn elleboog belandde.

'Ik ga niet met je mee!' riep Ignac, die kinderlijk oogde en doodsbang klonk. Inmiddels verdween Smoot in de keuken achter hem. Zijn vader lachte alleen maar en stak één arm uit, greep hem in zijn nekvel en gaf hem een harde klap in zijn gezicht, waardoor hij dreigde te vallen, maar hij hees hem weer op zijn voeten en gaf hem nog een klap.

'Je zult doen wat ik zeg,' zei hij, en hij sleepte de jongen door de woonruimte. Toen Bastiaan probeerde hem los te trekken, mepte Damir hem met zijn vrije hand gewoon weg. In de hoek van de kamer zag ik een hurleystick, waarop een rood-witte sticker was aangebracht met een plaatje van een schip dat tussen twee torens door vaart, een onverwacht souvenir dat Smoot bij zijn vertrek uit Ierland moest hebben meegebracht. Ik pakte de stick en rende nu op Damir af, met de hurley in de *lock*-positie, en toen hij me aankeek waren zijn tanden ontbloot als van een dier en duwde hij zijn zoon naar de vloer. 'Kom maar op,' zei hij, en hij wenkte me dichterbij. 'Sla me maar als je durft.'

Ik tilde de stick op, deed mijn best er dreigend uit te zien toen ik hem een onschuldige klap op zijn arm gaf, maar hij sprong op me af en smeet me op de vloer, greep de stok, brak hem moeiteloos in tweeën op zijn knie en gooide hem door de kamer. Voor het eerst overviel me de panische gedachte dat hij zijn woede niet alleen op Ignac maar ook op ons zou koelen. Hij was wel in de minderheid, maar zo groot dat ik er niet van overtuigd was dat we hem aankonden. Hoe dan ook, ik pikte het niet dat Ignac werd meegenomen. Toen hij zich omdraaide stond Bastiaan met gebalde vuisten voor hem.

'Niet doen,' riep ik, want Bastiaan kon nog zo sterk zijn, ik gaf hem weinig kans tegen deze reus van een vent, die amper aarzelde en zo onstuimig op hem losstormde dat Bastiaan achterover op de grond tuimelde. Damir schopte hem, ik hoorde duidelijk ribben kraken. Ik riep Bastiaans naam, maar voordat hij kon antwoorden had Damir hem op zijn voeten gehesen en achterovergeduwd, het trapgat in naar het café.

'Genoeg!' riep hij, toen hij zich omdraaide. 'Ignac, jij komt met mij mee. Is dat duidelijk?'

De jongen keek naar mij maar knikte droevig. 'Goed,' zei hij. 'Ik zal komen. Verder niemand meer pijn doen.'

Damir kwam naar mij toe en keek op me neer zoals ik op de vloer lag. 'Dus dat is afgehandeld,' zei hij zacht. 'Als je weer in de buurt van mijn zoon komt, snij ik je kop eraf en gooi hem in de gracht, begrepen?'

Ik slikte, te bang om iets te zeggen, maar zag tot mijn grote verbazing zijn gezichtsuitdrukking ineens veranderen. De boosheid verdween, net als de agressie. Pijn en ongeloof kwamen ervoor in de plaats. Ik keek naar Ignac, die in paniek beide handen voor zijn gezicht sloeg. Damir bracht zijn armen naar zijn rug, probeerde iets te pakken, en toen gleden zijn benen onder hem vandaan. Hij probeerde zich vast te grijpen aan de woonkamertafel maar viel in plaats daarvan kreunend op de vloer naast me. Ik krabbelde opzij, klauterde overeind en keek naar hem. Hij lag languit, met zijn gezicht omlaag en een mes in zijn rug. Toen ik naar rechts keek, zag ik Smoot over hem heen gebogen staan.

'Wegwezen,' zei hij kalm.

'Jack!' riep ik. 'Wat heb je gedaan?'

'Wegwezen, jullie twee. Maak dat je wegkomt.'

Ik schuifelde naar de deur en keek in het trapgat, waar Bastiaan zich overeind worstelde en over zijn achterhoofd wreef. Ignac boog zich voorover en keek naar zijn vaders gezicht. De ogen van de man waren wijd open, stonden star. Een ferme messteek was genoeg geweest, hij was dood.

'Ik kon het niet nog eens laten gebeuren,' zei Smoot zacht en ik draaide me beduusd naar hem toe.

'Wat nog eens laten gebeuren?' vroeg ik. 'Jezus christus, je hebt hem gedood. Wat doen we nu?'

Smoot keek rond en leek tot mijn grote verbazing heel kalm. Hij glimlachte zelfs. 'Ik weet precies wat me te doen staat,' zei hij. 'En daar heb ik jullie allemaal niet bij nodig. Gewoon weggaan, oké? Hier zijn de sleutels van het café. Doe de deur achter je op slot en gooi de sleutels in de brievenbus.'

'We kunnen niet zomaar...'

'Wegwezen!' brulde hij agressief, speeksel spatte van zijn lippen. 'Ik weet wat ik doe.'

Ik kon geen alternatief bedenken en dus knikte ik en nam Ignac bij de arm en bracht hem naar beneden. Bastiaan zat op een stoel, zijn ademhaling piepte.

'Wat is er gebeurd?' vroeg hij. 'Wat gebeurt er boven?'

'Dat vertel ik je later,' zei ik. 'Kom op, we moeten hier wegwezen.'

'Maar...'

'Nu meteen,' drong Ignac aan, en hij hielp hem opstaan. 'Als we hier nu niet weggaan, komen we nooit weg.'

Dus we vertrokken. We liepen naar buiten en deden wat Jack Smoot ons had opgedragen: de deur achter ons op slot en de sleutels in de brievenbus. Binnen twintig minuten waren we thuis, waar we de halve nacht opbleven, heen en weer geslingerd tussen schuldgevoel, hysterie en verwarring. Bastiaan en Ignac gingen naar bed, maar ik merkte dat ik niet kon slapen en dus ging ik de rivier en de bruggen weer over in de richting van de gracht, waar ik een auto zag stoppen voor MacIntyre's. Naar de reclame op de zijkant te oordelen was het een huurauto en in het maanlicht zag ik een donker geklede gestalte uitstappen en de achterklep openmaken voordat hij driemaal op de cafédeur klopte. Toen die opening, gebaarde Smoot de persoon binnen te komen, en een paar minuten later verschenen ze weer op straat. Ze droegen iets wat leek op een zwaar, opgerold tapijt, natuurlijk met het lichaam van Ignac' vader erin, want het dragen kostte moeite. Ze gooiden hem in de kofferbak, sloegen die dicht en stapten allebei voorin.

Maar voordat ze wegreden viel het maanlicht op het gezicht van de chauffeur. Het gebeurde te snel om het absoluut zeker te weten, maar op dat moment was ik ervan overtuigd dat Smoots handlanger bij het wegbrengen van het lichaam een vrouw was.

1987

Patiënt 741

Buddy

Elke woensdagmorgen om elf uur vertrok ik uit ons appartement aan West 55th Street en liep naar Columbus Circle, waar ik de B-lijn nam, eenenveertig straten naar het noorden reed en daarna door Central Park in de richting van het Mount Sinai Hospital wandelde. Na een snelle kop koffie nam ik de lift naar de zevende etage en meldde me bij Shaniqua Hoynes, de uiterst toegewijde en autoritaire verpleegster die verantwoordelijk was voor het vrijwilligersprogramma en voor wie ik werkelijk sidderde. Op mijn eerste dag daar ging ik er haast onderdoor vanwege de zenuwen en had daarom de lunch overgeslagen, waarna Shaniqua me betrapte toen ik een gevulde chocoladereep van haar bureau jatte. Ze gaf me een flinke uitbrander waarna ze definitief besloot dat ik een onbetrouwbaar individu was.

Shaniqua, die deel uitmaakte van een steeds groter wordend team dat aan Bastiaan verantwoording verschuldigd was, begon altijd met dezelfde vraag: 'Weet je zeker dat je er klaar voor bent, vandaag?' Als ik dat bevestigde stak ze haar hand uit naar een nooit kleiner wordende stapel patiëntendossiers, pakte een lijst die bovenop lag en liet haar vinger langs een pagina glijden. Dan riep ze twee nummers: het nummer van de patiënt die ik die dag zou opzoeken en het nummer van zijn kamer. Soms kon ze enkele bijzonderheden geven over hoe ver heen hij of zij was maar meestal wendde ze me haar rug toe en joeg me haar kantoor uit. Typerend voor de meeste patiënten op de zevende verdieping was dat ze helemaal geen bezoek kregen – in die dagen waren zelfs sommige ziekenhuismedewerkers bang om bij hen in de buurt te komen, en de vakbonden zetten al vraagtekens bij de noodzaak om medisch personeel in gevaar te brengen – maar op een depressief of eenzaam moment hadden ze hun naam op de lijst geplaatst van personen die hoopten op een uurtje gezelschap van een vrijwilliger.

Maar je wist nooit wat je kon verwachten: soms waren ze dankbaar, wilden ze hun levensverhaal aan je kwijt, maar soms zochten ze bij ontstentenis van verwanten alleen maar iemand tegen wie ze tekeer konden gaan.

Patiënt 497/Kamer 706 was ouder dan de meeste mensen die ik tot dan toe had bezocht, een zestiger met plompe, overdreven dikke lippen. Hij keek bedachtzaam toen ik de kamer binnenkwam, slaakte een uitgeputte zucht voordat hij weer uit het raam keek naar het gras van de North Meadow. Naast zijn bed stonden twee infusen, waarvan de zakken waren gevuld met een vloeistof die via de slangetjes gretig in zijn aderen lekte, terwijl een hartslagmonitor, waarvan de draden als dorstige bloedzuigers onder zijn hemd verdwenen, rustig piepte op de achtergrond. Hij was bleek maar zijn huid was voor zover ik kon zien niet aangetast.

Staand bij het raam zei ik: 'Ik ben Cyril Avery.' Daarna pakte ik een stoel die bij de muur stond en ging zitten. Ik stak mijn hand uit om op de zijne te kloppen in een pathetische poging om een vorm van fysiek contact tot stand te brengen maar hij trok zijn hand weg. Hoewel Bastiaan me grondig had geïnstrueerd over de verschillende manieren waarop het virus zich kon verspreiden, voelde ik me nog steeds nerveus als ik in zo'n kamer kwam en misschien was dat te zien, ondanks al mijn pogingen moedig over te komen. 'Ik ben een vrijwilliger hier in Mount Sinai.'

'En je kwam me opzoeken?'

'Ja.'

'Erg aardig van je. Ben je Engelsman?' vroeg hij, en hij bekeek me van top tot teen, kennelijk om een oordeel te vellen over mijn vrij onopvallende kleding.

'Nee, Iers.'

'Nog erger,' zei hij, en hij wuifde het weg. 'Mijn tante trouwde met een Ier. Een absolute hufter en een wandelend cliché. Altijd dronken, en hij sloeg haar altijd. De arme vrouw kreeg in een periode van acht jaar negen kinderen van hem. Er is iets beestachtigs aan dat soort gedrag, vind je niet?'

'Nou, we zijn niet allemaal zo,' zei ik.

'Ik heb de Ieren nooit gemogen,' zei hij hoofdschuddend en ik keek een andere kant op toen ik een slakkenspoor van speeksel over zijn kin zag sijpelen. 'Een ontaard ras. Niemand praat over seks en toch is dat het enige waar ze de hele dag aan denken. Er is geen volk op het oppervlak van de planeet dat er meer door geobsedeerd is, als je het mij vraagt.' Zijn accent was puur New Yorks, Brooklyn, en ik wou dat hij zijn raciale vooroordelen aan Shaniqua had gemeld bij het plaatsen van zijn verzoek om een bezoeker. Dat zou ons beiden een heleboel narigheid hebben bespaard.

'Bent u er ooit geweest?' vroeg ik.

'O jezusmina, ik ben overal geweest,' zei hij. 'Overal op de wereld ben ik geweest. Ik ken zijstraten en verborgen cafés in steden waar je nog nooit van hebt gehoord. En nu ben ik hier.'

'Hoe voelt u zich? Kan ik iets voor u halen?'

'Hoe denk je dat ik me voel? Ik ben al dood maar mijn hart blijft bloed door mijn lichaam pompen, alleen maar om me te treiteren. Wil je alsjeblieft wat water geven?'

Ik keek om me heen en stak mijn hand uit naar de kan op het nachtkastje – 'Daar! Hij staat daar!' snauwde hij – en ik hield hem vlak bij zijn mond terwijl hij door het rietje dronk. Zijn enorme lippen hadden witte vlekken en ik kon zien hoe diep zijn gele tanden waren weggezakt in zijn mond. Terwijl hij het water door het dunne plastic buisje zoog, een handeling die hem erg veel inspanning kostte, keek hij me recht aan met pure haat in zijn ogen.

'Je beeft,' zei hij, toen hij de kan van zich af schoof.

'Nee hoor.'

'Ja, je beeft. Je bent bang voor mij. Je bent terecht bang voor me.' Hij lachte een beetje, maar er was geen luchtigheid in zijn toon. 'Ben jij een flikker?' vroeg hij eindelijk.

'Nee,' zei ik. 'Ik ben homo, als dat is wat u vraagt.'

'Ik wist het. Er is iets aan de manier waarop je naar me kijkt. Alsof je bang bent je eigen toekomst voor je te zien. Hoe zei je ook weer dat je heette, Cecil, toch?'

'Cyril.'

'Dat is nog eens een echte flikkernaam. Je klinkt als een figuur uit een roman van Christopher Isherwood.'

'Maar ik ben geen flikker,' zei ik nogmaals. 'Ik zei u toch, ik ben homo.'

'Is er een verschil?'

'Jazeker.'

'Nou, ik zal je eens wat vertellen, Cyril,' zei hij, en hij probeerde vergeefs wat rechterop te gaan zitten in bed. 'Ik heb nooit problemen gehad met flikkers. Ik werkte per slot van rekening bij het toneel. Iedereen dacht dat er iets mis met mij was, want ik hield van poesjes. Maar nu denken ze alle-maal dat ik ook een flikker ben, vanwege deze ziekte. Ze denken dat ik het al die jaren verborgen heb gehouden maar ik heb goddorie nooit iets ver-borgen gehouden. Ik weet niet wat ik vervelender vind: dat ze denken dat ik een flikker ben of dat ze denken dat ik de ballen niet had om daar vanaf het begin eerlijk voor uit te komen. Neem van mij aan, als ik een flikker was geweest zou ik het ze hebben gezegd en ik zou goddorie de beste flikker zijn geweest die er bestaat. Ik zou nooit hebben gelogen.'

'Maakt het uit wat mensen denken?' vroeg ik hem, al moe van zijn agres-sie maar vastbesloten hem geen kans te geven me weg te jagen. Dat wilde hij immers: dat ik vertrok zodat hij zich weer in de steek gelaten kon voe-len.

'Ja, als je in een ziekenhuisbed ligt en het leven uit je weg voelt stromen,' zei hij. 'En de enige mensen die door de deur komen zijn artsen, verpleeg-kundigen en goeie zielen die je van je levensdagen nog nooit hebt gezien.'

'En uw familie?' vroeg ik. 'Hebt u...'

'Och, sodemieter op.'

'Oké,' zei ik zacht.

'Ik heb een vrouw,' zei hij even later. 'Ik heb haar al twee jaar niet gezien. En vier zoons. De één een nog egoïstischer klootzak dan de ander. Hoewel ik denk dat ik mezelf de schuld kan geven van hun ontwikkeling. Ik was niet echt een vader. Maar wijs mij een succesvolle man die zijn gezin alles heeft gegeven wat ze hem ooit hebben gevraagd en die iets anders kan zeg-gen.'

'En ze komen niet op bezoek?'

Hij schudde zijn hoofd. 'Voor hen ben ik al dood,' zei hij. 'Zodra mijn diagnose duidelijk werd, was ik dood. Ze vertelden hun vrienden dat ik een hartaanval had gehad tijdens een cruise over de Middellandse Zee en dat ik op zee was begraven. Petje af voor hun creativiteit.' Hij schudde zijn hoofd en lachte. 'Niet dat het uitmaakt,' zei hij zacht. 'Ze schaamden zich terecht voor mij.'

'Nee, niet waar,' zei ik.

'Weet je, het gekke is dat ik de afgelopen veertig jaar een stuk of duizend vrouwen heb geneukt,' zei hij. 'En al die tijd nooit ziek geweest. Niks. Zelfs niet toen ik bij de marine was, waar de meeste jongens zoals je weet voor vijftig procent uit penicilline bestonden tegen de tijd dat ze afzwaaiden.

Dus volgens mij was het onvermijdelijk dat als ik eindelijk iets zou krijgen het iets groots zou zijn. Jullie hebben heel wat op je geweten.'

Ik beet op mijn lip. Dat was een andere bekende stijlfiguur: een heteroseksuele patiënt die tekeergaat tegen homoseksuelen omdat hij de verspreiding van zowel het virus als de ziekte die eruit voortkwam als hun verantwoordelijkheid zag, en ik wist uit ervaring dat het geen zin had de discussie daarover aan te gaan. Ze konden niet verder kijken dan hun eigen leed. En waarom zouden ze ook, dacht ik?'

'Wat deed u in het theater?' vroeg ik hem, popelend om van onderwerp te veranderen.

'Ik was choreograaf,' zei hij schouderophalend. 'Ik weet het, ik weet het. De enige heteroseksuele choreograaf van New York City, nietwaar? Maar het is de waarheid. Ik heb gewerkt met alle groten. Richard Rodgers, Stephen Sondheim, Bob Fosse. Bob is me een paar weken geleden zelfs komen opzoeken; de enige die dat heeft gedaan. Aardig van hem. De meeste anderen kan het niks schelen. Al die mooie jonge dansers. Ze deden alles voor een rol in de dansgroep en ik gaf ze graag hun zin. Niet dat ik ooit iets van dat ellendige casten in bed deed. Hoefde niet. Je zou het niet denken als je me nu ziet, maar ik zag er best goed uit in mijn tijd. Ze kwamen allemaal aanrennen, de meiden. Ik had ze voor het uitkiezen. Maar waar zijn ze nu? Ze zijn bang om bij me in de buurt te komen. Misschien denken ook zij wel dat ik dood ben. Mijn zoons hebben me beter dood gekregen dan aids, tot nu toe. Ze deden het in elk geval snel.'

'Ik ga niet veel naar het theater,' zei ik.

'Dan ben je een cultuurbarbaar. Maar ik wed dat je wel naar de film gaat?'

'Ja,' zeg ik. 'Erg vaak.'

'Heb je een vriendje?'

Ik knikte. Ik vertelde niet dat mijn vriend het hoofd Overdraagbare Ziekten van het ziekenhuis was en hem waarschijnlijk al tientallen keren had ontmoet en de arts was die zijn behandeling superviseerde. Bastiaan had me vanaf het begin duidelijk gemaakt dat ik tegenover de patiënten niets moest laten merken van onze persoonlijke relatie.

'Je neukt links en rechts?' vroeg hij.

'Nee,' zei ik. 'Nooit.'

'Tuurlijk wel.'

'Echt niet.'

'Welke flikker neukt niet links en rechts? In jezusnaam, dit zijn de jaren tachtig.'

'Ik heb het al gezegd,' zei ik. 'Ik ben geen flikker.'

'Ja, dat zeg je steeds,' antwoordde hij, en hij wuifde het onderscheid weg. 'Als je niet links en rechts neukt, dan adviseer ik je zo te blijven en te hopen dat hij ook niet links en rechts neukt. Dan zijn jullie waarschijnlijk allebei veilig. Maar als jij het niet doet, dan hij waarschijnlijk wel. Bestaat niet dat de enige twee monogame flikkers in New York elkaar gevonden hebben.'

'Hij is niet zo,' hield ik vol.

'Iedereen is zo. Sommigen kunnen het alleen beter verbergen dan anderen.'

Hij begon te hoesten en instinctief schoof ik achteruit in mijn stoel, tastte naar het masker dat rond mijn nek hing en plaatste het over mijn gezicht. 'Jij kleine klootzak,' zei hij en toen hij weer op adem was gekomen, keek hij minachtend naar me.

'Het spijt me,' zei ik. Ik nam het masker af en voelde mijn gezicht een beetje rood worden van schaamte.

'Ik maak maar een grapje. Ik zou hetzelfde doen als ik jou was. Eigenlijk zou ik niet eens hier zijn als ik jou was. Waarom ben je hier eigenlijk? Waarom doe je dit? Je kent me niet, waarom zou je in deze kamer willen komen?'

'Ik wilde iets doen om te helpen,' zei ik.

'Misschien wil je iemand zien doodgaan. Daar krijg je een kick van. Is dat het?'

'Nee,' zei ik. 'Dat is het niet.'

'Heb je ooit iemand zien doodgaan?'

Ik dacht na. Ik had natuurlijk ettelijke mensen zien sterven: de priester die uit het biechthokje was gevallen aan Pearse Street; mijn eerste verloofde, Mary-Margaret Muffet; en Ignac' vader natuurlijk, in die verschrikkelijke nacht in Amsterdam voordat we besloten Nederland voorgoed te verlaten. Maar ik had nog nooit iemand zien sterven aan aids. Nog niet in ieder geval.

'Nee,' zei ik.

'Nou, blijf hier maar hangen voor die show, buddy, want ik heb niet veel tijd meer over. Niemand van ons. Zoals ik het zie is dit het begin van het eind van de wereld. En mijn soort heeft dat te danken aan jouw soort.'

Drie soorten leugens

Het restaurant was gevestigd aan 23rd Street, vlak bij het Flatiron Building, en vanwaar we zaten kon ik paartjes door Madison Square Park zien lopen, waar nog maar een paar weken eerder een oude vrouw me in mijn gezicht had gespuwd toen Bastiaan op een spontaan moment zijn arm om mijn schouder sloeg en me op mijn wang kuste.

'Fuck you,' snauwde de vrouw ons toe. Ze was oud genoeg om zich de crisis uit de jaren dertig nog te herinneren, en er klonk zo veel hoon in haar stem door dat de andere mensen in de buurt hadden omgekeken en gestaard. 'Kloterige aidsdragers.'

Ik zou die buurt graag een poosje hebben gemeden, maar Bastiaans vriend Alex, een van de artsen die onder hem werkten in Mount Sinai, had de reservering gemaakt zonder te weten wat daar had plaatsgevonden.

Ik probeerde de herinnering uit mijn gedachten te zetten nu Courteney, Alex' vrouw en journaliste, haar verdriet verdronk omdat ze eerder die dag was gepasseerd voor promotie. Het diner was bedoeld als een feestje – zij en Alex waren ervan overtuigd geweest dat ze de baan zou krijgen – maar het was in plaats daarvan in een soort dodenwake veranderd.

'Ik denk dat ik maar ontslag neem,' zei ze, terwijl ze somber en doelloos haar vork door haar eten haalde en maar af en toe een hap nam. 'Iets nuttigs met mijn leven doen. Hersenchirurg of vuilnisman worden. Mijn hele loopbaan heb ik ernaartoe gewerkt om eerste correspondent in het Witte Huis te worden, en waarvoor? Ik heb zo veel tijd gestoken in het leren kennen van alle mensen daar. En in plaats daarvan geeft die klootzak de baan aan een vent die nog niet eens een jaar bij de krant is en waarschijnlijk niet eens de naam van de minister voor Landbouw zou weten zonder hem op te zoeken. Het is een kutstreek, dat is het.'

'Ik zou de naam van de minister van Landbouw ook niet weten,' zei Alex.

'Ja, maar jij hóéft zijn naam niet te weten,' zei ze. 'Jij bent geen politiek journalist. En het is Richard Lyng, trouwens,' voegde ze er fluisterend aan toe, zoals ik wist dat ze zou doen.

'Heb je er met hem over gesproken?' vroeg ik.

'Natuurlijk. Nou ja, het was meer een ruzie dan een gesprek. Stemverheffing, scheldkanonnades, de hele santenkraam. En ik heb misschien ergens mee gegooid.'

'Waarmee?'

'Een plant. Tegen de muur. Dat gaf hem de munitie om te zeggen dat ik volgens hem niet het juiste temperament had voor zo'n verantwoordelijke functie.'

'Hoe zou hij daar nou op gekomen zijn?' vroeg Bastiaan, die met zijn sarcasme zijn leven op het spel zette.

'Niet grappig,' zei Courteney en ze keek boos zijn kant op. 'Hij kon me niet eens een goede reden geven waarom ik het niet was geworden. Nou ja, hij kón het wel maar besloot het niet te doen. De waarheid is, ik weet precies wat er is gebeurd. Het Witte Huis heeft hem onder druk gezet om mij niet te benoemen. Ze mogen me daar niet. Reagans mensen denken dat ik problemen geef. Ik kan alleen niet geloven dat hij is gezwicht, dat is alles. Waar is de integriteit van de journalist gebleven?'

'Als je iets niet kunt geloven,' zei Alex, 'is het soms omdat het niet waar is.'

'Maar het is wél waar,' hield Courteney vol. 'Ik weet dat het waar is. Ik heb het met zoveel woorden tegen hem gezegd en hij ontkende het niet. Hij kon me niet eens recht aankijken, die kleine hufter. Hij mompelde iets over de belangrijke relaties die een krant moet onderhouden met machthebbers, maar toen ik daar vraagtekens bij zette klapte hij gewoon dicht.'

'Hoe is Reagan eigenlijk?' vroeg Bastiaan, die veel meer geïnteresseerd was in die zaken dan ik. Hij las zelfs elke dag een krant, wat ik bijna nooit deed. 'Is hij zo dom als men zegt?'

'Hij is helemaal niet dom,' zei Courteney hoofdschuddend. 'Domme mensen worden geen president van de Verenigde Staten. Hij is misschien een tikje minder intelligent dan ieder die ooit eerder dat ambt heeft bekleed, maar dom? Nee, volgens mij is hij in sommige opzichten heel uitgekookt. Hij weet precies wat hij doet. Hij gebruikt zijn charme om zich uit lastige situaties te redden. En dat wordt in hem gewaardeerd. Ze vergeven hem alles.'

'Ik kan me niet eens voorstellen dat ik zou bakkeleien met Reagan,' zei ik. 'Het dichtst bij een dergelijke situatie was ik toen ik een stomp in mijn gezicht kreeg van een persvoorlichter van het Ierse parlement. De vrouw die de tearoom bestierde moest hem van me af halen.'

'Wat heb je Reagan eigenlijk misdaan?' vroeg Bastiaan, die mijn verhaal eerder had gehoord.

'Misschien moeten we dat allemaal nu maar laten rusten,' zei ze, en ze ging zachter praten. 'Jij en Alex willen vanavond niet praten over werk. Ik ben gewoon aan het afreageren.'

'Werk?' vroeg hij. 'Waarom? Wat heeft het te maken met ons werk?'

'Ze heeft hem tijdens een persconferentie geconfronteerd met zijn reactie op de aidscrisis,' zei Alex. 'En journalisten hebben de expliciete opdracht het woord "aids" nooit te gebruiken waar de president bij is.'

'En wat zei hij?'

'Niets. Hij deed alsof hij me niet had gehoord.'

'Misschien had hij het ook niet gehoord,' suggereerde ik. 'Hij is een heel oude man, weet je. Volgens mij is hij tachtig of zo.'

'Hij hoorde me heel duidelijk.'

'Had hij zijn gehoorapparaat in?'

'Hij hoorde me heel duidelijk!'

'Zaten de batterijen erin?'

'Cyril!'

'Dus hij negeerde je?' vroeg Bastiaan.

'Hij staarde me aan en glimlachte even naar me zoals hij doet als zijn gedachten afdwalen en je weet dat hij liever op zijn paard over de prairie in Wyoming zou rijden dan voor een kluitje journalisten staan, en toen wees hij naar iemand van de *Washington Post*, die hem een saaie vraag stelde over Iran-gate. Nee, waar ik naar vroeg was veel controversiëler. Iets waar nog niet genoeg over is geschreven.'

'Kijk, Reagan zal nooit iets doen om ons te helpen in deze strijd,' zei Alex. 'Over achttien maanden zijn er weer verkiezingen en daarna zit gegarandeerd Dukakis, Jesse Jackson, Gary Hart of een van die jongens in het Witte Huis. Dan is er veel meer kans dat onze stemmen worden gehoord. Reagan kan homo's niet uitstaan, iedereen weet dat. Hij wil eigenlijk niet eens erkennen dat ze bestaan.'

'"De samenleving accepteert die levensstijl niet en ik ook niet," zei ik, een citaat van de president dat ik naar mijn idee vrij goed imiteerde, en intussen viel voor het eerst mijn oog op een vierkoppig gezelschap aan een tafeltje naast ons. Het viertal zat met volstrekt minachtende gezichten naar ons te kijken.

'De samenleving kan opvliegen,' zei Courteney. 'Wat heeft de samenleving de laatste tijd voor ons gedaan?'

'Volgens Margaret Thatcher bestaat er niet zoiets als een samenleving,' zei ik. 'Volgens haar zijn er alleen individuele mannen en vrouwen, en gezinnen.'

'Zij kan ook opvliegen,' zei Courteney.

'Het vreemde is,' zei Bastiaan, 'dat Reagan jarenlang bij films en bij de televisie werkte voordat hij de politiek in ging. Hij moet omringd zijn geweest door homo's.'

'Ja, maar hij heeft het waarschijnlijk totaal niet beseft als iemand gay was,' zei Alex. 'Ooit het verhaal gehoord over Charlton Heston die niet wist dat Gore Vidal een liefdesverhaal schreef over Ben-Hur en Messala? Hij dacht dat ze gewoon oude makkers waren uit de kleuterschool in Jeruzalem. Reagan was waarschijnlijk net zo dom. Niet dat iemand ooit geprobeerd heeft hem te versieren, toch?'

Ik had de pech dat ik net een slokje wijn nam toen hij dit zei en ik kon amper voorkomen dat ik alles over tafel spuugde. Opnieuw viel mijn oog op de tafel naast ons, waar een vrouw minachtend haar hoofd schudde.

'Een werkelijk groot Amerikaan,' hoorde ik haar man met een luide, agressieve stem zeggen.

'Nou, en Rock Hudson dan?' vroeg Bastiaan, die zich niet bewust was van onze buren. 'Ze waren toch vrienden?'

'Toen Rock Hudson overleed, zweeg Reagan in alle talen, ondanks tientallen jaren van vriendschap,' zei Alex. 'Kijk, de president ziet dit als een homoziekte, waar homo's aan doodgaan en dat is op zich niet het ergste wat hij kan bedenken. Al weer zes jaar geleden werd het eerste geval in Amerika geïdentificeerd en al die tijd heeft de man helemaal niets gezegd. Hij heeft de woorden "hiv" en "aids" geen enkele maal in het openbaar in de mond genomen.'

'Hoe dan ook, achteraf ben ik naar de stafchef gegaan,' vervolgde Courteney, 'en hij maakte duidelijk dat het onderwerp niet eens op de agenda van de president stond. In vertrouwen zei hij dat de regering nooit enige substantiële fondsen zou steken in onderzoek naar een ziekte die door de meerderheid van de bevolking werd gezien als iets waar in de eerste plaats homo's aan bezweken. "Normale mensen houden niet van flikkers," zei hij, naar me grijnzend alsof hij niet begreep waar ik me over opwond. "Dus wat wil dat zeggen?" vroeg ik hem. "Dat ze allemaal dood zullen moeten omdat ze niet populair zijn? De meeste leden van het Huis van Afgevaardigden zijn ook niet populair maar niemand stelt voor om ze allemaal maar af te maken."'

'En wat had hij daarop te zeggen?'

'Hij haalde vooral zijn schouders op alsof het hem niets kon schelen. Maar toen ik later diezelfde dag uit de persruimte kwam en naar de west-vleugel liep om een citaat over heel iets anders na te trekken, kwam Reagan toevallig net langs in de gang en ik schoot hem aan. Vermoedelijk was hij mijn vraag van eerder die dag vergeten, want ik kreeg hem zo ver dat hij bleef staan door een paar simpele vraagjes te stellen om zijn aandacht te trekken en toen ik hem eenmaal aan de haak had vroeg ik hem of hij wel wist dat er sinds zijn aanstelling meer dan achtentwintigduizend gevallen van aids waren gemeld in de Verenigde Staten en dat er van die achten-twintigduizend mensen bijna vijfentwintigduizend waren overleden. Meer dan negenentachtig procent. "Ik weet niet of dat helemaal klopt," zei hij' – en hier deed zij een nog betere imitatie van Reagan dan ik had ge-daan – '"en u weet wat er wordt gezegd over statistieken, nietwaar?"'

'Wat zeggen ze over statistieken?' vroeg ik.

'Ik onderbrak hem, wat je eigenlijk niet mag doen bij een president, en vroeg hem of hij niet vond dat de regering wat serieuzer moest reageren op een pandemie met zo'n enorme omvang en zo weinig aanwijzingen dat ze binnenkort zou afnemen.'

'Er zijn drie soorten leugens,' zei Alex aan mijn adres, 'je hebt leugens, verdomde leugens en statistieken.'

'En gaf hij een antwoord?' vroeg Bastiaan.

'Natuurlijk niet,' zei Courteney. 'Hij gromde alleen een beetje, glimlach-te en trok een beetje met zijn hoofd en toen zei hij: "Nou, jullie meiden in de perskamer kennen alle roddels, hè?" En toen vroeg hij of ik *Radio days* al had gezien en wat ik dacht van Woody Allen. "Is hij een hoofdrolspeler?" vroeg hij, krabbend aan zijn kin. "In mijn tijd zou hij in de postkamer heb-ben gewerkt." Kortom, hij negeerde mijn vraag gewoon, en voordat ik die opnieuw kon stellen kwam de perssecretaris door de gang gedraafd en zei tegen de president dat hij nodig was in de Oval Office. Toen Reagan weg was, gaf hij me een verschrikkelijke uitbrander en dreigde mijn perskaart in te nemen.'

'En jij denkt dat hij met je redacteur heeft gesproken over je promotie?' vroeg Bastiaan. 'Denk je dat hij je daarvoor strafte?'

'Hij of iemand anders in de regering. Ze willen écht niet dat iemand vragen over dit onderwerp stelt. Vooral niet iemand die er zo nauw mee verbonden is, iemand die toevallig getrouwd is met een aidsarts en heet van de naald nieuws heeft over wat er momenteel werkelijk gaande is in het veld.'

'Noem me alsjeblieft niet "aidsarts"; zei Alex grimassend. 'Ik heb een hekel aan die benaming. Zo simplistisch.'

'Nou, het is toch wat je bent? In wezen? Wat jullie allebei zijn? Het heeft geen toch zin het te verbloemen?'

'Totdat de heteroseksuele gemeenschap aanvaardt dat dit ook hen aan-gaat; zei Bastiaan, terwijl hij zijn mes en vork neerlegde, 'zal er in feite niets verbeteren. Ik denk aan patiënt 741, een van de huidige patiënten in Mount Sinai. Jij kent hem toch, Alex?' Alex knikte. 'Ben jij bij hem geweest als vrij-williger?' vroeg hij aan mij.

'Nee; zei ik, want ik had een vrij goed geheugen voor patiëntennum-mers; ze leken zich in mijn hersenen te tatoeëren en ik had nog niemand van in de zevenhonderd getroffen.

'Hij werd vorig jaar voor het eerst naar me doorverwezen door een arts uit de Whitman-Walker-kliniek in Washington. Die kerel had eerst een paar weken verschrikkelijke hoofdpijnen gehad, daarna begon hij te hoes-ten en dat ging niet over. Hij had antibiotica geprobeerd, maar die hadden niet geholpen. De plaatselijke dokter deed een paar onderzoeken en had haar vermoedens over wat het kon zijn, daarom stuurde ze hem naar mij voor een consult. Toen ik hem zag wist ik dat ze gelijk had, ik hoefde alleen maar naar hem te kijken om het te weten, maar ik wilde de arme kerel niet onnodig alarmeren door iets te zeggen totdat ik absoluut zeker was, dus uiteraard deed ik de gebruikelijke onderzoeken.'

'Hoe oud is hij?' vroeg Courteney.

'Rond onze leeftijd. Geen vrouw, geen kinderen, maar niet homoseksu-eel. Hij had zo'n autoritaire, arrogante uitstraling die typisch is voor echt goed uitziende heteroseksuele kerels. Hij vertelde me hoe hij een groot deel van zijn leven over de wereld had gereisd en was bang dat hij onderweg een virus had opgelopen, malaria of zoiets, en ik vroeg hem of hij seksueel ac-tief was. "Natuurlijk," zei hij, lachend alsof het een belachelijke vraag was. "Ik ben al seksueel actief sinds mijn tienertijd." Ik vroeg hem of hij veel partners had gehad en hij haalde zijn schouders op en zei dat hij de tel was kwijtgeraakt. "Minstens een paar honderd," zei hij. "Ook mannen?" vroeg ik, en hij schudde zijn hoofd en keek me aan alsof ik gek was. "Zie ik eruit alsof ik seks met mannen heb?" vroeg hij. Ik nam niet de moeite te antwoorden. Toen hij een week later terugkwam voor de uitslag zei ik hem te gaan zitten en vertelde hem toen dat ik tot mijn grote spijt het hiv-virus in zijn bloed had aangetroffen, en hoewel er nog geen echte aids bij hem was ontstaan en we dat een zekere tijd waarschijnlijk met succes zouden kunnen voorkomen, was de kans groot dat het virus binnen een paar maanden zou muteren tot de echte ziekte, en zoals hij waarschijnlijk wel wist was er momenteel geen remedie tegen.'

'Weet je met hoeveel mensen ik dit jaar alleen al zo'n gesprek heb gehouden?' vroeg Alex. 'Zeventien. En het is pas april.'

Ik dacht in een flits terug aan een moment waar ik al jaren niet meer bij had stilgestaan. Op de ochtend van mijn bruiloft zat ik in een koffieshop in Ranelagh en bleek ik op de een of andere manier als oppas te dienen voor een negenjarige jongen, de zoon van de vrouw die de tearoom in de Dáil Éireann runde, terwijl zij probeerde met Aer Lingus te bellen om een vlucht naar Amsterdam te boeken. 'Je bent een beetje een buitenbeentje, Jonathan,' zei ik tegen hem. 'Heeft niemand je dat ooit gezegd?' 'Dit jaar alleen al negentien mensen,' antwoordde hij. 'En het is pas mei.'

'En, hoe vatte patiënt 741 het op?' vroeg Courteney. 'Weet je, ik heb het gevoel alsof ik in een sciencefictionfilm zit door hem bij zijn nummer te noemen. Kun je niet gewoon zijn naam zeggen?'

'Nee, natuurlijk niet,' zei Bastiaan. 'En hij vatte het niet goed op. Hij keek naar me alsof ik een doldwaze grap met hem uithaalde, daarna begon hij te beven, zichtbaar te beven, en vroeg om wat water. Ik ging water halen en toen ik terugkwam had hij zijn dossier van mijn bureau gepakt en las het als een bezetene door. Niet dat hij er een woord van had kunnen begrijpen, hij was uiteraard geen arts, maar het was alsof hij wilde bewijzen dat ik het fout had. Ik nam het dossier terug en gaf hem zijn water, maar zijn handen trilden zo dat hij alles over zich heen morste toen hij probeerde het op te drinken. Ten slotte kalmeerde ik hem, en vertelde hij me dat ik onmogelijk gelijk kon hebben in mijn diagnose; hij wilde een second opinion. "Dat kan uiteraard," vertelde ik hem, "maar er zal niets door veranderen. Er zijn op dit moment heel specifieke tests om het virus te identificeren en er bestaat simpelweg geen twijfel. Het spijt me zeer."'

Ik schudde meelevend mijn hoofd en toen ik rondkeek zag ik dat de mensen aan het tafeltje naast ons vol afkeer naar ons zaten te kijken. Ik ving de blik op van een van de mannen – achter in de vijftig, kaal en obees; op zijn bord lag een enorme biefstuk te bloeden – en hij staarde spijkerhard en met hevige weerzin naar mij terug alvorens hij weer naar zijn vrienden keek.

'Ondanks alles', vervolgde Bastiaan, 'was patiënt 741 nog niet bereid de waarheid te aanvaarden. Hij wilde weten wie de beste arts op dat terrein was, waar het beste ziekenhuis was; hij benadrukte dat iemand hem moest kunnen helpen. Dat iemand zou kunnen bewijzen dat ik ongelijk had. "Maar dokter," zei hij, terwijl hij zich vooroverboog en me bij de schouders pakte alsof hij wat verstand in me wilde schudden, "ik kan die ziekte onmogelijk hebben. Zie ik eruit als een nicht? Ik ben normaal, in godsnaam!"'

'Zie je wel?' zei Courteney. Ze leunde achterover en gooide haar handen in de lucht. 'Geen kennis. Geen enkel begrip.'

'En heeft hij zich er intussen bij neergelegd?' vroeg ik.

'Tja, hij moest wel,' zei Bastiaan. Hij stak een hand uit, legde die op de mijne en drukte erop. Hoe vertrouwd we ook waren met Alex en Courteney, toch was er een moment waarop ik zag hoe hun ogen naar onze handen gingen en enige moeite leken te hebben met onze lichamelijke genegenheid. 'Hij had geen keus. Toen ik hem vertelde dat hij contact moest opnemen met alle vrouwen die hij intiem had gekend en hun moest vertellen dat ze zich ook moesten laten testen, zei hij dat hij van de helft van de vrouwen met wie hij in het laatste jaar had geslapen niet eens de naam wist, laat staan het telefoonnummer. Toen zei hij dat hij een bloedtransfusie wilde. "Haal al mijn bloed eruit en vervang het door goed bloed," zei hij, maar dat was belachelijk, vertelde ik hem, omdat het zo niet werkt. "Maar ik ben godverdomme geen homo!" bleef hij benadrukken.'

'En waar is hij nu?' vroeg ik.

'In Mount Sinai,' zei Bastiaan. 'Hij heeft niet veel tijd meer over. Een paar weken geleden werd hij opgenomen en het is momenteel louter een kwestie van tijd. Uiteindelijk moest ik de beveiliging bellen. Hij begon zijn verstand te verliezen. Kwam naar mijn kant van mijn werktafel lopen, zette me tegen de muur...'

'Wát deed hij?' vroeg ik.

'Hij zette me tegen de muur. Zei dat hij wist dat ik ook een vuile poot was en dat ik niet in de buurt van patiënten zou mogen komen, dat ik ze waarschijnlijk stuk voor stuk infecteerde.'

'Jezusmina,' zei Courteney.

'Heeft hij je pijn gedaan?' vroeg ik.

'Nee. Kijk, het was sowieso een jaar geleden. En ik was groter dan hij. En sterker. Ik had hem kunnen overmeesteren als het moest, maar ik kon de situatie in de hand houden, hem kalmeren, hem laten beseffen dat zijn woede toch niet hielp. Ten slotte krabbelde hij terug en toen stortte hij in en begon te huilen. "Jezus christus," zei hij. "Wat zullen ze zeggen, thuis? Wat zullen ze van me denken?"'

'Waar was thuis?' vroeg Courteney.

Bastiaan aarzelde even en keek naar mij. 'Nou, daar zit hem de clou,' zei hij. 'Hij kwam uit Ierland.'

'Je neemt me in de maling,' zei ik. 'Ik heb de situatie daar niet zo bijgehouden. Hebben mensen in Ierland ook aids?'

'Mensen hebben overal aids, Cyril,' zei Alex. 'Waarschijnlijk op veel kleinere schaal maar er moeten zeker een paar gevallen zitten.'

'Dus waarom is hij niet naar huis gegaan om daar te sterven?' vroeg ik. 'Waarom in Amerika blijven?'

'Hij zei dat hij niet wilde dat zijn familie het wist. Dat hij liever alleen hier stierf dan ze de waarheid te zeggen.'

'Zie je?' zei ik. 'Dat land verandert godverdomme nooit. Beter alles verdoezelen dan worden geconfronteerd met de realiteit van het leven.'

Ik keek op; de ober was naar ons tafeltje gekomen en nerveus glimlachend voor ons blijven staan. Hij had enorm wijd uitstaand haar en droeg een leren vest zonder overhemd eronder, waardoor een behaarde borst zichtbaar was; hij had bij Bon Jovi kunnen horen.

'Heeft het u gesmaakt?' vroeg hij, en voordat we konden antwoorden kreeg zijn gezicht een aanmerkelijk angstige uitdrukking. 'Ik leg dit hier neer voor als u klaar bent,' zei hij, en hij deponeerde een klein zilveren dienblad op de tafel, draaide zich om en wilde weglopen.

Alex riep hem terug en vroeg: 'Waar is dat voor? Niemand heeft om de rekening gevraagd.'

'Ik ben bang dat we deze tafel nodig hebben,' zei de ober, met een korte blik op onze buren. 'We hadden niet verwacht dat u zo lang zou blijven.'

'We zijn hier nog geen uur,' zei ik.

'En we hebben nog geen dessert en koffie gehad,' zei Courteney.

'U kunt meeneemkoffie krijgen als u wilt?'

'We willen geen meeneemkoffie!' bitste ze. 'Jezus christus!'

'Neem de rekening terug en we bestellen iets anders als we eraan toe zijn,' zei Bastiaan.

'Dat kan ik niet doen, meneer,' zei de ober, rondkijkend op zoek naar ruggensteun, en ik zag dat een paar van zijn collega's bij de bar stonden te kijken naar de gang van zaken. 'Dit tafeltje is gereserveerd voor een ander gezelschap.'

'En waar zijn die mensen dan wel?' vroeg ik, rondkijkend.

'Ze zijn nog niet gearriveerd. Maar ze zijn onderweg.'

'Ik tel minstens vier lege tafeltjes,' zei Courteney. 'Zet ze aan een daarvan.'

'Ze hebben specifiek om dit tafeltje gevraagd,' zei de ober.

'Dat is dan pech,' zei Alex. 'Want wij waren hier eerst.'

'Alstublieft,' zei de ober, en hij wierp opnieuw een blik op onze buren, die glimlachend zaten toe te kijken. 'Geen scène maken. We moeten denken aan de andere gasten.'

'Wat is hier precies aan de hand?' vroeg Bastiaan. Hij gooide zijn servet op tafel en werd nu boos. 'Gooit u ons eruit, is dat wat hier gebeurt? Waarom? Wat hebben we gedaan?'

'We hebben klachten gekregen,' zei de ober.

'Waarover?' vroeg ik, volstrekt verbijsterd.

'Waarom doet u niet gewoon wat die man zegt, gewoon opsodemieteren,' klonk een stem aan het volgende tafeltje, en we keken naar de man met de biefstuk, die vol afkeer op zijn gezicht naar ons zat te kijken. 'Wij proberen lekker te dineren en het enige waar jullie het over kunnen hebben is die nichtenziekte. Als een van jullie daaraan lijdt, dan zou je zelfs niet in een restaurant mogen komen.'

'We hebben geen aids, randdebiel,' zei Courteney, die in de aanval ging. 'Deze twee mannen zijn artsen. Ze behandelen aidsslachtoffers.'

'Ik denk dat jullie je vergissen in de betekenis van het woord "slachtoffer",' zei een van de vrouwen. 'Je bent om te beginnen geen slachtoffer als je erom vraagt.'

'Godvermozes,' zei ik rondkijkend, deels geamuseerd en deels geschokt door wat ik hoorde.

'Ober, u moet al hun borden en bestek weggooien' zei de man. 'Niemand anders zou ervan mogen eten na deze mensen. En ik raad u aan om handschoenen te dragen.'

In een oogwenk was Bastiaan opgestaan en met grote stappen naar hun tafeltje gelopen. De ober deinsde verschrikt achteruit, terwijl Alex en ik opsprongen, zonder te weten wat we op een dergelijk moment moesten doen.

'Laten we gewoon maar gaan,' zei Courteney. Ze greep Bastiaan bij de arm toen hij langs haar liep. 'Maar de rekening betalen: vergeet het maar,' voegde ze eraan toe voor de ober. 'Steek die maar waar de zon niet schijnt.'

'Wat is er met jou?' vroeg Bastiaan aan de dikke man, die ook was opgestaan. Bastiaan duwde met beide handen tegen zijn borst en zijn Nederlands accent was duidelijker te horen naarmate hij woedender werd. Dat gebeurde altijd als hij echt boos was; ik noemde het 'de toon' en was er beducht voor, ook al was hij zelden te horen. 'Denk jij dat je weet waarover je het hebt? Je begrijpt niks van wat je zegt. Waarom ontwikkel je niet een beetje menselijkheid?'

'Sodemieter op voordat ik de politie bel,' zei de man, niet in het minst geïntimideerd ondanks het feit dat Bastiaan jonger, gezonder en groter was dan hij. 'Waarom gaan jij en je vrienden niet naar de West Village. Daar zullen ze zo'n stelletje viezeriken als jullie graag in alles van dienst zijn.'

Ik zag dat Bastiaan beefde maar al zijn zelfbeheersing opriep om zich ervan te weerhouden de man op te pakken en door de ramen te smijten, maar uiteindelijk kreeg hij zijn woedeaanval onder controle, draaide zich om en liep weg. We kwamen bij de deur en hadden de aandacht van het hele restaurant toen we naar buiten stapten. Toen stonden we weer op 23rd Street, waar de verlichting van de kantoren die in de scherpe hoek van het Flatiron Building gelegen waren, op ons viel.

'Klootzakken,' zei Bastiaan, en hij liep voor ons uit naar een café. We hadden het vaste voornemen luidruchtig dronken te worden. 'Stelletje kloterige klootzakken. Ze zouden een beetje meer fatsoen hebben als een van hen besmet zou worden. Ik wens het ze toe. Ik wens het ze allemaal toe.'

'Dat meen je niet,' zei ik, en ik sloeg mijn armen om hem heen en trok hem dicht tegen me aan. Hij liet zijn hoofd op mijn schouder rusten en zuchtte. 'Nee,' fluisterde hij. 'Nee, ik denk van niet.'

Patiënt 563

De gordijnen waren dichtgetrokken in kamer 711 en met een hese stem die klonk alsof hij geruime tijd niet was gebruikt, vroeg de jongeman me ze niet open te doen. Maar er sijpelde genoeg licht naar binnen om de gestalte in het bed te kunnen onderscheiden. Hij was ongeveer twintig jaar oud, maar woog waarschijnlijk niet eens vijftig kilo. Zijn armen, die boven op de lakens lagen, waren graatmager, zijn lange vingers skeletachtig, en de ellebooggewrichten, onder de mouwen van het ziekenhuishemd, waren ontstoken. Zijn gezicht was uitgemergeld, de huid spande strak over de schedel met een anatomische misvorming die me deed denken aan beelden van Mary Shelleys monster. Wonden in de hals en boven zijn rechteroog, pikzwarte kneuzingen met vervagende randen, leken te pulseren alsof ze een eigen leven leidden.

Shaniqua had me destijds verteld dat ik weg moest gaan als ik me maar even ongemakkelijk voelde, dat het niet eerlijk was voor een patiënt om getuige te zijn van mijn opgelatenheid, maar dat had ik nog nooit gedaan. Vandaag had ze erop aangedrongen een schort en een masker te dragen en ik had haar instructies opgevolgd hoewel er een wit plastic zeil over het bed van de jongen lag, dat me deed denken aan de slotscène van *E.T.*, als het huis van Elliott door de regering in quarantaine is gedaan en het buitenaardse wezen op sterven na dood lijkt. Ik zei hoe ik heette en legde uit waarom ik daar was en hij knikte, waarbij zijn ogen wat verder opengingen alsof hij probeerde fysiek wat meer leven in zijn lichaam te halen en toen hij probeerde weer te spreken kwamen de woorden er na een langdurige hoestaanval uit.

'Wat aardig dat je komt,' zei hij. 'Ik krijg niet veel bezoek. Al weken is er niemand geweest, behalve dan de predikant. Die komt elke dag. Ik heb hem verteld dat ik niet religieus ben, maar hij komt toch.'

'Wil je dat hij niet meer komt?' vroeg ik. 'Want in dat geval...'

'Nee,' zei hij snel. 'Nee, hij mag blijven komen.'

'Goed dan,' zei ik. 'Hoe voel je je vandaag?'

'Alsof het einde in zicht is,' zei hij met een klein lachje, dat overging in een nieuwe hoestbui, die meer dan een minuut aanhield en me het koude zweet deed uitbreken. Ontspan, je kunt het niet krijgen, zei ik tegen mezelf. Je kunt het niet krijgen door hier te staan.

'Wil je vertellen hoe je heet?' vroeg ik. 'Hoeft niet als je niet wilt. Ze noemden je Patiënt 563.'

'Philip,' zei hij. 'Philip Danley.'

'Leuk je te ontmoeten, Philip,' zei ik. 'Maken ze je het leven wel een beetje comfortabel? Ik vind het erg dat dit met je is gebeurd.'

Hij deed zijn ogen dicht en even dacht ik dat hij in slaap viel maar toen deed hij ze weer open en draaide zich om, keek me aan en ademde zo diep in dat ik zijn borst onder de deken omhoog en omlaag zag gaan. Ik stelde me voor hoe duidelijk zijn ribbenkast te zien zou zijn onder zijn huid.

'Kom je uit New York?' vroeg ik.

'Baltimore. Ooit geweest?'

'Ik ben nergens geweest in de Verenigde Staten buiten Manhattan,' zei ik.

'Ik dacht altijd dat het geen zin had ergens anders heen te gaan. Ik wilde alleen maar hierheen komen. Vanaf mijn kindertijd.'

'En wanneer kwam je voor het eerst?'

'Twee jaar geleden. Dat was om literatuur te studeren aan het City College.'

'O,' zei ik verrast. 'Ik ken iemand die daar literatuur studeert.'

'Wie?' vroeg hij.

'Hij heet Ignac Križ. Maar hij is waarschijnlijk een paar jaar ouder dan jij, dus misschien heb je niet...'

'Ik ken Ignac,' zei hij glimlachend. 'Tsjechische jongen, nietwaar?'

'Sloveen.'

'O ja. En hoe ken je hem?'

'Ik ben een van zijn voogden,' zei ik. 'Niet in strikt juridische zin maar zo staan de zaken al zeven jaar. Nu heeft hij uiteraard geen voogd meer nodig. Hij is tweeëntwintig. Hoe dan ook, hij woont bij mijn vriend en mij.'

'Ik denk dat hij nog wel eens een beroemd schrijver wordt,' zei hij.

'Misschien,' zei ik. 'Maar ik betwijfel of hij op roem uit is.'

'Nee, dat bedoel ik niet. Alleen dat hij volgens mij erg veel succes zal hebben. Aardige jongen. En ik heb een paar van zijn verhalen gelezen. Iedereen vindt hem erg begaafd.'

'Vond je het prettig daar te studeren?' vroeg ik, en ik beet op mijn lip toen ik besefte dat ik in de verleden tijd praatte, alsof dat deel van zijn leven al volledig voorbij was. Wat uiteraard ook zo was.

'Ik vond het geweldig,' zei hij. 'Het was mijn eerste keer buiten Maryland. Ik ben er nog steeds ingeschreven, denk ik. Of misschien hebben ze me uit hun administratie verwijderd, ik weet het niet. Maakt niet meer uit, lijkt me. Mijn ouders wilden niet dat ik hierheen ging. Ze zeiden dat ik bij mijn eerste keer in de stad meteen beroofd zou worden.'

'En hadden ze gelijk?'

'In zekere zin. Wat doe je trouwens?' vroeg hij. 'Werk je in het ziekenhuis?'

'Nee,' zei ik. 'Ik ben vrijwilliger.'

'En wat doe je als je geen vrijwilligerswerk doet?'

'Niet veel. Volgens mij verander ik in een huisvrouw uit de jaren vijftig. Ik heb geen werkvergunning, dus ik kan niets legaal doen, hoewel ik een paar nachten per week in een café werk in de buurt van ons huis. Mijn vriend verdient genoeg om ons beiden te onderhouden, dus ik teer eigenlijk op zijn zak. Nou ja, daarom doe ik vrijwilligerswerk. Ik wilde iets positiefs met mijn dagen doen.'

'Dus je bent homo?' vroeg hij.

'Ja. En jij?'

'Ja,' zei hij. 'Hoe denk je dat ik hier terechtkwam?'

'Nou, niet omdat je homo bent,' zei ik. 'Dat kan moeilijk de reden zijn.'

'Maar het is de reden wel,' zei hij.

'Nee, dat is het niet. Er zijn genoeg heteroseksuele patiënten op deze verdieping.'

'Het is de reden,' zei hij nadrukkelijk.

Ik liep nu naar hem toe en ging op een stoel zitten. Ondanks de sporen die de ziekte op zijn gezicht en zijn lichaam had achtergelaten, kon ik zien dat hij in zijn gezonde tijd een knappe jongen was geweest. Zijn donkere haar, dat nu gemillimeterd was, paste goed bij zijn helderblauwe ogen, die niet dof konden worden, hoe hevig de ziekte ook zou toeslaan.

Hij keek me weer aan en zei uiteindelijk: 'Weet je nog toen we klein waren, die keer dat we op kerstochtend met de slee Ratchet Hill op klommen? Dat je zei dat als we ons zo stevig mogelijk vasthielden aan de zijkanten, alles goed zou gaan? Maar je viel eraf, verstuikte je enkel en moeder gaf mij de schuld en ik moest een week binnen blijven?'

'Ik denk niet dat ik dat was,' zei ik voorzichtig. 'Was dat je broer niet, Philip? Denk je aan je broer?'

Hij draaide zijn hoofd opzij, keek me even aan en fronste. 'O ja,' zei hij, en hij draaide zijn hoofd weer weg. 'Ik dacht dat je James was. Je bent James niet, hè?'

'Nee, ik ben Cyril,' zei ik.

'Doet je enkel nog pijn bij koud weer?'

'Nee,' zei ik tegen hem. 'Nee, hij is genezen. Hij is nu in orde.'

'Goed.'

Er kwam een verpleegster binnen; ze las zonder aandacht aan ons te besteden een van de monitoren af, ververste het infuuszakje en vertrok weer. Onderwijl wierp ik een blik op het nachtkastje, waar boven op elkaar *The Sound and the Fury* en *Catch 22* lagen.

'Je bent een lezer,' zei ik.

'Natuurlijk,' antwoordde hij. 'Ik zei je al, ik studeer literatuur.'

'Wilde je gaan schrijven? Net als Ignac?'

'Nee, ik wilde doceren. Dat wil ik nog steeds.'

'Anne Tyler komt toch uit Baltimore?' vroeg ik, en hij knikte. 'Ik heb een paar van haar boeken gelezen. Ik vond ze erg mooi.'

'Ik heb haar ooit ontmoet,' zei hij. 'Ik werkte parttime in een boekwinkel toen ik op de middelbare school zat. Ze kwam binnen om kerstcadeaus te kopen en ik werd knalrood, zo veel ontzag had ik voor haar.'

Ik glimlachte en zag tot mijn afgrijzen dat er tranen over zijn gezicht begonnen te stromen.

'Het spijt me,' zei hij. 'Je moet gaan. Je wilt niet zien hoe ik me belachelijk maak.'

'Dat is prima,' zei ik. 'En je maakt je niet belachelijk. Ik kan me in de verste verte niet voorstellen wat je doormaakt. Kun je...' Ik aarzelde, wist niet of ik het wel zou vragen. 'Wil je vertellen wat je hier heeft gebracht?'

'Pure ironie,' zei hij. 'Ze zeggen dat je het meeste kans op aids loopt als je promiscue bent. Raad eens met hoeveel mensen ik naar bed ben geweest?'

'Geen idee,' zei ik.

'Een.'

'Jezus,' zei ik.

'Een, en zelfs toen was het maar eenmaal. Ik ben één keer in mijn hele leven met iemand naar bed geweest en daardoor lig ik hier.'

Ik zei niets. Wat viel er te zeggen?

'Ik was nog steeds maagd toen ik naar New York kwam,' vervolgde hij. 'Een heel verlegen joch. Op de middelbare school was ik verliefd op praktisch elk jongen die ik kende, maar ik deed daar nooit iets mee en ik heb nooit iemand verteld dat ik homo was. Ze zouden me een pak slaag hebben gegeven als ze het hadden geweten. Ze zouden me vermoord hebben. Daarom wilde ik hier studeren. Ik dacht dat ik misschien een nieuw leven voor mezelf kon vinden. Maar het was niet makkelijk. De eerste zes maanden bleef ik in mijn studentenkamer, rukte me af, bang om naar clubs of cafés te gaan. Maar op een avond ging ik toch. Ik besloot gewoon: 'Verrek.' En het voelde geweldig toen ik binnen was. Ik voelde me alsof ik voor het eerst in mijn leven ergens bij hoorde. Ik zal dat gevoel nooit vergeten. Hoe moeilijk het was om door de deuren te lopen en hoe gemakkelijk het voelde toen ik eenmaal binnen was. Alsof ik was waar ik wezen moest. En toen nam een man me mee naar huis, de eerste man die me aansprak. Hij was niet eens opwindend. Jezus, hij was óúd. Oud genoeg om mijn vader te zijn. Ik vond hem zelfs niet aantrekkelijk. Maar ik wilde zo wanhopig graag vrijen, maagd af zijn, weet je wel? En ik was bang om in een club te blijven waar ik niet eens de regels begreep. Dus ik ging met hem mee naar huis en we vrijden. Het duurde ongeveer twintig minuten. Toen trok ik mijn kleren weer aan en rende terug naar huis. Ik wist zijn naam niet eens. En dat was het. Zo heb ik het gekregen.' Hij haalde diep adem en schudde zijn hoofd. 'Is dat niet het ergste wat je ooit hebt gehoord?'

'Wat vreselijk,' zei ik, ik stak mijn hand onder het plastic zeil om zijn hand vast te nemen. Zijn huid voelde flinterdun en ik was bang dat als ik te hard kneep ik zijn vingers zou horen breken onder de druk. 'Het universum is een rottige puinhoop.'

'Als je moeder ziet, wil je dan zeggen dat het me spijt?' vroeg hij. 'Haar zeggen dat als ik terug kon gaan ik het nooit zou hebben gedaan?'

'Ik ben James niet,' zei ik zacht en ik kneep in zijn hand. 'Ik ben Cyril.'

'Beloof je het haar te zeggen?'

'Dat beloof ik.'

'Goed.'

Ik nam mijn hand terug en hij verschoof een beetje in het bed. 'Ben je moe?' vroeg ik.

'Ja,' zei hij. 'Ik denk dat ik even ga slapen. Kom je me weer opzoeken?'

'Ja,' zei ik. 'Morgen, als je wilt?'

'Ik heb 's ochtends college,' zei hij, terwijl zijn ogen begonnen dicht te vallen. 'Laten we het inhalen op zaterdag.'

'Ik kom je morgen weer opzoeken,' zei ik terwijl ik opstond en een paar minuten stond te kijken hoe hij langzaam wegdommelde.

Emily

De geluiden die uit Ignac' kamer kwamen maakten duidelijk dat hij en Emily thuis waren; mijn hart zonk dieper dan de Titanic, die op de bodem van de Atlantische Oceaan lag. Ik zorgde ervoor dat ik de voordeur zo hard mogelijk dichtsloeg en hoestte een paar keer om hun te laten weten dat ik terug was. Mijn beloning was een giechelbui gevolgd door een geforceerde stilte toen ik naar de keuken liep.

Vijf minuten later zat ik aan tafel met een kop koffie, bladerend door een *Rolling Stone* die Bastiaan had laten liggen. Toen ik opkeek zag ik Emily binnenkomen, op blote voeten en met een van Ignac' overhemden aan, open tot halverwege haar borst, waardoor ze meer liet zien van haar borsten dan me lief was. Haar denim short was hoog op de dij afgeknipt en de bovenste knoop stond opvallend open terwijl haar haren, die ze normaal opgestoken in een rommelig vogelnest droeg, los rond haar schouders hingen.

'Hoi, meneer Avery,' zei ze monotoon, en ze kuierde naar de koelkast.

'Noem me Cyril, alsjeblieft,' antwoordde ik haar.

'Ik krijg die naam niet over mijn lippen,' zei ze, met haar hand wapperend in de lucht en een gezicht alsof ik haar een pervers verzoek had gedaan. 'Het is een rare naam. Elke keer als ik hem hoor denk ik Cyril, schlemiel.'

Ik draaide me met een ruk om, want ik herinnerde me hoe Bridget Simpson erin volhardde me een jaar of achtentwintig eerder zo te noemen in de Palace Bar aan Westmoreland Street. Bridget, Mary-Margaret en Behan waren nu natuurlijk allemaal dood, en Julian? Ik had werkelijk geen idee waar Julian uithing.

'Wat?' vroeg ze, terwijl ze zich omdraaide. 'U ziet eruit alsof u een spook hebt gezien. U krijgt toch zeker niet een soort beroerte? Dat komt vaker voor bij mannen van uw leeftijd.'

'Doe niet zo belachelijk,' zei ik. 'Hou op me "meneer Avery" te noemen, oké? Dan krijg ik het gevoel dat ik je vader ben. Dat zou toch wel erg vreemd zijn, want ik ben maar tien jaar ouder dan jij.'

'Nou, dat is best een groot verschil, weet u,' zei ze. 'En ik wil niet onbeleefd overkomen door te familiair te zijn.'

'Het is precies hetzelfde leeftijdsverschil als tussen jou en Ignac,' gaf ik aan. 'En hij noemt jou toch ook niet "juffrouw Mitchell"?'

Ze nam een pak yoghurt uit de koelkast, trok het deksel eraf en keek me met nauwelijks verholen pret aan terwijl ze haar tong over de binnenkant liet glijden, waarbij stukjes aardbei aan haar lippen bleven plakken. 'Dat doet hij als ik het hem zeg,' zei ze. 'En trouwens, ik ben niet tien jaar ouder dan Ignac, meneer Avery. Ik ben maar negen jaar ouder dan hij. En hoe oud was Ignac ook weer toen u hem in huis nam?'

Voordat ik nog iets kon zeggen verscheen Ignac zelf en ik had geen andere keus dan het daarbij te laten. Hij wist wel hoe ik dacht over Emily en ik wist dat hij het niet leuk vond als we op elkaar vitten. Ze had haar opmerking perfect getimed.

'Hé, Cyril,' zei hij, en hij zette de waterkoker aan. 'Ik heb je niet horen binnenkomen.'

'Ja hoor, dat heb je wel,' mompelde ik.

'Je was met andere dingen bezig, schatje,' zei Emily zonder op te kijken.

'Hoe waren de lessen vandaag?' vroeg ik, terwijl ik me omdraaide en wenste dat Emily ofwel naar de andere kamer ging om zich aan te kleden, ofwel zou vertrekken. Of misschien kon ze weer naar de koelkast lopen, struikelen over een stuk los linoleum, uit het raam vallen en midden op 55th Street terechtkomen.

'Heel goed. Ik heb een A gekregen voor mijn Lewis Carroll-stuk. En ook een A voor mijn Yeats-essay.'

'Gefeliciteerd!' Ik vond het leuk dat Ignac zich veel meer voor Ierse literatuur interesseerde dan eerder voor Nederlandse of Sloveense literatuur. Hij werkte zich door de meeste grote Ierse romans heen, hoewel hij om onbekende redenen had besloten Maudes werk vooralsnog te mijden. Ik had overwogen een paar boeken te kopen in de Strand Bookstore – ze hadden daar een paar heel redelijk geprijsde eerste drukken – maar ik wilde niet dat hij zich verplicht voelde haar te lezen en wist niet zeker hoe ik me zou voelen als ze hem niet mochten bevallen. 'Gefeliciteerd,' herhaalde ik. 'Ik zou graag een blik werpen op het stuk over Yeats.'

'Het is heel analytisch,' zei Emily, alsof ik een complete analfabeet was. 'Niet echt iets voor de leek.'

'Ik ben vrij goed in grote woorden,' zei ik tegen haar. 'En als ik vastloop, kan ik ze altijd opzoeken in het woordenboek.'

'Dat is niet echt wat "analytisch" betekent,' zei ze. 'Maar goed, sloof u maar uit.'

'Wat doceer je ook weer?' vroeg ik. 'Help me even. Vrouwenstudies, toch?'

'Nee, Russische geschiedenis. Hoewel er een module is over Russische vrouwen, als u daaraan dacht.'

'Interessante plek, Rusland,' zei ik. 'De tsaren, de bolsjewieken, het winterpaleis en wat dies meer zij. Ik neem aan dat je er vaak bent geweest?'

'Nee,' zei ze hoofdschuddend. 'Nee, nooit geweest. Nog niet in elk geval.'

'Je maakt een geintje.'

'Waarom zou ik liegen?'

'Nee, het verbaast me, meer niet. Ik zou zo denken dat als je geïnteresseerd bent in een land en het verleden ervan, je er echt naartoe zou willen gaan en het persoonlijk beleven. Dus ik vind het erg vreemd.'

'Tja, wat kan ik u zeggen? Ik ben een raadsel.'

'Maar je spreekt de taal natuurlijk?'

'Nee. Waarom, u wel?'

'Nee, natuurlijk niet. Maar ik geef geen Russische les op academisch niveau.'

'Ik ook niet. Ik geef les in de Russische geschiedenis.'

'Toch is het erg vreemd.'

'Zo vreemd is het niet als je erover nadenkt. Ignac is geïnteresseerd in Ierse literatuur,' legde ze uit. 'En hij is nog nooit in Ierland geweest. En ook spreekt hij geen Iers.'

'Tja, de meeste Ierse literatuur is uiteraard in het Engels geschreven,' merkte ik op.

'Onderdrukt uw land het schrijven in de moedertaal?'

'Nee,' zei ik.

'Dus niemand schrijft in het Iers?'

'Nou, vast wel,' zei ik, langzamerhand lichtelijk in de war. 'Maar die boeken zijn niet erg bekend.'

'U bedoelt dat ze niet goed verkopen,' zei ze. 'Ik wist niet dat u zo'n populist was. Ik heb vorig jaar zowaar een van de boeken van uw moeder gelezen. Die verkopen goed, hè?'

'Mijn pleegmoeder,' zei ik.

'Zelfde.'

'Niet echt. Vooral omdat ze niet bepaald een moederlijke aanwezigheid was.'

'Hebt u *Gelijk de leeuwerik* gelezen?'

'Natuurlijk.'

'Heel goed, hè?'

'Ik vind het een beetje beter dan heel goed.'

'Maar wat een monster is het kind in het boek. Een van de grootste leugenaars en lafaards uit de literatuur. Geen wonder dat de moeder hem om zeep wil helpen. Was het autobiografisch?'

'Wist je dat er een poster van Maude in de literatuurafdeling van het City College hangt?' onderbrak Ignac ons.

Ik draaide me verrast om. 'Echt waar?' zei ik.

'Ja, het is een van de vier posters die buiten de administratie hangen. Virginia Woolf, Henry James, Scott Fitzgerald en Maude Avery. Ze kijken geen van allen in de camera, behalve je moeder...'

'Mijn pleegmoeder.'

'Ze kijkt recht in de lens. En ziet er vreselijk woedend uit.'

'Typisch Maude Avery,' zei ik.

'Ze zit aan een bureau voor een glas-in-loodraam met een sigaret in haar hand. Achter haar op de tafel staat een overvolle asbak.'

'Dat was haar werkkamer,' zei ik. 'Aan Dartmouth Square. Zelfs onder gunstige omstandigheden een rokerige plek. Ze zette de ramen niet open. En dat is uiteraard het huis waarin ik ben opgegroeid. Ze zou geschokt zijn als ze wist dat haar foto in je universiteit hing, zelfs al is het naast schrijvers van dat kaliber. Ze werd bij haar leven niet eens gepubliceerd in de Verenigde Staten, moet je weten.'

'Sommige mensen hebben pas na hun dood succes,' zei Emily. 'En hun leven op aarde is een complete mislukking. Staat u vanavond achter de bar, meneer Avery?'

'Nee,' zei ik, rollend met mijn ogen. 'Pas in het weekend.'

'Ik vraag het alleen omdat Ignac en ik erover dachten thuis te blijven.'

'Nou, je kunt altijd naar een film gaan, neem ik aan. Ignac wordt tegenwoordig ook toegelaten bij voorstellingen voor boven de achttien dus je hebt gezelschap. Jullie zouden *Fatal Attraction* kunnen proberen.'

'Alsjeblieft, Cyril,' zei Ignac zacht.

'Ik maak een geintje,' zei ik, teleurgesteld hoe snel hij haar eer verdedigde en niet de mijne.

'We zouden een keer moeten gaan,' zei hij na een tijdje.

'Wat, naar *Fatal Attraction*?'

'Nee, naar Dublin. Ik zou graag zien waar je bent opgegroeid. En misschien zouden we naar dat huis kunnen gaan en zou ik een foto van je kunnen maken in diezelfde werkkamer.'

'Het huis is geen eigendom van de familie meer,' zei ik, met mijn blik een andere kant op.

'Wat is ermee gebeurd?'

'Mijn pleegvader heeft het verkocht. Dat moest wel toen hij gevangen werd gezet wegens belastingontduiking. Zijn rechtskundig adviseur heeft het later van hem gekocht. Voor een afbraakprijs.'

'Dat is ironisch,' zei Emily.

'Feitelijk helemaal niet ironisch,' zei ik. 'Dat is niet echt wat "ironie" betekent.'

'Jammer,' zei Ignac. 'Maar misschien zou de huidige bewoner je weer binnen kunnen laten om rond te kijken? Het zou toch geweldig zijn om het huis van je jeugd weer te zien? Er moeten erg veel herinneringen liggen.'

'Dat zou zo zijn als er goede herinneringen bij waren,' vertelde ik hem. 'Maar die waren er amper. En ik denk trouwens dat ik momenteel niet bijzonder welkom zou zijn aan Dartmouth Square.' Behalve de elementaire feiten van mijn korte huwelijk was ik er nooit toe gekomen Ignac veel over vroeger te vertellen. Wat er had plaatsgevonden tussen Julian, Alice en mij was allemaal ver verleden en leek volstrekt irrelevant voor mijn huidige leven. Toch stelde ik me voor het eerst in jaren vragen over dat huis en of Alice er misschien nog steeds woonde met wie ook ze na mij getrouwd had. Ik hoopte dat ze een huis vol kinderen had, die alle kamers bevolkten, en een man die haar nog steeds begeerde. Of misschien had Julian het overgenomen. Het was altijd mogelijk, zij het onwaarschijnlijk, dat Julian zich had gesetteld en zelf een gezinnetje was begonnen.

'Wanneer was u voor het laatst in Dublin, meneer Avery?' vroeg Emily.

'Veertien jaar geleden, juffrouw Mitchell. En ik heb geen plannen om terug te gaan.'

'En waarom niet? Mist u het niet?'

'Hij praat er nooit over,' zei Ignac. 'Ik denk dat hij het graag geheim houdt. Vanwege al zijn oude vriendjes, denk ik. Hij wil niet dat ze achter hem aan komen. Waarschijnlijk heeft hij een spoor van gebroken harten achtergelaten toen hij naar Amsterdam verhuisde.'

'Tussen Dublin en Amsterdam ben ik in veel plaatsen geweest,' gaf ik aan. 'En ik heb geen oude vriendjes in Ierland. Bastiaan is de enige vaste vriend die ik ooit heb gehad. Dat weet je.'

'Ja, dat zeg je. Maar ik geloof je niet.'

'Geloof maar wat je wilt,' zei ik.

'Nou, misschien kunnen we een kijkje gaan nemen bij dat huis als we daar zijn,' zei Emily, terwijl ze zich naar Ignac omdraaide, zijn hand pakte en met zijn vingers speelde alsof hij een kind was. 'En dan kun je meneer Avery altijd een foto sturen om zijn herinnering wakker te maken.'

Het duurde even voordat haar woorden tot me doordrongen. 'Als wíé wáár is?' vroeg ik. Ze stond nu op en liep met grote passen naar het aanrecht om een appel te pakken uit een schaal en ging toen met één voet tegen de muur leunend staan kauwen.

'Als Ignac en ik in Dublin zijn,' zei ze, en ze haalde haar schouders op.

'En waarom zouden jij en Ignac naar Dublin gaan?' vroeg ik.

'Emily,' zei Ignac zacht en toen ik me naar hem omdraaide betrapte ik hem op een uitdrukking die haar duidelijk maakte dat dit niet het moment was om dat onderwerp aan te snijden.

'Ignac?' vroeg ik. 'Wat is er aan de hand?'

Hij zuchtte en er kwam een lichte blos op zijn gezicht toen hij me aankeek.

'O, het spijt me,' zei Emily, die de half opgegeten appel op tafel legde en weer ging zitten. 'Was het de bedoeling dat ik mijn mond zou houden?'

'Het is eigenlijk niets,' zei Ignac. 'Misschien gebeurt het niet eens.'

'Wat niet?'

'Trinity College heeft een master,' zei hij met neergeslagen ogen en krabbend aan een plek op tafel. 'Ierse literatuur. Ik denk erover die komend jaar te volgen. Ik heb het nog niet echt besloten. Ik zou een studiebeurs moeten krijgen, dat alleen al. Het is gewoon iets waar ik over denk, meer niet.'

'Oké,' zei ik zacht, terwijl ik probeerde dat onverwachte stukje informatie te verwerken. 'Nou, dat kan best interessant zijn. Maar jij zult toch niet van plan zijn ook te gaan, Emily? Wat heeft de Russische geschiedenis met Ierland te maken?'

'Ze hebben wel een afdeling geschiedenis,' zei ze met een zucht, alsof ze probeerde de relativiteitstheorie uit te leggen aan een imbeciel. 'Ik zou kunnen solliciteren naar een baan daar.'

'Volgens mij doen ze in Ierland erg moeilijk over docenten die scharrelen met studenten,' zei ik. 'Je zou worden ontslagen omdat je profiteert van je positie. Of gearresteerd worden op verdenking van een ongezonde belangstelling voor kinderen.'

'Daar maak ik me allemaal geen zorgen om. Ik kan wel voor mezelf opkomen. En hoe dan ook, ik zou in Dublin dichter bij Rusland zijn, dus misschien zou ik daar eindelijk heen kunnen. Want zoals u al aangaf moet ik daar echt een keer heen.'

Ik zei niets. Het deed me niet echt veel plezier dat Emily ergens heen ging met Ignac maar vooralsnog maakte ik me meer zorgen over het idee dat hij weg zou gaan uit New York. Aan de ene kant leek het alsof dat idee uit de lucht was komen vallen, maar aan de andere kant was het vrij logisch. Wij beiden hadden een hechte band. Wij drieën eigenlijk, want Bastiaan was zeven jaar geleden in Amsterdam de initiatiefnemer geweest van ons ongewone gezinnetje, maar sindsdien had Ignac veel meer belangstelling getoond voor mijn erfgoed dan voor dat van Bastiaan of zelfs zijn eigen erfgoed. In combinatie met zijn passie voor schrijven was het niet onzinnig dat hij zich aangetrokken voelde tot de Ierse literatuur als specialisme.

'Heb je erover gesproken met Bastiaan?' vroeg ik Ignac, en hij knikte.

'Een beetje,' zei hij. 'Niet te veel. Het is uiteindelijk pas over een jaar.'

Ik fronste, gegriefd omdat er tot dusver niemand aan had gedacht mij op de hoogte te brengen en ik voelde me vooral geïrriteerd omdat Emily meer wist dan ik. Het deed haar duidelijk deugd dat ik was afgetroefd.

'Nou, we hebben het er nog wel over,' zei ik. 'Op een andere avond, als Bastiaan thuis is.'

'We zijn er vrij zeker van,' zei Emily. 'Je hoeft je nergens zorgen om te maken. Ik heb wat meer informatie gezocht over de universiteit en...'

'Ik vind dit typisch iets voor Bastiaan, Ignac en mij om samen te bespreken,' zei ik, terwijl ik me omdraaide en haar boos aankeek. 'Als gezin.'

'Als gezin?' vroeg ze, en ze trok een wenkbrauw op.

'Ja, als gezin. Dat zijn we namelijk.'

'Ach natuurlijk,' zei ze met een flauwe glimlach. 'Het is 1987, hè? Geen oordelen.' Ze stond op en liep de keuken uit, terug naar de slaapkamer, maar vergat niet om in het voorbijgaan Ignac' haar door de war te doen. Ze had net zo goed op hem kunnen plassen om haar territorium af te bakenen.

'Jezus,' zei ik zacht toen ze was verdwenen.

'Wat?' vroeg Ignac.

'Geen oordelen,' herhaalde ik. 'Wat denk je dat ze daarmee bedoelde?'

'Ze bedoelde niets, Cyril,' zei hij.

'Natuurlijk wel,' zei ik. 'Je wilt het gewoon niet zien.'

'Waarom mag je haar niet?' vroeg hij, met een ongelukkige blik in zijn ogen, want hij kon niet tegen confrontaties en negatieve gedachten. Hij was een onverbiddelijk aimabel persoon.

'Omdat ze oud genoeg is om je moeder te zijn, daarom.'

'Ze is verre van oud genoeg om mijn moeder te zijn.'

'Nou, een veel oudere zus dan. Of een jeugdige tante. Om nog maar te zwijgen van het feit dat ze je docent is.'

'Ze is mijn docent niet! Ze werkt op een heel andere afdeling.'

'Kan me niet schelen. Het is onprofessioneel.'

'Ze maakt me gelukkig.'

'Ze bemoedert je.'

'Net als jij.'

'Nou, ik heb er het recht toe,' zei ik. 'Ik ben in loco parentis.'

Hij glimlachte en schudde zijn hoofd. 'Ze heeft een kant waar jij geen oog voor hebt.'

'De kant die niet links en rechts haar studenten loopt te versieren?'

'Ik zeg je toch, ik ben geen student van haar,' protesteerde hij. 'Hoe vaak moet ik dat nog zeggen?'

Ik wuifde dat met een handbeweging weg. Dat was wat mij betreft een kwestie van woorden. Ik wist wat ik wilde zeggen, maar niet of ik het goed kon formuleren. Ik wilde niet dat hij boos op me werd.

'Heb je niet gemerkt hoe ze naar Bastiaan en mij kijkt?' vroeg ik. 'De manier waarop ze tegen ons spreekt?'

'Niet speciaal,' antwoordde hij. 'Waarom, wat heeft ze gezegd?'

'Het is niet iets specifieks,' begon ik.

'Dus ze heeft eigenlijk niets gezegd? Je beeldt je alleen maar dingen in?'

'Ze heeft geen respect voor wat wij hier hebben,' zei ik. 'Wat wij drieën hebben.'

'Natuurlijk wel,' zei Ignac. 'Ze weet hoeveel jullie voor mij hebben gedaan. En dat respecteert ze.'

'Ze vindt dat er iets niet klopt aan de manier waarop we jou in huis hebben genomen.'

'Nee, dat is niet waar.'

'Ze heeft dat met zoveel woorden tegen me gezegd! Hoeveel weet ze eigenlijk?' vroeg ik. 'Over je geschiedenis, bedoel ik.'

Hij haalde zijn schouders op. 'Ze weet alles,' zei hij.

'Toch niet álles?' vroeg ik, me naar hem vooroverbuigend en met het gevoel dat mijn hart sneller ging kloppen.

'Nee, natuurlijk niet,' zei hij hoofdschuddend. 'Niet over... dát.' Over de dingen die aan het eind van ons verblijf in Amsterdam waren gebeurd hadden we onderling nooit gesproken. Ze maakten deel uit van ons verleden, iets waar we misschien alle drie apart wel eens aan dachten maar nooit hardop over spraken.

'Maar ze weet veel over mij,' zei hij. 'Wat ik was. De dingen die ik deed. Ik schaam me nergens voor.'

'En dat is goed ook. Maar je moet oppassen met wie je praat over die periode. Als mensen te veel weten over je leven, kunnen ze het tegen je gebruiken.'

'Ik houd er niet van om geheimen te bewaren,' zei hij.

'Het gaat niet om het bewaren van geheimen,' zei ik nadrukkelijk. 'Het gaat om het achterhouden van een deel van jezelf. Het gaat om privacy.'

'Maar waar zit het probleem nu eigenlijk? Als ik close word met iemand, Cyril, dan kunnen ze vragen stellen over mijn leven en die dagen zijn een deel van mijn leven. Als ze daar moeite mee hebben, dan kunnen ze een deur verder gaan, dat kan me niet schelen. Maar ik zal nooit liegen over wie ik ben of wat ik heb gedaan.'

Hij probeerde niet hardvochtig te zijn, wist ik. Hij wist heel weinig van mijn verleden en van de leugens die ik had verteld over mijn jeugdjaren, laat staan van de schade die ik zo veel mensen had berokkend. En ik wilde dat zo houden.

'Als je echt naar Dublin wilt,' zei ik. 'Als je Trinity wilt zien en wilt ontdekken of het wat voor je is, dan zou ik je misschien daar eens mee naartoe kunnen nemen.' Het idee beangstigde me enigszins maar ik zei het toch. 'We zouden ook met z'n drieën kunnen gaan.'

'Jij, ik en Emily?'

'Nee, jij, ik en Bastiaan.'

'Nou, misschien,' zei hij en hij keek een andere kant op. 'Ik weet niet. Op dit moment is het niet meer dan een idee. Misschien komt er niets van. Misschien blijf ik uiteindelijk wel in de Verenigde Staten. Ik hoef nog even niet te beslissen.'

'Goed,' zei ik, ik wilde hem niet onder druk zetten. 'Maar neem zelf de beslissing, goed? Zonder dat iemand je onder druk zet.'

'En ga jij proberen in de tussentijd beter op te schieten met Emily?' vroeg hij.

'Ik kan het proberen,' zei ik aarzelend. 'Maar ze moet stoppen mij "meneer Avery" te noemen. Daar word ik hartstikke gek van.'

Patiënt 630

De patiënt met wie ik het liefst ging praten was een dame van in de tachtig, genaamd Eleanor DeWitt, die het grootste deel van haar leven afwisselend had doorgebracht op het eiland Manhattan en in politieke salons van Washington DC, terwijl ze 's zomers verbleef in Monte Carlo of aan de Amalfikust. Ze leed haar leven lang aan hemofilie en bleek op een gegeven moment besmet met de ziekte nadat er bij een onzorgvuldige transfusie besmet bloed in haar lichaam was gekomen. Maar ze had haar onheil vastberaden geaccepteerd, klaagde nooit, en stelde dat als ze niet aan aids ten onder zou zijn gegaan het wel kanker, een beroerte of een hersentumor zou zijn geweest, wat natuurlijk best waar kon zijn, maar ik betwijfel of veel mensen zo stoïcijns zouden hebben gereageerd. In haar jeugd had haar vader zich tweemaal vergeefs verkiesbaar gesteld voor het gouverneurschap van New York en tussen de politieke campagnes door had hij fortuin gemaakt in de bouw. In 1920 ging ze voor het eerst naar een bal en ze vertelde dat ze had verkeerd in een hechte, spirituele kliek: schrijvers, kunstenaars, dansers, schilders en acteurs.

'Natuurlijk waren de meesten nichten, net als jij, schat,' vertelde ze me op een dag, terwijl ik haar druiven voerde, alsof ze Elizabeth Taylor in *Cleo-*

patra was en ik haar Richard Burton. Ze lag in haar ziekenhuisbed, onder haar onnatuurlijk dunne, haast transparante huid zag ik het besmette bloed door haar aderen stromen. Ze droeg een enorme blonde pruik om de zweren en wonden eronder te verbergen, die ze ook op veel andere plaatsen van haar lichaam had. 'Ik kan het weten,' voegde ze eraan toe. 'Ik ben met drie van hen getrouwd geweest.'

Ik begon te lachen, hoewel ik het ook zelf had meegemaakt. Ze was zo'n flamboyante, prominente oude dame die je alleen op het witte doek verwachtte tegen te komen en als ik eraan dacht hoe ze – tot drie keer toe – in een bruidsjurk naar een altaar was gelopen waar een doodsbange homoseksuele man haar opwachtte, was dat een onbetaalbaar beeld.

'De eerste keer,' vertelde ze me, en ze wierp haar hoofd achterover in de kussens, 'ja, toen was ik nog maar een meisje. Zeventien jaar oud. Maar zo'n mooi meisje, Cyril! Als je foto's van destijds van mij zag, zou je bezwijmen, dat garandeer ik je. Ze noemden me wel het mooiste meisje van New York. Mijn vader, die in het beton zat, wilde een alliantie met de familie O'Malley – de staal-O'Malleys welteverstaan, niet de textiel-O'Malleys – en dus verkocht hij me in feite als een stuk vee aan een vriend van hem, die een idiote zoon had waar niemand op zat te wachten. Lance O'Malley III was zijn naam. Zeventien jaar oud, net als ik. Met Iers bloed, net als jij. Het arme joch kon amper lezen en had kapok in zijn hoofd waar zijn hersenen hadden moeten zitten. Maar hij was een knappe verschijning, dat geef ik toe. Alle meisjes waren gek op hem, zolang hij zijn mond maar niet opendeed. Zijn conversatie draaide hoofdzakelijk rond de vraag of er buitenaardse wezens in de ruimte leefden. Ze hoeven daar niet te leven, zei ik tegen hem. Er zijn er al genoeg van hier op aarde, maar hij was te stom om te begrijpen wat ik bedoelde. In de huwelijksnacht, na de receptie, troonde ik hem mee naar bed en ik vind het niet erg om toe te geven dat ik erg benieuwd was naar wat er zou gaan gebeuren. Maar toen ik mijn slipje uitdeed begon de arme jongen te huilen. Ik wist niet wat ik fout had gedaan en begon dus ook te huilen. En zo lagen we allebei dus de hele nacht in ons kussen te huilen. De volgende ochtend wachtte ik totdat hij diep in slaap was en trok toen voorzichtig zijn onderbroek uit. Daarna klom ik boven op hem maar hij werd wakker en schrok zo dat hij me in mijn gezicht stompte en ik van het bed viel. Natuurlijk was Lance van streek – hij had geen greintje gewelddadigheid in zijn lijf – en toen we beneden kwamen om te ontbijten probeerden onze beide families het feit dat ik een blauw oog had te negeren. Ze moeten hebben gedacht dat we 's nachts wilde spelletjes hadden gedaan! Helaas niet. Hoe dan ook, Lance en ik bleven een jaar getrouwd en al die tijd raakte hij me geen enkele keer aan. Op een dag vertrouwde ik mijn vader toe dat het huwelijk nooit voltrokken was, want in feite was ik er na aan toe me van kant te maken van ongeduld en zo eindigde het. De hele zaak werd geannuleerd en ik heb Lance O'Malley III nooit meer gezien. Het laatste wat ik hoorde was dat hij de koopvaardij in was gegaan. Maar of dat nu waar is of niet, graag mondje dicht.'

'Maar had u door hem niet uw bekomst gekregen van het huwelijk?' vroeg ik.

'Natuurlijk niet! Zo ging dat in die dagen. Als het met de ene echtgenoot niet lukte, dan nam je een andere. Maakte niet uit wiens echtgenoot. Je bleef gewoon doorgaan tot je de juiste vond. Ik weet zeker dat er een kaartspel is dat zo werkt, kon ik me maar herinneren hoe het heette maar deze verdomde ziekte speelt een spelletje met mijn geheugen. Hoe dan ook, mijn tweede huwelijk was veruit het gelukkigst. Henry hield zowel van jongens als van meisjes en hij vertelde me daar alles over voordat we naar het altaar gingen en dus spraken we af dat hij een beetje vreemd mocht gaan als ik dat ook mocht. We deelden van tijd tot tijd zelfs een jongeman. O kijk maar niet zo geschokt, Cyril. Het waren de jaren dertig, de mens was toen veel meer ontwikkeld dan vandaag de dag. Henry en ik hadden het voor eeuwig goed samen kunnen vinden als hij ze alle zeven op een rijtje had gehad maar op zijn dertigste verjaardag sprong hij van het Chrysler Building omdat hij dacht dat zijn beste tijd voorbij was. Zijn haar begon dunner te worden, de arme ziel, en hij kon de gedachte niet verkroppen aan de andere vernederingen die de middelbare leeftijd voor hem in petto zou hebben. Wat een dramatiek! Die had ik wel willen missen. Maar als ik nu in de spiegel kijk, vraag ik me af of hij het misschien toch bij het rechte eind had gehad.'

'En de derde keer?' vroeg ik.

Ze draaide haar hoofd langzaam opzij en keek uit het raam. Plotseling begonnen er pijnkrampen door haar lichaam te pulseren. Toen ze me weer aankeek, stond haar gezicht duister en ik zag dat ze niet helemaal zeker wist wie ik was.

'Eleanor,' zei ik. 'Gaat het een beetje?'

'Wie ben jij?' vroeg ze.

'Ik ben het, Cyril,' zei ik.

'Ik ken je niet,' zei ze, en ze wuifde me weg. 'Waar is George?'

'Er is hier geen George,' zei ik.

'Haal George!' riep ze, en toen begon ze zich zo op te winden dat er een verpleegster moest komen om haar te kalmeren. Ten slotte bedaarde ze en ik vroeg me af of ik moest vertrekken voor die dag, maar ze kwam bij me terug met een vrolijke glimlach alsof er geen vuiltje aan de lucht was.

'De derde keer was ook niet goed,' vervolgde ze. 'Toen duurde het maar een paar maanden. Ik trouwde op een strand in Mustique in het geheim met een beroemde acteur uit Hollywood. Ik was erg gek op hem, om eerlijk te zijn, maar ik denk dat dat kwam omdat ik zo gewend was hem op het witte doek te zien. Hij was erg goed in bed maar kreeg na een paar dagen genoeg van me en ging terug naar zijn jongens. De studio wilde me wel op de loonlijst houden maar ik had daarvoor te veel zelfrespect en ook dat liep uit op een scheiding. Het is zelfs nooit bekend geworden dat we getrouwd waren.'

'Wie was het?' vroeg ik. 'Een beroemd iemand?'

'Een heel beroemd iemand,' zei ze, en ze wenkte me. 'Kom hier en ik fluister je zijn naam in.'

Ik leunde voorover maar misschien bewoog ik te langzaam want ze duwde me snel weg.

'O, je bent net als iedereen, hè?' zei ze vinnig. 'Je zegt dat je bent gekomen om te helpen maar je bent net zo bang voor mij als de rest. Jammer! O, je valt me vies tegen!'

'Het spijt me,' zei ik. 'Het was niet mijn bedoeling...'

Ik leunde weer voorover maar ze tilde haar gehavende handen op en hield ze voor haar gezicht. 'Ga maar,' zei ze. 'Ga maar. Ga maar. Laat me alleen lijden.'

Ik stond op om te vertrekken, en was ervan overtuigd dat als ik een paar dagen later terug zou komen, ze het incident volledig vergeten zou zijn. Ik liep terug naar de receptie, waar Shaniqua me een argwanende blik toewierp en haar handtas opborg in de bovenste la, die ze zorgvuldig op slot deed. Ik belde naar Bastiaans kantoor om te horen of hij die dag vroeg kon vertrekken; hij zei dat hij nog een uur nodig had, maar kon ik op hem wachten?

'Natuurlijk,' zei ik. 'Ik zie je bij de receptie.'

Nadat ik had opgehangen deed ik mijn best een babbeltje te maken met Shaniqua maar ze moest er niets van weten.

'Kun je niet wat nuttigs doen?' vroeg ze. 'Behalve hier zitten en mij lastigvallen?'

'Ik wacht op dokter Van den Bergh,' zei ik. 'Ik moet de tijd doden. Vertel eens wat over jezelf, Shaniqua. Waar kom je vandaan?'

'Wat kan het jou in godsnaam schelen waar ik vandaan kom?'

'Ik probeer gewoon een gesprek te voeren, meer niet. Waarom draag je altijd geel?'

'Heb je het daar soms moeilijk mee?'

'Nee, helemaal niet. Ik draag toevallig een gele boxershort vandaag.'

'Dat hoef ik niet te weten.'

'Shaniqua,' zei ik, en ik proefde de lettergrepen op mijn tong. 'Dat is een ongewone naam.'

'Zegt Cyril.'

'Raak. Is er hier in de buurt iets te eten?'

Ze draaide rond in haar stoel en wierp me een dodelijke blik toe. 'Ooit uit een ziekenhuis verwijderd door de beveiliging?' vroeg ze.

'Nee.'

'Wou je het zo houden?'

'Ja.'

'Ga dan terug naar patiënt 630. Ik weet zeker dat ze graag nog wat zou genieten van je gezelschap. Dat ik absoluut stimulerend vind.'

Ik schudde mijn hoofd. 'Ze is een beetje gespannen vandaag,' zei ik. 'Ik denk dat ik maar het beste weg kan blijven. Misschien ga ik even naar Philip Danley. Aardige jongen.'

'We gebruiken hier geen namen,' zei ze. 'Dat moet je inmiddels weten.'

'Maar hij heeft mij zijn naam verteld,' zei ik. 'Hij zei dat ik hem zo kon noemen.'

'Kan me niet schelen. Iedereen zou hier langs kunnen komen. Journalisten zijn altijd op zoek naar families om ze in verlegenheid te brengen door...'

'Goed,' zei ik, en ik stond op. 'Ik ga bij patiënt 563 langs.'

'Nee,' zei ze. 'Hij is dinsdag overleden.'

Ik ging weer zitten, verbaasd over de manier waarop ze me het nieuws bracht. Ik had natuurlijk al eerder patiënten verloren, maar ik was vaak bij Philip op bezoek geweest en mocht hem graag. Ik begreep dat ze afstand moest bewaren tot de emoties van haar baan om er niet aan onderdoor te gaan, maar er was ook nog zoiets als compassie.

'Was er iemand bij?' vroeg ik, en ik probeerde de woede uit mijn toon te bannen. 'Toen hij overleed, bedoel ik?'

'Ik was er.'

'Iemand van zijn familie?'

Ze schudde haar hoofd. 'Nee. En ze wilden ook het lichaam niet. Het is naar het stadscrematorium gegaan. Nou ja, naar de aidsafdeling. Wist je dat ze momenteel de lichamen van aidsslachtoffers niet willen laten vermengen met de dode lichamen van andere mensen?'

'Jezus christus,' zei ik. 'Dat is belachelijk. Wat kunnen ze de doden in godsnaam aandoen? En hoe kon de familie van de jongen wegblijven op een moment dat hij hen het meeste nodig had?'

'Denk je dat het de eerste keer is dat er zoiets gebeurt?'

'Nee, dat denk ik niet, maar het is zo allejezus harteloos.'

Een paar minuten zeiden we niets en daarna pakte ze een map op haar bureau en bladerde erdoorheen. 'Wil je iemand anders gaan opzoeken of niet?'

'Doe maar,' zei ik. 'Dat kan ik net zo goed doen.'

'Patiënt 741,' zei ze. 'Kamer 703.'

Er ging een belletje rinkelen in mijn hoofd. Patiënt 741. De patiënt over wie Bastiaan ons die avond in het restaurant aan 23rd Street had verteld. Heteroseksueel, boos en Ier. Niet direct een combinatie waar ik op dat moment op zat te wachten.

'Is er niemand anders?' vroeg ik. 'Ik heb gehoord dat hij nogal agressief is.'

'Nee,' zei ze. 'Je hebt ze niet voor het kiezen. Patiënt 741, kamer 703. Graag of niet. Wat is er verdorie met je aan de hand, Cyril? Die man ligt op sterven. Toon een beetje compassie.'

Ik rolde met mijn ogen en gaf toe, liep het kantoor uit en toen langzaam door de gang. Even vroeg ik me af of ik dit bezoek helemaal kon laten vallen en gewoon naar beneden zou gaan om daar in de cafetaria te wachten op Bastiaan, maar Shaniqua wist alles wat er op de zevende etage gebeurde en er was een kans dat ze me nooit meer toe zou laten als ik haar teleurstelde.

Voor kamer 703 bleef ik even staan en haalde diep adem, zoals ik altijd deed bij een eerste ontmoeting met een nieuwe patiënt. Ik wist nooit hoe hevig de ziekte hem of haar had aangepakt; ze konden er broos uitzien maar zonder littekens, en hun verschijning kon ook verschrikkelijk zijn. Ook wilde ik nooit dat mijn reactie op mijn gezicht te lezen stond, dat leek me te pijnlijk.

Ik deed de deur langzaam open en gluurde naar binnen. De gordijnen waren dicht en aangezien de avond viel was het vrij donker in de kamer, maar ik kon net de man in het bed onderscheiden en zijn zware, moeizame ademhaling horen.

'Hallo?' zei ik zachtjes. 'Bent u wakker?'

'Ja,' mompelde hij na een korte pauze. 'Kom binnen.'

Ik stapte de kamer binnen en deed de deur achter me dicht. 'Ik wil u niet storen,' zei ik. 'Ik ben een van de ziekenhuisvrijwilligers. Ik begrijp dat u alleen bent en ik vroeg me af of u wellicht bezoek op prijs stelt?'

Even zei hij niets en toen klonk er gespannen: 'Ben je Ier?'

'Een hele tijd geleden wel,' zei ik. 'Maar ik ben al jaren niet terug geweest. U bent ook Ier, heb ik gehoord?'

'Je stem...' zei hij terwijl hij zijn hoofd een beetje optilde, maar de inspanning bleek te veel voor hem en hij viel kreunend terug.

'Doe maar rustig aan,' zei ik. 'Maar kan ik de gordijnen opendoen, om een beetje licht te maken? Vindt u dat erg?'

'Je stem,' zei hij nogmaals. Ik vroeg me af of de ziekte zijn hersenen te veel had aangetast en of ik iets zinvols uit hem zou krijgen. Maar ik had besloten met hem te praten en dat zou ik ook doen. Hij zei niet ja of nee op mijn vraag over de gordijnen, dus ik stapte naar het raam, trok ze uit elkaar en blikte omlaag naar de straten van New York. De gele taxi's reden toeterend heen en weer en even was ik gefascineerd door het uitzicht tussen de wolkenkrabbers. Ik was nooit verliefd geweest op deze stad – zelfs na bijna zeven jaar was mijn hoofd nog steeds in Amsterdam en mijn hart in Dublin – maar er waren momenten, zoals nu, waarop ik begreep waarom anderen er wel verliefd op waren.

Ik draaide me om en keek naar de patiënt. Het moment dat onze ogen elkaar ontmoetten en ik hem herkende ging er zo'n hevige rilling door me heen dat ik een hand uit moest steken naar de vensterbank om mijn evenwicht terug te vinden. Hij was niet ouder dan ik maar bijna helemaal kaal; boven op zijn hoofd zaten een paar zielige slierten haar. Zijn wangen waren hol, zijn ogen ook, en langs zijn kin en zijn hals liep een afzichtelijke kneuzing in de vorm van een donkere, paarsrode ovaal. Er kwam een regel bij me op, iets wat Hannah Arendt ooit over de dichter Auden zei: het leven had het onzichtbare razen van het hart op zijn gezicht tot uitdrukking gebracht.

Hij leek wel honderd jaar.

Hij leek een man die een paar maanden eerder was overleden.

Hij leek een hevig gekwelde ziel.

Maar toch herkende ik hem. Ondanks alles wat er door de ziekte was veranderd in zijn ooit zo mooie gezicht en lichaam, zou ik hem toch overal hebben gekend.

'Julian,' zei ik.

Wie is Liam?

Ik liet een boodschap achter bij Shaniqua, met het verzoek Bastiaan te laten weten dat ik hem later thuis zou zien, en ontvluchtte halsoverkop het ziekenhuis zonder zelfs maar te stoppen om mijn jas te pakken. Ik rende in een roes in westelijke richting en belandde op de een of andere manier op een bankje in de buurt van het meer in Central Park. Het was koud en ik wist dat de mensen naar me keken en moesten denken dat ik gek was om zo zomers gekleed te zijn op zo'n koude dag, maar ik kon nog niet terug. Er was net genoeg tijd geweest voor mij om verwonderd zijn naam uit te spreken, en voor hem om als antwoord de mijne te fluisteren, voordat ik de kamer uit rende en door de gang stormde, ervan overtuigd dat ik van mijn stokje zou gaan als ik niet snel buiten in de frisse lucht stond. Veertien jaar geleden had hij zich gerealiseerd dat onze vriendschap berustte op regelrecht bedrog van mijn kant, en dit moesten de navrante omstandigheden zijn waaronder we elkaar terugvonden. In New York City. In een ziekenhuiskamer. Waar mijn oudste vriend lag dood te gaan aan aids.

Ik herinnerde me nu hoe roekeloos hij van meet af aan was omgesprongen met zijn seksuele gezondheid. Natuurlijk was alles in de jaren zestig en zeventig heel anders dan nu in 1987, maar naar mijn idee was Julian in zijn jonge jaren bijzonder nonchalant geweest, alsof hij geloofde onoverwinnelijk te zijn. Hoe hij nooit een meisje zwanger had gemaakt was een raadsel voor me, al besefte ik ineens dat hij dat misschien wel had gedaan zonder dat ik erachter was gekomen. En wie weet, hij kon wel een hele bende kinderen hebben. Toch had ik me nooit kunnen voorstellen dat hij op een dag een ziekte zou oplopen die zijn leven niet alleen zou bedreigen maar voortijdig zou beëindigen. Uiteraard kon ik hem niet veroordelen zonder te worden geconfronteerd met mijn eigen hypocrisie. Uiteindelijk had ik op jongere leeftijd zo veel wisselende contacten gehad dat ik van geluk mocht spreken zelf nooit iets te hebben opgelopen. Als ik twintig jaar later was geboren en seksueel het actiefst was geweest toen de aidscrisis begon, zou ik vrijwel zeker gevaar hebben gelopen door het grote aantal riskante ontmoetingen met vreemden. Hoe waren we op dat punt beland, vroeg ik me af? We waren allebei van middelbare leeftijd, maar we waren ooit vrolijke tieners geweest, en hadden vervolgens een groot deel van ons leven verknoeid. Ik had mijn jaren als twintiger verknoeid in een laffe poging de wereld een bedrieglijke façade voor te houden en nu had Julian door zijn onvoorzichtigheid misschien wel veertig jaar van zijn leven weggegooid.

Starend naar het water voelde ik nu tranen achter mijn ogen opkomen en herinnerde ik me hoe Bastiaan ons onder het eten had verteld dat patiënt 741 niet wilde dat zijn familie wist wat hij doormaakte vanwege het grotere stigma dat de ziekte in Ierland had. Dus Alice, besefte ik, die haar oudere broer had aanbeden, wist niets van zijn toestand.

Een mevrouw kwam me vragen of alles goed was, een ongewone gebeurtenis in New York, waar huilende vreemden meestal aan hun lot worden overgelaten, maar ik was niet in staat te converseren en stond dus maar op en liep weg. Ik wist niet zeker waar ik naartoe ging, maar mijn voeten voerden me onwillekeurig terug naar 96th Street, terug naar het Mount Sinai Hospital, en toen ik op de zevende verdieping uit de lift kwam, voelde ik me allang dankbaar toen ik zag dat Shaniqua niet aan haar bureau zat, waardoor ik terug kon gaan naar kamer 703 zonder vragen te hoeven beantwoorden.

Deze keer aarzelde en klopte ik niet maar liep ik meteen naar binnen en deed de deur achter me dicht. De gordijnen waren nog open, precies zoals ik ze had achterlaten en Julians hoofd was van mij weggedraaid zodat hij kon zien wat er vanaf de plek waar hij lag te zien was. Hij ging een beetje verliggen om te zien wie er was binnengekomen en toen hij mij zag gleed er een uitdrukking over zijn gezicht waaruit angst, schaamte maar ook opluchting sprak. Ik pakte een stoel en ging naast hem zitten, met mijn rug naar het raam en mijn blik naar de vloer, en zei lange tijd niets, in de hoop dat hij als eerste zijn mond open zou doen.

'Ik vroeg me af of je terug zou komen,' fluisterde hij ten slotte met een stem die weinig was gebruikt en daardoor hees was geworden. 'Ik dacht al dat je dat zou doen. Je kon nooit lang bij me uit de buurt blijven.'

'Dat was lang geleden,' antwoordde ik.

'Ik hoop dat ik niets van mijn aantrekkingskracht heb verloren,' zei hij, en de scheve grijns op zijn gezicht bracht een lachje op mijn mond.

'Het spijt me dat ik wegrende,' zei ik. 'Het was een schok, meer niet. Je weer te zien na zo veel jaar. En dan nota bene hier. Ik had moeten blijven.'

'Nou, je bent in het verleden vaker verdwenen zonder een woord te zeggen, hè?'

Ik knikte. Natuurlijk, dat onderwerp zou onvermijdelijk aan de orde komen maar ik was er niet aan toe, nog niet.

'Ik had even wat frisse lucht nodig,' zei ik. 'Ik heb een wandelingetje gemaakt.'

'In 96th Street?' vroeg hij. 'Waarheen?'

'Naar Central Park. Je vindt het toch niet erg dat ik ben teruggekomen?'

'Waarom zou ik?' vroeg hij, en hij haalde zijn schouders op, voor zover dat lukte. Toen zijn lippen uiteengingen zag ik hoe zijn gebit, dat ooit spectaculair wit was geweest, geel en onregelmatig was geworden. Er ontbrak ten minste één tand aan de onderkant en zijn tandvlees had een bleekroze kleur. 'In feite was ik net zo hevig geschokt jou te zien als jij mij. Ik was blij een beetje tijd te krijgen om het te verwerken. Maar ik kan niet zo makkelijk weg als jij.'

'O, Julian,' zei ik. Ik liet mijn gevoelens de vrije loop en begroef mijn gezicht in mijn handen zodat hij het verdriet niet meer zag. 'Wat is er met je gebeurd? Hoe ben je hier terechtgekomen?'

'Wat kan ik je zeggen?' zei hij kalm. 'Je hebt altijd geweten hoe ik was. Ik neukte alles en iedereen. Ik zag het als een carrière. En ik heb hem één keer te veel ergens in gestoken, denk ik, waarna ik uiteindelijk achterhaald werd door mijn gedegenereerde levensgewoonten.'

'Ik dacht dat ik de gedegenereerde was.'

'Ja, het zal wel.'

Ik had de afgelopen pakweg vijftien jaar vaak aan hem gedacht, soms liefdevol en soms boos, maar de waarheid was dat sinds ik Bastiaan had ontmoet hij langzaam was begonnen uit mijn geheugen te verdwijnen, iets waarvan ik voordien nooit had gedacht dat het kon gebeuren. Ik had ooit van hem gehouden – dat was echt zo –, maar langzamerhand kwam ik erachter dat die liefde niet te vergelijken was met die voor Bastiaan. Ik had een verliefdheid tot een obsessie laten worden. Ik was verliefd geweest op het idee van zijn vriendschap, op het besef van zijn schoonheid, en op zijn unieke vermogen om alle mensen om zich heen te verlammen. Maar Julian had op zijn beurt nooit van mij gehouden. Misschien mocht hij mij, misschien gaf hij om mij als een broer, maar op een romantische manier van me gehouden had hij nooit.

Ten slotte doorbrak hij de stilte: 'Dus je woont in New York?'

'Ja,' zei ik. 'Al zeven jaar.'

'Nooit gedacht dat je hier woonde. Raar genoeg zag ik je altijd in een slaperig Engelse dorpje. Als leraar of zoiets.'

'Dacht je dan aan me? In de loop der jaren?'

'Natuurlijk. Ik kon je moeilijk vergeten. Ben je soms dokter? Dat is nogal een ander leven.'

'Nee, geen sprake van,' zei ik hoofdschuddend. 'Ik ben maar vrijwilliger. Mijn vriend is trouwens wel dokter. Hij werkt hier in Mount Sinai. Toen we elkaar ontmoetten was zijn specialiteit infectieziekten en ik neem aan dat hij op het juiste moment de juiste man op de juiste plaats was, want toen deze toestand losbarstte, was er vraag naar mensen als hij. Maar natuurlijk kennen we veel homo's hier in de stad en toen we vrienden verloren begon ik het me aan te trekken. Ik verdiepte me in de situatie, in wat ik kon doen om te helpen. En ik kwam erachter dat veel slachtoffers door hun families in de steek zijn gelaten omdat die zich schamen voor wat er met ze is gebeurd. Daar verschijn ik ten tonele.'

'Je bent een Joris Goedbloed geworden,' zei hij. 'Vreemd, als je ziet hoe egoïstisch je altijd was.'

'Daar heeft het niets mee te maken,' zei ik scherp. 'Je hoort nooit over kankerslachtoffers die in de steek worden gelaten door hun familie, maar met aidsslachtoffers gebeurt het aan de lopende band. Vandaar dat ik hier een paar keer per week kom om patiënten te bezoeken en met hen te praten en soms ga ik naar de bibliotheek en breng boeken voor ze mee als ze dat willen. Het geeft me een gevoel iets nuttigs te doen.'

'En je vriend,' zei hij. Het woord 'vriend' bleef even in zijn keel steken toen hij het zei, en ik wist dat als hij meer energie had gehad, hij zijn handen in de lucht zou hebben gestoken en met zijn vingers aanhalingstekens had gevormd. 'Dus je hebt uiteindelijk een vriend gevonden?'

'Natuurlijk. Het bleek dat er toch iemand van me kon houden.'

'Niemand heeft dat ooit ontkend. Als ik me goed herinner, was je erg geliefd toen je Dublin verliet. Bij een heleboel mensen, mezelf incluis.'

'O,' zei ik. 'Daar ben ik niet zo zeker van.'

'Ik wel. Dus hoe lang zijn jullie nu al samen? Jij en je vriend?'

'Twaalf jaar,' zei ik.

'Indrukwekkend. Ik geloof niet dat ik ooit langer dan twaalf weken bij hetzelfde meisje ben gebleven. Hoe hou je het uit?'

'Het is niet moeilijk,' zei ik, 'want ik hou van hem. En hij houdt van mij.'

'Maar gaat hij je niet vervelen?'

'Nee. Is dat vreemd voor jou?'

'Eerlijk gezegd wel.' Hij keek me even aan, alsof hij probeerde te begrijpen hoe dat zou voelen en ten slotte zuchtte hij alleen maar, alsof hij zwichtte. 'Hoe heet hij trouwens?' vroeg hij.

'Bastiaan,' zei ik. 'Hij is Nederlander. Ik heb een tijdje in Amsterdam gewoond en daar hebben we elkaar ontmoet.'

'En ben je gelukkig?'

'Ja,' zei ik. 'Erg gelukkig.'

'Nou, fijn voor je,' zei hij bitter, en ik zag hoe zijn gezicht versomberde terwijl hij die woorden zei. Zijn blik ging naar het blad van het nachtkastje, waar een plastic fles met water stond, met een rietje door de dop. 'Ik heb dorst,' zei hij. 'Wil je me dat even geven?'

Ik pakte de fles en hield hem bij zijn lippen. Hij had al zijn energie nodig om het water via het rietje in zijn mond te krijgen. Het stemde me treurig te zien hoeveel inspanning het kostte. Na een paar slokken smakte hij zwaar ademend en uitgeput terug op zijn kussen.

'Julian,' zei ik terwijl ik de fles terugzette en zijn hand wilde pakken, maar hij trok hem snel weg.

'Ik ben geen homo, weet je,' zei hij voordat ik iets anders kon zeggen. 'Ik heb dit niet van een man gekregen.'

'Ik weet dat je dat niet bent,' zei ik, verbaasd dat het zelfs nu nog zo belangrijk voor hem was om zijn heteroseksualiteit te bevestigen. 'Ik weet dat waarschijnlijk beter dan wie ook. Maar wat maakt het nog uit?'

'Ik meen het,' zei hij nadrukkelijk. 'Als dit ooit uitkomt, wil ik niet dat iemand denkt dat ik het stiekem ook met mannen heb gedaan. Het is al erg genoeg dat ik jouw ziekte heb...'

'Míjn ziekte?'

'Je weet wat ik bedoel.'

'Eigenlijk niet, nee.'

'Als de mensen thuis wisten wat ik heb opgelopen, zouden ze nooit meer hetzelfde over me denken.'

'Wat kan het jou schelen hoe de mensen over je denken? Vroeger was dat nooit zo.'

'Dit is anders,' zei hij. 'Vroeger kon het me nooit iets schelen wat andere mensen deden. Ze konden naar buiten gaan en een egel neuken voor mijn part. Omdat het mij niet deerde. Maar nu wel.'

'Kijk, dit is een epidemie,' zei ik. 'Over de hele wereld worden mensen erdoor getroffen. Als ze niet gauw een geneesmiddel vinden, weet ik niet wat er gaat gebeuren.'

'Nou, ik zal er niet meer zijn om daarachter te komen,' zei hij.

'Zeg dat niet.'

'Jezus, kijk naar mij, Cyril. Ik heb niet veel tijd meer over. Ik voel het leven uur na uur uit mijn lichaam wegtrekken. De doktoren hebben dat ook laten doorschemeren. Ik heb hooguit nog een week. Waarschijnlijk minder.'

Ik voelde dat ik weer begon te huilen, maar haalde een paar keer diep adem. Ik wilde niet pathetisch op hem overkomen en had op de een of andere manier het gevoel dat hij boos op me zou worden als ik te veel emotie toonde.

'Ze weten niet alles,' zei ik. 'Soms blijven mensen veel langer...'

'Ik denk dat je er vrij veel kent,' zei hij.

'Vrij veel wat?'

'Mensen met dit... probleem.'

'Vrij veel, ja,' gaf ik toe. 'Deze hele verdieping van het ziekenhuis is bestemd voor aidspatiënten.'

Hij kromp enigszins in elkaar toen ik het woord zei. 'Het verbaast me dat jullie niet de hele dag de Village People draaien over de speakers. Zorgen dat iedereen zich thuis voelt.'

'O sodemieter op, Julian,' zei ik, en ik verraste mezelf met een schaterlach. Hij wierp een bezorgde blik op me, alsof hij bang was dat ik weer de kamer uit zou lopen, maar hij zei niets. 'Sorry,' zei ik uiteindelijk. 'Maar zo kun je echt niet praten. Niet hierbinnen.'

'Ik kan praten zoals ik wil,' zei hij. 'Ik lig in een ziekenhuis vol nichten die doodgaan aan een nichtenziekte en iemand heeft vergeten God te vertellen dat ik hetero ben.'

'Ik kan me niet herinneren dat je veel met God ophad toen we jonger waren. En gebruik het woord "nichten" niet meer. Ik weet dat je het eigenlijk zo niet bedoelt.'

'Dat is het probleem als je een beste vriend hebt die je zo goed kent. Ik kan niet eens bitter zijn zonder dat je me erop wijst. Toch is New York niet de slechtste plek om eruit te stappen. Liever hier dan Dublin.'

'Ik mis Dublin,' zei ik, de woorden kwamen mijn mond uit voordat ik ook maar de gelegenheid had erbij stil te staan of ik ze meende of niet.

'Nou wat doe je hier dan? Waarom ben je trouwens naar de Verenigde Staten gekomen?'

'Bastiaans baan,' zei ik.

'Ik zou hebben gedacht dat je liever Miami had. Of San Francisco. Daar zitten toch alle flikkers? Heb ik tenminste gehoord.'

'Je kunt me blijven beledigen als je denkt dat je je er beter door voelt,' zei ik zachtjes. 'Maar ik denk niet dat het je uiteindelijk veel goed zal doen.'

'Sodemieter op,' zei hij, zonder veel passie achter de woorden. 'En kun je alsjeblieft stoppen zo neerbuigend te doen, zeikerd?'

'Dat doe ik niet.'

'Kijk, er is toch niks wat je kunt doen om me te helpen. Wat heb je gedaan bij de andere mensen bij wie je op bezoek gaat? Hen geholpen innerlijke rust te vinden voordat ze hun schepper ontmoetten? Je arm om hen heen geslagen, hun hand in de jouwe genomen en een slaapliedje voor hen gezongen terwijl ze wegdreven naar bewusteloosheid? Nou, pak mijn hand dan maar als je wilt. Help me om me beter te voelen. Wat houdt je tegen?'

Ik keek neer op zijn linkerhand, die op het bed naast mij lag. Een intraveneus infuus verdween in de middelste ader, met een grote witte pleister eroverheen. De huid rondom het verband zag grijs en op de plaats waar duim en wijsvinger elkaar ontmoetten, was een helderrood litteken te zien, alsof hij zich verbrand had. Zijn nagels waren afgebeten tot op het vlees en wat er overbleef was zwart geworden. Toch stak ik mijn hand uit, maar toen mijn huid de zijne raakte, trok hij zijn hand weg.

'Niet doen,' zei hij. 'Ik zou dit mijn ergste vijanden niet toewensen. En daar hoor jij ook bij.'

'In godsnaam, Julian, ik kan het niet krijgen door je hand vast te houden.'

'Gewoon niet doen.'

'En zijn we nu vijanden?' vroeg ik.

'We zijn geen vrienden, dat staat vast.'

'Dat waren we wel.'

Hij keek me aan en kneep zijn ogen dicht, ik kon zien dat het praten hem steeds moeilijker afging. Zijn woede putte hem uit.

'Dat waren we toch niet?' zei hij. 'Niet echt. Alles aan onze vriendschap was een leugen.'

'Nee, niet waar,' protesteerde ik.

'Wel waar. Je was mijn beste vriend, Cyril. Ik dacht dat we ons hele leven vrienden zouden blijven. Ik keek erg tegen je op.'

'Dat is niet waar,' zei ik, verrast door zijn woorden. 'Ik keek op tegen jou. Jij was alles wat ik wilde zijn.'

'Jij ook,' zei hij. 'Je was vriendelijk, attent en sympathiek. Je was mijn vriend. Althans, dat dacht ik. Ik bleef niet veertien jaar bij jou in de buurt rondhangen omdat ik wilde dat iemand als een puppy achter me aan liep. Het was omdat ik graag in je buurt was.'

'Mijn vriendschap was echt,' zei ik. 'Ik kon niets aan mijn gevoelens doen. Als ik het je had verteld...'

'Die dag in de kerk, toen je probeerde me te bespringen...'

'Ik heb niet geprobeerd je te bespringen,' zei ik.

'O zeker wel. En je zei dat je verliefd op me was sinds onze kindertijd.'

'Ik wist niet wat ik zei,' zei ik. 'Kijk, ik was jong, ik was onervaren. En ik was bang voor wat ik mezelf aandeed.'

'Dus je bedoelt dat je het allemaal uit je duim zoog?' vroeg hij. 'Dat je die gevoelens helemaal niet voor me had?'

'Nee, natuurlijk niet. Ik had die gevoelens wel voor je. En ik heb ze nog steeds. Maar dat was niet waarom ik met je bevriend was. Ik was met je bevriend omdat je me een geluksgevoel gaf.'

'En omdat je met me wilde neuken. Nou, ik durf te wedden dat je dat nu niet meer wilt, of wel soms?'

Ik kromp ineen omdat hij het zo bitter zei en meer nog omdat het uiteraard waar was. Hoe vaak had ik in de loop van de tijd niet over hem gefantaseerd, me voorgesteld hoe het zou zijn als we op de een of andere manier samen konden zijn, als ik hem weer naar mijn flat kon lokken, hem dronken kon voeren en hopen dat hij op een zwak moment zijn hand naar mij zou uitsteken als er geen meisje in de buurt was om in zijn behoeften te voorzien. Honderden keren waarschijnlijk. Duizenden keren. Ik kon nauwelijks ontkennen dat een groot deel van onze vriendschap althans voor mij gebaseerd was op een leugen.

'Ik kon niets aan mijn gevoelens doen,' zei ik weer.

'Je had er met me over kunnen praten,' zei hij. 'Veel eerder. Ik zou het hebben begrepen.'

'Dat zou je niet,' zei ik. 'Ik weet dat je het niet zou hebben begrepen. Niemand begreep het destijds. In Ierland. Zelfs nu is het godsamme nog illegaal om homo te zijn in Ierland, besef je dat? En het is nu 1987, niet 1940. Je zou het níét hebben begrepen. Je zegt dat nu, maar dat is omdat het nu is. Je zou het níét hebben begrepen,' zei ik nadrukkelijk.

'Ik ben naar zo'n groep van jou gegaan, weet je,' zei hij, nadat hij een hand had opgetild om me tot zwijgen te brengen. 'Toen de diagnose hiv voor het eerst was vastgesteld. Ik ging naar een groep in Brooklyn die werd geleid door een of andere priester. Een stuk of acht jongens in een kamer, allemaal in verschillende stadia van de ziekte, en ze leken stuk voor stuk dichter bij de dood dan hun buurman, ze hielden elkaar bij de hand en deelden verhalen over het neuken van vreemden in badhuizen en sauna's, en over mannenjacht en al die shit, en ik keek om me heen en weet je, ik voelde me echt misselijk worden toen ik besefte dat ik daar was, dat ik ook maar iets gemeen had met een van die gedegenereerden.'

'Wat maakt je zo anders?' vroeg ik. 'Je neukte elk meisje dat je tegenkwam.'

'Dat is heel wat anders.'

'Hoe? Leg eens uit.'

'Want dat is normáál.'

'O vlieg op met je "normaal",' zei ik. 'Ik dacht dat je een beetje origineler was. Jij ging toch door voor opstandige ziel?'

'Dat heb ik nooit beweerd,' zei hij, terwijl hij probeerde rechtop te gaan zitten. 'Ik was gewoon dol op meisjes, meer niet. Dat kun je niet begrijpen.'

'Jij hebt veel meisjes geneukt. Ik heb veel jongens geneukt. Nou en?'

'Dat is anders,' zei hij nadrukkelijk. Hij spuugde de woorden praktisch uit.

'Kalm blijven,' zei ik met een blik op een van de monitoren die aan zijn lichaam waren verbonden. 'Je bloeddruk is te hoog.'

'Vlieg op met mijn bloeddruk,' zei hij. 'Misschien krijgt die me dood voordat deze ziekte het doet. Het punt is, ik zat daar in Brooklyn terwijl die priester zijn clichés spuide en ons vertelde dat we ons moesten verzoenen met de wereld en met God terwijl we nog leefden, en ik keek rond, naar de andere lui in die groep, en weet je, het leek of ze blij waren om dood te gaan. Daar zaten ze, ze grijnsden constant naar elkaar en lieten hun littekens, kneuzingen en verkleuringen zien, terwijl ze praatten over jongens die ze hadden genaaid in de toiletten van een homoclub, en het enige wat ik wou doen was ze met de rug tegen de muur drukken, een voor een, en hun godverdommese gezichten in elkaar slaan. Ze voor immer uit hun lijden verlossen. Ik ben nooit meer terug geweest. Ik had zin om daar godverdomme een bom te laten ontploffen. Je ziet de ironie van de situatie, hè?' zei hij ten slotte na een lange pauze waarin hij leek te proberen enige greep te krijgen op zijn emoties.

'Wat?' vroeg ik. 'Welke ironie?'

'Nou, eigenlijk had het andersom moeten zijn, nietwaar?' vroeg hij. 'Jij had in dit bed moeten liggen om van binnenuit weg te rotten en ik zou daar moeten zitten, kijkend naar jou met puppyogen en me afvragend waar ik vanavond ga eten als ik godverdomme eindelijk uit deze kamer kom.'

'Dat is niet wat ik denk,' zei ik.

'O zeker wel.'

'Nee, niet waar,' benadrukte ik.

'Wat denk je dan wel? Want ik weet zeker dat ik dat in jouw plaats zou denken.'

'Dat ik wou dat we terug konden gaan in de tijd, wij allebei, en alles beter of anders konden doen. We hebben ons allebei laten verneuken door onze geaardheid, zie je dat niet? Serieus, Julian, soms wou ik dat ik godverdomme een eunuch was. Dat zou het leven een stuk makkelijker hebben gemaakt. En als je niet wilt dat ik hier zit, waarom laten we dan niet iemand van wie je houdt overkomen? Waar is je familie? Waarom vertel je het hun niet?'

'Omdat ik niet wil dat ze het weten. Er is trouwens bijna niemand meer over. Mijn moeder leeft al lang niet meer. En Max is een paar jaar geleden gestorven.'

'Nee! Hoe?'

'Hartaanval. En verder waren er alleen Alice en Liam, en ik wil niet dat mijn zus hier iets van te weten komt.'

'Ik vroeg me al af wanneer haar naam ter sprake zou komen,' zei ik aarzelend. 'Kunnen we over haar praten?'

Hij glimlachte bitter. 'Dat kan,' zei hij. 'Maar wees voorzichtig met wat je zegt. Ik lig dan wel in dit ziekenhuisbed, maar er is niemand op deze planeet van wie ik meer hou dan van haar.'

'Wat ik al die jaren geleden heb gedaan,' zei ik, 'was verschrikkelijk. Dat hoef je me niet te vertellen. Het is iets waar ik mee heb moeten leren leven. Ik haat mezelf daarvoor.'

'Nee, dat doe je niet. Dat is gewoon iets wat mensen zeggen.'

'Toch is het zo.'

'Nou, je hebt in elk geval je verontschuldigingen aangeboden,' zei hij, 'ik bedoel, toen je haar achteraf schreef, je overleverde aan haar barmhartigheid en haar om vergeving smeekte omdat je haar had vernederd voor het oog van driehonderd mensen, onder wie de president van Ierland. En ook nog eens haar hele leven had geruïneerd. De tweede die dat deed in een paar jaar tijd. O nee, wacht, ik ben abuis, nietwaar? Want je hebt haar nooit geschreven. Je liet haar gewoon stikken. Je was zelfs niet mans genoeg om te zeggen dat het je speet. En je wist wat ze al eerder had doorgemaakt, toen ze voor het altaar in de steek werd gelaten door die klootzak van een Fergus. Daar wist je alles van. Alleen kwam ze die tweede keer wel bij het altaar, maar niet voorbij de receptie. Jezus christus, hoe kon je dat doen? Heb je geen fatsoen, Cyril?'

'Het kwam door jóú,' zei ik.

'Máák het nou! Hoe kom je erbij?'

'Die dag. In de sacristie toen ik... toen ik mijn gevoelens blootgaf. Jij liet me ermee doorgaan. Ik had toen kunnen stoppen... wé hadden kunnen stoppen, maar je dwong me...'

'Dus je zegt dat het mijn schuld is? Neem je me godverdomme in de maling?'

'Nee, het is mijn schuld. Dat weet ik. Ik had het nooit zover moeten laten komen, dat alleen al. Ik had nooit iets moeten beginnen met Alice. Maar ik heb het wel gedaan en daar kan ik niets meer aan veranderen.' Ik haalde diep adem, riep de persoon die ik destijds was voor de geest. 'Ik dacht erover haar te schrijven,' zei ik, en ik begon te trillen bij de herinnering. 'Echt waar. Maar ik zat vreselijk in de knoei. Ik heb bijna zelfmoord gepleegd, Julian. Je moet het begrijpen, ik moest weg, alles en iedereen achterlaten. Een nieuw leven beginnen. Het idee alleen al om contact te hebben met Alice... Het kon gewoon niet.'

'Omdat je een lafaard bent, godverdomme, Cyril,' zei hij. 'En een leugenaar. Dat ben je altijd geweest en ik wed dat je het nog steeds bent.'

'Nee,' zei ik nadrukkelijk. 'Ik ben het niet meer. Ik hoef het nu niet te zijn. Omdat ik niet in Ierland woon. Ik kan precies zijn wie ik wil zijn nu ik niet meer deel uitmaak van dat land.'

'Sodemieter op,' zei hij, en hij keerde zich van me af. 'Kun je me niet in alle rust laten sterven? Jij hebt gewonnen, oké? Jij moet leven en ik moet sterven.'

'Ik heb niks gewonnen.'

'Je hebt gewonnen,' herhaalde hij zacht. 'Dus stop met je te verkneukelen.'

'Hoe is het met haar?' vroeg ik, ik weigerde weg te gaan. 'Met Alice, bedoel ik. Is het haar nadien goed gegaan? Is ze nu gelukkig?'

'Wat denk je?' vroeg hij. 'Ze is nooit meer zichzelf geworden. Ze hield van jou, Cyril, begrijp je dat eigenlijk wel? Jij die zo veel waarde hecht aan dat begrip. En ze dacht dat jij ook van haar hield. Ik bedoel, die indruk kreeg ze min of meer doordat je met haar wilde trouwen.'

'Het is allemaal zo lang geleden,' zei ik hoofdschuddend. 'Ik denk zelfs nooit meer aan die tijd. En ze is me waarschijnlijk helemaal vergeten dus wat heeft het voor zin oude wonden open te rijten?'

Julian keek me aan met een uitdrukking alsof hij wenste uit bed te kunnen komen en al het leven uit me te wurgen. 'Hoe kon ze je ooit vergeten?' vroeg hij. 'Ik zei je toch, je hebt haar leven compleet kapotgemaakt.'

Ik trok een gezicht. Ja, het moet moeilijk en pijnlijk zijn geweest voor haar destijds. Uiteraard, dat erkende ik. Maar er was tijd overheen gegaan. Ik was niet echt een goede partij, zij was er ongetwijfeld inmiddels overheen. En als dat niet zo was, dan had dat wel gemoeten. Ze was uiteindelijk een volwassen vrouw. Ik zou de verantwoordelijkheid op me nemen omdat ik haar had gekwetst maar niet voor het kapotmaken van haar hele leven.

'Is ze niet hertrouwd?' vroeg ik. 'Dat nam ik aan. Ze was jong en mooi en...'

'Hoe kon ze opnieuw trouwen?' zei hij. 'Ze was met jou getrouwd, weet je dat niet meer? Je heb haar niet aan het altaar in de steek gelaten, Cyril, je hebt haar godverdomme op de receptie midden in het Shelbourne Hotel in de steek gelaten! Jullie hadden je jawoord gegeven.'

'Ja, maar ze heeft het toch wel laten ontbinden?' zei ik, terwijl ik bekropen werd door een angstig gevoel. 'Zodra duidelijk was dat ik niet terugkwam, moet ze dat toch wel hebben gedaan?'

'Ze kon het niet laten ontbinden,' zei hij rustig.

'Waarom niet?' vroeg ik. 'Wat? Wilde ze de rest van haar leven voor Miss Havisham spelen, was dat het? Kijk, Julian, ik houd mijn handen in de lucht en geef mijn schuld hierin toe. Ik heb Alice iets vreselijks aangedaan en ze had dat op geen enkele manier verdiend. Ik was de schuldige partij. Een lafaard. Een totale nul. Maar zoals je al zei, ik verliet haar tijdens de receptie, we waren zelfs niet in de bruidssuite gekomen. Ze had het huwelijk makkelijk kunnen laten ontbinden als ze dat wilde. En als ze dat niet heeft gedaan, kan ik daar niet verantwoordelijk voor worden gehouden. Dat was haar besluit.'

Hij keek me aan alsof ik knettergek was en deed zijn mond open om iets te zeggen en toen weer dicht.

'Wat?' vroeg ik.

'Niets,' antwoordde hij.

'Wat?' drong ik aan. Ik keek hem aan, wist zeker dat er iets was wat hij me niet vertelde.

'Kijk, Cyril,' zei hij. 'Waarom stop je niet met die onzin, oké? Je bent dan wel niet tot de bruidssuite gekomen, maar je had voordat je trouwde toch een plek gevonden om met haar te vrijen?'

Ik dacht na, overdonderd door wat hij zei. En toen dacht ik terug aan die nacht, een paar weken voor de bruiloft. *Ik vind dat je hierheen moet komen, Cyril. Kom eten, we drinken een paar van de beste wijnen van Max en dan gaan we met elkaar naar bed, weet je wel.* Een nacht waaraan ik zelfs niet meer had teruggedacht sinds hij had plaatsgehad. Het kostte me moeite om zelfs maar de herinnering boven te halen.

Ineens ging me een licht op en voer er een koude rilling door me heen.

'Wie is Liam?' vroeg ik.

'Wat?' vroeg Julian, die zich van me had afgekeerd en uit het raam keek naar een hemel die betrok nu de avond viel.

'Je zei dat er niet veel van de familie over was,' vertelde ik hem. 'Dat je vader daar was overleden en alleen Alice en Liam over waren. Wie is Liam?'

'Liam,' zei Julian zacht, 'is de reden waarom Alice het huwelijk niet kon laten ontbinden. De reden waarom ze met jou getrouwd moest blijven en niemand anders kon vinden. Waarom ze geen geluk kon vinden bij een echte man. Liam is haar zoon, mijn neef. Liam was jouw afscheidscadeau voor haar. En ik neem aan dat je me nu gaat vertellen dat je nooit had gedacht dat zoiets mogelijk was?'

Ik stond langzaam op en voelde dat mijn benen onder me dreigden te bezwijken. Ik wilde hem een leugenaar noemen, zeggen dat ik er niets van geloofde, maar wat had dat voor zin als de waarheid was dat ik ieder woord geloofde van wat hij zei, want welke reden kon hij hebben om te liegen? Ik had Alice zwanger achtergelaten. Ze wilde me dringend spreken op de receptie, ze had er voortdurend op aangedrongen dat ze me onder vier ogen moest spreken, maar ik gaf haar niet de gelegenheid. Ze moest het toen al geweten hebben, of vermoed, en het mij hebben willen vertellen. Maar ik verdween naar het vasteland en heb nadien nooit meer contact gezocht met iemand uit mijn verleden. Zodat ze die schande had gedragen in het Ierland van 1973, toen een ongehuwd zwanger meisje werd beschouwd als nauwelijks beter dan een hoer en door iedereen navenant werd behandeld. Ik had altijd gedacht dat mijn eigen moeder, mijn biologische moeder, ongehuwd was en me had afgestaan omdat ze wist hoe moeilijk het zou zijn om in de jaren veertig alleen een kind groot te brengen. Maar de situatie was sindsdien niet zo veel veranderd. Had ik Alice aangedaan wat mijn vader mijn moeder had aangedaan?

Maar ze was natuurlijk niet ongetrouwd en dat was wellicht nog wel erger, want zonder een ring aan haar vinger had ze nog een man kunnen ontmoeten, iemand die het niks kon schelen en het kind zou hebben grootgebracht als een eigen kind. Maar met die ring was daar geen kans op. Toen niet. Niet in die dagen. Niet in Ierland.

'Daar wist ik helemaal niets van,' zei ik. 'Ik zweer het, ik heb er zelfs nooit aan gedacht.'

'Nou, dan weet je het nu,' zei hij. Zijn woede ebde weg. 'Ik had waarschijnlijk niets moeten zeggen. Mijn hersens zijn verdwenen, dat is het probleem. Laat het rusten, Cyril, oké? Het gaat ze prima zonder jou. Het gaat ze al die jaren prima zonder jou. Ze hebben je nu niet meer nodig. Het is te laat om een rol te spelen in hun leven.'

Ik staarde hem aan, niet wetend wat ik moest zeggen. Ik had een zoon. Hij zou ondertussen veertien jaar oud zijn. Ik stond op en liep langzaam naar de deur, maar voordat ik kon gaan hoorde ik de stem van mijn oude vriend nogmaals, zachter nu, angstig, bang voor het naderende eind van zijn leven.

'Cyril,' zei hij. 'Ga alsjeblieft niet weg...'

Diep over de zaak nadenkend onderbrak ik hem: 'Als ze het me had willen laten weten, had ze dat kunnen doen. Er waren manieren om me te vinden.'

'Dus het is haar eigen schuld, is dat wat je wilt zeggen?'

'Nee, ik bedoel...'

'Weet je wat, sodemieter godverdomme op, oké?' zei hij. Zijn humeur sloeg razendsnel en dramatisch om. 'Je hebt haar godverdomme als oud vuil behandeld en tegen mij je leven lang gelogen. Ik weet zelfs niet waarom ik nu aandacht aan je besteed terwijl ik amper tijd overheb. Sodemieter op.'

'Julian...'

'Ik zei "Sodemieter op"!' schreeuwde hij. 'Sodemieter godverdomme op!'

De laatste nacht

In de nacht van 11 mei 1987 onweerde het en de regen zwiepte tegen het raam van onze flat. Ik zat in mijn lievelingsfauteuil *The New York Times* te lezen, een artikel over Klaus Barbie, de slager van Lyon, wiens proces net was begonnen in Europa. Tegenover me op de bank deed Emily alles wat in haar macht lag om me een ongemakkelijk gevoel te bezorgen; ze masseerde Ignac' voeten en leunde af en toe voorover om te knabbelen aan het oor van de arme jongen, die 'Araby' herlas, zijn favoriete verhaal uit *Dubliners*. Hoe hij de manier waarop ze hem bepotelde verdroeg wist ik niet; ze was als een hongerige muis die zich door een blok kaas heen werkte.

'Ik weet niet waarom er iemand nog geïnteresseerd is in dat soort dingen,' zei ze toen ik een opmerking maakte over de advocaat die was ingehuurd om de voormalige Gestapo-kapitein te verdedigen. 'Het is allemaal zo lang geleden.'

'Het is helemaal niet zo lang geleden,' zei ik. 'En was jij hier niet de historicus in huis? Hoe kun je het dan oninteressant vinden?'

'Misschien zou het me interesseren als ik tijdens de oorlog had geleefd, net als u. Maar dat is niet zo. Vandaar dat het me niet interesseert.'

'Ik was er nog niet in de oorlog,' zei ik, rollend met mijn ogen. 'Zoals je heel goed weet, werd ik niet geboren voor augustus 1945.'

'Nou, dicht genoeg bij. Wat heeft die kerel eigenlijk gedaan? Het is nu een oude man, hè?'

'Ja, maar dat is geen reden waarom hij niet verantwoordelijk zou worden gesteld voor alles wat hij in het verleden heeft gedaan. En je gaat me toch niet vertellen dat je niet weet wat hij gedaan heeft?'

'Ik bedoel, ik heb de naam geloof ik wel eens gehoord...'

'Hij haalde bijvoorbeeld vierenveertig Joodse kinderen uit een weeshuis in Izieu,' zei Ignac, niet opkijkend van zijn boek, 'en liet ze deporteren naar Auschwitz. Waar ze zijn gestorven, zoals je weet. De meeste intelligente mensen zouden dat weten.'

'Oké,' zei Emily, die niet met hem wilde discussiëren, zoals ze wel zou hebben gewild met mij. Ik was blij enig ongenoegen in zijn stem te horen.

'Laat me die krant eens even zien,' zei Emily.

'Nee,' zei ik. 'Ik ben nog aan het lezen.'

Ze slaakte een diepe zucht, alsof ik op deze aarde was gezet met als enige reden haar te treiteren. 'Trouwens, meneer Avery,' zei ze even later, 'heeft Ignac u ons nieuws al verteld?'

'Wat voor nieuws?' vroeg ik. Ik liet de krant zakken en keek naar Ignac.

'Een andere keer,' zei hij snel, en hij wierp haar een blik toe. 'Als Bastiaan thuis is.'

'Wat voor nieuws?' herhaalde ik, en ik hoopte vurig dat ze niet gingen trouwen, geen baby kregen en niets anders zouden doen wat hem voor de rest van zijn leven aan die vreselijke vrouw zou binden.

'Ignac is geaccepteerd,' zei ze.

'Waarvoor?'

'Voor een plek op Trinity College. We verhuizen in de herfst naar Dublin.'

'O,' zei ik, en ik voelde een onverwachte vlaag van zowel opwinding als bezorgdheid opkomen bij het noemen van mijn geboortestad. Tot mijn grote verbazing was mijn eerste gedachte: betekent dat dat ook ik eindelijk naar huis mag gaan? 'Ik dacht dat je nog niet had besloten of je je al dan niet zou inschrijven.'

'Nou, ik wist het niet zeker,' zei hij. 'Maar ik heb ze een brief geschreven en ze hebben gereageerd. Toen hebben ze een paar keer gebeld en me laten weten dat er een plaats voor me is in oktober als ik geïnteresseerd ben. Ik heb nog geen definitief besluit genomen. Ik wilde er met jou en Bastiaan over praten. Onder zes ogen.'

'Wij hebben besloten,' zei Emily, en ze mepte hem op zijn knie. 'Het is wat we allebei willen, weet je nog?'

'Ik wil me niet halsoverkop ergens in storten waar ik misschien spijt van krijg.'

'Heb je met ze gesproken over beurzen?' vroeg ik.

'O maakt u zich geen zorgen,' zei Emily vinnig. Ze voelde misschien bij haar vriend dezelfde ergernis tegenover haar als bij mij en reageerde dat op mij af. 'Niemand vraagt u om geld.'

'Dat is niet wat ik bedoelde,' zei ik.

'Natuurlijk niet,' zei Ignac. 'En ja, ik heb erover gesproken. Het ziet er-naar uit dat er verschillende fondsen zijn waar ik kan aankloppen.'

'Nou, dat is goed nieuws,' zei ik. 'Als je zeker weet wat je wilt.'

'Dit is wat we allebei willen,' zei Emily. 'En trouwens, Ignac is geen kind meer. Het zou voor hem beter zijn om onder leeftijdgenoten te wonen.'

'Dus hij gaat niet bij jou wonen?' vroeg ik.

'Iemand dichter bij zijn eigen leeftijd,' zei ze met een halfslachtige glim-lach.

'Ik had het liever verteld aan Cyril en Bastiaan samen,' zei Ignac zacht. 'En als we alleen waren. Als gezin.'

'Nou, ze zouden er op een gegeven moment toch wel achter zijn geko-men,' zei Emily. 'En dokter Van den Bergh is vrijwel nooit hier, toch? Hij is altijd in het ziekenhuis.'

'Hij is niet altijd in het ziekenhuis,' zei ik. 'Hij is hier elke avond terug. Je hebt hem vanochtend nog gezien.'

'Nee hoor.'

'Emily, wij hebben met z'n allen samen ontbeten.'

'O, ik ben niet goed in ochtenden. Ik zou nauwelijks een van jullie opmerken op dat moment van de dag.'

'Dan moet je meer slapen,' zei ik. 'Dat heeft iedereen die ouder wordt.'

De telefoon ging en Ignac sprong op, blij dat hij ons gebekvecht achter zich kon laten. Hij deed bijna nooit mee als Emily en ik kibbelden, en ik dacht graag dat hij dat deed omdat hij niet volledig aan haar kant stond. Even later kwam hij teruglopen en stak zijn hoofd om de deur.

'Bastiaan,' zei hij. 'Voor jou.'

Ik stond op, liep naar de gang en pakte de hoorn op.

'Blij dat je belde,' zei ik. 'Je zult niet geloven wat ik net heb gehoord.'

'Cyril,' zei Bastiaan, en door de ernstige toon in zijn stem ging er een golf van angst door mijn lichaam.

'Wat is er?' zei ik. 'Wat is er gebeurd?'

'Ik denk dat je hier moet komen.'

'Julian?'

'Hij gaat ineens hard achteruit. Hij heeft niet veel tijd meer. Als je hem nog wilt zien, moet je nu vertrekken.'

Ik zakte neer op de stoel bij de telefoon voordat mijn benen onder me bezweken. Natuurlijk had ik Bastiaan verteld waar ik patiënt 741 van kende en herinnerde hij zich wat ik hem meer dan tien jaar eerder bij onze ontmoeting over Julian had verteld. Maar sindsdien had ik niet meer over hem gesproken, dus toen hij hem onder behandeling nam had hij niet de link gelegd.

'Ik ben al op weg,' zei ik. 'Blijf bij hem, wil je? Totdat ik er ben?'

Ik hing op en wilde mijn jas pakken toen Ignac in de deuropening verscheen. 'Wat is er aan de hand?' vroeg hij. 'Gaat het om je oude vriend?'

Ik knikte. 'Volgens Bastiaan is zijn eind dichtbij. Ik moet hem zien voordat hij sterft.'

'Wil je dat ik met je meega?'

Ik dacht er even over na en waardeerde het gebaar maar schudde mijn hoofd. 'Het heeft geen zin,' zei ik. 'Je zou alleen maar op de gang zitten wachten zonder iets te kunnen doen. En bovendien is Bastiaan er ook voor mij. Blijf jij maar hier bij Emily. Of weet je, zeg haar naar huis te gaan en blijf hier in je eentje.'

Toen ik naar de deur liep kwam hij snel achter me aan. 'Er is nog niets besloten, hoor,' zei hij. 'Over Dublin, bedoel ik. Het aanbod ligt er, dat is alles. Emily wil gaan maar ik heb nog niet beslist.'

'We kunnen dit later bespreken,' zei ik. 'Ik moet nu gaan.'

Hij knikte. Daarna holde ik naar beneden, hield op straat een taxi aan, en ongeveer een kwartier later stapte ik uit de lift op de zevende verdieping, waar Bastiaan op me wachtte.

'Hoi,' zei ik toen hij opkeek. 'Hoe is het met hem?'

Hij knikte naar de stoelen in de wachtkamer en we gingen zitten. 'Het is bijna zover,' zei hij. Hij stak zijn hand uit en legde hem op de mijne. 'Zijn CD4-waarde is zo laag als ik nog nooit heb gezien. Hij heeft longontsteking en zijn inwendige organen gaan achteruit. We hebben het hem zo gerieflijk mogelijk gemaakt maar er is nu werkelijk niets meer wat we voor hem kunnen doen. Het is louter een kwestie van tijd. Ik wist niet eens zeker of hij het zou redden tot jij hier was.'

Ik voelde hoe zich binnen in me een enorme uitbarsting van verdriet ontwikkelde en worstelde met mijn emoties. Ik wist de afgelopen dagen natuurlijk dat dit eraan kwam maar had weinig tijd gekregen om me voor te bereiden.

'Kan ik Alice bellen?' vroeg ik. 'Hem de telefoon brengen?'

'Nee,' zei hij. 'Ik heb het hem gevraagd en hij wil het niet.'

'Maar misschien als hij haar stem hoort...'

'Nee, Cyril. Het is zijn leven. Het is zijn dood. Het is zijn keuze.'

'Goed,' zei ik. 'Is er nu iemand bij hem?'

'Shaniqua,' zei hij. 'Ze zei dat ze bij hem zou blijven totdat jij hier was.'

Ik liep naar kamer 703, klopte op de deur en deed hem open. Julian lag op zijn rug in bed, hij ademde zwaar, en toen Shaniqua me zag stond ze op.

'Hij is af en toe bij kennis,' zei ze zacht. 'Wil je dat ik hier blijf totdat het voorbij is?'

'Nee,' zei ik. 'Ik heb liever dat je ons alleen laat. Maar bedankt.'

Ze knikte en vertrok. De deur deed ze zachtjes achter zich dicht, waarna ik op de stoel naast het bed ging zitten en naar hem keek. Zijn adem kwam in schokjes naar buiten. Hij was zo uitgemergeld dat hij haast angstaanjagend was om te zien, maar ergens onder dat getekende gezicht lag de jongen die ik ooit had gekend, de jongen van wie ik had gehouden, de jongen in de sierstoel aan Dartmouth Square, de jongen wiens vriendschap ik had verraden. Ik stak mijn hand uit, pakte de zijne, en schrok toen ik zijn flinterdunne huid klam en broos tegen mijn handpalm voelde. Hij mompelde iets en na een poosje deed hij zijn ogen open en glimlachte.

'Cyril,' zei hij. 'Was je iets vergeten?'

'Wat bedoel je?'

'Je was hier net. Je bent net weggegaan.'

Ik schudde mijn hoofd. 'Dat was een paar dagen geleden, Julian. Ik ben teruggekomen om je op te zoeken.'

'O. Ik dacht dat het eerder vandaag was. Heb je Behan gezien?'

'Wie?'

'Brendan Behan. Hij staat daar bij de bar. Wij zouden hem een biertje aan moeten bieden.'

Ik keek even een andere kant op en wachtte totdat ik mijn emoties volledig onder controle had.

'We zitten niet meer in de Palace Bar,' zei ik zacht. 'We zijn niet in Dublin. We zijn in New York. Je bent in het ziekenhuis.'

'Dat klopt' zei hij, alsof hij me alleen maar mijn zin wilde geven.

'Is er iets wat ik voor je kan doen, Julian? Iets wat ik kan doen om je te helpen?'

Hij knipperde een paar keer met zijn ogen en keek me iets wakkerder aan. 'Wat zei ik net?' vroeg hij. 'Praatte ik onzin?'

'Je bent in de war, meer niet.'

'Ik lijk heldere momenten te hebben en momenten waarop ik niet weet wat er gebeurt. Het is raar om te weten dat je je laatste uur op aarde beleeft.'

'Zeg dat niet...'

'Maar het is waar. Ik voel het. En dokter Van den Bergh zei het me eerder ook met zoveel woorden. Hij is het, hè? Je vriend?'

Ik knikte, blij dat hij niet klonk alsof hij aanhalingstekens voor en achter het woord zette. 'Ja,' zei ik. 'Bastiaan. Hij zit in de gang, als je hem nodig hebt.'

'Ik heb hem niet nodig,' zei hij. 'Hij heeft gedaan wat hij kon. Hij lijkt mij een goede man.'

'Dat is hij.'

'Te goed voor jou.'

'Waarschijnlijk.'

Hij probeerde te lachen, maar de inspanning deed hem veel pijn en ik zag aan zijn gezicht dat hij vreselijk leed.

'Kalm aan,' zei ik. 'Ontspan.'

'Ik lig al weken in dit bed,' zei hij. 'Hoeveel ontspannener kan ik worden?'

'Misschien moet je niet praten.'

'Praten is het enige wat ik overheb. Als ik niet praat, kan ik het net zo goed opgeven. Ik ben blij dat je bent gekomen, echt waar. Heb ik je beledigd, de vorige keer dat je hier was?'

'Ik verdiende het,' zei ik.

'Waarschijnlijk. Maar ik ben blij dat je terug bent. Er is iets wat je voor me kunt doen. Als ik dood ben, bedoel ik.'

'Natuurlijk,' zei ik. 'Alles wat je wilt.'

'Ik wil dat je het Alice vertelt.'

Ik deed mijn ogen dicht, mijn hart zonk in mijn borst. Dat was iets waar ik werkelijk tegen opzag.

'Er is nog tijd,' zei ik. 'Tijd om met haar te praten.'

'Dat wil ik niet. Ik wil dat jij het haar vertelt. Als ik dood ben.'

'Weet je zeker dat ik daar de juiste persoon voor ben?' vroeg ik. 'Het is uiteindelijk veertien jaar later. Ik vind niet dat de eerste keer dat ik met haar spreek sinds onze trouwdag een telefoontje moet zijn om haar te zeggen dat... haar te zeggen...'

'Iemand moet het doen,' drong hij aan. 'Dat is je boetedoening. Vertel haar dat ik niet wilde dat ze me zo zag maar dat jij aan het einde bij me was en dat ik aan haar dacht. Er ligt een agenda in de la van het nachtkastje naast je. Daar vind je haar nummer in.'

'Ik weet niet of ik het kan,' zei ik, terwijl ik voelde dat de tranen langs mijn wangen begonnen te glijden.

'Als jij het niet doet, zal er een anonieme Garda bij haar aankloppen,' zei hij. 'En dat wil ik niet. En dat wil jij niet. Hij zal niet kunnen vertellen hoe het eindigde, hoe ik aan haar dacht, maar jij wel. Ik wil dat je haar vertelt dat ze de beste mens was die ik ooit heb gekend. En vertel Liam dat mijn leven een stuk leger zou zijn geweest zonder zijn aanwezigheid. Dat ik van hen allebei hield en dat deze hele toestand me spijt. Wil je dat voor me doen, Cyril? Alsjeblieft, ik heb je nooit iets gevraagd maar ik vraag je nu dit. En je kunt een stervende niet zijn laatste wens weigeren.'

'Goed,' zei ik. 'Als je dat wilt.'

'Ja.'

'Dan beloof ik dat ik het zal doen.'

We zwegen een hele tijd. Af en toe verscheen er een gepijnigde uitdrukking op Julians gezicht terwijl hij ongemakkelijk lag te draaien in bed.

'Wil je me over hem vertellen?' vroeg ik eindelijk.

'Over wie?'

'Over Liam. Over mijn zoon.'

'Hij is niet je zoon,' zei hij, en hij schudde zijn hoofd. 'Biologisch gezien wel. Maar verder niet.'

'Wat is hij voor jongen?'

'Sprekend zijn moeder. Hoewel iedereen zegt dat hij op mij lijkt. Maar hij heeft een heel andere persoonlijkheid. Hij is verlegen. Hij is stil. Wat dat betreft lijkt hij meer op jou.'

'Hadden jullie een nauwe band?'

'Hij was bijna mijn eigen zoon,' zei hij, en hij begon te huilen. 'Wel ironisch, eigenlijk.'

'Is hij gelukkig?' vroeg ik. 'Beleeft hij avonturen, zoals wij?'

'We hadden er wel een paar, nietwaar?' zei hij glimlachend.

'Klopt,' antwoordde ik.

'Weet je nog dat je ontvoerd werd door de IRA?' vroeg hij. 'Dat was me een middag.'

Ik schudde mijn hoofd. 'Nee, Julian,' zei ik. 'Dat was niet ik, dat was jij.'

'Ik?'

'Ja.'

'Ben ik ontvoerd?'

'Ja.'

'Waarom? Wat had ik ze gedaan?'

'Niets,' zei ik. 'Ze haatten je vader. Ze wilden dat hij losgeld zou betalen.'

'En heeft hij betaald?'

'Nee.'

'Typisch Max. Ze hebben mijn oor afgesneden,' zei hij, en hij bracht een hand naar zijn gezicht, maar de inspanning was te groot en hij liet hem weer op de lakens rusten.

'Klopt,' zei ik. 'Godver, wat een beesten.'

'Ik weet het nu weer,' zei hij. 'Ze waren meestal erg aardig voor me. Behalve als ze stukjes van me afsneden. Ik vertelde ze dat ik graag Mars-repen at en een van hen ging een hele doos voor me kopen. Hij zette ze in de koelkast om ze koel te houden. Ik sloot vriendschap met hem, geloof ik. Zijn naam weet ik niet meer.'

'Je hebt hem in de gevangenis opgezocht,' zei ik. 'Ik dacht dat je gek was.'

'Heb ik je ooit verteld dat ze bijna mijn pik hadden afgesneden?'

'Nee,' zei ik, twijfelend of het echt was gebeurd of dat zijn geheugen in de war was door zijn delirium.

'Echt waar,' zei hij. 'De nacht voordat de politie me vond. Ze zeiden dat ik kon kiezen. Dat ze of een van mijn ogen eruit zouden wippen of mijn pik afsnijden. Ze zeiden dat ik kon kiezen.'

'Jezus,' zei ik.

'Ik bedoel, ik zou uiteraard gezegd hebben: mijn oog. Waarschijnlijk het oog tegenover het ontbrekende oor, puur om de zaak in evenwicht te brengen. Maar stel dat ze echt mijn pik hadden afgesneden? Dan zou ik hier nu toch niet liggen? Dan zou dit allemaal niet gebeurd zijn.'

'Zo kun je de zaak ook bekijken,' zei ik.

'Ze zouden mijn leven hebben gered.'

'Misschien.'

'Nee, je hebt gelijk. Ik zou al dood zijn, want ik had me waarschijnlijk van kant gemaakt als ze mijn pik hadden afgesneden. Ik had absoluut niet pikloos door het leven willen gaan. Verbazingwekkend, nietwaar, dat een klein onderdeel van onze anatomie ons leven volledig beheerst?'

'Klein?' zei ik, met een wenkbrauw omhoog. 'Bij jou misschien.'

Hij lachte en knikte. 'De dag dat we elkaar ontmoetten,' zei hij. 'Je nam me mee naar je slaapkamer en vroeg of je de mijne mocht zien. Weet je nog? Toen had ik het moeten weten. Toen had ik je obscene geheimpje door moeten hebben.'

'Niet waar,' zei ik nadrukkelijk. 'Dat zeg je al die jaren al maar het is nooit gebeurd. Jíj wilde naar die van mij kijken.'

'Nee,' zei hij. 'Dat kan ik me niet voorstellen. Daar zou ik niet in geïnteresseerd zijn geweest.'

'Je was van meet af aan geobsedeerd door seks.'

'Ja, dat klopt. Ik flirtte ook geregeld met je moeder, weet je.'

'Je hebt mijn moeder nooit gekend. Net zomin als ik.'

'Natuurlijk wel. Maude.'

'Ze was mijn pleegmoeder.'

'O ja,' zei hij, en hij wuifde het onderscheid weg. 'Daar kwam je steeds weer mee.'

'Zíj kwamen er steeds weer mee. Vanaf de dag dat ze me daar in huis haalden. En je viel toch zeker niet echt op haar? Ze was oud genoeg om ook jouw pleegmoeder te zijn.'

'Toch wel. Ik had niet echt iets met oudere vrouwen, maar Maude was anders. En zij viel ook op mij. Ooit vertelde ze dat ik de mooiste jongen was die ze in haar leven had gezien.'

'Nee hoor. Dat soort dingen zei ze niet.'

'Geloof maar wat je wilt.'

'Je was zéven.'

'Ze zei het.'

'Jezus,' zei ik, en ik schudde mijn hoofd. 'Soms denk ik dat mijn leven een stuk beter was geweest als ik nooit seksuele neigingen had gehad.'

'Je kunt niet leven als een eunuch. Dat kan niemand. Als de IRA mijn pik had afgesneden had ik me een kogel door mijn hoofd gejaagd. Denk je dat dit een straf is voor alles wat ik heb gedaan?'

'Geen moment,' zei ik.

'Ik keek naar het nieuws,' zei hij. 'Er waren mensen op, parlementariërs, die zeiden dat mensen met aids...'

'Geen seconde aandacht besteden aan die hufters,' zei ik. 'Ze weten niets. Het is een verachtelijk slag. Je hebt pech gehad, meer niet. Iedereen die op deze verdieping komt heeft pech gehad. Meer is er niet aan de hand.'

'Het zal wel,' zei hij zuchtend, voordat hij een pijnkreet slaakte.

'Julian!' zei ik, en ik sprong op.

'Alles oké,' zei hij.

Maar voordat hij kon ontspannen, slaakte hij nog een kreet en ik sprong op en liep naar de deur om Bastiaan te halen.

'Niet doen,' zei hij. 'Laat me niet in de steek, Cyril, alsjeblieft.'

'Maar als ik een dokter roep...'

'Laat me niet in de steek. Ze kunnen toch niets doen.'

Ik knikte en kwam terug naar de stoel, ging zitten en pakte zijn hand weer vast.

'Ik heb spijt van alles wat ik jou en Alice ooit heb aangedaan en dat jij achterbaks vond,' zei ik. 'Echt vreselijke spijt. Als ik terug kon gaan, als ik de man zou kunnen zijn die ik nu ben maar weer jong...'

'Het is verleden tijd,' zei hij, en zijn ogen begonnen dicht te vallen. 'Wat zou het Alice hebben geholpen om haar leven lang met jou getrouwd te zijn? Hoewel, ze heeft nu in de loop der jaren af en toe kunnen neuken.'

Ik glimlachte.

'Ik ga dood,' fluisterde hij even later. 'Cyril, ik ga dood. Ik voel dat ik doodga.'

Het lag op het puntje van mijn tong om te zeggen *Niet doen*, of *Vecht ertegen*, of *Blijf*, maar ik zei niets. De ziekte was eindelijk aan het winnen.

'Ik hield van je,' zei ik, en ik boog naar hem over. 'Jij was mijn beste vriend.'

'Ik hield ook van jou,' fluisterde hij, en toen verscheen er een geschrokken uitdrukking op zijn gezicht: 'Ik zie je niet.'

'Ik ben hier.'

'Ik zie je niet. Alleen duisternis.'

'Ik ben hier, Julian. Ik ben hier. Kun je me horen?'

'Ik hoor je. Maar ik zie je niet. Wil je me vasthouden?'

Ik hield zijn hand al vast en kneep er even in om zeker te laten weten dat ik er was.

'Nee,' zei hij. 'Me vasthouden. Ik wil weer worden vastgehouden. Nog één keer.'

Ik aarzelde, wist niet precies wat hij bedoelde. Toen liet ik zijn hand los en liep naar de andere kant van het bed, ging naast hem liggen en sloeg mijn armen om zijn magere, bevende lijf. Hoe vaak had ik in mijn jeugd niet gedroomd van een dergelijk moment en nu was alles wat ik kon doen mijn gezicht in zijn rug drukken en huilen.

'Cyril...' fluisterde Julian.

'Laat het los,' fluisterde ik terug.

'Alice...' zei hij, terwijl zijn lichaam in mijn omhelzing ontspande en ik hem vasthield, schijnbaar eindeloos, ook al duurde het vermoedelijk maar een paar minuten voordat zijn ademhaling trager begon te worden en uiteindelijk verdween. Ik hield hem vast totdat Bastiaan binnenkwam, de monitor controleerde en me vertelde dat het voorbij was, dat Julian gestorven was en ik bleef hem nog een paar minuten vasthouden totdat het tijd was om op te staan en de verpleegkundigen hun werk te laten doen. Toen namen we de lift omlaag naar de begane grond en liepen het ziekenhuis uit. Bastiaan stak een hand omhoog om een taxi te roepen en op dat moment maakte ik de grootste fout van mijn leven.

'Nee,' zei ik. 'Het regent niet meer. Laten we gaan lopen. Ik heb frisse lucht nodig.'

En dus gingen we te voet op weg naar huis.

Central Park

We liepen zwijgend door de brede straten en Central Park in.

'Ik ben zijn agenda vergeten,' zei ik, en ik bleef stilstaan midden op een van de met bomen omzoomde paden. 'In zijn nachtkastje laten liggen.'

'Heb je hem nodig?' vroeg Bastiaan.

'Ik heb beloofd Alice te bellen. Zijn zus. Ik moet het haar vertellen.'

'Je kunt hem morgen halen. Zijn persoonlijke eigendommen worden bij elkaar gelegd.'

'Nee,' zei ik hoofdschuddend. 'Nee, ik moet het haar vanavond vertellen. We moeten terug.'

'Het is laat,' zei Bastiaan. 'En je bent overstuur. Wacht tot morgen.'

Ik begon te rillen van de kou en voordat ik het wist huilde ik tranen die ik niet kon inhouden.

'Hé,' zei Bastiaan. Hij trok me tegen zich aan en sloeg zijn armen om me heen. 'Niet huilen. Ik ben hier voor jou. Ik zal er altijd voor je zijn. Ik hou van je.'

Toen riep een stem: 'Hé, rugtuffers!'

Ik draaide me om en zag drie mannen op ons af komen hollen.

Daar houden mijn herinneringen op.

DEEL III

VREDE

1994

Vaders en zonen

Van de club

Toen mijn pleegvader begin jaren vijftig als gast van de Ierse regering voor het eerst een periode doorbracht in de Mountjoy-gevangenis, had ik hem nooit mogen bezoeken. Natuurlijk was ik in die tijd nog maar een kind en had Maude geen zin in gênante of louterende samenkomsten achter tralies met ons drieën, maar de gedachte om de binnenkant van een gevangenis te zien liet me niet los sinds de zevenjarige Julian me had verklaard dat hij van Max aanwezig had mogen zijn bij een onderhoud met een cliënt die zijn vrouw had vermoord. Bij mijn beste weten ging Maude ook nooit op bezoek, al kreeg ze wekelijks een bezoekformulier. In plaats van die weg te doen, bewaarde ze elk ervan zorgvuldig en legde ze keurig opgestapeld op de telefoonstandaard bij de voordeur van onze kleine flat. Toen ik haar op een keer vroeg of ze ooit zo'n kostbaar toegangsbewijs zou gebruiken voor het doel waarvoor het bestemd was, antwoordde ze door haar sigaret langzaam uit haar mond te nemen en midden op de stapel uit te drukken.

'Is dat een antwoord op je vraag?' vroeg ze terwijl ze me met een scheef glimlachje aankeek.

'Nou, misschien zou ík op bezoek kunnen gaan,' stelde ik voor, waarop ze fronsend haar sigarettenkoker opendeed en haar vierenzestigste rokertje van die dag pakte.

'Vreemd dat je dat zegt,' antwoordde ze. 'Waarom zou je in 's hemelsnaam zoiets pervers willen doen?'

'Omdat Charles mijn vader is. En misschien is hij wel blij met het bezoek.'

'Charles is je vader niet,' zei ze nadrukkelijk. 'Hij is je pleegvader. Hoe vaak moeten we dat nog zeggen? Je moet je niets in je hoofd halen, Cyril.'

'Maar toch, een vriendelijk gezicht…'

'Maar ik vind helemaal niet dat je een vriendelijk gezicht hebt. Eerlijk gezegd heb ik je gezicht altijd nogal nors gevonden. Misschien zou je daar iets aan moeten doen.'

'Iemand die hem kent dan?'

'Hij leert genoeg mensen kennen, dat weet ik zeker,' zei ze en ze stak de sigaret op. 'Voor zover ik het begrijp, heerst er een grote gemeenschapszin in gevangenissen. Iemand als Charles zorgt er vast wel voor dat hij niets tekortkomt. Hij heeft er in het verleden nooit moeite mee gehad om bij onbekenden in de gunst te komen. Nee, geen sprake van, ben ik bang. Ik kan het eenvoudigweg niet toestaan.

En dus was ik nooit gegaan. Maar deze keer, bij Charles' tweede ervaring achter de tralies, was ik een volwassen man, bijna vijftig jaar oud, en had ik van niemand toestemming nodig. Dus toen het bezoekformulier arriveerde voelde ik me heel opgewonden bij het vooruitzicht te zien hoe crimineel volk werd behandeld.

Het was een prachtige Dublinse ochtend en hoewel ik vanwege mijn been geen lange wandelingen meer kon maken, besloot ik dat ik een paar kilometer wel aankon. Ik nam mijn kruk van de plek waar hij hing, naast de voordeur, en liep door Pearse Street naar de O'Connell Street Bridge, stak de Liffey over, waarna ik links bleef lopen zoals ik altijd deed om de plek bij het Clerys-warenhuis te vermijden waar ik ooit onopzettelijk de dood had veroorzaakt van zowel Mary-Margaret Muffet als een volijverig, zij het homofoob personeelslid van An Garda Síochána. De Zuil van Nelson was natuurlijk allang verdwenen. Nadat de IRA de admiraal van zijn voetstuk had laten tuimelen was de resterende constructie neergehaald bij een gecontroleerde explosie die zo vreselijk knullig was opgezet dat de helft van de winkelruiten in O'Connell Street was gesprongen, met duizenden ponden schade. Maar de herinneringen gingen niet weg en ik had er geen behoefte aan ze nog eens te beleven.

Aan het begin van de straat liep ik langs het Iers Schrijverscentrum, waar ik nog maar een paar weken geleden de presentatie had bijgewoond van Ignac' vierde kinderboek, het nieuwste in zijn enorm populaire reeks over een Sloveense jongen die door de tijd reist, waarmee Ignac kinderen (en veel volwassenen) overal ter wereld aansprak. Alle schrijvers van Dublin waren uiteraard aanwezig en toen de identiteit van mijn pleegmoeder de ronde deed, kwamen diverse schrijvers zich voorstellen en me vragen voorleggen over haar romans, waar ik absoluut geen antwoord op wist. Een uitgever polste me of ik zin had het voorwoord te schrijven voor een jubileumuitgave van *Gelijk de leeuwerik,* maar dat sloeg ik af, zelfs toen hij zei dat er tweehonderd pond aan te verdienen viel als ik een goed stuk afleverde. Een journalist die ik een aantal keer in *The Late Late Show* had gezien kwam me vertellen dat Maude de meest overschatte schrijfster van Ierland was, dat het romangenre aan vrouwelijke schrijvers niet besteed was, waarna een tien minuten lange uitleg volgde over de redenen waarom, totdat Rebecca, Ignac' echtgenote, me kwam redden, waar ik haar oneindig dankbaar voor was.

Daarna Dorset Street en linksaf naar het Mater-ziekenhuis, en ook toen ik in de buurt van de gevangenis kwam voelde ik me ongewoon monter, want het was zo'n heerlijke ochtend waarop je blij bent te leven. Zeven jaar waren voorbijgegaan sinds die vreselijke nacht in New York toen ik binnen een uur de enige twee mannen verloor van wie ik ooit had gehouden, zes jaar sinds de rechtszaak, vijf sinds ik voorgoed uit de States vertrok na een stuk of vijf operaties aan mijn been, vier sinds ik was teruggekeerd naar het Europese vasteland, drie sinds ik weer in Dublin was, twee sinds de arrestatie van Charles wegens fraude en belastingontduiking en één sinds hij weer in de gevangenis zat en eindelijk had geprobeerd met mij in contact te komen in de hoop op enige steun van een zoon.

In het begin had ik ernstige twijfel of ik naar Ierland zou terugkeren. Tijdens mijn jaren in ballingschap had ik er vaak naar verlangd de straten van mijn kindertijd nog eens te verkennen, maar dat had een onmogelijke droom geleken.

In de praktijk voelde ik me evenwel mateloos gelukkig omdat ik terug was en in zekere zin opgelucht dat mijn jaren van reizen achter de rug waren. En ik vond zelfs werk op een van de plekken waar ik vroeger graag kwam, de bibliotheek van de Dáil Éireann aan Kildare Street, een rustige studieruimte, waar de TD's zelf zelden kwamen, maar die meestal werd bevolkt door parlementair assistenten en rijksambtenaren die antwoorden zochten op vragen die hun minister later die dag in het parlement zouden kunnen worden gesteld.

Ook kwam ik in de Dáil Éireann iemand van vroeger tegen, juffrouw Anna Ambrosia van het ministerie van Onderwijs, naast wie ik halverwege de jaren zestig een korte periode had gewerkt. Juffrouw Ambrosia bleek inderdaad getrouwd met haar Joodse vriend met de on-Joodse naam Peadar

O'Múrchú, en had zes dochters gekregen, van wie elke volgende, vertelde ze, telkens moeilijker in de hand was te houden. In de tussenliggende jaren was het goed gegaan met haar carrière en op haar drieënvijftigste was ze senior rijksambtenaar op het ministerie, een functie die ooit bekleed was door juffrouw Joyce. Toen ze op een ochtend even binnenliep in de bibliotheek herkenden we elkaar op slag en we spraken af om bij te praten tijdens mijn middagpauze in de tearoom op de bovenverdieping.

'Raad eens met hoeveel ministers ik slag heb moeten leveren,' vroeg ze.

'Weet ik niet,' zei ik. 'Acht? Negen?'

'Zeventien. Een zootje sukkels, stuk voor stuk. De ene helft is compleet analfabeet en de andere helft kan nog geen staartdeling maken. De ironie wil dat het minst snuggere lid van de regering uiteindelijk steevast Onderwijs lijkt te moeten krijgen. En je weet wel wie ervoor moet zorgen dat ze een goede indruk maken, hè? Mijn persoontje dus. Wie was de minister toen jij hier werkte, weet je dat nog?'

Ik noemde de naam van de man en ze rolde met haar ogen. 'O, die idioot,' zei ze. 'Hij raakte zijn zetel kwijt bij de volgende verkiezingen. Sloeg hij je niet in je gezicht toen hij werd betrapt met zijn broek op zijn enkels?

'Nee, dat was de persvoorlichter,' zei ik. 'Mooie tijd.'

'Ik weet niet waarom ik daar zo lang ben gebleven, echt niet,' zei ze weemoedig. 'Misschien had ik moeten gaan reizen, zoals jij hebt gedaan. Je moet alles bij elkaar toch een geweldige tijd hebben beleefd.'

'Goede en kwade dagen,' zei ik. 'Heb je er dan nooit over gedacht weg te gaan?'

'Ik heb erover gedacht,' zei ze. 'Maar je weet hoe dat gaat, Cyril, in de ambtenarij. Zet een voet op de ladder en je zit voor je hele leven vast. En toen ze de regels zo veranderden dat getrouwde vrouwen mochten blijven, wilde ik dat doen om het gelijk ervan te bewijzen. Met zes kinderen hadden Peadar en ik het geld trouwens nodig. Ik klaag niet, ik ben hier meestal gelukkig geweest. Behalve toen ik totaal in de vernieling zat.'

Vanuit een ooghoek zag ik een jonge serveerster die met een panische blik op de klok binnen kwam hollen – rood aangelopen en te laat, nam ik aan –, en toen ze achter de counter verdween kwam er vanuit de keuken een ander vertrouwd gezicht uit vroeger tijden tevoorschijn, de beheerster van de tearoom, van wie ze een standje kreeg.

'Het spijt me, mevrouw Goggin,' zei het meisje. 'Het kwam door de bussen, daar kun je gewoon niet op rekenen en...'

'Als dat zo is, Jacinta, dan ben jijzelf misschien ook een bus,' klonk de reactie. 'Want op jou valt even weinig te rekenen als op bus 16.'

Juffrouw Ambrosia – Anna – keek hoe de uitbrander verder verliep en trok een grimas. 'Die vrouw laat niet met zich sollen,' zei ze. 'Ze beheert deze tearoom met ijzeren vuist. Zelfs Charlie Haughey was bang van haar. Ze heeft hem er op een dag uit gegooid toen hij zijn hand op het achterwerk van een serveerster legde.'

'Onlangs kwam hij binnenlopen in de bibliotheek,' zei ik. 'Ik had hem daar nog nooit gezien. Hij keek verbaasd om zich heen en zei: "Ik denk dat ik ergens de verkeerde afslag heb genomen."'

'Iemand zou die opmerking moeten onthouden,' zei Anna. 'Die zouden ze op zijn grafsteen kunnen plaatsen.'

'Mevrouw Goggin moet hier intussen toch al wel eeuwen zijn,' zei ik. 'Ik weet nog dat ze hier al werkte toen ik nog maar een jongetje was.'

'Ze gaat binnenkort met pensioen,' zei Anna. 'Dat is me althans verteld. Over een paar weken wordt ze vijfenzestig. Maar wat heb jij me allemaal te vertellen? Is het waar wat ik over je heb gehoord? Dat je bent weggelopen op je trouwdag voordat je het jawoord kon geven?'

'Waar heb je dat gehoord?' vroeg ik.

'Och, ik weet niet meer. Roddels verspreiden zich hier als een lopend vuurtje, dat weet je.'

'Nou, het is half waar,' gaf ik toe. 'De fase van het jawoord heb ik overleefd. Pas toen de receptie begon ben ik ervandoor gegaan.'

'Jezusmina,' zei ze. Ze schudde haar hoofd en probeerde niet in de lach te schieten. 'Wat een knuppel.'

'Dat heb ik vaker gehoord.'

'Waarom deed je dat?'

'Dat is een lang verhaal.'

'En ben je nooit meer getrouwd?'

'Nee. Maar vertel eens,' zei ik snel. 'Wat is er allemaal gebeurd met die andere twee met wie we samenwerkten, juffrouw Joyce and meneer Denby-Denby? Heb je nog contact met hen?'

Ze zette haar kopje neer en boog zich voorover. 'Nou, dat is een heel verhaal,' zei ze. 'Juffrouw Joyce is haar baan verloren nadat ze een verhouding was begonnen met de minister van Defensie.'

'Nee!' zei ik verrast. 'Ze leek altijd zo zedig!'

'O, dat zijn de ergsten. Hoe dan ook, ze was smoorverliefd op de man, maar hij was uiteraard getrouwd en toen ze een beetje klef werd en meer wilde dan hij bereid was te bieden zorgde hij ervoor dat ze haar geld kreeg en eruit werd getrapt. Daar was ze absoluut niet blij mee, dat wil ik je best zeggen, maar wat kon ze doen? De ministers konden destijds altijd hun zin doordrijven. Dat is grotendeels nog steeds het geval. Ze probeerde haar verhaal aan de kranten te verkopen, maar die wilden de arme man niet te hard vallen omdat hij een gezin had. De aartsbisschop is gaan praten met de uitgever van *The Irish Press*.

'En hoe is het juffrouw Joyce nadien vergaan?'

'Het laatste wat ik heb gehoord is dat ze verhuisde naar Enniscorthy en daar een boekwinkel heeft geopend. Daarna hoorde ik dat ze een liedje had geschreven dat bijna het Eurovisie Songfestival had gehaald. Dat is het laatste wat ik weet.'

'En meneer Denby-Denby?' vroeg ik. 'Wat is er van hem geworden? Ik neem aan dat hij ondertussen met pensioen is?'

'Nou, dat was een heel triest verhaal,' zei ze, terwijl ze haar ogen neersloeg en haar glimlach langzaam verdween.

'Waarom, wat is er gebeurd?' vroeg ik.

'Ik neem aan dat je de Ierse kranten niet hebt bijgehouden toen je weg was?'

'Niet heel vaak,' gaf ik toe. 'Waarom?'

'O dat was vreselijk,' zei ze. Ze schudde haar hoofd en huiverde licht. 'Hij werd vermoord.'

'Vermóórd?' vroeg ik, misschien iets te luid, want ik zag dat mevrouw Goggin een blik op me wierp, hoewel ze een andere kant op keek toen onze ogen elkaar ontmoetten.

'Inderdaad, vermoord,' herhaalde Anna. 'Je weet natuurlijk wel dat hij van de club was?'

'Van de wát?' vroeg ik naïef.

'Van de club.'

'Welke club?'

'Een poot.'

'O juist,' zei ik. 'Ja, nou, ik ging er altijd al wel van uit dat hij dat was, ondanks zijn voortdurende toespelingen op de legendarische mevrouw

Denby-Denby en alle kleine Denby-Denby's. Had hij die verzonnen?'

'O nee, die bestonden wel degelijk,' zei ze. 'Maar het land wemelde in die tijd van de mevrouwen Denby-Denby, die geen flauw idee hadden van wat hun echtgenoten achter hun rug allemaal in hun schild voerden. Nou, dat weet jij beter dan wie ook, neem ik aan. Heb ik gelijk als ik denk dat jij ook van de club bent?'

'Ja,' gaf ik toe.

'Had ik altijd al gedacht. Ik herinner me dat je nooit in me geïnteresseerd leek in de tijd dat we samenwerkten en op een dag zei ik tegen juffrouw Joyce dat je volgens mij van de club moest zijn, maar zij zei nee, daar was je veel te aardig voor.'

'Dat mag ik vast als een compliment opvatten,' zei ik.

'Het is toch erg ín, tegenwoordig?'

'Wat is ín?'

'Van de club zijn.'

'Ik weet niet,' zei ik. 'Is dat zo?'

'O jawel,' zei ze. 'Je hebt Boy George, je hebt David Norris... En de helft van het parlement natuurlijk, al houden die het voor zich. De jongste zoon van mijn buurvrouw is er ook een.' Ze haalde haar schouders op en snoof. 'Zij vindt het natuurlijk een schande, maar ik zeg niks. Ik vel eigenlijk nooit van dat soort oordelen. Bij mij in de buurt zijn ook twee vrouwen die een bloemenwinkel drijven en de flat erboven delen; volgens Peadar zijn die er ook van. Ik heb zelfs nooit geweten dat vrouwen dat ook konden zijn. Bij een man vind je het niet zo erg, maar bij een vrouw is het vreemd, vind je niet?'

'Ik heb er nooit zo over nagedacht,' zei ik. 'Maar ik neem aan dat er niet zo veel verschil tussen is.'

'O wat ben je hypermodern geworden, Cyril. Dat komt door het wonen in het buitenland, neem ik aan. Mijn op een na oudste dochter, Louise, wil met haar vriendinnen op een J-1-visum naar Amerika en ik doe al het mogelijke om haar tegen te houden, want ze zijn daarginds vreselijk modern. Als ze naar Amerika gaat, dan zal ze uiteindelijk verkracht worden door een zwarte en een abortus ondergaan, dat weet ik gewoon.'

'Godallemachtig,' zei ik, terwijl ik me verslikte in mijn thee. 'In hemelsnaam, Anna, zoiets kun je toch niet zeggen?'

'Waarom niet? Het is waar.'

'Het is helemaal niet waar. En je klinkt erg bekrompen als je dat zegt.'

'Ik ben geen racist, als je dat bedoelt. Vergeet niet dat mijn man Jood is.'

'Maar dan nog,' zei ik, terwijl ik me afvroeg of ik niet gewoon weg kon lopen voordat ze haar mond weer opendeed.

'Louise zegt dat ze gaat, ongeacht wat haar vader en ik zeggen. Dat wordt dus eigen schuld, dikke bult, heb ik haar gezegd, maar of ze zal luisteren? Nee. Waren wij volgens jou ook zo op die leeftijd? Heb jij je ouders ook zo veel verdriet bezorgd?'

'Nou, ik heb een nogal ongewone opvoeding genoten,' zei ik.

'O ja. Ik herinner me dat je daar destijds iets over verteld hebt. Wie is je moeder, Edna O'Brien of zo, toch?'

'Maude Avery,' zei ik. 'Pleegmoeder.'

'O ja, Maude Avery. Je zou verdorie denken dat ze Tolstoj zelf was als je hoort hoe de mensen over haar doordrammen…'

'Meneer Denby-Denby,' onderbrak ik haar voordat ze in die richting zou afdwalen. 'Je was aan het vertellen hoe hij is vermoord.'

'Een vreselijk verhaal,' zei ze; ze boog zich voorover en dempte haar stem. 'Het bleek dus dat meneer Denby-Denby buiten medeweten van zijn vrouw een goedkoop flatje huurde aan Gardner Street. Op gezette tijden ging hij langs een van de grachten een jonge jongen oppikken en bracht die daarheen voor een beetje je-weet-wel. Dat heeft naar het schijnt jaren geduurd. Nou, in een van die nachten moet het uit de hand zijn gelopen, want de buren meldden dat er op een gegeven moment een vreselijke stank uit zijn flat kwam, en hij werd daar twee weken later gevonden met een hand vastgeketend aan een radiator, een halve sinaasappel in zijn mond en zijn broek om zijn enkels gewikkeld.'

'Jezus,' zei ik, huiverend bij dat beeld. 'En hebben ze die jongen ooit te pakken gekregen?'

'Ja. Uiteindelijk wel. Hij heeft levenslang gekregen.'

'Arme Denby-Denby,' zei ik. 'Wat vreselijk om zo aan je einde te komen.'

'Ik neem aan dat je daar destijds volledig van op de hoogte was?'

'Waarvan?' vroeg ik.

'Over meneer Denby-Denby. Zijn jij en hij ooit…?'

'Natuurlijk niet,' zei ik, gruwend bij het idee. 'Hij was oud genoeg om mijn vader te zijn.'

Anna keek me aan alsof ze niet helemaal overtuigd was. 'Je moet erg oppassen, Cyril,' zei ze. 'Met die homohoeren langs de grachten, bedoel ik. Denk alleen maar aan de ziekten die ze bij zich dragen. Ze hebben allemaal aids. En ze vermoorden je voor je het weet. Ik hoop dat je je niet voor zoiets leent.'

Ik wist niet of ik moest lachen of beledigd zijn. Ik had namelijk in zeven jaar geen andere man gekust en voelde geen behoefte om het ooit nog te doen. Het laatste wat ik zou doen was midden in de nacht het Grand Canal aflopen om een goedkope hoer te versieren.

'Zal ik nog een pot thee brengen?' vroeg de serveerster, Jacinta, die nu bij ons kwam staan, maar voordat ik kon antwoorden, schudde Anna haar hoofd.

'Kan niet,' zei Anna. 'Ik moet weer naar kantoor. Die ramen kijken niet de hele middag zelf naar buiten. Maar het was goed om je te zien, Cyril,' voegde ze er nog aan toe terwijl ze opstond. 'Ik loop je vast wel weer tegen het lijf, beneden in de bibliotheek? Ben je daar elke dag?'

'Elke dag behalve vrijdag,' zei ik. 'En alleen als de Dáil zitting houdt.'

'Heel goed,' zei ze. 'We zullen een andere keer zeker bijpraten. Vergeet niet wat ik heb gezegd en haal je geen moeilijkheden op de hals. Ik wil niet nog een meneer Denby-Denby op mijn geweten hebben.'

Ik knikte en toen ze wegliep vroeg ik de serveerster nog een pot thee te brengen, en toen die een paar minuten later arriveerde, werd hij gebracht door mevrouw Goggin.

'Vindt u het erg als ik even bij u kom zitten?' vroeg ze. 'U bent meneer Avery toch?'

'Dat klopt,' zei ik. 'Cyril. Gaat u zitten alstublieft.'

'Ik ben Catherine Goggin. Ik weet niet of u me nog kent maar...'

'Natuurlijk ken ik u nog. Fijn u weer te zien.'

'En u werkt weer in de Dáil?'

'Ja, dat lijkt mijn straf te zijn. In de bibliotheek. Nog maar een paar weken, maar ik vind het leuk.'

'Dit gebouw trekt u aan, hè?' vroeg ze glimlachend. 'U kunt er niet los van komen. Maar ik ben in elk geval blij u weer te zien. Heb ik het goed gehoord dat u intussen in de States bent geweest?'

'Een poosje, ja. En op het vasteland van Europa.'

'En uw been,' vroeg ze, knikkend naar mijn kruk. 'Hebt u zich onlangs bezeerd?'

'Nee, dat dateert van zeven jaar geleden,' vertelde ik. 'Toen ik in New York woonde. Mijn vriend en ik werden aangevallen toen we 's avonds door Central Park wandelden.'

'O lieve heer,' zei ze. 'Wat vreselijk. En uw vriend, ongedeerd gebleven?'

'Nee, hij is overleden,' zei ik. 'Heel snel. Nog voordat de ziekenwagen er was.'

'En hebben ze de daders ooit gevonden?'

'Nee,' zei ik en ik schudde mijn hoofd. 'Al geloof ik niet dat ze hard naar ze hebben gezocht.'

'Ach, het spijt me vreselijk dat te horen,' zei ze. 'Ik had het misschien niet moeten vragen. Het gaat me niet aan.'

'Dat geeft niet.'

'Ik herinner me de vorige keer dat u hier was. U deed me altijd denken aan iemand die ik jaren geleden heb gekend. U lijkt op hem.'

'Iemand die u erg goed hebt gekend?' vroeg ik.

'Niet echt,' zei ze, en ze keek opzij. 'Gewoon, een oom van me. Heel lang geleden.'

'Ik herinner me uw zoon,' zei ik. 'Hoe gaat het met hem tegenwoordig?'

'Mijn zoon?' Ze keek me ineens scherp aan en fronste haar wenkbrauwen. 'Wat bedoelt u?'

'U hebt toch een zoon?' vroeg ik. 'Ik kwam u beiden ooit tegen, nu meer dan twintig jaar geleden, in een café. U zult het waarschijnlijk niet meer weten. Het was op de ochtend van mijn trouwdag, vandaar dat het in mijn geheugen gegrift is. Maar zijn naam schiet me niet te binnen, en...'

'Jonathan.'

'O ja. Hij was een voorlijk kereltje, kan ik me herinneren.'

Ze glimlachte. 'Hij is nu arts. Psychiater. Hij is zelf een paar weken geleden getrouwd met een lief meisje, Melanie. Ze kennen elkaar al vanaf hun kindertijd.'

'Hebt u nog andere?' vroeg ik.

'Andere wat?'

'Andere kinderen?'

Ze was even stil en schudde toen haar hoofd. 'Nee,' zei ze. 'En u?'

'Ik heb een zoon,' zei ik. 'Liam. Hij is twintig.'

'Nou, dat moet prettig voor u zijn.'

Ik haalde lichtjes mijn schouders op, ik wist niet waarom ik haar in vertrouwen nam. 'We hebben geen hechte band,' zei ik. 'Ik was er niet toen hij opgroeide en dat neemt hij me kwalijk. Dat is heel begrijpelijk, maar ik lijk de afstand tussen ons niet te kunnen overbruggen, hoe hard ik ook mijn best doe.'

'Blijven proberen, nog meer moeite doen,' zei ze. 'Zorg ervoor hem een vaste plaats in uw leven te geven, dat is belangrijk. Verlies hem nooit uit het oog.'

De deuren gingen open en er kwam een groep TD's met luide, arrogante stemmen binnenlopen. Ze slaakte een zucht en stond op.

'Goed,' zei ze. 'Ik moet maar weer eens aan de slag. Ik zal u hier vast nog regelmatig zien nu u bij ons terug bent.'

'Jazeker,' zei ik, terwijl ik haar weg zag lopen, en om een of andere reden kwam dat gesprek bij me boven toen ik de poort van de Mountjoy-gevangenis naderde. Ik liet de dienstdoende ambtenaar mijn pas en bezoekformulier zien. Hij las het zorgvuldig en zei dat ik mijn jasje en schoenen moest uittrekken en door een metaaldetector moest lopen, maar al die tijd dacht ik aan de manier waarop mevrouw Goggin naar me had gekeken, en voelde ik een vreemde drang om het gesprek met haar een andere keer voort te zetten.

The Mountjoy

De wachtkamer van een gevangenis blijkt een goede plek te zijn voor het gelijkschakelen van mensen, want familie en vrienden van celgenoten uit alle sociale klassen en met verschillende niveaus van verontwaardiging, gêne en dikdoenerij komen daar bijeen. Ik ging achterin zitten op een witte plastic stoel die aan de grond was vastgespijkerd en probeerde de geur van ontsmettingsmiddelen die er hing te negeren. In de rechterarmleuning van mijn stoel stond de ingekerfde mededeling te lezen over een 'Deano' die 'dran gaat', terwijl de linkerarmleuning over diezelfde Deano meldde dat hij 'super peipt'. Aan de muur tegenover me hing een poster met de afbeelding van een montere politieagent, een joviale jongeman en een haast hysterische oudere vrouw die naast elkaar stonden onder de slogan SAMEN SLAAN WE ONS ERDOORHEEN!, en het leek me dat dat alleen bedoeld kon zijn als een ironische uitspraak over het leven in de gevangenis.

Toen ik een blik om me heen wierp zag ik een jonge vrouw in een joggingpak slag leveren met een kind dat een hanenkam droeg met een groene rand als aanvulling op de reeks avocadokleurige ringetjes in zijn linkeroorlel. Het lukte haar niet hem in de hand te houden, waarna ze haar aandacht richtte op een baby die in de kinderwagen naast haar lag te miauwen als een kat die door het dolle heen is.

'U hebt uw handen vol, zeg,' merkte ik met een meevoelende blik op toen het oudste jongetje over de lege stoelen holde en vlak voor verschillende mensen halt hield, zichzelf in een menselijk geweer veranderde en zijn nietsvermoedende slachtoffers volop onder vuur nam, een kunstje dat hij vast had geleerd van zijn opgesloten vader.

'Sodemieter op zeg, ouwe peejdo,' zei de vrouw langs haar neus weg.

Ik begreep de hint: zij en ik waren niet voorbestemd voor persoonlijk contact, en ik verhuisde naar een ander deel van de wachtkamer. Daar zat ik naast een dame van ongeveer mijn leeftijd, die er doodsbenauwd uitzag doordat ze op zo'n vreselijke plek was terechtgekomen. Ze hield haar handtas stevig vast op haar schoot en haar ogen vlogen heen en weer alsof ze nog nooit zulke vreselijke exemplaren van het genus mens had gezien.

'Uw eerste keer hier?' vroeg ik en ze knikte.

'Natuurlijk,' zei ze. En toen, met veelbetekenende blik: 'Ik kom uit Blackrock.' Even later kwam het vervolg: 'Een vreselijk misverstand, ziet u. Een gerechtelijke dwaling. Ik zou hier helemaal niet moeten zijn en mijn Anthony ook niet.'

'Niemand van ons wil hier zijn,' zei ik.

'Nee, ik zei dat ik hier niet zou móéten zijn. Ze hebben mijn zoon opgesloten, maar hij heeft helemaal niets gedaan. Hij is altijd een heel fatsoenlijke jongen geweest.'

'Mag ik u vragen waarvan hij beschuldigd is?'

'Moord.'

'Moord?'

'Ja, maar hij heeft het niet gedaan, dus kijkt u maar niet zo geschokt.'

'Wie zou hij hebben vermoord?'

'Zijn vrouw. Maar er waren geen echte bewijzen, behalve vingerafdrukken, DNA en een ooggetuige. Overigens, mijn schoondochter was een afschuwelijk kreng en ze heeft haar verdiende loon gekregen, als u het mij vraagt. Het doet me geen cent verdriet dat ze er niet meer is. Ze kwam niet uit Blackrock en ik had Anthony gezegd dat hij met iemand uit de buurt moest trouwen.'

'Juist,' zei ik en ik vroeg me af of ik weer zou verkassen. 'Zit hij in voorarrest?'

'Nee, hij heeft levenslang. Het proces vond een paar maanden geleden plaats. Ik ga er met mijn TD over spreken om te zien wat er mogelijk is. Ik ben er zeker van dat ze hun vergissing zullen inzien en hem zullen vrijlaten als ik alles uitleg. En u? Wat brengt u hier?'

'Mijn pleegvader zit vast voor belastingontduiking,' zei ik.

'Wat een schande,' zei ze. Ze ging rechtop zitten en klonk volstrekt ontzet. Ze trok haar tasje naar zich toe alsof er een gevaar bestond dat ik het zou stelen. 'We moeten toch allemaal onze belasting betalen, weet u dat dan niet? U zou zich moeten schamen.'

'Waarom?' protesteerde ik. 'Ik heb er niets mee te maken. Ik betaal mijn belasting.'

'En wilt u nu een medaille? Als je het mij vraagt is de gevangenis te goed voor belastingontduikers. Die zouden ze moeten opknopen.'

'En moordenaars dan?' vroeg ik. 'Wat moet er met hen gebeuren?'

Ze schudde geërgerd haar hoofd en keerde zich af, en tot mijn opluchting kwam er een knappe jonge cipier met een klembord in zijn hand de wachtkamer binnen en riep een voor een onze namen af, waarna hij ons de weg wees door een gang naar een grote ruimte zonder afscheidingen waar we allemaal onze plaats innamen aan een van de witte tafeltjes, die allemaal een cijfer hadden. Een paar minuten later ging er achter in de ruimte een deur open en kwam er een groep mannen gekleed in een wollen trui en een grijze broek binnendraven; ze speurden met hun blik de ruimte af op zoek naar bekende gezichten. Ik was enigszins verbaasd toen ik Charles uiterst enthousiast naar me zag wuiven en toen hij bij me kwam en ik opstond om zijn hand te schudden was ik nog meer geschokt toen hij me ineens in zijn armen nam en stevig omhelsde.

'Zitten, Avery,' zei een al wat oudere cipier die naar ons toe kwam lopen en een onappetijtelijke stank van vier dagen oud zweet met zich ronddroeg. 'Fysiek contact is niet toegestaan.'

'Maar deze man is mijn zoon!' schreeuwde Charles ontzet. 'Wat voor een land is dit geworden als een man zijn enige kind niet in het openbaar mag omhelzen? Is Robert Emmet daarvoor gestorven? En James Connolly? En Pádhraic Pearce?'

'Ga zitten of keer terug naar je cel,' zei de agent, die duidelijk niet in de stemming was voor een discussie. 'Aan jou de keuze.'

'Goed, ik zal gaan zitten,' gaf Charles zich mopperend gewonnen toen ik mijn plaats tegenover hem innam. 'Echt, Cyril, ik word hier behandeld als een soort misdadiger. Dit gaat echt te ver.'

Hij bleek oud geworden sinds de laatste keer dat ik hem had gezien – ondertussen was hij boven de vijfenzeventig – maar hij zag er goed uit. Natuurlijk was hij altijd al een mooie man geweest en hij had zijn knappe uiterlijk op zijn oude dag behouden, zoals zo vaak gebeurt bij mannen die dat niet verdienen. De grijze stoppelbaard op zijn kaken en zijn kin was de enige verrassing. Zolang ik hem kende, schoor hij zich nauwgezet en noemde hij mannen met baarden en snorren socialisten, hippies en nieuwsjagers. Het verbaasde me enigszins dat hij in de gevangenis niet vasthield aan zijn ochtendgewoonten. Bovendien stonk hij een beetje en waren zijn tanden geler dan ik me herinnerde.

'Hoe gaat het trouwens met je?' vroeg hij glimlachend. 'Goed dat ik je eindelijk een keer te zien krijg.'

'Met mij is het goed, Charles,' zei ik. 'Ik zou al eerder gekomen zijn als je het me had gevraagd.'

'Je hoeft je niet te excuseren,' zei hij. 'Ik krijg niet zo veel bezoekformulieren en als ik ze krijg stuur ik ze meestal naar oude vrienden en jonge vrouwen. Maar ze lijken tegenwoordig allemaal stelselmatig dood te gaan. De oude vrienden, welteverstaan; de jonge vrouwen komen gewoon niet opdagen. En toen kwam opeens jouw naam bij me boven en dacht ik: waarom niet?'

'Ik ben geroerd,' zei ik. Sinds mijn terugkeer naar Dublin drie jaar geleden had ik hem maar een paar keer gezien, zodat je ons niet bepaald close kon noemen. Eén keer was ik hem tegen het lijf gelopen in het warenhuis Brown Thomas aan Grafton Street, en toen ik hem groette zag hij me aan voor een verkoper en vroeg me of ik wist waar de zakdoeken lagen. Ik wees hem de goede kant op en daar liep hij heen. De tweede keer was tijdens zijn rechtszaak, toen hij me vroeg of ik de volgende ochtend schoensmeer en een Cornetto naar zijn cel voor voorarrest kon brengen.

'Zo, hoe bevalt het gevangenisleven?' vroeg ik. 'Alles goed hierbinnen?'

'Nou, ik ben niet verkracht door een bende bankovervallers met diverse etnische achtergronden, als je dat bedoelt.'

'Dat bedoelde ik helemaal niet,' zei ik.

'Ik vind dat het alles bij elkaar wel meevalt,' zei hij. 'Ik zit hier niet voor het eerst, en de zaken zijn erop vooruitgegaan sinds de vorige keer. Ik heb mijn eigen tv-toestel, wat heerlijk is, want ik ben inmiddels helemaal verslaafd aan Australische soapseries en wil niet achteropraken.'

'Blij te horen dat je je tijd nuttig doorbrengt,' zei ik.

'Ik denk er zelfs over misschien naar Melbourne te gaan zodra ik hieruit kom. Het lijkt een leuke plaats te zijn. Vol drama, mooie stranden en knappe meiden. Kijk jij naar *Neighbours*, Cyril?'

'Nou, ik heb het wel eens gezien,' gaf ik toe. 'Maar ik ga niet zover dat ik zeg dat ik ernaar kijk.'

'Dat zou je moeten doen. Het is schitterend. Met karakters als bij Shakespeare.'

'Maar ik vraag me af of Australië veroordeelde criminelen binnenlaat,' zei ik.

'Als het moet kan ik de lui van de immigratiedienst altijd een beetje de hand smeren,' zei hij met een knipoog. 'Iedereen is te koop. Dit land ben ik spuugzat. Tijd om op een nieuwe plek opnieuw te beginnen.'

Ik schudde vol ongeloof mijn hoofd. 'Dus het ziet ernaar uit dat je niets hebt geleerd van de eerste keer dat je hierbinnen zat,' zei ik. 'En ook deze keer leer je niets.'

'Waar heb je het over?' vroeg hij. 'Wat had ik moeten leren?'

'Dat we in dit land zoiets onbenulligs hebben als inkomstenbelasting. En dat je die moet betalen. Omdat je anders opgesloten wordt.'

'Nou, toevallig weet ik alles over belastingwetten,' zei hij uit de hoogte, 'en in dit geval denk ik niet dat ik iets verkeerds heb gedaan. De vorige keer hadden ze het volste recht om me achter de tralies te zetten, dat geef ik toe. In de jaren veertig en vijftig verdiende ik hopen geld, waarvan ik het meeste wegmoffelde zonder de staat een cent te betalen, al die rottige fascisten, die fascistische zakkenvullers. Al zijn er volgens mij bewijzen dat Max Woodbead in die tijd de echte boosdoener was. Al die slinkse weggetjes komen uit zijn koker, hij gaf me die slechte adviezen. Hoe gaat het trouwens met de ouwe Max? vraag ik me af. Hoor je wel eens iets van hem? Ik heb hem een paar weken geleden een bezoekformulier gestuurd, maar nog geen reactie gekregen. Denk je dat hij nog steeds boos op me is vanwege al dat gedoe met Elizabeth?'

'Dat betwijfel ik,' zei ik. 'Max is intussen al bijna tien jaar dood, dus ik vermoed dat het hem koud laat. Wist je dat niet?'

Hij krabde zich op zijn hoofd en keek ietwat beduusd. Ik vroeg me af of zijn verstand grappen met hem begon uit te halen. 'O ja,' zei hij uiteindelijk. 'Nu je het zegt, ik meen iets over zijn dood te hebben gehoord. Arme Max. Hij was niet echt een kwaaie. Hij trouwde boven zijn stand, wat elke intelligente man zou moeten doen. Ik ben verschillende keren boven mijn stand getrouwd. En toen een of twee keer horizontaal. En toen onder mijn stand. Ik heb op de een of andere manier nooit precies het juiste niveau gevonden. Misschien had ik diagonaal of in een flauw bochtje moeten trouwen. Maar Elizabeth was ongelofelijk knap, dat staat vast. Ze had alles: klasse, geld, goede manieren en een fraai stel benen.'

'Dat weet ik nog,' zei ik, want Julian had zijn schoonheid absoluut van moederskant. 'Je hebt een verhouding met haar gehad.'

'We hadden geen verhóúding,' zei hij, waarbij dat laatste woord als iets onbehouwens uit zijn mond tevoorschijn kwam. 'We zijn een paar keer met elkaar naar bed geweest, meer niet. Een verhouding veronderstelt dat er emoties in het spel zijn en die waren er zeker niet. In elk geval niet bij mij. Ik kan niet voor haar spreken. Ik neem aan dat zij ook dood is?'

'Ja,' zei ik.

'Iedereen is dood,' zei hij zuchtend en hij ging weer achterover op zijn stoel zitten, met zijn blik naar het plafond. 'Arme Max,' herhaalde hij. 'Wat zonde dat hij is gestorven voordat hij me zijn excuses heeft kunnen aanbieden. Ik weet zeker dat hij dat graag had gedaan.'

'Waarvoor?'

'Om me hier de eerste keer te laten belanden. En om me in het gezicht te stompen terwijl ik druk bezig was een jury om te kopen. Dat heeft mijn zaak echt geen goed gedaan. Als ik me goed herinner hoorde zijn zoon tot jouw soort, klopt dat?'

'Mijn soort?' vroeg ik fronsend. 'Welke soort is mijn soort?'

'Een gay.'

'Julian?' zei ik, en ik moest bijna lachen om de dwaasheid van dat idee. 'Nee, dat was hij absoluut niet. Hij was voor honderd percent hetero.'

'Ik heb iets anders gehoord. Had hij geen… je weet wel…' Hij boog zich voorover en fluisterde. 'De aidsziekte.'

'Het heet "aids",' zei ik. 'Niet "de aidsziekte". En je zegt ook niet "een gay".'

'Nou, hoe het ook heet, daar is hij toch aan gestorven?'

'Ja,' zei ik.

'Dus ik had gelijk,' zei hij en hij ging glimlachend achteroverzitten. 'Hij was een gay.'

'Dat was hij niet,' zei ik nadrukkelijk en ik bedacht hoe woedend Julian zou zijn als hij deze conversatie toevallig zou horen. 'Iedereen kan aids krijgen, ongeacht zijn of haar seksuele geaardheid. Niet dat het trouwens nog wat uitmaakt. Hij is ook overleden.'

'Er zijn hierbinnen twee kerels met de hiv,' zei Charles wat zachter en met een blik om zich heen. 'Ze worden uiteraard apart gehouden, in eenzame opsluiting, hoewel ze er af en toe uit mogen voor een partijtje tafeltennis met elkaar terwijl wij anderen opgesloten zitten. Achteraf maken de bewakers de batjes schoon met een ontsmettingsmiddel. Zeg het maar tegen niemand.'

'Ik zwijg als het graf,' zei ik. 'Maar we hadden het over belastingen, weet je nog? En je onvermogen die te betalen.'

'Ik vind dat ze me werkelijk onrechtvaardig hebben behandeld,' zei hij met gefronste wenkbrauwen. 'Uiteindelijk was het ditmaal een eerlijke vergissing.'

'Ik heb gehoord dat het om een eerlijke vergissing van twee miljoen ging,' zei ik.

'Ja, iets in die orde van grootte. Maar vergis ik me nou of niet? Er bestaat in dit land toch zo'n dingsigheidje als belastingvrijstelling voor kunstenaars? Schrijvers hoeven toch geen belasting te betalen op wat ze verdienen? Dank u wel, meneer Haughey, genereuze mecenas van de kunsten.'

'Dat klopt,' zei ik, want Ignac had van die wet veel profijt getrokken sinds zijn romans goed verkochten. 'Maar er is één ding, Charles. Jij bent namelijk geen schrijver.'

'Nee, maar het grootste deel van mijn inkomen komt wel voort uit artistieke verdiensten. Weet je hoeveel boeken Maude ondertussen wereldwijd heeft verkocht?'

'Het laatste cijfer dat ik hoorde lag rond de twintig miljoen.'

'Tweeëntwintig miljoen,' zei hij triomfantelijk. 'Nee, feliciteer me maar niet! En ze brengt nog elk jaar pakweg een miljoen in het laatje, God hebbe haar ziel!'

'Maar als jij haar nalatenschap hebt gekregen wil dat niet zeggen dat je die belastingvrijstelling voor jezelf kunt opeisen. Dat werd je tijdens het proces duidelijk gemaakt, al leek mij zoiets vanaf het begin logisch.'

'Maar dat is pertinent oneerlijk, vind je niet? De man van de fiscus heeft zich altijd gestoord aan mijn succes.'

'Maar het was jouw succes niet,' zei ik nadrukkelijk. 'Het was het succes van Maude. En om eerlijk te zijn, je had zelf een uitstekend inkomen zonder dat je het systeem hoefde te belazeren.'

Hij haalde zijn schouders op. 'Nou ja,' zei hij. 'Het doet er niet zo veel toe, denk ik. Ik heb terugbetaald wat ik verschuldigd was en toch nog een fortuin op de bank staan, terwijl het gewoon blijft binnenstromen. Misschien betaal ik volgend jaar een beetje. Ik zie wel of mijn pet daarnaar staat. Gelukkig zijn er universiteiten, nietwaar? Die lijken allemaal met haar boeken te werken. Behalve de Canadezen. Hoe komt dat, denk je? Waarom houden de Canadezen niet van Maudes werk?'

'Dat zou ik je niet kunnen vertellen,' zei ik.

'Rare mensen. Probeer daar eens achter te komen, wil je? Je werkt toch nog op het ministerie van Onderwijs? Er moet toch een soort interculturele groep zijn of... of...' Hij raakte het spoor bijster, wist duidelijk niet meer hoe hij zijn zin moest afmaken.

'Charles, ik werk al bijna dertig jaar niet meer in de ambtenarij,' zei ik. Ik begon me nu enigszins zorgen over hem te maken.

'O nee? Het is een heel mooie baan, hoor. Met een pensioen. Ik weet zeker dat ze je een tweede kans zouden geven als je terugging. Wat heb je trouwens fout gedaan? Je hand in de koektrommel? Even een snelle wip met je secretaresse achter een gesloten kantoordeur?'

Ik zuchtte en wierp een blik door het raam op de binnenplaats, waar een groep mannen aan het voetballen was terwijl anderen langs de rand stonden te roken en te kletsen. Ik keek, in de verwachting dat er een vechtpartij zou uitbreken zoals je in de film altijd ziet, maar er gebeurde niets wat niet hoorde. Integendeel, iedereen leek alleen maar te genieten van het mooie weer. Erg teleurstellend.

Ten slotte keek ik weer naar Charles. 'Hoe lang heb je nog te gaan?' vroeg ik.

'Nog maar zes maanden,' zei hij. 'Het is hierbinnen niet echt heel erg, weet je. Het eten is zelfs uitstekend. En mijn celmaat, Denzel, is een geschikte kerel. Heeft drie verschillende postkantoren her en der in het land beroofd, maar je zou eens een paar van zijn verhalen moeten horen!' Bij de gedachte eraan lachte hij. 'Je zou ze in een van je boeken kunnen verwerken, alleen zou hij je waarschijnlijk aanklagen voor het stelen van zijn intellectuele eigendom. Je weet hoe die criminelen zijn. Studeren allemaal in hun vrije tijd rechten.'

'Ik schrijf geen boeken, Charles,' zei ik. 'Ik werk in de bibliotheek van de Dáil.'

'Natuurlijk schrijf je boeken. Jij schrijft toch die kinderboeken over die Kroatische jongen die door de tijd reist?'

'Het is een Sloveense jongen,' zei ik. 'En nee, dat ben ik niet, maar Ignac.'

'Wie is Ignac?'

'Hij is… nou, hij is een soort zoon van me. Zoiets.'

'Ik dacht dat je zoon Colm heette?'

'Nee, Liam.'

'En schrijft hij die boeken?'

'Nee,' zei ik met een zucht. 'Ignac schrijft boeken, Liam is student.'

'Heeft hij dat boek geschreven over die vrouw die zo'n hekel aan haar man had dat ze dagelijks naar zijn graf ging om op de zerk te plassen?'

'Nee, dat was Maude,' zei ik. Ik herinnerde me een van de dramatischer scènes uit *Gelijk de leeuwerik*.

'O ja, Maude.' Hij dacht erover na. 'Die goeie oude Maude. Ze zou zich in haar graf omdraaien als ze zag hoe populair ze is geworden.'

'Inderdaad,' zei ik. 'Maar ze is inmiddels al lang overleden. Ze heeft nooit hoeven lijden onder die schande.'

'Hoe zei ze het ook weer?' vroeg hij. 'Populair is vulgair?'

'Inderdaad.'

'Het is een zegen dat ze overleden is,' zei hij. 'Hoewel ik haar soms toch een beetje mis. We konden nooit heel goed met elkaar overweg, maar toch was ze geen slecht persoon. Rookte als een schoorsteen natuurlijk, en dat heb ik nooit zo prettig gevonden bij een vrouw. Ze was trouwens je echte moeder niet. O wacht, dat wist je toch? Misschien had ik niets moeten zeggen.'

'Nee, ik wist het,' zei ik. 'Daarover heeft nooit enige verwarring bestaan.'

'O goed. Want je bent geen echte Avery, vergeet dat niet.'

'Ja, dat wist ik ook,' zei ik glimlachend.

'Maar ik ben blij dat we je geadopteerd hebben,' voegde hij eraan toe. 'Je bent een goede jongen. Een vriendelijke jongen. Dat ben je altijd geweest.'

Ik had een eigenaardig gevoel vanbinnen, dat ik niet kon thuisbrengen totdat ik bij nader onderzoek besefte dat ik lichtelijk ontroerd was. Dit was waarschijnlijk het positiefste wat hij ooit tegen me had gezegd in de negenenveertig jaar dat we elkaar kenden.

'En je bent geen slechte vader geweest,' loog ik. 'Alles welbeschouwd.'

'O, dat is niet waar en volgens mij weten we dat allebei,' zei hij hoofdschuddend. 'Ik was verschrikkelijk. Ik heb niet de minste belangstelling voor je getoond. Maar zo was ik nu eenmaal. Ik kon het niet helpen. In elk geval heb ik je een dak boven je hoofd bezorgd, en dat is al heel wat. Sommige mensen doen zelfs dat niet voor hun kinderen. Woon je daar nog steeds, Colm?'

'Ik ben Cyril,' verbeterde ik hem. 'En nee, als je het huis aan Dartmouth Square bedoelt, dan nee. Dat ben je kwijtgeraakt tijdens je eerste gevangenisstraf, weet je nog? Max heeft het gekocht.'

'O ja, dat klopt. Ik neem aan dat die zoon van hem daar nu woont met zijn...' – hij maakte aanhalingstekens in de lucht – 'partner.'

'Nee, Julian woont daar niet,' zei ik. 'Dat heb ik je toch verteld? Julian is dood.'

'Nee!' schreeuwde hij. 'Vreselijk! Wacht, ik weet het nu weer. Hij werd toch aangevallen? Door een soort bende. Ze sloegen hem in elkaar en lieten hem voor lijk achter.'

Ik ging rechtop zitten en deed mijn ogen dicht; hoeveel meer moest ik nog verdragen? vroeg ik me af. 'Nee,' zei ik. 'Dat was Julian niet. Dat was Bastiaan.'

'Max vertelde me dat hij overleden was nog voor hij in het ziekenhuis aankwam.'

'Niet Max heeft je dat verteld,' zei ik. 'Ik heb dat gedaan. En verder was dat niet Julian,' herhaalde ik. 'Dat was Bastiaan.'

'Wie is Bastiaan?'

'Maakt niet uit,' zei ik en ik schudde mijn hoofd, ook al maakte het wel uit. Het maakte erg veel uit. 'Kijk, Charles, ik maak me een beetje zorgen over je. Ben je bij een dokter geweest?'

'De laatste tijd niet, nee. Waarom vraag je dat?'

'Volgens mij ben je een beetje... in de war, meer niet.'

'Ik ben geen alzheimer, als dat is wat je bedoelt,' zei hij.

'Je hébt geen alzheimer,' zei ik. 'Is dat wat je probeert te zeggen?'

'Ik ben geen alzheimer,' hield hij vol, en hij wapperde met een vinger in mijn gezicht.

'Goed,' zei ik. 'Je bent geen alzheimer. Maar kijk, volgens mij kan het geen kwaad als er eens een dokter naar je zou kijken.'

'Alleen als ik naar hem toe kan,' zei hij. 'Of naar haar. Ik hoor dat er tegenwoordig ook geweldige vrouwelijke dokters zijn. Wat krijgen we daarna?' voegde hij lachend toe. 'Als niemand ze tegenhoudt gaan ze nog bussen besturen en mogen ze gaan stemmen!'

'De gevangenis zal je geen dag verlof geven om buiten de muren naar een dokter te gaan,' zei ik. 'In plaats daarvan zullen ze willen dat er hier een komt. Tenzij je onderzoeken moet ondergaan. En dat zou kunnen, weet je. Misschien moet je worden onderzocht.'

'Wel, doe maar wat je het beste lijkt,' zei hij. 'Het enige wat ik echt belangrijk vind is dat ik naar huis kan als ik hieruit kom.'

'Waar woon je trouwens tegenwoordig?' vroeg ik, want eigenlijk had ik er geen idee van. Sinds zijn recentste scheiding — zijn derde als ik het goed had uitgerekend, na zijn vijfde huwelijk — had hij nogal een zwervend bestaan geleid.

'Waar dacht je?' vroeg hij. 'Dartmouth Square. Waar ik altijd heb gewoond. Ik hou van dat huis. Ze moeten me daar in een kist uit dragen.'

'Dat zullen ze niet doen,' vertelde ik. 'Want je woont daar niet meer. Je hebt het tientallen jaren geleden verkocht.'

'Als ik daar niet woon,' zei hij, 'wil dat niet zeggen dat ik er niet kan doodgaan. Vooruit, gebruik je verbeelding! Wat voor een schrijver ben je eigenlijk?'

'Eentje die niet schrijft,' zei ik.

'Ik weiger dood te gaan in de gevangenis zoals Oscar Wilde en Lester Piggott.'

'Geen van beiden is in de gevangenis gestorven.'

'Dat zou wel gebeurd zijn als de fascisten hun zin hadden gekregen.'

'Nou, laat het maar aan mij over, goed?' zei ik. 'Ik los het wel op. We hebben per slot van rekening nog zes maanden.'

'Tenzij ik vroeger vrijkom door goed gedrag.'

'Doe me een lol, Charles,' zei ik, 'Probeer je niet te goed te gedragen, oké? Zit je tijd uit. Dat maakt alles voor mij veel makkelijker.'

'Goed,' zei hij. 'Mij best hoor. Ik zal wel een keer heibel schoppen aan het ontbijt, zodat ik tot het bittere einde hier moet blijven.'

'Dank je,' zei ik. 'Dat lijkt me een goed idee.'

'Geen probleem. Nou, waar zullen we vandaag eens heen gaan?'

'Jij zult waarschijnlijk hier blijven,' zei ik. 'Heb je geen lessen kunstzinnige vorming op dinsdagmiddag?'

'Daar ben ik mee gestopt,' zei hij en hij trok een gezicht vol afkeer. 'We tekenden naar levend model en die ziekelijk obese paspoortvervalser van honderdvijftig kilo met tatoeages over zijn hele lijf poseerde paddenbloot voor ons. Op zijn penis stond ook nog het woord MAMA getatoeëerd, Freud zou ervan gesmuld hebben. Ik had zin mijn ogen uit mijn hoofd te rukken. Hoewel jij het waarschijnlijk wel gewaardeerd zou hebben. Of Max' zoon, Julian. Hij zou er niet van af hebben kunnen blijven.'

'Nou, ga maar terug naar je cel,' zei ik. 'En doe eventueel een dutje. Misschien voel je je daarna beter.'

'Goed idee. Ik heb vannacht erg slecht geslapen. Wat ga jij doen?'

'Weet ik niet. Ik dacht erover naar de bioscoop te gaan. Ik had een afspraak met Liam, maar hij heeft afgezegd. Alweer.'

'Wie is Liam?'

'Mijn zoon.'

'Ik dacht dat je zoon Inky of zo heette.'

'Je bedoelt Ignac. Hij is een andere zoon.'

'Verdorie, jij bent echt dol op de vrouwtjes, hè?' grijnsde hij vergenoegd. 'Een aardje naar zijn vaartje! Hoeveel kinderen heb je ondertussen bij hoeveel verschillende vrouwen?'

Ik glimlachte, stond op en stak mijn hand uit. Hij drukte hem, maar bij lange na niet zo stevig als vroeger.

'Ik ben geen alzheimer,' zei hij weer, zachter nu en met een smekende uitdrukking op zijn gezicht. 'Soms ben ik gewoon een beetje in de war, meer niet. Dat is de oude dag. Daar krijgen we allemaal last van. Daar krijg jij ook last van, let op mijn woorden.'

Ik zei niets, en dacht terwijl ik wegliep hoe ver hij ernaast zat. Maude had geen oude dag gehad. Julian ook niet. Bastiaan ook niet. Evenmin als de honderden jonge mannen en vrouwen die ik had begeleid in New York toen aids hoogtij vierde. De oude dag kwam niet per definitie voor iedereen. En ik wist nog niet of ikzelf hem zou meemaken.

Twee cafés

De televisie bij mij thuis was kapot, vandaar dat ik door Baggot Street naar Doheny & Nesbitt liep om naar de wedstrijd te gaan kijken. Er was uiteraard veel over te doen; het land stond weer eens op z'n kop en de Engelse spelers die op zaterdagmiddag werden uitgejouwd als ze voor Arsenal of Liverpool speelden, werden nu bejubeld omdat ze een Iers shirt droegen – hun grootouders waren immers vijftig jaar voordien uit het land weggetrokken.

In de bar was het even druk als ik had verwacht, maar nadat ik een biertje had besteld ontdekte ik een tafeltje in een hoek met goed zicht op het scherm. Ik zette mijn kruk tegen de muur en haalde om de tijd tot de aftrap te doden het nieuwste deel van de Floriak Ansen-reeks uit mijn zak en las verder waar ik de vorige avond was gebleven. In dit deel was onze door de tijd reizende held teruggegaan naar de ijstijd, waar hij amok maakte bij de Eskimo's toen die hem gaten in het ijs leerden boren om vis te vangen, waar hij als strikte vegetariër helemaal niets aan had. Ik had nog maar een paar bladzijden gelezen, toen het geluid aanzwol en alle aanwezige hoofden zich naar het gigantisch grote scherm keerden dat aan het plafond hing. De ploegen verschenen op het veld. Tijdens het spelen van de volksliederen zag je hoe de spelers hun ogen half dichtknepen tegen de zon in het Giants-stadion. De commentator maakte enkele opmerkingen over de hitte en hoe die ongetwijfeld meer in het voordeel van de Italianen zou werken dan van de Ieren, die niet aan een dergelijke luxe gewend waren.

Toen ik even naar de tapkast keek, zag ik twee jongemannen die hun bier betaalden en zich omdraaiden op zoek naar een plaatsje waar ze de volgende paar uur konden zitten. Toen ze mijn kant op keken, viel het oog van een van hen op mij en mijn oog op hem, waarna ik geen andere keus had dan wijzen op de lege zitplaatsen aan mijn tafeltje. Hij keek even naar zijn vriend, fluisterde hem iets in het oor en even later kwamen ze naar me toe en gingen zitten.

'Wat een verrassing,' zei ik, en ik probeerde vriendelijk te klinken. 'Ik had niet verwacht je hier tegen te komen.'

'Ik ook niet,' zei Liam. 'Ik had niet gedacht dat voetbal je interesseerde.'

'Op dit moment is iedereen er toch in geïnteresseerd?' zei ik. 'Je wordt als een verrader gezien als je op je werk niet kunt meepraten over elke tackle die je de avond tevoren op tv hebt gezien.'

Met zijn blik omhoog naar het scherm nam hij een slok van zijn bier. 'Jimmy, dit is Cyril,' zei hij even later tegen zijn vriend, die ongeveer even oud moest zijn als hij, twintig jaar, maar groter: een boom van een kerel van wie ik me kon voorstellen hoe hij met een verbeten gezicht een run ondernam over het rugbyveld in Donnybrook en hoe hij achteraf zonder blikken of blozen tien glazen Guinness achteroversloeg bij Kielys. 'Hij is mijn...' Hij leek te worstelen met het woord hoewel de zin maar op één legitieme manier kon worden afgemaakt. Uiteindelijk gaf hij zich gewonnen: 'Hij is mijn vader.'

'Je ouweheer?' vroeg Jimmy terwijl hij zijn glas tegen het mijne stootte en me oprecht blijmoedig aankeek. 'Leuk u te leren kennen, meneer Woodbead.'

'Eigenlijk is het Avery,' zei ik. 'Maar noem me alsjeblieft Cyril. Niemand noemt me meneer Avery.'

'Cyril?' zei hij. 'Een naam van vroeger, hè? Die hoor je niet vaak meer.'

'Dat zal wel,' zei ik. 'Ik ga al een tijdje mee.'

'Hoe oud ben je dan?'

'Negenenveertig.'

'Jezus, krankzinnig.'

'Hoef je mij niet te vertellen.'

'Ik kan me niet eens indenken dat ik zo oud zou zijn. Heb je daarom die kruk? Willen de knietjes niet meer?'

'Hou je mond, Jimmy,' zei Liam.

'Hé, Liam,' zei Jimmy en hij gaf zijn vriend een por in zijn ribben. 'Jouw pa is even oud als mijn ma. Heb je een vrouw, Cyril, of ben je op de markt? Dat ouwetje van mij heeft het pakweg een maand geleden uitgemaakt met haar kloris en sindsdien is ze een godsgruwelijke ramp om mee te leven. Geen zin om haar een avondje mee de stad in te nemen? Gewoon een pizza en een paar biertjes of zo? Ze is met weinig tevreden.'

'Waarschijnlijk niet,' zei ik.

'Waarom niet?' vroeg hij met een beledigde blik. 'Ze ziet er nog goed uit, hoor. Voor een ouwetje.'

'Daar twijfel ik niet aan, maar ik denk niet dat we bij elkaar passen.'

'Gaat het jou alleen om de jonge blaadjes, is dat het? Lekker neuken als je ze nog zo ver kan krijgen?'

'Hij valt niet op vrouwen,' zei Liam.

'Hoe kan hij nou niet op vrouwen vallen?' vroeg hij. 'Je krijgt hem toch nog wel omhoog? Er zit toch nog wel leven in? De knietjes zijn misschien versleten, maar die ouwe mop kan je toch nog wel vertellen?'

'Hij valt niet op vrouwen,' herhaalde Liam. 'Op geen enkele vrouw. Denk even na.'

Hij dacht even na.

'Je bedoelt toch niet dat hij een nicht is?' Hij keek me van opzij aan en stak zijn handen in de lucht. 'Niet kwaad bedoeld, Cyril,' voegde hij eraan toe.

'Geen probleem.'

'Ik heb niks tegen homoseksuele mannen. Voor mijn part zijn ze allemaal homoseksueel. Des te meer mokkels blijven er over voor mij.'

Ik lachte en nam een slok bier. Zelfs Liam draaide zich om, met een scheve glimlach op zijn gezicht – meer gunde hij me amper.

'Er woont een kerel drie deuren verderop,' ging Jimmy door. 'Hij is van jouw soort. Zijn naam is Alan Delaney. Ken je die?'

'Nee,' zei ik.

'Lange kerel. Zwart haar. Heeft een lui oog.'

'Nee. Zegt me niets,' zei ik. 'Maar we houden geen collectieve bijeenkomsten hoor.'

'Waarom niet? Zou dat geen goede manier zijn om iemand te leren kennen?'

Ik dacht erover na; het was helemaal geen gek idee.

'Aardige vent, die Alan,' ging hij door. 'Een beetje een versierder ook. Je weet nooit wie je 's ochtends zijn voordeur in of uit ziet gaan. Op wat voor kerels val je, als ik zo vrij mag zijn?'

'Ik ben momenteel niet echt uit op iemand,' zei ik. 'Ik ben tevreden met mijn eigen gezelschap.'

'O, dat kan niet goed zijn. Je bent wel oud maar niet zó oud. Zou je willen dat ik je voorstelde aan Alan?'

Ik keek naar Liam in de hoop op een beetje steun, maar hij leek zich te vermaken met zowel het gesprek als met mijn ongemak en liet het met plezier doorgaan.

'Geef ons je nummer, Cyril,' zei Jimmy. 'Schrijf het op een bierviltje en ik zorg dat hij het in handen krijgt.'

'Er is echt geen...'

'Geef ons je nummer,' drong hij aan. 'Ik ben goed in dat soort dingen. Koppelen en zo.'

'Ik pakte een bierviltje, schreef er een verzonnen nummer op en gaf het hem; dat leek me de makkelijkste manier om eraf te komen.

'Nou, als je uiteindelijk een potje schoorsteen gaat vegen met Alan Delaney, dan heb je dat aan mij te danken, Cyril,' zei hij terwijl hij het viltje in zijn zak stopte. 'En dan mag je me de volgende keer op een biertje trakteren.'

'Zal ik doen,' zei ik.

'Ben je altijd al op kerels gevallen?' vroeg hij.

'Allejezus,' zei Liam hoofdschuddend. 'Gaat het de hele avond zo door?'

'Ik vraag het gewoon,' zei Jimmy. 'Ik ben zeer geïnteresseerd in de menselijke seksualiteit.'

'Doe maar wat je niet laten kunt.'

'Ja,' zei ik. 'Het zijn altijd mannen geweest.'

'Maar dan nog, je moet wel ooit iets met vrouwen hebben gehad. Om dit prachtige toonbeeld van mannelijkheid voort te brengen, bedoel ik.'

'Hou erover op, wil je?' zei Liam. 'Kijk naar de wedstrijd.'

'Die is nog niet begonnen.'

'Kijk dan naar de reclame en hou je mond.'

'Reclame dient om erdoorheen te praten, dat is algemeen bekend.' Na een adempauze van een minuut of twee ging hij door met de volgende vraag: 'Was de moeder van Liam dan de enige vrouw met wie je het ooit hebt gedaan?'

Ik zag dat Liam nu naar me keek, alsof ook hij het antwoord op die vraag wel wilde weten.

'Ja,' zei ik, terwijl ik me afvroeg waarom ik zo veel over mezelf prijsgaf aan een wildvreemde, ook al leken zijn vragen totaal onschuldig. 'De enige.'

'Tering,' zei Jimmy. 'Onvoorstelbaar. Ik zit zowat in de dubbele cijfers.'

'Vijf is bij lange na geen dubbel cijfer,' zei Liam.

'Sodemieter!' brulde Jimmy. 'Het zijn er zes.'

'Pijpen telt niet.'

'Godver nou en of. En verder, vijf is nog altijd twee meer dan jij, schrale rukker.'

Ik keek een andere kant op. Er was wel meer dat ik wilde weten over mijn zoon, maar zo veel hoefde nu ook weer niet.

'En waarom hebben jullie niet dezelfde achternaam?' vroeg Jimmy na een pauze waarin ik de aandacht van de ober had weten te trekken en er drie nieuwe biertjes op ons tafeltje waren beland.

'Hoe bedoel je?' vroeg ik.

'Jij en Liam. Hij is een Woodbead en jij een Avery. Dat snap ik niet.'

'O ja. Nou, Liam gebruikt de achternaam van zijn moeder,' legde ik uit.

'Die van mijn oom, om precies te zijn,' vulde Liam aan. 'Mijn oom Julian was als een vader voor me tijdens mijn kinderjaren.'

Ik incasseerde de klap met de kracht waarmee hij was bedoeld en zweeg, terwijl Jimmy met een brede glimlach van de een naar de ander keek, alsof hij niet snapte of dit een vorm van plagen was die we leuk vonden of iets ernstigers.

'Was die Julian jouw broer?' vroeg Jimmy aan mij.

'Nee,' zei ik. 'Hij was de oudere broer van Liams moeder. Hij is een paar jaar geleden gestorven.'

'O,' zei hij iets zachter. 'Het spijt me dat te horen.'

'Ik was erg op hem gesteld,' zei Liam op een emotionele toon die niet bij hem paste en duidelijk meer voor mij was bedoeld dan voor zijn vriend.

'De aftrap,' zei Jimmy en hij knikte naar het scherm, waar het spel intussen was begonnen en beide teams over het veld liepen. De wedstrijd kwam moeizaam op gang. Een paar klanten aan de tapkast riepen aanmoedigingen, maar het leek voor iedereen een beetje vroeg voor al te veel drama, zodat ze een poosje later kalmeerden.

'Maar hoe kennen jullie twee elkaar?' vroeg ik. Liam liet hoofdschuddend merken dat hij geen zin had in zo'n saaie vraag en liet het aan Jimmy over om te antwoorden.

'We zitten allebei op Trinity College,' zei hij.

'Doe jij ook kunstwetenschappen?'

'Jezus nee, ik studeer bedrijfskunde. Sommigen van ons willen geld verdienen, Cyril. Ik wil een kast van een huis, een racebak en een jakutsi vol mokkels.'

'Bedoel je een jacuzzi?'

'O ja, jacuzzi. Zal ik je vertellen wat mijn hoogste doel in het leven is?'

'Hou je vast,' zei Liam.

'Vertel op.'

'Ik wil een huis kopen aan Vico Road naast dat van Bono.'

'Waarom?' vroeg ik.

'Waarom niet? Denk je eens in, de feestjes die we zouden bouwen. Dan kijk ik over het hek en zeg: "Hé Bono, ouwe bikker, waarom wip je niet even langs met Madonna, Bruce en Kylie, dan duiken we met z'n allen in de jakutsi, dat wordt lachen gieren brullen?" En Bono die zegt dan zoiets van: "Geef ons vijf minuten, Jimmy, en dan zie je de hele club verschijnen." Wist jij dat Salman Rushdie in de schuur achter in Bono's tuin heeft gewoond?'

'Nee, wist ik niet. Is dat echt waar?' vroeg ik.

'Heb ik gehoord. In de tijd van de... dinges.'

'De fatwa?'

'Precies. Vriend Salman zat daar in de schuur naast de grasmaaier zijn boeken te schrijven en vriend Bono stond verderop in het huis zijn zonnebril op te poetsen, en ik stel me zo voor dat ze af en toe samen een potje schaakten of zo.'

De Italianen losten een schot op het doel en de hele tent brulde van ontzetting en daarna van opluchting omdat de bal net over de lat ging. Toen ik de twee jongens precies zo zag reageren als de rest van het café-publiek, vroeg ik me af of ze misschien meer met elkaar gemeen hadden dan ik besefte, want tijdens onze korte kennismaking leken ze als dag en nacht van elkaar te verschillen.

'Ik had niet verwacht dat er erg veel verbroedering zou zijn tussen businessjongens en kunstjongens,' zei ik uiteindelijk.

'Waarom niet?' vroeg Liam en hij keek me aan alsof hij zich amper een stommere opmerking kon voorstellen.

'Ander soort mensen, neem ik aan.'

'Ik zie niet in waarom.'

'We zijn alleen maar bevriend omdat je zoon hier een vriendinnetje van me heeft afgepikt dat later weer van hem werd afgepikt door een sociologierukker,' zei Jimmy. 'Onze gedeelde verontwaardiging smeedde een band, zoals dat heet.'

'Oké,' zei ik lachend.

'Sociologiestudenten zijn het ergst,' vervolgde hij. 'Een godverdommese bende snikkels. Welke debiel wil er ook socioloog worden? Het heeft geen reet te betekenen. Wat begin je godverdomme met een diploma sociologie op zak?'

'Hij heeft haar niet van me ingepikt,' zei Liam geïrriteerd. 'En ik heb haar niet van jou ingepikt. Het is een vrouw van twintig jaar, geen stuk bezit.'

'Ze is een slettenbak, dat is ze,' zei Jimmy en hij schudde zijn hoofd. 'Een vuile, kleine slettenbak die zich door de jongens van Trinity heen werkt zoals drek door een gans.' Hij leek zich meer op te winden over de breuk dan mijn zoon en ik vroeg me af of het tekenend was voor Liams omgang met meisjes. Ik wilde niet dat hij in relaties even hopeloos was als ik op die leeftijd, maar evenmin dat hij de nonchalance van zijn oom had. Ik vond dat zowel Julian als ik tekortgeschoten was als rolmodel.

Liam en ik waren elkaar niet tegengekomen in de nasleep van Julians dood, terwijl we vermoedelijk zo in elkaars leven hadden moeten komen. En ook al kon ik er in die omstandigheden moeilijk verantwoordelijk voor worden gesteld, het speet me dat ik de laatste wens van zijn oom niet had kunnen vervullen: dat ik Alice zou hebben gebeld om haar te vertellen dat haar broer was overleden. Dat zou ik hebben gedaan zodra Bastiaan en ik die avond terug waren in onze flat, maar zo ver waren we dus niet gekomen, en rond het tijdstip dat ik haastig de operatiekamer werd binnengereden, arriveerde er een zenuwachtige Garda bij het huis aan Dartmouth Square om het nieuws te brengen. Toen ik een paar weken later uit mijn coma ontwaakte zat Ignac naast mijn bed om de slechte tijding te brengen: dat Bastiaan niet alleen dood was maar dat zijn lichaam naar Nederland was overgebracht, waar Arjan en Edda hem zonder mij en in stilte hadden begraven. Op dat moment kon ik amper denken aan mijn belofte omdat ik totaal verteerd werd door neerslachtigheid en verdriet. Ironisch genoeg maakte Ignac het enkele weken later uit met Emily, wier gebrek aan medeleven bij een familiedrama een definitieve weerzin bij hem had opgewekt. Elk nadeel heeft zijn voordeel.

Uiteindelijk gingen er ettelijke jaren voorbij – met mijn herstel, de hele rechtszaak en mijn terugkeer naar Dublin – voordat ik contact opnam met Alice en haar een lange brief schreef waarin ik mijn grote spijt betuigde over de manier waarop ik haar alle voorgaande jaren had behandeld. Ik vertelde haar dat ik door omstandigheden tijdens de laatste week van Julians leven op dezelfde plek in New York verbleef als hij en dat ik bij hem was geweest op het moment dat hij stierf. Ik betwijfelde of haar dat enige troost kon bieden maar ik hoopte van wel. En op het laatst vermeldde ik dat Julian, misschien onbedoeld, zich had laten ontvallen dat er uit onze ene intieme nacht een kind was voortgekomen. Ik begreep waarom ze me daar nooit van op de hoogte had gesteld, liet ik weten, maar ik zou onze zoon graag willen ontmoeten, als ze daarmee akkoord ging.

Het verbaasde me niet dat ze pas na een aantal weken antwoordde. De brief die ik uiteindelijk ontving, gaf de indruk vele keren te zijn herschreven voordat ze een definitieve tekst op papier had gekregen. De toon van haar schrijven was die van absolute onverschilligheid, alsof zij van haar kant grote moeite had moeten doen zich te herinneren wie ik was. Onzin uiteraard, aangezien we wettelijk nog steeds getrouwd waren en samen een kind hadden. Ze vertelde dat Liam in de loop van de jaren naar me had gevraagd, dat hij een natuurlijke belangstelling had getoond voor wie zijn vader was, en dat ze hem de waarheid had verteld: dat ik haar in de steek had gelaten op onze trouwdag en haar daarmee had vernederd ten overstaan van al haar vrienden en de familie, maar dat ze niets had gezegd over wat ze mijn 'voorkeuren' noemde. 'Daarmee wilde ik hem niet opzadelen,' schreef ze. 'Het was voor hem al moeilijk genoeg om op te groeien zonder vader om dat ook nog te moeten verwerken.'

Over mijn ontmoeting met hem schreef ze dat ze twijfelde en de kwestie liever onder vier ogen wilde bespreken, en dus ontmoette ik, gespannen en onzeker over het verloop van het gesprek, op een woensdagavond na het werk in café The Duke mijn vrouw voor het eerst sinds onze trouwdag, bijna twintig jaar geleden.

'Daar ben je eindelijk,' zei ze toen ze een kwartier te laat binnen kwam lopen en me in de hoek zag zitten met een glas lager en een *Irish Times* van die dag. 'Had ik je niet horen zeggen dat je na een paar minuten terug zou zijn?'

Ik glimlachte; het was een goede beginzin. Ze zag er ongelooflijk mooi uit, haar lange donkere haren nu op schouderlengte en haar ogen als nooit tevoren glinsterend van intelligentie en esprit.

'Mijn excuses, ik was de weg een beetje kwijt,' zei ik. 'Zal ik wat te drinken halen, Alice?'

'Wit wijntje. Groot glas.'

'Speciaal soort?'

'De duurste die ze hebben.'

Ik knikte en liep naar de toog. Toen ik ermee terugliep naar het tafeltje had ze mijn plaats tegen de muur ingenomen, zodat ze het café kon overzien en ik werd verwezen naar het krukje tegenover haar. Mijn drankje en krant waren meeverhuisd.

'Je haar is een stuk dunner dan vroeger,' zei ze nippend aan haar glas en nadat ze mijn poging om te toosten had genegeerd. 'Je loopt er nu niet direct afgeleefd bij, maar er mogen best een paar kilo's af. Doe je veel aan lichaamsbeweging?'

'Dat valt niet mee,' zei ik, knikkend naar mijn kruk, die ze over het hoofd moest hebben gezien, en ze was zo fatsoenlijk enigszins beschaamd te kijken.

'We hadden eigenlijk naar de Horseshoe Bar moeten gaan, hè?' zei ze. 'Doorgaan waar we gebleven waren. Daar zag ik je voor het laatst. Je sprak met iedereen in de zaal en zag er gelukkiger uit dan ooit.'

'O ja?' vroeg ik ongelovig. 'Echt?'

'Ja, echt.'

'Oké.'

'En daarna heb ik je nooit meer gezien.'

Lange stilte.

'Nou, die dag heb ik in elk geval wel het altaar gehaald,' ging ze uiteindelijk door. 'De eerste keer kwam ik niet eens zo ver. Ik zag dat graag als een vooruitgang. De volgende keer hoop ik het eind van de huwelijksreis mee te maken.'

'Ik weet niet wat ik je moet zeggen, Alice,' zei ik, niet bij machte haar aan te kijken. 'Echt niet. Ik schaam me dood om wat ik je heb aangedaan. Het was laf, wreed en harteloos.'

'Zacht uitgedrukt.'

'De man met wie je praat,' antwoordde ik met zorgvuldig gekozen woorden. 'De man met wie je praat is niet de man die al die jaren geleden uit het Shelbourne wegliep.'

'Nee? Want hij lijkt er verdomd veel op. Alleen minder knap. En je liep niet weg, je rende.'

'Ik heb geen verontschuldiging voor mijn daden,' ging ik door. 'En evenmin kan ik goedmaken wat ik je heb aangedaan, maar het lukt me tegenwoordig, na al die jaren, terug te kijken en te zien dat er in mijn leven vroeg of laat een punt zou komen waarop ik zou moeten accepteren wie ik was. Wie ik ben. Natuurlijk had ik dat veel eerder moeten doen en ik had jou beslist nooit bij mijn problemen mogen betrekken, maar ik had de moed en de rijpheid niet om eerlijk te zijn tegenover mezelf, laat staan tegenover iemand anders. Niettemin: mijn leven is mijn leven. En ik ben wie ik ben door wat ik toen heb meegemaakt. Ik had me niet anders kunnen gedragen, zelfs als ik het had gewild.'

'Weet je,' zei ze, en haar toon verhardde. 'Ik had niet gedacht je ooit nog te zien, Cyril. Echt niet. En eerlijk gezegd hoopte ik dat ook.'

'Ik veronderstel dat ik niets kan zeggen om het enigszins minder erg te maken?'

'Die veronderstelling is juist.'

'Je moet begrijpen dat...'

'Ach hou toch op,' zei ze, terwijl ze haar glas met een bons op het tafeltje zette. 'Hou op, zeg. Ik ben hier niet om het verleden op te rakelen. Die ouwe koek heb ik achter me gelaten. Daarvoor zijn we niet bij elkaar gekomen.'

'Nou, jij begon erover,' zei ik geïrriteerd.

'Kun je me dat kwalijk nemen? Heb ik geen recht op een beetje woede?'

'Ik probeer het alleen maar uit te leggen, meer niet. Als je eens wist hoe het was om als homo op te groeien in de jaren vijftig en zestig in Ierland...'

'Dat interesseert me allemaal niet,' zei Alice met een wegwuivend gebaar. 'Ik zit niet in de politiek.'

'Het gaat niet over politiek,' zei ik. 'Het gaat over de samenleving, onverdraagzaamheid en...'

'Je vindt dat je het vreselijk moeilijk hebt gehad, hè?'

'Ja. Klopt.'

'Maar als je vanaf het begin open was geweest tegenover iedereen – tegenover Julian, tegenover mij – had je al die ellende en pijn kunnen vermijden. Niet alleen die van mij, maar ook die van jou. Ik wil best aannemen dat je een moeilijke tijd hebt gehad, Cyril. Ik wil best aannemen dat je leed onder de onbillijkheid van je afwijking...'

'Het is geen afwijking...'

'Maar mijn broer was je beste vriend. En zijn beste vrienden daar niet voor? Om in vertrouwen te nemen?'

'Hij zou het niet hebben begrepen,' zei ik.

'Wel als je het hem had verteld.'

'Dat héb ik ook gedaan.'

'Je vertelde het hem vijf minuten voor je met mij zou trouwen!' zei ze schaterlachend. 'Dat is iets anders dan vertellen. Dat was proberen de trouwerij te saboteren zodat hij je toestemming gaf om op te stappen. Wat je trouwens toen nog had kunnen doen. Je had het simpelweg op een lopen kunnen zetten, net als Fergus.'

'Hoe had ik dat kunnen doen?' zei ik mat. 'De geschiedenis zou zich hebben herhaald.'

'Vind je wat jij hebt gedaan dan beter?'

'Nee, natuurlijk niet.'

'Het was veel erger. Kijk, ik haatte Fergus voor wat hij me had aangedaan, maar hij had tenminste het lef niet door te gaan met iets wat volgens hem niet juist voor hem was. Zelfs dat is jou niet gelukt.'

'Dus ik ben erger dan hij?' vroeg ik, verbaasd door de vergelijking, want ik was altijd zo verwaand geweest te denken dat hij zich slecht had gedragen terwijl ik redenen had voor wat ik deed.

'Ja, inderdaad. Want ik heb je een vluchtmogelijkheid geboden.'

'Wat?' vroeg ik, en ik keek haar fronsend aan.

'Je weet het vast nog wel. We waren wat gaan drinken en ik wist dat er iets fout zat, alleen wist ik niet wat. Ik was te naïef om het te raden. Vandaag de dag zou het voor de hand liggen, denk ik. "Wat het ook is, vertel op," dat zei ik tegen je. "Ik beloof dat het goed komt." Als je het me had verteld...'

'Ik heb geprobeerd het je te zeggen,' zei ik snel. 'Ettelijke keren. De eerste avond dat we elkaar ontmoetten, als volwassenen bedoel ik. Ik dacht dat ik het je wel kon vertellen.'

'Wat?' vroeg ze, verbijsterd door mijn woorden. 'Wanneer?'

De avond voordat Julian zou vertrekken met die Finse tweeling. Ik stond op het punt het je te vertellen en...'

'Waar heb je het over?' riep ze. 'Dat was nog voordat we afspraakjes begonnen te maken!'

'Ik stond op het punt het je te vertellen,' herhaalde ik. 'Alleen werden we onderbroken door je broer. En een tweede keer, tijdens een etentje, lagen de woorden op de punt van mijn tong, maar iets in me hield ze tegen. En zelfs een paar weken voor de bruiloft: we zaten samen in een café en een man kwam je telefoonnummer vragen. Ik wilde het je net vertellen maar ineens stond hij daar, praatte met je en toen hij weg was leek het goede moment voorbij en...'

'Jezus, wat ben jij een klootzak, zeg, wist je dat?' zei Alice. 'Je was toen een klootzak en ik zie dat je nog altijd een enorme klootzak bent. Een zelfingenomen, verwaande, eigenwijze klootzak die denkt dat de hele wereld hem een enorme loer heeft gedraaid, zodat je kunt doen wat je wilt om je gram te halen. Ongeacht wie je kwetst. En dan vraag je je nog af waarom ik je niks heb gezegd over Liam.'

'Mocht het een troost voor je zijn, mijn leven is er niet makkelijk op geworden nadat ik bij je was weggegaan. Het ging een poosje beter, maar uiteindelijk...'

Ze onderbrak me: 'Cyril, het spijt me, maar dat laat me volstrekt koud. Ik heb geen probleem met jouw manier van leven, echt niet. Toevallig heb ik verschillende vrienden die homo zijn.'

'Nou, bravo,' zei ik kregelig.

'Dit heeft niets mee te maken met het feit dat je homo bent,' zei ze. Ze boog zich naar me over en keek me recht aan. 'Het gaat erom dat je onoprecht bent. Zie je dat niet? Verder ben ik er absoluut niet in geïnteresseerd om daarover met jou te praten, begrijp je wel? Ik wil niet weten wat je hebt meegemaakt sinds je uit Dublin wegging of bij wie je was of hoe je leven is geweest. Ik wil helemaal niks weten. Ik wil alleen weten wat je van me wilt.'

'Ik wil niets van je,' zei ik. Ik bleef zacht praten om haar duidelijk te maken dat ik niet op ruzie uit was. 'Maar nu je het erover hebt, moet ik zeggen dat het me toch wel enigszins verbaast dat je een kind van me had en nooit de moeite hebt genomen me dat te laten weten.'

'Het is niet dat ik het niet heb geprobeerd,' zei ze. 'Die middag in het Shelbourne heb ik je herhaaldelijk gezegd dat ik je onder vier ogen moest spreken. Ik heb je zelfs opgebeld toen je boven in de kamer was om je te zeggen dat je daar op me moest wachten.'

'Hoe kon ik weten dat je daarover wilde praten? Nee, toen ik eenmaal weg was had je...'

'En hoe had ik in contact met je kunnen komen, zelfs als ik het had gewild?' vroeg ze. 'Ik herinner me niet dat je een postadres achterliet bij de portier toen je gillend het hotel uit rende.'

'Goed,' zei ik. 'Maar er waren mensen genoeg die me waarschijnlijk hadden kunnen opsporen als je dat echt had gewild. Charles bijvoorbeeld.'

Bij die naam vertederde ze enigszins. 'Die lieve Charles,' zei ze. Haar gezicht werd een en al hartelijkheid.

'Sorry?'

'Charles is heel lief voor me geweest. Naderhand, bedoel ik.'

'Nee. Ik bedoel mijn pleegvader Charles,' zei ik. 'Dus, over wie heb jij het?'

'Precies, over hem.'

'Is Charles heel lief voor je geweest? Charles Avery? Neem je me in de maling?'

'Nee,' zei ze. 'De arme man schaamde zich vreselijk door wat je had gedaan. Hij bleef zich voor jou verontschuldigen en zei me keer op keer dat je geen echte Avery was, niet dat het me toen veel uitmaakte, maar ook naderhand, in de weken en maanden die volgden, bleef hij contact onderhouden, en informeren of ik niets tekortkwam.'

'Ik sta paf,' zei ik na een lange stilte, waarin ik dat probeerde te verwerken. 'Niet dat ik grote problemen heb met de man, maar zolang ik leef heeft hij geen seconde compassie of aandacht voor me laten zien.'

'En jij wel voor hem?' vroeg ze.

'Ik was nog een kind,' zei ik. 'En hij en Maude zagen me amper staan.'

Ze lachte bitter en schudde haar hoofd. 'Je zult me wel vergeven dat ik dat moeilijk kan aannemen,' zei ze. 'Hoe dan ook, ik vond het erg om in de krant te lezen dat hij weer vastzit. Het is eeuwen geleden dat ik hem heb gesproken, maar als je contact met hem hebt, breng dan alsjeblieft mijn groeten over. Ik zal hem altijd dankbaar blijven voor zijn houding in de eerste paar jaar na je verdwijntruc.'

'Toevallig heb ik hem pas nog gezien,' zei ik. 'Hij heeft nog maar een paar maanden te gaan in de Mountjoy. Hij komt gauw genoeg op vrije voeten om de man van de fiscus weer op te lichten.'

'Hij is te oud om vast te zitten,' zei ze. 'Ze zouden hem moeten laten gaan op humanitaire gronden. Een man met zo veel vriendelijkheid in zich verdient beter.'

Ik zei niets maar bestelde nog twee drankjes bij een passerende barbediende. Ik vond het haast onmogelijk de Charles in wiens huis ik was opgegroeid gelijk te stellen aan de Charles die Alice beschreef.

'Waarschijnlijk heb je wel gelijk,' zei ze uiteindelijk. 'Ik had je kunnen vinden als ik had gewild. Maar waar was het goed voor geweest? Julian had me verteld wat er die ochtend in de sacristie was gebeurd, wie je was, wat je allemaal had gedaan, al die mannen met wie je was geweest. Waarom had ik dan naar je moeten gaan zoeken?' Om een soort schijnhuwelijk te hebben met een homoseksueel? Ik schat mezelf graag hoger in.'

'En terecht. Ik weet niet wat ik nog meer kan zeggen.'

'Als je het gewoon had vertéld. Als je gewoon oprécht...'

'Ik was heel jong, Alice. Ik wist niet wat ik deed.'

'We waren allemaal jong,' zei ze. 'Maar we zijn nu toch niet zo jong meer? Je loopt met een kruk, in godsnaam. Hoe komt dat?'

Ik schudde mijn hoofd, wilde er niet nader op ingaan met haar. 'Een ongeluk,' zei ik. 'Mijn been is er nooit van genezen. Trouwens, heb je iemand anders leren kennen? Dat hoop ik voor je.'

'O, heel aardig van je.'

'Ik meen het.'

'Natuurlijk heb ik andere mensen ontmoet,' zei ze. 'Ik ben geen non. Dacht je dat ik elke avond thuis zat te zwijmelen over jou?'

'Nou, blij dat te horen.'

'Ik zou niet te hard juichen als ik jou was. Het is nooit iets geworden met een van hen. Hoe had dat ook gekund? Ik was een getrouwde vrouw met een kind en een vermiste echtgenoot. En ik kon niet zomaar een scheiding aanvragen in dit achterlijke kloteland. En dus wilde er geen man ooit bij me blijven. Waarom zou hij ook als ik hem geen eigen gezin kon geven. Dat hele stuk leven heb je me ontstolen, Cyril, ik hoop dat je dat beseft.'

'Dat doe ik,' zei ik. 'Dat doe ik. En als ik terug kon gaan in de tijd en dingen veranderen, dan zou ik dat doen.'

'Laten we erover ophouden,' zei ze. 'We weten allebei waar we staan. Ik wil nog iets anders weten.' Ze aarzelde nu en ik zag dat de uitdrukking op haar gezicht eerder onzeker werd dan boos. 'Waarom heb je geen contact opgenomen toen Julian op sterven lag? Waarom heb je me niet ingelicht? Als ik het had geweten zou ik in een mum naar New York zijn vertrokken.'

Ik sloeg mijn blik neer, pakte een bierviltje, dat ik op een zijkant in evenwicht probeerde te houden, en dacht na over een antwoord. 'Ten eerste was er erg weinig tijd,' vertelde ik. 'Ik kwam pas een paar dagen voor zijn dood te weten dat hij in het ziekenhuis lag. Toen zag ik hem voor het eerst. En de tweede keer was de avond dat hij overleed.'

'Nou, daar kan ik geen wijs uit. Wat deed je daar eigenlijk?'

'Mijn partner was dokter in het Mount Sinai Hospital. Hij behandelde

Julian. Ik werkte als vrijwilliger. Ik bezocht patiënten die geen familie hadden.'

'Julian had wel familie.'

'Ik bedoel patiënten die om welke reden ook geen familie in de buurt
hadden. Sommigen waren verstoten door hun familie. Anderen wilden
hun familie daar niet. Julian hoorde bij die laatste groep.'

'Maar waarom? Waarom wilde hij niet dat ik bij hem was? En Liam? Ze
hadden zo'n hechte band.'

'Hij schaamde zich,' zei ik. 'Er was geen reden voor, maar hij schaamde
zich om de ziekte die hij had gekregen.'

'Aids?'

'Ja, aids. Voor iemand als Julian, die praktisch bepaald werd door zijn
heteroseksualiteit, was het een belediging voor lichaam en ziel. Hij wilde
niet zo in jouw en Liams herinnering voortleven.'

'In je brief schreef je dat je de laatste avond bij hem was.'

'Inderdaad.'

'Had hij pijn?'

Ik schudde mijn hoofd. 'Toen niet meer,' zei ik. 'Hij gleed zachtjes weg,
en dat was het. Hij zat zwaar onder de morfine. Volgens mij leed hij niet
aan het einde. Ik hield hem in mijn armen toen hij stierf.'

Ze keek me geschrokken aan en bracht een hand naar haar mond.

'Hij noemde jouw naam, Alice. Jouw naam was het laatste woord dat hij
zei.'

'Ik hield zielsveel van hem,' zei ze zacht, met haar blik een andere kant
op. 'Van kindsbeen af hield hij altijd een oogje op me. Hij was de beste
vriend die ik ooit heb gehad. En ik wil niet hardvochtig zijn, Cyril, maar hij
kon heel goed overweg met Liam. Onze zoon had zich geen betere vaderfiguur kunnen wensen. Hij is er nog steeds niet overheen, weet je. Nou, ik
eigenlijk ook niet. Dat zal nooit gebeuren. Maar Liam is er heel beroerd aan
toe.'

'Kunnen we...' begon ik, twijfelend over de beste manier om dit onder
woorden te brengen. 'Kunnen we het hebben over Liam?'

'We zullen wel moeten, neem ik aan. Dat is per slot de reden waarom we
hier zijn.'

'Niet de enige reden,' zei ik.

'Nee.'

'Heb je een foto van hem?'

'Ze dacht even na en diepte uit een van de zijvakjes van haar tasje een foto op en reikte me die aan.

'Hij lijkt op hem, hè?' vroeg ze zachtjes en ik knikte.

'Hij lijkt op hem zoals hij eruitzag in onze tienerjaren. Ja, sprekend Julian. Maar ik zie ook iemand anders.'

'Wie?'

Ik fronste en schudde mijn hoofd. 'Ik weet het niet zeker,' zei ik. 'Hij heeft iets in zijn gezicht dat me aan iemand anders doet denken, maar ik weet met de beste wil van de wereld niet wie.'

'Hij heeft daarentegen niet Julians temperament. Liam is veel rustiger. Introverter. Bijna verlegen.'

'Denk je dat hij me zou willen ontmoeten? En zou jij het toestaan?'

'Nee,' zei ze ferm. 'Tenminste niet voordat hij achttien is. En ik wil je vragen mijn wensen te respecteren. Zijn examens komen eraan en ik wil nu niet nog een trauma in zijn leven erbij. Over een jaar is hij achttien en dan kun je hem ontmoeten.'

'Maar...'

'Spreek me alsjeblieft niet tegen, Cyril.'

'Maar ik wil hem zien.'

'Dat kun je. Als hij achttien is. Maar geen dag eerder. Zeg me toe dat je het niet stiekem gaat doen. Dat ben je me in elk geval verplicht.'

Ik haalde diep adem. Ze had natuurlijk gelijk. 'Goed,' zei ik.

'En nog één ander ding,' zei ze.

'Zeg maar.'

'Vanaf de eerste dag dat je met hem afspreekt en dat jullie samen praten, moet je volstrekt open kaart met hem spelen. Geen leugens. Je moet hem vertellen wie je bent. Je moet hem alles over jezelf vertellen.'

En dat deed ik. Toen Alice ons een jaar later, tien dagen na zijn achttiende verjaardag, voor het eerst aan elkaar voorstelde, maakte ik daarna met hem een wandeling over de pier van Dun Laoghaire en vertelde ik hem mijn levensverhaal vanaf de dag dat ik de trap af liep in het huis aan Dartmouth Square – waar hij nu woonde – en in de vestibule zijn oom Julian zag zitten, tot de wereld zoals die zich langzaam voor me had ontvouwd en de inzichten die ik over mezelf had gekregen. Ik vertelde hem waarom ik met zijn moeder was getrouwd, waarom ik haar in de steek had gelaten en hoe beroerd ik me voelde over wat ik had gedaan. Ik vertelde over mijn leven in Amsterdam en New York, over Ignac en Bastiaan. Over hoe die laatste om het leven was gebracht door een groepje criminelen die ons elkaar hadden zien omhelzen in Central Park en hoe ik sindsdien niets meer echt als verblijdend had ervaren. En al die tijd luisterde hij, bijna zonder iets te zeggen en soms ogenschijnlijk geschokt, soms gegeneerd, en toen we ten slotte uit elkaar gingen, wilde ik zijn hand schudden, maar hij ging er niet op in en liep weg om de DART-trein richting stad te halen.

In de twee jaar tussen toen en nu was hij een beetje ontdooid tegenover mij. We zagen elkaar af en toe, maar er was nog steeds niets wat leek op de genegenheid of liefde die naar mijn idee tussen een vader en een zoon moest bestaan. Niet dat hij de indruk gaf dat ik uit zijn leven moest verdwijnen, hij zocht nooit ruzie bijvoorbeeld en viel me nooit aan op het feit dat ik geen deel had uitgemaakt van zijn kindertijd, maar tegelijk leek hij mij evenmin een plaats in zijn leven te gunnen en bleek hij wantrouwig als we met elkaar afspraken, wat overigens zelden voorkwam.

Anderzijds had ik het ernaar gemaakt, zei ik bij mezelf. Er was niemand anders die ik iets kon verwijten.

'Goal!' brulden Jimmy en Liam tegelijk in de elfde minuut, toen Ray Houghton een schot loste dat langs het hoofd van Pagliuca in de rechterbovenhoek van het doel belandde. Heel Doheny & Nesbitt barstte los in gejuich, aan alle kanten werden bierglazen omgegooid, en er werd veel omhelsd en rondgedanst. De twee jongens vielen elkaar in de armen, sprongen uitgelaten op en neer, maar ik bleef zitten waar ik zat, ik glimlachte, klapte in mijn handen en voelde me onmachtig om op te staan en mee te doen met de anderen en dat was niet omdat ik met mijn kruk een raar figuur zou hebben geslagen.

'Dat gaan we winnen,' zei Jimmy, die van uitgelatenheid boven zijn stoeltje leek te zweven. 'De Italianen hebben het veel te hoog in hun bol.'

'Gaan jullie het ergens verder vieren als we winnen?' vroeg ik Liam. Hij draaide zich om, keek me aan en antwoordde: 'Ja, maar je kunt niet mee. We gaan stappen met onze vrienden van Trinity.'

'Ik vroeg ook helemaal niet of ik mee kon,' zei ik. 'Gewoon een vraag, meer niet.'

'En gewoon een antwoord.'

'Prima.'

Daar lieten we het bij, we richtten onze aandacht weer op het scherm. De spelers kwamen nu naar de zijlijn en vroegen flessen water. De hitte werd hun te veel. En op het veld brak oorlog uit, Jack Charlton klaagde aan één stuk door tegen de scheidsrechter, en reservespelers liepen gefrustreerd heen en weer. Het leek of het voor iedereen slecht ging aflopen.

Afspraakje

Sinds de dood van Bastiaan had ik alle romantiek uit mijn hoofd gezet en dus kwam het in zekere zin als een verrassing toen iemand een afspraakje met me wilde maken. De man in kwestie was vijftien jaar jonger dan ik en heel aantrekkelijk, wat mijn ego zeker geen kwaad deed, en een TD. Hij bezocht regelmatig de bibliotheek, in tegenstelling tot de meeste van zijn collega's, die in het algemeen hun assistenten stuurden om het monniken- werk voor hen op te knappen. Hij was altijd vrij spraakzaam en vriendelijk geweest, maar dat had ik toegeschreven aan een innemend karakter van zijn kant, tot de middag waarop hij vroeg of ik die donderdagavond iets te doen had.

'Niet dat ik weet,' zei ik. 'Waarom? Moet je nog laat in de bibliotheek zijn?'

'O jezus, nee,' zei hij hoofdschuddend en hij keek me aan alsof ik halfgek was. 'Helemaal niet. Ik vroeg me alleen af of ik je kon verleiden om ergens iets te gaan drinken, meer niet.'

'Iets drinken?' vroeg ik, twijfelend of ik hem goed had gehoord. 'Hoe bedoel je?'

'Je weet wel. Twee mensen die gaan zitten in een café. Een paar biertjes drinken en een babbeltje maken. Je drinkt toch wel?'

'Jazeker,' zei ik. 'Ik bedoel, niet overdreven veel maar...'

'Dus?'

'Bedoel je wij tweeën?'

'Jezus, Cyril. Ik krijg het gevoel alsof ik over een EEG-verdrag aan het onderhandelen ben. Ja, alleen wij tweeën.'

'O. Goed dan. Waar ergens dacht je?'

'Een discrete plek,' zei hij.

'Wat betekent dat?' vroeg ik, en misschien had dat mijn eerste aanwijzing moeten zijn dat ons avondje uit niet goed zou aflopen.

'Ken je The Yellow House in Rathfarnham?' vroeg hij.

'Ja,' zei ik. 'Ik ben er in jaren niet geweest. Zou ergens in het stadscentrum niet makkelijker zijn?'

'We gaan naar The Yellow House,' zei hij. 'Donderdagavond. Acht uur.'

'Nee, dat is de avond van het afscheidsfeestje van mevrouw Goggin.'

'Wie?' vroeg hij.

'Mevrouw Goggin van de tearoom. Ze gaat met pensioen na bijna vijftig jaren trouwe dienst.'

Hij keek een beetje onbestemd. 'Nou en?' zei hij. 'Je bent toch niet van plan daarheen te gaan?'

'Natuurlijk wel.'

'Waarom?'

'Omdat, zoals ik al zei, ze afscheid neemt na bijna...'

'Ja, ja.' Hij dacht erover na. 'Vind je dat ik ook moet gaan?'

'Hoe bedoel je?'

'Nou, zou het veel voor haar betekenen als ik mijn gezicht liet zien?'

Ik keek hem aan en probeerde erachter te komen wat hij bedoelde. 'Omdat je een TD bent?' vroeg ik. 'Doel je daarop?'

'Ja.'

Ik schudde mijn hoofd. 'Ik denk eerlijk gezegd dat het haar koud laat.'

'Volgens mij toch niet,' zei hij, schijnbaar half beledigd.

'Nou, ik ga in elk geval, dus donderdag valt af.'

'Mooi,' zei hij met een dramatische zucht, alsof hij een gefrustreerde tiener was en geen volwassen man. 'Vrijdagavond dan. Nee, wacht, vrijdagavond kan niet. Diner kiesdistrict. En weekenden vallen om voor de hand liggende redenen af. Hoe staat het met maandag?'

'Maandag is goed,' zei ik, niet wetend wat die voor de hand liggende redenen waren. 'Vertrekken we hier? Als ik de bibliotheek sluit?'

'Nee. Laten we elkaar daar ontmoeten.'

'Wat? Bij The Yellow House?'

'Ja.'

'Maar als we allebei in de Dáil zijn, zou het dan niet eenvoudiger zijn als we...'

'Ik weet niet wat maandag in petto kan hebben,' zei hij. 'Het is makkelijker als we gewoon daar samenkomen.'

'Goed.'

De tussenliggende dagen dacht ik veel na over wat ik aan moest trekken. Ik had werkelijk geen flauw idee wat ik me op de hals haalde. Ik had allang vermoed dat de man homo was maar hij was zo veel jonger dan ik... Ik kon me niet goed voorstellen dat hij geïnteresseerd was in iemand van mijn leeftijd. Tijdens het afscheidsfeestje legde ik mijn dilemma voor aan mevrouw Goggin, die opgetogen leek over mijn probleem.

'Goed zo,' zei ze. 'Ik ben blij voor u. U bent veel te jong om geen mensen meer te ontmoeten.'

'Ik zie het in feite niet zo,' antwoordde ik. 'En ik ben niet eenzaam. Ik weet dat eenzame mensen dat meestal zeggen maar ik ben het echt niet. Ik ben blij met mijn leven zoals het is.'

'Wie was het eigenlijk?' vroeg ze. 'Welke TD?'

Ik vertelde hoe hij heette.

'O,' zei ze, en haar gezicht betrok een beetje.

'Wat?'

'Niets'.

'Nee, ga door, vertel.'

'Ik wil het u niet tegen maken.'

'Ik ben niet uitgesproken vóór hem. Het is maar een afspraakje.'

'Nou, volgens mij is hij van het achterbakse soort,' zei ze. 'Hij komt hier binnenkuieren alsof hij de eigenaar van de tent is en probeert zonder mijn tussenkomst aan de tafeltjes bij de ministers te gaan zitten. Hij loopt rond met een enorm air terwijl hij hier nog maar pas komt kijken! Ik heb er een paar keer over gedacht hem eruit te zetten. Lang geleden leerde ik van mevrouw Hennessy, de vrouw die mij in de jaren veertig aannam, dat als ik niet vanaf het begin krachtdadig optrad tegenover de TD's, ze met hun grote laarzen over me heen zouden lopen. En dat advies heb ik sindsdien met succes toegepast.'

'U hebt de touwtjes strak in handen gehouden, dat staat buiten kijf.'

'Ik moest wel. In een kleuterschool zie je minder kattenkwaad.'

'Dus u vindt dat ik niet moet gaan?'

'Dat heb ik niet gezegd. Voorzichtig met hem zijn, dat is mijn advies. Ik herinner me dat u me vertelde dat u een paar jaar geleden uw... vriend hebt verloren.'

'Inderdaad,' zei ik. 'Bastiaan. En om eerlijk te zijn, in de zeven jaar daarna heb ik nooit veel behoefte gevoeld aan seks of een partner. Sorry, u vindt het niet erg dat ik de dingen er zo uit gooi, hoop ik?'

'Ga verder,' zei ze. 'Vergeet niet, ik heb dertig jaar thee naar het kantoor van Charlie Haughey gebracht, dus ik heb veel ergere dingen gezien en gehoord.'

'Ik heb lang het gevoel gehad dat die component van mijn leven voorbij is,' zei ik.

'En dat vindt u ook prima?'

Daar moest ik over nadenken. 'Ik weet het niet,' zei ik. 'Het heeft me altijd alleen maar ellende gebracht. Nou, in elk geval totdat ik Bastiaan ontmoette. Volgens mij kan ik geen nieuwe relatie beginnen. Maar misschien is er ergens in mij nog wel een beetje vuur te vinden. Daarom loop ik over die hele kwestie te piekeren. Enfin, het is geen onderwerp voor vanavond. Het is uw avond. Er zijn in elk geval geweldig veel mensen voor u gekomen.'

Onze hoofden draaiden tegelijk opzij en keken de zaal rond. Praktisch iedereen die in de Dáil werkte was komen opdagen, en de Taoiseach, Albert Reynolds, had eerder die avond een mooie speech gehouden. Mijn TD-vriend had zijn neus twintig minuten lang laten zien, maar hoewel hij op een gegeven moment vrij dicht bij me stond had hij me straal genegeerd, zelfs toen ik hem groette.

'Ja,' zei ze, en ze klonk tevreden. 'Ik zal het missen. Geen dag ziek geweest in negenenveertig jaar. Kunt u zich dat voorstellen?'

'Albert zei dat daarstraks. Ik dacht dat hij het uit zijn duim zoog.'

'Het is zo waar als ik hier zit.'

'En wat gaat u nu doen?' vroeg ik. 'Is er ergens een meneer Goggin, die blij zal zijn dat u voor de verandering eens thuis bent?'

Ze schudde haar hoofd. 'Die is er niet,' zei ze. 'Er is nooit een meneer Goggin geweest. Een hele tijd geleden zei een priester die voor het altaar van een kerk in West-Cork stond, tegen mij dat ik nooit een echtgenoot zou vinden. Ik dacht dat hij maar een huichelachtige ouwe moraalridder was, maar hij had gelijk. Ik heb zelfs moeten veinzen dat ik weduwe was om hier te kunnen werken.'

'Waarom?' vroeg ik.

'Andere tijden,' zei ze. Ze haalde diep adem en keek om zich heen, want ze wilde zeker weten dat we niet werden afgeluisterd. 'Ik stond op het punt een kind te krijgen, ziet u. Dus ik vertelde dat mijn echtgenoot was omgekomen in de oorlog. Mevrouw Hennessy kende de waarheid maar als iemand anders het te weten was gekomen zou ik er linea recta uit gevlogen zijn.'

'Stelletje spitsboeven, hè?' zei ik. 'Priesters.'

'Ik heb nooit iets van ze moeten weten,' zei ze. 'Sinds die dag. Trouwens, ik heb het al die jaren heel goed gehad zonder man.'

'En uw zoon?' vroeg ik. 'Hoe gaat het met hem?'

'Mijn zoon?' vroeg ze, terwijl haar glimlach lichtjes taande.

'Jonathan, toch?'

'O, Jonathan. Sorry, ik... Ja, het gaat goed met hem. Nou, hij is ongeveer een jaar geleden een poosje ziek geweest, maar het gaat nu beter met hem. Hij heeft zelf een paar kinderen, zodat ik wat vaker zal kunnen helpen nu ik de baas ben over mijn tijd. Daar kijk ik althans naar uit.'

Voordat ze nog iets kon zeggen, kwam een van de meisjes van de tearoom naar ons toe en onderbrak ons met de vraag aan mevrouw Goggin of ze wilde komen voor een groepsfoto.

'O, ik sta vreselijk op foto's,' zei ze. 'Altijd met een boos gezicht.'

'We moeten er een hebben voor aan de muur,' benadrukte het meisje. 'Na al die jaren hier. Vooruit, mevrouw Goggin, we gaan allemaal met u op de foto.'

Ze zuchtte, stond op, knikte en zei: 'Goed. Eén laatste plicht voordat ik vrijgelaten word.' Toen draaide ze zich nog even om naar mij: 'En luister, u zou naar dat afspraakje moeten gaan, maar pas wel op voor die vent. Meer zeg ik niet.'

'Dat zal ik doen,' zei ik. 'En veel gelukkige jaren gewenst, als ik u niet meer zie.'

Tot mijn verbazing boog ze zich omlaag en kuste me op de wang. Ze wierp me een merkwaardige blik toe voordat het meisje haar meetroonde.

Een paar dagen later kwam ik zoals gepland in The Yellow House aan. De man met wie ik afgesproken had bleek met zijn rug naar de zaal in een hoek te zitten, alsof hij niet gezien wilde worden.

'Andrew,' zei ik. Ik ging tegenover hem zitten, vanwaar ik uitzicht had op de hele zaal. 'Ik had je bijna over het hoofd gezien. Het lijkt alsof je je verstopt voor de wereld.'

'Helemaal niet,' antwoordde hij lachend en hij bestelde een drankje voor me bij een passerende ober. 'Hoe is het met je, Cyril? Hoe was het werk vandaag?'

'Goed,' zei ik, wat leidde tot de gebruikelijke pakweg twintig minuten uitwisseling van beleefdheden voordat ik besloot over te stappen op de kern van de zaak.

'Mag ik wat vragen?' zei ik. 'En vergeef me als dit belachelijk klinkt, maar ik was eigenlijk lichtelijk verbaasd toen je me vroeg om wat te gaan drinken. Is dit puur vriendschappelijk of iets anders?'

'Het kan alles zijn wat we willen,' antwoordde hij schouderophalend. 'We zijn uiteindelijk volwassen mannen. En we hebben toch altijd goed met elkaar op kunnen schieten?'

'Dat klopt,' zei ik. 'Je weet dat ik homofiel ben, hè?'

'Natuurlijk,' zei hij. 'Anders zou ik je niet hebben gevraagd.'

'Aha,' zei ik. 'Dus jij bent ook homofiel? Ik wist het niet zeker. Ik vermoedde het, maar...'

'Het punt is, Cyril,' zei hij, lichtjes vooroverleunend. 'Ik heb het niet zo op etiketten. Ze geven alles zo'n naam, weet je wel?'

'Nou ja,' zei ik. 'Ik bedoel, dat is wat etiketten van nature doen. Dingen een naam geven.'

'Precies. En we zitten in 1994, niet in de jaren vijftig. Naar mijn idee zouden we dergelijke zaken achter ons moeten laten.'

'Vermoedelijk,' zei ik. 'Sorry, wat bedoel je precies? Wat voor zaken?'

'Etiketten.'

'O ja. Oké.'

'Nou ja, vertel eens wat over jezelf,' zei hij. 'Ben je getrouwd of zo?'

'Nee,' zei ik, en ik besloot de technische aspecten van een honderd procent kloppend antwoord achterwege te laten. 'Waarom zou ik getrouwd zijn? Ik heb je gezegd, ik ben homofiel.'

'Nou, dat betekent niets. Je werkt in de Dáil, jezus. Daar vind je ze met je ogen dicht.'

'Ik geloof dat ik dat wel eens heb horen zeggen,' gaf ik toe.

'Dus als je niet getrouwd bent, heb je dan momenteel een vriend?'

'Geen speciale vriend.'

'Een niet-speciale vriend?'

'Momenteel niet,' zei ik, en ik schudde mijn hoofd. 'Ik heb geen enkele vriend. Al heel lang niet. Ik had er een, vele jaren lang, maar die is in 1987 overleden.'

'O juist,' zei hij, en hij deinsde ietwat achteruit. 'Het spijt me dat te horen. Mag ik vragen hoe hij overleden is?'

'We werden samen aangevallen in Central Park,' legde ik uit. 'Ik heb het overleefd. Hij niet. De kruk heb ik eraan overgehouden.'

'Het spijt me,' zei hij weer, en nu leunde hij weer voorover, een beweging waarvan de betekenis me maar al te duidelijk was.

'Het geeft niet,' zei ik. 'Ik mis hem natuurlijk. Heel erg. We zouden nog een lange toekomst samen hebben gehad en die werd ons ontstolen. Maar ik heb me erbij neergelegd. Het leven vindt plaats en de dood vindt plaats. Weet je,' er was me net een licht opgegaan, 'ik besefte zojuist dat ik negenenveertig jaar oud ben en toch is dit de eerste keer dat ik in Ierland een afspraakje heb met een andere man.'

Hij fronste een beetje en nam een grote slok van zijn bier. 'Ben je in de vijftig?' vroeg hij. 'Ik dacht dat je jonger was.'

Ik staarde hem aan en vroeg me af of hij soms een beetje hardhorend was. 'Nee,' zei ik. 'Ik ben negenenveertig. Dat zei ik toch net?'

'Ja, maar dat hoeft toch niet te betekenen dat dat echt zo is?'

'Wat zou ik anders bedoelen?'

'Jezus, je bent al een tijdje uit de datingscene, hè? De meeste mannen die op zoek zijn naar andere mannen beweren namelijk dat ze jonger zijn dan ze werkelijk zijn. Vooral oudere mannen. Als je een man uit een contactadvertentie ontmoet en hij zegt dat hij achter in de dertig is, dan wil dat zeggen dat hij tegen de vijftig loopt en denkt dat hij voor negenendertig door kan gaan. De meesten belazeren de boel, maar dat weet je. Kortom. Toen je zei dat je negenenveertig was, nam ik aan dat het betekende dat je in het echt halverwege of eind vijftig was.'

'Nee,' zei ik, en ik schudde mijn hoofd. 'Ik ben echt negenenveertig. Ik ben een paar maanden na het eind van de oorlog geboren.'

'Welke oorlog?'

'De Tweede Wereldoorlog.'

'O, die.'

'Nou, niet de Eerste.'

'Nee. Uiteraard niet. Dan zou je zo ongeveer honderdtien zijn.'

'Nou, niet helemaal.'

'In die buurt.'

Ik vroeg me af hoe goed hij in geschiedenis was geweest op school. Toen vroeg ik: 'Ontmoet je veel mensen via contactadvertenties?'

'Af en toe,' zei hij. 'Een paar weken geleden had ik een ontmoeting met een jongen die zei dat hij negentien was maar toen hij voor mijn neus stond was hij bijna even oud als ik. Hij droeg een T-shirt met Blondie erop, jezus christus.'

'Zo een heb ik vroeger ook gehad,' zei ik. 'Maar waarom zou je eigenlijk iemand willen ontmoeten van wie je denkt dat hij negentien is?'

'Waarom niet?' zei hij lachend. 'Ik ben niet te oud voor een negentien-jarige.'

'Nou, volgens mij is dat een kwestie van opvatting. Maar wat zou je ge-meen hebben met een jongen van die leeftijd?'

'We hoeven niets gemeen te hebben. Het ging me niet om zijn gespreks-vaardigheden.'

Ik knikte en voelde me een beetje ongemakkelijk. 'Nou, ik verbaas me erover, dat is alles,' zei ik. 'Als je je aangetrokken voelt tot jongere mannen, waarom heb je mij dan gevraagd?'

'Omdat ik jou ook aantrekkelijk vind. Ik voel me tot veel mensen aange-trokken.'

'Aha,' zei ik, en ik probeerde dat te verwerken. Ik wou zielsgraag dat Bas-tiaan achter een biertje tegenover me zat en niet deze malloot.

'Dus hoe oud ben jij?' vroeg ik eindelijk.

'Vierendertig.'

'Dus dat betekent dat je echt vierendertig bent?'

'Ja. Maar bij ontmoetingen ben ik achtentwintig.'

'Je ontmoet mij nu.'

'Ja, maar dat is anders. Jij bent ouder. Vandaar dat ik mijn eigen leeftijd kan hebben.'

'Juist. En heb je veel relaties gehad?'

'Relaties? Nee,' zei hij, en hij haalde zijn schouders op. 'Dat is niet waar-op ik me pakweg de laatste tien jaar heb geconcentreerd.'

'Waarop heb je je geconcentreerd?'

'Kijk, Cyril, ik ben een normale kerel. Ik word graag genaaid.'

'Oké.'

'Word jij graag genaaid?'

'Natuurlijk. Nou ja, vroeger wel.'

'Wanneer was de laatste keer?'

'Zeven jaar geleden.'

Hij zette zijn glas neer en keek me met grote ogen strak aan. 'Hou je me godverdomme voor de mal?' vroeg hij.

'Dat heb ik je toch verteld? Toen is Bastiaan overleden.'

'Ja maar... wou je zeggen dat je sindsdien niet gevrijd hebt?'

'Is dat zo vreemd?'

'Het is allejezus vreemd, reken maar.'

Ik zei niets en vroeg me af of hij besefte hoe grof hij was.

'Je moet er godverdomme naar snákken,' zei hij, wat luider, en ik zag hoe een stelletje aan het volgende tafeltje minachtend naar ons keek. Sommige dingen veranderden niet.

'Nee, niet echt,' zei ik zacht.

'Jawel hoor.'

'Nee, niet waar.'

'Als je echt negenenveertig bent, dan ben je veel te jong om de tent te sluiten.'

'Ik ben echt negenenveertig,' zei ik nadrukkelijk. 'En vreemd genoeg ben je de tweede die dezer dagen iets dergelijks tegen me zegt.'

'Wie was de eerste?'

'Mevrouw Goggin.'

'Wie is mevrouw Goggin?'

Ik rolde met mijn ogen. 'Dat heb ik je eerder verteld. De dame van de tearoom.'

'Welke tearoom?'

'In de Dáil Éireann!'

'O ja, je hebt eerder iets over haar gezegd. Ze ging met pensioen, hè?'

'Ja. En jij was er ook!'

'O ja, dat klopt. Ik herinner het me nu. Volgens mij heb ik haar de avond van haar leven bezorgd door op te draven, maar ik kon niet blijven.'

'Ik zei je gedag en je negeerde me.'

'Ik heb je niet gezien. Heeft ze het toch gedaan?'

'Wat gedaan?'

'Met pensioen gaan.'

'Ja, natuurlijk. Waarom heb je anders een afscheidsfeestje?'

'Ik weet niet,' zei hij. 'Veel mensen zeggen dat ze afhaken, maar zonder het te doen. Kijk naar Frank Sinatra.'

'Nou, zij wel,' zei ik. Ik begon het gesprek doodvermoeiend te vinden. 'Goed. Ik neem aan dat jij geen partner hebt?'

'Waarom denk je dat?'

'Het feit dat je mij mee uit hebt gevraagd.'

'O ja,' zei hij. 'Nou, zoiets.'

'Wat betekent dat?'

'Het betekent dat ik opensta voor aanbiedingen,' antwoordde hij met een brede grijns. 'Als iemand me een aanbod doet.'

'Ik ben zo terug,' zei ik. Ik wilde even naar het toilet om een paar momenten voor mezelf te hebben. Toen ik terugkwam stonden er twee verse glazen bier op tafel en legde ik me erbij neer dat ik nog wat langer zou moeten blijven.

'Je zou zeggen dat het vandaag de dag heel anders is,' zei ik, terwijl ik ging zitten en hoopte een verstandig gesprek met hem te bginnen, 'homoseksueel zijn in Ierland, bedoel ik. Toen ik jonger was, was het bijna onmogelijk. We hadden het vreselijke moeilijk, om eerlijk te zijn. Dezer dagen is het makkelijker, volgens mij.'

'Niet echt,' zei hij snel. 'De wetten zijn nog tegen ons; je kunt nog steeds niet hand in hand met een man op straat lopen zonder dat elk moment je schedel kan worden ingeslagen. Er zijn een paar bars bij gekomen, geloof ik, het is niet alleen meer de George, en alles vindt niet meer zo in het verborgene plaats als vroeger, maar nee, volgens mij is het niet makkelijker. Wel is het misschien minder moeilijk om mensen te ontmoeten. Je vindt soms wel eens wat online. Af en toe een chatroom of een datingsite.'

'Online?'

'Het world wide web. Nooit van gehoord?'

'Een beetje,' zei ik.

'Dat is de toekomst,' zei hij. 'Op een dag zullen we allemaal online zijn.'

'Om wat te doen?'

'Ik weet niet. Dingen opzoeken.'

'Klinkt geweldig,' zei ik. 'Ik kan niet wachten.'

'Volgens mij is het dus niet echt veel beter dan vroeger, maar misschien komt dat nog. Er moeten wat serieuze veranderingen komen in de wetgeving maar dat zal tijd kosten.'

'Kenden we maar iemand die in de politiek zit,' zei ik. 'Iemand die stelling kan nemen en het balletje aan het rollen krijgen.'

'Ik hoop dat je niet aan mij denkt. Daarmee verlies je stemmen. Ik zou zoiets nog niet met een tang beetpakken. In elk geval zitten kinderen tegenwoordig veel beter in hun vel. Ze komen echt uit de kast, typisch iets voor de jaren negentig als je het mij vraagt. Heb jij je ooit uitgesproken tegenover je ouders?'

'Ik heb ze nooit gekend,' zei ik. 'Ik ben geadopteerd.'

'Nou, je pleegouders dan?'

'Mijn pleegmoeder stierf toen ik nog maar een kind was,' zei ik. 'En mijn pleegvader heb ik nooit echt verteld dat ik homoseksueel was, maar door een samenloop van omstandigheden waar ik je nu niet mee ga vervelen, kwam hij erachter toen ik achtentwintig was. Het heeft hem nooit iets kunnen schelen, om eerlijk te zijn. Hij is in veel opzichten een vreemde vogel, maar hij heeft geen greintje bekrompenheid in zijn lijf. En jij?'

'Mijn moeder is ook dood,' zei hij. 'En mijn vader heeft alzheimer, dus dat schiet op.'

'Juist,' zei ik. 'En je broers en zussen? Heb je het hun verteld?'

'Nee,' zei hij. 'Ik denk niet dat ze het zouden begrijpen.'

'Zijn ze ouder of jonger dan jij?'

'Oudere broer, jongere zus.'

'Maar die generatie, jouw generatie, heeft toch niet zo veel moeite met deze dingen? Waarom vertel je het ze niet gewoon?'

Hij haalde zijn schouders op. 'Het ligt ingewikkeld,' zei hij. 'Ik ga daar liever niet op in.'

'Akkoord.'

'Zullen we nog wat drinken?'

'Vooruit maar.'

Terwijl hij aan de bar stond, keek ik naar hem, maar ik kon niet beslissen of het nu een goed of slecht idee was om daar te zijn. Ik vond hem een beetje onhebbelijk maar ook een mooie man, dat kon ik niet ontkennen en ik begon te beseffen dat die vonk in mij nog niet helemaal uitgedoofd was, hoe hard ik ook mijn best had gedaan het vuur te blussen. Het feit dat hij genoeg in me geïnteresseerd was om een afspraakje met me te maken was alleen al flatterend. Hij was pas bij de laatste verkiezingen in de Dáil gekozen, maar werd veel genoemd als potentiële toekomstige minister. Hij had een paar goede toespraken gehouden, was de partijleiding opgevallen en verscheen regelmatig in actualiteitenprogramma's. Bij de volgende stoelendans was hij er praktisch van verzekerd op z'n minst staatssecretaris te worden. En dat zou een primeur zijn, realiseerde ik me. Een homoseksueel die opklom in de gelederen van de Ierse politiek. De Valera zou zich omdraaien in zijn graf. En toch, ondanks dat toekomstbeeld, had hij mij uitgenodigd.

'Waarom heb je The Yellow House gekozen?' vroeg ik terwijl hij weer ging zitten. 'Je woont toch in het noorden van de stad?'

'Ja,' zei hij.

'Dus waarom hier?'

'Ik dacht dat het handiger zou zijn voor jou.'

'Maar ik woon aan Pembroke Road,' zei ik. 'We hadden naar The Waterloo Bar of zo kunnen gaan.'

Hij kwam nu met een ander antwoord: 'Ik drink niet graag in mijn eigen kiesdistrict,' zei hij. 'Dan komen de mensen de hele tijd naar me toe en stellen me vragen over kuilen in de weg, stroomtarieven en of ik naar de sportdag van de kinderen wil komen om de medailles uit te reiken, en weet je, ik kan me godverdomme om dat soort gedoe echt niet druk maken.'

'Maar is dat niet de taak van een TD?'

'Een deel ervan,' gaf hij toe. 'Maar niet het deel dat ik interessant vind.'

'Welk deel vind je wel interessant?'

'Het opklimmen. Zo hoog mogelijk op de ladder komen.'

'En wat dan?'

'Wat bedoel je?'

'Ik bedoel als je boven aan de ladder komt, waar gaat het dan om? Je kunt toch zeker niet alleen macht willen hebben om de macht?'

'Waarom niet? Uiteindelijk wil ik Taoiseach worden. En ik ben er vrij zeker van dat ik daar kan komen. Ik heb de hersenen. Ik heb de capaciteiten. En de partij staat achter me.'

'Maar waarom?' vroeg ik. 'Wat wil je eigenlijk bereiken in de politiek?'

Hij schudde zijn hoofd. 'Kijk, Cyril,' zei hij. 'Begrijp me niet verkeerd. Ik wil het beste voor mijn kiezers en het beste voor mijn land. Ik bedoel, dat zou geweldig zijn, weet je wel, volgens mij. Maar kun je een ander beroep bedenken waarbij je een dergelijke vraag zou stellen? Als ik zou beginnen als schoolmeester en ik zei dat ik op een dag graag schoolhoofd zou worden, dan zou je zeggen: "Bravo." Als ik postbode was en zei dat ik graag baas van het nationale postbedrijf zou worden, zou je zeggen dat je mijn ambitie bewonderde. Waarom kan het in de politiek niet hetzelfde zijn? Waarom kan ik niet streven naar promotie en proberen aan de top te komen en dan, als ik aan de top sta en er iets positiefs mee kan doen, is dat geweldig, en als ik dat niet kan, ja, dan zal ik er vooral van genieten aan de top te staan.'

Ik dacht na. Enerzijds klonk zijn betoog belachelijk maar anderzijds was het moeilijk de zwakke punten erin te ontdekken.

'Maar je beseft toch wel dat het moeilijk wordt?' vroeg ik. 'Als homofiel, bedoel ik. Ik weet niet of Ierland zelfs maar klaar is voor een homofiele minister, laat staan een homofiele Taoiseach.'

'Zoals gezegd, ik plak geen etiketten op mezelf. En natuurlijk zijn er manieren om die dingen te omzeilen.'

Ik knikte, en vroeg me af of ik echt nog veel langer in zijn gezelschap wilde blijven, toen er een gedachte door me heen ging. Alsof er een lichtje ging branden. 'Mag ik je wat vragen?' vroeg ik.

'Jazeker.'

'Je hebt toch niet toevallig een vriendin?'

Hij ging achteroverzitten en leek verrast door mijn vraag. 'Natuurlijk,' zei hij. 'Waarom zou ik niet? Ik zie er goed uit, heb een prachtige baan en ben in de bloei van mijn leven.'

Ik schudde mijn hoofd. 'Je hebt een vriendin,' zei ik, meer als een vaststelling dan iets anders. 'Dus ik mag aannemen dat zij ook geen moeite heeft om geen etiketten op je te plakken?'

'Hoe bedoel je?'

'Denkt ze dat je hetero bent?'

'Dat is nogal een persoonlijke vraag, vind je niet?'

'Nou, jij hebt mij ook uitgevraagd, Andrew. En we zijn hier op een afspraakje. Dus het lijkt me niet onredelijk van mij om het te vragen.'

Hij dacht er even over na en haalde zijn schouders op. 'Nou, ze heeft nooit vragen gesteld,' zei hij. 'En wat niet weet wat niet deert.'

'O jezus,' zei ik.

'Wat?'

'Dadelijk vertel je me nog dat je gaat trouwen.'

'Wij gaan ook trouwen, toevallig,' zei hij. 'In juli. En als ik mijn kaarten goed uitspeel kan ik volgens mij Albert en Kathleen Reynolds wel op de receptie krijgen.'

Ik begon te lachen. 'Je bent een geweldige opportunist,' zei ik. 'Waarom trouw je in vredesnaam met dat arme meisje als je homofiel bent?'

'Ik zei je toch, ik ben...'

'Niet van de etiketten, ik weet het. Maar laten we er eventjes een gebruiken. Waarom trouw je met haar als je homofiel bent?'

'Omdat ik een vrouw nodig heb,' zei hij boudweg. 'Mijn kiezers verwachten dat van mij. De partij verwacht dat van mij. Er is geen manier om vooruit te komen zonder dat ik vrouw en kinderen heb.'

'En zij dan?' vroeg ik, me bewust van de hypocrisie in mijn verontwaardiging, maar, in alle eerlijkheid, er waren eenentwintig jaar verstreken sinds mijn eigen trouwdag en ik had sindsdien niemand bedrogen over mijn geaardheid.

'Wat, "en zij dan"? Wat bedoel je?'

'Je gaat het leven van een arm meisje naar de knoppen helpen omdat je niet het lef hebt de waarheid over jezelf te vertellen.'

'Hoe ga ik haar leven naar de knoppen helpen?' vroeg hij, en uit zijn gezicht sprak waarachtig onbegrip. 'Als ik de hele weg afleg, gaan we op staatsbezoek in Buckingham Palace en het Witte Huis en noem maar op. Vind je dat een verknoeid leven?'

'Dat klopt als de persoon die je bij je hebt niet van je houdt.'

'Maar ik ben dol op haar. Ze is een geweldige vrouw. En zij houdt ook van mij.'

'Goed,' zei ik. 'Ik geloof je op je woord.'

'Ik weet niet waar je je zo ongerust over maakt,' zei hij. 'Niemand vraagt jou met haar te trouwen.'

'Juist,' zei ik. 'Kijk, ieder het zijne. Doe wat je gelukkig maakt. Zullen we deze leegdrinken en dan opbreken?'

Hij glimlachte en knikte. 'Oké,' zei hij. 'Helaas kunnen we niet naar mijn huis. Maar jij woont toch alleen?'

'Ja,' zei ik. 'Waarom?'

'Zullen we daarheen gaan?'

'Waarom zouden we daarheen gaan?'

'Waarom denk je?'

Ik staarde hem aan. 'Je verwacht toch echt niet dat we de nacht samen doorbrengen?' vroeg ik.

'Nee, natuurlijk niet,' zei hij. 'In elk geval niet de hele nacht. Een paar uur, meer niet.'

'Nee, bedankt,' zei ik, en ik schudde mijn hoofd.

'Je neemt me in de maling,' zei hij, en hij leek nu totaal confuus.

'Nee hoor, helemaal niet.'

'Maar waarom niet?'

'Ten eerste omdat we elkaar nauwelijks kennen...'

'O, alsof dat een groot probleem is.'

'Nee, misschien niet. Maar je hebt een vriendin. Sorry, je hebt een verloofde.'

'Die hier niets over hoeft te weten.'

'Dat doe ik niet, Andrew,' zei ik. 'Niet meer.'

'Wat niet?'

'Ik heb geen zin deel uit te maken van een leugen. Ik heb in mijn leven genoeg mensen voorgelogen en verstoppertje gespeeld. Die weg ga ik niet meer.'

'Cyril,' zei hij, met een glimlach die duidelijk maakte dat hij geloofde dat zijn charme altijd zou werken. 'Laten we er geen doekjes om winden: jij bent zogenaamd negenenveertig jaar oud, ik ben pas vierendertig en ik bied het je op een presenteerblaadje aan. Zeg je echt dat je deze kans voorbij laat gaan?'

'Ben bang van wel,' zei ik. 'Het spijt me.'

Er viel een lange pauze waarin hij dit verwerkte en daarna schudde hij zijn hoofd en lachte. 'Goed,' zei hij, en hij stond op. 'Dan laat ik je verder maar. Wat een compleet verspilde avond. Je hebt het grandioos verknald, vrind, meer zeg ik er niet van. En niet om het een of ander maar ik heb een enorme pik.'

'Heerlijk voor jou.'

'Weet je zeker dat je niet van gedachten verandert?'

'Geloof me, ik weet het absoluut zeker.'

'Jammer voor jou. Maar kijk,' – hij leunde nu voorover en keek me recht aan – 'als je ooit iemand over dit gesprek vertelt, ontken ik niet alleen alles maar daag ik je voor het gerecht wegens smaad.'

'Van smaad is sprake als het is opgeschreven,' zei ik. 'Als ik het iemand vertel, zou het laster zijn. Hoewel het dat ook niet zou zijn, omdat het de waarheid is.'

'Sodemieter op,' zei hij. 'Laat me met rust, oké? Vergeet niet dat ik een paar behoorlijk machtige mensen ken. Kleine moeite om je op straat te laten zetten.'

'Ga nou maar gewoon,' zei ik vermoeid. 'Ik ben niet van plan hier met iemand over te praten. Het is allemaal alleen maar gênant. Je hoeft je geen zorgen te maken.'

'Goed,' zei hij, en hij trok zijn jas aan. 'Nou, je bent gewaarschuwd.'

'Ga maar,' zei ik.

En hij ging.

Ik bestelde nog een drankje en zat stil in de hoek van het café te kijken naar de paartjes en groepen vrienden die genoten van hun avondje. En er verandert niets, dacht ik. Niets verandert ooit. In Ierland.

Een echte Avery

Een maand voordat zijn straf zou eindigen stelden de doktoren vast dat Charles een inoperabele hersentumor had en werd hij op humanitaire gronden vervroegd uit de gevangenis ontslagen. Hij had geen zin om terug te keren naar zijn eenzame penthouse in Ballsbridge en smeekte me hem zijn laatste weken door te laten brengen in het huis aan Dartmouth Square, waar hij naar zijn zeggen de gelukkigste dagen van zijn leven had doorgemaakt – een enigszins twijfelachtige bewering. Ik legde uit dat ik er al veertig jaar niet meer woonde maar hij scheen te denken dat ik alleen maar moeilijk deed, vandaar dat ik Alice opbelde om haar de lastige situatie voor te leggen. Drie jaar na ons niet geslaagde weerzien in The Duke stonden we op iets betere voet met elkaar en tot mijn vreugde stemde ze onmiddellijk toe. Ze vond het een prachtkans om me eraan te herinneren hoe goed Charles voor haar was geweest nadat ik was weggelopen op onze receptie, haar had vernederd voor al haar vrienden en familie, haar alleen had laten opdraaien voor het grootbrengen van ons kind en in het algemeen haar leven naar de knoppen had geholpen.

'Blij dat je geen wrok koestert,' antwoordde ik.

'Hou op, Cyril.'

'Nee, echt. Je bent een heel soepel mens. Hoe het kan dat je niet al jaren geleden bent ingepalmd door een andere man is me een raadsel.'

'Is dat als grap bedoeld?' vroeg ze.

'Ja,' gaf ik toe. 'Toen ik de woorden uit mijn mond hoorde komen klonken ze minder grappig dan ik dacht.'

'Sommige mensen moeten niet proberen grappig te zijn.'

'Nou, alle gekheid op een stokje, ik waardeer het zeer.'

'Het lijkt me het minste wat mijn familie hem verschuldigd is,' zei ze. 'Max heeft het huis ver beneden de marktwaarde gekocht toen Charles de eerste keer in de gevangenis verdween. En laten we wel wezen, het was voor een deel de schuld van Max dat hij werd opgesloten. Maar het huis zal uiteindelijk naar Liam toe gaan en hij is net zo veel de kleinzoon van Charles als die van Max. Daarbij is er één ding dat je moet beseffen. Heeft Liam je verteld dat ik enkele dingen heb veranderd aan mijn woonsituatie?'

'Nee,' zei ik. 'Hij neemt momenteel niet op als ik bel.'

'Waarom niet?'

'Geen idee. Hij lijkt me weer te haten.'

'Waarom? Wat heb je gedaan?'

'Ik ben me van geen kwaad bewust. Misschien is een opmerking van mij over zijn vriendin hem in het verkeerde keelgat geschoten.'

'Wat heb je gezegd? En welke vriendin?'

'Die Julia. Ik vroeg of het hip was voor meisjes om hun benen en oksels niet meer te scheren.'

'O, Cyril! Maar je hebt wel gelijk. Ze is een soort gorilla. En wat zei hij?'

'Hij zei dat alleen oude mensen het woord "hip" gebruiken.'

'Nou, dat klopt ook. De correcte term is "trendy".'

'Weet je, daar denk ik anders over.'

'Cyril, ik geef les op de universiteit. Ik heb de hele dag en elke dag jongeren om me heen. Ik denk dat ik de jongerentaal wel een beetje ken.'

'Toch klinkt "trendy" niet meer trendy dan "hip",' zei ik aarzelend. 'En volgens mij spreken de mensen niet meer van "jongerentaal" maar van "lingo". Hoe dan ook, om welke reden ook, Liam leek zich te storen aan wat ik had gezegd. Ik weet niet waarom, het was niet mijn bedoeling hem tegen de schenen te trappen.'

'O, ik zou me er niet druk over maken. Hij komt er wel overheen. Hij windt zich dezer dagen overal over op. Ik vroeg hem vorige week wat hij voor zijn verjaardag wilde en hij grijnslachte alleen maar en zei: "Een nieuwe teddybeer".'

'Koop een heel harige voor hem. Daar heeft hij duidelijk iets mee.'

'Volgens mij was het niet serieus bedoeld.'

'Misschien toch wel. Veel volwassen mannen hebben een teddybeer. Ik ken een vent die overal waar hij heen gaat een Winnie de Poeh met zich meedraagt en hem op nationale feestdagen bijpassende kleding aantrekt. Het heeft iets met troost te maken.'

'Neem maar van mij aan dat hij het niet meende. Hij deed alleen maar kregelig.'

'Je zei dat je enkele dingen had veranderd aan je woonomstandigheden,' zei ik, in een poging het gesprek weer op de rails te krijgen. 'Wat voor veranderingen?'

'O ja. Nou, het is namelijk zo: ik heb iemand bij me laten intrekken,' zei ze. 'Een man.'

'Wat voor soort man?'

'Wat bedoel je: wat voor soort man? Waar vraag je naar?'

'Bedoel je dat je een vriendje hebt laten intrekken?'

'Inderdaad, ja. Probleem?'

'Moet ik je eraan herinneren dat je nog steeds met mij getrouwd bent?'

'Is dat weer een van je grappen?'

'Ja,' zei ik. 'Nou, ik ben erg blij voor je, Alice. Het is hoog tijd dat je ging hokken. Hoe heet die man en heeft hij eerzame bedoelingen met je?'

'Beloof je niet te lachen?'

'Waarom zou ik lachen?' vroeg ik.

'Hij heet Cyril.'

Ik kon er niets aan doen. Ik lachte.

'Je neemt me vast in de maling,' zei ik. 'Er wonen twee mannen in Dublin die Cyril heten en jij komt uiteindelijk bij allebei terecht.'

'Ik ben niet bij jou terechtgekomen, Cyril,' stelde ze. 'Ik ben maar net tot de startlijn gekomen, weet je nog? En kijk, het is gewoon een nogal verschrikkelijk toeval dus maak er alsjeblieft geen drama van. Het is zo al lastig genoeg. Al mijn vriendinnen denken dat hij homofiel is.'

'Niet de naam is homofiel, weet je.'

'Nee, ze denken dat jij Cyril bent en dat we weer samen zijn.'

'Zou je dat graag willen, Alice?'

'Ik zou nog liever met mijn tong een gat naar het middelpunt van de aarde boren. Waarom, zou jij het willen?'

'Heel graag. Ik mis je lichaam.'

'O, hou op. Maar als Charles hier intrekt mag je niet de draak steken met Cyril.'

'Waarschijnlijk zal ik wel moeten,' zei ik. 'Het is een te mooie kans om te laten liggen. Wat doet hij eigenlijk, Cyril II?'

'Noem hem niet zo. En hij speelt viool in het symfonieorkest van de RTÉ.'

'Wat chic. Heeft hij een geschikte leeftijd?'

'Niet echt. Net veertig geworden.'

'Zeven jaar jonger,' zei ik. 'Mooi werk. En hoe lang woont hij al in onze echtelijke woning en zet hij mij de hoorns op?'

'Het is niet onze echtelijke woning. Dat had het kunnen zijn, als je niet gillend als een meisje naar het vliegveld van Dublin was gerend. En hij is hier net iets meer dan twee maanden.'

'Mag Liam hem?'

'Ja, inderdaad.'

'Heeft hij dat feitelijk gezegd of zeg je het alleen maar om me op stang te jagen?'

'Allebei een beetje.'

'Nou, ik moet zeggen dat me dat verbaast, want voor zover ik weet, mag Liam niemand graag.'

'Nou, hij mag Cyril wel.'

'Fijn voor Cyril. Ik sta te springen om hem te ontmoeten.'

'Volgens mij hoeft dat helemaal niet.'

'Vindt hij het erg dat je schoonvader bij je intrekt? Een koekoek in het nest, zogezegd.'

'Het is geen nest, het is een huis. En noem Charles niet mijn schoonvader, heel irritant. En nee, Cyril vindt het niet erg. Hij is heel soepel. Voor een violist.'

En zo keerde mijn pleegvader een paar dagen later terug naar de kamer op de eerste verdieping die in mijn kindertijd zijn kamer was geweest, maar nu ging hij de stad niet in om tot in de kleine uurtjes met vrouwen te slempen. Hij hield het bed en begon aan de laatste grote ambitie in zijn leven: al Maudes boeken in chronologische volgorde doorwerken.

'Ik heb er bij haar leven ooit maar een gelezen,' vertelde hij op een middag tijdens een van zijn helderder momenten, die onrustbarend vaak leken te komen en te gaan. 'En ik herinner me dat ik het destijds vreselijk goed vond. Ik vertelde haar dat een dergelijk boek kon worden verfilmd als het in handen kwam van iemand als David Lean of George Cukor, en ze antwoordde dat als ik ooit nog eens zoiets onfatsoenlijks over haar werk zei ze arsenicum in mijn thee zou doen. Niet dat ik ooit veel heb geweten over literatuur, dat begrijp je, maar ik merkte wel dat ze iets had.'

'Dat lijken de meeste mensen te denken,' zei ik.

'Door haar heb ik een heel goed inkomen, moet ik toegeven. Dat zal binnenkort allemaal van jou zijn.'

Ik keek hem verbaasd aan. 'Wat zeg je nou?' vroeg ik.

'Ja, je bent toch mijn naaste familie? Juridisch gezien. Ik heb alles aan jou nagelaten, inclusief de rechten op Maudes boeken.'

'Dat meen je niet?! Maar dat zijn miljoenen!'

'Ik kan het veranderen als je wilt. Er is nog tijd. Ik zou het aan zo'n liefdadigheidsinstelling voor daklozen kunnen schenken. Of aan Bono nalaten, want ik weet zeker dat hij er weg mee weet.'

'Nee, nee,' zei ik snel. 'Niet overhaast te werk gaan. Ik zal zelf aan de liefdadigheid voor daklozen denken als de tijd er rijp voor is. En Bono kan vast wel voor zichzelf zorgen.'

'Die goeie ouwe Maude,' zei hij glimlachend. 'Wie wist er nou dat een schrijver zo goed kon verdienen? En dan zeggen ze nog dat de wereld vol cultuurbarbaren is. Heeft jouw vrouw haar proefschrift niet over Maude geschreven?'

'Klopt,' gaf ik toe. 'Ze heeft er zelfs een boek van gemaakt. Maar het is waarschijnlijk het beste om Alice niet "mijn vrouw" te noemen. Ze heeft dat echt liever niet.'

'Ik moet eens met haar praten over de romans, want nu ik ze een voor een lees zie ik eindelijk waarom er zo veel over gesproken wordt. Het enige wat ik Maude zou zeggen, als ze hier was, is dat ze het gevaar loopt af en toe een beetje manonvriendelijk over te komen, vind je niet? Alle getrouwde mannen in haar romans zijn domme, ongevoelige, trouweloze individuen met een duister verleden, een leeg hoofd, een kabouterpenis en een dubieuze moraal. Maar ik neem aan dat ze veel fantasie had, zoals alle schrijvers, en gewoon alles verzon. Ik meen me te herinneren dat ze niet zo'n goede relatie met haar vader had. Misschien is dat een beetje een rol gaan spelen in haar werk.

'Dat moet het zijn,' zei ik. 'Ik kan niet bedenken waar ze zulke ideeën anders vandaan zou kunnen hebben.'

'Heeft je vrouw dat vermeld in haar biografie?'

'Een beetje, ja.'

'Heeft ze mij in haar biografie genoemd?'

'Natuurlijk.'

'Hoe kwam ik ervan af?'

'Niet goed,' zei ik. 'Maar wellicht iets beter dan verwacht.'

'Oké. En jij? Stond jij er ook in?'

'Ja.'

'Hoe kwam jij ervan af?'

'Niet goed,' zei ik. 'Misschien een beetje erger dan verwacht.'

'Zo is het leven. Trouwens,' zei hij, 'ik wil niet indiscreet overkomen maar ik vind het een beetje moeilijk om te slapen met het constante geluid van vrijpartijen vanuit jouw slaapkamer. Afgelopen nacht werd ik wakker terwijl je vrouw uitbundig genietend je naam gilde met alle passie van een jonge nymfomane die is losgelaten in de kleedkamer van een juniorenvoetbalteam. Bravo, jongen, vooral na al die jaren. Ik bewonder je vurigheid! Maar als het een beetje minder kon, zou ik dat erg waarderen. Ik ben een stervende man en ik heb mijn slaap nodig.'

'Eigenlijk denk ik niet dat het mijn naam is die ze riep,' zei ik.

'O, toch wel, zeker wel,' zei hij nadrukkelijk. 'Ik hoorde hem keer op keer. "O god, Cyril! Ja, Cyril! Precies daar, Cyril! Maak je geen zorgen, Cyril, dat kan iedereen wel eens gebeuren!"'

'Dat ben ik niet,' zei ik. 'Dat is Cyril II. Het vriendje. Ik heb hem nog niet in het echt ontmoet, maar jij wel, neem ik aan.'

'Die lange, zielig ogende panharing?'

'Ik weet niet, maar laten we het maar aannemen.'

'Ja, die heb ik ontmoet. Hij komt af en toe bij me langs en roept tegen me alsof ik doof ben, zoals Engelsen doen met buitenlanders omdat ze denken dat ze dan beter worden begrepen. Hij vertelde me dat hij de hele week Pugni's *La Esmeralda* speelde in de National Concert Hall en ik schudde hem de hand en zei "Knap hoor".'

Om de andere ochtend kwam er een verpleegster die zijn toestand controleerde, en bijna elke middag ging Alice met hem wandelen op Dartmouth Square. Maar toen duidelijk werd dat zijn einde naderde, vroeg ik

Alice of ik daar ook mocht wonen zodat ik bij hem kon zijn als hij dit leven voor het volgende verruilde.

'Wat?' vroeg ze, met op haar gezicht verbazing dat ik zoiets zelfs maar vroeg.

'Als zijn toestand namelijk verergert,' legde ik uit, 'zou je me moeten bellen en tegen de tijd dat ik hier ben is hij wellicht al overleden. Maar als ik hier al was, zou dat niet gebeuren. En dan is er het bijkomende voordeel dat ik je zou kunnen helpen hem te verzorgen. Je hebt nu al veel voor hem gedaan. Je moet uitgeput zijn. Met je baan erbij, de aandacht die Liam vraagt en de rauwe seks met Cyril II.'

Ze keek uit het raam alsof ze zocht naar een goede reden om nee te zeggen. 'Maar waar zou ik je moeten stallen?' vroeg ze.

'Nou, het is niet echt een klein huis,' zei ik. 'Ik zou de kamer helemaal boven kunnen nemen, waar ik als kind sliep.'

'O nee,' zei ze. 'Ik ben daar al heel lang niet meer geweest. Waarschijnlijk is het er heel stoffig. Ik beschouw dat deel van het huis als afgesloten.'

'Nou, ik zou het weer kunnen openen. En ik wil het best zelf schoonmaken. Kijk, als je het liever niet wilt, dan is dat prima. Als je niet wilt dat Charles zijn laatste momenten op aarde doorbrengt met zijn zoon...'

'Pleegzoon.'

'... dan kan ik het je niet kwalijk nemen. Het zou volstrekt begrijpelijk zijn. Maar in het andere geval zou ik het graag doen.'

'En Cyril dan?' vroeg ze.

'Ik ben Cyril. Jij hebt toch niet ook een hersentumor?'

'Mijn Cyril.'

'Ik dacht dat ik je Cyril was.'

'Zie je, daarom zal het nooit lukken.'

'Cyril II, over hem heb je het toch?'

'Stop met hem zo te noemen.'

'Nou, hij zou wel ontzettend onzeker in zijn schoenen staan als hij zich door mij bedreigd voelde,' zei ik. 'Ik ben niet echt een vrouwenliefhebber, dat staat in dit stadium toch wel vast. Kijk, ik weet dat het een onconventionele regeling zou zijn maar het zal niet erg lang duren en ik zal niet voor problemen zorgen, dat beloof ik.'

'Natuurlijk wel,' zei ze. 'Jij zorgt altijd voor problemen. Dat is jouw rol in het leven. En ik weet niet wat Liam zou zeggen.'

'Hij zou waarschijnlijk erg blij zijn dat zijn mama en papa eindelijk samen onder hetzelfde dak wonen.'

'Kijk, ik heb nog niet eens ja gezegd en je zorgt al voor problemen. Met je grapjes.'

'Ik wil gewoon bij hem zijn,' zei ik zacht. 'Bij Charles, bedoel ik. Ik heb een zootje gemaakt van het merendeel van mijn relaties en het is een vreemde relatie geweest tussen ons beiden, maar ik zou willen dat het eind ervan goed is, indien mogelijk.'

'Fijn,' zei ze, en ze gooide haar handen in de lucht. 'Maar het wordt geen langetermijnregeling, als je dat maar begrijpt. Zodra hij weg is, ben jij ook weg.'

'Ik zal de begrafenisondernemer een lift vragen als hij de kist de deur uit draagt,' zei ik. 'Beloofd.'

Toen Liam die avond thuiskwam, leek hij te schrikken toen hij zijn beide ouders aantrof, die onder het eten naar *Coronation Street* keken.

'Wat nu?' vroeg hij. Hij bleef midden in de keuken stilstaan en keek naar ons beiden. 'Wat is er aan de hand?'

'Alles is veranderd,' zei ik. 'We zijn weer samen. We denken zelfs aan een kindje erbij. Je wilt toch wel een broertje of zusje?'

'Hou op, Cyril,' zei Alice. 'Maak je geen zorgen, Liam. Je vader plaagt maar een beetje.'

'Noem hem niet zo,' zei Liam.

'Cyril plaagt maar een beetje dan. Hij woont hier zolang je grootvader nog bij ons is.'

'O, prima,' zei hij. 'Maar waarom?'

'Om te helpen.'

'Ik kan helpen,' zei hij.

'Dat kun je wel,' zei Alice, 'maar je doet het niet.'

'Het is niet voor lang,' zei ik. 'En hij is mijn vader.'

'Pleegvader,' zei Liam.

'Goed, ja,' zei ik. 'Maar toch, de enige vader die ik ooit heb gekend.'

'En Cyril?' vroeg hij.

'Wat is er met mij?'

'Nee, de andere Cyril.'

'Cyril ii.'

'Stop hem zo te noemen,' zei Alice. 'Cyril vindt het prima. Hij komt gauw thuis en dan stel ik ze aan elkaar voor.'

Liam schudde zijn hoofd, liep naar de koelkast en begon een gigantische sandwich op te bouwen. 'Ik weet niet wat ik ervan moet denken,' merkte hij op. 'Jarenlang waren we alleen met z'n tweeën. En nu is het huis vol mannen.'

'Vol Cyrils,' zei ik.

'Het is amper vól mannen,' zei Alice. 'Er zijn er maar twee.'

'Drie,' zei Liam. 'Je vergeet Charles.'

'O ja. Sorry.'

'Vier als je jezelf meetelt,' bracht ik in het midden. 'Het aantal blijft maar groeien, hè?'

'Je komt niet in de buurt van mijn kamer, is dat begrepen?' zei hij met een boze blik op mij.

'Ik zal proberen weerstand te bieden aan de overweldigende aandrang,' antwoordde ik.

Een paar uur later kwam Cyril II thuis en schudden we elkaar de hand. Alice stond tussen ons in en leek helemaal van slag. Het was best een aardige kerel, vond ik, maar wel een tikje saai. Binnen vijf minuten vroeg hij mij of ik een favoriete symfonie had, en zo ja, of ik wilde dat hij die zou draaien om me welkom te heten aan Dartmouth Square. Ik zei dat het niet hoefde maar dankte hem voor het idee. Dat was zijn bijdrage die avond, behalve dan dat hij vroeg of ik een goed middel wist tegen eeltknobbels.

Een week later was ik tegen middernacht met een beker warme melk op weg naar mijn slaapkamer boven toen ik iemand hoorde huilen in Charles' kamer. Ik luisterde even aan de deur, klopte toen aan en liep zachtjes naar binnen. Hij zat rechtop in bed met Maudes laatste roman naast zich en veegde zijn tranen weg.

'Alles goed met jou?' vroeg ik.

'Ik voel me erg verdrietig,' zei hij, met een knikje in de richting van het boek. 'Dat is het laatste, zie je. Ik heb ze nu allemaal gelezen, dus ik denk dat ik waarschijnlijk gauw doodga. Er is niets over. Ik wou dat ik destijds had beseft hoeveel talent ze had. Ik wou dat ik haar meer had geprezen. En een betere echtgenoot voor haar was geweest. Ze was aan het eind het leven zo moe en mij zo moe. Ik heb haar niet goed bejegend. Jij hebt haar natuurlijk niet gekend in de jaren dertig, maar als jonge vrouw was ze vol levenslust. "Vrijgevochten" is het woord dat mensen toen gebruikten. Het type dat zonder even na te denken over beekjes sprong. Het type dat een zakflacon in haar handtas droeg en die tevoorschijn haalde voor een slok als de preek op zondag te lang duurde.'

Ik glimlachte. Ik kon me moeilijk voorstellen dat Maude iets dergelijks deed.

'Wist je eigenlijk dat ze de man van de fiscus heeft aangevallen toen je voor het eerst naar de gevangenis was gestuurd?' vroeg ik.

'Echt waar? Waarom?'

'Ze zei dat hij zo veel moeite had gedaan om jou te vervolgen dat haar naam in alle kranten stond, met als gevolg dat *Onder engelen* op de vierde plaats van de bestsellerlijsten was beland. Ze gaf hem midden in Four Courts een draai om zijn oren.'

'Dat was een grote slag voor haar,' zei hij knikkend. 'Ik herinner me nog dat ze erg ontdaan was. Nadien schreef ze me een brief en die was niet aangenaam, maar wel ongelooflijk goed geschreven. Is ze boven, Cyril? Ga haar eens vragen om naar beneden te komen, dan zal ik proberen het bij te leggen met haar voordat ik ga slapen.'

'Nee, Charles,' zei ik hoofdschuddend. 'Nee, ze is niet boven.'

'Jawel. Ze moet er zijn. Stuur haar alsjeblieft naar beneden. Ik wil haar zeggen dat het me spijt.'

Ik stak mijn hand uit en streek een lange, witte haarlok van zijn voorhoofd naar achteren. De huid voelde koud en klam aan. Hij ging weer liggen en deed zijn ogen dicht. Ik wachtte bij hem totdat hij sliep voordat ikzelf naar bed ging en in dat eenpersoonsbed lag te kijken naar de sterren boven het dakraam, dezelfde sterren waar ik meer dan veertig jaar geleden naar had gekeken, dromend over Julian Woodbead en de dingen die ik met hem wilde doen. Toen begreep ik eindelijk waarom Charles hier terug had willen komen. Voor het eerst in mijn leven stond ik stil bij mijn eigen sterfelijkheid. Als ik zou vallen of een hartaanval kreeg, zou ik wekenlang op de keukenvloer kunnen liggen rotten voordat er iemand aan dacht me te komen zoeken. Ik had niet eens een kat om me op te eten.

Charles leefde nog vier dagen en stierf feilloos getimed op een moment dat Alice, Liam, Cyril ii en ik allemaal thuis waren. Hij had de hele dag geijld en het was duidelijk dat hij het niet lang meer zou maken, hoewel we niet dachten dat het al zover was. Alice en ik stonden beneden te koken toen we Liam hoorden roepen vanaf een etage hoger.

'Mam! Cyril! Kom snel!'

Alle drie holden we de trap op naar de slaapkamer waar Charles lag, met zijn ogen dicht en trager ademend. We hoorden hoeveel inspanning elk geluid hem kostte.

'Wat gebeurt er?' vroeg Liam en tot mijn verbazing zag ik dat mijn zoon, die in de tijd dat ik hem nu kende hoegenaamd geen emoties had getoond, bijna in tranen was, temeer daar hij zijn grootvader tot een paar weken eerder zelfs nog niet had ontmoet.

'Hij sterft,' zei ik. Ik ging zitten en nam een van zijn handen terwijl Alice de andere nam. Uit de gang kwam het geluid van een melodramatische vioolmelodie en ik rolde met mijn ogen.

'Moet dat nou?' vroeg ik.

'Mond dicht, Cyril,' zei Alice. 'Hij probeert alleen maar te helpen.'

'Kan hij dan ten minste niet wat vrolijkers spelen? Een jig of zo?'

'Zeg haar dat het niet mijn schuld was,' mompelde Charles en ik boog mijn hoofd dichter naar zijn mond.

'Wat was jouw schuld niet?' vroeg ik, maar hij schudde zijn hoofd.

'Cyril,' zei hij.

'Wat?'

'Kom dichterbij.'

'Ik kan niet dichterbij komen. We kussen elkaar bijna.'

Hij hees zichzelf een beetje op in bed en keek de kamer rond met een geschokte uitdrukking op zijn bleke gezicht voordat hij mij bij de achterkant van mijn hoofd greep en mijn gezicht naar zich toe trok. 'Je bent nooit een echte Avery geweest,' siste hij. 'Dat weet je toch?'

'Ja,' zei ik.

'Maar kristeneziele, je bent dicht in de buurt gekomen. Je bent verdomd dicht in de buurt gekomen.'

En daarmee liet hij mij los, viel terug op zijn kussen en zei niets meer, en we keken allen toe terwijl zijn ademhaling trager werd totdat hij ten slotte stopte met ademen. Toegegeven, ik voelde me op dat moment ver verwijderd van het tafereel, alsof mijn ziel uit mijn lichaam oprees naar de hemel. Van bovenaf neerkijkend zag ik mezelf, mijn vrouw en mijn zoon in de kamer bij het stoffelijk overschot van mijn pleegvader zitten en realiseerde ik me in wat een rare familie ik was opgegroeid en ook wat een ongewone familie ik op een dag zou achterlaten.

Twee dagen later hebben we hem begraven op het kerkhof van Ranelagh en toen we terugkwamen aan Dartmouth Square zei Alice dat ik moest gaan zitten. Ze was blij dat ik er aan het eind bij was geweest en het deed haar genoegen dat ze had kunnen helpen, maar dit was het dan, ze wilde geen misverstanden tussen ons laten bestaan en ik moest nu maar naar huis.

'Maar ik heb niet eens een kat,' zei ik.

'Wat heeft dat ermee te maken?'

'Niets,' zei ik. 'En natuurlijk moet ik gaan. Jullie zijn erg aardig voor me geweest, jij en Cyril ii.'

'Niet...'

'Sorry.'

Ik sliep er een laatste nacht en pakte de volgende ochtend vroeg de weinige persoonlijke spullen en kleren die ik had meegebracht in en verliet het huis voorgoed terwijl mijn zoon, mijn vrouw en haar minnaar nog sliepen, legde mijn sleutel op het tafeltje bij de voordeur, tegenover de stoel waar Julian als zevenjarige jongen had gezeten, en liep naar buiten, een koude herfstochtend in, waar ik constateerde dat er een grijze mist was neergedaald over Dartmouth Square, waardoor het pad naar de straat nagenoeg onzichtbaar was.

2001

Fantoompijn

Maribor

In de zomer van 2001, kort na mijn zesenvijftigste verjaardag, vroeg Ignac of ik met hem mee wilde naar een literair festival in Ljubljana. Meestal werd hij op publicitaire tournees vergezeld door zijn vrouw Rebecca, maar omdat ze luttele maanden voordien een meisjestweeling op de wereld had gezet – veertien maanden na een jongenstweeling – wilde ze niet weg uit Dublin en dus vroeg hij mij in haar plaats mee te gaan.

'Hij ziet er erg tegen op,' vertelde Rebecca toen ze op een ochtend met de enorme dubbeldekkerbuggy de Dáil Éireann binnen kwam rijden. Ze oogde enigszins daas nu ze de zon weer zag. Toen ze neerplofte op een stoel tegenover me maakte ze de indruk wekenlang te kunnen slapen als ze de kans zou krijgen. 'Volgens mij heeft hij spijt dat hij de uitnodiging überhaupt heeft geaccepteerd.' Precies op dat moment moest een van de baby's bovenin overgeven. Het spul kwam in z'n geheel terecht op een van de baby's onderin, met als gevolg een afkeurende blik van een staatssecretaris omdat er een rondje schor geblèr volgde, vooral afkomstig van Rebecca zelf.

'Waarom zou hij ertegen opzien?' vroeg ik toen ze allemaal weer schoon waren. 'Hij heeft in de loop der jaren honderden boekenfestivals bezocht. Het zal in dit stadium toch wel makkelijker gaan?'

'Ja, maar dit is zijn eerste bezoek aan Slovenië sinds hij vertrok.'

'Sinds hij werd weggestuurd, bedoel je.'

'Bedoel ik dat?'

'Nou, dat is toch gebeurd?'

Ze haalde haar schouders op en keek opzij. 'Het ligt gecompliceerd,' zei ze.

Ik fronste, wist niet waar ze op doelde. Ignac had altijd gezegd dat zijn oma hem onmiddellijk na de dood van zijn moeder naar zijn vader in Amsterdam had gestuurd met de mededeling dat ze geen zin had nog een kind groot te brengen. Voor zover ik het begreep was dat de gang van zaken geweest.

'Ik ben bang dat hij erdoor van streek raakt,' vervolgde ze. 'Hij is stiller dan normaal. En hij slaapt niet.'

'Slaapt een van jullie wel?' vroeg ik, met een blik omlaag naar de baby's.

'O, nee. Nu je het zegt, de laatste keer dat ik een hele nacht heb doorgeslapen was in maart. Ik hoop dat met een beetje geluk ergens volgend jaar nog eens te beleven. Het zou volgens mij wel eens een moeilijke reis kunnen worden. Hij is zo beroemd daar.'

'Hij is overal beroemd.'

'Dat weet ik, maar...'

'Kijk, als ik nou eens een paar dagen voor de kindertjes zou zorgen?' stelde ik voor. 'En jij gaat naar Slovenië met Ignac?'

'Serieus?' vroeg ze. 'Wil jij vijf dagen lang vier baby's verzorgen?'

'Nou, eigenlijk niet, nee. Maar ik doe het wel. Het kan toch niet zo moeilijk zijn?'

Ze lachte en schudde haar hoofd. 'O, nee hoor! Fluitje van een cent!'

'Vooruit, ik kan het! En jij ziet eruit alsof je in ieder geval wel een verzetje kunt gebruiken.'

'Hoezo?' vroeg ze, en ze sperde verbijsterd haar ogen wijd open. 'Zie ik er verschrikkelijk uit? Ja hè? Ik zie er vast uit als een van die... vrouwen. Je weet wel, van die vrouwen die er altijd vreselijk uitzien? Zie ik er zo uit?'

'Je ziet er even adembenemend uit als altijd,' zei ik, en dat was waar. Want hoe moe ze zich ook voelde en ongeacht hoeveel baby's ze eruit liet floepen, Rebecca zag er altijd geweldig uit.

'Ik voel me net die oude vrouw uit *Titanic*,' zei ze, en ze liet haar hoofd op haar handen rusten. 'Alleen minder neukbaar. Zoals mijn lichaam er momenteel uitziet zou moeder Teresa het van me winnen bij een missverkiezing in badpak.'

'Ik weet zeker dat Ignac dat niet vindt,' zei ik, in een poging dat beeld uit mijn gedachten te bannen.

'Ik hoop het,' zei ze. 'Als hij weer bij me in de buurt komt met dat ding, pak ik een schaar en knip ik het af. Vier baby's in anderhalf jaar is genoeg. Hoe dan ook, ik zou dolgraag de benen nemen en het aan jou overlaten, maar het zou niet kunnen.'

'Waarom niet?' vroeg ik.

'Omdat borstvoeding geven mij misschien wel eens beter zou kunnen afgaan dan jou.'

'O ja,' zei ik. 'Goed punt. Oké.'

En zo was de zaak geregeld en stapte ik in het vliegtuig, en zo werd ik meegesleurd in de chaos van de eerste terugkeer van de bekendste Sloveense emigrant naar zijn geboorteland in ruim twintig jaar. Tot mijn verbazing stond er een legertje fotografen op het vliegveld op Ignac te wachten, en ook ploegen van het televisienieuws, die allemaal een microfoon onder zijn neus duwden en onverstaanbare vragen naar hem brulden zodra we door de deur van de aankomsthal waren gekomen. De hordes kinderen die ons daar wachtten waren zo groot en luidruchtig dat we wel een boyband leken die naar de stad kwam. Intussen was natuurlijk het achtste deel van de Floriak Ansen-reeks gepubliceerd, wat het enthousiasme verklaarde, en het sierde Ignac dat hij op het vliegveld meer dan een uur de tijd nam voor het signeren van boeken, terwijl ik zat te wachten achter een kop koffie. Daarna reisden we per limousine naar het stadscentrum, waar champagne werd geschonken tijdens een ontmoeting met zijn uitgever als aanloop naar een uitverkochte avond in een plaatselijk theater.

Maude had in haar hele schrijverscarrière maar bij één gelegenheid een lezing in het openbaar gehouden. Van die rampzalige avond staat een goed gedocumenteerd verslag in de biografie van Alice,* hoewel ze zelf niet aanwezig was geweest om ervan te getuigen. Ik was er wel. De avond had plaats in een boekhandel in het centrum van Dublin voor een samengepakt publiek van zegge en schrijve tientallen mensen. Terwijl een cultuurjournalist van *The Sunday Press* een inleiding hield waarin hij de titels opsomde van haar verschillende tot dan toe verschenen romans, zat mijn pleegmoeder stil in een hoek. Ze was geheel in het zwart gekleed, stak de ene sigaret na de andere op en rolde met haar ogen bij elk vermeend compliment dat hij haar gaf. ('Ze zou het op kunnen nemen tegen elke mannelijke schrijver,' was een van zijn scherpe zinnen. Een andere: 'Ze schrijft prachtige volzinnen maar haar benen zijn nog prachtiger.' Om nog maar

---

* Alice Woodbead, *Hymnen aan de hemelpoort: Een leven van Maude Avery* (Dublin, 1986), pp. 102-104.

te zwijgen van: 'Hoe het haar lukt die romans te schrijven terwijl ze ook een man en een kind te verzorgen heeft, is mij een raadsel. Ik hoop dat ze haar taken niet verzaakt!') Toen hij klaar was, stond ze op, liep naar de microfoon en begon zonder enige inleiding hoofdstuk 1 voor te lezen van *Onder engelen*, dat een paar maanden eerder op algemene onverschilligheid was onthaald. Misschien had ze voordien nog nooit een literair evenement bijgewoond of misschien begreep ze simpelweg niet hoe openbare lezingen in hun werk gaan, want toen ze klaar was met het eerste hoofdstuk, dat veertig eindeloze minuten leek te duren, barstte het publiek uit in applaus. Ze keek boos terug en zei: 'Hou op, in jezusnaam, ik ben nog niet klaar,' voordat ze zich op het tweede hoofdstuk stortte. En daarna het derde. Pas toen de laatste toehoorder meer dan twee uur later uit de boekhandel was weggestiefeld, stopte ze met lezen, sloeg het boek dicht, nam mij bij de hand, stoof naar buiten en hield een taxi aan om naar Dartmouth Square te gaan.

'Wat een volstrekte verspilling van mijn tijd,' klaagde ze terwijl we door het drukke verkeer naar huis reden. 'Als ze mijn werk niet waarderen, waarom komen ze dan in godsnaam naar me luisteren?'

'Volgens mij hadden ze verwacht dat u maar een paar minuten zou lezen,' antwoordde ik. 'En dan misschien antwoord zou geven op een paar van hun vragen.'

'De roman is vierhonderdvierendertig bladzijden lang,' antwoordde ze hoofdschuddend. 'Als ze hem willen begrijpen, dan moeten ze alles horen. Of liever alles lezen. Hoe kunnen ze in tien minuutjes de strekking vatten? Daarin kun je net drie sigaretten roken! Cultuurbarbaren! Onmensen! Boerenkinkels! Nooit meer, Cyril, dat beloof ik je. Nooit meer.' En daar hield ze zich aan.

In Ljubljana maakte Ignac uiteraard niet van dergelijke fouten. Intussen had hij de nodige podiumervaring, hij wist precies hoe lang een publiek bereid was te luisteren en voelde goed aan hoe hij ze kon inpakken met een paar welgekozen, zelfrelativerende spitsvondigheden tijdens het vraaggesprek dat volgde. Zijn uitgever had een enorm aantal kranten-, radio- en televisie-interviews geregeld en tegen de derde middag, toen hij zijn plicht als schrijver had gedaan, stelde hij voor om de volgende dag naar Maribor te reizen, in het noordoosten van het land.

'Waarom Maribor?' vroeg ik, terwijl ik de gids raadpleegde die ik de afgelopen dagen even stevig had vastgehouden als Lucy Honeychurch haar Baedeker in *A Room with a View*.

'Ik ben daar geboren,' vertelde hij. 'Daar komt mijn familie vandaan.'

'Echt waar?' vroeg ik verbaasd, want ik had hem die stad nog nooit horen noemen. 'En weet je zeker dat je daarheen terug wilt?'

'Niet helemaal,' zei hij schouderophalend. 'Maar het is misschien goed voor me, denk ik.'

'Waarom?' vroeg ik.

Het duurde lang voordat zijn antwoord kwam. 'Dit blijft niet mijn enige reis terug naar Slovenië,' zei hij. 'Ik kom hier terug, maar dat gaat waarschijnlijk wel even duren. Pas als de kinderen oud genoeg zijn om het te zien. En als die dag komt, wil ik niet nog bezig zijn met het verwerken van het verleden. Ik denk dat ik Maribor met jou moet zien en het dan voorgoed moet begraven.'

Dus we huurden een auto en reden naar het noorden. Ten slotte kwamen we in de koude, haveloze straten waar hij zijn kinder- en jongelingsjaren had doorgebracht. Zwijgzaam leidde hij me door de stad, steegjes en binnenweggetjes vond hij zonder aarzeling terug en hij herinnerde zich winkels en huizen van vrienden uit zijn kindertijd. We kwamen langs een dichtgetimmerde school, waarvan de gevel bedekt was met onontcijferbare graffiti, en een andere school, die minder lang geleden was gebouwd maar eruitzag alsof hij door een stevige wind zo omver kon worden geblazen. Tussen de middag aten we in een restaurant waar de plaatselijke bewoners naar ons zaten te staren, hun beroemdste zoon herkenden uit krantenartikelen en televisiereportages, maar te schuchter leken om naar hem toe te komen, alsof ze niet goed wisten hoe hij zou reageren. Alleen een negenjarige jongen die bij zijn vader een boek van Floriak Ansen had zitten lezen, kwam naar ons toe. Toen hij met Ignac sprak, voordat die zijn boek signeerde, was dat in het Sloveens; ik begreep er geen woord van en stelde achteraf geen vragen. Ten slotte troonde hij me mee over een keienlaantje, dat leidde naar een verlaten hutje met dichtgetimmerde ramen en een dak dat naar beneden kwam. Ignac legde zijn hand plat op de voordeur, deed zijn ogen dicht en haalde diep adem, alsof hij probeerde zijn woede in te houden of te voorkomen dat er tranen kwamen.

'Wat is er?' vroeg ik. 'Waar zijn we?'

'Dit is het,' zei hij. 'Het huis waar ik ben geboren. Waar ik ben opgegroeid.'

Ik zag een huisje zo klein dat ik me amper kon voorstellen dat er één persoon in woonde, laat staan twee volwassenen en een kind.

'Er waren maar twee kamers,' zei hij, radend wat er door mijn hoofd ging. 'Als kind sliep ik bij mijn ouders in bed. Later, nadat mijn vader was vertrokken, maakte mijn moeder een nestje voor me op de vloer. Het toilet was achter buiten. Geen plek om je te wassen.'

Ik keek hem aan, wist niet wat ik moest zeggen. We hadden nooit meer gesproken over zijn vader sinds die nacht in Amsterdam, eenentwintig jaar geleden, toen Jack Smoot hem een mes in zijn rug had gestoken.

'Wil je naar binnen?' vroeg ik. 'Als we een paar van deze balken wegtrekken...'

'Nee,' zei hij snel. 'Nee, dat wil ik niet. Ik wilde het alleen maar zien, meer niet.'

'En de buren?' vroeg ik, met een blik om me heen. 'Ken je die nog?'

'Sommigen. Velen zullen nu wel dood zijn.'

'En je vrienden?'

'Ik had er niet zo veel. Ik ga niet aan deuren kloppen.'

'Laten we dan maar vertrekken. Je hebt het gezien, we gaan verder.'

'Goed,' zei hij. 'Wil je terug naar het hotel?'

'Nee, laten we een biertje gaan drinken,' zei ik. 'Volgens mij moeten we dronken worden, wat jij?'

Hij glimlachte. 'Precies zoals ik me voel,' zei hij.

We kuierden over de weg en ik stelde voor om terug te gaan naar het stadscentrum, waar ik eerder een paar fatsoenlijk ogende cafés had opgemerkt, maar hij zei nee, er was een café vlakbij, daar wilde hij heen. Toen we daar aankwamen, zag ik tot mijn verrassing dat het niet veel voorstelde, gewoon een paar tafels, op de straat gezet voor een levensmiddelenwinkel, maar we gingen zitten en bestelden een paar Sloveense biertjes; hij leek het daar prettig te vinden. Wel hing er iets vreemds in de lucht tussen ons, en ik wist niet goed of hij alleen wilde worden gelaten met zijn gedachten of liever wilde praten.

'Herinner jij je de nacht nog dat we elkaar ontmoetten?' vroeg ik hem ten slotte, terugdenkend aan de avond dat Bastiaan en ik hem liggend op straat voor ons appartement aan het Weesperplein hadden aangetroffen: geblondeerd donker haar, een blauwe plek onder zijn oog en een streepje bloed dat van zijn lip naar zijn kin liep. 'Toen we bukten om je te helpen, voelde het alsof we een bange puppy opraapten die niet wist of hij eten zou krijgen of slaag.'

'Wist je dat ik van plan was jullie te beroven?' vroeg hij met een flauw glimlachje.

'Je was het niet alleen van plan,' bracht ik hem in herinnering, 'je hebt het ook echt gedaan. De volgende ochtend jatte je mijn portefeuille, weet je nog?'

'O, dat klopt,' zei hij. 'Even vergeten.'

'Is er een kans dat ik dat geld ooit nog terug zal zien?'

'Waarschijnlijk niet,' zei hij lachend. 'Maar als je wilt zal ik straks je eten betalen.'

'Ik was bang dat je bij ons binnen zou komen om ons te vermoorden in onze slaap.'

'Dat zou ik nooit hebben gedaan,' zei hij, lichtjes beledigd. 'Maar ik dacht dat als ik wat van jullie spullen kon verkopen ik misschien van de straat zou kunnen blijven. Los zou kunnen komen van mijn vader. Pas nadat ik de volgende ochtend bij jullie was weggevlucht, bedacht ik een beter plan. Ik bracht je portefeuille terug, in de hoop dat ik misschien bij jullie mocht blijven.'

'Dat heb je aan Bastiaan te danken,' zei ik. Ik nam een slok bier en voelde de pijn die steeds bij me opkwam als ik terugdacht aan onze gelukkige tijd samen, een tijd die nu lang geleden leek. Hij was inmiddels al veertien jaar dood, moeilijk te geloven. 'Ik dacht dat hij gek was toen hij het voorstelde.'

'Maar toch zei je ja.'

'Hij haalde me over.'

'Daar ben ik blij om. Ik weet niet wat er anders van mij geworden zou zijn.'

'Onderschat je eigen kracht niet,' zei ik. 'Ik denk dat het goed met je zou zijn afgelopen.'

'Misschien,' zei hij.

'Ik wou dat hij hier was,' zei ik na een pauze.

'Ik ook,' zei Ignac. 'De wereld is een rottige puinhoop.'

'Ja.'

'Maar mis je niet iemand in je leven?' vroeg hij.

'Ja natuurlijk.'

'Nee, ik bedoel niet Bastiaan. Ik bedoel iemand anders.'

Ik schudde mijn hoofd. 'Nee,' zei ik. 'Ik hoor tot die generatie homomannen die blij waren als ze ooit iemand ontmoetten. Ik hoef niet meer zo nodig een nieuwe relatie. Voor mij was het Bastiaan of niemand.'

'Zelfs Julian niet?'

'Julian was anders,' zei ik. 'Julian is altijd een onmogelijkheid gebleven. Maar Bastiaan was werkelijkheid. Bastiaan was de liefde van mijn leven, Julian niet. Julian was niet meer dan een obsessie, hoewel ik van hem hield en hem nog steeds mis. Aan het eind was de lucht enigszins geklaard, maar niet genoeg.' Ik schudde mijn hoofd en zuchtte. 'Eerlijk, Ignac, ik kijk terug op mijn leven en begrijp er niet veel van. Het lijkt nu alsof het zo simpel had kunnen zijn als ik eerlijk was geweest tegenover iedereen, vooral tegenover Julian. Maar zo voelde het destijds niet. Alles was toen uiteraard anders.'

'Volgens Liam vond Julian dat ook. Hij wist niet waarom je hem in jullie tienertijd niet vertelde wat je gevoelens waren.'

Ik keek hem verrast aan. 'Heb je met Liam over ons gesproken?' vroeg ik.

'Het onderwerp is wel eens ter sprake gekomen,' zei hij voorzichtig. 'Dat vind je toch niet erg?'

'Nee,' zei ik. 'Ik geloof van niet. Ik ben blij dat jullie vrienden zijn.'

'Natuurlijk zijn we vrienden,' zei hij. 'Hij is mijn broer.'

'Het een volgt niet altijd uit het ander.'

'In ons geval wel.'

'Nou, daar ben ik blij om,' zei ik. Liam was zelfs de peetvader van de eerste tweeling van Ignac en Rebecca, maar een deel van mij was soms jaloers op hun relatie. Ze waren de oudere en jongere broer die ze allebei altijd hadden gezocht, en werden verbonden door een soort vader die er wel was geweest voor de een en niet voor de ander.

'En als er nu iemand opdook?' vroeg hij.

'Iemand...?'

'Iemand om van te houden.'

Ik schudde mijn hoofd. 'Ik weet niet,' zei ik. 'Misschien? Waarschijnlijk niet.'

'Oké.'

'Mag ik jou iets vragen?' vroeg ik, klaar om een thema aan te snijden dat we meer dan twintig jaar hadden laten rusten.

'Natuurlijk.'

'Het is naar aanleiding van ons bezoek hier,' zei ik. 'In Slovenië. Ik besef nu dat we het nooit over Amsterdam hebben gehad, hè? En dan bedoel ik niet de stad. Maar wat er is gebeurd.'

'Nee,' zei hij. 'Nee, dat klopt.'

'Soms denk ik dat er iets mis is met mij,' zei ik, en ik liet mijn stem dalen, ook al zat er niemand buiten die ons kon afluisteren. 'Omdat ik geen spijt voel. Geen schuldgevoel.'

'Waarom zou je?'

'Omdat ik een mens heb gedood.'

'Je hebt hem niet gedood,' zei hij hoofdschuddend. 'Jack Smoot heeft dat gedaan.'

'Nee, we hebben het met z'n allen gedaan,' zei ik. 'We waren er met z'n allen. En ik nam er evengoed aan deel als iedereen.'

'Mijn vader heeft zijn verdiende loon gekregen,' zei Ignac nadrukkelijk. 'Alleen God weet wat er zou zijn gebeurd als Jack Smoot hem niet had doodgestoken. Vergeet niet dat ik hem kende. Jij niet. Hij zou me nooit hebben laten gaan. Nooit.'

'Dat weet ik,' zei ik. 'En ik heb er ook geen enkele spijt van.'

'Denk je er veel aan?'

'Niet veel, nee. Soms wel. Waarom? Jij niet?'

'Nee, nooit.'

'Goed zo.'

'Het spijt me niet, als dat is wat je vraagt.'

'Het spijt mij ook niet,' zei ik. 'Hij zou je nooit met rust hebben gelaten, zo veel was duidelijk. Maar ik moet toegeven dat ik me vaak heb afgevraagd wat Smoot met het lichaam heeft gedaan. Al twintig jaar vraag ik me af of de politie ons zou kunnen achterhalen.'

'Dat zal niet gebeuren. Het lichaam is al lang verdwenen.'

'Hoe weet je dat zo zeker?'

'Gewoon.'

Ik keek hem verrast aan. 'Weet je wat ermee is gebeurd?' vroeg ik.

'Ja.'

'Hoe?'

'Smoot heeft het me verteld.'

'Nooit geweten dat je nog contact met hem had,' zei ik.

'Af en toe.'

'Ik zag er altijd tegenop contact met hem te zoeken. Ik dacht dat ik zo veel mogelijk afstand tussen ons moest houden. Maar toevallig kreeg ik na de dood van Bastiaan bericht van hem. Hij schreef me een brief. Ik heb me altijd afgevraagd hoe hij het wist, ik dacht dat Arjan of Edda misschien naar de pub was gekomen om het hem te vertellen.'

'En heb je teruggeschreven?'

'Jawel,' zei ik. 'Maar daarmee hield het op. Misschien moet ik nog eens schrijven. Aangenomen dat hij nog leeft.'

'O jazeker, hij leeft nog steeds,' zei Ignac. 'De laatste keer dat ik in Amsterdam was heb ik hem ontmoet.'

'Ben je naar MacIntyre's geweest?' vroeg ik verbaasd.

'Natuurlijk. Ik ga er altijd heen als ik daar ben en dat is behoorlijk vaak, want mijn Nederlandse uitgever laat me voor elk boek overkomen. Er is niets veranderd. Natuurlijk ouder geworden. Maar het café brengt nog steeds geld in het laatje. En hij lijkt heel gelukkig. De laatste keer dat ik er was heb ik zelfs de vrouw van de foto ontmoet.'

'Welke foto?'

'Herinner je je de foto aan de muur naast je favoriete stoel? Waar jij en Bastiaan altijd zaten?'

'De foto van Smoot en zijn vriendje van al die jaren geleden?'

'Ja, maar er stond een jonge vrouw naast hen, aan de rand, half weggesneden.'

'O ja,' zei ik. Ik wist het weer. 'Die werd genomen op Chatham Street.'

'We zouden haar die nacht ontmoeten, weet je nog? Ze was op vakantie in Amsterdam. Het blijkt dat ze heeft geholpen met het wegwerken van het lichaam. Dus we moeten ook haar dankbaar zijn.'

Ik dacht erover na en herinnerde me hoe Smoot het lichaam in de kofferbak van een huurauto deponeerde voordat hij op de passagiersstoel naast een vrouw ging zitten en ze wegreden. Zijn bezoekster uit Dublin. Zijn oude vriendin. De vrouw die zijn leven had gered toen zijn geliefde was vermoord.

'En heb je erover gepraat?' vroeg ik, in de hoop dat ze dat niet hadden gedaan. Er konden jaren voorbij zijn gegaan maar het leek me nog steeds dom om met vreemden te praten over de gebeurtenissen van die avond.

'Nee,' zei hij. 'Geen woord. Smoot heeft het me later verteld, meer niet.'

'Wat heeft hij dan gedaan?' vroeg ik nog eens. 'Hoe is hij het kwijtgeraakt?

Hij glimlachte en schudde zijn hoofd. 'Zoals ik al zei. Je wilt het niet weten.'

'Toch wel.'

Hij zuchtte en haalde zijn schouders op. 'Goed,' zei hij. 'Weet je nog hoe de bevolking van Amsterdam in de zeventiende eeuw een molensteen om de hals van veroordeelde homoseksuelen bond voordat ze in de grachten werden gegooid en verdronken?'

'Ja.'

'Nou, dat heeft hij ook gedaan. Mijn vader is waarschijnlijk recht naar de bodem gezonken en nooit meer bovengekomen.'

'Jezus,' zei ik en ik voelde een rilling door me heen gaan. 'Ik weet niet wat ik moet zeggen.'

'Het voelt voor mij als gerechtigheid. Het voelt als...'

Hij zweeg midden in een zin en ik zag hoe zijn gezicht enigszins wit wegtrok in de middagzon. Toen ik de richting van zijn blik volgde, zag ik een oude vrouw langs de weg lopen, met een boodschappenwagentje achter zich aan, gevolgd door een donkergrijze hond van een onbestemd ras. De vrouw was zo klein en had zulke diepe groeven in haar gezicht dat een portretfotograaf ervan zou smullen. Ignac zette zijn glas op het tafeltje naast zich en toen ze het café had bereikt stopte ze bij de zijdeur en riep iets in een taal die ik niet verstond. Even later kwam de kelner naar buiten en gaf haar een glas bier; voor de hond zette hij een kom met water neer. Toen ze ging zitten, keek ze rond en bleven haar ogen even aan ons hangen voordat ze wegkeek en een diepe zucht slaakte, alsof het gewicht van de wereld op haar schouders rustte.

'De beroemde schrijver,' zei ze, in een Engels dat steunde op een duidelijk Sloveens accent.

'Dat zal wel,' zei Ignac.

'Ik heb je foto in de krant gezien. Ik vroeg me al af wanneer je hier zou opduiken.'

Ignac zei niets maar de uitdrukking op zijn gezicht had ik nooit eerder gezien: een mengeling van verwarring, minachting en angst.

'En wie ben jij?' vroeg ze, en ze boog zich voorover om me met een spottend gezicht van top tot teen te bekijken.

'Ik ben zijn vader,' zei ik, een antwoord dat ik vaker had gegeven als het praktischer leek dan de technische waarheid.

'Jij bent zijn vader niet,' zei ze. Ze schudde haar hoofd en toen ze lachte om mijn aanmatigende antwoord zag ik hoeveel tanden er ontbraken in haar mond. 'Waarom zou je dat zeggen?'

'Zijn pleegvader dan,' zei ik, een uitdrukking die ik nooit gebruikte als het over Ignac ging, die ik zag als mijn zoon, zelfs meer dan mijn eigen zoon.

'Jij bent zijn vader niet,' zei ze nogmaals.

'Hoe weet u dat?' vroeg ik geïrriteerd.

'Omdat zijn vader mijn zoon was. En ik zou mijn zoon wel kennen als hij naast me zat.'

Ignac deed zijn ogen dicht en ik zag dat zijn handen beefden toen hij zijn glas pakte. Ik keek heen en weer tussen beiden en hoewel ik geen familiegelijkenis kon ontwaren, concludeerde ik uit het feit dat Ignac niet protesteerde dat ze de waarheid sprak.

'Toen ik klein was had u ook zo'n hond,' zei hij, knikkend naar de bastaard, die nu op de grond lag en een dutje deed.

'Het is zijn pup,' zei ze. 'Of de pup van zijn pup. Dat weet ik niet meer.'

'Ignac,' zei ik. 'Wil je dat ik jullie alleen laat? Als je wilt praten.'

'Nee,' zei hij snel, met een panische blik op zijn gezicht.

Vreemd, dacht ik: hij is midden dertig, getrouwd en vader van vier kinderen, hij heeft succes, en toch is hij nog steeds bang om alleen te worden gelaten met deze oude vrouw.

'Dan blijf ik,' zei ik zacht.

'Dus je hebt hem aangenomen?' vroeg de vrouw. Ze dronk van haar bier met haar blik op mij.

'Ja,' zei ik.

'Arme ziel.'

'Ik ben blij dat ik het gedaan heb.'

'Maar hij is zo walgelijk,' zei ze, en ze spuugde op de grond. 'Zo smerig.'

Ignac keek opzij en wierp een boze blik op haar. Ze keek naar hem terug, stak een hand uit om zijn gezicht aan te raken, maar hij deinsde achteruit, alsof ze een vlam tegen zijn huid hield.

'Al dat geld en hij stuurt nooit een cent naar zijn oma,' zei ze nu, met haar hoofd in haar handen en ze begon zo onverwacht te huilen dat het volkomen namaak en doelloos leek.

'De oma die hem heeft weggestuurd, bedoelt u?' vroeg ik.

Ignac schudde zijn hoofd en reikte naar zijn achterzak, pakte zijn porte-feuille, haalde alle bankbiljetten eruit – twintig à dertigduizend tolar – en gaf die aan haar. Ze griste het geld uit zijn hand alsof ze er alle recht op had en borg het stapeltje weg onder haar jas.

'Al dat geld,' zei ze. 'En dit is alles wat ik krijg.'

Het volgende moment ging ze staan, de hond sprong onmiddellijk op zijn poten en het boodschappenwagentje achter zich aan slepend liep ze verder; mijn ogen volgden haar het hele stuk, terwijl Ignac de andere kant op keek.

'Nou, dat was onverwacht,' zei ik ten slotte. 'Met jou alles in orde?'

'Alles goed,' zei hij.

'Wist je dat je haar tegen zou komen?'

'Ik dacht dat het zou kunnen gebeuren. Ze is een vrouw van gewoonten. Ze komt hier elke dag langs. Dat deed ze althans altijd.' Hij zweeg even. 'Ik heb je nooit verteld waarom ik uit Slovenië ben weggegaan, hè?' vroeg hij.

'Je zei dat je oma niet voor je wilde zorgen nadat je moeder was overleden.'

'Dat is maar gedeeltelijk waar. Mijn oma hield me een paar maanden bij zich.'

'Dus waarom ben je niet gebleven?'

'Ze was net als mijn vader. Ze wilde geld met me verdienen.'

'Hoe?'

'Op dezelfde manier. Er waren hier veel mannen die genoeg hadden van hun echtgenotes en op zoek waren naar iets anders. Mijn oma ontdekte dat. Ze kwam op een middag met een van hen binnenlopen. Ik was nog maar een kind en toen ze zag wat er gebeurde deed ze de deur dicht en liep terug naar de keuken, waar ze veel herrie maakte met potten en pannen – zo ver ging haar woede. Zo ver ging ze om me te redden. Daarna gaf ze me ervan langs en zei dat ik walgelijk was, een waardeloos stuk stront. Maar misschien zag ze wat een aanwinst ik kon worden. Ik zag er goed uit. Ik was een knap jongetje. En ze zei dat als ik mannen dat met me liet doen, dan zou zij het vanaf dat moment regelen. En het geld was voor haar.'

'Jezus,' zei ik, en ik zette mijn glas neer.

'Ik was niet de enige. Er waren ook anderen. Een van mijn schoolvrien-den verhuurde ze ook, maar hij liep weg en verdronk zich in de Drava. Zijn lichaam werd teruggebracht en bij de begrafenis zaten alle mannen die ons hadden geneukt in de kerk en huilden om zijn verloren ziel. Na de dienst liepen ze naar de voorste rij om zijn moeder hun deelneming te betuigen alsof ze er geen enkele verantwoordelijkheid voor hadden. Niet lang daarna besloot ik ook weg te lopen, maar ik wist dat ik niet in de rivier zou springen. In plaats daarvan stal ik genoeg geld voor een treinkaartje. Ik kwam daarmee in Praag en vanaf dat moment deed ik het enige wat ik kon om te overleven. Maar het geld was toen in elk geval van mij. Na een tijdje reisde ik door naar Amsterdam. Ik was niet eens van plan daar te stoppen. Ik had geen eindbestemming in mijn hoofd. Maar ik wist dat mijn vader daar woonde en op de een of andere manier dacht ik dat hij misschien voor me zou zorgen. Dat hij mijn leven zou veranderen. Maar hij was niet anders dan mijn oma. Daarna was het enige wat ik wilde me blijven verplaatsen, blijven reizen, zo ver mogelijk wegkomen van Maribor. En dat heb ik uiteindelijk gedaan. Ik heb alles achtergelaten. En kijk me nu eens. Allemaal dankzij jou en Bastiaan.'

We zaten daar lange tijd te zwijgen, te drinken, en ten slotte stonden we op, reisden terug naar Ljubljana en namen het vliegtuig naar Dublin.

De vliegtuigen

Terug in Dublin werd ik een maand later op een middag tijdens de lunch in de tearoom van de Dáil benaderd door een TD van Fianna Fáil. Het was een vrij non-descripte ambtenaar, die nog nooit iets tegen me had gezegd en me overviel toen ze bij me kwam zitten, breed grijnzend alsof we oude vrienden waren. Haar pieper had ze op tafel gelegd; ze wierp er af en toe een blik op in de vurige hoop dat hij zou gaan zoemen en haar een belangrijk gevoel zou geven.

'Hoe is het met jou, Cecil?' vroeg ze.

'Cyril,' zei ik.

'Ik dacht dat je Cecil heette?'

'Nee,' zei ik.

'Je zit toch niet moeilijk te doen?'

'Ik kan u mijn ID-badge laten zien als u wilt.'

'Nee, je hebt gelijk. Ik geloof je,' zei ze, en ze wuifde mijn aanbod weg. 'Cyril dus, als je dat liever hebt. Wat ben je aan het lezen?'

Ik draaide het boek om, zodat ze kon zien dat ik *The Story of the Night* van Colm Toibín las. Ik had het al jaren in mijn bezit maar was er nog nooit toe gekomen het te lezen.

'Nee, dat heb ik niet gelezen,' zei ze. Ze pakte het op en las de achterkant. 'Is het goed?'

'Ja,' zei ik.

'Moet ik het lezen?'

'Nou, dat moet u echt zelf weten.'

'Misschien ga ik het eens proberen. Heb jij ooit Jeffrey Archer gelezen?'

'Nee,' gaf ik toe.

'Nou, hij is geweldig,' zei ze. 'Hij vertelt een verhaal, en dat heb ik graag. Vertelt deze vent een verhaal? Is hij niet twintig bladzijden bezig met het beschrijven van de kleur van de lucht?'

'Tot dusver niet.'

'Goed. Jeffrey Archer heeft het nooit over de kleur van de lucht en dat vind ik prettig bij een schrijver. Volgens mij heeft Jeffrey Archer zelfs in zijn hele leven nog nooit naar de lucht gekeken.'

'Temeer daar hij nu in de gevangenis zit,' opperde ik.

'De lucht is blauw,' verklaarde ze. 'Zo zit het nu eenmaal.'

'Nou, hij is niet altijd blauw,' zei ik.

'Toch wel,' zei ze. 'Niet zo dom doen.'

''s Nachts is hij niet blauw.'

'Ho nou maar.'

'Oké,' zei ik. Ik begon te denken dat ze me voor iemand anders aanzag: een van haar jongere partijgenoten misschien. Als ze begon te praten over stemadviezen of interne coups, zou ik haar uit de droom moeten helpen.

'Nou, Cyril,' zei ze. 'Leg dat boek eens neer, beste man, als ik tegen je spreek. Ik ben blij dat ik met je heb bijgepraat. En ik heb goed nieuws voor je: dit is je geluksdag.'

'O ja?' zei ik. 'Waarom?'

'Wil je dat ik je leven de goede kant op stuur?'

Ik ging achteroverzitten, vouwde mijn armen over elkaar en vroeg me af of ze zou gaan vragen of ik Jezus Christus had aanvaard als mijn persoonlijke verlosser.

'Mijn leven is helemaal niet zo slecht,' zei ik.

'Maar het zou toch beter kunnen? Al onze levens zouden beter kunnen.

Het mijne zou beter kunnen. Ik zou niet zo'n workaholic moeten zijn! Ik zou minder in moeten zitten over mijn kiezers!'

'Ik denk dat mijn haargrens zou kunnen stoppen met achteruitgaan,' antwoordde ik haar. 'Dat zou mooi zijn. En tot een paar jaren geleden had ik nooit een leesbril nodig.'

'Aan al die dingen kan ik niets doen. Heb je de minister van Volksgezondheid er nooit over aangeschoten?'

'Nee,' zei ik. 'Het was eerlijk gezegd maar een grapje.'

'Het is namelijk meer zijn afdeling dan de mijne. Nee, ik denk over iets enigszins persoonlijkers.'

O christus, dacht ik. Ze probeert het met me aan te leggen.

'Als u zegt "persoonlijk",' zei ik, 'hoop ik niet dat u bedoelt...'

'Wacht even, beste man,' zei ze, en ze keek in het rond op zoek naar een serveerster. 'Ik smacht gewoon.' Toen er niet direct iemand verscheen, begon ze met haar vingers te klikken en toen ik om me heen keek, zag ik dat TD's van verschillende partijen ons misprijzende blikken toewierpen.

'Dat moet u echt niet doen,' zei ik. 'Het is vreselijk ongemanierd.'

'Het is de enige manier om hun aandacht te trekken,' zei ze. 'Sinds mevrouw Goggin gepensioneerd is, is het hier een puinhoop.'

Even later kwam een van de serveersters met een levensmoede uitdrukking op haar gezicht naar ons toe gewandeld.

'Hebt u een probleem met uw vingers?' vroeg ze. 'Ze lijken enorm veel lawaai te maken.'

'Het spijt me,' zei ik tegen de vrouw, op wier naambadge JACINTA stond.

'Wees eens lief,' zei mijn metgezel, en ze raakte haar arm aan, 'en haal twee koppen thee, alsjeblieft? Goed heet, brave meid.'

'U kunt zelf uw thee nemen,' antwoordde Jacinta. 'U weet waar hij staat. Bent u nieuw hier?'

'Nee,' zei de TD geschrokken. 'Ik ben aan mijn tweede termijn bezig.'

'Dan moet u weten hoe het allemaal werkt. En waarom zit u hier eigenlijk? Wie heeft u hierheen verwezen?'

'Wat bedoel je met "wie heeft u hierheen verwezen"?' vroeg ze half verontwaardigd en half beledigd. 'Heb ik dan niet het recht te zitten waar ik wil?'

'U zit waar u gezegd wordt te gaan zitten. Ga terug naar de stoelen voor de Fianna Fáil en zet uzelf niet voor gek.'

'Dat zal ik niet doen, onbeleefde snotneus. Mevrouw Goggin zou u nooit zo tegen mij laten spreken als ze hier was.'

'Ik bén mevrouw Goggin,' zei Jacinta. 'Of in elk geval de nieuwe mevrouw Goggin. Dus u kunt daar thee voor uzelf halen als u dat wilt. En zo niet, verwacht niet dat u het gebracht krijgt. En volgende keer, gaat u dan zitten waar u geacht wordt te zitten of blijf weg.'

Met die woorden marcheerde ze van ons vandaan, mijn nieuwe TD-vriendin geschokt achterlatend.

'Wel heb je ooit!' zei ze. 'Wat een brutaliteit! En ik heb me de hele dag staan uitsloven om mensen als zij, die tot de arbeidersklasse horen, een beter leven te bezorgen. Heb je de toespraak gezien die ik zo-even heb gehouden?'

'Een toespraak kun je niet zien,' zei ik. 'Alleen horen.'

'Och, wees niet zo pedant, je weet wat ik bedoel.'

Ik zuchtte. 'Is er iets waarmee ik u kan helpen?' vroeg ik. 'Heeft het iets met de bibliotheek te maken? Zo ja, ik ben daar om twee uur terug. In de tussentijd...' Ik pakte het Toibín-boek weer op, hopend dat ik verder kon lezen. Ik zat net in een lekkere, schunnige passage en wilde die stemming vasthouden.

'Ja, Cecil,' zei ze.

'Cyril.'

'Cyril,' zei ze, en ze schudde snel haar hoofd. 'Ik moet dat correct in mijn hoofd krijgen. Cyril. Cyril de Schlemiel.'

Ik rolde met mijn ogen. 'Zeg dat alstublieft niet,' zei ik.

'Heb ik gelijk als ik denk dat je weduwnaar bent?' vroeg ze, grijnzend als de Cheshire Cat van Lewis Carroll.

'Nee, fout,' zei ik. 'Ik ben in feite gescheiden.'

'O,' zei ze, lichtelijk teleurgesteld. 'Ik had gehoopt dat je vrouw misschien dood was.'

'Het spijt me u te moeten teleurstellen,' zei ik. 'Maar nee, Alice is springlevend en gezond, ze woont aan Dartmouth Square.'

'Is ze niet dood?'

'De laatste keer dat ik het heb gecontroleerd niet. Ik heb zondag met haar geluncht en ze was in uitstekende conditie. Een en al schimpscheuten.'

'Wat heb je gedaan?'

'Ik heb zondag met haar geluncht.'

'Waarom heb je dat gedaan?'

Ik keek haar strak aan, en vroeg me af waar dat gesprek in hemelsnaam heen leidde. 'We lunchen vaak samen op zondag,' zei ik. 'Dat is namelijk heel prettig.'

'Juist ja,' zei ze. 'Jullie samen dus?'

'Nee, zij en haar echtgenoot, Cyril II. En ik.'

'Cyril II?'

'Sorry, ik bedoel Cyril.'

'Je hebt geluncht met je ex-vrouw en met haar nieuwe man, die dezelfde naam heeft als jij, is dat wat je me vertelt?'

'Volgens mij hebt u het nu door.'

'Nou, als je het mij vraagt, is dat eigenaardig.'

'O ja? Ik zie niet goed waarom.'

'Mag ik je vragen wanneer je bent gescheiden?'

'Dat mag u.'

'Wanneer was het?' vroeg ze.

'O, een paar jaar geleden. Toen die wet van kracht werd. Alice kon zich niet vlug genoeg van mij ontdoen, eerlijk gezegd. Voor zover ik heb begrepen waren wij een van de eerste paren die profiteerden van de nieuwe wet.'

'Geen goed teken,' zei ze. 'Je moet wel een heel ongelukkig huwelijk hebben gehad.'

'Niet bijzonder.'

'Waarom ben je dan gescheiden?'

'Weet u, ik vind dat het u helemaal niet aangaat.'

'O, niet zo afwerend, we zijn allemaal vrienden hier.'

'Maar wij toch niet?'

'Wel als ik je leven verander.'

'Misschien was dit gesprek een slecht idee,' zei ik.

'Nee, niet waar,' zei ze. 'Maak je geen zorgen, Cecil. Cyril. Kijk, je bent gescheiden. Dat reken ik je niet aan.'

'Heel vriendelijk van u.'

'Vind je het erg als ik vraag of je momenteel iemand hebt?'

'Dat vind ik helemaal niet erg.'

'Dus is het zo?' vroeg ze.

'Het is hoe?'

'Heb je iemand?'

'In amoureus verband?'

'Ja.'

'Waarom, heb ik u het hoofd op hol gebracht?'

'Ach ga weg!' zei ze met een schaterlach. 'Ik ben toch zeker een TD van Fianna Fáil en jij gewoon een bibliothecaris! Daarbij heb ik een man thuis en drie kinderen die studeren voor arts, advocaat en gymleraar. Nou ja, van elk een, begrijp me goed.'

'Ik begrijp u,' zei ik.

'Dus heb je iemand?'

'Heb ik wat?'

'Iemand?'

'Nee,' antwoordde ik.

'Dat dacht ik al.'

'Om een speciale reden?'

'Wat "om een speciale reden"?'

'Een speciale reden waarom u dacht dat ik niemand heb?'

'Nou, ik zie je nooit met iemand, hè?'

'Nee,' zei ik. 'Maar anderzijds is dit een werkplek. Ik zal toch niet zo gauw met iemand tussen de boekenrekken verdwijnen om midden op de middag een potje te gaan genotteren, hè?'

'Ach, ga weg,' zei ze, lachend alsof ik de leukste mop ooit had verteld. 'Je bent een vreselijke man!'

'We zijn allemaal vrienden hier,' zei ik.

'Klopt. Luister nu, Cecil.'

'Cyril.'

'Ik zal je vertellen waarom ik het vraag. Ik heb een zus. Een mooie vrouw.'

'Dat kan niet anders.'

'Haar echtgenoot werd een paar jaar geleden dodelijk aangereden door een bus.'

'Juist,' zei ik. 'Het spijt me dat te horen.'

'Nee,' zei ze, hoofdschuddend. 'Begrijp me niet verkeerd. Geen reguliere lijnbus. Een touringcar.'

'Natuurlijk.'

'Hij was op slag dood.'

'De arme man.'

'Nou, hij klaagde altijd over zijn gezondheid en niemand van ons trok zich eigenlijk veel van hem aan. Zo zie je maar, hè?'

'Inderdaad.'

'Hoe dan ook, na de begrafenis gingen we naar het Shelbourne.'

'Ik ben getrouwd in het Shelbourne.'

'Laten we het daar niet over hebben. Je verleden is je eigen zaak.'

'Blij dat u niet nieuwsgierig bent,' zei ik.

'Dus mijn zus is weduwe en zoekt een leuke man. En ze kan niet goed leven in haar eentje. Een paar weken geleden was ze hier bij mij en in de bibliotheek viel haar oog op jou; ze vond je vreselijk knap. Ze kwam naar me toe en zei: "Angela," zei ze, "Angela, wie is die vreselijk knappe man daar?"'

Ik keek haar sceptisch aan. 'Echt waar?' vroeg ik. 'Ik hoor dat niet zo vaak dezer dagen. Ik ben zesenvijftig jaar oud, moet u weten. Bent u er zeker van dat ze het niet over iemand anders had?'

'O nee, jij was het zeker, want ik keek ook en ik kon niet geloven dat ze het over jou had, dus ik vroeg haar je aan te wijzen. Je was het dus echt.'

'Zeer vereerd,' zei ik.

'Laat het je niet naar het hoofd stijgen. Mijn zus zou bij elke man in de smaak vallen. En ik heb haar alles over jou verteld en volgens mij zijn jullie een ideaal paar.'

'Daar ben ik toch niet zo zeker van,' zei ik.

'Goed, Cyril. Cecil. Cyril. Ik leg mijn kaarten op tafel.'

'Voor de draad ermee,' zei ik.

'Toen Peter overleed – mijn zwager dus – liet hij mijn zus zeer goed verzorgd achter. Ze heeft een eigen huis zonder hypotheek in Blackrock. En ze heeft een appartement in Florence, waar ze om de paar maanden heen gaat en dat ze de rest van de tijd verhuurt.'

'Geluksvogel,' zei ik.

'En ik weet alles over jou.'

'Wat weet u?' vroeg ik. 'Want iets zegt me dat u echt niet alles weet.'

'Ik weet dat je multimiljonair bent.'

'Aha,' zei ik.

'Je bent de zoon van Maude Avery, hè?'

'De pleegzoon.'

'Maar je hebt haar hele nalatenschap geërfd? En haar royalty's.'

'Ja,' zei ik. 'Dat is algemeen bekend, neem ik aan.'

'Dus je bent rijk. Je hoeft niet te werken. En toch kom je hier elke dag werken.'

'Klopt.'

'Vind je het erg als ik vraag waarom?'

'Dat vind ik helemaal niet erg.'

'Dus waarom doe je het?' vroeg ze.

'Omdat ik het leuk vind,' zei ik. 'Zo kom ik het huis uit. Ik heb geen zin om thuis te zitten, elke dag met die vier muren als uitzicht, overdag televisie te kijken.'

'Maar daar gaat het mij om,' zei ze. 'Je bent een noeste werker. Je hebt geen geld nodig. Je hebt háár geld zeker niet nodig. Daarom denk ik dat jullie een perfect paar vormen.'

'Daar ben ik niet zo zeker van,' zei ik weer.

'Wacht nou even, beste man, zeg niets meer totdat je haar foto hebt gezien.' Ze stak haar hand in haar tasje en haalde er een foto uit van een vrouw die er net zo uitzag als zij en van wie ik aannam dat ze haar zus was. Ik vroeg me zelfs af of ze misschien een tweeling waren, zo sterk leken ze op elkaar. 'Dat is Brenda,' zei ze. 'Mooi, hè?'

'Prachtig,' beaamde ik.

'Dus zal ik je haar nummer geven?'

'Doe maar niet,' zei ik.

'Waarom niet?' vroeg ze, terwijl ze achterover ging zitten, voorbereid op een beledigende opmerking. 'Ik heb je toch net verteld dat jullie voor elkaar geschapen zijn?'

'Ik weet zeker dat uw zus een erg aardige vrouw is,' zei ik. 'Maar om eerlijk te zijn, ben ik op dit moment niet op zoek naar een vriendin. Of eigenlijk nooit.'

'O,' zei ze. 'Zit je nog steeds achter je ex-vrouw aan, is dat het?'

'Nee,' zei ik. 'Absoluut niet.'

'Je ex-vrouw is naar een andere Cecil overgestapt.'

'Cyril,' zei ik. 'En ik ben blij voor haar. We zijn goede vrienden, met z'n drieën.'

'Maar je probeert haar terug te krijgen?'

'Echt niet.'

'Wat is het dan? Je gaat me toch niet vertellen dat je Brenda niet aantrekkelijk vindt?'

'Nee,' zei ik. 'Sorry. Ze is gewoon niet mijn type.'

Op dat moment werd er een kreet geslaakt aan een van de tafels van de

Fine Gael en zag ik hoe een groepje TD's die tot dan toe hadden zitten babbelen boven hun puddingbroodjes en koffie, opkeken naar de televisie die aan de wand in de hoek van de tearoom hing. Het geluid stond uit, maar ik keek ook opzij en hoe meer mensen die kant op keken, hoe meer het gesprek in de zaal verstomde.

'Wilt u het geluid alstublieft aanzetten?' riep een van de mannen, en Jacinta, de serveerster die mevrouw Goggin had opgevolgd als beheerster, pakte de afstandsbediening en zette het geluid aan terwijl we keken naar een vliegtuig dat keer op keer in het hart van het World Trade Center verdween in wat eruitzag als een eindeloze herhaling.

'Jezus, Maria en Jozef,' zei de TD. 'Wat is daar aan de hand, denk je?'

'Dat is New York,' zei ik.

'Nee hoor.'

'Jawel. Het World Trade Center. De Twin Towers.'

Ik stond op en liep langzaam naar de televisie terwijl de TD's om ons heen hetzelfde deden, en toen het verslag overschakelde naar een liveverbinding en er een vliegtuig naar de tweede toren vloog en zich erin begroef, kreunden we van afschuw en keken elkaar aan, niet goed begrijpend wat er aan de hand was.

'Ik kan maar beter teruggaan naar mijn kantoor,' zei ze en ze pakte haar zwijgende pieper. 'De Taoiseach heeft me misschien nodig.'

'Dat betwijfel ik.'

'Ik kom een andere keer bij je terug voor Brenda. Niet vergeten, jullie zijn voor elkaar geschapen.'

'Juist,' zei ik, nauwelijks luisterend naar haar. De mensen op Sky News hadden het over een verschrikkelijk ongeluk maar een van de gasten vroeg hoe het een ongeluk kon zijn als het twee keer gebeurde. Het moeten kapers zijn, zei iemand. Of terroristen. Buiten de tearoom zag ik de TD's heen en weer hollen, terug naar hun kantoren of op zoek naar een televisietoestel. Het duurde dan ook niet lang of de zaal was halfvol.

'Ik heb nog nooit in een vliegtuig gezeten,' zei Jacinta, die naast me kwam staan. 'En ik zal het ook nooit doen.'

Ik keek haar verbaasd aan. 'Bent u er bang voor?' vroeg ik.

'Zou u dat niet zijn? Na deze beelden?'

Ik keek weer naar het scherm. Er begonnen berichten binnen te komen over een derde vliegtuig, dat was neergestort op het Pentagon in Washington en op de een of andere manier waren er al camerabeelden uit de straten van de hoofdstad, van het Witte Huis tot het Senaatsgebouw en van de Mall tot het Lincoln-monument. Een paar minuten later was er een live-verslag vanuit de straten van New York en zag ik mensen door de straten van Manhattan rennen alsof het een goedkope rampenfilm uit Hollywood was.

Er werd weer overgeschakeld; nu stond er een presentator in Central Park, op exact dezelfde plaats waar Bastiaan en ik veertien jaar eerder wandelden en werden aangevallen. Toen ik het zag ontsnapte er onwillekeurig een kreet uit mijn mond: ik was er niet meer geweest en had het Park niet meer gezien sinds die vreselijke nacht. Jacinta raakte mijn schouder aan. 'Voelt u zich niet goed?' vroeg ze.

'Die plaats,' zei ik, wijzend naar het scherm. 'Die ken ik. Mijn... mijn beste vriend werd daar vermoord.'

'Niet meer kijken,' zei ze, en ze trok me weg. 'Waarom neemt u niet een kop thee en dan gaat u weer naar de bibliotheek, beneden, en drinkt u die in alle rust op. Ik neem aan dat daar de rest van de dag niemand zal komen. Ze kijken allemaal hiernaar.'

Ik knikte en keerde me weer naar het buffet terwijl ze de thee zette. Ik vond het roerend dat ze zo aardig voor me was. Ze had het goed geleerd, dacht ik, van mevrouw Goggin.

'Het is niet makkelijk om iemand te verliezen,' zei ze. 'Het gaat nooit weg, hè?'

'Fantoompijn noemen ze dat,' zei ik. 'Mensen van wie een lichaamsdeel is geamputeerd blijven pijn voelen aan hun ontbrekende ledematen.'

'Dat kan ik me voorstellen,' zei ze. Maar ineens hapte ze naar lucht en toen ik me omdraaide zag ik op de televisie een reeks zwarte stippen die uit de ramen van de gebouwen leken te vallen. De beelden gingen snel terug naar de studio, waar beide presentatoren er geschokt uitzagen.

'Was dat wat ik denk dat het was?' vroeg ik, en ik draaide me weer naar haar om. 'Sprongen er mensen uit de ramen?'

'Ik ga hem uitzetten,' riep ze tegen de mensen die zich bij het toestel hadden verzameld om te kijken.

'Nee!' riepen ze, terwijl ze de dramatische beelden verslonden met hun blik.

'Ik ben de beheerster,' zei ze nadrukkelijk. 'En mijn woord is wet in deze tearoom. Ik zet hem uit en als u wilt blijven kijken dan kunt u elders in het gebouw wel een andere televisie vinden.' Prompt pakte ze de afstandsbediening, drukte op de rode knop rechtsboven en het scherm werd zwart. Er klonken geërgerde kreten uit de menigte, maar die verspreidde zich snel, terug naar hun kantoor of naar de plaatselijke pubs, en wij bleven in stilte achter.

'Lijkenpikkers,' zei ze, kijkend naar hun vertrekkende ruggen. 'Het type dat langzamer gaat rijden als ze een ongeluk zien op de snelweg. Ik wil niet dat mensen deze ruimte gebruiken om te kijken naar andermans ellende.'

Ik was het met haar eens maar wilde toch zelf ook terug naar een televisie. Ik vroeg me af hoe lang ik met goed fatsoen nog moest blijven voordat ik kon vertrekken.

'Vooruit,' zei ze ten slotte met teleurstelling in haar ogen. 'Ik weet dat u staat te springen om hier weg te komen.'

Ahum

Kerstochtend. De wegen naar het centrum waren praktisch leeg en de sneeuw die ons was beloofd was geen werkelijkheid geworden. De taxichauffeur, verrassend monter voor iemand die achter het stuur van zijn auto zat en niet thuis met zijn gezin pakjes openmaakte en Baileys achteroversloeg, draaide aan de afstemknop van de radio.

'Niets ernstigs, hoop ik?' vroeg hij, en ik ving zijn blik op in het achteruitkijkspiegeltje.

'Pardon?'

'De persoon die u gaat opzoeken in het ziekenhuis. Niets ernstigs, toch?'

Ik schudde mijn hoofd. 'Nee, goed nieuws,' zei ik. 'Mijn zoon en zijn vrouw krijgen een baby.'

'Ach, dat is geweldig nieuws. Hun eerste?'

'Tweede. Ze hebben al een driejarig zoontje, George.'

Toen we voor een stoplicht stonden wierp ik een blik uit het raampje. Ik zag een meisje fietsen op een gloednieuwe fiets, met een brede grijns op haar gezicht en een glanzend blauwe helm op haar hoofd, terwijl haar vader naast haar meedraafde onder het roepen van bemoedigende woorden. Ze wiebelde een beetje maar het lukte haar een relatief rechte lijn vast te houden en de trots op het gezicht van de man was een genot om te zien. Ik had een goede vader kunnen zijn. Ik had in Liams leven een positieve kracht kunnen zijn. Maar goed, ik had in elk geval de kleinkinderen, de vier van Ignac en de ene van Liam. En nu was er een andere onderweg.

'Ze zouden het kindje "Jezus" moeten noemen,' zei de taxichauffeur.

'Pardon?'

'Uw zoon en zijn vrouw,' zei hij. 'Ze zouden het kind Jezus moeten noemen. Vanwege de dag waarop het wordt geboren.'

'Ja,' zei ik. 'Waarschijnlijk niet.'

'Ik heb zelf tien kleinkinderen,' vervolgde hij. 'En drie ervan zitten in de Joy. Mooi opgeruimd. Gemene ettertjes, stuk voor stuk. Ik geef de ouders de schuld.'

Ik sloeg mijn ogen neer, keek naar mijn schoenen, in de hoop hem te ontmoedigen zodat de conversatie zou stoppen, en al snel kwam het ziekenhuis in zicht. Ik zocht in mijn zak naar een tieneurobiljet, gaf het aan de chauffeur terwijl hij de auto tot stilstand bracht, en wenste hem een prettige kerst. In de hal keek ik rond, hopend iemand te zien die ik herkende, en toen dat niet het geval was haalde ik mijn telefoon uit mijn zak en belde naar Alice.

'Ben jij in het ziekenhuis?' vroeg ik toen ze opnam.

'Ja,' zei ze. 'Waar ben jij?'

'Ik ben in de hal. Wil je me een plezier doen en naar beneden komen om me te halen?'

'Kun je je benen niet meer gebruiken?'

'Jawel, maar ik verdwaal hier als ik je probeer te vinden. Geen idee waar ik heen moet.'

Een paar minuten later gingen de liftdeuren open en kwam Alice naar buiten stappen, elegant aangekleed vanwege kerst. Ze wenkte. Ik boog me voorover om haar wang te kussen, snoof een spoortje parfum op, lavendel en roos, dat me meteen terugvoerde naar de verre tijd van afspraakjes, verlovingsfeesten en bruiloften. 'Je gaat toch niet het ziekenhuis uit rennen voordat de baby geboren is, hè?' vroeg ze.

'Dolkomisch,' zei ik. 'Die grap krijgt nooit een baard, hè?'

'Voor mij niet.'

'Hoe staat het eigenlijk? Is er nieuws?'

'Nog niet. We wachten.'

'Wie is er boven?'

'Alleen Laura's ouders,' zei ze.

'Waar is Liam?'

'Uiteraard bij Laura,' zei ze terwijl de deuren opengingen en we de gang op stapten. Ik hoorde een geluid links van mij en draaide me om; ik zag een vrouw van middelbare leeftijd die twee kleine kinderen omhelsde; ze was overmand door verdriet, de tranen stroomden over haar gezicht. Onze ogen vonden elkaar kort, voordat ik wegkeek.

'Arme vrouw,' zei ik. 'Zou ze haar man hebben verloren, denk je?'

'Waarom denk je dat?'

'Ik weet niet. Het lijkt vanzelfsprekend om dat aan te nemen.'

'Ik denk het.'

'En nog wel met kerst. Wat vreselijk.'

'Niet zo kijken,' zei Alice.

'Ik kijk niet.'

'Jawel. Kom, ze zitten deze kant op.'

We sloegen een hoek om en liepen door een gang die bijna uitgestorven was, op twee echtelieden van middelbare leeftijd na, die in het wachtgedeelte zaten. Bij onze nadering stonden ze op en ik stak een hand uit toen Alice ons aan elkaar voorstelde.

'Cyril, je herinnert je Peter en Ruth toch nog wel?' vroeg ze.

'Natuurlijk,' antwoordde ik. 'Prettig kerstfeest. Leuk jullie allebei weer te zien.'

'Ook voor jou prettig kerstfeest,' zei Peter, een enorme man die uit zijn extra large overhemd barstte. 'En dat de zegeningen van Jezus Christus, onze Heer en Heiland, met je zijn op deze gedenkwaardige dag.'

'Oké,' zei ik. 'Hallo, Ruth.'

'Hallo, Cyril. Lang niet gezien. Alice had het net over je.'

'Allemaal slechte dingen, vermoed ik.'

'O nee, ze was heel complimenteus.'

'Luister maar niet naar hen,' zei Alice. 'Ik heb helemaal niet veel gezegd over jou. En als ik dat deed, weet ik zeker dat het niet heel aardig was.'

'Nou, dit is een geweldige manier om kerstochtend door te brengen,' zei ik glimlachend terwijl we allemaal gingen zitten. 'Ik had gehoopt thuis te zijn bij de kerststol.'

'Ik kan geen kerststol eten,' zei Peter. 'Krijg ik verschrikkelijke darmgassen van.'

'Jammer.'

'Hoewel ik moet toegeven dat ik vier plakken heb genuttigd voordat ik van huis ging.'

'Juist,' zei ik, en ik schoof een stukje van hem vandaan.

'Ik verstop de kerststol,' zei Ruth, naar mij glimlachend. 'Maar het lukt hem altijd hem op te sporen. Hij is een soort truffelvarken!'

'Misschien moet je gewoon geen kerststol kopen,' stelde ik voor. 'Dan kan hij hem ook niet vinden.'

'O nee, dat zou niet eerlijk zijn tegenover Peter,' zei ze.

'Juist,' zei ik, met een blik op mijn horloge.

'Als je naar de mis moet,' zei Peter, 'er is er hier een in de kapel om elf uur.'

'Nee, ik zit hier goed.'

'Ze dragen hier een mooie mis op. Ze sloven zich echt uit omdat het voor veel patiënten de laatste is.'

'We zijn gisteravond naar de mis geweest,' zei Ruth. 'Dus daar kunnen we in elk geval dankbaar voor zijn. Ik zag ertegenop om later te gaan.'

'Ik ben niet echt het type om naar de mis te gaan, eerlijk gezegd,' zei ik. 'Hopelijk stoot ik niemand voor het hoofd.'

'O,' zei ze, waarna ze een beetje achteruit ging zitten en haar lippen samenkneep.

'Eerlijk gezegd ben ik niet meer in een kerk geweest sinds Alice en ik trouwden.'

'Nou, schep er maar niet over op,' zei Peter. 'Dat is niet iets om trots op te zijn.'

'Het was geen opscheppen. Ik zei het gewoon.'

'Als je had geweten dat het je laatste keer in een kerk was, zou je er alles uit hebben gehaald wat erin zat, hè, Cyril?' zei Alice glimlachend, en ik glimlachte terug.

'Misschien,' zei ik.

'Waar zijn jullie getrouwd?' vroeg Ruth.

'Ranelagh,' zei Alice.

'Was het een mooie dag?'

'Het was een mooie ochtend,' zei Alice. 'Daarna leek het een beetje bergaf te gaan.'

'Nou, de ceremonie is het belangrijke deel. En waar hadden jullie je receptie?'

'In het Shelbourne. En jullie?'

'In het Gresham.'

'Mooi.'

'Laten we het niet over religie hebben,' zei ik. 'Of over bruiloften.'

'Goed,' zei Ruth. 'Waar zullen we het dan over hebben?'

'Wat je maar wilt,' stelde ik voor.

'Ik kan niets bedenken,' zei ze met een bedrukt gezicht.

'Denken jullie dat ik naar mijn eczeem zou moeten laten kijken nu ik hier toch ben?' vroeg Peter.

'Sorry?' vroeg ik.

'Ik heb verschrikkelijk eczeem op mijn *ahum*,' zei Peter. 'Het stikt hier van de artsen. Misschien moet ik iemand ernaar laten kijken.'

'Niet vandaag,' zei Ruth.

'Maar het wordt erger.'

'Niet vandaag!' zei ze vinnig. 'Peter en zijn ahum! Het maakt gewoon een martelaar van hem.'

'De sneeuw is niet gekomen,' zei ik; ik wilde zielsgraag van onderwerp veranderen.

'Ik zou de weersvoorspellers niet geloven. Die zitten daar alleen maar voor hun eigen hachje.'

'Juist,' zei ik.

'Ben je lang onderweg geweest?' vroeg Ruth, naar mij kijkend.

'Niet lang, nee. Het was stil op de weg. Er zijn niet zo veel mensen op straat op kerstmorgen. Is er trouwens nieuws?'

'Al een poosje niet. Maar ze is al een paar uur aan het bevallen, dus ik verwacht dat we vrij snel iets gaan horen. Spannend, nietwaar? Een kleinkind erbij.'

'Jazeker,' zei ik. 'Ik kijk ernaar uit. Hoeveel hebben jullie er nu?'

'Elf,' zei Ruth.

'Dat is veel,' zei ik.

'Nou ja, we hebben zes kinderen. Als ik Peter zijn gang had laten gaan waren het er nog meer geweest,' vervolgde ze. 'Maar ik zei nee. Zes was genoeg. Na Diarmaid ging de tent op slot.'

'Ja,' beaamde Peter. 'De luiken gingen omlaag en zijn sindsdien niet meer omhooggegaan.'

'Hou op, Peter.'

'Ze had net zo goed op haar ahum een bordje kunnen zetten met de tekst: EVEN LUNCHEN. KOM NOOIT MEER TERUG.'

'Peter!'

'Heeft de verf op de muren geen rare kleur?' vroeg Alice, om zich heen kijkend.

'Wie zingt ook weer dat liedje "Unchained Melody"?' vroeg ik.

'Cyril en ik gaan deze zomer misschien Frankrijk proberen,' zei Alice.

'Ik heb voortdurend pijn aan mijn linkerknie, waar niets aan lijkt te veranderen,' zei ik.

'Ik heb altijd een groot gezin gewild,' zei Peter. Hij haalde zijn schouders op en negeerde onze wanhopige pogingen om niet meer over hun geslachtsdelen te praten.

'Zes was genoeg,' zei Ruth nadrukkelijk.

'Zes is meer dan genoeg,' zei Alice. 'Ik vond eentje al moeilijk genoeg.'

'Nou ja, wij waren natuurlijk met z'n tweeën om voor ze te zorgen,' zei Peter. 'Jij had niet dezelfde luxe, hè, Alice?'

'Nee,' zei ze na een korte aarzeling, waarin ze zich misschien afvroeg of ze me moest verdedigen in het bijzijn van buitenstaanders. 'Hoewel Liams oom zeer betrokken was. Hij heeft me in de beginjaren veel geholpen.'

Ik wierp haar een blik toe, we plaagden elkaar graag, maar onze grappen gingen zelden of nooit over Julian.

'Jij en Liam hebben een heel goede band, hè?' vroeg Ruth aan mij.

'Ja, het gaat heel goed tussen ons.'

'De arme jongen had een sterke vaderfiguur nodig, heb ik gehoord.'

'Hoe bedoel je?'

'Nou, na wat zijn echte vader had uitgehaald. Alice had geluk dat ze ten slotte een echte man tegen het lijf liep.'

'O,' zei ik.

'Ik heb liever een mannelijke man, jij niet, Alice?'

'Ja,' zei Alice.

'Ik ook,' zei ik.

'Er is een sterke man voor nodig om de verantwoordelijkheid voor andermans kind op zich te nemen,' zei Peter, en hij sloeg met vlakke hand op zijn knie. 'Vooral de zoon van een homoseksuele nicht. Hopelijk stoot ik niemand voor het hoofd, Alice. Ik bedoelde je ex-man. Nee, ik bewonder je, Cyril. Echt waar. Ik denk niet dat mij gelukt was wat jij hebt gedaan.'

'Mij stoot je niet voor het hoofd,' zei Alice, stralend van oor tot oor.

'Het enige wat ik kan zeggen is dat Liam gelukkig anders blijkt te zijn dan zijn vader,' vervolgde Peter. 'Denken jullie dat zulke dingen in de familie zitten?'

'Rood haar wel,' zei Ruth. 'Dus het is mogelijk.'

'Zal ik het ze vertellen of doe jij het?' vroeg ik, naar Alice kijkend.

'O, ik denk geen van beiden,' zei ze. 'We horen wel wat ze nog meer te zeggen hebben. Ik vind dit wel grappig.'

'Sorry?' vroeg Ruth.

'Volgens Alice speel je prachtig viool,' zei Peter. 'Ikzelf speel ukelele. Heb je ooit ukelele gespeeld?'

'Nee,' gaf ik toe. 'En ook nooit viool.'

'O, ik dacht dat je zei dat hij dat speelde, Alice,' zei Ruth. 'Is het cello?'

'Nee, viool,' zei Alice. 'Maar jullie hebben het over mijn man, Cyril, die in het symfonieorkest van de RTÉ speelt. En dat is niet hij. Dit is mijn ex-man, Cyril. Weten jullie niet meer dat jullie hem eerder hebben ontmoet? Ik dacht dat jullie het wisten. Het is al wel een paar jaar geleden, lijkt me.'

'Cyril I,' zei ik, om de zaak te verduidelijken. 'Waar is Cyril II trouwens?' vroeg ik aan Alice.

'Noem hem niet zo. En hij is thuis bezig met de voorbereidingen van het diner.'

'Vrouwenwerk,' zei ik. 'Ik heb liever een mannelijke man.'

'Hou op, Cyril.'

'Ben ik nog steeds uitgenodigd?'

'Als je belooft niet weg te hollen voordat we opdienen.'

'Wacht even,' zei Peter, heen en weer kijkend tussen ons beiden. 'Dit is je ex-man, klopt dat?'

'Juist,' zei ik. 'De homoseksuele nicht.'

'O, maar waarom hebben jullie dat niet verteld?' zei Ruth. 'We hadden nooit zulke dingen gezegd als we hadden geweten dat u de homoseksuele nicht bent. We dacht dat u de tweede echtgenoot van Alice was. Jullie lijken sterk op elkaar, hè, jullie twee?'

'Ze lijken helemaal niet op elkaar!' riep Alice. 'Cyril II is om te beginnen veel jonger en ziet er veel beter uit.'

'En hij is een heteroseksuele vrouwenliefhebber,' voegde ik eraan toe.

'Nou, we kunnen alleen maar excuses aanbieden. We zouden zulke dingen nooit in iemands gezicht zeggen, hè, Peter?'

'Nee,' zei Peter. 'Even goeie vrienden. Vergeven en vergeten.'

'Oké,' zei ik.

'Ik had het natuurlijk moeten zien,' zei Ruth lachend. 'Nu ik kijk naar die pullover die u draagt, had ik het kunnen weten.'

'Dank je,' zei ik met een blik omlaag op mezelf, niet wetend wat mijn pullover te maken had met mijn seksualiteit. 'Het lijkt hier wel kerstochtend met al die beleefdheden. O wacht, het ís kerstochtend.'

'Heb ik het goed begrepen dat u in de Dáil werkt?' vroeg Ruth.

'Dat klopt,' zei ik. 'In de bibliotheek.'

'Nou, dat is vast erg interessant. Krijgt u de TD's of de ministers te zien?'

'Ja, natuurlijk,' zei ik. 'Ik bedoel, uiteindelijk werken ze daar. Ik zie ze meestal rondzwerven op zoek naar drinkgezelschap.'

'En Bertie Ahern? Krijgt u Bertie ooit te zien?'

'Ja, vrij vaak,' zei ik.

'Hoe is hij?'

'Nou, ik ken hem niet echt,' zei ik. 'We zeggen elkaar gedag, maar dat is alles. Hij lijkt heel vriendelijk, hoor. Ik heb een paar keer wat met hem gedronken in de bar en hij praat altijd honderduit.'

'Ik ben gek op Bertie,' zei Ruth, en ze legde een hand op haar borst alsof ze haar hartkloppingen moest intomen.

'Echt waar?'

'Ja. En ik vind het helemaal niet erg dat hij gescheiden is.'

'Heel goed van je.'

'Ik zeg altijd dat hij een fraai gebouwde man is. Dat zeg ik altijd, hè, Peter?'

'Tot vervelens toe,' zei haar man, die zijn hand omlaag bewoog en een boek oppakte dat hij op de tafel tussen ons in had gelegd, de nieuwste John Grisham. Ik vroeg me af of hij nu verder zou gaan lezen. 'Je zou haar moeten horen, Cyril. Bertie voor en Bertie na, de hele lieve lange dag. Ze zou er met Bertie vandoor gaan als ze kon. Als ze hem op televisie ziet, is ze net een tienermeisje bij een concert van Boyzone.'

'Och, doe niet zo belachelijk,' zei Ruth. 'Bertie ziet er veel mooier uit dan een van die jongens. Het probleem is, Cyril, dat Peter niet van politici houdt. Fianna Fáil. Fine Gael. Labour. Allemaal één pot nat voor Peter. Schorem.'

'Tuig van de richel,' zei Peter.

'Dat gaat misschien een beetje ver,' zei ik.

'Het gaat niet ver genoeg,' zei hij met stemverheffing. 'Ik zou ze allemaal opknopen als ik kon. Heb je nooit de neiging om een machinegeweer mee te nemen naar je werk en al die politici neer te knallen?'

Ik keek hem aan en vroeg me af of hij een grapje maakte of niet. 'Nee,' zei ik. 'Nee hoor. Het idee is eerlijk gezegd nooit bij me opgekomen.'

'Nou, je zou er eens over moeten denken,' zei hij. 'Dat zou ik doen als ik daar werkte.'

'Cyril zal nu wel ongeveer de kalkoen in de oven zetten,' zei Alice.

'Cyril ii,' zei ik ter verduidelijking voor Peter en Ruth.

'Noem hem niet zo.'

'We gaan bij onze oudste zoon eten,' zei Ruth. 'Joseph. Hij werkt bij een animatiebureau, geloof het of niet. Dat vinden we niet erg. Zulke mensen moeten er ook zijn. Maar hij maakt heerlijke gebakken aardappeltjes, hè, Peter? Hij heeft nog geen vrouw, ook al is hij vijfendertig. Ik denk dat hij heel kieskeurig is.'

Haar man keek haar aan en fronste, alsof dit iets was om diep over na te denken. 'Zijn gebakken aardappeltjes,' zei hij ten slotte, 'doen niet onder voor die van een chef-kok met Michelinsterren. Ik weet niet wat zijn geheim is. Hij heeft het niet van mij, dat staat vast.'

'Ganzenvet,' zei Alice. 'Dat is de truc.'

'Peter zou nog geen ei kunnen koken,' zei Ruth.

'Dat heb ik ook nooit hoeven doen,' protesteerde hij. 'Daarvoor heb ik jou.'

Ruth rolde met haar ogen in de richting van Alice alsof ze zeggen wilde: mannen! Maar Alice weigerde medeplichtigheid en wierp in plaats daarvan een blik op haar horloge. Het was even voor twaalf.

'Jullie dochter is een sieraad voor jullie,' zei ik, om van onderwerp te veranderen. 'Ze is een geweldige moeder voor de jonge George.'

'Nou, we hebben haar netjes opgevoed.'

Rechts van ons ging een deur open, er kwam een verpleegster naar buiten en we keken allemaal vol verwachting op, maar ze wandelde naar de balie voor de verpleging, waar ze een keer enorm geeuwde voordat ze zich vooroverboog om een televisiegids door te bladeren.

'Ik vraag me af waarom een man gynaecoloog zou willen worden,' zei Peter bedachtzaam. Ruth wierp hem een waarschuwende blik toe.

'Zwijg, Peter,' zei ze.

'Ik zeg het alleen maar. Laura's gynaecoloog is een man en ik vind dat maar een rare baan. De hele dag naar iemands ahum kijken. Een jongen van veertien zou het leuk kunnen vinden, maar het is niks voor mij. Kijken naar de ahum van een vrouw is nooit mijn hobby geweest.'

'Ik dacht dat jij psychiater was, Alice, klopt dat?' vroeg Ruth.

Mijn ex-vrouw schudde haar hoofd. 'Nee,' zei ze. 'Lijkt er niet op. Waarom denk je dat?'

'Maar je bent toch dokter, dat klopt toch?'

'Nou nee. Doctor in de letteren. Ik doceer literatuur aan Trinity College. Ik ben geen doctor in de medicijnen.'

'O, ik dacht psychiater.'

'Nee,' zei Alice, en ze schudde haar hoofd.

'Ik heb zelf een tijdje aan cardiologie gedacht,' zei Peter. 'Als specialisme, bedoel ik.'

'O, ben je dokter?' vroeg ik hem.

'Nee,' zei hij fronsend. 'Ik werk in de bouw. Waarom dacht je dat?'

Ik staarde hem aan. Ik wist geen antwoord.

'Peter en ik hebben elkaar zowaar in een ziekenhuis ontmoet,' zei Ruth. 'Niet de meest romantische plek ter wereld, lijkt me. Hij was brancardier en ik kwam mijn blindedarm weg laten halen.'

'Ik reed haar naar de operatiekamer,' zei Peter. 'En ik vond dat ze iets heel aantrekkelijks had zoals ze daar onder dat laken lag. Toen ze haar onder narcose hadden gebracht, bleef ik om naar de operatie te kijken. Toen ze het laken van haar af haalden, kon ik een blik werpen op haar lichaam en zei ik tegen mezelf: dat is de vrouw met wie ik ga trouwen.'

'Juist,' zei ik, terwijl ik mezelf voorhield niet naar Alice te kijken want haar gezicht zou me aan het lachen kunnen maken.

'En jullie twee?' vroeg Ruth. Nu wisselden we inderdaad een blik. 'Hoe hebben jullie elkaar ontmoet?'

'We kenden elkaar sinds onze kindertijd,' zei ik.

'Nou ja, niet helemaal,' zei Alice. 'We hebben elkaar ontmóét in onze kindertijd. Eenmaal. Toen ik gillend wegliep uit Cyrils huis. En echt ontmoeten was het niet, eerlijk gezegd. Cyril zag mij, daar bleef het bij.'

'Waarom deed je dat?' vroeg Peter. 'Liet hij je schrikken of zo?'

'Nee, ik was bang geworden voor zijn moeder. Behalve die ene keer heb ik haar nooit ontmoet, en dat is jammer want uiteindelijk werd ze mijn studieobject. Cyrils moeder was namelijk een briljant schrijfster.'

'Pleegmoeder,' zei ik.

'Maar goed, we kwamen elkaar opnieuw tegen toen we wat ouder waren.'

'Alice' broer was een vriend van mij,' zei ik voorzichtig.

'Is dat de broer die hielp met Liam?' vroeg Ruth.

'Ja,' zei Alice. 'Ik had er maar één.'

'Was dat dan de vent die overleden is in Amerika?' vroeg Peter. Alice keek hem aan en knikte kort. Hij had duidelijk het hele verhaal gehoord.

'Christus, jij hebt geen makkelijke tijd gehad, hè?' zei hij met een klein lachje. 'Je had ze aan beide kanten.'

'Wat had ik?' vroeg Alice koel.

'Nou, je weet wel, je broer en je...' Hij knikte naar mij. 'Je man hier. Je ex-man, bedoel ik.'

'Maar wat had ik?' vroeg ze weer. 'Ik begrijp niet waar je het over hebt.'

'Let maar niet op Peter,' zei Ruth, die haar hand uitstak en op die van Alice legde, iets tussen een streling en een klapje in. 'Hij denkt voordat hij zijn mond opendoet.'

'Ik werk me weer in de nesten,' zei Peter, met een grijns naar mij, en ik begon me af te vragen of hij probeerde beledigend te zijn of gewoon een idioot was. Er viel weer een lange stilte en ik wierp een blik op zijn boek.

'Hoe is dat boek?' vroeg ik, knikkend naar de John Grisham.

'Heel niet slecht,' zei hij. 'Jouw soort mensen leest veel, hè?'

'Welk soort?'

'Jullie soort.'

'Wij Ieren, bedoel je? Sorry, ik dacht dat jij ook Ier was.'

'Ben ik ook,' zei hij, uitdrukkingsloos.

'O,' zei ik. 'Bedoel je homoseksuele nichten?'

'Is het niet verschrikkelijk hoe dat woord is gebruikt om de liberalen hun zin te geven?' vroeg Ruth. 'Volgens mij de schuld van Boy George.'

'Ja,' zei Peter. 'Dat bedoelde ik.'

'Juist,' zei ik. 'Nou, ik neem aan dat sommigen dat doen. En sommigen niet. Net als iedereen.'

'Wacht even,' zei Peter, voorovergebogen en grijnzend naar mij. 'Bertie of John Major? Wie zou je liever als je vriendje willen? Of Clinton? Ik wed Clinton! Ik heb gelijk, hè?'

'Ik ben niet echt op zoek naar een vriendje,' zei ik. 'En als dat wel zo was zou het geen van hen zijn.'

'Ik moet er altijd zo om lachen als mannen dat woord gebruiken,' zei Ruth, en ze voegde de daad bij het woord door te gaan lachen. 'Vriendje!'

'Het zal alles bij elkaar wel nieuw voor je zijn,' zei Peter. 'Een baby, bedoel ik.'

'Ja,' zei ik.

'Het traditionele gezin.'

'Wat dat ook mag zijn,' zei ik.

'O, dat weet je toch wel?' zei Peter. 'Een mama en een papa met een paar koters. Kijk, Cyril, begrijp me niet verkeerd, ik heb niets tegen jouw soort. Ik ben absoluut niet bevooroordeeld.'

'Dat klopt,' beaamde Ruth. 'Hij heeft nooit vooroordelen gehad. Hij had zelfs een heleboel zwartjes die voor hem werkten in de jaren tachtig voordat het ook maar in de mode kwam. En hij betaalde ze bijna net zo veel als de Ierse werknemers. We hadden er ooit zelfs eentje in huis.' Ze leunde voorover en liet haar stem dalen. 'Om te komen eten,' voegde ze eraan toe. 'Dat vond ik niet erg.'

'Klopt helemaal,' zei Peter trots. 'Ik ben een vriend van iedereen, zwart, blank of geel, nicht, hetero of homo. Leven en laten leven, dat is mijn motto. Al moet ik toegeven dat kerels zoals jij me een raadsel zijn.'

'Waarom dat?' vroeg ik.

'Moeilijk uit te leggen. Ik heb gewoon nooit begrepen hoe je doet wat je doet. Ik zou het niet kunnen.'

'Ik neem niet aan dat iemand dat van je zou willen,' zei ik.

'Nou, dat zou ik niet zeggen,' zei Alice, met een por in mijn ribben. 'Peter ziet er goed uit voor zijn leeftijd. Volgens mij zouden ze in de rij staan. Je lijkt op Bertie Ahern, als je het mij vraagt.'

'Hij heeft niets van Bertie,' zei Ruth weemoedig.

'Dank je, Alice,' zei Peter, die blij was met het compliment.

'Hebben jullie zelf dus geen homoseksuele kinderen?' vroeg ik, en allebei schoten ze geschrokken rechtop, alsof ik een stok had gepakt en een van de twee lens begon te slaan.

'Nee,' zeiden ze tegelijk.

'Wij zijn nu eenmaal niet de soort,' vulde Ruth aan.

'Wat voor soort is dat?' vroeg ik.

'Het is gewoon niet de manier waarop ik ben opgevoed. Of de manier waarop Peter werd opgevoed,' zei ze.

'Maar jullie zoon Joseph maakt toch heerlijke gebakken aardappeltjes?'

'Wat heeft dat ermee te maken?'

'Niets. Ik zei maar wat. Ik heb honger, meer niet.'

'Mag ik u vragen,' vroeg Ruth voorovergebogen. 'Hebt u een... hoe noemt u dat... een partner?'

Ik schudde mijn hoofd. 'Nee,' zei ik. 'Nee hoor.'

'Bent u altijd alleen geweest?'

'Nee,' zei ik. 'Er was iemand. Ooit. Lang geleden. Maar hij is overleden.'

'Ehm, mag ik u vragen, was het aids?'

Ik rolde met mijn ogen. 'Nee,' zei ik. 'Hij werd vermoord.'

'Vermoord?' vroeg Peter.

'Ja. Door een groepje criminelen.'

'Jee, dat is nog erger.'

'Ja?' vroeg Alice. 'Waarom?'

'Nou, misschien niet erger, maar niemand vraagt toch om vermoord te worden?'

'Niemand vraagt ook om aids,' zei ik.

'Nou, misschien vraagt niemand er specifiek om, maar als je met je fiets aan de verkeerde kant van de straat gaat rijden, kun je verwachten dat je wordt aangereden, nietwaar?'

'Nee, je hebt het helemaal fout,' zei Alice vinnig. 'En als je het niet erg vindt dat ik het zeg: dat is een heel domme opmerking.'

'Dat vind ik helemaal niet erg, Alice,' zei Peter. 'Zeg je mening en ik doe hetzelfde. Op die manier blijven we vrienden.'

'Dergelijke houdingen bezorgen de wereld zo veel ellende,' zei ze.

Ruth onderbrak haar: 'Volgens mij zouden we ook in de ziekenhuiskantine kunnen eten.'

'Wat?'

'Als we honger krijgen, bedoel ik. We zouden kunnen gaan eten in de kantine.'

'Maar het eten daar is nog erger dan de troep die ze de patiënten voorzetten,' zei Peter. 'Kunnen we niet beter naar Joseph gaan, bij hem eten en terugkomen als we het telefoontje krijgen? Dan zouden we zijn aardappeltjes eten als ze vers zijn. En je weet dat hij wilde dat we 's middags met z'n allen naar *The Sound of Music* zouden kijken, Stevens favoriete film.'

'Wie is Steven?' vroeg ik.

'Zijn flatgenoot,' zei Peter. 'Ze zijn dikke vrienden. Ze delen de flat al jaren.'

'Juist,' zei ik.

'Nee, dat zouden we niet,' zei Ruth. 'Jij kunt om te beginnen niet autorijden.'

'Waarom niet?'

'Omdat ik je ken, Peter Richmond. Je begint aan de rode wijn en dan is alles afgelopen. Ik krijg dan geen zinnig woord meer uit je en later is er geen taxichauffeur meer op straat. Die zitten allemaal thuis bij hun gezin.' Ze zweeg even, legde een vinger op haar lip en keek naar mij. 'Vreselijk om te worden vermoord,' zei ze. 'Dat zou ik afschuwelijk vinden.'

De deur ging weer open en nu verscheen Liam, gehuld in net zo'n blauw operatieschort als de verpleegster even eerder. Hij draaide zich om en toen hij ons zag, stonden we op. Hij spreidde grijnzend zijn armen.

'Ik ben vader,' zei hij. 'Alweer!'

We juichten alle vier en omhelsden hem. Toen hij zijn armen om me heen sloeg leek hij me extra stevig tegen zich aan te drukken en toen hij achteruitstapte keek hij me recht in de ogen en glimlachte. Dat roerde me.

'En Laura?' vroeg Ruth bezorgd. 'Maakt ze het goed?'

'Geen zorgen om Laura. Ze brengen haar over een half uurtje naar haar kamer en dan kunnen jullie haar bezoeken.'

'En de baby?' vroeg Alice.

'Een jongetje,' antwoordde hij.

'De volgende keer moet je eens een meisje proberen,' zei Ruth.

'Kalm aan,' zei Liam. 'Geef ons een kans.'

'Mag ik hem zien?' vroeg ik eindelijk. 'Ik zou graag mijn kleinzoon in mijn armen houden.'

Liam keek op en er verscheen een glimlach van puur geluk op zijn gezicht toen hij knikte. 'Natuurlijk, pa,' zei hij. 'Natuurlijk.'

Julian 11

Laura's ouders vertrokken als eersten, ze keken uit naar Josephs gebakken aardappeltjes en Stevens hartstochtelijke waardering voor *The Sound of Music*. Alice vertrok vlak daarna maar ik zei haar dat ik nog even bij Liam wilde blijven en een taxi zou nemen naar Dartmouth Square. Voordat Cyril 11 klaarstond om de kalkoen aan te snijden zou ik er zijn.

'Je kunt het niet maken om niet op te dagen, hè?' zei ze, me recht aankijkend met de koele blik van een ervaren moordenaar.

'Waarom zou ik niet?' vroeg ik.

'Je hebt een strafblad op dit gebied, Cyril.'

'Niet eerlijk. Ik kom altijd opdagen. Ik blijf alleen niet altijd tot het eind.'

'Cyril...'

'Alice, ik zal er zijn. Dat beloof ik.'

'Dat is je geraden. Want als je dat niet doet zullen Ignac, Rebecca en de kinderen erg teleurgesteld zijn. En ik ook. Uiteindelijk is het Kerstmis. Ik wil niet dat je je in je eentje in Ballsbridge verstopt. De hele familie moet samen zijn. En ik heb een enorme doos Quality Street gekocht.'

'Nou, dan zit het wel snor.'

'En elke smaak Pringles.'

'Ik heb een hekel aan Pringles.'

'En achteraf heb ik een potje Who Wants to be a Millionaire? gepland. Ik heb zelfs een boek gekocht.'

'Zelfs. En toch kom ik. Als ik spelleider mag zijn.'

'Nee, Cyril 11 wil spelleider zijn.'

'Noem hem niet zo.'

'O, hou op, Cyril.'

'Ik wil alleen maar een beetje langer bij Liam blijven, meer niet. En het zou leuk zijn voor jou en je jonge man om een uurtje samen door te brengen voordat ik aankom. Jullie kunnen elkaar kussen en allerlei schunnige echtelijke dingen met elkaar doen.'

'O in godsnaam.'

'Je kunt zijn snaren harsen.'

'Cyril!'

'Zijn strijkstok spannen.'

'Nog even en je krijgt een lel.'

'Ik was trouwens van plan compleet door te zakken vanavond en te blijven slapen. Ik neem aan dat dat geen probleem is.'

'Als je het niet erg vindt om te slapen in de slaapkamer uit je kindertijd en te horen hoe je ex-vrouw vrijt met een man die vijf jaar jonger is dan jij terwijl vijf baby's vreselijk tekeergaan, dan vind ik het prima.'

'Klinkt heerlijk. Ik ben er tegen vieren. Beloofd.'

En zo bracht ik nog een half uur door met mijn zoon en zijn vrouw, en voordat ik vertrok liep ik met Liam naar het ziekenhuiscafé, waar we twee flesjes bier kochten en proostten op de nieuwste aanwinst van onze ongewone familie.

'Erg aardig van je,' zei ik tegen Liam, lichtelijk emotioneel, gedeeltelijk omdat ik weer opa was, gedeeltelijk omdat het kerst was en gedeeltelijk omdat ik uitkeek naar die avond. 'Dat je me vroeg de baby meteen te zien, bedoel ik. Ik weet niet zeker of ik dat recht heb verdiend. Ik zou hebben gedacht dat je moeder of Laura's ouders...'

'Al die ouwe koek kan me niks meer schelen,' zei hij snel. 'Ik heb dat allemaal achter me gelaten.'

'Goed om te horen. Maar toch.'

'Kijk,' zei hij, en hij zette zijn fles neer. 'Cyril. Pa. Maakt niet uit, oké? Ik weet dat ik niet zo toeschietelijk was de eerste keer dat we elkaar troffen, maar de situatie ligt nu anders. Sinds de eerste ontmoeting heb je niets anders gedaan dan je bij mij geliefd maken. Hoezeer ik ook mijn best heb gedaan. En dat is in feite heel vervelend, want ik was vastbesloten je te haten.'

'En ik was net zo vastbesloten van jou te houden,' zei ik.

'Je weet dat ik het moest doen, hè?' vroeg hij na een pauze.

'Wat moest doen?'

'Zijn naam. Mijn zoon zo noemen.'

'Ik dacht dat je het misschien zou doen,' zei ik. 'Ik hoopte dat je het zou doen.'

'Het impliceert in de verste verte niets tegen jou.'

'Dat heb ik ook geen moment gedacht. Jij en je oom hadden een hechte band en jullie hielden van elkaar. Ik respecteer dat. En mijn relatie met hem was even innig als de jouwe, alleen anders. Ik hield heel veel van hem. Onze relatie was gecompliceerd en ik ben er niet heel glorieus uit gekomen, maar anderzijds hij ook niet. Toch waren we vanaf het begin samen, we hebben samen een heleboel beleefd en we waren aan het eind samen.'

Tot mijn verbazing begroef Liam zijn gezicht in zijn handen en begon te huilen.

'Wat is er?' vroeg ik, en ik pakte zijn hand. 'Wat is er aan de hand?'

'Ik mis hem nog steeds heel erg,' zei hij. 'Ik wou dat hij hier was.'

Ik knikte. En het slechtere deel van mijn karakter stond me toe dat ik me jaloers voelde nu ik wist dat mijn zoon nooit zo veel van mij zou houden als van Julian.

'Praatte hij over mij?' vroeg hij. 'Op zijn sterfbed, bedoel ik? Noemde hij mijn naam?'

Ik voelde de tranen nu ook bij mij opkomen. 'Je maakt een geintje,' zei ik. 'Liam, jij was de zoon die hij nooit had gehad. Hij praatte aan het eind voortdurend over je. Hij wilde jou daar bij zich hebben maar hij wilde niet dat je hem zag zoals hij was. Hij hield ontzettend veel van je. Jij was de belangrijkste persoon in zijn leven.'

Hij hief zijn flesje. 'Op Julian,' zei hij lachend.

Ik had even tijd nodig, toen hief ook ik mijn flesje. 'Op Julian,' zei ik zacht.

En tot op de dag van vandaag weet ik niet op welke Julian elk van ons proostte, Liams geliefde oom of zijn pasgeboren zoon.

Een kleine, gebochelde non van de redemptoristen

Toen ik terugliep naar de begane grond, ging mijn telefoon. Ik keek even naar het schermpje, terwijl ik precies wist wat erop zou staan: 'Alice'.

'Je hebt een uur,' zei ze zonder enige inleiding toen ik opnam.

'Ik vertrek op dit moment.'

'Eén uur en daarna gaan de deuren op slot.'

'Ik loop letterlijk het ziekenhuis uit tijdens dit telefoontje.'

'De baby's vragen ook waar je bent.'

'Welke baby's?'

'Alle vier.'

'Onmogelijk,' zei ik. 'Het ene stel kan zelfs nog niet praten. Laat staan vragen waar ik uithang.'

'Zorg dat je hier bent,' zei Alice. 'Je werkt me op mijn zenuwen.'

'Hoe is het met Cyril ii? Bezwijkt hij niet onder de druk van het koken voor zo veel mensen?'

'Achtenvijftig minuten en de teller loopt.'

'Ik ben onderweg.'

Ik hing op en liep naar de uitgang, maar toen ik iemand hoorde huilen achter een paar deuren aan mijn linkerhand, aarzelde ik even. Het waren de deuren van de kapel, zag ik; ze stonden op een kier. De ruimte binnen zag er dermate anders uit dan de rest van het ziekenhuis – niet dat klinische wit op de muren, maar een warmere, uitnodigender kleur – dat ik de neiging voelde een kijkje te gaan nemen.

Er was maar één persoon binnen, een al wat oudere dame, die aan het uiteinde van een kerkbank zat, halverwege de kapel. Er klonk zachte klassieke muziek, een stuk dat ik vaag herkende, en de deur naar een van de biechtstoelen stond open. Ik keek even naar de vrouw, wist niet of ik moest weglopen en haar aan haar verdriet overlaten of moest kijken of ze hulp nodig had. Uiteindelijk namen mijn voeten de beslissing voor me, maar toen ik dichterbij kwam, zette ik grote ogen op toen ik zag wie het was.

'Mevrouw Goggin,' zei ik. 'U bent mevrouw Goggin toch?'

Ze keek naar me alsof ze wakker werd uit een droom en staarde me enkele ogenblikken aan; haar gezicht zag bleek. 'Kenneth?' vroeg ze.

'Nee, Cyril Avery, mevrouw Goggin,' zei ik. 'Uit de bibliotheek van de Dáil.'

'O, Cyril,' zei ze. Ze knikte en legde haar hand op haar borst alsof ze bang was dat ze een hartaanval kon krijgen. 'Natuurlijk. Het spijt me, ik zag je voor iemand anders aan. Hoe gaat het jou, beste Cyril?'

'Prima,' zei ik. 'Ik heb u al jaren niet meer gezien.'

'Is het zo lang geleden?'

'Ja, bij het feestje voor uw pensionering.'

'O ja,' zei ze zacht.

'Maar wat is er aan de hand?' vroeg ik. 'Voelt u zich niet goed?'

'Nee,' zei zij. 'Niet echt.'

'Kan ik iets voor u doen?'

Ze haalde haar schouders op. 'Ik denk het niet,' zei ze. 'Maar toch bedankt.'

Ik wierp een blik in het rond, hopend dat een van haar familieleden in de buurt was en kon komen helpen, maar het was stil in de kapel en de deuren waren achter me dichtgevallen.

'Vindt u het goed dat ik een paar minuten ga zitten?'

Ze nam veel tijd voor een beslissing, maar uiteindelijk knikte ze en schoof een stukje op in de bank zodat ik naast haar kon zitten.

'Wat is er gebeurd, mevrouw Goggin?' vroeg ik. 'Waarom bent u zo verdrietig?'

'Mijn zoon is dood,' zei ze zacht.

'Nee toch? Jonathan?'

'Een paar uur geleden. Sindsdien zit ik hier.'

'O wat vreselijk, mevrouw Goggin.'

'We wisten dat het zou gebeuren,' vertelde ze met een zucht. 'Maar dat maakt het niet makkelijker.'

'Was hij al lang ziek?' vroeg ik. Ik nam haar hand in de mijne, haar huid voelde flinterdun en er liepen donkerblauwe aderen naar haar knokkels.

'Alles bij elkaar wel,' zei ze. 'Hij had kanker, zie je. Die ontstond een jaar of vijftien geleden, maar hij wist er toen overheen te komen. Helaas kwam het eind vorig jaar terug. Zes maanden geleden hoorden we van de artsen dat ze niets meer voor hem konden doen. En vandaag was de dag.'

'Ik hoop dat hij niet al te veel geleden heeft.'

'Toch wel,' zei ze. 'Maar hij was er zeer stoïcijns onder. Wij achterblijvers zijn nu aan de beurt om te lijden.'

'Wilt u dat ik u alleen laat, of is er iemand die ik voor u kan bellen?'

Ze dacht over die vraag na en bette haar ooghoeken met haar zakdoek. 'Nee,' zei ze. 'Kun je eventjes blijven? Als je het niet erg vindt?'

'Helemaal niet erg,' antwoordde ik.

'Hoef je nergens heen?'

'Jawel. Maar het maakt niets uit als ik een paar minuten te laat ben. Iets anders: is er niet iemand van uw familie om hier voor u te zorgen? U bent toch niet helemaal alleen?'

'Er hoeft niet voor me gezorgd te worden,' zei ze uitdagend. 'Ik ben misschien wel oud maar je hebt geen idee hoe sterk dit lijf nog is.'

'Daar twijfel ik niet aan,' zei ik. 'Maar u gaat toch niet naar een leeg huis?'

'Nee. Mijn schoondochter was hier vanmiddag met mijn kleinkinderen. Ze zijn naar huis gegaan. Ik ga ze zo achterna.'

'Goed,' zei ik. Ik herinnerde me de vrouw en de twee kleine meisjes die ik elkaar had zien omhelzen toen ik in het ziekenhuis aankwam. 'Volgens mij heb ik ze een een paar uur geleden in de gang boven gezien.'

'Dat kan best. Ze zijn hier de hele nacht geweest. Nou ja, wij allemaal. Een vreselijke manier voor kinderen om kerstavond te vieren. Ze moeten wachten op de Kerstman, en niet kijken hoe hun papa doodgaat.'

'Ik weet niet wat ik u moet zeggen,' zei ik, kijkend naar het grote houten kruis dat voor in de kerk tegen een muur stond, met daaraan de gekruisigde Christus, die in al zijn mededogen op ons neerkeek. 'Bent u gelovig?' vroeg ik. 'Althans, kunt u hier vrede vinden?'

'Niet echt,' zei ze. 'Met God voel ik wel een soort relatie, maar met de Kerk heb ik slechte ervaringen gehad toen ik een meisje was. Waarom, jij wel?'

Ik schudde mijn hoofd. 'Nog geen greintje.'

'Ik weet niet eens waarom ik hier binnen ben gegaan, eerlijk gezegd. Ik kwam voorbij, en het zag er stil uit. Ik zocht een plek om te zitten, dat was het. De Kerk is nooit een vriend van mij geweest. Ik heb altijd gevonden dat de katholieke Kerk zich verhoudt tot God als een vis tot een fiets.'

Ik glimlachte. 'Ik heb hetzelfde idee,' zei ik.

'Ik kom ook niet vaak in kerken. Behalve voor bruiloften, doopgelegenheden en begrafenissen. Meer dan vijftig jaar geleden pakte een priester me bij mijn haren en gooide me de parochiekerk uit en sindsdien heb ik er een hekel aan. Maar ik had je moeten vragen waarom je hier bent,' voegde ze eraan toe, en ze keek me aan. 'Er moet iets mis zijn als je met kerst in een ziekenhuis bent.'

'Nee, zoiets is het niet. Mijn zoon en zijn vrouw hebben vandaag een zoontje gekregen. Ik kwam hem opzoeken, meer niet.'

'O, nou dat is in elk geval goed nieuws,' zei ze, en ze forceerde een glimlach. 'Hebben ze al een naam voor hem?'

'Ja. Julian.'

'Een ongewone naam,' zei ze, erover nadenkend. 'Julian kom je niet vaak tegen dezer dagen. Het doet me denken aan de Romeinse keizer Julianus. Of aan De Vijf, van Enid Blyton. Een van hen heette toch Julian?'

'Ik geloof van wel,' zei ik. 'Het is lang geleden dat ik die boeken heb gelezen.'

'En hoe gaat het in de Dáil?'

'O, u wilt het daar toch niet over hebben op een dag als vandaag?'

'Jawel,' zei ze. 'Even, om mijn zinnen te verzetten.'

'Nou, grotendeels hetzelfde als altijd,' zei ik. 'Uw opvolger beheert de tearoom met ijzeren vuist.'

'Goed van haar,' zei ze lachend. 'Ik heb haar dus goed opgeleid.'

'Jazeker.'

'Als je die TD's niet strak houdt, vegen ze zo de vloer met je aan.'

'Mist u de tearoom?' vroeg ik.

'Wel en niet. Ik mis de routine. Het opstaan elke ochtend en een plek hebben om heen te gaan en mensen om mee te praten. Maar het werk zelf heb ik nooit bijzonder gewaardeerd. Het was mijn levensonderhoud, meer niet. Iets om eten op tafel te krijgen.'

'Ik denk er net zo over,' zei ik. 'Ik hoef niet te werken, maar ik doe het toch. Ik kijk niet uit naar mijn pensionering.'

'Dat is nog een heel eind weg.'

Ik haalde mijn schouders op. 'Minder dan tien jaar,' zei ik. 'De tijd zal vliegen. Maar kom, laten we het nu niet over mij hebben. Gaat het al beter, mevrouw Goggin?' vroeg ik.

'Het zal op den duur beter gaan,' zei ze voorzichtig. 'Ik heb eerder mensen verloren. Ik heb geweld meegemaakt, ik heb kwezelarij meegemaakt, ik heb vernedering meegemaakt en ik heb liefde meegemaakt. En op de een of andere manier overleef ik altijd. Bovendien heb ik Melanie en de meisjes nog. We hebben een heel hechte band. Ik ben tweeënzeventig jaar, Cyril. Als er een hemel is, dan neem ik aan dat het niet lang zal duren voordat ik Jonathan weer zie. Maar het is zwaar om een kind te verliezen. Het is tegennatuurlijk.'

'Ja.'

'Tegennatuurlijk,' herhaalde ze.

'En was hij de enige?'

'Nee. Lang geleden heb ik nog een zoon verloren.'

'O christus. Wat erg. Dat wist ik niet.'

'Dat was heel iets anders,' zei ze, en ze schudde haar hoofd. 'Hij is niet doodgegaan. Ik heb hem afgestaan. Ik was zwanger, zie je, en nog maar een meisje. Andere tijden natuurlijk. Dat was ook de reden waarom de priester me de kerk uit gooide,' voegde ze er met een bittere glimlach aan toe.

'Ze kennen geen compassie, hè?' zei ik. 'Ze praten over christelijkheid maar het is een loos begrip voor hen, absoluut geen manier van leven.'

'Ik hoorde achteraf dat hijzelf twee kinderen had verwekt bij twee ver-schillende vrouwen, een in Drimoleague en een in Clonakilty. De oude huichelaar.'

'Was hij niet degene die...?'

'O lieve heer, nee!' zei ze. 'Dat was heel iemand anders.'

'En het kind?' vroeg ik. 'Bent u nooit in de verleiding geweest ernaar te gaan zoeken?'

Ze schudde haar hoofd. 'Ik heb naar het nieuws gekeken,' zei ze. 'Ik heb de documentaires en films over afgestane kinderen gezien. Ik denk dat hij me kwalijk zou nemen wat er is misgegaan in zijn leven en daar heb ik de energie niet voor. Ik heb gedaan wat ik destijds dacht dat goed was en ik blijf bij mijn besluit. Nee, een kleine, gebochelde non van de redemptoris-ten heeft hem bij mij weggehaald en ik wist die dag dat ik hem nooit meer terug zou zien en daar heb ik me in de loop der jaren mee verzoend. Ik hoop echt dat hij gelukkig is geworden, en daarmee uit.'

'Goed,' zei ik. Ik kneep in haar hand, ze keek me aan glimlachte.

'Onze paden lijken elkaar af en toe te kruisen, hè?' zei ze.

'Dublin is een kleine stad,' zei ik.

'Inderdaad.'

'Is er iets wat ik voor u kan doen?' vroeg ik.

'Nee. Ik ga nu terug naar Melanie. En jij, Cyril? Waar ga jij heen voor je kerstdiner?'

'Naar het huis van mijn ex-vrouw,' zei ik. 'En haar nieuwe man. Zij nemen alle zwervers op.'

Ze glimlachte en knikte. 'Goed dat jullie allemaal vrienden kunnen zijn,' zei ze.

'Ik laat u liever niet hier alleen,' zei ik. 'Wilt u niet dat ik nog een poosje blijf?'

'Weet je,' zei ze zacht, 'ik denk dat ik liever nog even alleen blijf. Na een poosje sta ik op en vertrek ik. Buiten kan ik een taxi nemen. Maar het was erg goed van je, Cyril, om binnen te komen en me te groeten.'

Ik knikte en stond op. 'Ik leef erg mee met uw verlies, mevrouw Goggin,' zei ik.

'En ik ben blij te horen dat je een nieuw kleinkind hebt. Goed om je weer te zien, Cyril.'

Ik bukte me en kuste haar op de wang, de eerste keer dat ik zoiets intiems met haar deed, en ik liep terug door het middenpad, op weg naar de deur. Toen ik naar buiten stapte, keek ik om en zag haar kaarsrecht op de bank zitten kijken naar het kruisbeeld, en het viel me op dat ze een sterke vrouw was, een goede vrouw. Wat voor God was het die haar een zoon liet verliezen, of zelfs twee?

Ik liep weer in de gang toen een zin die ze had gezegd me weer te binnen schoot en in mijn hersens vlamde als een elektrische schok. 'Een kleine, gebochelde non van de redemptoristen heeft hem bij me weggehaald en ik wist die dag dat ik hem nooit meer terug zou zien.' Ik bleef stilstaan, en zocht met mijn hand houvast bij de muur en leunde met mijn andere arm zwaar op mijn kruk. Ik slikte hevig, draaide me om en keek weer naar de deuren van de kapel.

Ik liep er nogmaals door naar binnen en riep: 'Mevrouw Goggin.'

Ze draaide zich verbaasd om en keek me aan. 'Wat is er, Cyril?' vroeg ze.

'Herinnert u zich de datum?'

'Welke datum?'

'De dag waarop uw zoon werd geboren.'

'Natuurlijk,' zei ze fronsend. 'Oktober 1964. De zeventiende. Het was een...'

Ik onderbrak haar: 'Nee, niet Jonathan. Ik bedoel uw eerste zoon. De zoon die u hebt afgestaan.'

Even zei ze niets, keek me alleen maar aan, vroeg zich af waarom ik in godsnaam een dergelijke vraag stelde. Maar toen vertelde ze het. Ze wist het uiteraard nog heel precies.

2008

De zilveren surfer

Aquabatics met Alejandro

Toen ik op station Heuston aankwam, wierp ik een blik omhoog naar het bord met vertrektijden, maar om te kunnen zien vanaf welk perron onze trein zou vertrekken moest ik mijn ogen half dichtknijpen. Wekenlang had ik me zowel enthousiast als gespannen gevoeld over de ophanden zijnde reis, een reis waarvan ik nooit had gedacht dat een van ons hem zou maken, en nu de dag eindelijk was aangebroken, was ik beducht voor de emoties die bij ons beiden zouden worden opgeroepen. Ik keek om me heen en zag mijn negenenzeventig jaar oude moeder door een van de deuren binnen komen stappen; duidelijk zeer energiek trok ze een rolkoffer achter zich aan. Ik liep op haar toe om hem van haar over te nemen en boog voorover om haar een kus te geven.

'Weg jij,' zei ze, waarmee ze mijn aanbod om te helpen afsloeg. 'Ik geef mijn koffer niet af aan een man met een kruk.'

'Toch wel,' zei ik, en ik wrong hem uit haar handen.

Ze gaf toe en toen ze omhoogkeek naar het bord met de vertrektijden begreep ik dat haar ogen beter waren dan de mijne. 'Op tijd, zie ik,' zei ze. 'De wonderen zijn de wereld nog niet uit.'

Ik verbaasde me er voortdurend over dat ze zo levendig was. Ze had niet eens een eigen huisarts, benadrukte dat ze die niet nodig had omdat ze nooit ziek was.

'Zullen we instappen?' vroeg ik. 'En proberen een goed plaatsje te krijgen?'

'Ga maar voor,' zei ze. We liepen over het perron, op weg naar de verste coupé, waar je het minste kans had op drukte. Er waren groepen jongeren en ouders met kleine kinderen, die in de eerdere wagons gingen zitten en ik wilde zo ver mogelijk verwijderd zijn van hen en hun geluiden.

'Je lijkt wel een oude man, Cyril,' zei mijn moeder toen ik die opmerking maakte.

'Ik bén een oude man,' zei ik. 'Ik ben drieënzestig.'

'Ja, maar je hoeft niet te doen als een oude man. Ik ben negenenzeventig en gisteravond was ik nog in een disco.'

'Dat meen je niet!'

'Echt waar. Nou ja, een diner-dansant. Met een paar vrienden.'

Toen ik eindelijk een coupé vond die me aanstond, klommen we aan boord en gingen aan een tafel tegenover elkaar zitten, beiden aan het raam om naar buiten te kunnen kijken.

'Goed om even te zitten,' zei ze met een zucht. 'Ik ben sinds zes uur op.'

'Waarom zo vroeg?' vroeg ik.

'Om te beginnen de sportschool.'

'Pardon?'

'Ik ben naar de sportschool geweest,' herhaalde ze.

Ik knipperde met mijn ogen, begreep ik haar goed? 'Ga je naar een sportschool?' vroeg ik.

'Ja natuurlijk,' zei ze. 'Waarom? Jij niet?'

'Nee.'

'Ik zie het,' zei ze, met een blik op mijn buik. 'Nou, je zou het eens moeten proberen, Cyril. Van een paar kilo's minder ga je niet dood.'

Ik negeerde haar opmerking en vroeg: 'Sinds wanneer ga je naar de sportschool?'

'O, een jaar of vier geleden,' zei ze. 'Heb ik er nooit over verteld?'

'Nee,' zei ik.

'Melanie schreef me in als verjaardagscadeau toen ik vijfenzeventig werd. Ik ga nu driemaal per week. Een keer voor een *spin class*, een keer voor cardio en een keer voor *aquabatics* met Alejandro.'

'Wat is in vredesnaam aquabatics?' vroeg ik.

'Het is een stelletje ouwe dames in het zwembad die met hun keuken schudden op popmuziek.'

'Wat is je keuken? En wie is Alejandro?'

'Alejandro is een vierentwintigjarige Braziliaanse instructeur. O, Cyril, hij is prachtig! Als we allemaal braaf zijn trekt hij als traktatie zijn hemd uit. Het is maar goed dat we allemaal in het zwembad zitten, want we moeten dan wel afkoelen.'

'Jezus,' zei ik, en ik schudde zowel ontzet als geamuseerd mijn hoofd.

'Ik ben nog niet uitgeblust,' zei ze met een knipoog.

'Ik denk dat ik het niet wil weten.'

'Misschien is Alejandro ook wel homo, eigenlijk,' zei ze. 'Net als jij,' voegde ze daar nog aan toe, alsof ik het vergeten was. 'Ik zou je aan hem kunnen voorstellen als je wilt.'

'Dat zou geweldig zijn,' zei ik. 'Ik weet zeker dat hij niets liever wil dan voorgesteld worden aan een man die oud genoeg is om zijn grootvader te zijn.'

'Misschien heb je gelijk. Hij heeft waarschijnlijk toch al een vent. Nou ja, je zou altijd langs kunnen komen bij aquabatics en op hem geilen zoals wij allemaal doen. Je moet boven de zestig zijn om je in te schrijven.'

'Gebruik dat ene woord alsjeblieft niet, mam,' zei ik. 'Het klinkt echt griezelig uit jouw mond.'

Ze glimlachte en keek uit het raam toen de trein begon te rijden. We hadden een reis van een paar uur naar Cork City voor de boeg, gevolgd door een busrit naar Bantry, waar ik een taxi wilde nemen naar Goleen.

'Zo,' zei ze. 'Heb je nog nieuws voor mij?'

'Niet veel. Een nieuwe vaas gekocht voor de voorkamer.'

'En dat vertel je me nu pas?'

Ik glimlachte. 'Hij is mooi,' zei ik.

'En ben je nog naar die afspraak gegaan?'

'Ja,' zei ik.

'Wat was zijn naam ook weer?'

'Brian.'

'Hoe is dat afgelopen?'

'Niet goed.'

'Waarom niet?'

Ik haalde mijn schouders op. Ik had de vorige donderdagavond in het restaurant The Front Lounge gezeten met een vijftiger die een paar weken eerder uit de kast was gekomen na vierendertig jaar huwelijk. Geen van zijn kinderen sprak nog met hem en hij had daar de hele avond over geklaagd voordat ik een excuus vond om te vertrekken. Voor zoiets had ik geen energie.

'Je moet meer de deur uit gaan,' zei mijn moeder. 'Meer afspraakjes maken.'

'Ik doe het af en toe,' zei ik.

'Eenmaal per jaar.'

'Eenmaal per jaar is voor mij genoeg. Verder ben ik blij zoals ik ben.'

'Ga je wel eens naar chatrooms?'

'Pardon?'

'Chatrooms,' herhaalde ze.

'Wat voor chatrooms?'

'Die waar homoseksuele mannen andere homoseksuele mannen ont-moeten. Je kunt elkaar foto's sturen en zeggen wat voor leeftijd en type man je zoekt, en als je geluk...'

'Is dit een geintje?' vroeg ik.

'Nee, het is erg populair onder homo's,' zei ze. 'Het verbaast me dat je er nog niet van gehoord hebt.'

Ik schudde mijn hoofd. 'Ik denk dat ik vasthoud aan de ouderwetse ma-nier,' zei ik. 'Hoe kan het dat jij zo veel weet over dit soort dingen?'

'Ik ben een zilveren surfer,' zei ze.

'Een wat?'

'Een zilveren surfer,' herhaalde ze. 'O, ik ben heel erg bij, weet je. Ik volg elke woensdagmiddag computerlessen bij Christopher in de bibliotheek in het ILAC-Centre.'

'Trekt hij ook zijn overhemd voor jullie uit?'

'O nee,' zei mijn moeder. Ze schudde haar hoofd en vertrok haar gezicht. 'En dat zou ik ook niet willen. Hij is een beetje een spook.'

'Je hebt te veel opgetrokken met je kleinkinderen,' zei ik.

'Nu je die toch noemt, had ik je al verteld dat Julia inmiddels een vriend-je heeft?' vroeg ze. Julia was haar oudste kleindochter.

'Echt waar?'

'Ja. Ik betrapte ze vorig weekend toen ze samen zaten te kukkelen in de woonkamer. Ik heb niets tegen haar moeder gezegd maar haar even later wel apart genomen en haar verteld dat ze erg voorzichtig moet zijn en haar brievenbus dicht moet houden. Eén gevallen vrouw in de familie is ge-noeg.'

'Wat is kukkelen?' vroeg ik.

'Och kom,' zei ze, rollend met haar ogen. 'Leef jij nog wel, Cyril? Leef je in de eenentwintigste eeuw?'

'Jawel,' protesteerde ik. 'Ik stel me voor dat het een vorm is van...' ik twij-felde tussen verschillende termen, 'een bepaalde seksuele activiteit?'

'Nee, gewoon zoenen,' zei ze. 'Maar van het een komt het ander, neem ik aan. Jonge mensen kunnen hun zelfbeheersing verliezen en ze is nog maar vijftien. Hoewel hij een aardige jongen lijkt, zo op het oog. Heel beleefd. Hij ziet eruit alsof hij zo met Westlife kan meespelen. Als ik zestig jaar jonger was zou ik zelf een gooi doen!' voegde ze er lachend aan toe. 'Nou ja. Hoe gaat het op het werk? Mis ik veel in de Dáil?'

'Nee, niet veel. Het is vrij rustig. Mijn pensionering komt eraan, ik ben er klaar voor.'

'Jij mag niet met pensioen,' zei ze hoofdschuddend. 'Sta ik niet toe. Ik ben niet oud genoeg om een gepensioneerde zoon te hebben.'

'Ik hoef nog maar twee jaar,' zei ik. 'En klaar is Kees.'

'Weet je wat je dan gaat doen?' vroeg ze.

Ik haalde mijn schouders op. 'Misschien een beetje reizen,' zei ik. 'Als ik de energie heb. Ik zou Australië graag zien, maar ik weet niet of dat kan, die reis op mijn leeftijd.'

'Een vriend van mij, van de zilveren surfers, is vorig jaar naar Australië vertrokken,' zei ze. 'Hij heeft een dochter in Perth.'

'Mooie reis geweest?'

'Nee, hij kreeg aan boord een hartaanval en moest in een doodskist worden teruggevlogen uit Dubai.'

'Geweldig verhaal,' zei ik. 'Bemoedigend.'

'Ach, hij had nooit moeten gaan. Hij had al eerder vier hartaanvallen gehad. Hij kon erop wachten. Maar hij was wel erg goed met spreadsheets. En e-mail. Ik vind dat je moet gaan. En neem mij mee.'

'Echt?' zei ik. 'Zou je Australië willen zien?'

'Als jij betaalt, dan wel,' zei ze met een knipoog.

'Het is een ontzettend lange reis.'

'Ze zeggen dat eersteklas heel gerieflijk is.'

Ik glimlachte. 'Ik zal erover denken,' zei ik.

'We zouden het Opera House kunnen zien.'

'Jazeker.'

'En dan de Sydney Harbour Bridge op.'

'Jij misschien. Ik hou niet van hoogtes. En ze zouden me toch niet toelaten met een kruk.'

'Je bent oud voor je leeftijd, Cyril, heeft niemand je dat ooit verteld?'

De trein stopte in Limerick Station; er stapte een jong paar in, dat op de twee banken aan de andere kant van het gangpad ging zitten. Ze zagen eruit alsof ze midden in een ruzie zaten en die een poosje opzoutten zodat niemand er iets van hoorde. Zij kookte duidelijk van woede en hij zat met zijn ogen dicht en zijn vuisten gebald. Er kwam een conducteur langs, die hun kaartjes controleerde, en toen hij naar de volgende wagon liep stak de man, die rond de dertig was, zijn hand in zijn rugzak en haalde er een blikje Carlsberg uit. Hij hield het blikje met duim en derde vinger vast en toen hij het ringetje lostrok belandde er een schuimflard op het gezicht van zijn vriendin.

'Moet dat nou?' vroeg ze.

'Waarom niet?' vroeg hij, en hij pakte het blikje en nam een lange teug.

'Want het zou prettig zijn als je voor één keer eens niet dronken bent om zes uur.'

'Jij zou ook elke dag dronken zijn', zei hij, 'als je met jou moest leven.'

Ik keek weg en ving de blik van mijn moeder op, die op haar lip beet en probeerde niet te lachen.

'En je mag niet roken hier,' zei de vrouw, boos toekijkend hoe hij tabak en een pakje Rizla uit zijn tas haalde. 'Dit is een trein.'

'O ja?' vroeg hij. 'Ik dacht dat het een vliegtuig was en vroeg me al af waarom we nog steeds op de grond waren.'

'Sodemieter op,' zei ze.

'Sodemieter zelf op,' antwoordde hij.

'Je mag hier niet roken,' herhaalde ze, wat luider nu.

'Ik rook niet,' zei hij nadrukkelijk. 'Ik rol ze voor later.' Hij schudde zijn hoofd en keek over het gangpad naar mij en toen naar mijn moeder. 'Hebt u dat al vijftig jaar meegemaakt?' vroeg hij aan mij. Dacht hij dat mijn moeder mijn vrouw was? Ik keek naar hem terug, wist niet wat ik zeggen moest, schudde mijn hoofd maar en richtte me weer op het landschap buiten.

'Treinen zijn erg comfortabel tegenwoordig, hè?' zei mijn moeder, die deed alsof er helemaal niets was gebeurd.

'Ja,' zei ik.

'Anders dan in mijn tijd.'

'O?'

'Ik heb natuurlijk jaren niet in een trein gezeten. En toen ik die eerste keer wegging uit Goleen nam ik de bus en niet de trein. Iets anders kon ik me niet veroorloven.'

'Zo kwam je toch ook voor het eerst Jack Smoot tegen?' vroeg ik.

'Nee, dat was Seán MacIntyre. Jack stond ons op te wachten na de reis.' Ze zuchtte een beetje en deed haar ogen even dicht terwijl ze terugging in de tijd.

'Heb je Jack de laatste tijd nog gesproken?' vroeg ik.

'Ongeveer een maand geleden. Ik ben mijn volgende reis daarheen aan het plannen.'

Ik knikte. We hadden elkaar bijna elk detail van ons leven verteld, maar altijd vermeden één speciale nacht in Amsterdam te noemen, bijna dertig jaar geleden. Het leek makkelijker er niet over te spreken hoewel we allebei wisten dat we er waren geweest.

'Mag ik wat vragen?' vroeg ik.

'Natuurlijk,' zei ze. 'Zeg het maar.'

'Waarom ben je nooit terug geweest?' vroeg ik. 'Naar West-Cork, bedoel ik. Naar Goleen. Terug naar je familie?'

'Dat kon toch niet, Cyril? Ze hebben me eruit getrapt.'

'Nee, dat weet ik. Ik bedoel later. Toen de gemoederen waren bedaard.'

Ze hief haar handen in een onzeker gebaar.

'Ik denk eerlijk gezegd niet dat er iets veranderd zou zijn, zelfs als ik was gegaan,' zei ze. 'Mijn vader was geen man om op welk gebied ook van gedachten te veranderen. Mijn moeder wilde niets van me weten. Ik heb haar een paar keer geschreven maar ze heeft nooit gereageerd. En behalve misschien Eddie stonden mijn broers steevast aan de kant van papa omdat ze stuk voor stuk aasden op de boerderij als hij overleden was en hem niet tegen zich in het harnas wilden jagen. En dan was pater Monroe er nog, die me uiteraard op de rug van een ezel de stad uit gejaagd zou hebben als ik mijn gezicht durfde te laten zien. En je vader... Nou, je vader zou me zeker nooit helpen.'

'Nee,' zei ik, terwijl ik neerkeek op het tafeltje en nerveus krabde aan een vlek op het tafelblad, wat me herinnerde aan de scène in de tearoom van de Dáil met Julian Woodbead, vele jaren geleden. 'Nee, ik denk van niet.'

'En de tweede reden,' vervolgde ze, 'was nog belangrijker. Geld. Reizen was niet makkelijk in die dagen, Cyril, en het weinige dat ik had, spaarde ik om te kunnen overleven. Als ik vakantie wilde, ging ik een paar dagen naar Bray, en in een avontuurlijke bui kon ik zuidwaarts naar Gorey of Arklow reizen. En mettertijd begon ik om de paar jaar naar Amsterdam te gaan. De waarheid is dat ik er nooit zo bij stil heb gestaan, Cyril. Toen ik eenmaal weg was, bedoel ik. Ik had er nooit over gedacht terug te gaan. Ik heb het nooit gewild. Ik heb alles achter me gelaten. Tot vandaag.'

'Oké,' zei ik.

Er kwam nu een ander geluid vanaf de overkant van het gangpad. Ik keek naar het jonge paar, dat zonder dat ik het had gemerkt naast elkaar was gaan zitten. Hij had zijn arm om haar heen geslagen en haar hoofd lag op zijn schouder; zij hield haar ogen half dicht van vermoeidheid, terwijl hij vooroverboog en haar kruin kuste, een plaatje. Wacht een uurtje, dacht ik, wacht tot de trein één keer wiebelt op de wissels en ze vliegen elkaar weer in de haren.

'Kalverliefde,' zei ik, glimlachend naar mijn moeder en knikkend in hun richting.

'Hebben we gehad,' zei ze schouderophalend en met haar ogen rollend. 'Ouwe koek.'

Kenneth

Na die dag in de ziekenhuiskapel hadden we een paar weken gewacht voordat we elkaar opnieuw ontmoetten. Het kon natuurlijk een kwestie van puur toeval wezen, die omschrijving 'een kleine, gebochelde non van de redemptoristen' kon een speling van het lot zijn, die met mijn lijfje was meegereisd door de stad en toen was overgenomen door Charles en Maude. Of had Charles dezelfde gedachte gehad en was dit de voor de hand liggende formulering? En zelfs de geboortedatum had een toevalligheid kunnen zijn geweest. Hoeveel kinderen werden er uiteindelijk in Dublin op dezelfde dag geboren? En toch wist ik op de een of andere manier meteen dat dit geen toeval was; dat we al die jaren in elkaars leven hadden verkeerd zonder ooit te beseffen wie de ander was.

Maar natuurlijk was onze timing verschrikkelijk beroerd. Mijn moeder had net een zoon verloren; ze was er niet aan toe om luttele uren later te verwerken dat ze eventueel een andere zoon had teruggevonden. Ze raakte vreselijk overstuur toen ik bij haar ging zitten en haar vertelde wat ik vermoedde, en ten slotte had ik geen andere keus dan haar schoondochter te bellen, wier telefoonnummer ik van het ziekenhuis kreeg, en haar in een taxi naar haar huis sturen. Daarna heb ik een paar weken gewacht voordat ik haar een brief schreef – Jonathans begrafenis heb ik niet bijgewoond, hoe graag ik ook wilde – en duidelijk maakte dat ik niets van haar nodig had en dat ik niet zo'n ongelukkige ziel was die genoegdoening zocht na vele decennia eerder door iemand te zijn afgestaan. Ik wilde alleen maar met haar praten, meer niet, elkaar beter leren kennen op een manier die we tot nu toe niet hadden ondernomen.

Na verloop van tijd reageerde ze.

'We kunnen elkaar ontmoeten,' zei ze. 'We kunnen elkaar ontmoeten en elkaar spreken.'

En zo troffen we elkaar in hotel Buswells, tegenover de Dáil Éireann, op een donderdagavond na het werk. Ik kon die dag nauwelijks stil blijven zitten, zo gespannen was ik door wat er in het verschiet lag, maar zodra ik de weg overstak begon ik me vreemd rustig te voelen. De bar was vrij leeg, behalve dat de minister van Financiën met zijn hoofd in zijn handen en schijnbaar huilend boven zijn Guinness in een hoek zat. Ik keek niet in zijn richting, want ik wilde niet betrokken raken bij een of andere krankzinnige toestand. Om me heen kijkend zag ik aan de andere kant van de bar mevrouw Goggin zitten, zoals ik haar in gedachten toen nog steeds noemde. Ik wuifde toen ik dichterbij kwam en zij glimlachte nerveus terug. Ze had een bijna lege kop thee voor zich staan en ik vroeg haar of ze nog een kop wilde.

'Wat ga jij nemen?' vroeg ze. 'Alcohol?'

'Misschien bier,' zei ik. 'Ik heb dorst na de werkdag.'

'Dan wil je misschien wel zo goed zijn er voor mij ook een te halen.'

'Een pint?' vroeg ik verbaasd. 'Lager?'

'Guinness,' zei ze. 'Als je het niet erg vindt. Misschien heb ik het nodig.'

Op de een of andere manier deed het me genoegen dat we allebei alcohol zouden nemen; het zou de scherpe randjes van het gesprek slijpen, besloot ik.

'*Sláinte*,' zei ik toen ik terug was en mijn glas hief. Zij hief het hare en we proostten, zonder elkaar recht in de ogen te kijken zoals het hoort op zulke momenten. Ik wist niet wat we daarna precies moesten doen, en een poosje zaten we rustig tegenover elkaar te babbelen over het weer en de kwaliteit van de stoffering.

'Welaan dan,' zei ze.

'Welaan dan,' zei ik haar na. 'Hoe is het u vergaan?'

'Zoals kan worden verwacht.'

'U hebt een verschrikkelijk verlies geleden.'

'Ja.'

'En uw schoondochter en de meisjes?'

Ze haalde haar schouders op. 'Ze zijn opvallend sterk, alle drie,' zei ze. 'Dat bewonder ik het meest aan Melanie. Maar ik hoor haar 's nachts huilen in haar slaapkamer. Zij en Jonathan hielden heel veel van elkaar. Natuurlijk waren ze sinds hun tienertijd samen, en had hij nog vele tientallen jaren moeten blijven leven. Maar jij weet toch ook wat het betekent om iemand te jong te verliezen?'

'Ja,' zei ik. Ik had haar vele jaren eerder, toen ze nog steeds in de tearoom werkte, verteld over Bastiaan.

'Wordt het ooit makkelijker?' vroeg ze.

Ik knikte. 'Ja,' zei ik. 'Je komt op een punt waarop je beseft dat je leven hoe dan ook verder moet. Je besluit te leven of je besluit te sterven. Maar er zijn momenten, dingen die je ziet, een grappig voorval op straat of een goede grap die je hoort, een televisieprogramma dat je met iemand wilt delen, en dan merk je dat je de overleden persoon vreselijk mist. Het is absoluut geen verdriet, het is meer een soort bitterheid over de wereld die ze van je heeft afgepakt. Ik denk uiteraard elke dag aan Bastiaan. Maar ik ben gewend geraakt aan zijn afwezigheid. In sommige opzichten was het zelfs moeilijker geweest te wennen aan zijn aanwezigheid destijds toen we begonnen uit te gaan.'

'Hoe kwam dat?' vroeg ze.

'Omdat het nieuw voor mij was,' zei ik. 'Ik maakte er een puinhoop van in mijn jonge jaren. Dus toen ik eindelijk een normale, gezonde relatie bleek te hebben wist ik niet precies hoe ik daarmee moest omgaan. Andere mensen leren die trucs op veel jongere leeftijd.'

'Hij heeft ze wel heel goed verzorgd achtergelaten,' zei ze. 'Jonathan, bedoel ik. Dus daar moeten we dankbaar voor zijn. En Melanie is een geweldige moeder. Ik woon er sinds Kerstmis. Maar het is tijd om terug te gaan naar mijn eigen huis. Dat gaat volgende week trouwens gebeuren.'

'U praat steeds over uw schoondochter,' zei ik. 'Maar hoe gaat het met uzelf? Hoe redt u het?'

'Nou, ik zal er nooit overheen komen,' zei ze schouderophalend. 'Een ouder kan dat nooit. En op de een of andere manier moet ik een manier vinden om daarmee om te gaan.'

'En Jonathans vader?' vroeg ik, want hem had ik nooit horen noemen.

'O, die is al lang verdwenen,' zei ze. 'Hij was gewoon een man die ik ontmoette. Ik weet zelfs amper meer hoe hij eruitzag. Het zat namelijk zo, Cyril: ik wilde een kind, een kind dat ik kon houden, en ik had de hulp van een man nodig om de baby te produceren. Hij wandelde in de loop van één nacht mijn leven in en uit, en dat was alles wat ik ooit van hem heb geweten en gewild. Kom ik daardoor niet over als een vreselijk lichtzinnige vrouw?'

'U klinkt als iemand die de baas wilde worden over haar lotsbestemming. Die nooit meer wilde dat iemand haar vertelde wat ze moest doen.'

'Misschien,' zei ze, daarover nadenkend. 'Hoe dan ook, in de praktijk was Jonathan van toen af aan het enige wat ik nodig had. Hij was een goede zoon. En ik denk dat ik een goede moeder was.'

'Daar twijfel ik geen moment aan.'

'Word je daar boos om?'

Ik fronste. 'Waarom zou ik?' vroeg ik.

'Omdat ik voor jou geen goede moeder ben geweest.'

'Ik schiet er niets mee op u overal de schuld van te geven,' zei ik tegen haar. 'Ik heb dat met zoveel woorden ook in mijn brief gezegd. Ik zoek geen ruzie en ik wil ook geen trammelant. Daar ben ik te oud voor. Wij allebei.'

Ze knikte en leek bijna te gaan huilen. 'Ben je daar zeker van?' vroeg ze. 'Zijn het niet louter woorden?'

'Ik weet het zeker. Hier is geen drama nodig. Geen enkel.'

'Je moet wel heel lieve ouders hebben gehad om zo te voelen.'

Daar dacht ik over na. 'Het waren vooral heel ráre ouders,' zei ik. 'Geen van beiden was wat je noemt een "gewoon mens". En ze hadden een zeer merkwaardige benadering van het ouderschap. Soms voelde ik me alsof ik weinig meer was dan een huurder in hun huis, alsof ze niet eens precies wisten wat ik daar eigenlijk deed. Maar ze hebben me nooit mishandeld en nooit pijn gedaan. En misschien hielden ze alle twee op hun eigen manier van mij. Het fenomeen "houden van" was hun misschien enigszins vreemd.'

'En hield jij van hen?'

'Jazeker,' zei ik zonder aarzeling. 'Ik hield heel veel van allebei. Ondanks alles. Anderzijds doen kinderen dat meestal. Ze zoeken veiligheid en geborgenheid, en Charles en Maude zorgden daarvoor, op de een of andere manier. Ik ben niet rancuneus aangelegd, mevrouw Goggin,' voegde ik eraan toe. 'Elke rancune is mij vreemd.'

'Vertel eens over hen,' zei ze.

Ik haalde mijn schouders op. 'Waar moet ik beginnen, dat valt niet mee,' zei ik. 'Charles was bankier. Hij was heel rijk, maar lichtte steevast de belasting op. Hij heeft er een paar keer voor in de gevangenis gezeten. En in zijn jonge jaren hield hij er altijd een hele ris vrouwen op na. Maar hij was grappig. Al vertelde hij mij altijd dat ik geen echte Avery was. Daar zat ik eigenlijk niet op te wachten.'

'Dat klinkt nogal gemeen van zijn kant.'

'Ik denk eerlijk gezegd niet dat het hardvochtigheid was. Het was meer een feitelijkheid. Hoe dan ook, hij is nu dood. Beiden zijn dood. En ik was erbij toen hij overleed. Ik mis hem nog steeds.'

'En je moeder?'

'Pleegmoeder,' zei ik.

'Nee,' zei ze, en ze schudde haar hoofd. 'Ze was je moeder. Niet onaardig zijn.'

Iets in de manier waarop ze dat stelde bracht tranen in mijn ogen. Want natuurlijk had ze gelijk. Als íemand mijn moeder was geweest, was het Maude.

'Maude was schrijfster,' zei ik. 'Dat weet u toch?'

'Ja,' zei ze. 'Ik heb de meeste van haar boeken gelezen.'

'Vindt u ze mooi?'

'Heel, heel mooi. Haar werk staat bol van compassie. Ze moet een zeer zorgzame vrouw zijn geweest.'

Ik lachte onwillekeurig. 'Nee, dat was ze niet,' zei ik. 'Ze was een stuk koeler dan Charles. Ze bracht het merendeel van haar tijd door in haar werkkamer, schrijvend en rokend, en dook maar af en toe op, in een mistwolk waarmee ze alle bezoekende kinderen de stuipen op het lijf joeg. Volgens mij tolereerde ze mijn aanwezigheid in huis amper. Soms zag ze me als een bondgenoot en soms als een bron van ergernis. Maar ze is inmiddels al een hele tijd dood. Bijna vijftig jaar. Ik denk veel over haar na, want op de een of andere manier is ze duidelijk een deel van het Ierse nationale gevoel geworden. De boeken, de films. Het feit dat iedereen haar lijkt te kennen. Wist u dat ze tegenwoordig op de theedoek staat?'

'De theedoek?' vroeg ze. 'Wat bedoel je?'

'Dat is iets van schrijvers,' legde ik uit. 'Kent u dat plaatje niet, acht oude mannen die het Ierse neusje van de zalm zouden zijn? Yeats,

O'Casey, Oliver St John Gogarty, noem ze allemaal maar op. Dat plaatje staat overal op affiches, mokken, placemats en onderzetters. Maude zei altijd dat ze nooit een vrouw op de theedoek zouden zetten. En jarenlang had ze gelijk, maar uiteindelijk deden ze het toch. Want zij staat nu pal in het midden.'

'Als erfenis stelt het niet veel voor,' zei ze aarzelend.

'Nee, waarschijnlijk niet.'

'En had je geen broers of zussen?'

'Nee,' zei ik.

'Wilde je dat ook niet?'

'Het zou leuk zijn geweest,' zei ik. 'Ik heb u in het verleden uiteraard verteld over Julian. Ik denk dat hij een soort broer was. Totdat ik besefte dat ik verliefd op hem was. Ik wou dat ik Jonathan had gekend.'

'Ik denk dat je hem graag had gemogen.'

'Daar twijfel ik niet aan. Die ene keer dat we elkaar hebben ontmoet, vond ik hem erg leuk. Heel navrant dat u en ik alleen maar contact hebben kunnen leggen dankzij zijn overlijden.'

'Nou, Cyril,' zei ze; ze boog zich voorover en verraste me met haar woordkeus. 'Als er één ding is dat ik heb geleerd in meer dan zeventig jaar leven is het dat de wereld een volstrekt rottige puinhoop is. Je weet nooit wat je te wachten staat en het is vaak iets vervelends.'

'U hebt een behoorlijk cynische kijk op de wereld, mevrouw Goggin,' opperde ik.

'Daar ben ik niet zo zeker van,' zei ze. 'En wat mij betreft moeten we dat "mevrouw Goggin" misschien maar eens afschaffen, vind je niet?'

Ik knikte. 'Ik weet niet precies hoe ik u zou moeten noemen,' zei ik.

'Catherine bijvoorbeeld?'

'Goed, Catherine,' zei ik.

'Ik heb me in de Dáil nooit door iemand zo laten noemen,' zei ze. 'Ik moest daar gezag hebben. Ik weet nog dat Jack Lynch me een keer bij mijn voornaam noemde. Ik keek hem recht in de ogen en ik zei: "Taoiseach, als u me ooit nog eens bij die naam noemt, wordt u voor een maand uit de tearoom verbannen." De volgende dag kreeg ik een bos bloemen en een excuusbriefje gericht aan "mevrouw Goggin". Aardige man,' voegde ze daaraan toe. 'Natuurlijk kwam hij ook uit Cork. Net als ik. Maar ik heb het hem niet aangerekend.'

'Ik had nooit gedacht dat ik u... dat ik je nog eens bij je voornaam zou noemen,' zei ik. 'Ik was doodsbang voor je. Iedereen was doodsbang.'

'Voor mij?' vroeg ze lachend. 'Ik ben echt heel lief. Ik kan me je nog herinneren als kleine jongen. Weet je nog die dag dat je met je makker binnenkwam en beweerde oud genoeg te zijn om te mogen drinken en ik jullie eruit moest zetten?'

'Ja,' zei ik, lachend toen ik me de lol herinnerde waar Julian in die dagen voor kon zorgen met zijn kattenkwaad en zijn lef. 'Maar in één moeite door zette je een van de priesters op zijn nummer.'

'Echt waar?'

'Jazeker. Volgens mij was hij nog nooit zo toegesproken. Laat staan door een vrouw. Ik denk dat hem dat nog het nijdigst maakte.'

'Goed van mij,' vulde ze aan.

'Ja, goed van jou.'

'Dat was de jongen die ontvoerd werd, hè?' vroeg ze.

'Inderdaad. Niet lang daarna eigenlijk.'

'Wat een toestand was dat toen. Hebben ze niet een van zijn oren afgesneden?'

'Eén oor,' zei ik. 'En een vinger. En een teen.'

'Verschrikkelijk,' zei ze, en ze schudde haar hoofd. 'En de kranten waren meedogenloos toen ze erachter kwamen hoe hij aan zijn eind was gekomen.'

'Walgelijk was dat,' zei ik, en in mij voelde ik de woede groeien. Ik had gezegd dat ik niet rancuneus was maar telkens als ik daaraan terugdacht merkte ik dat die gevaarlijke emotie diep in mijn ziel op de loer lag. 'Jarenlang had niemand een woord over hem gerept en toen vonden ze het leuk om het land te vertellen hoe het hem was vergaan. Ik herinner me een vrouw die opbelde naar een radiozender om te vertellen dat ze hem als kind zo sympathiek had gevonden terwijl ze nu alleen nog maar walging voelde. "Het zou beter zijn voor iedereen," zei ze, "als alle homo's werden opgepakt en tegen de muur werden gezet voordat ze hun ziekte kunnen verspreiden."'

'Maar hij was niet homoseksueel, hè?' vroeg ze.

'Nee, dat was hij niet.'

'Arme jongen,' zei ze. 'Maar zo is Ierland nu eenmaal. Denk je dat het hier ooit zal veranderen?'

'Dat maken wij niet meer mee,' zei ik.

Tot mijn verbazing nam ze even later haar hoofd in haar handen, net zoals de minister van Financiën aan de andere kant van de bar, en ik stak mijn hand naar haar uit, bang dat ik iets had gezegd dat haar had geschokt.

'Mevrouw Goggin,' zei ik. 'Catherine, voel je je wel goed?'

'Ik voel me uitstekend,' zei ze. Ze nam haar handen weg en zei met een vaag glimlachje: 'Kijk, Cyril, er moeten dingen zijn die je wilt weten. Waarom vraag je het me niet gewoon?'

'Ik wil niets weten wat je niet wilt vertellen,' zei ik. 'Zoals ik al zei is het niet mijn bedoeling je pijn te doen of in de war te brengen. We kunnen praten over het verleden en we kunnen het ook gewoon laten rusten en naar de toekomst kijken. Wat je het liefst hebt.'

'Het vreemde is dat ik er nooit over gesproken heb,' zei ze. 'Met niemand. Niet met Seán of Jack. Zelfs niet met Jonathan. Hij wist niets over jou en over wat er in 1945 in Goleen was gebeurd. Dat vind ik nu jammer. Ik weet niet waarom ik het hem nooit heb verteld. Ik had het moeten doen. Hij zou het niet erg gevonden hebben, dat weet ik. En hij zou je hebben willen zoeken.'

'Ik moet toegeven,' zei ik aarzelend, 'dat ik benieuwd ben. Ik wil graag weten wat jou van daar naar hier heeft gebracht.'

'Natuurlijk,' zei ze. 'Er zou iets mis met je zijn als je dat niet deed.' Ze nam een lange pauze en een slokje van haar bier. 'Ik denk...' zei ze uiteindelijk, 'ik denk dat ik moet beginnen met mijn oom Kenneth.'

'Goed.'

'Tja, dit gaat heel ver terug, dus je zult geduld moeten hebben. Ik ben grootgebracht in een dorpje in West-Cork dat Goleen heet. Mijn geboortejaar is 1929, dus ik was pas zestien toen het allemaal gebeurde. En ik hoorde uiteraard tot een gezin. Zoals iedereen had ik een vader en een moeder. En een zwerm broers, stuk voor stuk achterlijker dan hun voorganger, behalve de jongste, Eddie; dat was een leuke vent, maar waarschijnlijk wat bedeesder dan goed voor hem was.'

'Ik heb zelfs nog nooit gehoord van Goleen,' zei ik.

'Niemand,' zei ze. 'Behalve degenen onder ons die daarvandaan komen of er woonden. Zoals ik. En mijn familie. En mijn oom Kenneth.'

'Had je een hechte band met hem?' vroeg ik.

'Ja,' zei ze. 'Hij was amper tien jaar ouder dan ik en had altijd een speciale belangstelling voor mij gehad want we hadden hetzelfde gevoel voor humor, en ik was gewoon gek op hem. O, hij was zo knap, Cyril! Hij was de enige man op wie ik ooit echt verliefd ben geweest. Je moet wel weten dat hij eigenlijk geen bloedverwant was. Hij was getrouwd met mijn tante Jean, de zus van mijn moeder. Kenneth zelf kwam uit Tipperary, als ik me goed herinner, maar natuurlijk vonden we dat niet erg. Iedereen mocht hem graag, zie je. Hij was lang van stuk en grappig; hij leek een beetje op Errol Flynn. En hij kon moppen tappen en geweldig imiteren. Bovendien was hij een duivelskunstenaar op de accordeon en als hij zo'n nostalgisch liedje zong kon niemand in huis de ogen drooghouden. En ik was destijds eigenlijk nog maar een kind. Zestien jaar oud, een dom meisje met malle ideeën in mijn hoofd. Ik was dol op hem en ik zorgde ervoor dat hij ook dol op mij was.'

'Hoe?' vroeg ik.

'Nou, ik verleidde hem, denk ik,' zei ze. 'Ik flirtte voortdurend met hem en zocht constant naar mogelijkheden om met hem alleen te zijn. Ik wist eigenlijk niet eens wat ik deed, maar het voelde goed, dat wist ik wel. Ik fietste geregeld naar zijn boerderij en praatte met hem over het hek heen, met mijn rok schaamteloos opgeschort. En ik was mooi, moet je weten, Cyril. Ik was een heel mooi meisje op die leeftijd. De helft van de jongens in het dorp probeerde me altijd mee te krijgen om te gaan dansen. Maar ik had alleen oog voor Kenneth. Aan de rand van het dorp was een meer, daar zag ik hem een keer met mijn tante Jean. Het was 's avonds laat en ze waren een duik gaan nemen. En allebei spiernaakt. Dat was een openbaring voor mij. Ik zag hoe hij haar vasthield en de dingen die hij met haar deed. En ik wilde dat hij mij ook zo vasthield en met mij ook die dingen deed.'

'Heb je hem dat verteld?'

'Een hele poos niet. Kenneth en mijn tante Jean pasten namelijk geweldig goed bij elkaar, vond iedereen. Ze liepen hand in hand door het dorp, wat in die dagen werd beschouwd als enigszins uitdagend, zelfs voor een getrouwd stel. Ik geloof dat pater Monroe ze er een keer op heeft aangesproken. Hij zei dat ze daarmee de immoraliteit onder de jeugd in de hand werkten, dat als ze zich niet inhielden, jonge jongens en meisjes hun voorbeeld zouden volgen en van alles gingen ondernemen. Ik weet nog dat Kenneth me dat vertelde en zich een ongeluk lachte. "Kun je je dat voorstellen, Catherine," zei hij. "Jean en ik lopen hand in hand en opeens verandert Goleen in Sodom en Gomorra!" En wat deed ik? Ik liet alleen mijn hand in die van hem glijden en zei dat hij in plaats daarvan misschien mijn hand maar een tijdje moest vasthouden; ik zie nu nog de blik op zijn gezicht. De schok en het verlangen. O, ik hield van de macht die ik over hem had! De macht die ik in me voelde! Je zult dit niet begrijpen, maar het is iets wat elk meisje op een bepaald punt in haar leven beseft, meestal als ze zo rond de zestien is. Misschien tegenwoordig zelfs al eerder. Dat ze meer macht heeft dan alle mannen in de buurt bij elkaar, want mannen zijn zwak en laten zich leiden door hun verlangens en hun wanhopige behoefte aan vrouwen, maar vrouwen zijn sterk. Ik heb altijd geloofd dat als vrouwen de macht die ze hebben nou eens collectief zouden inzetten, ze de wereld kunnen besturen. Maar ze doen het niet. Ik weet niet waarom niet. En ondanks al hun zwakheid en domheid zijn mannen slim genoeg om te weten dat het belangrijk is de baas te zijn. Dat hebben ze in elk geval op ons voor.'

'Moeilijk voor mij om me daarmee te identificeren,' zei ik. 'Ik heb nooit enige macht gehad. Ik was altijd degene die begeerde, niet degene die begeerd werd. Ik was altijd degene vol verlangen maar ik geloof dat in mijn hele leven Bastiaan de enige man was die op zijn beurt naar mij verlangde. Al die jongens in mijn jeugd, die wilden niet mij. Ze wilden alleen maar een lijf, alleen maar iemand om aan te raken en vast te houden. Ik had willekeurig wie voor hen kunnen zijn, maar Bastiaan was anders.'

'Omdat hij van je hield.'

'Omdat hij van me hield.'

'Nou, misschien was je wel beter af. Meisjes kunnen een heleboel problemen veroorzaken en andere mannen zullen ze dat vergeven als ze zelf een kans krijgen. Ik begreep absoluut niet wat voor probleem ik veroorzaakte. Maar zoals gezegd, ik vond het gevoel heerlijk en ging dus door, ik zorgde dat die man meer naar mij verlangde dan hij ooit naar iemand had verlangd, en toen ik hem zo ongeveer stapelgek had gemaakt en hij het niet meer hield, kwam hij op een dag naar me toe toen ik op zijn boerderij was, greep me vast en drukte zijn lippen op de mijne en natuurlijk kuste ik hem terug. Ik kuste hem zoals ik voor en na die tijd niemand heb gekust. En toen leidde het een tot het ander en voordat ik het wist zaten we midden in wat mensen naar ik aanneem "een affaire" zouden noemen. Ik kwam na schooltijd naar de boerderij en hij nam me mee naar de hooischuur en ja, daar gingen we, we dolden als gekken in het rond.'

'Dus hij was het?' vroeg ik. 'Mijn vader?'

'Ja. En de arme man werd gemarteld door de hele situatie,' zei ze. 'Want hij hield echt van mijn tante Jean en voelde zich verschrikkelijk door wat hij allemaal had gedaan. Elke keer als we hadden gevrijd, begon hij te huilen. Soms voelde ik met hem mee en soms dacht ik dat hij alleen maar van twee walletjes wilde eten. De enige keer dat ik bang werd was toen hij zei dat hij Jean in de steek zou laten en dat wij er samen vandoor konden gaan.'

'Wilde je dat niet?'

'Nee, dat was te veel voor mij. Ik wilde wat we hadden en ik wist heel goed dat als we dat zouden doen, hij binnen een maand genoeg van me zou hebben. Vanaf toen begon ik me schuldig te voelen over wat ik had gedaan.'

'Ja, maar je was nog een kind,' zei ik. 'Hij was een volwassen man. Hoe oud was hij? Vijfentwintig? Zesentwintig?'

'Zesentwintig.'

'Dan was hij verantwoordelijk voor zijn daden.'

'Ja natuurlijk. Maar ik denk niet dat hij het ooit in zijn hoofd zou hebben gehaald iets met mij te beginnen als ik hem niet had aangevuurd, aangevuurd en nog eens aangevuurd. Hij was er niet het type voor. Hij was een goede man, dat zie ik nu. En uiteindelijk, toen de opwinding van wat we deden begon te tanen, maakte hij het uit en smeekte me het niemand te vertellen, en natuurlijk, zo jong als ik was en zo dom als ik was, stond ik op mijn achterste benen, ik zei dat ik er niets van wilde weten, dat ik me niet door hem aan de kant liet schuiven nadat hij zijn pleziertjes had gehad. Maar hij was onvermurwbaar en op een dag begon hij weer te huilen waar ik bij was, en zei dat de man waarin hij veranderde niet de man was die hij ooit had willen zijn. Hij zei dat hij misbruik van me had gemaakt, van mijn jeugd, omdat hij zwak was en hij wilde teruggaan en alles anders doen. Hij smeekte me de hele zaak te vergeten, wilde dat we teruggingen naar de vroegere situatie en ik weet het niet, maar uit zijn verwarring concludeerde ik dat ik iets vreselijks had gedaan. En ik huilde ook en we omhelsden elkaar en we gingen als vrienden uiteen en zwoeren dat we nooit zouden spreken over wat er tussen ons had plaatsgevonden en dat het nooit meer zou gebeuren. Het was afgelopen, dat spraken we af. En als de gebeurtenissen niet tegen ons hadden samengespannen, dan denk ik dat we ons allebei daaraan zouden hebben gehouden. Dan was het voorbijgegaan. En mettertijd zou het allemaal vergeten zijn. Een verschrikkelijke vergissing van jaren geleden, niet meer.'

'Dus wat gebeurde er?' vroeg ik.

'Nou, jij gebeurde natuurlijk,' zei ze. 'Ik merkte dat ik zwanger was. En in die tijd bestond er op het platteland geen grotere schande. Ik wist niet wat ik moest doen of wie ik in vertrouwen moest nemen en uiteindelijk kwam mijn moeder erachter en zij vertelde het mijn vader en die vertelde het de priester en de volgende dag stond die smeerlap op de preekstoel van de Onze-Lieve-Vrouwe Sterre der Zee, en maakte me ten overstaan van mijn familie en al onze buren uit voor hoer.'

'Gebruikte hij dat woord?'

'Natuurlijk. In die tijd hadden de priesters in Ierland het voor het zeggen en die haatten vrouwen. O mijn god, wat haatten ze vrouwen en alles wat te maken had met vrouwen en alles wat te maken had met het lichaam, het denken en de begeerte van vrouwen. Elke kans die ze kregen om een vrouw te vernederen of te kleineren pakten ze met beide handen aan. Ik denk dat het kwam omdat ze allemaal zo veel zin hadden in vrouwen en ze toch niet konden krijgen. Behalve natuurlijk als ze het stiekem deden. Wat ook gebeurde. O, Cyril, hij zei zulke verschrikkelijke dingen over mij die ochtend! En hij deed me pijn. Als hij had gekund had hij me doodgeschopt, dat geloof ik zeker. En hij werkte me voor het oog van de hele parochie de kerk uit, gooide me naar buiten en maakte me te schande, zestien jaar oud en geen penny op zak.'

'En Kenneth?' vroeg ik. 'Hielp hij je niet uit de brand?'

'Hij probeerde het, op zijn manier,' zei ze. 'Hij kwam de kerk uit en probeerde me geld te geven en ik scheurde het voor zijn neus in stukken. Ik had het moeten aannemen! En in mijn kinderachtigheid gaf ik hem de schuld van wat er was gebeurd, maar volstrekt ten onrechte, dat zie ik nu wel in. Ik heb mijn aandeel in de schuld. De arme Kenneth was bang dat iemand erachter zou komen dat hij de vader was, dat zou natuurlijk zijn ondergang zijn geweest. Het schandaal zou hem het leven hebben gekost. Hoe dan ook, ik nam diezelfde dag de bus naar Dublin en kwam vervolgens bij Seán en Jack te wonen, tot de avond waarop Seáns vader opdook om het tweetal te vermoorden en daar bijna nog in slaagde ook. Hoe Jack Smoot overleefde zal ik nooit weten. In die nacht ben jij geboren. Het lichaam van Seán lag koud te worden in de woonkamer en Jack lag naast mij in een plas van zijn eigen bloed, dat zich vermengde met mijn bloed toen jij schreeuwend ter wereld kwam. Maar kijk, ik had een plan. Ik had dat plan maanden vooraf geregeld met de kleine, gebochelde non van de redemptoristen die meisjes zoals ik hielp. Gevallen meisjes. Het plan was dat ze de pasgeboren baby van me weg zou nemen en zou bezorgen bij een gezin dat graag een eigen kind wilde maar om welke reden ook geen kind kon krijgen.'

Ik keek naar de tafel en deed mijn ogen dicht. Dat was mijn geboorte. Zo was ik aan Dartmouth Square terechtgekomen, bij Charles en Maude.

'De waarheid is,' vervolgde ze, 'ik was zelf nog een kind. Ik kon nooit de zorg voor een baby op me nemen. We zouden het geen van beiden hebben gered, als ik je had gehouden. En dus deed ik wat ik dacht dat goed was. En ik denk nog steeds dat ik gelijk had. Dus als wij samen nog een toekomst krijgen, Cyril, jij en ik, dan neem ik aan dat ik jou die vraag moet stellen. Vind je dat ik de juiste beslissing heb genomen?'

Goleen

De Onze-Lieve-Vrouwe Sterre der Zee baadde in het zonlicht op de middag waarop we aankwamen. Langzaam, zwijgend liepen we samen over het pad naar het kerkhof, en ik bleef achter toen ze rond de stenen begon te lopen en de namen van de doden las.

Ze bleef bij een van de zerken stilstaan en zei: 'William Hobbs.' Ze schudde haar hoofd. 'Ik herinner me hem. Hij zat begin jaren veertig bij mij op school. Hij stak zijn hand altijd onder de rokken van de meisjes. De meester sloeg hem er bont en blauw voor. Kijk, er staat dat hij in 1970 is overleden. Ik vraag me af wat er met hem is gebeurd...' Ze liep verder en keek naar een paar andere. 'En dit is mijn neef Tadhg,' zei ze. 'En dat moet zijn vrouw zijn geweest, Eileen. Ik kende destijds een Eileen Ní Breathnach. Is hij met haar getrouwd, vraag ik me af...' Toen bleef ze staan bij een rijkversierde steen en bracht angstig een hand naar haar mond. 'O goeie god,' zei ze. 'Pater Monroe! Pater Monroe ligt hier ook begraven!'

Ik liep naar haar toe en las de inscriptie op het marmer. Er stond:

PATER JAMES MONROE, 1890-1968.
GELIEFDE PAROCHIEPRIESTER.
EEN VRIENDELIJKE, VROME MAN.

'Zijn kinderen worden natuurlijk niet genoemd op de grafsteen,' zei ze hoofdschuddend. 'Ik wed dat de parochianen de vrouwen die ze baarden hebben aangeklaagd toen ze hem in het graf lieten zakken. De vrouwen zijn altijd hoeren; de priesters zijn altijd de goeden die het verkeerde pad op werden geholpen.'

Tot mijn verbazing knielde ze neer naast het graf. 'Kent u me nog, pater Monroe?' vroeg ze zachtjes. 'Catherine Goggin. U hebt mij in 1945 uit de parochie gegooid omdat ik zwanger was. U hebt geprobeerd me kapot te krijgen maar dat is u niet gelukt. U was een vreselijk monster van een man en waar u nu ook bent, u zou zich moeten schamen voor de manier waarop u uw leven hebt geleid.'

Ze keek alsof ze de steen met haar blote handen uit de grond wilde rukken en op haar knie breken maar uiteindelijk stond ze zwaar ademend op en liep door. Onwillekeurig vroeg ik me af wat er met haar gebeurd zou zijn als de priester haar met compassie en niet met wraakgevoelens had benaderd, was gaan praten met mijn grootvader en hem had geholpen te beseffen dat we allemaal fouten maken. Als de parochie mijn moeder niet had verstoten maar zich achter haar had geschaard.

Ik doolde rond, bekeek op eigen houtje de grafstenen en bleef met een ruk staan toen ik die van Kenneth O'Ríafa zag. Er was geen bijzondere reden waarom hij me opviel behalve de toevoeging onder zijn naam: EN ZIJN VROUW JEAN. Ik controleerde de data. Deze Kenneth was geboren in 1919, dat klopte precies. En gestorven in 1994, het jaar waarin ik aan Charles' doodsbed had gezeten. Wie, vroeg ik me af, had aan het doodsbed van Kenneth gezeten? Jean niet, want die was vijf jaren eerder overleden, in 1989.

'Nou, daar is hij,' zei mijn moeder, die bij me kwam staan en de inscriptie bekeek. 'Maar zie je wat ze hebben gedaan?'

'Wat?' vroeg ik.

'Tante Jean overleed eerst,' zei ze, 'en kreeg haar grafsteen met de tekst JEAN O'RÍAFA 1921-1989. Maar toen hij stierf moeten ze haar steen hebben weggenomen en draaide het allemaal om hem. KENNETH O'RÍAFA. EN ZIJN VROUW JEAN. Toevoeging achteraf. De mannen krijgen het cadeau, hè? Dat moet toch geweldig voor ze zijn.'

'Geen kinderen op de grafsteen,' zei ik.

'Ik zie het.'

'Dat is dus mijn vader.' Die woorden, meer voor mezelf dan voor iemand anders, voegde ik er heel zacht aan toe. Ik wist niet hoe ik me moest voelen. Ik wist niet hoe ik me hoorde te voelen. Ik had hem nooit gekend. Maar door de manier waarop mijn moeder het vertelde, was hij niet noodzakelijkerwijs de slechterik van het stuk. Misschien waren er helemaal geen slechteriken in het verhaal van mijn moeder. Alleen mannen en vrouwen die probeerden hun best te doen ten aanzien van elkaar. Vergeefs.

'Al deze mensen,' zei ze somber. 'En al die problemen. En kijk, ze zijn nu allemaal dood. Dus waar is het uiteindelijk allemaal goed voor geweest?'

Toen ik om me heen keek, zag ik Catherine niet meer. Ik keek in de richting van de kerkdeuren en zag haar in de kerk verdwijnen. Ik liep nog even niet achter haar aan maar bleef tussen de graven dwalen, las de namen en de data, dacht na over de kinderen die zo jong waren overleden en vroeg me af wat er met hen was gebeurd. Ik was geruime tijd in gedachten verzonken en keek ten slotte op naar de bergen om me heen, naar het dorp dat ik langs de weg zag liggen. Dat was dus Goleen. Hier kwamen mijn vader en moeder dus vandaan. Mijn grootouders. Hier was ik geconcipieerd en zou ik, als de wereld anders was geweest, zijn opgegroeid.

'Je bent aan het bidden,' zei ik een paar minuten later toen ik de kerk binnenliep en mijn moeder geknield aantrof op het gecapitonneerde knielbankje voor een van de kerkbanken, haar hoofd gebogen naar de achterkant van de bank voor haar.

'Ik ben niet aan het bidden,' zei ze. 'Ik haal herinneringen op. Soms lijken die twee dingen simpelweg op elkaar. Hier was het, Cyril, zie je. Hier zat ik destijds.'

'Wanneer?' vroeg ik.

'De dag dat ik werd weggestuurd. We waren samen naar de mis gekomen, met zijn allen, en pater Monroe sleepte me het altaar op. Ik zat precies hier op deze plek. De rest van mijn familie zat op een rij naast me. Het is heel lang geleden, maar ik zie ze nog, Cyril. Ik zie ze allemaal alsof het gisteren was. Nog in leven. Nog steeds hier op deze bank. Nog steeds met minachting en afkeer in hun blik naar mij kijkend. Waarom hebben ze me in de steek gelaten? Waarom laten we elkaar in de steek? Waarom heb ik jou in de steek gelaten?'

We schrokken op door een geluid opzij van het altaar. In de deur van de sacristie verscheen een jongeman van een jaar of dertig. Een priester. Hij keek naar ons en glimlachte, en hij legde iets op het altaar voordat hij naar ons toe kwam.

'Hallo,' zei hij.

'Hallo, pater,' zei ik, toen mijn moeder zweeg.

'Bent u hier op bezoek?' vroeg hij. 'Het is er een prachtige dag voor.'

'Een bezoek en een terugkomst,' zei Catherine. 'Het is heel lang geleden dat ik voor het laatst een voet in deze kerk heb gezet. Drieënzestig jaar, geloof het of niet. Ik wilde hem nog een laatste keer zien.'

'Komt uw familie vanhier?' vroeg hij.

'Ja,' zei ze. 'De familie Goggin. Kent u die?'

Hij fronste, dacht erover na en schudde zijn hoofd. 'Goggin,' zei hij. 'Zegt me vaag iets. Ik geloof dat een paar parochianen het wel eens gehad hebben over een familie Goggin van heel lang geleden. Maar voor zover ik weet is er niemand hier gebleven. Ze hebben zich verspreid, neem ik aan. Naar alle windstreken verstrooid en naar Amerika.'

'Hoogstwaarschijnlijk,' zei mijn moeder. 'Ik ben in elk geval niet op zoek naar een van hen.'

'En blijft u lang bij ons?' vroeg hij.

'Nee,' zei ik. 'We gaan vanavond terug naar Cork City. En dan morgenochtend per trein terug naar Dublin.'

'Nou, geniet ervan,' zei hij glimlachend terwijl hij zich omdraaide. 'We verwelkomen iedereen in de parochie van Goleen. Het is hier geweldig.'

Mijn moeder snoof licht en schudde haar hoofd. En toen de priester terugliep naar het altaar stond ze op, keerde hem haar rug toe en liep voor de laatste keer de kerk uit, haar hoofd hoog geheven.

EPILOOG

2015

De haven uit en in volle zee

Dartmouth Square

Ik werd wakker op de tonen van Pugni's *La Esmeralda*, die omhoog werden gevoerd door het oude skelet van het huis aan Dartmouth Square en ietwat dof neerstreken in de slaapkamer op de bovenste verdieping, waar ik de afgelopen nacht had doorgebracht. Ik keek door het dakraam naar de blauwe lucht boven me, deed toen mijn ogen dicht en probeerde me te binnen te brengen hoe het zeven decennia geleden voelde om als eenzaam, naar aandacht hunkerend kind in datzelfde bed wakker te worden. De herinneringen, die altijd al zo'n belangrijk deel van mijn wezen hadden uitgemaakt, waren de afgelopen twaalf maanden enigszins afgezwakt. Ik vond het jammer dat er nu geen sterke emoties bij me bovenkwamen. Ik probeerde de naam terug te halen van de huishoudster die werkte voor Charles en Maude en tijdens mijn hele jeugd een soort vriendin van me was geweest, maar alles over haar was verdwenen. Ik zocht naar het gezicht van Max Woodbead, maar het was een vage wolk. En wat betreft de vraag waarom ik daar eigenlijk was? Ook dat duurde even, maar toen kwam het weer bij me boven. Een blije dag, eindelijk; een dag waarvan ik had gedacht dat hij nooit zou komen.

Ik had niet goed geslapen: een combinatie van ongerustheid, de temozolomidepillen die ik de laatste vijf weken dagelijks rond bedtijd slikte en de incidentele vlagen van slapeloosheid die ze op hun beurt veroorzaakten. Mijn dokter had me verteld dat ze ook konden leiden tot verminderde urineproductie, maar ik was die nacht wel vier keer naar het toilet geweest. Na de derde keer was ik doorgelopen naar beneden op zoek naar een kleinigheid om te eten maar gestuit op mijn zeventien jaar oude kleinzoon George, die in T-shirt en boxershort op de bank lag. Hij propte zich vol met chips en keek naar een superheldenfilm op het enorme televisiescherm dat dominant aanwezig was aan een muur van de woonkamer.

'Moet jij niet in bed liggen?' vroeg ik, terwijl ik de koelkast opendeed in de ijdele hoop dat er misschien een sandwich op me lag te wachten.

'Het is pas één uur,' zei George, terwijl hij opkeek, het haar uit zijn ogen streek en de open zak met chips in mijn richting stak. Ik probeerde er een paar: verschrikkelijk.

'Is dat bier wat je drinkt?' vroeg ik.

'Zou kunnen,' zei hij.

'Mag je dat wel?'

'Waarschijnlijk niet. U vertelt het tegen niemand, hè?'

'Niet als je er voor mij ook een haalt.'

Hij grijnsde, wipte op van de bank en een ogenblik later zaten we naast elkaar te kijken naar volwassen mannen die gehuld in een cape van gebouw naar gebouw sprongen. Ze zagen er mannelijk uit en leken woedend op de wereld.

'Vind je dit soort films leuk?' vroeg ik, confuus door de intense activiteit op het beeldscherm.

'Het is een aparte wereld,' zei hij. 'Je moet alle films zien om ze te begrijpen.'

'Lijkt me een hele klus.'

'Het is de moeite waard,' antwoordde hij, en we bleven zwijgend kijken tot de aftiteling. Toen zette hij het geluid af en keek me verrukt aan. 'Ik zei het toch?' zei hij. 'Geweldig, hè?'

'Nee, verschrikkelijk.'

'Ik zal u een dvd-box geven. Als u ze allemaal ziet, gaat u ze wel waarderen. Geloof me maar.'

Ik knikte. Ik zou die dvd-box aannemen als hij hem gaf. En ik zou ze waarschijnlijk nog bekijken ook, alleen om hem te kunnen vertellen dat ik dat had gedaan.

'En,' vroeg hij, 'ziet u uit naar morgen?'

'Ik geloof van wel,' zei ik. 'Ik ben vooral zenuwachtig. Ik wil alleen maar dat alles goed gaat, meer niet.'

'Geen reden waarom het niet goed zou gaan. Wist u dat dit de eerste bruiloft is die ik ooit meemaak?'

'Echt?' vroeg ik verbaasd.

'Ja. Voor u zal het wel de zoveelste zijn.'

'Eigenlijk niet, nee. Niet zo veel als je zou denken. Door mijn trouwdag met je grootmoeder hoefde het niet meer zo.'

Hij gniffelde. 'Ik wou dat ik daarbij geweest was,' zei hij, want natuurlijk had hij het verhaal vele malen gehoord. Alice liep er graag mee te koop als ze zin had me op de kast te jagen. 'Het klinkt als een hilarisch verhaal.'

'Dat was het echt niet,' zei ik, onwillekeurig glimlachend.

'Och kom. U moet nu de grappige kant ervan toch wel kunnen zien? Het was meer dan veertig jaar geleden.'

'Zeg dat niet waar je grootmoeder bij is,' waarschuwde ik hem. 'Anders slaat ze je met een stok.'

'Volgens mij vindt zelfs zij het grappig.'

'Daar ben ik niet zo zeker van. Zelfs als ze doet alsof.'

Hij dacht daarover na en haalde zijn schouders op. 'Wist u dat ik een nieuw pak heb?' vroeg hij.

'Heb ik gehoord.'

'Mijn eerste pak. Staat me onwijs goed.'

Ik glimlachte. Van al mijn kleinkinderen was George degene met wie ik het beste kon opschieten. Ik had in het algemeen nooit heel goed met kinderen kunnen omgaan – eigenlijk had ik nooit kinderen gekend –, maar op de een of andere manier leken we elkaar te mogen en genoot ik van zijn gezelschap. Wat was hij mager, dacht ik nu, kijkend naar zijn lange, bleke, broodmagere benen, die uitgestrekt lagen op de bank. En wat was ik dik geworden. Wanneer was dat gebeurd? Het lichaam verandert in spek. Mijn moeder viel me er al jaren mee lastig, ze spoorde me aan om naar een sportschool te gaan, maar ik vond dat het iets troostends had. Ik was uiteindelijk een ouder wordende man, met het soort buikje dat je verwachtte bij een ouder wordende man. Op zich was het wel vreemd want ik at niet echt veel, dronk niet echt veel en toch was ik aan het uitzakken. Niet dat het nu nog verschil maakte. Wat had het voor zin om gewicht te verliezen als ik nog maar een paar maanden te leven had?

Ik klom moeizaam uit bed, trok mijn kamerjas aan en ging naar beneden, waar Liam, Laura en de drie kinderen aan het ontbijten waren.

'Hoe heb je geslapen?' vroeg Liam, van een afstandje naar me kijkend.

'Prima,' zei ik. 'Weet je, ik heb niet meer in dit huis geslapen sinds de nacht dat mijn vader werd begraven.'

'Je pleegvader,' antwoordde hij.

'Dat neem ik aan. Wanneer was dat trouwens? Eenentwintig jaar geleden? Zo lang voelt het niet.'

Laura kwam me een mok thee brengen. 'Hoe gaat het met de speech?' vroeg ze.

'Komt eraan.'

'Dus nog niet klaar?'

'Jawel. Bijna. Eerst was hij te kort. En toen was hij te lang. Maar ik denk dat hij nu wel goed is. Ik ga er nog eenmaal doorheen voordat we vertrekken.'

'Wilt u dat ik hem een keer doorlees?' vroeg Julian, opkijkend van zijn boek. 'Ik zou er nog wat schuine moppen in kwijt kunnen.'

'Heel vriendelijk,' zei ik. 'Maar nee. Ik wacht nog even en ga jullie ermee verrassen.'

'Nu douchen,' zei Laura, een en al zakelijkheid. 'We zijn met z'n zessen, dus vijf minuten voor iedereen, anders wordt de boiler koud, oké?'

'Ik heb meer tijd nodig om mijn haar te wassen,' zei Grace, mijn jongste kleinkind, twaalf jaar oud en nu al geobsedeerd door haar uiterlijk.

'Ik ga eerst,' zei George, en hij stormde de kamer uit en de trap op met een snelheid die me bijna van de sokken blies.

'Ik ga terug naar mijn kamer,' zei ik en ik nam mijn thee mee. 'Ik ga douchen als George klaar is.'

Soms was het moeilijk te geloven dat dit hetzelfde huis was als waarin ik was opgegroeid. Nadat Alice en Cyril II naar een eigen appartement waren vertrokken en Liam en Laura het hadden overgenomen, hadden die zo veel gerenoveerd dat het een heel ander huis leek. De begane grond was geheel uitgebroken zodat woonkamer en keuken konden versmelten tot één enorme woonruimte. Op de eerste verdieping, die ooit had toebehoord aan Charles, waren nu de ouderlijke slaapkamer en George' kamer. Op de tweede verdieping, waar Maudes werkkamer ooit was geweest en waar ze haar negen romans had geschreven, waren nu twee slaapkamers, een voor Julian en een voor Grace, terwijl de werkkamer zelf al lang verdwenen was. De bovenste verdieping was de logeerkamer, mijn kamer, en die was gro-tendeels ongewijzigd gebleven. Het voelde daar als thuis en niet als thuis. Als ik rondkeek, deed het huis me vreemd aan, maar als ik mijn ogen dicht-deed, de trap op liep, de geur van het huis inademde en de aanwezigheid van de geesten van het verleden voelde, dan had ik weer een kind kunnen zijn dat ernaar verlangde dat Julian langskwam en aanbelde.

Toen ik een half uur later weer beneden kwam, zag ik tot mijn verrassing in de gang een jongen staan die de familiefoto's aan de muur bekeek. Hij

stond exact op de plek van de stoel waar Julian in had gezeten toen ik drieënzestig jaar geleden voor het eerst een blik op hem wierp. Toen hij zich omdraaide en naar me keek viel het licht door de ruit boven de deur zo dat ik
hem direct herkende, met zijn blonde haar in de war, fraaie trekken en lichte
gelaatskleur. Het was een uiterst beangstigend moment, en ik moest me even
aan de leuning vasthouden om te voorkomen dat ik viel.

'Julian?' zei ik.

'Hallo, Cyril.'

'Jij bent het toch?'

'Natuurlijk, ja. Wie anders?'

'Maar je bent dood.'

'Ja, ik weet het.'

Ik schudde mijn hoofd. Ik had hem de laatste tijd al vaker gezien. Hij
was me de afgelopen maanden meer en meer op komen zoeken en steeds
op de onverwachtste momenten.

'Natuurlijk ben je niet echt hier,' zei ik.

'Waarom houden we dit gesprek dan?'

'Omdat ik ziek ben. Omdat ik stervende ben.'

'Je hebt nog een paar maanden te gaan.'

'Echt waar?'

'Ja,' zei hij. 'Je sterft drie nachten na Halloween.'

'O. Is het pijnlijk?'

'Nee, maak je geen zorgen. Je sterft in je slaap.'

'Nou, dat is in elk geval iets, neem ik aan. Hoe is het trouwens om dood
te zijn?'

Hij fronste en dacht even na. 'Moeilijk te zeggen,' zei hij ten slotte. 'Ik
doe hét meer dan ooit, dus dat is iets.'

'Terwijl je in het verleden ook wel van wanten wist.'

'Nee, maar nu ik dood ben kan ik vrijen met vrouwen uit alle perioden
van de geschiedenis. Vorige week Elizabeth Taylor. Ze ziet eruit zoals in
Father of the Bride, dus ze komt geen aanzoeken tekort. Maar ze koos voor
mij.'

'Geluksvogel.'

'Zij is een geluksvogel,' zei hij grijnzend. 'En Rock Hudson heeft geprobeerd me te versieren.'

'Wat heb je gedaan?'

'Hem verteld dat ik niets moest hebben van vuile nichten.'

Ik barstte in lachen uit. 'Natuurlijk,' zei ik.

'Nee, ik maak maar een grapje. Ik heb hem beschaafd afgewezen. Hoewel Elizabeth nadien niet meer met me wilde spreken.'

'Is er daarboven ook iemand voor mij?' vroeg ik vol hoop.

'Eén persoon,' zei hij.

'Waar is hij?' vroeg ik. 'Ik zie hem nooit.'

'Komt hij niet bij je op bezoek?'

'Tot nu toe niet.'

'Geduld.'

'Meneer?'

Ik schudde mijn hoofd en keek weer naar hem, maar hij was nu veranderd, hij was niet langer Julian maar een jongeman van een jaar of zeventien. Ik zette nog een stap omlaag zodat ik hem kon zien zonder dat het zonlicht me verblindde.

'Ja?' zei ik.

'Alles goed met u?'

'Prima. Wie ben jij?'

'Ik ben Marcus,' zei hij.

'O ja,' zei ik, met het gevoel alsof ik alleen nog maar op de laagste tree kon gaan zitten en nooit meer zou opstaan. 'De beroemde Marcus.'

'En u moet meneer Avery zijn? De grootvader van George?'

'Ik ben inderdaad zijn grootvader. Maar noem me alsjeblieft niet zo. Zeg liever Cyril.'

'O, dat zou ik niet kunnen.'

'Waarom niet?'

'Omdat u... u weet wel...'

'Omdat ik een oude man ben?'

'Nou, ja. Zoiets.'

'Kan me niet schelen,' zei ik, en ik schudde mijn hoofd. 'Ik heb er een hekel aan als mensen me "meneer Avery" noemen. Als jij mij niet Cyril noemt, noem ik jou niet Marcus.'

'Maar hoe zou u me anders noemen?'

'Goed, ik noem je Doris,' zei ik. 'Wat vind je daarvan?'

'Oké, ik noem u Cyril,' zei hij terwijl hij glimlachend zijn hand uitstak. 'Leuk u te ontmoeten.'

'Waarom sta je hier trouwens helemaal alleen?' vroeg ik. 'Is er niemand die de honneurs waarneemt?'

'George heeft me binnengelaten,' zei hij. 'Maar hij ging naar zijn kamer omdat hij in de spiegel keek en er iets mis was met een wenkbrauw. En ik wilde daar niet alleen naar binnen gaan,' voegde hij eraan toe, knikkend naar de keuken, waar ik de hele rest van het gezin hoorde.

'Ik zou me in jouw plaats geen zorgen maken,' zei ik. 'Ze zijn heel aardig. Ze bijten niet.'

'Ik weet het,' zei hij. 'Ik heb ze allemaal eerder ontmoet. Maar ik doe dat niet zo makkelijk, alleen naar binnen gaan.'

'Nou, ik blijf met je wachten,' zei ik.

'Dat hoeft niet hoor.'

'Ik vind het niet erg,' zei ik. 'Je ziet er trouwens piekfijn uit.'

'Dank u,' zei Marcus. 'Ik heb een nieuw pak gekocht.'

'George ook.'

'Ik weet het. We hebben ze samen gekocht. We moesten goed opletten dat we totaal verschillende stijlen en kleuren kozen. We hadden geen zin eruit te zien als... het duo Jedward, u weet wel.'

Ik glimlachte. 'Ik weet inderdaad wie dat zijn,' zei ik. 'Geloof het of niet. Ondanks mijn gevorderde leeftijd.'

'Bent u gespannen voor vandaag?' vroeg Marcus.

'Iedereen vraagt dat,' zei ik.

'Het is een grote dag.'

'Klopt, ja. Ik had nooit verwacht hem te beleven, als ik eerlijk ben.'

'En toch is het zover.'

'Inderdaad,' zei ik.

We zaten eventjes zwijgend bij elkaar en daarna keek hij me enthousiast aan. 'Klopt het dat Maude Avery uw moeder was?' vroeg hij. 'Uw andere moeder, bedoel ik?'

'Ja,' zei ik.

'We bestuderen twee van haar boeken op school. Ik hou echt van haar werk.'

'Zie je die kamer daar?' zei ik, de trap op wijzend naar een deur op de tweede verdieping. 'Daar heeft ze haar boeken geschreven.'

'Niet allemaal,' zei Maude, die uit de voorkamer kwam en tegen de muur geleund een sigaret opstak.

'Nee?'

'Nee. Voordat jij bij ons kwam wonen, toen Charles en ik hier alleen zaten, schreef ik beneden. Als hij naar zijn werk was, bedoel ik. Het licht was daar beter, eerlijk gezegd. En ik had een grotere kans mensen in de tuinen te betrappen.'

'Daar had u altijd een hekel aan,' zei ik.

'Ze hadden daar niets te maken. Het is eigen terrein.'

'Niet echt.'

'Toch wel, Cyril. Spreek me alsjeblieft niet tegen. Dat vind ik erg vermoeiend.'

'Het spijt me,' zei ik.

'Hoe dan ook, nadat jij gekomen was, ben ik naar boven verhuisd. Ik had ruimte nodig. En privacy. En het bleek dat ik daar beter af was. Ik heb een deel van mijn beste werk in die werkkamer tot stand gebracht.'

'Wist u dat u op de theedoek staat?' zei ik.

'Ik heb het gehoord,' antwoordde ze, rollend met haar ogen. 'Walgelijk. Het idee dat mensen hun vuile koffiekopjes aan mijn gezicht afvegen. Hoe kunnen mensen dat in 's hemelsnaam een compliment vinden?'

'Het heet onsterfelijkheid,' zei ik. 'Is dat niet waar alle schrijvers naar haken? Dat hun werk nog lang na hun dood wordt gelezen?'

'Nou, tijdens hun leven komt er niet veel van.'

'Uw boeken zijn blijven leven. Maakt u dat niet gelukkig?'

'Niet in het minst,' zei ze. 'Wat maakt het uit? Ik had net als Kafka moeten doen. Alles na mijn dood moeten laten verbranden.'

'Kafka heeft zijn museum gekregen.'

'Ja, maar hij heeft me verteld hoe vreselijk hij dat vindt. Ik weet natuurlijk niet zeker of hij dat meent. Wat kon die man klagen over Tsjechoslowakije.'

'Dat is nu Tsjechië,' zei ik.

'O, niet moeilijk doen, Cyril. Dat is zo'n onaantrekkelijke eigenschap.'

'Ik kan niet geloven dat u bevriend bent met Kafka,' zei ik.

'"Bevriend" is misschien een beetje een groot woord,' zei ze schouderophalend. '"Kennissen" zou een beter woord zijn. Weet je, Emily Dickinson is ook hier. En het enige wat ze constant doet is gedichten schrijven over het leven. Pure ironie! Ze vraagt me steeds om ze te lezen. Ik weiger uiteraard. De dagen zijn zo al lang genoeg.'

'Meneer Avery?'

'Wat?' Ik wierp een blik naar links, op Marcus.

'Ik zei, ik kan niet geloven dat ik in het huis ben waar Maude Avery haar boeken schreef.'

Ik knikte, zweeg eventjes en was blij te zien dat George met grote sprongen en enthousiast als een jonge hond de trap af kwam. Hij keek van de een naar de ander toen hij vroeg: 'Hoe zijn mijn wenkbrauwen nu?'

'Perfect,' zei ik. 'Maar ik zal ze in de loop van de dag goed in de gaten houden voor het geval dat.'

'Wilt u dat doen? Dat zou geweldig zijn.'

'Moeten we niet naar binnen gaan?' vroeg Marcus.

'Ik dacht dat je al binnen was,' zei George.

'Nee,' zei Marcus. 'Ik stond op jou te wachten.'

'Grootvader,' zei George, fronsend naar mij. 'U hebt toch niet staan flirten met Marcus, hè?'

'Hou je mond, George,' zei ik. 'Doe niet zo belachelijk.'

'Ik maak maar een grapje.'

'Nou, niet doen. Het is niet grappig.'

'Ik vind het niet erg. Ik flirt constant met hem. Maar ik mag het.'

Ik schudde mijn hoofd. 'Ik ga naar binnen,' zei ik. 'Ik hoorde een champagnekurk knallen.'

Ik ging ze voor naar de keuken, waar Liam en Laura waren, op hun paasbest gekleed. Voor hen stonden glazen, terwijl Julian nog steeds in zijn boek bezig was en Grace naar haar iPod luisterde.

'Hoi, Marcus,' zei Laura.

'Hallo, mevrouw Woodbead,' antwoordde hij beleefd, en ik merkte dat zij noch Liam hem vroeg ze bij hun voornaam te noemen. Mijn zoon maakte een opmerking over een voetbalwedstrijd die de avond tevoren had plaatsgevonden en het volgende moment was het tweetal verwikkeld in een levendig gesprek daarover. Uit wat ik begreep, had de ploeg waar Liam voor was de ploeg verslagen waar Marcus voor was en de jongen had het daar moeilijk mee.

'Je ziet er keurig uit, Cyril,' zei Laura, die naar me overboog en me een kus op mijn wang gaf.

'Dank je,' zei ik. 'Net als jij. Als ik veertig jaar jonger was, een andere seksuele geaardheid had gehad en mijn zoon niet met je getrouwd was, zou ik in een mum achter je aan zitten.'

'Dat mag ik vast als een compliment opvatten,' zei ze, en ze schonk me een glas in.

'Is dit godverdomme niet geweldig?' zei George, nu met stemverheffing, en we draaiden ons allemaal naar hem om en zagen hem stralend van genoegen zijn glas heffen.

'Let op je taal,' zei Liam.

'Ik zeg het alleen maar,' zei George. 'Liefde te vinden als je... je weet wel... zo stokoud bent. Dat is toch fantastisch? En dan kunnen opstaan voor het oog van de wereld en dat hardop verklaren. Dat is allejezus schitterend.'

Ik glimlachte en knikte. Dat klopte, vond ik.

'Het is waarschijnlijk vooral onverwacht,' zei ik.

'Nee, hij heeft gelijk,' zei Laura, en ze hief haar glas. 'Het is fantastisch.'

'Allejezus fantastisch,' zei George nadrukkelijk, en hij trok Marcus dicht tegen zich aan en gaf hem een snelle kus op de lippen. Ik zag zonder het te willen hoe zijn beide ouders instinctief hun blik afwendden, terwijl zijn jongere broer en zus toekeken en giechelden, maar het deed erg veel goed om te zien hoe George zich losmaakte en beiden elkaar diep in de ogen keken, een paar tieners die elkaar hadden gevonden en elkaar ongetwijfeld binnenkort weer zouden verliezen aan iemand anders, maar op dit moment gelukkig waren. Het was iets wat nooit had kunnen gebeuren toen ik zo oud was. En toch was er ook iets vreselijk pijnlijks aan mijn gelukgevoel toen ik zag dat mijn kleinzoon gelukkig en veilig was in zijn eigen ego. Wat zou ik niet hebben gegeven om op dit moment zo jong en zo schaamteloos eerlijk te kunnen zijn.

'Tijd voor actie,' zei Laura even later, met een blik op de klok. 'Zou de auto hier nu niet moeten zijn?'

Als bij toverslag ging de deurbel en iedereen sprong op. 'Juist', zei Liam. 'Heeft iedereen alles wat hij nodig heeft? Pa, heb je je speech?'

'Hier zit hij,' zei ik, en ik raakte mijn borstzak aan.

'Oké. Dan gaan we,' zei hij. Hij marcheerde door de gang en deed de voordeur open, waar twee zilverkleurige Mercedessen stonden te wachten om ons naar het stadscentrum te brengen.

Ja of nee

'Ze hebben niet alle borden weggehaald, zie ik,' zei Charles onderweg.

'Wat bedoel je?' vroeg ik, en ik keek opzij en zag tot mijn verbazing hoe netjes hij in het rijtje paste naast Liam, George en Marcus in de stoelen tegenover me.

'De borden,' zei hij. 'Aan de telefoonpalen. Er zijn er nog vrij veel. Het referendum heeft maanden geleden plaatsgevonden.'

'Mensen zijn lui,' zei ik. 'Vroeg of laat komen er stormen en die blazen de rest wel weg.'

'Ik ben verdomd blij dat het voorbij is,' zei hij hoofdschuddend.

'Ik ook.'

'Ik wist dat het slechtste in de mens erdoor boven zou worden gehaald.'

'Nou, je had gelijk.'

'Het heeft ook het slechtste in jou bovengehaald,' zei Charles.

'Wat bedoelt u?' vroeg ik, beledigd.

'Je weet wat ik bedoel,' zei hij. 'Je inlaten met al die randdebielen op je telefoon. Discussiëren met volslagen vreemden.'

'Het was onmogelijk dat niet te doen,' zei ik. 'Ik heb lang genoeg gezwegen. Er was eindelijk een kans om mijn stem te verheffen en die kans heb ik gegrepen. En ik ben blij dat ik dat heb gedaan.'

'Nou, je hebt gewonnen, dus je hoeft je er niet meer druk om te maken.'

'Maar het enige waar het me aan herinnerd heeft is hoe onaardig mensen kunnen zijn. En hoe lelijk.'

'En maakte je zelf geen deel uit van die lelijkheid?'

'Ik denk het niet,' zei ik.

'Goed,' zei Charles, en hij haalde een iPhone uit zijn binnenzak. 'Laten we eens een kijkje nemen, oké?' Hij drukte op een paar knopjes en scrolde omlaag. 'Waarom maakte het u zo bang als mensen gelukkig worden?' las hij. 'Waarom kunt u niet leven en laten leven? Nou, wie schreef dat... eens kijken... o ja! @cyrilavery!'

'Dat was die verschrikkelijke Mandy,' zei ik. 'Die vrouw die elke dag twitterde over haar relatie die meer verantwoord was dan die van anderen. Gewoon een akelig mens.'

'En deze dan,' zei Charles. 'Als u een goede relatie had, dan zou het u niet moeten schelen wat andere mensen in hun privéleven doen. Ook @cyrilavery.'

'Een vreselijk echtpaar,' zei ik. 'Twittert de ganse dag, iedere dag, vrijwel zonder volgers. Ze zaten van 's ochtends vroeg tot 's avonds laat op hun telefoons en verdienden zonder meer de behandeling die ze kregen.'

'En deze dan?' vroeg hij. 'U moet wel vol zelfhaat zitten als u zo reageert.'

'Die ken ik!' zei ik. 'Dat was naar die homoseksuele man die nee stemde.'

'Nou, had hij daar niet het recht toe?'

'Nee!' riep ik. 'Nee, dat had hij niet! Hij zocht gewoon aandacht, meer niet. De klootzak! Hij verried zijn eigen volk.'

'O, Cyril,' zei Charles. 'Doe niet zo debiel. En wat betreft dat radiodebat...'

'Daar hebben ze me voor gevraagd!' zei ik.

'Je had ze allemaal gewoon moeten negeren,' zei Charles glimlachend. 'Dat is het beste wat je met je vijanden kunt doen. En verder hebben ze toch verloren? Met groot verschil. Hun tijd is voorbij. Zij zijn het verleden. Zij zijn geschiedenis. Gewoon een stelletje fanatici die uit hun nekhaar kletsten en zielsgraag hun stem wilden laten horen. Ze zouden hoe dan ook gaan verliezen. En de wereld is niet opgehouden met draaien, weet je. Dus hou eens op met boos zijn. Het is voorbij. Jij hebt gewonnen, zij hebben verloren.'

'Maar ík heb toch niet gewonnen?' zei ik.

'Hoe bedoel je?'

Ik schudde mijn hoofd en keek uit het raampje. 'Toen de stemming voorbij was,' zei ik, 'keek ik naar het nieuws op televisie. En ze lieten David Norris aan het woord, onze president. "Voor mij kwam het een beetje laat," zei hij toen hij wist dat het ja was en dat het land voorgoed was veranderd. "Ik heb zo veel tijd besteed aan het afduwen van de boot dat ik vergat erop te springen en nu is hij de haven uit en vaart in volle zee, maar het is erg mooi om hem te zien varen." En zo voel ik me ook. Staand op de kust, kijkend naar de boot. Waarom kon Ierland in mijn kindertijd niet zo zijn?'

'Daar kan ik geen antwoord op geven,' zei Charles zacht.

'Kijk,' zei George. Hij wees uit het raampje en afwezig draaide ik me naar hem om.

'Wat?' vroeg ik.

'We zijn er,' zei ze. 'Daar is Ignac.'

De auto parkeerde langs de weg en ik zag Ignac en Rebecca, die buiten stonden met de kinderen en praatten met Jack Smoot. Hij zat in een rolstoel maar was zoals beloofd op komen dagen.

'Ik kan het niet geloven,' zei Marcus. 'Ik heb al zijn boeken driemaal gelezen. Hij is mijn favoriete schrijver ooit.'

'Ik zal je aan hem voorstellen,' zei George trots. 'Ignac en ik zijn dikke vrienden.'

Ik glimlachte. Leuk om te horen.

'Oké,' zei ik, en ik deed het portier open. 'We gaan ertegenaan.'

'Wacht!' riep George. 'Heeft iemand een spiegeltje?'

'Je bent echt prachtig,' zei Marcus. 'Stop met kijken naar jezelf.'

'Hou op.'

'Hou zelf op.'

'Allebei ophouden,' zei Liam.

We stapten uit en stonden in de zon. Ik voelde een lichte hoofdpijn en herinnerde me dat ik mijn ochtendpil was vergeten. Het maakte niet zo veel uit. Later, op weg naar de receptie, zouden we nog langs huis komen en kon ik even uitstappen om hem te slikken. De artsen hadden me zes maanden gegeven maar als ik afging op Julian was het waarschijnlijk ruim twee maanden. Tot drie dagen na Halloween.

'Net als ik', zei Charles, die als afscheid naar me wuifde toen ik uitstapte en op straat stond. 'Een hersentumor. Blijk je uiteindelijk toch een echte Avery te zijn.'

Ik lachte en draaide me om en zag nu het bureau van de burgerlijke stand voor me. Mijn dood kwam me halen, wist ik. Maar vandaag wilde ik daar niet aan denken.

Het nieuwe Ierland

Toen ik het bureau van de burgerlijke stand binnenkwam liep Tom voorin te drentelen; hij zag er knap uit in zijn trouwpak. Zijn dochter, schoonzoon en kleinkinderen stonden met een brede glimlach op hun gezicht naast hem. Toen hij me zag, stak hij een hand in de lucht en ik liep op hem toe, met mijn armen wijd om hem te omhelzen.

'Hebben we er alles bij elkaar geen prachtig weer voor gekregen?' zei Jane, terwijl ze zich vooroverboog en me een kus op mijn wang gaf.

'Jawel,' zei ik. 'Iemand daarboven is op onze hand.'

'En waarom zouden ze niet?' vroeg Tom glimlachend. 'Als je terugkijkt, Cyril, had je ooit gedacht dat een dag als deze plaats zou vinden?'

'Eerlijk gezegd...' zei ik hoofdschuddend. 'Nee.'

'Heb je je speech klaar?'

'Iedereen maakt zich maar zorgen over mijn speech,' zei ik. 'Hij staat op papier. Hij heeft de juiste lengte, er zitten een paar goede grappen in en ik denk dat we allemaal heel tevreden zullen zijn.'

'Goed zo.'

'We wisten niet zeker of het ons eigenlijk wel zou lukken,' zei Jane.

'Hoezo?' vroeg ik, fronsend.

'Niet zeggen,' zei Tom.

'Zijn artritis,' zei ze, een beetje zachter. 'Hij heeft er vreselijk veel last van gehad.'

'Maar vandaag gaat het prima,' zei Tom. 'Ik heb geen centje pijn.'

'Niemand van ons is helemaal zoals we waren,' zei ik. 'Maar toch zullen we allemaal door de dag heen komen.'

'Raar, dan heb ik binnenkort een zoon die maar een paar jaar jonger is dan ikzelf,' zei hij.

'Ik zal je niet "vader" noemen, als je dat had verwacht,' zei ik met een glimlach. Hij was een aardige man, Tom. Ik kende hem niet heel goed, maar van wat ik had gezien, mocht ik hem graag. Hij had een carrière als architect gehad, was al dertien jaar gepensioneerd en bezat een mooie bungalow in Howth met een schitterend uitzicht op het eiland Ireland's Eye. Ik was daar al een paar keer geweest en had me er dankzij hem steeds welkom gevoeld.

Mijn moeder en hij hadden elkaar ontmoet op Tinder.

Ik voelde een hand die mijn arm aanraakte en toen ik me omdraaide zag ik Ignac achter me staan. 'Ze zijn er,' zei hij.

'Ze zijn er,' herhaalde ik, met een stem die aanzwol als die van een opgewonden kind, en Tom en ik namen afscheid, hij liep naar voren in de zaal, ik naar achteren, en alle anderen zochten een plaats en gingen zitten. Tussendoor zei ik Jack Smoot snel gedag; hij schudde me de hand en zei dat dit het enige was waarvoor hij ooit terug had willen komen naar Ierland.

'En morgenvroeg ben ik er godverdomme meteen weer vandoor,' voegde hij eraan toe.

De deuren gingen open en toen zag ik haar. Daar stond ze, aan het eind van het gangpad, zesentachtig jaar oud, de zorgeloosheid zelve en haar gezicht zo blij als dat van elke bruid op haar trouwdag. Naast haar: mijn ex-vrouw Alice en Cyril II – bij wie ze afgelopen nacht had gelogeerd –, die haar aan mij overdroegen.

'Ik wil je op de receptie zien, hè,' zei Alice terwijl ze me een kus gaf. 'Tot het laatste moment, hoor je?'

'Je hoeft je geen zorgen te maken,' zei ik glimlachend.

'Want als je verdwijnt, dan ga ik een rol van Liam Neeson spelen, hoor je? Ik heb een heel speciale serie vaardigheden geleerd en ik zal je vangen; ik zal je opsporen en ik zal je vermoorden.'

'Alice,' zei ik. 'Je krijgt mijn plechtige belofte: ik zal vanavond als laatste naar bed gaan.'

'Goed,' zei ze glimlachend en met iets wat in de buurt kwam van liefde in haar ogen. 'Je bent gewaarschuwd.'

Ze gingen zitten, zodat alleen mijn moeder en ik bij elkaar stonden.

'Je ziet er prachtig uit,' zei ik.

'Je zegt dat niet zomaar, hè?' vroeg ze nerveus. 'Ik zet mezelf toch niet voor aap?'

'Hoe zou dat kunnen?' vroeg ik.

'Omdat ik zesentachtig jaar oud ben,' zei ze. 'En vrouwen van zesentachtig trouwen niet. Vooral niet met negenenzeventig jaar oude mannen. Ik ben een cougar.'

'Iedereen kan tegenwoordig trouwen,' zei ik. 'Dit is het nieuwe Ierland. Heb je het niet gehoord?'

'Cyril,' zei een stem achter me, en ik draaide me om.

'Je hebt het druk vandaag,' zei ik. 'Ik dacht dat ik je nog een paar dagen niet zou zien.'

'Je kunt vanavond laat komen als je wilt,' zei hij.

'Nee,' antwoordde ik, en ik schudde mijn hoofd. 'Je zei Halloween. Je zei zelfs een paar dagen na Halloween.'

'Goed,' zei Julian. 'Ik wilde alleen maar even controleren. Maar we gaan wel een beetje lol hebben hoor, al je hier komt. Er zijn een paar meisjes waar ik een duoafspraak mee wil maken.'

Ik rolde met mijn ogen. 'Jij verandert niet, hè?' vroeg ik.

'Alleen maar als mijn aangever, meer niet,' zei hij. 'Je hoeft niet echt iets te doen.'

'Halloween,' zei ik. 'Een paar dagen daarna.'

'Mooi,' zei hij.

'Zijn we er klaar voor?' vroeg mijn moeder.

'Ik ben klaar als jij het bent.'

'Is hij er? Is hij niet van gedachten veranderd?'

'Hij is hier echt. Jullie worden heel gelukkig met z'n tweeën. Dat weet ik.'

Ze knikte en slikte even terwijl ze naar me glimlachte. 'Ik voel dat ook,' zei ze. 'Hij had ongelijk, hè?'

'Wie?' vroeg ik.

'Pater Monroe. Hij zei dat ik nooit een trouwdag zou hebben. Hij zei dat niemand dat ooit met mij zou willen. Maar hier is die dag. Hij had het mis.'

'Natuurlijk had hij het mis,' zei ik. 'Ze hadden het allemaal mis. Ze hadden alles mis.'

Ik glimlachte en boog me voorover om haar wang te kussen. Ik wist dat dit misschien een van de laatste dingen was die ik in deze wereld te doen had, mijn moeder achterlaten in de handen van iemand die voor haar zou zorgen, en ik voelde me zeer opgelucht te weten dat er een familie was, een grote familie, die na mijn dood voor haar zou zorgen. Dat had ze nodig. Dat had ze al die jaren gemist. Maar nu was die hier.

'Langzaam lopen,' zei een stem achter me. Ik draaide me om en voelde mijn hart een slag overslaan van verrukking. 'Vergeet niet dat je met een kruk loopt en zij een oude dame is.'

'Je bent gekomen!' zei ik.

'Ik hoorde dat je me zocht. Julian heeft het me verteld.'

'Ik dacht niet dat ik je zou zien. Niet voordat het... je weet wel, voordat het mijn beurt is.'

'Ik kon niet wachten,' zei hij.

'Je ziet er net zo uit als op die laatste dag. In Central Park.'

'In feite ben ik een paar kilo lichter,' zei hij. 'Ik heb wat fitnesstraining gedaan.'

'Goed van je.' Ik keek hem aan en voelde de tranen opkomen. 'Weet je hoe erg ik je gemist heb?' vroeg ik. 'Bijna dertig jaar. Dat ik al die tijd alleen moest doorbrengen...'

'Ik weet het, maar het is bijna voorbij. Bovendien heb je het er helemaal niet slecht van afgebracht als je kijkt naar de puinhoop die je er de eerste dertig jaar van maakte. Je jaren zonder mij zullen in het niet vallen bij wat we nog voor de boeg hebben.'

'De muziek is begonnen,' zei mijn moeder, en ze greep me stevig vast.

'Ik moet gaan, Bastiaan,' zei ik. 'Zie ik je later?'

'Nee. Maar ik zal er zijn in november als je aankomt.'

'Oké.' Ik haalde diep adem. 'Ik hou van je.'

'Ik hou ook van jou,' zei mijn moeder. 'Zullen we gaan?'

Ik knikte en stapte naar voren. Langzaam liepen we door het gangpad, langs de gezichten van onze vrienden en familie, en ik droeg haar over aan de armen van een vriendelijke man die zwoer van haar te houden en de rest van haar leven voor haar te zorgen.

Ten slotte begonnen alle aanwezigen hard te klappen en besefte ik dat ik eindelijk gelukkig was.

Dankbetuiging

Met zoals altijd dank aan Bill Scott-Kerr, Larry Finlay,
Patsy Irwin en Simon Trewin.

Lees meer van

John Boyne

De grote stilte

1972. De jonge Odran Yates gaat in het klooster, omdat zijn moeder hem ervan overtuigd heeft dat het priesterschap zijn roeping is. Hij begint vol ambitie en hoop aan zijn nieuwe leven, toegewijd aan zijn studie en open voor nieuwe vriendschappen.

Veertig jaar later staat zijn vertrouwen in de Kerk onder grote druk door de vele onthullingen over misbruik. Vrienden van hem zijn voor het gerecht gesleept, collega's zijn gevangengezet en vele jonge parochianen zijn getekend voor het leven. Odran vermijdt contact met de buitenwereld uit angst voor afkeurende blikken en beledigende opmerkingen. Maar als een familiedrama oude wonden weer openrijt, voelt hij zich gedwongen om de confrontatie aan te gaan en zijn eigen rol in de gebeurtenissen onder ogen te zien.

Verkrijgbaar als
e-book
& papieren boek